अपनी शर्तों पर

(आत्मकथा)

अपनी शर्तों पर

[जमीनी हकीकत से सत्ता के गलियारों तक]

शरद पवार

राजकमल प्रकाशन

मूल कृति 'On My Terms : From the Grassroots to the Corridors of Power' से अनूदित
अनुवाद : अवधेश कुमार सिंह

ISBN : 978-81-267-2988-3

मूल्य : ₹699

पहला संस्करण : 2017

प्रकाशक : राजकमल प्रकाशन प्रा. लि.
1-बी, नेताजी सुभाष मार्ग, दरियागंज
नई दिल्ली-110 002

शाखाएँ : अशोक राजपथ, साइंस कॉलेज के सामने, पटना-800 006
पहली मंजिल, दरबारी बिल्डिंग, महात्मा गांधी मार्ग, इलाहाबाद-211 001
36 ए, शेक्सपियर सरणी, कोलकाता-700 017

वेबसाइट : www.rajkamalprakashan.com
ई-मेल : info@rajkamalprakashan.com

मुद्रक : यश प्रिंटोग्राफिक्स
नोएडा-201301 (उत्तर प्रदेश)

APANI SHARTON PER
Autobiography by Sharad Pawar

भारत के समस्त जन–गण को

अनुक्रम

भूमिका

मेरे पिता मेरा आदर्श

हर बच्चा अपने माता-पिता को विश्व का सर्वश्रेष्ठ अभिभावक मानता है और आजीवन उनका आभारी रहता है। ठीक ऐसा ही मैं भी सोचती हूँ। इन पंक्तियों को लिखते समय मुझे यह अनुभूति हो रही है कि हम लोगों ने यानी कि बारामती के पवारों ने, अपने जीवन में आगे बढ़ते हुए विपरीत परिस्थितियों से जूझना और प्रसन्नता के साथ जीना सीखा है। चाहे समय अच्छा हो या खराब—हर परिस्थिति में, बदलते समय के साथ कदम से कदम मिलाते, स्वयं को परिमार्जित करते हुए उन्होंने सामूहिकता और आत्मीयता के साथ हर क्षण का आनन्द लेना सीखा है। उनके जीवन में निराशा और उदासी का कोई स्थान नहीं है। इसके अतिरिक्त मैंने अपने बाबा (पिता) और आई (माता) से और भी बहुत कुछ पाया है जिसके लिए मैं सदा उनकी आभारी रहूँगी।

मेरे पिता के लम्बे राजनीतिक और राजकीय प्रशासन के जीवन में मेरी माता ने महत्त्वपूर्ण भूमिका निभाई है। आई हमेशा बाबा के पीछे एक मजबूत स्तम्भ की तरह खड़ी रहती। आई के दृढ़ संकल्प और प्रतिबद्धता से बाबा को बहुत शक्ति मिलती; मेरे परिवार के अन्य सदस्य और घनिष्ठ मित्र भी हर समय, चाहे वर्षा हो या चिलचिलाती धूप हो, हर कठिन घड़ी में, हर उतार चढ़ाव में बाबा के साथ खड़े रहते और हम सब बाबा को हमेशा दिल से चाहते हैं।

परिवार के मुखिया के रूप में बाबा भी हम सबका पूरा खयाल रखते हैं। बाबा मेरे बारे में हमेशा सोचते रहते हैं और मुझे एक छोटे बच्चे की तरह हिदायतें देते रहते हैं। मैं अक्सर उनको याद दिलाती कि मैं दो बच्चों की माँ

हो गई हूँ और अब मुझे इतने संरक्षण की आवश्यकता नहीं है, परन्तु सब कुछ बेकार रहता। मेरा विनम्र प्रतिवाद उन पर कोई असर नहीं डालता। मेरा मानना है कि अभिभावक के लिए बच्चे हमेशा बच्चे ही रहते हैं।

अपने सार्वजनिक जीवन में पूर्णसाधनाशील होने के बावजूद, परिवार के मुखिया के रूप में उनके पास सभी के लिए हमेशा समय रहता है और विशेष रूप से वह अपने नाती-पोतों के प्रति अति स्नेह रखते हैं और उनके लिए कोई प्रतिबन्ध नहीं रहता है।

बाबा हमेशा बहुत कम बोलते। वास्तव में वह बहुत नपे-तुले शब्दों का प्रयोग करते हैं। वह प्रशंसकों के प्रति कभी भी उदारता नहीं दिखाते हैं। जब कोई कहता, मैंने बहुत अच्छा भाषण दिया, मैंने अपने संसदीय क्षेत्र में कुछ अच्छे काम किए हैं, तो यह सुनते ही वह कहते—बहुत सुन्दर, धन्यवाद। इस पर शेखी बघारने और अपनी पीठ ठोकने की कोई बात नहीं है। और अधिक काम करो, नए प्रोजेक्ट पर काम शुरू करो।

यदि मेरे भाषण में जरा-सी भी गलती हो, किसी उक्ति का गलत प्रयोग हो, छोटी-सी भी तथ्यात्मक गलती हो या त्रुटिपूर्ण शब्द का प्रयोग हो, बाबा एकदम परेशान हो उठते हैं। वह तुरन्त मुझे बुलाते और समझाते। यह मात्र कमियाँ निकालने की प्रक्रिया नहीं होती, वह अपनी पुत्री के लिए एक पिता की चिन्ता होती है। वह चाहते हैं कि उनकी बेटी निरन्तर आगे बढ़े, अपने को उन्नत करती जाए और सर्वश्रेष्ठ बनने को प्रयासरत रहे। लोक सभा की सीट पर विजयी होने के बाद वे हमेशा मुझे सलाह देते कि तुम सांसद हो गई हो, एक सीढ़ी ऊपर चढ़ गई हो परन्तु हमेशा याद रखना, बारामती की जनता ने तुमको वोट दिया है और तुम संसद में उनकी प्रतिनिधि हो। एक सांसद (एम.पी.) की तरह कार्य करते हुए, हमेशा उनके प्रति सम्मान और प्रतिबद्धता की भावना से काम करना। जिस जनता ने तुमको चुना है, उसके साथ अपने सम्बन्ध सुदृढ़ करो और उनका जीवन स्तर उन्नत करने के लिए कार्य करो।

'जनता के साथ रहो, आम भारतीय के साथ रहो'—यही बाबा के जीवन का मूल मंत्र है। पुणे हो या पटियाला, बारामती हो या बुरहानपुर—हर जगह वह आम जनता से, साधारण लोगों से मिलते और उनके साथ घुल-मिल जाते और प्रसन्न रहते। रात में उनको सोने में कितनी भी देर हो जाए परन्तु वह प्रतिदिन प्रातः 7 बजे जनता से मिलने के लिए तैयार हो जाते हैं।

भारतीय लोकतांत्रिक व्यवस्था के चुनावों में बाबा की भूमिका और लोकतांत्रिक ढंग से उनके चुने जाने की बात भी काफी प्रभावित करती है। 1967 से लेकर आज तक वह 14 बार लोकतांत्रिक तरीके से निर्वाचित हुए। उन्होंने अपने जीवन के 48 वर्ष—लगभग जीवन का 2/3 भाग—जनता के कार्यों को ही समर्पित किया। बाबा ने कभी न अपनी प्रासंगिकता कम होने दी और न ही छवि धूमिल होने दी। उन्होंने अपने पूरे राजनीतिक जीवन में एक खिलाड़ी की तरह कार्य किया और आज भी वह एक खिलाड़ी की भावना से जी रहे हैं।

मीडिया चाहे उनको सम्मान दे या उनकी निन्दा करे, लेकिन उनके बगैर मीडिया का काम नहीं चलता। अपने निन्दकों को सफाई देना वह पसन्द नहीं करते। अपने काम को भली प्रकार सम्पन्न करो और अपने घर जाओ, यही उनकी कार्यशैली है।

अपने कार्यों में जनता की प्रचुर भागीदारी से वह प्रसन्न रहते हैं। बाबा में दूसरों की सलाह को धैर्य से सुनने की अद्‌भुत क्षमता है। मैं अपने चचेरे भाई अजीत से कई बार पूछती—बाबा कब आते और कब चले जाते हैं? वह पूरे दिन व्यस्त रहते हैं। हम लोग कई बार कहते—बाबा, थोड़ा आराम कर लीजिए, परन्तु दूसरों के लिए उनके मन में इतनी श्रद्धा है कि वह हमारी तमाम बातों को बड़ी सरलता से टाल देते।

बाबा वास्तव में जनता से हमेशा घिरे रहते हैं। जनता के बीच में फैला उनका सांगठनिक जाल इतना सघन है कि हम लोगों के पास तमाम संचार के साधन होते हुए भी हमसे पहले खबर उनको मिल जाती है। हमारे सारे फोन, फैक्स, ई-मेल आदि बाबा के अपने नेटवर्क से कभी भी आगे नहीं जा पाते। वह हवाई जहाज के मुकाबले कार या ट्रेन से यात्रा करना अधिक पसन्द करते हैं। सड़कों से यात्रा करते हुए वह ग्रामीण भारत की सुगन्ध और बोलियों तथा संस्कृति से परिचित होते रहते हैं। ऐसा लगता है, उनके पैर महाराष्ट्र की मिट्टी में गड़े हैं और उनका सिर कन्धों पर स्क्रू से कसा है। बाबा बिलकुल महाराष्ट्र की जमीन की तरह रुक्खड़, कठोर और ठोस हैं।

आई (माँ) द्वारा पकाया साधारण भोजन ही उनको पसन्द है। न कोई आडम्बर, न कोई परिधानों का दिखावा। उनकी ऊर्जा प्रेरक है। 75 साल की उम्र में भी उनका उत्साह किसी युवा से कम नहीं है। वह स्टील की तरह

कठोर तथा जल की तरह शीतल और शान्त चित्त वाले व्यक्ति हैं। मैंने कभी भी उनको गुस्से में संयम खोते नहीं देखा। जब वह विपरीत परिस्थितियों में उलझ जाते तो उनका मुकाबला करने के लिए वह बिलकुल शान्त हो, मर्मभेदी कार्य करते। माफ करना और भूल जाना तथा बगैर किसी वैमनस्यता के आगे बढ़ जाना उन्हें खूब आता है।

बाबा जब कैंसर की बीमारी से जूझ रहे थे तो उन्होंने अनुकरणीय साहस का परिचय दिया। 2004 का लोक सभा चुनाव और उनकी कैंसर की बीमारी एक ही समय टकरा रहे थे। डॉक्टरों ने जैसे ही उनको अस्पताल से जाने की अनुमति प्रदान की, उन्होंने तुरन्त चुनाव क्षेत्र में जाकर कार्यकर्ताओं और जनसभाओं को सम्बोधित करना और उम्मीदवारों के साथ मिल-बैठकर चुनाव की रणनीति बनाना शुरू कर दिया।

बाबा के जीवन का मंत्र बहुत साधारण है। उनका कहना है, जीवन में जो कुछ जैसा आता है, उसको वैसा ही स्वीकार करो। उनके अनुसार सहनशीलता किसी व्यक्ति की अच्छाई को सम्मान देती है और जो अच्छा नहीं है, उसे नकार देती है। वह सफलता या असफलता से दुखी या विचलित नहीं होते। उनके अनुसार जीवन एक नदी है। उसकी गहराई में चीजों को छोड़ दो और भूल जाओ; हमेशा नदी की तरह आगे बढ़ते जाओ, गतिशील रहो।

बाबा अपने परिजनों को बहुत प्यार करते हैं और कभी-कभी परेशानियों के बावजूद, पूरे कुनबे को एक साथ जोड़े रखने में उनकी महत्त्वपूर्ण भूमिका है। वह हम सबके जीवन में पूर्णतः शामिल रहते हैं और यहाँ तक कि घर की महिलाओं के लिए साड़ी खरीदने पर उनका पूरा ध्यान रहता। वह जोर देकर कहते हैं कि परिवार में महिलाओं को पूरे भाव संवेग और पूरी लगन से अपना काम करना चाहिए। उनका मत है कि महिलाओं का सशक्तीकरण मात्र दस्तावेज लिखने या नीति बनाने से नहीं होगा। यह वास्तव में महिलाओं के प्रति श्रद्धा, निष्ठा और विश्वास का विषय है।

वह खुले मन से सुझाव देते और आलोचना भी करते हैं। हम लोग जब भोजन के लिए एकत्र होते हैं तो भोजन के साथ-साथ फिल्म, नाटक, किताब, राजनीति और कई महान व्यक्तियों के बारे में चर्चा करते हैं। हमारा मानना है कि हम जितना अधिक आपस में बहस और मत भिन्नता

व्यक्त करते हैं, उतनी ही हमारी भूख बढ़ जाती है। बाबा हमेशा हर एक को बोलने के लिए उत्साहित करते हैं और अच्छे तर्कों का भरपूर आनन्द लेते हैं।

हमारे घर में समय-समय पर, समाज के विभिन्न तबकों से लोग भोजन के लिए आमंत्रित होते हैं, आई (माँ) और बाबा (पिता) को यह बहुत अच्छा लगता है। आई की शानदार मेहमाननवाजी और कुशलता से पकाए व्यंजनों की सभी तारीफ करते। घर में आयोजित ऐसी भोज सभाओं और वार्ताओं के द्वारा किशोरों का मनोरंजन और शिक्षण दोनों होता। नित नई-नई जानकारी प्राप्त करने की बाबा की प्रबल इच्छा उनकी अप्रकट आन्तरिक शक्ति का सबसे बड़ा स्रोत है। नई-नई खोजों के बारे में सुनते हुए उनकी उत्सुकता बढ़ती ही जाती है। विज्ञान, तकनीक, फार्मिंग, पानी और मृदा प्रबन्धन या भारतीय क्लासिकल संगीत के बारे में छोटा-सा भी तथ्य हो या छोटी-छोटी जानकारियाँ हों, वह बड़े ध्यान से मंत्रमुग्ध हो सुनते हैं। ज्ञान और जनकारियों के बारे में उनकी प्रबल जिज्ञासा और भूख ही आज तक उनको दिल से युवा बनाए हुए है।

हर कार्य के विवरण पर उनकी तीखी नजर रहती है। क्रिकेट मैच के लिए निमंत्रण भेजने जैसे साधारण काम पर भी उनकी नजर रहती है और वह बड़ी सावधानी तथा बारीकी से सूची तैयार करवाते हैं। वह लोगों को जिम्मेदारियाँ सौंपते और हस्तक्षेप किए बगैर कण-कण पर निगाह रखते हैं।

बाबा के 75वें जन्मदिवस के अवसर पर यह पुस्तक पाठकों के लिए प्रस्तुत करते हुए मुझे अति प्रसन्नता हो रही है। यह पुस्तक वास्तव में बाबा की आत्मकथा है। इस पुस्तक में आपको बाबा का इतिवृत्त, लम्बे राजनीतिक जीवन में उनके द्वारा किये गए परिश्रमपूर्ण कार्य और जनता के बीच उनके कार्य की गहरी जड़ों के बारे में जानकारी के साथ चार बार महाराष्ट्र के मुख्यमंत्री और तीन बार केन्द्र सरकार में मंत्री पदों पर उनके कार्यों की भी जानकारी प्राप्त होगी।

बाबा ने इस पुस्तक में उत्तर नेहरू कालीन भारत और महाराष्ट्र के निर्माण में अपने व्यक्तिगत अनुभव और राजनीतिक घटनाओं पर प्रकाश डाला है। बाबा ने राष्ट्रीय महत्त्व और प्रशासन के अनेक मुद्दों पर स्वयं सरकार में रहकर कार्य किया है, इसलिए पाठकों को प्रशासन, कृषि, क्रिकेट और

गठबन्धन की राजनीति के साथ-साथ कई अन्य विषयों पर उनकी अन्तरदृष्टि की जानकारी प्राप्त होगी।

यह पुस्तक वास्तव में बाबा और वरिष्ठ पत्रकार आनन्द अगासे की बातचीत पर आधारित अनेक घटनाओं का एक सिलसिलेवार संकलन है। मैं मीडिया नेक्स्ट इन्फो-प्रोसेसर प्राइवेट लिमिटेड के चेयरमैन और श्रद्धेय वरिष्ठ पत्रकार आनन्द अगासे जी को इस कार्य के लिए हार्दिक धन्यवाद ज्ञापित करती हूँ।

मैं बाबा के दीर्घायु और अच्छे स्वास्थ्य के साथ जनता के कार्यों में पूर्णतः सक्रिय रहने की कामना करती हूँ।

—सुप्रिया सुले

मुम्बई
नवम्बर, 2015

हिन्दी संस्करण की भूमिका

मेरी यह आत्मकथा अब हिन्दी पाठकों के हाथों में जा रही है, यह सोचकर मुझे विशेष प्रसन्नता है। मुझे पूरी उम्मीद है कि हिन्दी भाषा के माध्यम से मेरी बातें और मेरे विचार, और मेरे वे अनुभव जो मैंने राजनीति में इतने समय तक रहते हुए हासिल किए हैं, ज्यादा-से-ज्यादा लोगों तक पहुँचेंगे।

समाज के ज्यादा-से-ज्यादा लोगों तक पहुँचना, उनकी बातें सुनना, उनकी जरूरतों को समझना, राजनीति के माध्यम से उनके हित में अपनी सामर्थ्य के अनुसार ज्यादा से ज्यादा कर सकूँ, हमेशा इस बात को याद रखते हुए आगे बढ़ना, यह मैंने हमेशा चाहा है, और इसी सिद्धान्त पर अपने जीवन को ढालने की कोशिश की है।

मैं यह नहीं कहूँगा कि मैंने इस देश के लिए अपने पूर्वज नेताओं से ज्यादा या कुछ अलग हटकर काम किया है लेकिन इतना मैं जरूर कह सकता हूँ कि मैंने जो भी किया, उसमें कभी अपने-आपको या अपने निजी हितों को आगे नहीं रखा। प्रयास हमेशा यही रहा कि जिन लोगों ने मुझसे उम्मीद करके मुझे अपना प्रतिनिधि, अपना नेता चुना है, उनकी आशाओं को पूरा करने की दिशा में कुछ न कुछ करता रहूँ।

चुनावी राजनीति में अपने कदम रखते समय मुझे मेरी माता ने, जिन्हें हम बाई कहते थे, एक सूत्र बताया था। उन्होंने कहा था कि सामान्य आदमी को हमेशा यह महसूस होना चाहिए कि तुम्हारा राजनीतिक काम उसके लिए है, उसके हित में है। ऐसा कुछ करना चाहिए कि उसका भरोसा इस बात पर बना रहे। राजनीति में मेरा प्रवेश ही सामाजिक कार्यों से हमारे पारिवारिक जुड़ाव के कारण हुआ।

महाराष्ट्र के वरिष्ठ कांग्रेस नेता और भारत के रक्षा मंत्री वाई.बी. चव्हाण ने एक बार कहा था कि सामाजिक सुधारों का कार्य राजनीति के माध्यम से ही प्रभावशाली ढंग से किया जा सकता है। इस बात को मैंने अपने जीवन के हर उतार-चढ़ाव में याद रखा।

1978 में मैंने महाराष्ट्र के सबसे युवा मुख्यमंत्री के रूप में कार्यभार सँभाला था। मेरे नेतृत्व में महाराष्ट्र सरकार ने राजनीतिक-सामाजिक कार्यों को आगे बढ़ाने के लिए कई निर्णायक कदम उठाए। यहाँ से शुरू हुए राजनीतिक जीवन में अनेक चुनौतियाँ आईं। कभी विरोधियों ने साजिश की, आरोप लगे, कभी प्राकृतिक आपदाओं ने हमारी शक्ति की परीक्षा ली और कभी धार्मिक-साम्प्रदायिक विवादों-दंगों के कारण बेहद जटिल परिस्थितियों का सामना करना पड़ा। मुम्बई में बम धमाकों के बाद भड़के दंगों का समय ऐसा ही समय था। लेकिन इम्तिहान की इन घड़ियों में भी मैंने जन-हित के अपने सिद्धान्त को ध्यान में रखकर फैसले लिये। विस्फोटों के 48 घंटे बाद ही शहर में सामान्य स्थिति बहाल कर दी गई।

ऐसा ही समय तब आया था जब लातूर में भूकम्प आया। इस भूकम्प ने महाराष्ट्र के मराठवाड़ा क्षेत्र को हिलाकर रख दिया था। इतने बड़े पैमाने पर आए इस भूकम्प से प्रभावित लोगों के लिए राहत पहुँचाना, उनके खाने-पीने और रहने का इन्तजाम करना पहाड़ बराबर काम था। भूकम्प के बाद भारी बारिश के कारण स्थिति और भयानक हो गई थी। बारिश में लोगों के रहने की व्यवस्था करना और कठिन हो गया था। लेकिन हमने युद्ध स्तर पर काम करने का फैसला लिया और पूरी प्रशासनिक मशीनरी को इस काम में लगा दिया। इस वक्त भी हमने 48 घंटों के भीतर हालात की भयावहता पर काफी हद तक काबू पा लिया था। मुझे सन्तोष है कि इन दोनों ही घटनाओं में महाराष्ट्र सरकार की प्रशासनिक क्षमता और मेरे नेतृत्व की परीक्षा हुई। हम ऐसा कर पाए, इसका श्रेय मैं अपने कर्मठ अधिकारियों और महाराष्ट्र की जनता को देता हूँ जो संकट के समय और ज्यादा कड़ियल और साहसी हो जाते हैं।

मैंने कभी विरोध को अपने हृदय में गहरे नहीं पैठने दिया। राजनीतिक विरोधियों से भी हमेशा सीखने की कोशिश की। उनकी सलाह और राय को महत्त्व दिया। शायद यह भी एक कारण है कि मुसीबत की घड़ियों में हमने चुनौतियों का इतनी सफलतापूर्वक मुकाबला किया।

मेरे अपने निजी जीवन में सबसे बड़ी चुनौती मुझे कैंसर से मिली। एक जाँच के बाद जब मुझे इसकी जानकारी हुई तो मैंने हार नहीं मान ली। मैंने इससे लड़ने की रणनीति तैयार की। मुझे यही जरूरी भी लगा, और यही मुझे करना भी चाहिए था। मैंने अपने आपसे कहा कि मुझे इस बीमारी से संघर्ष करना है और इसे जीतना है। चीजों को अपनी कमांड में लेना मेरे स्वभाव का हिस्सा है जो शायद मुझे अपनी माँ से ही मिला है। उनमें भी शारीरिक कष्ट को सहने की अपार क्षमता थी। मेरा अनुभव है कि जब शारीरिक स्थिति ठीक न हो तब आपकी इच्छाशक्ति की मजबूती ही आपके काम आती है।

यह किताब मैंने अपने जीवन पर दृष्टिपात करने के लिए तैयार की, साथ ही कुछ जरूरी बातों पर अपने विचार रखने और कुछ बातों के जवाब देने के लिए भी। राजनीतिक कार्यकर्ता का कुछ भी निजी नहीं होता। उससे स्पष्टीकरण माँगने का हक सबका है। इस किताब में मैंने इसकी भी कोशिश की है कि जहाँ तक हो सके, अपने साथ जुड़े विवादों पर मैं जो कहना चाहता हूँ, वह आपके सामने रखूँ। इसमें मैं कहाँ तक सफल हो पाया, यह तो पाठक ही बताएँगे।

अन्त में मैं अपने परिवार, अपने प्रकाशक और इस पुस्तक को हिन्दी में लाने वाले अनुवादक महोदय का आभार व्यक्त करना चाहूँगा। और अपने उन सब साथी-सहयोगियों और विरोधियों का भी, जो इस लम्बी यात्रा में मेरे साथ चले।

नई दिल्ली

—शरद पवार

सिद्धान्तों का हिमालय

देश के किसी भी राजनेता के लिए हार-जीत भले ही मायने रखती हो, मगर 1967 से हर चुनाव में अपराजित रहना शरद पवार जैसे भारतीय लोकतंत्र के विराट दिग्गजों के लिए हरगिज साध्य नहीं है। आरम्भ से ही चर्चित, विवादित और संघर्षरत रहे इस महारथी के जीवन से सबसे बड़ी बात जो सीखी जा सकती है, वह यह है कि यदि कोई व्यक्ति जनकल्याण के कुछ सिद्धान्तों से भी बँध कर रहे और अपनी खुदगर्जी को उस पर हावी न होने दे, तो जनता कुप्रचार के बवंडरों में भी ऐसे राजनेता को ठुकराना पसन्द नहीं करती। ऐसे लोगों की प्रासंगिकता कभी नष्ट नहीं होती और उनकी लोकप्रियता का बाल भी बाँका नहीं होता। वे बड़े मकसदों के लिए संघर्ष करते हैं। जनता के लिए जीनेवाले इन्सान हैं। कुर्सी और वातानुकूलित दफ्तरों के मुकाबले जनता के बीच रहना उन्हें भाता है। जंग किसी भी पैमाने पर हो, वीर शिवाजी की मातृभूमि में जन्मे, बारामती के इस महारथी को हर रणभूमि में लड़ने का कौशल आता है। शरद पवार राजनीति की बिसात पर अभेद्य व्यूह रचना कौशल का जन्मजात गुण रखते हैं। उनके उल्लेख बिना वर्तमान भारतीय लोकतंत्र की चर्चा उसी तरह अधूरी है, जैसे हिमालय के बिना भारत का वजूद।

शरद पवार को किसानों के काम आने, सहकारिता को बढ़ावा देने और पानी की कमी से तबाही की कगार पर पहुँच चुके जिले पुणे को देश का सबसे प्रगतिशील इलाका बनाने के चमत्कार के लिए देश-विदेश में अडिग पहचान मिली है। इस अप्रतिम राजनीतिक हस्ती के अस्तित्व पर छब्बीस अध्यायों में बँटी इस विलक्षण आत्मकथा को पढ़ने के बाद, सुधी पाठकों को

केवल महाराष्ट्र की राजनीति की ही जानकारी नहीं मिलेगी बल्कि भारतीय लोकतंत्र से जुड़े वे तिलिस्म भी समझ में आएँगे जो किसी भी व्यक्ति को लम्बे समय तक ऊँचाई पर कायम रखने में मदद कर सकते हैं। पाठकों को यह भी समझ में आएगा कि कोई भी चिरकालिक सफलता बहुत लम्बे समय तक कोशिशें जारी रखे बिना कभी हासिल नहीं हो सकती।

शरद पवार बारामती के पवारों की शान, अभिमान और जान भी कहे जाते हैं। उनको लोग 'साहेब' कहा करते हैं। कृषि और सहकारिता के क्षेत्र में उन्होंने नामुमकिन को मुमकिन करने के काम किए हैं। सदियों से जल अभाव झेलनेवाले पुणे के अपने पैतृक इलाके बारामती को तकरीबन 50 साल में, उन्होंने इस मुकाम तक पहुँचाया कि इसका कायापलट भी अपने आप में एक अनुकरणीय मिसाल बन गया।

अन्धाधुन्ध शहरीकरण के बावजूद आज भी देश की 80 प्रतिशत जनता खेतीबाड़ी पर निर्भर है और हमारे अधिकतर राजनेताओं को ग्रामीण जनता की समस्याओं के समाधान का जरा भी तजुर्बा नहीं है। शरद पवार को कृषि और ग्रामीण अर्थव्यवस्था के सुधार का हकीम लुकमान भी माना जा सकता है क्योंकि उन्हें पूरे देश की भौगोलिक और सामाजिक परिस्थितियों की बहुत गहरी जानकारी है। जिस कृषि विविधीकरण के बारे में दुनिया ने दूसरी हरित क्रान्ति के बाद सोचना शुरू किया, उससे काफी पहले उन्होंने कहा था कि भारतीय किसान की बदहाली तभी सुधरेगी जब हम क्षेत्रीय आवश्यकताओं के मुताबिक अनेक कृषि क्रान्तियाँ करें। उन्होंने कहा था—अभी कई हरित क्रान्तियाँ होनी हैं। अभी कई श्वेत (दुग्ध) क्रान्तियाँ होनी हैं। अभी कई फल और शाक-भाजी क्रान्तियाँ होनी हैं और बहुत-सी जड़ी-बूटियों का उत्पादन बढ़ाने के इन्कलाब लाए जाने हैं। जितने ज्यादा बदलाव जितने कम समय में आएँगे, किसानों और ग्रामीणों की आर्थिक स्थिति उतनी ही सुधरेगी। यह काम नारों से नहीं, सुधारों से होगा।

शरद पवार गाँवों और किसानों के सामने खड़ी चुनौतियों को जानते हैं और इन चुनौतियों को मुकम्मल तौर पर मात देना भी। वह कहा करते हैं कि किसान और ग्रामीण जब तक मौसम के रहम पर रहेंगे, यह देश तरक्की कर ही नहीं पाएगा। जब तक हमारे देश में सिंचाई और गाँवों में बुनियादी सुविधाओं की कमी रहेगी, हमारा देश कृषि उत्पादन के क्षेत्र में वैश्विक ताकत

नहीं बन पाएगा। जब तक खेती किसानी में हम महाशक्ति नहीं बनेंगे तब तक हम किसी भी मामले में संसार में विकसित देशों का मुकाबला नहीं कर पाएँगे। अभी हम उपभोक्ता राष्ट्र हैं और उत्पादक राष्ट्र हमारी मुद्रा की हैसियत तय करनेवाले। भारत के कृषि मंत्री रहे शरद पवार के पास देश की अर्थव्यवस्था को इस बदहाली से बाहर निकालने का महामंत्र और तरीका है। राजनीति में जनकल्याण के अपने ही सिद्धान्तों पर अमल करनेवाला यह व्यक्तित्व खेती किसानी और ग्रामीण अर्थव्यवस्था के कायापलट के मामले में आधुनिकतम तकनीकों को गाँव-गाँव तक सुलभ करने का पुरोधा है।

शरद पवार देश के रक्षा मंत्री भी रहे हैं और उन्होंने सेना में हर स्तर पर कई तरह के सुधारों की खुलकर हिमायत करने के साथ भारतीय सशस्त्र सेनाओं के सभी अंगों के आधुनिकीकरण के प्रयास भी शुरू कराए। 1991 में चुनाव अभियान के दौरान जब पूर्व प्रधानमंत्री राजीव गांधी की हत्या कर दी गई तब मीडिया रिपोर्टों में प्रधानमंत्री पद के लिए उनके नाम पर भी विचार किया जा रहा था। नेहरू के बाद की भारतीय राजनीति के तमाम आयामों पर उनसे अधिक प्रामाणिकतापूर्ण विवरण किसी दूसरे राजनेता के पास हो ही नहीं सकता।

शरद पवार की यह आत्मकथा बहुत ही सधे और निर्लिप्त अन्दाज में अत्यन्त रोचक तरीके से लिखा गया एक ऐसा प्रामाणिक और अद्‌भुत ऐतिहासिक दस्तावेज है, जिसे आप बार-बार पढ़ना चाहेंगे। इस अनुवाद का हिन्दी पाठकों तक सुलभ कराने में शरद पवार के वरिष्ठ सहयोगी देवी प्रसाद त्रिपाठी की महत्त्वपूर्ण भूमिका रही है। इसकी प्रस्तुति को निखारने में अशोक कुमार शर्मा ने उपयोगी सुझाव दिए हैं। राजकमल प्रकाशन को इस कृति को प्रस्तुत करते हुए बहुत प्रसन्नता है। समय और अवसर के अनुरूप हम देश के अन्य महत्त्वपूर्ण राजनेताओं से सम्बन्धित इसी प्रकार की पुस्तकें पाठकों की सेवा में प्रस्तुत करते रहेंगे।

—अशोक महेश्वरी

प्रकाशक

अध्याय : एक

बाई और बारामती

15 दिसम्बर, 1940 को शारदा बाई गोविन्द राव पवार को पुणे के स्थानीय बोर्ड[1] की एक मीटिंग में शामिल होना था। वह उस बोर्ड की सदस्या थीं और यह मीटिंग बोर्ड की एक अति आवश्यक मीटिंग थी। हालाँकि उन्होंने तीन दिन पूर्व ही एक पुत्र को जन्म दिया था, परन्तु कड़ाके की ठंड, बारामती तहसील के कस्बे से जिला मुख्यालय पुणे तक खचाखच भरी हुई बसों की थकाऊ यात्रा और अन्य परेशानियाँ कुछ भी उनको उस निर्णायक मीटिंग में जाने से विचलित नहीं कर सकीं। जब बाई अपने तीन दिन के पुत्र को गोद में लिये इन सब बाधाओं का सामना करते हुए मीटिंग में पहुँचीं तो हमने अपने जीवन में प्रशासनिक कार्यों की पहली मुठभेड़ का अनुभव किया।

शारदा बाई के मीटिंग हॉल में प्रवेश करते ही बोर्ड के चेयरमैन, सम्मानित वामपंथी नेता शंकर राव मोरे ने तालियों की जोरदार गड़गड़ाहट से उनका स्वागत किया। लोगों ने ढेर सारी बधाइयाँ दीं और मोरे ने प्रसन्नता से उनको गले लगाया। बोर्ड की कार्यवाहियों में शारदा बाई के कार्यों की पहले भी बहुत प्रशंसा होती थी और उनके सहकर्मी अपने बीच में एक प्रमोदप्रिय, आदरणीय महिला की उपस्थिति से प्रसन्न थे।

हम लोग अपनी माँ को 'बाई' कहते थे और मेरे जीवन पर मेरी माँ का सर्वाधिक प्रभाव पड़ा है। मैं किसी व्यक्ति के बारे में चर्चा करते समय सर्वश्रेष्ठ विशेषण का कदाचित ही प्रयोग करता हूँ इसलिए मैं अपनी माँ के

1. लोकल बोर्ड स्वायत्त शासन का एक पुराना स्वरूप था। 1882 की वायसराय लॉर्ड रिपन की घोषणा के अनुसार हर जिले में इसकी इकाइयाँ गठित हो गई थीं। कई दशक बाद 1934 में महिलाओं को बोर्ड के सदस्य के लिए चुनाव लड़ने की अनुमति प्रदान की गई। पुणे लोकल बोर्ड में निर्वाचित होनेवाली प्रथम महिला शारदा बाई थीं।

लिए भी इस विशेषण का प्रयोग नहीं करूँगा जैसा कि उनकी पीढ़ी के लोग उनको 'सुपर वुमेन' पदनाम से सम्बोधित करते थे। परन्तु वास्तव में वे एक असाधारण व्यक्तित्व थीं। वह बुद्धिमान, प्रगतिशील और गजब की साहसी महिला थीं। दक्षिण महाराष्ट्र में कोल्हापुर के समीप एक गरीब किसान परिवार में जन्मीं और उन्होंने पुणे में लड़कियों के हॉस्टल 'सेवा सदन' में रहकर सातवीं कक्षा तक अपनी स्थानीय शिक्षा पूरी की।

अपने माँ-बाप के आठ बच्चों में से मेरी माँ एक थीं। (उनका जन्म 12 दिसम्बर, 1911 को हुआ था और 29 वर्ष बाद उसी दिन 12 दिसम्बर को मेरा जन्म हुआ।) जब मेरी माँ ने पुणे के सेवा सदन बोर्डिंग स्कूल में काम शुरू किया। इस स्कूल की स्थापना प्रसिद्ध समाज सुधारक रमाबाई रानाडे द्वारा लड़कियों को हर प्रकार से आत्मनिर्भर बनाने के उद्देश्य से 1915 में की गई थी। यहाँ लड़कियों को विधिवत् औपचारिक और अनौपचारिक दोनों प्रकार की शिक्षा प्रदान की जाती थी। बीसवीं सदी के प्रारम्भ काल में जब समाज पुरुष सत्तात्मक सांस्कृतिक बन्धनों में बुरी तरह जकड़ा था ऐसे समय महाराष्ट्र में एक गैर-ब्राह्मण लड़की द्वारा बोर्डिंग स्कूल में दाखिला लेना ही अपवाद था और इसके बाद उसके द्वारा आकदमिक शिक्षा और सामाजिक कार्य दोनों में अच्छी स्थिति तक पहुँचना तो और भी आश्चर्य की बात थी।

बाई का जन्म *पन्हला* किले की तलहट्टी पर बसे *गोलगाँव* में हुआ था। बाई के माता-पिता का निधन युवावस्था में ही हो गया था। परन्तु यह सौभाग्य की बात थी कि बाई की बड़ी बहन के पति श्रीपत राव जादव ने उनको अपने साथ रखा और उनकी शिक्षा की पूरी जिम्मेदारी उठाई। वह स्वयं भी अपने समय के सर्वाधिक प्रबुद्ध और जागरूक शासक छत्रपति साहूजी महाराज के दरबार में एक कृषि अधिकारी थे। साहूजी महाराज के प्रगतिशील विचारों, विशेषकर 'सभी को शिक्षा प्रदान करने' के विचार निश्चित रूप से बाई और उनके परिवार पर प्रभाव डाला होगा। वास्तव में आज हम इन सब बातों का केवल अनुमान ही लगा सकते हैं, परन्तु शायद बाई के अन्दर मौजूद पैनी जन्मजात बुद्धिमत्ता और उनका प्रखर दिमाग ही उनको पुणे के सेवासदन तक पहुँचाने और अच्छी शिक्षा दिलाने में मुख्य कारक थे।

मेरे पिता गोविन्द राव नीरा कैनाल कोऑपरेटिव सोसाइटी, बारामती में एक

वरिष्ठ अधिकारी थे। उनको अपने प्रगतिशील विचारों और ईमानदारी के लिए जाना जाता था। इसलिए यह आश्चर्यजनक नहीं है कि शारदा बाई और गोविन्द राव जब 1926 में सत्यशोधक[2] रीति-रिवाज से वैवाहिक जीवन में बँधे तो उन्होंने आन्दोलन के नियमों का पालन करने का वचन लिया। साधारण, ईमानदारीपूर्ण और कम खर्चीले जीवन में उन्होंने अपने बच्चों का पालन-पोषण किया। मैं अपने माता-पिता के सात पुत्र और चार पुत्रियों में नौवाँ बच्चा था।

मेरे पिता एक अनुशासनप्रिय व्यक्ति थे और कठोर दैनिक जीवन व्यतीत करते थे। वह 4 बजे सवेरे उठ जाते और 6 बजे तक दिन-भर के कार्यों के लिए तैयार हो जाते। अखबार पढ़ने के बाद वह घर से निकल जाते और शाम 6:30 तक वापस आते तथा भोजन आदि के बाद 8 बजे तक वह सोने के लिए बिस्तर पर लेट जाते। वह बहुत कम बोलते थे। उनके कठोर अनुशासनात्मक व्यवहार के कारण हम लोग उनसे दूर ही रहते। जब कभी हम लोग कोई गलती करते या पढ़ाई में अच्छा परिणाम नहीं लाते तो हम लोग उनसे दूर-दूर रहते। शैक्षिक मामलों में मेरा रिकॉर्ड बहुत अच्छा नहीं था। पिताजी से मासिक रिपोर्ट कार्ड पर दस्तखत करवाने का मतलब मुसीबत मोल लेना था परन्तु माँ से हस्ताक्षर कराना आसान था इसलिए मैं हमेशा माँ से ही हस्ताक्षर करवाता।

बाई कई मामलों में अपने समय से बहुत आगे थीं। वह केवल कठोर और अनुशासित ढंग से घर की व्यवस्था ही नहीं करतीं बल्कि वह वामपंथी विचारों वाली तेज-तर्रार-गतिशील राजनीतिक, सामाजिक कार्यकर्ता भी थीं। 1938 में कांग्रेस ने पुणे लोकल बोर्ड में केवल महिलाओं के लिए आरक्षित एक सीट पर चुनाव लड़ने का आग्रह किया। हालाँकि यह सीट आरक्षित श्रेणी की ही थी परन्तु इस क्षेत्र का विस्तार पूरे जिले में था। 9 जुलाई, 1938 को बाई निर्विरोध निर्वाचित हुईं इसके बाद वह 14 वर्ष के लिए पुनः निर्वाचित हुईं। उन्होंने पुणे लोकल बोर्ड में पब्लिक हेल्थ, पब्लिक वर्कर्स, बजट, पंचायत कमेटी व स्टैंडिंग कमेटी की अनेक जिम्मेदारियों को सफलतापूर्वक निभाया।

1952 में एक भयानक दुर्घटना ने उनके शानदार, उल्लेखनीय कैरियर पर विराम लगा दिया। वह एक घायल साँड़ की परिचर्या की कोशिश कर रही थीं, तभी उसने बाई पर हमला कर दिया। साँड़ के इस हमले से उनकी

2. 'सत्य शोधक' का शाब्दिक अर्थ है—सत्य की प्राप्ति के लिए। इस आन्दोलन का प्रारम्भ 19वीं सदी के अन्त में प्रख्यात समाज-सुधारक जोतिराव फुले द्वारा ब्राह्मणवादी आतंक के खिलाफ जनजागरण पैदा करने के उद्देश्य से किया गया था।

हड्डियाँ टूट गईं और जीवन का बाकी समय उनको बैसाखी के सहारे ही व्यतीत करना पड़ा। यद्यपि इस घटना ने उनके सक्रिय राजनीतिक कार्यों में विराम लगा दिया परन्तु अन्य कार्यों पर इसका अधिक प्रभाव नहीं पड़ा।

मैं बोर्ड की एक कठोर कार्यसाधक और सबका खयाल रखनेवाली माँ के रूप में उन्हें याद करता हूँ। वह एक तरफ पुणे लोकल बोर्ड की जिम्मेदारियों और राजनीतिक कार्य को पूरा करतीं और दूसरी तरफ पूरे आत्म-संयम के साथ घरेलू कार्यों और कृषि कार्य की जिम्मेदारी को भी सँभालतीं। सामान्य तौर पर सार्वजनिक कार्यों में लगे लोगों में ऐसी प्रवीणता नहीं देखी जाती। वे या तो अपनी पारिवारिक जिम्मेदारियों में अत्यधिक उलझ जाते हैं और उनका सार्वजनिक कार्य प्रभावित होता है या फिर वे घरेलू जिम्मेदारी को छोड़ केवल सार्वजनिक कार्यों में ही रम जाते हैं। मेरी माँ ने इनमें से किसी भी मोर्चे को नहीं छोड़ा और दोनों के बीच अच्छा सामंजस्य तथा सन्तुलन बनाए रखा।

वह अपने राजनीतिक कार्यों में भी व्यस्त रहतीं और समान रूप से पूरे समर्पण और तन्मयता से बच्चों की भी देखभाल करतीं। उन्होंने अपने जीवन के विभिन्न क्षेत्रों में जो लक्ष्य निर्धारित कर लिए थे उनको पूरा करने के लिए उनके पास आश्चर्यजनक रूप से घंटों काम करने की प्रबल इच्छाशक्ति और आत्मबल और अद्‌भुत क्षमता थी।

बाई की प्राथमिकताओं में बच्चों के लिए औपचारिक शिक्षा और अच्छी आदतें सर्वोपरि थीं। बाई कभी भी हम लोगों को अनुचित प्रश्रय नहीं देतीं परन्तु हम लोगों की व्यक्तिगत योग्यताओं को समझते हुए, हमारे अपने लक्ष्य प्राप्ति के लिए अपनी पूरी क्षमता से बिना शर्त समर्थन प्रदान करतीं। परिवार में लड़के और लड़कियों, दोनों के बारे में यह समान रूप से लागू होता। परिवार में कभी भी कोई लिंग भेद नहीं था। वह यह सुनिश्चित करतीं कि हम में से कोई भी अपनी घरेलू जिम्मेदारियों को छोड़कर किताबी कीड़ा न बने। उनके घरेलू और बाहर के कामों में भी सहयोग के लिए हमें उत्साहित किया जाता और कभी-कभी बाध्य भी किया जाता।

वास्तव में वह अपने प्रगतिशील दृष्टिकोण के अनुसार लड़कियों को कम से कम स्नातक तक शिक्षा प्राप्त करने पर जोर देतीं ताकि वह अपने जीवन में आर्थिक रूप से स्वतंत्र रहे। जब मैं अतीत के उन दिनों पर नजर डालता

हूँ तो मुझे अनुभव होता है कि कितने बारीक तरीके से, बिलकुल प्रत्याशित ढंग से इन बातों ने आजीवन मुझे मार्ग-दर्शन प्रदान किया।

मेरी स्कूल की शिक्षा के दिनों में मेरे बड़े भाई दूसरे शहरों में अपनी शिक्षा पूरी कर रहे थे। उस समय मुझे अपनी माँ के साथ घरेलू जिम्मेदारियों से लेकर, राज्य और राष्ट्रीय राजनीति तक अनेक विषयों पर बात करने का काफी अवसर मिला। बाई के साथ ये वार्ताएँ काफी बौद्धिक और यहाँ तक कि काफी थकाऊ भी होती थीं। यह मेरी वास्तविक शिक्षा थी और मैं बड़ा होकर जब पुणे के कॉलेज में शिक्षा ग्रहण करने गया तो समय-समय पर दी गई बाई की शिक्षा ने मुझे स्वावलम्बी बनाने में बड़ा योगदान दिया।

अपनी युवावस्था में बाई कांग्रेस पार्टी की दृढ़ समर्थक थीं परन्तु स्वतंत्रता-प्राप्ति के बाद उनकी इस स्थिति में बदलाव आ गया। शंकर राव मोरे, केशव राव जेधे, तुलसीदास जादव और काका साहेब वाघ यह महसूस करने लगे कि कांग्रेस पार्टी ग्रामीण महाराष्ट्र और किसानों के हितों को नकार रही है और उन्होंने कांग्रेस पार्टी छोड़कर 1947 में मजदूर-किसान पार्टी (पीजेंट्स एंड वर्कर्स पार्टी) का गठन किया। बाई ने उनके उद्देश्यों को समझा और वह पीजेंट एंड वर्कर्स पार्टी में निष्ठा के साथ कार्य करने लगीं। उनके इस निर्णय से उन लोगों को जरा सा भी आश्चर्य नहीं हुआ जो उनको भली-भाँति जानते थे। वामपंथी विचारधारा से उनका लम्बा जुड़ाव था और वह पीपुल्स पब्लिशिंग हाउस से प्रकाशित होनेवाली वाम विचार की पुस्तकों की उत्सुक पाठक थीं।

मुझे भी कम्युनिस्ट विचारधारा काफी आकर्षक लगी परन्तु लोकतांत्रिक मूल्यों ने मुझे अधिक आकर्षित किया। बाई का स्पष्ट विचार था कि हमारे देश की ऐसी राजनीतिक व्यवस्था में मुट्ठी-भर लोग सत्ता पर नियंत्रण रखते हैं और अवसरों का लाभ उठाकर धन-सम्पदा एकत्र करते और मौज उड़ाते हैं। मेरा विचार इससे बिलकुल भिन्न था और मुझे विश्वास है कि केवल लोकतंत्र में ही सबको समान अवसर मिल सकता है। मेरा तर्क था कि सम्पदा का समान बँटवारा और गरीबी का बँटवारा नहीं; यही वास्तविक हल है। हम लोग अक्सर लम्बी-लम्बी बहसें करते। अत्यधिक सहनशील होने और अपने विचारों को किसी पर न थोपने का श्रेय उनको ही प्राप्त था। हालाँकि मैं काफी छोटा और अनुभवहीन था फिर भी उन्होंने कभी भी अपने विचार हम पर आरोपित नहीं किए। वह केवल इतना ही कहतीं, 'तुम्हारा सोचने का तरीका

अलग है। वैचारिक विषयों का गहराई से अध्ययन करो और तब अपना विचार बनाओ।' जब मैंने कांग्रेस पार्टी में शामिल होने का विचार बनाया तो बाई ने मुझे बिठाया और हम दोनों के बीच लम्बी वार्ता हुई। उन्होंने मुझे रोकने की भरसक कोशिश की परन्तु जरा सा भी इमोशनल ब्लैकमेल (संवेदनात्मक दोहन) नहीं किया। उन्होंने विचारधारा की बात की, तर्क दिए और कारणों पर चर्चा की। मुझे याद है कि मैंने भी कांग्रेस पार्टी में शामिल होने के लिए अपनी स्थिति का बचाव करते हुए काफी रेशनल तर्क पेश किए। अन्त में एक लम्बी और थकान भरी बैठक के बाद उन्होंने कहा कि मैं देख रही हूँ कि तुममें विचार-विमर्श करने का साहस है। तुम अवश्य कांग्रेस पार्टी में जाओ। परन्तु तुम जिस भी विचारधारा का समर्थन करो, ईमानदारी से व्यवहार करना।

विभिन्न विषयों और जनता के प्रति बाई के रुख तथा अपने विरोधी विचारों के प्रति अति सहनशीलता ने हमारे मन-मस्तिष्क पर एक अमिट छाप छोड़ी है। परिणामस्वरूप मैंने वैचारिक मतभेदों के कारण कभी किसी भी व्यक्ति से वार्तालाप बन्द नहीं किया।

मेरे भाई माधव राव और सूर्य कान्त (जो आज भी विदेश में हैं) के साथ बाई के पत्र व्यवहार या बातचीत में घरेलू बातें न के बराबर होतीं और ज्यादातर केवल विचारों और सूचनाओं का आदान-प्रदान होता। दोनों तरफ से होनेवाले पत्र-व्यवहार में अधिकतर जीवन पद्धति, राजनीति और ताजा विषयों पर चर्चा होती थी। संक्षेप में कहें तो अपने बच्चों के साथ बाई की पारस्परिक क्रिया कभी भी संवेदनात्मक नहीं होती थी परन्तु वह दिलो-दिमाग से हमेशा उनकी चिन्ता करती थीं।

जब मैंने चुनावी राजनीति में प्रवेश किया तो बाई ने मुझे एक छोटी सी सलाह दी, "सामान्य आदमी को हमेशा ही यह महसूस होना चाहिए और उसे बार-बार इस पर भरोसा दिलाना चाहिए कि तुम्हारा राजनीतिक कार्य हर मुद्दे पर उसके हित में है।" बाद में मैं महाराष्ट्र राज्य में मंत्री हो गया और अपने उपचार के समय उन्होंने मुम्बई में मेरे साथ काफी समय व्यतीत किया। काफी उम्र हो जाने के बाद भी पढ़ने के प्रति उनका प्यार वैसा ही बना रहा। परिणामस्वरूप हम लोगों का तर्क-वितर्क और वाद-विवाद मेरा उत्साहवर्द्धन करते रहे। विचार-विमर्श और बहस का यह क्रम उनके अन्तिम समय तक

चलता रहा, जब वह पुणे के अस्पताल में भर्ती हुईं और 12 अगस्त, 1975 को अन्तिम साँस ली।

मेरे दिमाग में भारत के स्वतंत्र होने की एक स्पष्ट स्मृति एक चाँदी के सिक्के और खलगाँव टाफी के रूप में है। हम उस समय काटेवाडी गाँव में रहते थे। वहाँ हमारे स्कूल में एक पर्व की तरह चारों तरफ आनन्द और खुशियों का वातावरण था। तिरंगा झंडा फहराने के साथ-साथ देशभक्ति के गीतों और उत्साहवर्धक भाषणों का सिलसिला चलता रहा। मैंने अभी सात साल की उम्र भी पूरी नहीं की थी, मैं इतना ही समझ सका कि मेरे देश में कुछ बहुत महत्त्वपूर्ण घटित हुआ है परन्तु मैं इस असवर के गम्भीर महत्त्व को नहीं समझ सका।

स्कूल के उत्सव में भागीदार प्रत्येक विद्यार्थी को एक चाँदी का सिक्का और एक टाफी दी गई। टाफी का असर तो खाने के थोड़े समय बाद समाप्त हो गया परन्तु वह मेमेन्टो लम्बे समय तक मेरी प्रिय और यादगार वस्तु बना रहा।

काटेवाडी गाँव से बारामती शहर की दूरी लगभग 10 किलोमीटर है। चौथी कक्षा तक की शिक्षा मैंने काटेवाडी गाँव में पूरी की और इसके बाद मेरा दाखिला बारामती म्यूनिसिपल स्कूल में हो गया। जब मैं आठवीं कक्षा में पहुँचा तो, मेरा नाम साहूजी स्कूल में लिखवा दिया गया। साहूजी स्कूल, कर्मवीर भाउराव पाटिल द्वारा जनता को शिक्षा प्रदान करने के मिशन के तहत स्थापित रैयत शिक्षा संस्था[3] के तत्त्वावधान में संचालित होता था। मेरे माता-पिता और भाउराव पाटिल[4] सत्यशोधक आन्दोलन के सक्रिय सदस्य थे। अत: उनके आपसी घनिष्ठ सम्बन्ध थे। नवीं कक्षा में मैंने जिस स्कूल में पढ़ाई शुरू की वह महाराष्ट्र एजूकेशन सोसाइटी द्वारा संचालित था।

---

3. दक्षिण महाराष्ट्र के सतारा जिले में 1919 में स्थापित रैयत शिक्षा संस्थान द्वारा मुख्य रूप से उत्पीड़ित और गरीब लोगों को शिक्षा प्रदान करने के लिए 'कमाओ और पढ़ो' (अर्न एंड लर्न) योजना चलाई गई।

   वर्तमान में इस संस्थान के तत्त्वावधान में महाराष्ट्र के विभिन्न भागों में 42 कॉलेज, 17 पोस्ट ग्रेजुएट संस्थान, 438 मिडिल स्कूल, 28 प्राइमरी स्कूल, 17 प्री-प्राइमरी स्कूल, 68 हॉस्टल, 8 आश्रम शालाएँ, दो आई.आई.टी. और एक इंजीनियरिंग कॉलेज संचालित हो रहे हैं। शरद पवार इस संस्थान के चेयरमैन हैं।

4. भाउराव पाटिल (1887-1959) एक सामाजिक कार्यकर्ता और शिक्षाविद् थे। स्वतंत्रता सेनानी होने के अतिरिक्त वह महात्मा फुले द्वारा स्थापित सत्यशोधक आन्दोलन के साथ गहराई से जुड़े थे।

जब मेरे दो बड़े भाई बड़ौदा और पुणे में उच्च शिक्षा ग्रहण कर रहे थे, मेरी माँ प्रात: 3:30 पर उठ जातीं, उनके लिए लंच और डिनर (दो वक्त का भोजन) तैयार करतीं और उन सबके लिए बड़ा सा टिफिन भर कर सरकारी बस से पुणे भेजतीं। मुझे घर की अन्य दो जिम्मेदारियाँ सौंपी गई थीं इसलिए मैं भोजन पकाने में माँ की कोई सहायता नहीं कर पाता। मुझे अपने खेतों में पैदा होनेवाले केला, अंगूर और अन्य कृषि उत्पादों को बाजार ले जाना होता तथा घर के लिए आवश्यक सामग्री खरीद कर लानी होती। इसके अतिरिक्त हमारे घर पर आयोजित अनेक सामाजिक बैठकों की व्यवस्था करना भी हमारा कार्य था। यह सब कार्य करने में मैं काफी प्रसन्न रहता। वास्तव में मैं इतनी कम उम्र में इस तरह के आयोजनों को संयोजित करने और बाजार से लेकर घर तक तमाम वर्गों और तबके के लोगों से मिलकर काफी खुश होता था।

हमारे पास पड़ोस में बारामती, बालचन्द नगर और दौंड में सप्ताह के तीन विभिन्न दिनों में तीन बाजार लगते थे। पास-पड़ोस के क्षेत्र से किसान अपना उत्पाद बेचने और अनेक लोग खरीदने आते। इस प्रकार इन बाजारों में विभिन्न प्रकार के सामानों की खरीद और बिक्री होती। बालचन्द नगर, बारामती से 25 किलोमीटर दूर है, जबकि दौंड और बारामती के बीच की दूरी लगभग 50 किलोमीटर है। लगभग 4 वर्ष तक मैं नियमित रूप से अपने कृषि उत्पादों को बारामती बाजार ले जाता रहा और ट्रेन के द्वारा अन्य बाजारों में भी अपना सामान बेचने के लिए ले जाता। बाजार जाने और क्रय-विक्रय के दौरान मुझे मूल्यवान अनुभव प्राप्त हुए।

जब हमने अपने घर से काफी दूर मुम्बई में अपने कृषि उत्पाद बेचने की योजना बनाई तो मुम्बई की दूरी काफी अधिक होने के कारण, पास-पड़ोस के कई किसान मिलकर एक बड़ा वाहन किराए पर लेते और सब मिलकर अपना कृषि उत्पाद मुम्बई ले जाते। मैं सामान के ऊपर बैठता और हिचकोले लेता हुआ अपना सन्तुलन बनाए यात्रा पूरी करता। ड्राइवर के पास वाली सीट धनी और वरिष्ठ लोगों के लिए सुरक्षित होती थी इसलिए मेरे पास अन्य कोई विकल्प नहीं था। एक बार मुझे भी ड्राइवर के बगल में बैठने का अवसर मिल गया। इस अवसर का लाभ उठाने के लिए मैंने ड्राइवर को चाय-नाश्ता भी कराया ताकि उससे घनिष्ठता बनी रहे।

मेरा जन्म किसान परिवार में हुआ था और मैंने बाजार में कृषि उत्पाद बेचने का कार्य भी किया। इसलिए मुझे कृषि उत्पाद और बाजार के गति विज्ञान की प्राथमिक जानकारी हो गई थी। मेरी ही तरह बड़ी संख्या में कृषि उत्पाद बेचने, खरीदनेवाले और व्यापारी नियमित रूप से उक्त तीनों बाजारों में आते थे। कई बार किसानों की एक-दो टीम तीनों बाजारों में एक साथ जाती थी। कई वर्षों तक बाजार में निरन्तर जाने के कारण उन किसानों के साथ हमारी गहरी दोस्ती विकसित हो गई।

हालाँकि मैंने इसे उस समय महसूस नहीं किया परन्तु मेरे भावी राजनीतिक कार्य का अंकुरण उसी समय प्रारम्भ हो गया था। कई वर्षों बाद मैं विधान सभा में बारामती का प्रतिनिधि बनकर पहुँचा और वे सब लोग मेरे मतदाता थे।

मेरे अपने स्कूल और कॉलेज के समय में अकादमिक शिक्षा की तुलना में मेरे अधिक ध्यान पढ़ाई से अतिरिक्त गतिविधियों पर अधिक रहता और मैं उन गतिविधियों में सक्रिय भी रहता। वाद-विवाद प्रतियोगिता हो या भाषण कौशल का मुकाबला हो या कॉलेज का वार्षिक उत्सव हो, मैं सभी गतिविधियों में सबसे आगे मौजूद रहता। खेल-कूद प्रतियोगिता, स्कूल की पिकनिक टीम संगठित करने व आयोजन की जिम्मेदारी अधिकांशतः मुझे ही दी जाती।

उन दिनों की एक विशेष घटना मुझे याद आती है जब मैं काटेवाडी प्राइमरी स्कूल में पढ़ रहा था। वहाँ एक भाषण कौशल प्रतियोगिता आयोजित की गई। मैं भी इस प्रतियोगिता में संभागी था। प्रत्येक वक्ता को बोलने के लिए 20 मिनट का समय दिया गया था। मैं जब बोलने खड़ा हुआ तो मुझे समय सीमा का ध्यान नहीं रहा और मैं आधे घंटे तक बोलता रहा। अध्यापकों द्वारा समय समाप्ति की बार-बार बजानेवाली घंटी पर भी मैंने ध्यान नहीं दिया। अन्त में संचालकों में से एक ने मेरी कमीज खींचकर बैठा दिया।

शायद पढ़ाई-लिखाई के अतिरिक्त गतिविधियों में अति उत्साह से भागीदारी करने और अकादमिक पढ़ाई पर कम ध्यान देने के कारण ही मेरी माँ ने मुझे काफी दूर प्रवर नगर (जिला अहमद नगर, महाराष्ट्र) में पढ़ने के

लिए भेज दिया। महाराष्ट्र में सहकारिता आन्दोलन में अग्रणी कार्य करनेवाले पद्मश्री एवार्ड से सम्मानित विट्ठल विखे पाटिल ने 1950 में प्रवर नगर में चीनी मिल स्थापित की थी। सहकारिता के आधार पर स्थापित यह एशिया की पहली चीनी मिल थी। विट्ठल राव पाटिल के साथ कार्य करनेवाले प्रसिद्ध अर्थशास्त्री डी.आर. गाडगिल ने इस मिल की स्थापना की थी और वह प्रथम चेयरमैन भी हुए। अन्ना साहेब शिन्दे जो बाद में केन्द्र सरकार के कृषि मंत्री बने, वह इस मिल के सह-संस्थापक थे।

मेरे बड़े भाई अप्पा साहेब उस समय इस चीनी मिल में कृषि अधिकारी (एग्रीकल्चर ऑफिसर) थे। बाई ने सम्भवत: सोचा था कि यदि मैं प्रवरानगर के रैयत शिक्षण संस्थान महात्मा गांधी विद्यालय में पढ़ूँगा तो अप्पा साहेब की तीक्ष्ण दृष्टि मुझ पर रहेगी और मैं कुछ अच्छी शिक्षा ग्रहण कर सकूँगा। बाई ने कुछ गलत नहीं सोचा था। मैं उस समय नवीं कक्षा का छात्र था और वहाँ भी शीघ्र ही मैंने पिकनिक आयोजित करने तथा स्कूल की अन्य सांस्कृतिक गतिविधियों में भागीदारी प्रारम्भ कर दी। यह मेरा विशेष गुण और रुचि थी। स्वाभाविक रूप से मेरे मित्रों की संख्या दिन पर दिन बढ़ती गई।

यह निश्चय ही बड़ी उत्तेजना के दिन थे!

यही समय था जब यह सब प्रारम्भ हो गया। यह सन् 1955 था, जब गोवा को पुर्तगालियों से मुक्त कराने का आन्दोलन चरम अवस्था में था। सेनापति बापन, महादेव शास्त्री, जोशी और एन.जी. गोरे के नेतृत्व में सत्याग्रही जत्थों ने महाराष्ट्र की सीमा पार कर शान्तिपूर्ण धरना प्रारम्भ किया। पुर्तगाली सरकार ने उनको या तो गिरफ्तार कर लिया या उनका रास्ता रोक दिया।

घटनास्थल से 500 किलोमीटर दूर हम लोगों को प्रवरानगर में रेडियो और अखबारों के द्वारा दिन-प्रतिदिन की आन्दोलनात्मक गतिविधियों की जानकारी प्राप्त होती। चूँकि मुझे ताजा मामलों में, विशेष रूप से राजनीतिक मामलों में, अधिक रुचि थी इसलिए मैं इस पर निगाह लगाए रहता कि गोआ के मुक्ति आन्दोलन में क्या घटित हो रहा है।

15 अगस्त, 1955 को भाई विष्णुपंत चितले के नेतृत्व में 500 स्वयंसेवकों ने गोआ की सीमा में प्रवेश करने का प्रयास किया। पुर्तगाली पुलिस ने उनको रोकने के लिए लाठी चार्ज किया और सत्याग्रहियों पर गोली

चला दी। पुलिस की गोली से अहमद नगर निवासी तुलसीदास बालकृष्ण उर्फ हिर्वे गुरुजी सत्याग्राही की मौत हो गई। इस घटना से महाराष्ट्र के अनेक क्षेत्र में आग भड़क उठी। मैंने भी अपने स्कूल के सहपाठियों को आन्दोलित करने का उचित अवसर समझा। मैंने एक दिन के लिए स्कूल बन्द करने का दबाव बनाया।

स्कूल बन्द कराने के प्रयास में सफल होकर हमने चीनी मिलों में काम बन्द करवाने के लिए मार्च किया। चीनी मिल के चेयरमैन विट्ठलराव विखे पाटिल एकदम शान्त भाव में अपने कार्यालय से बाहर आए और हम लोगों से पूछा कि हम एक दिन के लिए मिल क्यों बन्द करवाना चाहते हैं।

मैंने उत्तर दिया, 'सांकेतिक प्रतिरोध के लिए, गोवा को भारत के साथ अवश्य ही एकीकृत होना चाहिए और इसलिए हमारी माँग है कि मिल को एक दिन के लिए बन्द होना चाहिए।'

विखे पाटिल को एकदम गुस्सा नहीं आया। बड़े शान्त भाव से उन्होंने कहा, 'ठीक है, अगर आपका यह उद्देश्य है तो मैं मिल को स्थायी रूप से बन्द करने को तैयार हूँ। परन्तु कृपा करके हमें यह बताइए कि इस मिल बन्दी से गोआ को भारत से जोड़ने में किस प्रकार सहायता मिलेगी?'

मैं निरुत्तर था। परन्तु एक उद्देश्य के लिए छात्रों को गोलबन्द और आन्दोलित करने और प्रतिरोध मार्च निकालने तथा विखे पाटिल जैसे प्रख्यात व्यक्ति से बहस करने से हमें जो ऊँचाई प्राप्त हुई इसकी हमने कभी भी कल्पना नहीं की थी। सार्वजनिक जीवन में यह मेरा प्रथम साहसिक प्रयास था। जब 19 दिसम्बर, 1961 को भारत सरकार ने गोवा को मुक्त करा लिया तो हमें भी इस आन्दोलन में छोटी सी भूमिका निभाने का गर्व महसूस हुआ।

मेरी इस सम्पूर्ण गतिविधि की जानकारी जब माँ को मिली तो उन्होंने मुझे शीघ्र ही बारामती वापस बुला लिया और वह इससे खुश नहीं थीं। इसके बाद दसवीं कक्षा की शिक्षा पूरी करने तक मुझे बारामती में ही रहना पड़ा। इसके बाद अपने बड़े भाई की ही तरह मैं भी शिक्षा प्राप्त करने पुणे चला गया और वहाँ पर ब्रिहान महाराष्ट्र कॉलेज ऑफ कॉमर्स (बीएमसीसी) में दाखिला लिया। जैसा कि मैं पहले भी अपने अन्य कॉलेजों में करता रहा था यहाँ पर भी मैं पढ़ाई के अतिरिक्त अन्य सांस्कृतिक व खेल-कूद की गतिविधियों में शुरू से ही भागीदारी करने लगा। चूँकि मैं अब फार्गुशन कॉलेज में स्थित

होस्टल में रह रहा था, इसलिए मुझे अपनी पसन्द की गतिविधियों में भागीदारी करने का प्रचुर समय था। मैं हर वर्ष ही अपने कॉलेज के जिमखाना में छात्र प्रतिनिधि के रूप में चुना गया था।

पुणे तब से आज तक महाराष्ट्र में उच्च शिक्षा का केन्द्र है। पंडित नेहरू ने इसे 'पूर्व का ऑक्सफोर्ड' के रूप में वर्णित किया है। यहाँ पर महाराष्ट्र के लगभग सभी जिलों से छात्र आते और वे पूरे महाराष्ट्र के ग्रामीण क्षेत्र का प्रतिनिधित्व करते हैं। यहाँ जलगाँव, धूले, सतारा, सांगली आदि अनेक जिलों से छात्र आते तो यहाँ नए शहर में आकर वे विद्यालयों में प्रवेश लेने, फीस की कठिनाई से लेकर आवास तक की अनेक कठिनाइयों का सामना करना पड़ता। एक छात्र प्रतिनिधि होने की अपनी क्षमता के अनुसार मैंने उनके साथ मिलकर जिलेवार एसोसिएशन बनाने और जनवादी तरीके से नेतृत्व का चुनाव सुनिश्चित करने का प्रयास किया। इससे बाहर से आनेवाले छात्रों को सहायता प्रदान करने की एक व्यवस्था निर्मित हो सकी। मैंने इन एसोसिएशनों के साथ घनिष्ठ रिश्ता विकसित किया। परिणामस्वरूप विभिन्न कॉलेजों के छात्र यूनियन के चुनावों में मुझे खींचा जाने लगा। शहर के किसी भी कॉलेज में चुनाव लड़नेवाला कोई भी छात्र मेरा सहयोग और समर्थन चाहता। इस प्रक्रिया में चुनाव के समय अनेक कॉलेजों में 'पवार पैनल' अस्तित्व में आने लगे। हालाँकि इसके लिए मैंने कभी भी कोई पूर्व योजना नहीं बनाई थी।

चूँकि मैं जिन छात्रों का समर्थन करता, उनमें से अधिकांश निर्वाचित हो जाते थे इसलिए पूरे जिले के कॉलेजों में मेरा प्रभाव विस्तार पाने लगा। अनेक छात्र अपनी शिक्षा पूरी कर अपने घरों को वापस चले जाते। ऐसे छात्र पूरे महाराष्ट्र में फैले हुए थे। उनमें से अधिकांश के दिलों में मेरे लिए आज भी जगह है। यह मेरे छात्र जीवन में कॉलेज के कैम्पस में बनी मजबूत एकता की उपलब्धि ही कही जाएगी।

बीएमसीसी कॉलेज की शिक्षा में यह मेरा अन्तिम वर्ष था कि मैं 'वर्ल्ड यूथ फोरम' में भाग लेनेवाले प्रतिनिधि मंडल में निर्वाचित हो गया। इस प्रतिनिधि मंडल को काहिरा और मिस्र जाना था। वायुयान से यह मेरी विदेश की प्रथम यात्रा थी। मैं इस यात्रा से बहुत उत्साहित था परन्तु मेरे पिताजी का मत भिन्न था।

उनका कहना था, 'तुम पहले कॉलेज की शिक्षा पूरी करो फिर कानून (लॉ) की डिग्री हासिल करो और इसके बाद जो चाहो, करो।' बाई ने तत्परता से हस्तक्षेप किया और मेरी रक्षा की। बाई ने पिताजी को इस बात के लिए सहमत कर लिया कि यह विदेश जाने का कठिनाई से प्राप्त अवसर है इसलिए हमें जाने की अनुमति देनी चाहिए।

कॉन्फ्रेंस स्थल विशाल असवान डैम के समीप ही था। इस कॉन्फ्रेंस में 90 देशों के युवा प्रतिनिधियों ने भाग लिया था और 12 दिन की इस कॉन्फ्रेंस में प्रतिदिन तीन–चार घंटे समकालीन विषयों, फील्ड वर्क आदि पर चर्चा होती थी। यह मेरे लिए अति गर्व का विषय था कि मुझे इस कॉन्फ्रेंस में सर्वाधिक लोकप्रिय युवा नेता के रूप में घोषित किया गया। मुझे मिस्र के उपाख्यान पुरुष प्रेसीडेंट नासिर से भी मिलने का सुअवसर प्राप्त हुआ।

हम लोगों को एयर इंडिया के विमान से वापस आना था परन्तु एक वायुयान से पक्षी टकरा जाने से वह उड़ान 24 घंटे विलम्ब से प्रारम्भ हुई। जो लोग भी एयरपोर्ट पर थे, उनको एयर इंडिया के स्टाफ ने भोजन और पेय पदार्थ के वितरण की व्यवस्था की। अभी एयर इंडिया स्टाफ के लोग यात्रियों को भोजनादि दे ही रहे थे कि हम लोगों ने देखा कि अपने स्टाफ के साथ जे.आर.डी. टाटा भी यात्रियों की सेवा में उपस्थित हैं। उनमें कोई दिखावा नहीं, कोई ताम–झाम नहीं, एक साधारण व्यक्ति की ही तरह वह भी काम में हाथ बँटा रहे थे। इतनी बड़ी हस्तीवाले व्यक्ति को साधारण लोगों के साथ काम करते देख मुझे आश्चर्य हुआ। जब हम लोगों ने उनसे व्यक्तिगत रूप से काम में शामिल होने का कारण पूछा तो जे.आर.डी. टाटा ने तथ्यात्मक रूप से एकदम सरल शब्दों में उत्तर दिया, 'मैं एयर इंडिया का चेयरमैन हूँ। मेरे स्टाफ के अन्य सदस्यों की ही तरह ऐसे आपत्ति के समय में यात्रियों की सेवा करना हमारा कर्तव्य है।' हम लोगों के पास कहने के लिए कुछ भी नहीं था। वह हम लोगों से आगे बढ़ गए और अपने काम में लगे रहे। जे.आर.डी. टाटा के वे शब्द एक शाश्वत सत्य की तरह हमारे कानों में हमेशा गूँजा करते हैं।

अध्याय : दो

राजनीति के क्षेत्र में पदार्पण

जब मैं अपने बीते दिनों पर एक नजर डालता हूँ तो मुझे अनुभव होता है कि राजनीति के क्षेत्र में मेरा प्रवेश वास्तव में सामाजिक कार्यों में हमारी निरन्तर भागीदारी और झुकाव का स्वाभाविक विकास था। हमारे अपने परिवार की राजनीतिक प्रतिबद्धता को देखते हुए कांग्रेस पार्टी में नहीं बल्कि पीजेंट्स एंड वर्कर्स पार्टी ऑफ इंडिया (पीडब्ल्यूपी) में शामिल होना चाहिए था। हालाँकि हमारी माता जी ने पुणे के लोकल बोर्ड के सदस्य का चुनाव कांग्रेस पार्टी के टिकट से ही जीता था परन्तु वह वैचारिक रूप से पीडब्ल्यूपी के ही समीप थी। मेरे बड़े भाई वसन्त राव पीडब्ल्यूपी पार्टी के सक्रिय सदस्य थे और उन्होंने 1960 के मध्यावधि लोक सभा चुनाव में संयुक्त महाराष्ट्र समिति के टिकट से चुनाव लड़ा था।

1940 के दशक के उत्तरार्द्ध और 1950 के दशक के पूर्वार्द्ध में पीजेंट्स पार्टी एक वामपंथी राजनीतिक शक्ति के रूप में देखी जाती थी, यद्यपि वर्तमान महाराष्ट्र में इसका प्रभाव कुछ ही पॉकेटों तक सीमित हो गया है। पीडब्ल्यूपी पार्टी का निर्माण केशवदास जेधे, शंकरराव मोरे और दत्ता देशमुख ऐसे कद्दावर नेताओं ने कांग्रेस से अलग होकर किया था। इस नई पार्टी की स्थापना का उनका उद्देश्य मार्क्सवादी-लेनिनवादी विचारधारा को प्रोन्नत करना था। इन तीन नेताओं की मंडली कांग्रेस की आर्थिक नीतियों से असन्तुष्ट थी। पीडब्ल्यूपी में 1951 में विभाजन हो गया और केशवदास जेधे कांग्रेस में पुन: वापस चले गए। वर्तमान में मेरी बहन सरोज के पति एन.डी. पाटिल उस पार्टी को नेतृत्व प्रदान कर रहे हैं।

मेरे घर में समय-समय पर बाई, वसन्तराव, शंकरराव मोरे, केशवराव जेधे, रघुनाथराव खादीलकर और तुलसीदास जादव के बीच जो वार्तालाप होता था, उसमें अनेक वैचारिक और सैद्धान्तिक प्रश्नों पर बहस में मैं भी सहभागी होता था। मोरे और खादीलकार को व्यापक रूप से बुद्धिजीवी होने का सम्मान प्राप्त था। चूँकि मेरी उम्र के लोगों की बात सुनी नहीं जाती थी, इसलिए मैं बड़े ध्यान से तल्लीन होकर उनकी बातें सुनता था। इन लोगों में केशवराव जेधे व्यापक जनाधार वाले व्यक्ति थे और उनके साथ कोई भी आसानी से बात कर सकता था, जाधव भी ऐसे ही व्यक्ति थे।

नाना पाटिल और कर्मवीर भाउराव जैसे क्रान्तिकारी नेता भी अक्सर ही हमारे घर आते रहते थे। भाउराव एक सन्त की तरह थे और वह राजनीति में सक्रिय नहीं थे परन्तु शिक्षा और सामाजिक सुधार के क्षेत्र में उनका बड़ा अग्रणी कार्य था और उनको इस क्षेत्र का अग्रदूत कहा जा सकता है। संक्षेप में कहा जाए तो राजनीतिक सक्रियता और सामाजिक सुधार की सक्रिय समानान्तर धाराओं का नियमित आवागमन मेरे घर में था। दोनों धाराओं के प्रवक्ता अपने-अपने क्षेत्र के प्रकाश स्तम्भ थे और सरलता से प्रभावित होनेवाला व्यक्ति किसी भी तरफ जा सकता था।

मैं उस समय भी सामाजिक सक्रियता के महत्त्व को मानता था और आज भी इसके महत्त्व को स्वीकार करता हूँ इसीलिए तो मैं आज भी सामाजिक कार्यों में सक्रिय हूँ। मैं जब कॉलेज का छात्र था, मैंने उसी समय सक्रिय राजनीति को चुन लिया था। सम्भवत: मैंने ऐसा इसलिए किया क्योंकि उस उम्र में भी मैं यह समझ गया था कि राजनीति ही वह केन्द्र है जहाँ सामाजिक सुधार सहित सभी महत्त्वपूर्ण फैसले लिए जाते हैं और उनका अन्तिम निर्णय वहीं होता है। जब तक निर्णय लेनेवाली प्रक्रिया का आप हिस्सा न बनें तब तक आप प्रभावशाली कैसे हो सकते हैं?

19वीं सदी के अन्त में और 20वीं सदी के प्रारम्भ में लोकमान्य तिलक, और गोपाल गणेश अगरकर उस ओजस्वी बहस के साक्षी बने जिसमें दो तरह की स्वतंत्रता की बात थी—ब्रिटिश शासकों से राजनीतिक आजादी या राजनीतिक सुधार में से किसको प्राथमिकता देनी चाहिए। हालाँकि अगरकर सामाजिक सुधार के सच्चे पुरजोर समर्थक थे, तो तिलक स्वतंत्रता आन्दोलन का नेतृत्व कर रहे थे। वह तर्क पेश करते कि एक बार भारत स्वतंत्रता प्राप्त

कर ले, फिर समाज सुधार को और भी प्रभावकारी तरीके से लागू किया जा सकता है।

दशकों बाद महाराष्ट्र के प्रथम कांग्रेसी मुख्यमंत्री और कांग्रेस के लीडर वाई.बी. चव्हाण ने कहा कि वह भी विश्वास करते हैं कि सामाजिक सुधारों को सर्वाधिक प्रभावशाली तरीके से राजनीति के द्वारा ही लागू किया जा सकता है। वाई.बी. चव्हाण ने मुझे मेरी युवावस्था में सर्वाधिक प्रभावित किया। उनके अतिरिक्त पंडित जवाहरलाल नेहरू की भी छाप हमारे ऊपर पड़ी। हालाँकि मैं पीडब्ल्यूपी के नेताओं की ईमानदारी, सत्यनिष्ठा और सादगी की प्रशंसा करता था परन्तु धीरे-धीरे मैं इस बात से सहमत होता गया कि भारत का भविष्य कांग्रेस के हाथों में ही सुरक्षित है और इसी के नेतृत्व में विकास सम्भव है। 1958 में किसी समय मैंने पुणे के कांग्रेस भवन में पार्टी की सक्रिय सदस्यता लेने के लिए प्रवेश किया।

बीएमसीसी कॉलेज में अपनी शिक्षा के अन्तिम वर्ष में कॉलेज जिमखाना के महासचिव पद की जिम्मेदारी उठाते हुए मैंने छात्रों को सम्बोधित करने के लिए परिसर में वाई.बी. चव्हाण को आमंत्रित करने की पहल ली। वह उस समय एक प्रसिद्ध राजनीतिक व्यक्तित्व और कद्दावर नेता थे। वह एक बहुत अच्छे वक्ता भी थे। वह जो कुछ कहते, वह उनके समर्पण और दिल से निकली हुई बात होती। उन्होंने हमारे कॉलेज में एक ओजपूर्ण, उत्साहवर्द्धक भाषण दिया। वह सचेत थे कि मैंने उनको विद्यालय में बुलाने की पहल की है, इसलिए अपना भाषण समाप्त करने के बाद उन्होंने मुझे मंच पर बुलाया और कहा कि ऐसे नौजवानों को चाहिए कि वे कांग्रेस में शामिल हों और राजनीतिक में सक्रिय भूमिका निभाने के लिए आगे आएँ। मैंने पहले ही यह काम प्रारम्भ कर दिया था परन्तु चव्हाण साहेब के शब्दों ने हमारा उत्साहवर्द्धन किया और मेरे आत्मविश्वास में वृद्धि की।

कांग्रेस पार्टी की सदस्यता ग्रहण करने के बाद मैं पुणे के पार्टी कार्यालय में अक्सर जाने लगा। हमारी ही तरह के अन्य युवक भी दीवारों से घिरे कांग्रेस भवन के एक छोटे परिसर में अपना अधिक समय आपसी बातचीत में बिताते जिसे हम लोग 'कट्टा कांग्रेस' कहते। ['कट्टा' शब्द मराठी की बोलचाल की भाषा का शब्द है जिसका अर्थ सार्वजनिक स्थल पर कुछ लोगों की मीटिंग से है।] चाय-पकौड़े के साथ हम लोग राजनीति और नेताओं के

विषय में चर्चा करते। हम लोगों का अधिकतर सम्बन्ध स्थायी वरिष्ठ कांग्रेसी नेता भाउ साहेब शिराले और राम भाउ तेलंग जैसे लोगों से रहता। वे कांग्रेस का मजबूत स्तम्भ थे और पुणे म्युनिसिपल कारपोरेशन (पीएमसी) की राजनीति में उनकी गहरी पैठ थी। इन लोगों के सान्निध्य में हमने बहुत समीप से यह अध्ययन किया कि जमीनी स्तर पर राजनीति कैसे होती है।

इसी समय पुणे म्यूनिसिपल कारपोरेशन (पीएमसी) की कमेटी में चेयरमैन पद के चुनाव का भी समय पूरा हो रहा था। चूँकि कांग्रेस और इसकी मुख्य विपक्षी पार्टी संयुक्त महाराष्ट्र समिति (एसएमएस) के सदस्यों की संख्या लगभग बराबर थी इसलिए ऊँट किसी भी करवट बैठ सकता था। चुनाव की पूर्व बेला पर भाउ साहेब ने मुझको बगैर यह बताए कि हम कहाँ जा रहे हैं, मुझे कार में बैठने को कहा। इसके बाद हम लोगों ने एसएमएस के एक सभासद को अपनी कार में बिठाया और पुणे से 40 किलोमीटर दूर एक डाक बँगले में पहुँच गए। कुछ समय बाद वह सभासद व्याकुल हो उठा और पुणे वापस जाने की बात करने लगा। हालाँकि भाउ साहेब ने उसके बहानों पर ध्यान नहीं दिया और उसको वार्तालाप में उलझाए रखा। उस अँधेरे बँगले के बाहर मुझे सुरक्षा की जिम्मेदारी दी गई। मैं मुस्तैदी से चौकीदार की भूमिका निभाता रहा। दूसरे दिन सुबह जब पीएमसी में वोटिंग होनी थी तब हम एसएमएस के उस सभासद के साथ पुणे वापस आ गए। उसकी पार्टी एक वोट से चुनाव हार गई। स्थानीय अखबारों ने एक वरिष्ठ कांग्रेसी नेता और उसके सहयोगियों द्वारा सभासद को 'अगवा' करने की कहानी छापी। अखबारों ने छापा कि इसी कारण एसएमएस की हार हो गई। अखबार की यह खबर पढ़कर मैं आतंकित हो गया और भागा-भागा सीधे भाउ साहेब के पास पहुँचा।

मैंने भाउ साहेब से कहा, 'हम लोगों को अब क्या करना चाहिए? यदि कल अखबारों में मेरा नाम छपा, तो कॉलेज मुझे निश्चित रूप से सस्पेंड कर देगा और मुझे घर से भी निकाल दिया जाएगा?'

भाउ साहेब ने बिलकुल स्पष्ट और शान्त भाव से कहा, 'तुम किस बारे में बात कर रहे हो? मैं कुछ नहीं समझ पा रहा हूँ कि तुम क्या कह रहे हो?'

मैं और भी आतंकित हो गया, 'सभी अखबारों ने सभासद के 'अगवा' करने की कहानी छापी थी। यदि उन्होंने यह सब भी छाप दिया कि हम सब आपकी कार में गए थे...'

उन्होंने मेरी बात काटते हुए आश्चर्य और भय-भरी मुद्रा में कहा, 'इधर आओ! तुम क्या कह रहे हो? मैं तो पिछले तीन दिन से अपने घर से बाहर ही नहीं निकला हूँ। मैंने अपने घर से बाहर कदम भी नहीं रखा।' इसके बाद मैं शान्त हो गया और भाउ साहेब ने मुझे घर वापस जाने को कहा। सौभाग्य से सारा मामला एक-दो दिन में शान्त हो गया।

महाराष्ट्र में 1962 में सम्पन्न हुए विधान सभा चुनाव में मुझे सक्रिय राजनीतिक भागीदारी का अवसर प्रदान किया। एम.जी. बर्वे (आईसीएस) और पुणे म्यूनिसिपल कारपोरेशन के पूर्व कमिश्नर बहुत ही सच्चे और ईमानदार व्यक्ति थे, उनको पुणे की एक विधान सभा सीट—शिवाजी नगर से कांग्रेस का उम्मीदवार घोषित किया गया। उनके प्रमुख विरोधी उम्मीदवार जनसंघ पार्टी के रामभाउ म्हालगी थे। मुझे बहुत सरल कार्य सौंपा गया था। मुझे अपने दोस्तों के साथ साइकिल से जाकर पूरे शहर के विभिन्न प्रमुख स्थानों पर पोस्टर चिपकाना था। मैं अपनी टीम में सबसे लम्बा था इसलिए उपयुक्त स्थान पर मेरे साथी साइकिल को दोनों तरफ से मजबूती से पकड़ लेते और मैं सीट पर खड़ा होकर पोस्टर चिपकाता।

वोटरों के नाम की पर्ची लिखना और उनको वितरित करना एक अति महत्त्वपूर्ण और केन्द्रीय कार्य था। एक दिन शाम को पुणे में प्रभात रोड की बस्ती में एक घर का दरवाजा खटखटाया। घर के दरवाजे पर लगी नेम प्लेट से पता चला था कि यह घर बिग्रेडियर राने का है। एक उम्रदराज भद्र पुरुष ने दरवाजा खोला उनका विचित्र चेहरा कुछ अधिक बड़ा लग रहा था। मैंने कहा, 'हम लोग कांग्रेस के कार्यकर्ता हैं। हम अपनी पार्टी के लिए आपसे वोट और समर्थन की आशा करते हैं।'

'कांग्रेस? इसे भूल जाओ। मैं तुम्हारी पार्टी को कभी भी वोट नहीं दूँगा।' यह उनका प्रतिकारपूर्ण उत्तर था।

कुछ वर्षों बाद मुझे ज्ञात हुआ कि मेरी शादी ब्रिगेडियर राने की पोती प्रतिभा से हुई है।

इसी बीच बर्वे चुनाव में विजयी हो गए और महाराष्ट्र सरकार में उनको वित्तमंत्री की जिम्मेदारी सौंपी गई।

इसी वर्ष भारत-चीन युद्ध छिड़ गया था। पूरे देश में देशभक्ति की एक लहर-सी चल पड़ी थी। हम पुणे के युवक भी कुछ करने का विचार बना रहे

थे। चूँकि हम लोगों के पास सभी विद्यालयों में संगठन था इसलिए हम लोगों ने चीन के विरोध में एक लम्बा मार्च निकालने का फैसला लिया।

इस रैली को सम्बोधित करने के लिए हमने सबसे पहले पुणे विश्वविद्यालय (वर्तमान में सावित्री बाई फुले विश्वविद्यालय) के तत्कालीन उपकुलपति दत्तो वामन पोतदार से सम्पर्क किया। उन्होंने असहमति व्यक्त की, शायद उनको इस रैली की सफलता पर विश्वास न हुआ हो।

हम लोगों ने रैली की शानदार सफलता के लिए हर सम्भव प्रयास किया और हमें आश्चर्यजनक परिणाम प्राप्त हुआ। जैसे-जैसे प्रदर्शन सड़कों से होकर गुजरता, हर तरफ से झुंड के झुंड लोग शामिल होते गए। जब हम लोग अपने निर्दिष्ट ऐतिहासिक स्थान शनिवारवाड़ा पहुँचे तो रैली का दूसरा छोर कम से कम तीन किलोमीटर दूर था।

वयोवृद्ध स्वतंत्रता सेनानी और पूर्वमंत्री एन.वी. गाडगिल (काका साहेब) इस आयोजन में मुख्य अतिथि थे और वक्ताओं में मैं भी था। काका साहेब ने शानदार रैली की भूरि-भूरि प्रशंसा की और वक्ताओं की भी तारीफ की।

उन्होंने कहा, 'मुझे फिर भरोसा हो रहा है कि महाराष्ट्र का भविष्य तुम्हारे जैसे युवाओं के हाथ में सुरक्षित है।' और उन्होंने शाबाशी देते हुए मेरी पीठ थपथपाई।

इस समय तक घटनाओं का चक्र काफी तेजी से आगे बढ़ रहा था और अनेक चीजें घटित हुईं। दो वर्ष तक पुणे की यूथ कांग्रेस के सचिव पद पर कार्य करने के बाद मुझे पश्चिम महाराष्ट्र के युवा बिंग का सचिव नियुक्त किया गया। 1960 में वयोवृद्ध कांग्रेसी नेता केशवराव जेधे के निधन से बारामती लोक सभा सीट पर मध्यावधि चुनाव होना तय हुआ। जैसा मैंने पहले वर्णन किया है कि मेरे बड़े भाई वसन्तराव इसी सीट से पीडब्ल्यूपी के उम्मीदवार थे और उनको एसएम जोशी, आचार्य अत्रे और ऊधवराव पाटिल जैसे कद्दावर नेताओं का समर्थन प्राप्त था। वाई.बी. चव्हाण के नेतृत्व में कांग्रेस ने इस सीट को प्रतिष्ठा की सीट के रूप में लिया। मजबूत विपक्षी उम्मीदवार होने के बाद भी कांग्रेस को यह सीट बचानी ही थी। स्वर्गीय केशवराव के पुत्र गुलाबराव जेधे को कांग्रेस का उम्मीदवार घोषित किया गया। चूँकि मेरा भाई विपक्षी उम्मीदवार था इसलिए हर कोई यह सोच रहा था कि मैं क्या करूँगा! यह एक जटिल स्थिति थी जो राजनीतिक परिपक्वता

की माँग कर रही थी और मेरे भाई वसन्तराव ने इस राजनीतिक परिपक्वता का परिचय दिया। उन्होंने बड़ी विनम्रता और सहजता से इस समस्या का समाधान निकाला। उन्होंने सीधे मुझसे बात की और बहुत ही सन्तुलित तथा सीमित शब्दों में कहा, 'तुम कांग्रेस की विचारधारा के प्रति प्रतिबद्ध और समर्पित हो। इसलिए चुनाव के अभियान में मेरे खिलाफ प्रचार करने में जरा भी संकोच मत करो।'

मैंने कांग्रेस पार्टी के उम्मीदवार के पक्ष में पूरी शक्ति से काम किया और वह विजयी हुआ जबकि मेरा भाई हार गया।

अब लोग पश्चिम महाराष्ट्र के सचिव के रूप में कार्यों की सराहना करने लगे थे और पार्टी में भी मेरे कार्य की तारीफ होने लगी थी। इसलिए 1964 में जब मैंने बारामती में एक वर्कर्स सम्मेलन आयोजित करने का प्रस्ताव दिया तो महाराष्ट्र प्रदेश कांग्रेस कमेटी (एमपीसीसी) के प्रेसीडेंट विनायक राव पाटिल और प्रदेश सचिव आबा साहेब निम्बलकर ने तुरन्त स्वीकृति प्रदान कर दी। इस सम्मेलन का सबसे बड़ा आकर्षण भारत सरकार के तत्कालीन रक्षामंत्री वाई.बी. चव्हाण की उपस्थिति थी।

सम्मेलन समाप्त हो जाने के बाद मैंने चव्हाण साहब को अपने घर पर चाय के लिए आमंत्रित किया। बगैर किसी झिझक के उन्होंने मेरा निमंत्रण स्वीकार कर लिया। हमारे घर पर चव्हाण साहेब ने मेरी माँ से बातें करते हुए प्रश्न किया, 'आपके अन्य सभी बच्चे अपने द्वारा चुने हुए क्षेत्र में भली प्रकार अपना काम कर रहे हैं, तो क्या आप शरद को हमारे संरक्षण में कार्य करने की अनुमति प्रदान करेंगी? बाई ने हमेशा की तरह दो टूक जवाब दिया, 'हमारे परिवार में सभी वामपंथी विचारधारा के समर्थक हैं, परन्तु शरद ने आप लोगों का रास्ता चुना है।' यदि वह आप लोगों के साथ जाना चाहता है तो मुझे कोई आपत्ति नहीं है। मैं उससे केवल एक ही आशा करती हूँ कि वह अपनी विचारधारा और काम के प्रति दृढ़प्रतिज्ञ रहे और निष्ठा तथा ईमानदारी से काम करे।

यद्यपि पार्टी ने धीरे-धीरे हमें भारी जिम्मेदारी सौंप दी थी, परन्तु मैंने अपने क्षेत्र बारामती की सूखे की अति जटिल समस्या को हल करने का वीणा

उठाया। सूखे ने हमारे पूरे क्षेत्र को तबाह कर दिया था। भतघर बाँध से पानी ले जानेवाली नीरा लेफ्ट बैंक कैनल (नहर) के कारण वर्तमान बारामती के अनेक इलाके आज हरे-भरे और समृद्ध हैं। 1960 के दशक के प्रारम्भ में स्थिति अति निराशाजनक थी। इस तहसील के 67 गाँवों में से केवल 27 गाँवों को पानी उपलब्ध था, बाकी 40 गाँवों में निरन्तर पानी का संकट रहता था।

चूँकि औसत वर्षा 6-7 इंच ही होती थी, इसलिए मैंने अनुभव किया कि बड़े स्तर पर वर्षा का पानी एकत्र कर ही यहाँ का जल-स्तर ऊँचा किया जा सकता है और यह जलसंग्रहण ही सूखे का हल हो सकता है।

उन दिनों यूएनओ की ओर से फूड एंड एग्रीकल्चर ऑर्गेनाइजेशन (एफएओ) द्वारा 'फूड एंड हंगर' कार्यक्रम के तहत इस क्षेत्र में गरीबों और जरूरतमन्द लोगों को गेहूँ और पाम का तेल मुफ्त वितरित किया जा रहा था। मैंने मुम्बई में एफएओ के कार्यालय से सम्पर्क किया और उनके समक्ष अपना सुझाव रखा कि 'फूड एंड हंगर' कार्यक्रम के तहत किसान कुछ खाद्य सामग्री पाकर अपने को अपमानित महसूस करते हैं इसलिए इसके स्थान पर 'फूड फॉर वर्क' (काम के बदले अनाज़) कार्यक्रम संचालित होना चाहिए।

एफएओ कार्यालय का संचालन एक विदेशी के हाथ में था। उसने हमारे सुझाव को विचार योग्य समझा। चूँकि एफएओ संगठन के पास लिस्ट में ऐसा कोई कार्यक्रम नहीं था, इसलिए उस अधिकारी ने मुझसे बारामती तहसील में इस प्रकार के पथप्रदर्शी प्रोजेक्ट का प्रयास करने को कहा।

हमारे पड़ोस के क्षेत्र में एक आस्ट्रेलियन स्वयंसेवी संस्था (एनजीओ) 'चर्च्स ऑक्जेलरी फॉर सोशल एक्शन' (सीएएसए) सूखा से प्रभावित लोगों को राहत पहुँचाने का कार्य कर रहा था। उस टीम का नेतृत्व हेसेल स्कुसेस और इडना वेजार कर रही थीं। वे दोनों आस्ट्रेलियाई महिलाएँ पूरे समर्पण के साथ कार्य कर रही थीं। शुरू में हम लोगों को आशंका हुई कि उनका सामाजिक कार्य धर्मान्तरण के दृष्टिकोण से हो रहा होगा। हालाँकि एक बार जब मैंने उनका पूर्ण परिचय प्राप्त कर लिया और हर प्रकार की शंका का समाधान हो गया, तो फिर मैंने उनकी सहायता लेने का निर्णय कर लिया।

हमने इस पाइलट प्रोजेक्ट को लागू करने के लिए तांदुलवाडी नामक गाँव को चुना। जब मैं बीएमसीसी में पढ़ रहा था और छात्र संगठन के लिए पुणे

में हर कॉलेज में कमेटियाँ बनाई थीं उस समय के मेरे मित्र छात्रों में से कुछ इंजीनियरिंग कॉलेज में पढ़ रहे थे। मैंने उनसे वर्षा का पानी एकत्र करने के लिए एक तालाब का प्लान और इस्टीमेट (खर्च का अनुमान) बनाने को कहा। उनके द्वारा आकलित धन राशि 80,000 रुपए थी। मैंने गाँव में तालाब निर्मित करने और ग्रामवासियों की सक्रिय भागीदारी के लिए एक मीटिंग बुलाई। मैंने प्रस्ताव रखा कि जो भी इस प्रोजेक्ट में काम करेगा उनमें से प्रत्येक को सप्ताह में तीन किलो गेहूँ और एक लीटर पाम का तेल दिया जाएगा। वे खुशी-खुशी तैयार हो गए। मैं कार्य की देख-रेख के लिए लगभग हर सप्ताह मौके का मुआयना करता था। यह योजना एक वर्ष के लिए थी परन्तु हम लोगों ने इसे छह माह में ही पूरा कर दिया। अन्त में कुल खर्च 60,000 रुपए ही हुआ। यह अनुमानित राशि से 20,000 रुपए कम ही था। इसके बाद वर्षा के सीजन में यह तालाब लबालब भर गया और इससे पास-पड़ोस के कुओं का भी जल-स्तर ऊपर उठ गया।

इस परिणाम से एफएओ के अधिकारी काफी प्रसन्न हुए और उन्होंने क्षेत्र के अन्य हिस्सों में भी ऐसी योजना लागू करने को कहा। मैंने पूरे भीतरी क्षेत्र तक इस ट्रिक का इस्तेमाल किया और इसी पद्धति से ग्रामवासियों की सक्रिय भागीदारी के द्वारा वर्षा का जल एकत्र करनेवाले तीन सौ तालाब खुदवाए। यह कार्य करीब पाँच वर्ष तक चलता रहा। इस पूरे समय में मैं सुबह सात बजे से लेकर रात दो बजे तक, प्रतिदिन लगभग 19 घंटे काम करता था। मैं हर गाँव में काफी-काफी समय तक रुकता और इस प्रकार मैंने युवाओं के बीच मजबूत सांगठनिक ढाँचा विकसित किया। इसने हमारे विशाल कार्य के लिए मजबूत आधार विकसित किया। जब पानी की आपूर्ति होने लगी तो इसने बारामती की रंगत बदल दी।

इस प्रकार तालाब बनाने के मॉडल की सफलता को देखकर एफएओ ने भी 'फूड फॉर हंगर' के स्थान पर 'फूड फॉर वर्क' कार्यक्रम लागू किया। कई वर्ष बाद नवम्बर, 2004 में केन्द्र सरकार में डॉ. मनमोहन सिंह के नेतृत्व में गठित मंत्रिमंडल में मैं कृषि मंत्री था। उस समय केन्द्र सरकार ने देश के सर्वाधिक पिछड़े 150 जिलों में 'फूड फॉर वर्क' (काम के बदले अनाज) योजना को लागू किया। इस योजना के तहत एक परिवार से एक व्यक्ति को 100 दिन के कार्य की गारंटी की गई और उसकी मजदूरी की 25 प्रतिशत

राशि का अनाज और शेष राशि नकद देने का प्रावधान लागू किया गया। हमने देखा कि यह योजना भी उसी प्रकार की मिलती-जुलती योजना थी जिसे मैंने 1960 के दशक में बारामती में लागू किया था।

चूँकि 1960 के दशक में मैं स्वयं महाराष्ट्र के राज्य स्तरीय पार्टी कार्य की जिम्मेदारी निभा रहा था। इसलिए मैं तत्कालीन मुख्यमंत्री बसन्तराव नाइक को बारामती आने और वहाँ के कार्य पर एक नजर डालने के लिए तैयार कर सका था। उन्होंने पूरे एक दिन हमारे साथ विभिन्न इलाकों के तालाबों का दौरा किया और फिर उन्होंने बारामती को जल संरक्षण के एक मॉडल के रूप में प्रसारित किया। इसके बाद महाराष्ट्र की राज्य सरकार ने हमें जल संरक्षण के तालाबों के लिए नालियाँ बनाने की धनराशि आवंटित की जिससे तालाब में पानी लाने के लिए नालियाँ बनाकर इस कार्य को और विकसित किया गया।

अध्याय : तीन

बत्तीस की उम्र में मंत्री

1964 में ए.आर. अन्तुले महाराष्ट्र विधान सभा के सदस्य निर्वाचित हुए और इसके बाद उन्होंने चीफ ऑफ महाराष्ट्र यूथ कांग्रेस का पद छोड़ दिया। उस पद के चुनाव में बैरिस्टर राजा भोसले और हमारे बीच काँटे का चुनाव हुआ और मुझे चार वोट से विजय प्राप्त हुई।

मैं सप्ताह में दो दिन मुम्बई में रुकता और बाकी दिनों महाराष्ट्र के विभिन्न इलाकों का दौरा करता। बारामती में नियमित रूप से जाना हमारे टूर का एक महत्त्वपूर्ण हिस्सा था। महाराष्ट्र के विभिन्न जिलों और इलाकों का दौरा करने के दौरान मुझे समाज के विभिन्न पेशों व तबके के लोगों से मिलने का अवसर मिला। मैंने महाराष्ट्र के विभिन्न इलाकों की संस्कृति और सामाजिक प्रवृत्तियों का अध्ययन किया। इस जोरदार और प्रभावशाली जमीनी कार्य ने पार्टी के सांगठनिक ढाँचे को सुदृढ़ता प्रदान की। हमारे इस कार्य को वाई.बी. चव्हाण, विनायक राव पाटिल, वसन्त राव नायक और वसन्त दादा पाटिल ऐसे वरिष्ठ कांग्रेसी नेताओं का समर्थन प्राप्त था और वे हमारे कार्य तथा इसके परिणाम से काफी प्रसन्न थे।

1967 तक मैं सेंट्रल मुम्बई में स्थित पार्टी के राज्य कार्यालय से ही अपना कार्य करता रहा। इस कार्यालय में रहने से राज्य भर के कार्यकर्ताओं से सम्बन्ध स्थापित करना आसान था। इसके अतिरिक्त मैंने विभिन्न क्षेत्रों के ख्याति प्राप्त और योग्य लोगों से मिलने की प्रक्रिया को अपने कार्यों का हिस्सा बना दिया इस प्रकार मुझे अपने ज्ञानवर्धन में सहायता मिलती और मेरा वैचारिक आधार मजबूत होता। मैंने प्रसिद्ध विद्वान तर्कतीर्थ लक्ष्मण

शास्त्री जोशी[1], शिक्षाविद् गोवर्धन पारिख, सम्पादक गोविन्द तलवलकर और एच.आर. महाजनी, उद्योगपति एस.एल. किर्लोस्कर और नीलकंठ कल्यानी, गायक भीमसेन जोशी, क्रिकेटर विजय मर्चेंट, माधव आप्टे जैसे लब्धप्रतिष्ठ लोगों से मैंने भेंट की।

जब मैं यूथ कांग्रेस का प्रेसीडेंट था, उस समय मैंने *नव युवक* नामक पत्रिका का प्रकाशन प्रारम्भ किया, जो शीघ्र ही एक लोकप्रिय पत्रिका हो गई। पार्टी सदस्यों को विस्तृत जानकारी प्रदान करने की दृष्टि से इस पत्रिका में विभिन्न प्रकार की सूचनाओं और जानकारियों से भरे हुए लेख प्रकाशित होते। प्रख्यात व्यक्तियों का जीवन परिचय और उनके साक्षात्कार तथा अनेक विषयों पर समृद्ध सामग्री प्रकाशित होती थी। इसी अवधि में एमपीसीसी के चीफ विनायक राव पाटिल ने मुझे महाराष्ट्र से ऑल इंडिया कांग्रेस कमेटी का सदस्य नामित किया। शीघ्र ही मैं युवकों की उच्च कमेटी, कार्यकारी समिति का सदस्य चुना गया। मध्य प्रदेश से अर्जुन सिंह, आन्ध्रप्रदेश से जयपाल रेड्डी, कर्नाटक से जफर शरीफ और केरल से वायलर रवि भी हमारे सहकर्मी थे। ये सब मेरे साथ यूथ कांग्रेस में भी सक्रिय थे।

कांग्रेस पार्टी का वह युग था जब महाराष्ट्र कांग्रेस ने एक सुगठित सांगठनिक ढाँचा विकसित किया था। उस समय कांग्रेस किसी भी जन समस्या पर शीघ्रता से अपनी प्रतिक्रिया व्यक्त करती और हमारे ऐसे युवा पार्टी कार्यकर्ताओं को विकसित भी करती। चव्हाण साहेब की पहलकदमी पर आयोजित दिमाग खोल देनेवाली बैठकें एक नियमित प्रक्रिया थीं। पार्टी कैम्पों में बारीक से बारीक विषयों और पार्टी की सामाजिक-आर्थिक राजनीति पर विचार-विमर्श करने के लिए अनेक वरिष्ठ पार्टी नेता उपस्थित रहते। इन बैठकों से निकले सार संकलन को मुख्यमंत्री को भेजा जाता जो अपने मंत्रिमंडल के सहकर्मियों से सलाह-मशविरा कर सरकार की नीति बनाते।

महाबलेश्वर में आयोजित इसी प्रकार के एक कैम्प में चव्हाण साहेब ने महाराष्ट्र के बारे में अपना विचार प्रस्तुत किया। मेरा विचार है कि अब यह

1. लक्ष्मणशास्त्री बालाजी जोशी (1901-1994) वैदिक विद्वान, विचारक और मराठी के प्रसिद्ध लेखक थे। उन्हें हिन्दू धार्मिक परम्पराओं से सम्बन्धित उनकी आलोचनापरक खोजों के लिए जाना जाता है। '*तर्कतीर्थ*' उनकी प्रसिद्ध पुस्तक है। उन्हें साहित्य अकादेमी की शोधवृत्ति तथा पद्मभूषण से सम्मानित किया गया। 1960 में उन्हें महाराष्ट्र स्टेट बोर्ड ऑफ़ लिटरेचर एंड कल्चर का पहला अध्यक्ष बनाया गया। बोर्ड द्वारा प्रकाशित मराठी विश्वकोश के बीस खंड उनके सर्वाधिक महत्त्वपूर्ण कार्यों में हैं।

राज्य पूर्णत: कृषि आधारित होकर और अधिक नहीं चल सकता अर्थात्, कृषि पर आधारित उद्योगों सहित राज्य का औद्योगिक विकास बहुत आवश्यक है। एक बार जब महाराष्ट्र में कृषि आधारित उद्योग लगाने की नीति स्वीकृत हो गई तो फिर सरकार द्वारा चीनी मिल, कताई मिलें और दुग्ध सहकारी समितियों की स्थापना होने लगी। एक बार पार्टी कैम्प में (नासिक में) व्ही.एस. पागे ने (जो बाद में विधान परिषद् के स्पीकर बने) रोजगार गारंटी स्कीम का विचार प्रसारित किया कि सरकार ने इस नीति को व्यावहारिक रूप प्रदान करने के लिए योजना बनाना शुरू कर दिया है। बाबूराव तानपुरे और अन्ना साहेब शिंदे (जो बाद में केन्द्र सरकार में मंत्री हो गए) ने सरकार की नीतियों और योजनाओं का मूल्यांकन करने के लिए एक कार्यकर्ता सम्मेलन राहुरी (जिला अहमद नगर) में आयोजित किया। इस प्रयास के परिणामस्वरूप इन योजनाओं और उपायों में सुधार हुए।

पार्टी का पदाधिकारी होने के नाते इन मीटिंगों और कैम्पों में मिनट नोट करना, ड्राफ्ट तैयार करना और प्रस्ताव बनाना हमारी जिम्मेदारी थी। इन सब कार्यों से निर्णय करनेवाली मशीनरी की अन्तर्दृष्टि मिली और मुझे एक परिपक्व नेता बनने में सहायता मिली।

17 मई, 1964 को प्रधानमंत्री जवाहरलाल नेहरू ने तीनमूर्ति भवन, दिल्ली में यूथ कांग्रेस कमेटी की राष्ट्रीय कार्यकारिणी की एक बैठक बुलाई। वहाँ पर यूथ विंग की सलाहकार समिति की प्रमुख इंदिरा गांधी भी मौजूद थीं। पंडित नेहरू ऐसी करिश्माई शख्सियत थे कि कार्यकारिणी सदस्य जब हाल के अन्दर पहुँचे तो उनकी तरफ आँखें उठाकर देख भी नहीं सके। लीजेंडरी लीडर (अनुश्रुत नेता) नेहरू के साथ वह मेरी पहली और अफसोस की आखिरी मुलाकात थी। इस भेंट के दस दिन बाद उनका निधन हो गया और उनके साथ ही साथ एक शानदार युग का भी पटाक्षेप हो गया।

मैंने राज्य कांग्रेस के बारे में जो कुछ कहा, वह सब राष्ट्रीय स्तर पर भी सच था। कांग्रेस की नीतियों पर स्वतंत्र विचारों को यहाँ तक कि आलोचना को भी प्रोत्साहित किया जाता था। पार्टी और सरकार के कार्यक्रमों की आलोचना पर नेता घूरते नहीं थे। मुझे याद है, जब पहली बार मैंने बीजू पटनायक द्वारा भुवनेश्वर में आयोजित राष्ट्रीय कन्वेंशन में पहली बार भागीदारी की। मुझे आज भी वक्ताओं के भाषण याद हैं। विद्वत्तापूर्ण, सारगर्भित, स्पष्ट और निर्भीक वक्ताओं में एन.वी.

गाडगिल और एस.के. पाटिल भी थे। जैसे ही कोई प्रखर वक्ता माइक पकड़ता था, पंडाल से बाहर घूम रहे लोग दौड़कर पंडाल में आ जाते। उन विद्वान नेताओं के भाषणों को सुनना वास्तव में एक शिक्षाप्रद अनुभव था।

1966 में यू.एन.ओ. द्वारा आयोजित 'प्रॉमिसिंग यूथ लीडरशिप' कार्यक्रम में मैं कांग्रेस पार्टी का डेलीगेट था। मैंने उस कार्यक्रम में भागीदारी की। यदि मैं भूल नहीं रहा हूँ तो एन.डी. तिवारी भी डेलीगेट थे। इस कार्यक्रम के अनुसार हमें निर्धारित किसी देश के प्रमुख राजनीतिक नेता के कार्यालय में 15 दिन तक रहना था। इस थोड़े समय की इंटर्नशिप में हम लोगों को कार्यालय प्रशासन के बारे में, पार्टी में कार्य करने के तरीकों और मीडिया के साथ अन्त:क्रिया जैसे कई विषयों के बारे में सीखना था।

मुझे सबसे पहले जापान के प्रधानमंत्री इसाकू साटू के कार्यालय में रहने का अवसर मिला। इसके बाद मुझे कनाडा के प्रीमियर लिस्टर पीयर्सन के कार्यालय में कार्य करने का समय मिला और फिर मैं कैलीफोर्निया के सिनेटर राबर्ट केनेडी के कार्यालय में रहा। उसी वर्ष अक्टूबर में डेनमार्क के प्रधानमंत्री जेंस ओट्टो क्रैग के कार्यालय इंटर्नशिप के लिए पहुँचा। जैसे ही मेरा जहाज डेनमार्क में उतरा, मेरे वहाँ पहुँचते ही मुझे पार्टी का टेलीग्राम मिला जिसमें 'अतिआवश्यक कार्यवश' तुरन्त वापस आने का सन्देश दिया गया था।

बम्बई (मुम्बई) पहुँचते ही मुझे ज्ञात हुआ कि महाराष्ट्र में विधान सभा का चुनाव होनेवाला है और कांग्रेस पार्टी के राज्य प्रमुख विनायक राव पाटिल का विचार है कि मुझे बारामती विधान सभा सीट से टिकट के लिए आवेदन करना चाहिए। मेरे पास इनकार करने का कोई भी कारण नहीं था परन्तु मुझे मालूम था कि यह एक कठिन संघर्ष होगा क्योंकि वहाँ गहरी जड़ जमाए नेताओं से कठोर संघर्ष होगा। टिकट देने की चली आ रही प्रक्रिया के अनुसार उम्मीदवार तहसील स्तर पर पार्टी के समक्ष आवेदन करते थे। तहसील स्तर से संस्तुति प्राप्त नाम जिला कमेटी के पास जाते, फिर राज्य कमेटी अन्तिम निर्णय लेती। अपवादस्वरूप ही ऐसा होता था कि दिल्ली में बैठा पार्टी का सर्वोच्च नेतृत्व राज्यों की सिफारिश को अस्वीकृत करता हो।

बारामती विधान सभा सीट के लिए कुल 12 आवेदन आए। उस समय मैं केवल 26 वर्ष का युवक था। हमारे कुछ वरिष्ठ नेता यह जानकर नाराज हुए कि बारामती विधान सभा क्षेत्र में मेरे कठिन-कठोर जमीनी काम को

ध्यान में रखते हुए हमें टिकट मिल सकता है। उनका विचार था कि इससे मेरा आधार और मजबूत होगा, तब शायद अगले दस वर्षों तक मुझे हटाना कठिन होगा। तहसील पार्टी प्रेसीडेंट, स्थानीय जिला परिषद सदस्य और चीनी मिल के निदेशक सहित सबकी भृकुटि चढ़ी थी। लगभग सभी लोग हमारे टिकट के खिलाफ थे। यह विषय पुणे की जिला कांग्रेस कमेटी के समक्ष पहुँचा तो उन्होंने भी मेरा नाम अस्वीकृत कर दिया और कहा कि मेरे चुनाव जीतने की कोई भी संभावना नहीं है। अन्त में राज्य पार्लियामेंटरी बोर्ड को सीटों के बारे में निर्णय करना था।

राज्य पार्लियामेंटरी बोर्ड की मीटिंग दक्षिण मुम्बई में स्थित चव्हाण साहेब के मरीन ड्राइव के निवास पर आयोजित हुई। यद्यपि यूथ कांग्रेस का चीफ होने के नाते मैं पार्लियामेंटरी बोर्ड का पूर्व पदाधिकारी था फिर भी मैं मीडिंग में शामिल नहीं हुआ। महाराष्ट्र पार्लियामेंटरी कमेटी के प्रेसीडेंट ने मेरा नाम प्रस्तावित किया परन्तु जिला के सदस्यों ने 'मेरे जीतने की कम उम्मीद' का तर्क देकर मेरा नाम अस्वीकृत कर दिया।

अन्त में चव्हाण साहेब ने हस्तक्षेप किया और मेरे निन्दकों से पूछा, 'राज्य की 288 सीटों में से कांग्रेस की कितनी सीटों पर विजय होगी? आप लोगों को क्या आशा है?'

उत्तर मिला, 'करीब दो सौ सीटें।'

चव्हाण साहेब ने कहा, 'बिलकुल ठीक। इसका मतलब हुआ कि हम 88 सीटों पर सफल नहीं होंगे। शरद को बारामती से चुनाव लड़ने दो, 89 सीटों पर ही तो हम हारेंगे।'

जैसे ही चुनाव लड़ने के लिए प्रत्याशी के रूप में मेरे नाम का निर्णय हुआ वैसे ही तहसील स्तर की कांग्रेस पार्टी के सभी पदाधिकारियों ने विरोधस्वरूप इस्तीफा दे दिया। उन्होंने हमारे खिलाफ बाबालाल काकडे, चेयरमैन सोमेश्वर कोऑपरेटिव शूगर मिल को स्वतंत्र उम्मीदवार के रूप में खड़ा किया। हालाँकि जमीनी स्तर पर सम्पूर्ण स्थिति हमारे पक्ष में थी। स्थानीय युवाओं, छात्रों में हमारे समर्थकों की अच्छी संख्या थी। हमारे चुनाव अभियान में स्थानीय कॉलेज के छात्रों ने काफी बढ़-चढ़कर उत्साह से हिस्सा लिया।

पुणे के विभिन्न कॉलेजों में पढ़नेवाले बारामती के निवासी 600 छात्र अपने-अपने कॉलेजों से छुट्टी लेकर हमारे चुनाव अभियान में शामिल हुए। कुछ वर्ष

पूर्व अनेक गाँवों में तालाब बनवाने का कार्य और बाजारों में कृषि उत्पाद बेचने के समय मैंने जो भी सामाजिक सम्बन्ध विकसित किए थे, इस चुनाव में उस सबका लाभ मिला। चव्हाण साहेब द्वारा मुम्बई से आकर एक विशाल चुनावी सभा को सम्बोधित करने का भी असर हमारे चुनाव में स्पष्ट नजर आया। जब मतदान का दिन करीब आ गया तो मैंने देखा कि आमतौर पर धूप और धूल आदि से बचनेवाले बुद्धिजीवी, डॉक्टर, व्यापारी, वकील और अध्यापक सबके सब हमारे समर्थन में सड़कों पर उतरे और चुनाव अभियान में शामिल हुए।

मेरे दोनों बड़े भाइयों—दिनकर राव और अनन्त राव—ने चुनाव अभियान संचालन में महत्त्वपूर्ण भूमिका निभाई। मेरी माँ जो पीडब्ल्यूपी क़ी दृढ़ समर्थक और हार्ड कोर थीं, उन्होंने स्वतंत्र भारत में कभी भी कांग्रेस को वोट नहीं दिया था। वह जब अपना वोट डालकर मतदान केन्द्र से लौट रही थीं तब उन्होंने कहा, 'यह पहला अवसर है जब मैंने बैलगाड़ी (पीडब्ल्यूपी का चुनाव निशान) पर मुहर न लगाकर बैल की जोड़ी पर (कांगेस का चुनाव चिह्न) मुहर लगाई है।'

इस विधान सभा चुनाव में मुझे 35,000 वोट मिले जबकि हमारे प्रतिद्वन्द्वी को 17,000 वोट मिले। इस प्रकार मुझे पहली शानदार चुनावी सफलता मिली। मेरे बारे में नकारात्मक मूल्यांकन करनेवालों का अनुभव गलत साबित हुआ परन्तु उनका यह मूल्यांकन सही था कि एक बार निर्वाचित हो जाने के बाद मैं कभी भी बारामती से चुनाव नहीं हारा।

बारामती से निर्वाचित होने के बाद मेरी तीन मोर्चों पर एक साथ काम करने की आवश्यकता महसूस की गई। मैंने इसके बारे में कभी शिकायत नहीं की। वास्तव में मैंने हर सौंपी गई अतिरिक्त जिम्मेदारी को सहर्ष स्वीकार किया। मुझे जिस कार्य की जो भी जिम्मेदारी दी गई उसमें अधिक से अधिक कार्य करने के लिए मैं कृतसंकल्प था। कांग्रेस विधिमंडल समिति के सचिव के पद पर मेरा सर्वसम्मति से चुनाव हुआ। मैंने विधान सभा की पूरे दिन की कार्यवाही में बैठने का निर्णय किया। इससे विधान सभा के कार्यों के बारे में मेरी बुनियादी समझ विकसित हुई। सत्ता पक्ष और विपक्ष के बीच प्रश्न काल में होनेवाली बहसों से मैंने शिक्षा ग्रहण की और इस प्रकार मेरे स्वाध्ययन ने मुझे विधान सभा और संसद में आत्मविश्वास के साथ भागीदारी करने योग्य बनाया।

हमारी जिम्मेदारी का दूसरा क्षेत्र पार्टी कार्य था। जब वसन्तदादा पाटिल राज्य कांग्रेस पार्टी के प्रेसीडेंट हो गए तो महासचिव पद के लिए मैं निर्वाचित हुआ। मेरे अतिरिक्त वी.एन. गाडगिल और तुषार पवार—दो और महासचिव थे। इस समय मैंने चीनी मिल को-आपरेटिव सोसाइटी को लेकर कुछ कठिनाई महसूस की।

महाराष्ट्र में सहकारी समितियों (कोऑपरेटिव सोसाइटी) की गहरी जड़ें हैं और यह बात सहकारी चीनी मिलों के लिए भी सही है। बीसवीं सदी के प्रारम्भ में एक सम्भ्रान्त व्यक्ति लालू भाई सामलदास ने सर्वप्रथम बारामती में चीनी मिल की शुरुआत की थी परन्तु वह असफल हो गए।

इस प्रयास के करीब तीन दशक बाद 1945 में प्रसिद्ध अर्थशास्त्री प्रोफेसर डी.आर. गाडगिल ने सर्वप्रथम चीनी मिल सहकारी समितियों का विचार पेश किया। डी.आर. गाडगिल बाद में योजना आयोग के वाइस चेयरमैन भी नियुक्त हुए। इस प्रस्ताव के तीन वर्ष बाद प्रवरानगर में पहली सहकारी समिति की स्थापना हुई। यह प्रयास इतना सफल था कि 1954 तक सरकार केवल सहकारी चीनी मिलों के लिए ही लाइसेंस प्रदान करती थी। 1950 के दशक में 15 नई सहकारी चीनी मिलों की स्थापना हुई। किसानों के पास जाकर उनको सहकारी समितियों में शामिल होने के लिए समझानेवाले अन्ना साहेब शिन्दे और विट्ठल राव विरवे पाटिल भी थे।

जो भी हो, सहकारी समिति क्षेत्र में यह विचार जड़ जमा रहा था कि इस सेक्टर में सारे अधिकार और शक्ति कुछ ही लोगों के हाथों में केन्द्रित होते जा रहे हैं। मैंने पार्टी के अन्दर एक प्रस्ताव रखा कि किसी भी सहकारी समिति में कोई भी पदाधिकारी दस वर्ष से अधिक पद पर नहीं रहना चाहिए। वसन्तदादा पाटिल ने इस प्रस्ताव का उग्रतापूर्ण विरोध किया, अनेक विधायकों ने उनका समर्थन किया। ऐसा माना जाता है कि वसन्तदादा की ही तरह उन विधायकों की भी सहकारी क्षेत्र पर मजबूत पकड़ थी। वसन्तदादा ने तर्क दिया—यदि विधायक और सांसद अनेक बार चुने जा सकते हैं तो सहकारी समिति के पदाधिकारी क्यों नहीं निर्वाचित हो सकते? मैंने, दयनेश्वर खैरे और वसन्त मोरे ने तर्क दिया कि सहकारी क्षेत्र में शक्तिशाली नेताओं का एक वर्ग उभर रहा है, उसने अपनी वित्तीय शक्ति का प्रयोग कर राजनीति को प्रभावित करने के प्रयास प्रारम्भ कर दिए हैं। हमें इसे हल करने

के उपाय निकालने होंगे। चव्हाण साहेब ने इस विचार के साथ सहमति व्यक्त की।

इस विषय पर पार्टी में गरमागरम बहस छिड़ गई और कांग्रेस विधान सभा समिति के बीच मतदान की स्थिति उत्पन्न हो गई। मतदान हुआ और हमारा प्रस्ताव पारित हो गया। इसके बाद विधान सभा के सदन में बाकायदा महाराष्ट्र कोऑपरेटिव सोसाइटी ऐक्ट में संशोधन पारित हुआ।

उस समय कांग्रेस पार्टी के अन्दर एक जनतांत्रिक संस्कृति थी जो इस तरह की खुली बहसों की अनुमति और अवसर प्रदान करती थी। यद्यपि इस विषय पर वसंत दादा और हमारे बीच विपरीत पक्ष मौजूद था इसलिए हम दोनों में और दोनों के समर्थकों के बीच कुछ दूरी हो गई परन्तु इस विवाद ने मुझे भविष्य में पार्टी नेतृत्व में आगे बढ़ने का अवसर दिया। कांग्रेस के अन्दर युवा कार्यकर्ता और लगभग 50 विधायक धीरे-धीरे मेरे पक्ष में खड़े हुए। इस परिघटना से मुझे अनुभूति हुई कि कार्यकर्ता उस नेता की प्रशंसा करते हैं जो विभिन्न विषयों पर स्टैंड लेता है। हालाँकि इस सारी परिघटना में उल्लेखनीय बात यह है कि एक वरिष्ठ नेता होने के नाते वसन्तदादा मुझसे प्रस्ताव वापस लेने को कह सकते थे, परन्तु उन्होंने स्वतंत्र रूप से बहस को आमंत्रित किया और पराजित होने की सम्भावना का भी सम्मान किया। इस प्रकार के खुले दिल-दिमाग की बात आज की राजनीति में अपवादस्वरूप ही दिखती है।

कांग्रेस पार्टी की राज्य स्तरीय जिम्मेदारी और विधान सभा की जिम्मेदारी हमें अपने क्षेत्र बारामती में प्रारम्भ किए गए विकास कार्यों के प्रोजेक्ट से विमुख नहीं कर सकी। हमारे मित्रों और सहयोगियों की एक शानदार टीम इन विकास कार्यों के लिए समर्पित थी। मैं अपनी तमाम व्यस्तताओं के बावजूद समय निकालकर बारामती पहुँचता और इस टीम के साथ बैठता। हर जगह की तरह यहाँ भी समस्याएँ थीं लेकिन उनको परस्पर विश्वास की भावना से हल किया गया। मेरे बड़े भाई अप्पा साहेब पवार जो उस समय बारामती में ही तैनात थे, मेरी इस यात्रा के मजबूत समर्थक थे। उस समय हम लोग समय से जिस काम में लग गए वह काम आज 'विकास के बारामती मॉडल' के नाम से जाना जाता है।

परिश्रमपूर्वक किए गए हर काम का अच्छा फल मिलता है और यही उसका पारितोषिक होता है। हमें भी इस काम का पुरस्कार तीव्रगति से

राजनीतिक प्रगति के रूप में मिला। 1967 की तुलना में 1972 में हमारे विधान सभा टिकट को लेकर कोई भी विरोध नहीं था। 1967 में हमारे पक्ष में 35,000 वोट पड़े थे और 1972 में 50,000 मतदाताओं ने मुझे चुना। यह आँकड़ा मुख्यमंत्री वसन्तराव नाइक को प्राप्त होनेवाले मतों के बाद दूसरे स्थान पर था और उन्होंने मुझे राज्यमंत्री का दर्जा प्रदान किया। आज मैं उचित समय पर चव्हाण साहेब द्वारा किए गए हस्तक्षेप का आभारी हूँ।

वास्तव में घटनाक्रम इस प्रकार चला कि वसन्तराव नाइक ने मंत्रियों की एक सूची तैयार की और उसे पारित कराने के लिए प्रधानमंत्री इन्दिरा गांधी के समक्ष प्रस्तुत किया। प्रधानमंत्री इन्दिरा गांधी ने लिस्ट के साथ चव्हाण साहब को बुलाया। चव्हाण साहेब लिस्ट में मेरा नाम न देखकर एकदम नाराज हो गए। उन्होंने मुख्यमंत्री से कहा, 'क्या हमें युवा नेतृत्व को विकसित करने की आवश्यकता नहीं है? मुझे इस लिस्ट में यह दृष्टिकोण नजर नहीं आता है।'

वाई.बी. चव्हाण के निर्देशानुसार मुख्यमंत्री नायक ने लिस्ट में मेरा नाम जोड़ा और पुन: प्रधानमंत्री की स्वीकृति प्राप्त कर वह मुम्बई लौटे। चव्हाण साहब के निजी सचिव श्रीपद डोंगरे ने बाद में मुझे बताया कि उन्होंने पहले कभी चव्हाण साहेब को इतना क्रोधित नहीं देखा था। स्पष्ट है कि मुख्यमंत्री नायक और चव्हाण साहेब के बीच लम्बी बातचीत के बाद ही मेरा नाम लिस्ट में जोड़ा गया था।

सच कहा जाए तो मैंने इतनी जल्दी मंत्री बनने की आशा नहीं की थी। मैंने केवल 32 वर्ष और 6 माह की उम्र पूरी की थी और एक बार ही विधायक रहा था। इसलिए जब पहली लिस्ट में मेरा नाम नहीं था तो मुझे कोई निराशा नहीं हुई और जब दूसरी बार संशोधित लिस्ट में मेरा नाम आया तो भी मुझे कोई आश्चर्य नहीं हुआ। ऐसा सम्भवत: इसलिए था कि मैंने उस समय केवल एक अच्छा पार्लियामेंटेरियन होने का ही सपना सँजोया था।

युवा नेतृत्व को विकसित करने पर दबाव देने और उनको विकसित करने में प्रयत्नशील रहने के लिए मैं चव्हाण साहब का आभारी हूँ, उनको धन्यवाद ज्ञापित करता हूँ और हमें स्वयं भी जब कभी अवसर मिला, मैंने इस नीति को लागू करने का प्रयास किया। जैसे ही मैंने मंत्री-पद का कार्यभार सँभाला, मैंने एक युवक सुशील कुमार शिंदे को पुलिस की नौकरी छोड़कर राज्य में कांग्रेस पार्टी के टिकट से चुनाव लड़ने के लिए सहमत किया। सुशील कुमार शिंदे

ने नौकरी से त्यागपत्र तो दे दिया परन्तु वह कांग्रेस का टिकट नहीं पा सका क्योंकि बाबू जगजीवन राम के आदेश पर उसके स्थान पर एक दूसरे पार्टी कार्यकर्ता तयप्पा हरी सोनवणे को टिकट दिया गया। छह माह बाद सोनवणे का निधन हो गया। इसके बाद सुशील कुमार शिंदे को पार्टी से टिकट मिला और 1974 में वह चुनाव में विजयी हुआ। मैंने नायक साहब को उसे पहली बार में ही राज्यमंत्री का पद देने के लिए सहमत कर लिया। शिंदे को पशुपालन विभाग के मंत्री पद की जिम्मेदारी सौंपी गई।

दिल्ली से वापस आकर जब वसन्तराव नाइक ने अपनी सरकार का मुख्यमंत्री पद सँभाला तो पहली ही मीटिंग में मुख्यमंत्री ने कहा कि अपनी पसन्द का पोर्टफोलियो चुन लो। मैंने कहा, श्रीमान, यह आपका प्राधिकार है।' उन्होंने मुझे प्रतिष्ठित गृह विभाग (होम) सामान्य प्रशासन (जीएडी) और विधायी मामलों (लेजिस्लेटिव अफेयर्स) का पोर्टफोलियो दिया। इन विभागों का मंत्री होने से मुझे सीधे मुख्यमंत्री के अधीन कार्य करने का सुवअसर मिला। सरकार किस प्रकार चलाई जाती है, इसको सीखने का इससे अच्छा और कोई अवसर नहीं हो सकता था। जी.ए.डी. के इंचार्ज मंत्री की सम्पूर्ण सरकारी मशीनरी तक पहुँच होती है और इसके साथ होम (गृह) और लेजिस्लेटिव अफेयर्स के विभाग भी मेरे पास थे इसलिए मैं बहुत थोड़े समय में ही प्रशासन के मूल तत्त्व को समझ सकता था।

वसन्तराव नाईक ने मुझ पर पूरा विश्वास किया और मुझे कभी हतोत्साहित नहीं किया। यद्यपि मैंने पहली बार मंत्री पद की जिम्मेदारी ली थी परन्तु मुख्यमंत्री ने मुझे पुलिस अधिकारियों के स्थानान्तरण से लेकर उनके खिलाफ उचित कार्यवाही करने की पूर्ण स्वतंत्रता प्रदान की (केवल आईपीएस अधिकारियों के अतिरिक्त)। यह बिलकुल विशेष कार्य था क्योंकि इससे पूर्व ऐसा कभी नहीं हुआ था। वह मुझे विधान सभा में और प्रशासन के मामलों में भी पूरा सहयोग और समर्थन देते। वह सत्ता के दौरान पूरे समय बैठते परन्तु उन्होंने मुझसे सम्बन्धित विभागों के प्रश्नों के उत्तर देने की जिम्मेदारी मेरे ऊपर ही सौंपी। जब उनको महसूस होता कि मुझे सहयोग की जरूरत है तब वह हस्तक्षेप करते थे।

मुझे एक विशेष घटना याद आती है, जब मुम्बई म्यूनिसिपल स्कूल के अध्यापकों ने धार्मिक विषय को कारण बताते हुए छात्रों को 'वंदे मारतम्' का

गीत गाने से मना किया था। मैंने जैसे ही इस विषय पर राज्य विधान सभा में अपना वक्तव्य देना शुरू किया कि 'अध्यापकों का तर्क गलत है।' विपक्ष ने हमारे खिलाफ आलोचना की झड़ी लगा दी। मुख्यमंत्री ने तुरन्त हस्तक्षेप किया और हमारे पक्ष में एक ओजस्वी भाषण दिया। एक वरिष्ठ मंत्री द्वारा हमारे संसदीय जीवन में इसी प्रकार के सहयोग की परम आवश्यकता थी। इस प्रकार के सहयोग और समर्थन ने मुझे अपने पैरों पर खड़े होने में सहायता की और अच्छा कार्य करने का आत्मविश्वास भी प्रदान किया।

1972 में उत्पन्न हुई सूखे की प्राकृतिक आपदा ने देश के कई प्रदेशों को प्रभावित किया था। महाराष्ट्र सहित कई प्रान्त भयंकर सूखे की चपेट में थे। इस स्थिति में मैंने सीधे कार्यवाही प्रारम्भ की। महाराष्ट्र के 35,800 गाँवों में से 30,000 गाँवों में सूखे का भयावह प्रभाव था। 1971 के बांग्लादेश युद्ध और वहाँ से आए लगभग एक करोड़ शरणार्थियों के कारण भारत की अर्थव्यवस्था काफी संकट का सामना कर रही थी। उद्योगों के लिए कच्चे माल और बिजली की कमी से औद्योगिक उत्पादन प्रभावित था। जीवन की तमाम आवश्यक सामग्रियों का अभाव था। ऐसी परिस्थिति में वर्षा न होने से अनेक संकट उत्पन्न हो गए और स्थिति दिन-प्रतिदिन खराब हो रही थी।

पानी की आपूर्ति घटने और अनाज महँगा होने से जनता में बेहद गुस्सा था। महाराष्ट्र के सभी हिस्सों से दुर्भिक्ष और तबाही के समाचार आ रहे थे। मुंबई में महिलाएँ सरकार के खिलाफ सड़कों पर प्रदर्शन कर रही थीं। मृणाल गोरे, अहल्या रांगनेकर, कमला देसाई, सुशीला पटेल और मालतीबाई वेदेकर के नेतृत्व में महिलाओं का प्रदर्शन मुख्यमंत्री वसन्तराव नाइक और सिविल सप्लाई मिनिस्टर हरीभाउ वर्तक के खिलाफ केन्द्रित था। जब हजारों महिलाओं ने हाथ में बेलन लेकर सचिवालय की ओर मार्च किया तो यह सारे अखबारों में राष्ट्रीय खबर बन गई।

वसन्तराव नाइक ने राज्य में अनाज के अभाव को हल करने के लिए आपातकालीन उपाय करने को कहा।

मैंने अतिरिक्त अनाज वाले राज्यों से अनाज लेने का सुझाव दिया। महाराष्ट्र राज्य और यहाँ के नेता चव्हाण साहेब तथा नाइक साहब का अन्य कई राज्यों में बड़ा सम्मान था इसलिए मेरा कार्य कुछ आसान हो गया। यद्यपि मैं एक नया मंत्री था, इसके बावजूद पंजाब में ज्ञानी जैलसिंह और हरियाणा

में बंसीलाल ने मुझे पूरा सम्मान दिया। तमिलनाडु और कर्नाटक राज्य भी शीघ्रता से चावल देने के लिए तैयार हो गए और केन्द्र सरकार द्वारा निर्धारित कोटे से अधिक चावल दिया।

यह सूचित करना आवश्यक है कि जब मैं उत्तर प्रदेश के तत्कालीन मुख्यमंत्री कमलापति त्रिपाठी से मिलने पहुँचा तो वे पैर पसारे हुए अपनी चारपाई पर आराम कर रहे थे। मैंने उनको हाथ जोड़कर प्रणाम किया और अपनी बात कहना प्रारम्भ किया। मैंने अनुभव किया कि वह मुझे पूर्णतः नजरअन्दाज कर रहे हैं। महाराष्ट्र का एक आई.ए.एस. अधिकारी, जो मेरे साथ उ.प्र. आया था, वह उ.प्र. का ही रहने वाला था। उसने मुझे इशारा किया कि इस क्षेत्र की प्रचलित परम्परा के अनुसार मुझे त्रिपाठी जी के चरण स्पर्श करने चाहिए। अब मेरे पैर छूने की बारी थी। मैंने उस अफसर की सलाह को पूर्णतः नकार दिया। यदि चरण-स्पर्श का अर्थ सम्मान व्यक्त करना था तो मैं पहले ही प्रणाम कर चुका था। मैंने एक बार फिर दुबारा उत्तर प्रदेश से अन्न प्राप्ति के लिए बातचीत की परन्तु सब कुछ व्यर्थ साबित हुआ। उस वर्ष महाराष्ट्र को मुख्यमंत्री कमलापति त्रिपाठी के राज्य उत्तर प्रदेश से एक दाना भी नहीं प्राप्त हो सका। इस प्रकार उत्तर प्रदेश से सूखाग्रस्त महाराष्ट्र को कोई सकारात्मक प्रतिक्रिया तक नहीं मिल सकी।

सूखा प्रभावित क्षेत्रों की एक और बड़ी समस्या जानवरों के चारे को ढोने की थी। उस समय एक जिले से दूसरे जिले में चारा ले जाना प्रतिबन्धित था। इस प्रतिबन्ध ने अति संकटपूर्ण स्थिति खड़ी कर दी थी। जहाँ एक तरफ कुछ जिलों में जानवर बगैर चारा खाए मरणासन्न हो रहे थे, वहीं दूसरे जिलों में जहाँ कुछ वर्षा हुई थी, वहाँ प्रचुर मात्रा में हरा चारा और भूसा उपलब्ध था। मैंने जैसे ही मुख्यमंत्री का ध्यान इस ओर आकर्षित किया, उन्होंने तुरन्त आदेश जारी कर जिलों के बीच चारा ले जाने के यातायात को सुगम बनाया। इस आदेश से पूरे राज्य में किसानों को बड़ी राहत मिली।

सूखे से राहत के लिए चलाया जा रहा युद्धस्तरीय अभियान समाप्त हुआ। एक युद्ध समाप्त हुआ परन्तु खाद्यान्न के मामले में महाराष्ट्र को आत्मनिर्भर बनाने का बड़ा काम अभी सामने था। वसन्तराव नाइक के स्थान पर शंकरराव चव्हाण को मुख्यमंत्री की जिम्मेदारी दी गई और मुझे कृषि मंत्री का पोर्टफोलियो दिया गया। प्रधानमंत्री इन्दिरा गांधी ने इस मामले में

व्यक्तिगत रूप से रुचि ली। उन्होंने पुणे में एक बैठक की और कहा कि वह अनाज के मामले में महाराष्ट्र को पूर्णत: आत्मनिर्भर देखना चाहती हैं।

इसके उपरान्त राज्य स्तरीय कैबिनेट मंत्रियों की बैठक बुलाई गई और इस लक्ष्य को पूरा करने के लिए मुझसे पहल लेने को कहा गया। उस समय महाराष्ट्र में प्रतिवर्ष रुपए 120/- करोड़ की कमी पड़ती थी जिसकी आपूर्ति सरकार को करनी होती थी। महाराष्ट्र के कृषि विश्वविद्यालयों द्वारा किए गए शोधकार्यों का अध्ययन करने के बाद मैंने यह अनुभव किया कि किसानों को अधिक पैदावार वाली फसलों के लिए उत्साहित करना अपरिहार्य है। इस प्रकार की पैदावार के सम्बन्ध में दो स्तर पर आरम्भिक विरोध उत्पन्न हुआ। हाइब्रीड फसल वाले पौधे परम्परागत पौधों से छोटे होते थे। उनसे प्राप्त होनेवाले चारे की मात्रा कम थी। अत: किसान हाइब्रीड प्रजाति की फसलों की ओर बढ़ने में अनिच्छुक थे। दूसरा, यह एक आम धारणा थी कि पहले से प्रचलित बीजों की तुलना में हाइब्रीड फसलों का अनाज 'निम्न श्रेणी' का होता है और उसका स्वाद भी 'भिन्न' होता है।

मैंने इस समस्या से सीधे निपटने का निर्णय लिया। हम लोगों ने राज्य के सभी जिलों में सार्वजनिक प्रदर्शन द्वारा इसे प्रमाणित करने के उद्देश्य से फार्मों में हाइब्रीड बीजों की फसलों का उत्पादन किया। दूसरे वर्ष इन फार्मों में अधिक उत्पादन से, चारों तरफ इसकी चर्चा होने लगी। इस प्रयोग के बाद भारी संख्या में किसानों ने हाइब्रीड बीजों का प्रयोग प्रारम्भ किया और उनकी शंका का समाधान हो गया। हाइब्रीड बीजों के बारे में उत्पन्न विरोध दो वर्ष में समाप्त हो गया।

1970 के दशक की शुरुआत में सरकार द्वारा आपूर्ति किए गए अनाज से एक मजेदार और अप्रत्याशित 'कांग्रेस घास' उत्पन्न हो गई थी। इस घास के बीज अमेरिका तथा कुछ अन्य देशों से बड़े पैमाने पर आयातित गेहूँ के साथ आ गए थे। यह बीज किसी भी जलवायु में पूरे देश में बड़ी तेजी से विकसित हो जाते थे—जैसे पूरे देश में कांग्रेस पार्टी विकसित हो रही थी और इसीलिए किसानों ने इसे 'कांग्रेस घास' के नाम से पुकारना शुरू कर दिया। यह शब्द राज्य के राजनीतिक अभियान में एक अवरोध भी बना।

अध्याय : चार

प्रोग्रेसिव डेमोक्रेटिक फ्रंट (पी.डी.एफ.) की गाथा

कांग्रेस पार्टी के जो कार्यकर्ता लोकतांत्रिक मूल्यों में विश्वास करते थे, उनके लिए आपातकाल (1975–77) के दिन बेहद भयावह और आतंक के दिन थे।

एक मध्य स्तर का नेता होने के नाते, मैं देश की तेजी से बिगड़ रही हालत का गवाह था। मैं अपनी आँखों से निरन्तर खराब होती स्थिति को देख रहा था और स्थिति सुधार के नाम पर पार्टी के सर्वोच्च नेतृत्व द्वारा अपनाए जा रहे तरीके से अप्रसन्न था। यह सब मामला गुजरात से चलाए गए 'नव निर्माण आन्दोलन' से शुरू हुआ था। छात्रों द्वारा प्रारम्भ किए गए इस आन्दोलन ने समाज के विभिन्न वर्गों और तबकों को अपने आगोश में ले लिया और आन्दोलन ने इतना उग्र रूप धारण किया कि गुजरात के तत्कालीन मुख्यमंत्री चिमनभाई पटेल को अपने पद से इस्तीफा देना पड़ा। अप्रैल, 1974 में गांधीवादी नेता जयप्रकाश नारायण ने 'सम्पूर्ण क्रान्ति' आन्दोलन प्रारम्भ किया। इसी वर्ष मई–जून माह में देश की सबसे बड़ी रेल मजदूरों की यूनियन ने देशव्यापी हड़ताल शुरू कर दी। सरकार ने रेल मजदूरों का बर्बर दमन किया और हजारों मजदूरों को जेल में ठूँस दिया।

समय ने करवट बदली और 12 जून, 1975 को इलाहाबाद उच्च न्यायालय ने इन्दिरा गांधी को चुनाव में अवैधानिक तरीके इस्तेमाल करने का दोषी करार दिया। इन्दिरा गांधी ने सर्वोच्च न्यायालय में अपील की परन्तु सर्वोच्च न्यायालय ने भी निचली अदालत के फैसले को उचित ठहराया। इन्दिरा गांधी के लिए यह आखिरी सहारा भी काम न आया। इसके बाद इन्दिरा गांधी ने तत्कालीन बंगाल के मुख्यमंत्री और कांग्रेस पार्टी के वरिष्ठ

नेता सिद्धान्त शंकर रे की सलाह के अनुसार परेशान हाल देश पर आपातकाल (इमरजेंसी) थोप दी।

कांग्रेस पार्टी के लिए लोकतंत्र एक आस्था की वस्तु थी। इन्दिरा गांधी द्वारा लोगों के लोकतांत्रिक अधिकारों पर प्रतिबन्ध लगाने का निर्णय हम लोगों के गले नहीं उतरा। हम लोगों ने जयप्रकाश नारायण द्वारा सशस्त्र बल से सरकार के आदेशों को न मानने की अपील को खतरनाक तो समझा, परन्तु हम लोगों का विचार था कि इस विषय को बगैर आपातकाल लागू किए भी हल किया जा सकता था।

चन्द्रशेखर और मोहन धारिया जैसे वरिष्ठ कांग्रेसी नेताओं ने आपातकाल का विरोध करते हुए पार्टी से इस्तीफा दे दिया। वसन्तदादा पाटिल ने घुटन महसूस करते हुए राज्य कैबिनेट मंत्री का पद त्याग दिया। यहाँ तक कि विट्ठल राव गाडगिल जैसे इन्दिरा गांधी के परम वफादार नेता भी आपातकाल लागू होने से खुश नहीं थे। जब आपातकाल लागू किया गया तो यशवन्तराव चव्हाण विदेश में थे। इस निर्णय पर इन्दिरा गांधी से अपना आक्रोश व्यक्त करने के लिए उन्होंने अपनी विदेश यात्रा से वापस आना ही उचित समझा और अधूरी यात्रा से ही देश वापस आ गए। इन्दिरा गांधी ने गुप्तचर विभाग की कुछ रिपोर्टों को दिखाते हुए अपने निर्णय को उचित बताया। इस सबके बावजूद उनकी बेचैनी कम नहीं हुई और इन्दिरा गांधी ने उनको भी दरकिनार कर दिया। असम के राजनीतिक देवकान्त बरुआ, जिन्होंने नारा दिया था कि 'इंडिया इज इन्दिरा एंड इन्दिरा इज इंडिया', अब कांग्रेस के प्रेसीडेंट हो गए थे। लोग फुसफुसाकर असन्तोष व्यक्त करते थे।

कांग्रेस पार्टी के लोगों को कहा गया कि अप्रत्याशित परिस्थितियों को देखते हुए थोड़े समय का आपातकाल एक उपाय है, जो कड़वी गोली होते हुए भी हमें इस दवा की प्रशंसा करनी चाहिए। हमारे समकालीन पार्टी साथी कुछ परेशानी महसूस कर रहे थे। मुझे याद है कि प्रारम्भ में अम्बिका सोनी भी इससे परेशानी महसूस कर रही थीं परन्तु बाद में जब उनको यूथ कांग्रेस का प्रेसीडेंट नियुक्त कर दिया गया, फिर उन्होंने आपातकाल के कार्यक्रम को लागू करने में कोई कसर नहीं छोड़ी। महाराष्ट्र, में बिलकुल अप्रत्याशित तरीके से शिवसेना ने आपातकाल का समर्थन किया। महाराष्ट्र में प्रदेश कांग्रेस कमेटी के प्रेसीडेंट रजनी पटेल के तत्त्वावधान में बालासाहेब ठाकरे

और इन्दिरा गांधी की एक बैठक मुम्बई में आयोजित हुई उसके बाद शिवसेना ने आपातकाल का समर्थन किया।

जहाँ तक मेरा सम्बन्ध है, मैंने अपने को कुछ हद तक पार्टी कार्यों से अलग कर लिया और अपने मंत्रालय, विशेष रूप से कृषि सम्बन्धी कार्यों पर अपना ध्यान केन्द्रित किया। मैंने राज्य भर में टूर करके देखा, सामान्य नागरिक आपातकाल से शुरू में खुश थे। अपराधों में कमी, खाद्य पदार्थों के मूल्यों में कमी, सार्वजनिक जीवन में अनुशासनात्मकता से लोग खुश थे। गांधीवादी नेता विनोबा भावे तो इस हद तक आपातकाल की प्रशंसा करने लगे कि इसे 'अनुशासन पर्व' ही कह डाला। परन्तु यह उभार शीघ्र ही शान्त होने लगा। चारों तरफ से प्रशासनिक उत्पीड़न की खबरें आने लगीं। सरकार द्वारा निर्धारित नसबन्दी ऑपरेशन को लक्ष्य पूरा करने के लिए सरकारी मशीनरी ने चौतरफा प्रयास शुरू कर दिए। इसने जनता के बीच और विशेष रूप से अल्पसंख्यकों के बीच तीव्र प्रतिक्रिया का जन्म दिया। आपातकाल एक घृणित शब्द हो गया। हम जब भी चव्हाण साहब से मिलते तो उनसे प्रतिक्रियाएँ सुनते। इसी प्रकार हम मुख्यमंत्री शंकरराव चव्हाण से भी कुछ प्रतिक्रिया जानने का प्रयास करते परन्तु उनसे कोई खास जानकारी नहीं प्राप्त होती। वह आपातकाल के कट्टर समर्थक थे।

शंकरराव चव्हाण ने महाराष्ट्र के मुख्यमंत्री के रूप में आपातकाल के कार्यक्रमों को बुरी तरह से लागू किया। कैबिनेट की मीटिंग में वह नियमित रूप से नसबन्दी अभियान की समीक्षा करते। कितने ऑपरेशनों का लक्ष्य निर्धारित हुआ था, कितने समय में लक्ष्य पूरा करना था, कितना लक्ष्य पूरा हुआ आदि विषयों की समीक्षा करते। उन्होंने इन्दिरा गांधी के खिलाफ बोलनेवालों को गिरफ्तार करने का आदेश पारित किया। परिणामस्वरूप जिले की अधिकांश जेलें राजनीतिक बन्दियों से ठसाठस भर गईं। सरकार के कार्यक्रमों के अनुपालन की समीक्षा करने के लिए संजय गांधी ने देश के विभिन्न राज्यों का दौरा किया। संजय गांधी और उनके दरबारी कभी भी मुख्यंत्री का सम्मान नहीं करते थे। जब उन्होंने महाराष्ट्र का दौरा किया तो मुख्यमंत्री शंकरराव चव्हाण उनके साथ रहे। मैंने कभी भी उनके दौरे में उनका साथ नहीं दिया। हालाँकि यह एक अकेला ऐसा मामला था जिसमें मैं कभी उनके साथ नहीं गया।

हम लोगों में से कई मंत्री कोई न कोई बहाना बनाकर कैबिनेट मीटिंग में भी नहीं जाते। मेरे कई मित्र और जाननेवाले, बापू कालदाते जैसे लोग भी जेल भेज दिए गए। हम लोग चोरी-छिपे उनसे मिलने जाते और उनके परिवार की सहायता करते। सामान्य रूप से कहा जाए तो जो कोई भी गांधी और उनके दरबारियों से सहमत नहीं था और जो कोई भी आपातकाल का विरोध करता उसे पार्टी में विरोधी समझा जाता, परिणामस्वरूप इस प्रकार के लोग एक-दूसरे से सम्बन्ध जोड़ने लगे और जिस प्रकार सम्भव हुआ, समान विचार के लोग आपस में सम्बन्ध स्थापित करने लगे।

18 जनवरी, 1977 में इन्दिराजी ने आपातकाल समाप्त कर चुनाव की घोषणा कर दी, परन्तु देश में उथल-पुथल की स्थिति बनी हुई थी। हम कांग्रेस के लोग चुनाव में विपरीत परिणाम के लिए मानसिक रूप से तैयार थे परन्तु हमने इन्दिरा गांधी और संजय गांधी को इतनी बुरी तरह से पराजित होने की कल्पना नहीं की थी। इन्दिरा गांधी और उनके पुत्र संजय गांधी आपातकाल के दौरान अत्यधिक अलोकप्रिय हो गए थे। दोनों को अपनी परम्परागत सीट पर हार का मुँह देखना पड़ा और कांग्रेस पार्टी सत्ता से बाहर कर दी गई। हमारे गृह जनपद बारामती से कांग्रेस के उम्मीदवार वी.एन. गाडगिल भी पराजित हुए।

इस चुनाव के परिणामस्वरूप जनता पार्टी की सरकार गठित हुई। मोरार जी देसाई इस सरकार के प्रधानमंत्री निर्वाचित हुए। पुरानी सत्ता का स्थान एक नई सत्ता ने लिया परन्तु यह प्रारम्भ से ही एक अस्थिर सरकार थी। एक तरफ इस अस्थिर सरकार में दरार पड़ने लगी तो दूसरी तरफ कांग्रेस पार्टी में एक बार फिर विभाजन हुआ। 18 दिसम्बर, 1977 को इन्दिरा जी ने अपनी आरम्भिक सदस्यता से इस्तीफा दे दिया। जनवरी, 1978 में उन्होंने अपनी पैतृक पार्टी [कांग्रेस (एस)] को हड़पने के लिए कांग्रेस (इन्दिरा) का गठन किया। ज्ञात हो कि महाराष्ट्र, कर्नाटक और आन्ध्र प्रदेश के विधान सभा चुनावों में कांग्रेस (एस) का नेतृत्व ब्रह्मानन्द रेड्डी और यशवन्त राव चव्हाण कर रहे थे। महाराष्ट्र में हम, वसन्तराव नाइक और वसन्त दादा पाटिल, यशवन्तराव चव्हाण के नेतृत्व वाली कांग्रेस (एस) में सक्रिय थे।

शंकरराव चव्हाण, मराठवाडा अंचल के नांदेड़ के निवासी थे। उन्होंने कांग्रेस पार्टी छोड़कर महाराष्ट्र समाजवादी कांग्रेस का गठन किया। विदर्भ

अंचल के नेता नासिक राव तिरपुडे ने इन्दिरा जी का साथ दिया। महाराष्ट्र में फरवरी में सम्पन्न हुए चुनाव में हम लोगों को 69 सीटों पर विजय मिली जबकि कांग्रेस (आई) को 65 सीटों पर विजय हासिल हुई।

महाराष्ट्र में संयुक्त सरकार गठन की संभावना तलाशने के लिए इंदिरा जी, कांग्रेस (एस) के नेता सरदार स्वर्ण सिंह से सम्पर्क बनाए हुए थीं। नई विधान सभा में विभिन्न पार्टियों की स्थिति ऐसी थी कि विभाजन होने के बावजूद कांग्रेस (एस) और कांग्रेस (आई) को सरकार गठन के लिए साथ आना अनिवार्य था। इन दोनों के पास और कोई विकल्प नहीं था। वसन्तदादा पाटिल मुख्यमंत्री, तिरपुडे उप-मुख्यमंत्री और मुझे उद्योग विभाग के मंत्री के पदों की शपथ दिलाई गई।

कांग्रेस (आई) के मंत्री कैबिनेट मीटिंग से पूर्व अलग से बैठक करते और मुख्यमंत्री को हमेशा किनारे करने की योजनाएँ बनाते रहते। स्थिति यहाँ तक बिगड़ गई कि वसन्तदादा पाटिल (मुख्यमंत्री) मीडिया के समक्ष राज्य कैबिनेट में लिए गए फैसलों की जो भी जानकारी देते, ठीक उसके बाद उप-मुख्यमंत्री दूसरी प्रेसवार्ता करते और मुख्यमंत्री के विरुद्ध आक्रामक भाषा का प्रयोग करते हुए कुछ और कहते। इसके साथ ही वह कांग्रेस (एस) के अन्य नेताओं को भी भला-बुरा कहते। व्यक्तिगत बातचीत में भी तिरपुडे कांग्रेस (एस) के नेताओं के बारे में अपमानजनक भाषा का इस्तेमाल करते। यहाँ तक कि वह चव्हाण साहेब को भी अपमानजनक शब्दों से सम्बोधित करते। तिरपुडे ने एक बार पत्रकारों से कहा कि 'हमें इस बात की चिन्ता नहीं है कि हम सरकार में रहें या न रहें।' मीडिया के लोगों ने कहा, 'फिर आप सरकार में क्यों बने हैं?' इसके उत्तर में उन्होंने कहा, 'मैं सरकार में इसलिए हूँ क्योंकि इन्दिरा जी ने मुझसे सरकार में शामिल होने को कहा। चव्हाण-रेड्डी कांग्रेस के लोग सत्ता के बगैर जी नहीं सकते। इसलिए उन्होंने संयुक्त मोर्चा सरकार गठन के लिए इन्दिरा जी से प्रार्थना की।'

तिरपुडे के इस बयान से पूरे राज्य में कांग्रेस (एस) के कार्यकर्ताओं में रोष व्याप्त हो गया। वसन्तदादा को भी काफी क्रोध आया और कांग्रेस (एस) के विधायकों की एक मीटिंग में उन्होंने काफी रोषपूर्ण भाषा में अपना विचार व्यक्त किया। एक दिन उन्होंने मुझे बुलाकर कहा, 'मैं तिरपुडे के निन्दा अभियान से थक गया हूँ। क्या हम लोगों को सरकार से ऐसे ही निकल जाना

चाहिए? कृपया चव्हाण साहेब से इस विषय में बात करें।' वसन्तदादा ने कहा कि वह स्वयं भी जनता पार्टी के प्रेसीडेंट चन्द्रशेखर से बातचीत करेंगे। उनके साथ वसन्तदादा के काफी घनिष्ठ सम्बन्ध थे। चव्हाण साहेब स्वयं भी इस संयुक्त मोर्चा सरकार के प्रयोग से काफी परेशान थे और वह ऐसे बिन्दु तलाश रहे थे जब सरकार भंग करने को कहा जा सके। आम लोगों में भी इस सरकार के दीर्घजीवी होने की उम्मीद नहीं थी।

कांग्रेस (एस) के वरिष्ठ नेता अबासाहेब कुलकर्णी और किसनवीर ने पहल- कदमी की और कांग्रेस (आई) से विभाजन करने के लिए आवश्यक विवरण तैयार किया। मुम्बई से प्रकाशित और सर्वाधिक वितरण वाले मराठी अखबार *महाराष्ट्र टाइम्स* के सम्पादक गोविन्द तलवलकर का चव्हाण साहेब से घनिष्ठ सम्बन्ध था। वास्तव में ऐसा समझा जाता था कि चव्हाण साहेब के राजनीतिक विचार लोकप्रिय भाषा में तलवलकर के लेखों में अभिव्यक्त होते हैं। दोनों की एक मीटिंग होने के बाद तलवलकर ने अखबार में 'हे सरकार जावे ही श्रींची इच्छा' ('यह भगवान की इच्छा है कि यह सरकार समाप्त हो।') शीर्षक से एक लेख लिखा। यह हम लोगों के लिए स्पष्ट संकेत था।

हम लोग चव्हाण साहेब से मिलने के लिए दिल्ली भागे। उनके विचार तलवलकर के लेख के शीर्षक की तरह तो स्पष्ट नहीं थे, परन्तु उन्होंने अपनी परेशानी और नाखुशी को छिपाए बगैर कहा कि हम लोगों को ऐसे सहयोगी के साथ घिसटना नहीं चाहिए जिसके साथ हम अधिक दूर तक नहीं चल सकते। मीटिंग के बाद हम लोग फिर इस पर कार्य करने लगे। वसन्तदादा हमेशा हम लोगों के साथ थे। परन्तु बाद के समय में उन्होंने अपना विचार बदल दिया और हम लोगों से दूरी बनाना ही उचित समझा, हालाँकि इसका कारण वही जानते होंगे।

इन्दिरा गांधी को महाराष्ट्र में हो रहे राजनीतिक विकास की सूचना प्राप्त हो गई। इन्दिरा जी ने उन्हीं मुख्यमंत्री वसन्तदादा को फोन किया, जिनको उनकी पार्टी के लोग अपमानित कर रहे थे। इन्दिरा गांधी ने वसन्तदादा को सावधान रहने को कहा। जब वसन्तदादा ने रजनी पटेल को इन्दिरा जी के फोन के बारे में बताया तो वह मुझे साथ लेकर वसन्तदादा से मिलने चल पड़े। हम लोगों ने काफी समय तक अनेक विषयों पर बातचीत की परन्तु सरकार भंग करने का मुद्दा हमारे सामने नहीं आया।

इसके बाद कांग्रेस के वरिष्ठ नेता अबासाहेब कुलकर्णी, किसनवीर, दादा साहेब देवताले, प्रतापराव भोसले और कुछ अन्य नेता मेरे सरकारी निवास, रामटेक में मिले। अबासाहेब का चन्द्रशखेर के साथ अच्छा समीकरण था इसलिए उन्होंने चन्द्रशेखर को भी राजनीतिक घटनाक्रम और विकास के विषय में सूचित किया।

चन्द्रशेखर के साथ मेरे भी काफी अच्छे सम्बन्ध थे। उनके साथ सम्बन्धों की चर्चा के लिए थोड़ा विषयान्तर कर रहा हूँ। हम लोगों की मित्रता मेरे 1960 दशक के राजनीतिक जीवन से प्रारम्भ हुई। इन्दिरा गांधी के प्रधानमंत्री पद पर आसीन होने के बाद मैंने 1967 में पहली बार महाराष्ट्र विधान सभा में विधायक का चुनाव जीता। इन्दिरा गांधी द्वारा दावेदारी जताने से पूर्व ही कांग्रेस के अन्दर सोशलिस्ट विचारों वाला एक प्रेशर ग्रुप निर्मित हुआ। इसका उद्‌देश्य सरकारी नीतियों में समाजवादी प्रभाव डालना था। इस ग्रुप का नाम भी सोशलिस्ट फोरम था। इसका नेतृत्व मोहन कुमार मंगलम, सिद्धार्थ शंकर रे और चन्द्रशेखर के हाथ में था। यह ग्रुप धीरे-धीरे शक्तिशाली होने लगा। मैं इसी ग्रुप के साथ महाराष्ट्र में जुड़ा था।

पाँच वर्ष बाद जब इन्दिरा गांधी ने कांग्रेस पर अपनी गिरफ्त और मजबूत करनी शुरू की तो युवा कांग्रेसी सदस्यों का एक और ग्रुप ने पार्टी नीतियों और कार्यक्रमों को स्वतंत्र ढंग से लागू करने की आवाज उठाना शुरू किया। इस ग्रुप को 'युवा तुर्क' के नाम से जाना जाता था और इसका नेतृत्व चन्द्रशेखर कर रहे थे। चन्द्रशेखर के साथ प्रमुख रूप से मोहन धारिया, कृष्ण कान्त और रामधन इसको नेतृत्व प्रदान कर रहे थे। यह युवा तुर्क ग्रुप, इन्दिरा गांधी की निरंकुश कार्यशैली और पार्टी तथा सरकार के सभी छोटे-बड़े मामलों में निरन्तर संजय गांधी के हस्तक्षेप से काफी चिन्तित था और अपनी शक्ति बढ़ाना चाहता था।

इसी समय कांग्रेस राष्ट्रीय कार्यकारिणी का चुनाव भी होना था। पार्टी की राष्ट्रीय कार्यकारिणी की बैठक शिमला में निर्धारित हुई। पार्टी द्वारा निर्धारित राष्ट्रीय कार्यकारिणी में चन्द्रशेखर का नाम नहीं था। हम लोगों ने उनसे राष्ट्रीय कार्यकारिणी सदस्य का चुनाव लड़ने का आग्रह किया और मैंने उनके इस चुनाव के लिए अभियान की कमान सँभाली। राष्ट्रीय कार्यकारिणी के लिए चन्द्रशेखर निर्वाचित हुए और इस घटना के बाद युवा तुर्कों की इन्दिरा

गांधी से दूरी और बढ़ गई। इस सम्पूर्ण कार्यवाही के दौरान हमारे और चन्द्रशेखर के रिश्ते और मजबूत हुए और बाद में जब उन्होंने कांग्रेस पार्टी छोड़कर जनता पार्टी का गठन कर उसके प्रेसीडेंट बने तब भी हम लोग अच्छे मित्र बने रहे। इसी सम्पूर्ण पृष्ठभूमि के कारण चन्द्रशेखर ने 1978 में मेरा समर्थन किया।

उस वर्ष गर्मी के मौसम में मुम्बई और दिल्ली में बहुत तीव्र परिवर्तन हुए। अबासाहेब कुलकर्णी ने चन्द्रशेखर से बात करने के बाद मुझसे बात की। उन्होंने कहा, 'जनता पार्टी के नेता महाराष्ट्र में सरकार गठित करने के इच्छुक हैं परन्तु तुमको इसमें निर्णायक भूमिका निभानी होगी।' चन्द्रशेखर ने एस.एम. जोशी और उत्तम राव पाटिल से विचार-विमर्श किया और फिर उन्होंने अगले चरण के लिए कार्य शुरू कर दिया।

सुशील कुमार शिन्दे, दत्ता मेघे, सुन्दरराव सोलंकी और मैंने अपना-अपना त्यागपत्र मुख्यमंत्री को भेज दिया। यह सब प्रक्रिया चल ही रही थी कि इन्दिरा गांधी ने दिल्ली में यशवन्तराव चव्हाण से विमर्श किया और उनको महाराष्ट्र में हस्तक्षेप करने को कहा। चव्हाण साहेब ने मुझसे टेलीफोन पर बात की। चव्हाण साहेब ने इस संयुक्त परिवार से समर्थन वापस लेने की प्रक्रिया पर रोक लगाने को कहा। इस बात से मैं एकदम स्तब्ध रह गया और कहा कि 'हमारे त्यागपत्र पहले ही मुख्यमंत्री के पास पहुँच चुके हैं। यदि हम आपके कथनानुसार व्यवहार करेंगे तो हमें भारी राजनीतिक कीमत चुकानी पड़ेगी, इसके बावजूद हम आपकी इच्छा के अनुसार ही काम करेंगे और अगला कदम नहीं उठाएँगे।'

मैं जब यह बात कह रहा था उस समय किसनवीर हमारे पास ही खड़े थे। किसनवीर वरिष्ठ नेता थे और उनका चव्हाण साहेब के साथ ऐसा समीकरण था कि वह बराबरी के स्तर पर बात कर सकते थे। मुझसे फोन छीनते हुए उन्होंने चव्हाण साहेब से कहा, 'बात काफी आगे बढ़ गई है। अब पीछे मुड़ना सम्भव नहीं है। आप हमसे कुछ भी ऐसा मत कहिए जो इन युवाओं का भविष्य बर्बाद कर दे।' इसके बाद उन्होंने फोन रख दिया।

मैंने किसनवीर से कहा कि मैं चव्हाण साहेब की इच्छा के विरुद्ध कुछ नहीं करूँगा। यदि वह यथास्थिति बनाए रखने का सुझाव दे रहे हैं तो मैं वैसा ही करूँगा। परन्तु अबासाहेब कुलकर्णी ने हमारी बात पर ध्यान ही

नहीं दिया। उन्होंने कहा, 'तुम पहले ही अपना त्यागपत्र भेज चुके हो। इसलिए अपने और अपने सहयोगियों के राजनीतिक भविष्य के साथ खिलवाड़ मत करो।'

'मैं अपने भविष्य की चिन्ता नहीं करता हूँ।' मैंने जोर देकर कहा, 'मैं वही करूँगा जो चव्हाण साहेब कहेंगे।' परन्तु सभी वरिष्ठ नेता फैसले पर दृढ़ता से डटे थे और मेरे विचार को पूर्णत: खारिज कर दिया गया।

उत्तेजित खिलाड़ी की तरह हम लोग रामटेक में ही थे कि गोविन्द राव तलवलकर, जिन्होंने पहले *महाराष्ट्र टाइम्स* अखबार में छपे अपने लेख में चव्हाण साहब का विचार लिखा था, वही तलवलकर 'हमारी योजना पर विराम लगाने' के चव्हाण साहेब के विचार के साथ हाजिर थे। हालाँकि चव्हाण साहेब के इस सन्देश के साथ ही अपना विचार रखते हुए उन्होंने संयुक्त सरकार से बाहर निकलने के हमारे निर्णय का समर्थन किया।

कांग्रेस (एस) में इस विषय के बारे में सर्वसम्मति नहीं थी। वसन्तदादा (मुख्यमंत्री) की पत्नी शालिनीताई पाटिल, दक्षिण महाराष्ट्र से पार्टी के महारथी यशवन्तराव मोहिते और पूर्व मुख्यमंत्री वसन्तराव नाइक इस कार्यवाही के एकदम विरोध में थे। इसके बावजूद कांग्रेस (एस) के 38 विधायकों ने हमारे साथ बहिर्गमन किया और दादासाहेब रूपावते के नेतृत्व में *समानांतर कांग्रेस* (पैरलल कांग्रेस) का गठन हुआ।

महाराष्ट्र सरकार का विधान सभा सत्र चल रहा था। यहाँ तक कि जब सदन में सम्पूरक माँगों पर चर्चा हो रही थी तभी सरकार अल्पमत में आ गई और परिणामस्वरूप वसन्तदादा पाटिल ने राज्यपाल को अपना त्यागपत्र सौंप दिया।

मुख्यमंत्री का पदभार सँभाला

जनता पार्टी, समानांतर कांग्रेस और पीजेंट्स एंड वर्कर्स पार्टी के विधानमंडल दलों की एक संयुक्त मीटिंग सम्पन्न हुई। इस मीटिंग में जनता पार्टी के अध्यक्ष चन्द्रशेखर और एस.एम. जोशी ने नई संयुक्त सरकार का नेतृत्व सँभालने के लिए मेरे नाम की घोषणा की। इसके ठीक बाद 'प्रोग्रेसिव डेमोक्रेटिक फ्रंट' (पीडीएफ) के नेता के रूप में सर्वसम्मति से मेरे नाम की

औपचारिक घोषणा हो गई। 18 जुलाई, 1978 को केवल तीन मंत्रियों—उत्तमराव पाटिल, निहाल अहमद और सुन्दरराव सोलंकी—के साथ मैंने मुख्यमंत्री पद की शपथ ग्रहण की। इस समय मेरी उम्र मात्र 38 वर्ष थी।

महाराष्ट्र में मुख्यमंत्री के परिवर्तन होते ही राजनीतिक सरगर्मियाँ बढ़ गईं। नई सरकार का प्रमुख (मुख्यमंत्री) होने के नाते मेरे सामने बड़ी चुनौतियाँ थीं। आगामी मानसून सत्र में मुझे नई उदीयमान पीडीएफ सरकार के तीन अनुभवहीन मंत्रियों के साथ सदन में नेतृत्व करना था। मैंने तो पहले सरकार में कार्य किया था लेकिन मेरे दो नए मंत्री प्रथम बार ही मंत्रिमंडल के रंगमंच पर आए थे।

हमारे सामने विपक्ष में प्रतिभाताई पाटिल, वसन्तराव नाइक, वसन्तदादा पाटिल, प्रभा राव और यशवन्तराव मोहित जैसे वरिष्ठ और अनुभवी राजनीतिज्ञ उपस्थित थे। हमारे दो मंत्रियों—उत्तमराव पाटिल और निहाल अहदम—ने कहा कि वे विधान सभा के सदन में सरकार के पक्ष में पूर्ण विश्वास से नहीं बोल सकते, परिणामस्वरूप सत्र के बाकी 11 दिनों तक मुझे ही 90 प्रतिशत जिम्मेदारी उठानी थी।

सत्र के दौरान चाहे प्रश्न-उत्तर काल हो, ध्यानाकर्षण नोटिस हो या सरकार के किसी विभाग से सम्बन्धित बहस हो, सरकार का दृष्टिकोण प्रस्तुत करना मेरी ही जिम्मेदारी थी। वसन्तराव नाइक की सरकार में कार्य करते हुए मैंने जो अनुभव अर्जित किया था, उससे मुझे सरकार चलाने में काफी सहायता मिली। अबासाहेब कुलकर्णी और किसनवीर, दर्शक-दीर्घा में बैठकर सदन की कार्यवाही देखते थे। वे जब शाम को मिलते तो सदन में मेरे कार्यों की प्रशंसा करते और पीठ थपथपाते। वे चव्हाण साहेब को फोन करके हमारी कार्यकुशलता के बारे में सूचित करते।

इस विधान सभा के प्रथम सत्र में मैं एक पैर पर खड़ा रहा परन्तु इसने मुझे कुशलतापूर्वक कार्य करने का आत्मबल भी प्रदान किया। अबासाहेब कुलकर्णी, किसनवीर और नरुभाउ लिमये जैसे वरिष्ठ कांग्रेसी नेता हमारे प्रति नरम रुख रखते थे। लिमये कई विषयों पर काफी दृढ़ विचार रखते थे। वे एक पत्रकार थे और पुणे से एम.एल.सी. थे। जब कभी वह सोचते कि मैंने अच्छा काम किया है तो मुक्त भाव से प्रशंसा करते परन्तु जब कभी मुझसे कोई गलती होती तो वह उतनी ही कटु आलोचना भी करते।

मेरे मुख्यमंत्रित्व काल में सरकार ने जुआघरों को हरी झंडी दे दी। नरुभाउ को यह फैसला एकदम नागवार लगा। उन्होंने व्यंग्यात्मक भाषा में कहा, अब सरकार शराब, महिला और जुआघर की संस्कृति को प्रोन्नत करना चाहती है। इस रम, रम्मा, रमी मुहावरे ने बड़ी जल्दी जनता की चेतना में अपनी जगह बना ली। लेकिन मैंने उनकी बात का कभी भी बुरा नहीं माना क्योंकि मैं जानता था कि वह एक बेहद ईमानदार व्यक्ति हैं।

पी.डी.एफ. सरकार ने सर्वप्रथम लम्बी अवधि से लम्बित सरकारी कर्मचारियों के महँगाई भत्ते की समस्या को हल किया। जब भी केन्द्र सरकार अपने कर्मचारियों के भत्तों में परिवर्तन की घोषणा करती, महाराष्ट्र सरकार के राज्य कर्मचारी भत्तों में समानता की माँग उठाते और कई बार हड़ताल पर भी चले जाते। हमारे पूर्ववर्ती मुख्यमंत्री वसन्तदादा पाटिल ने उनकी माँग पर विचार करने से इनकार कर दिया था। हमारे नेतृत्ववाली सरकार ने निर्णय लिया कि केन्द्र सरकार द्वारा किया गया महँगाई भत्ते में परिवर्तन स्वतः ही महाराष्ट्र के राज्य कर्मचारियों को देय होगा। यह एक नीतिगत निर्णय था। महँगाई भत्ते की स्थायी समस्या का स्थायी हल प्रस्तुत कर हमारी सरकार ने कर्मचारियों के साथ अपने रिश्ते और मजबूत किए। राज्य कर्मचारी यूनियन का नेतृत्व आर.जी. कार्निक और जी.डी. कुलथे कर रहे थे। वे दोनों व्यक्ति बहुत ईमानदार और दृढ़ यूनियन नेता थे। सरकार के उक्त निर्णय से ट्रेड यूनियन आन्दोलन में इन नेताओं का कद और ऊँचा हो गया। इसके बाद राज्य सरकार की संकटकालीन स्थिति में इन कर्मचारियों ने हमेशा साथ दिया।

राज्य कर्मचारियों के सहयोग के दो ही उदाहरण काफी हैं—एक तो तब, जब 1993 में मुम्बई में एक साथ कई स्थानों पर बम विस्फोट हुए और दूसरे उसी वर्ष लातूर में भूकम्प के समय, जब महाराष्ट्र को भरी तबाही झेलनी पड़ी। इन दोनों घटनाओं में राज्य कर्मचारियों ने स्वयंसेवकों की तरह सराहनीय कार्य किया।

हमारे सहयोगी मंत्री कम अनुभवी थे। वे सरल हृदय और सत्ता की चकाचौंध से अपरिचित थे। इस कारण कभी-कभी हास्यास्पद स्थिति हो जाती। इस सम्बन्ध में एक घटना याद आती है : आस्ट्रेलिया के प्रधानमंत्री और वहाँ की संसद के स्पीकर मुम्बई दौरे पर आ रहे थे। प्रोटोकाल के

अनुसार, हम और महाराष्ट्र विधान सभा के स्पीकर शिवराज पाटिल ने सांताक्रूज हवाई अड्डे पर अतिथियों का स्वागत किया। हमने और शिवराज पाटिल ने गुलबन्द पहन रखा था। मैं अगवानी करता और उनके आगे-आगे चलकर उन्हें राजभवन तक ले गया। आगन्तुकों को वहीं राजभवन में ठहरना था। मुझे महाराष्ट्र मुख्यमंत्री के मालावार हिल्स स्थित सरकारी निवास पर जाना था। वहाँ कैबिनेट स्तर की एक मीटिंग में मुझे शामिल होना था। मैंने पाटिल को अपने साथ एक कप चाय के लिए वारसा में आमंत्रित किया। मेरे सभी साथी हम दोनों को गुलबन्द पहने देखकर चकित थे।

मैंने उन लोगों से एक हलका व्यावहारिक मजाक किया ताकि किसी का दिल दुखी न हो। मैंने मृदु कटाक्ष के साथ कहा कि हर मंत्री राजभवन से उपहारस्वरूप गुलबन्द प्राप्त करने का अधिकारी है और प्रत्येक को दर्जी को अपनी नाप दे देनी चाहिए। इसके बाद सब मंत्री शीघ्र ही दर्जी के पास अपने-अपने गुलबन्द की नाप देने पहुँच गए और दर्जी ने अपने पुराने टेप से उन सबका गुलबन्द नापा। इसके बाद वे सब राजभवन को फोन कर अपने गुलबन्द के बारे में पूछते रहे।

कुछ समय बाद जब पी.डी.एफ. सरकार ने अपना काम-काज प्रारम्भ किया तो मेरे मंत्रिमंडल के कई मंत्रियों ने शिकायत की कि जब वह सचिवालय में प्रवेश करते हैं तो बहुत ही कम लोग उनको पहचानते हैं। उनकी यह बात सही थी क्योंकि अधिकांश अभी-अभी पहली बार सचिवालय में अपने विभाग का कार्य सँभाल रहे थे और इसलिए मंत्रालय का स्टाफ उनसे भली प्रकार परिचित नहीं था। इसलिए हर मंत्री के आगे-आगे चलकर उनके मंत्रालय तक पहुँचाने के लिए एक-एक स्कार्ट को जिम्मेदारी दी गई। स्कार्ट के सीने पर सम्बन्धित मंत्रालय के नाम का एक बड़ा सा पीतल का वैज लगा होता था ताकि आसानी से लोग पहचान सकें।

हमारे बीच आपसी विश्वास और समान मूल्यों पर अमल करने की भागीदारी ने हम लोगों को चव्हाण साहेब द्वारा कल्पित महाराष्ट्र के विकास के मार्ग पर आगे बढ़ाया। पी.डी.एफ. के शासन के दौरान ही रोजगार गारंटी स्कीम को वैधानिक रूप प्रदान किया गया। हमारी सरकार ने महाराष्ट्र विश्वविद्यालय का नाम परिवर्तित कर डॉ. बाबा साहेब अम्बेडकर विश्वविद्यालय करने का निर्णय किया। हमारी सरकार द्वारा इस निर्णय की घोषणा करते ही

महाराष्ट्र दलित–विरोधी दंगों की आग में झुलस गया। अत: हमारी सरकार ने इस निर्णय के कार्यान्वयन को स्थगित कर दिया।

महाराष्ट्र में प्रगतिशील विचारों को अग्रगति प्रदान करने के उद्देश्य से हमारी सरकार ने डॉ. भीमराव अम्बेडकर, महात्मा जोतिबा फुले और छत्रपति साहूजी महाराज के लेखों को क्रमबद्ध संकलित करने व प्रकाशित करने का प्रोजेक्ट शुरू किया। हमारी सरकार ने कृष्णा–गोदावरी बेसिन से महाराष्ट्र के हिस्से के पानी का उपयोग करने के उपाय भी किए।

विधान सभा का सत्र समाप्त हो जाने के बाद मैंने मंत्रिमंडल का विस्तार किया। एस.एम. जोशी मंत्रिमंडल में एक अनुभवी और विद्वान व्यक्ति को रखना चाहते थे जो सरकार के लिए एक दक्ष व्यक्ति हो। उन्होंने एस.बी. चव्हाण का नाम प्रस्तावित किया। मैं राजाराम बापू पाटिल को मंत्रिमंडल में शामिल करना चाहता था, हालाँकि वह चुनाव में जीत नहीं सके थे। जब मोरारजी देसाई को यह जानकारी प्राप्त हुई तो उन्होंने इस विषय में अपनी नाराजगी व्यक्त करते हुए अपना पेट मराठी वाक्य, 'हे बरोबर नाहीं' कहा (यह उचित नहीं है)। हालाँकि मोरारजी अच्छी मराठी बोल लेते थे परन्तु 'हे बरोबर नाहीं' उनके आपत्ति व्यक्त करने का पेट वाक्य था। मैंने उनको याद दिलाया कि 1952 में वह भी चुनाव में पराजित होने के बाद मंत्री बनाए गए थे। यह सुनने के बाद वह चुप हो गए और अपनी बात वापस ले ली। इस प्रकार राजाराम बापू पाटिल हमारे मंत्रिमंडल में शामिल कर लिए गए।

कांग्रेस (एस) और कांग्रेस (आई) की संयुक्त सरकार से सम्बन्ध–विच्छेद करने की हमारी माँग की बहुत आलोचना हुई। मेरे खिलाफ व्यक्तिगत स्तर पर भी काफी घृणित और अपमानजनक टिप्पणियाँ की गईं। मुझे वसन्तदादा पाटिल की 'पीठ में छुरा भोंकनेवाला' भी कहा गया। इस सम्बन्ध में मैंने पिछली सारी घटना का विवरण पेश किया जिसमें मेरे राजनीतिक कैरियर के बारे में अनेक बातें पर्दे के पीछे घटित हुई थीं। अब इन सबको यहीं छोड़कर हम आगे की बात करते हैं।

मुझे इस बात का सन्तोष और प्रसन्नता है कि मेरे नेतृत्व में महाराष्ट्र की पी.डी.एफ. सरकार कुशल और भविष्य में विकास को देखनेवाली सरकार प्रमाणित हुई और दृढ़ता के साथ महाराष्ट्र को विकास के मार्ग पर आगे बढ़ाया। इसके अतिरिक्त एक रुचिकर बात यह थी कि महाराष्ट्र के मुख्यमंत्री

होने के नाते मुझे सरकारी कार्यों को लेकर दिल्ली में सम्पन्न होनेवाली अनेक मीटिंगों में जाना पड़ता था। इस प्रकार मुझे मीटिंगों में और मीटिंगों से अलग भी देश के विभिन्न भागों के अनेक महत्त्वपूर्ण राजनीतिक व्यक्तियों से मिलने का अवसर प्राप्त होता। इस दौरान विकसित हुए सम्बन्धों का जाल आनेवाले समय में हमारे लिए एक संरक्षित निधि साबित हुआ।

पी.डी.एफ. सरकार का पतन

केन्द्र में, 1979 में जनता पार्टी सरकार के असामयिक विघटन और पतन के बाद, इन्दिरा गांधी के नेतृत्ववाली कांग्रेस (आई) को जनवरी, 1980 के आम चुनाव में भारी बहुमत प्राप्त हुआ। नागपुर में राज्य विधान सभा का शीतकालीन सत्र चल रहा था। सत्र समापन से दो दिन पूर्व, केन्द्र के गृहमंत्री ज्ञानी जैल सिंह ने फोन कर मुझे दिल्ली बुलाया। मैंने कहा, सत्र समाप्त होते ही मैं आपसे भेंट करूँगा।

15 फरवरी, 1980 को दिल्ली पहुँचते ही हवाई अड्डे पर मुझे सूचना मिली कि मैं सीधे गृहमंत्री के कार्यालय नॉर्थ ब्लॉक पहुँचूँ। वहाँ पहुँचते ही ज्ञानी जैल सिंह ने बताया कि उन्होंने प्रधानमंत्री के निर्देश पर मुझे बुलाया है। मैंने कहा, 'मैं भी शीघ्र आने को प्रयत्नशील था और मैं प्रधानमंत्री को उनकी सफलता पर बधाई देना चाहता था, परन्तु मुझे प्रधानमंत्री कार्यालय से अभी तक औपचारिक रूप से मिलने का समय नहीं प्राप्त हुआ।'

अब औपचारिकता की कोई आवश्यकता नहीं है। आइए, हम सीधे अभी उनके पास चलते हैं।' ज्ञानी जैल सिंह ने कहा।

हम दोनों कार से सीधे प्रधानमंत्री के निवास 24 विलिंगटन क्रेसेंट पहुँचे। वहाँ पहुँचते ही जैल सिंह ने कहा कि वह मुझे छोड़कर चले जाएँगे क्योंकि प्रधानमंत्री मुझसे एकान्त में बात करना चाहती हैं। एक मिनट बाद ही इन्दिरा गांधी कमरे में आ गईं। कुछ मिनट बोझिल हवाएँ महसूस हुईं। कुछ मिनट की राजनीतिक बातचीत के बाद उन्होंने मेरी बधाई स्वीकार की और कहा, 'तमाम कठिनाइयों के बाद भी आप अच्छा प्रबन्ध कर रहे हैं।' इस टिप्पणी ने मुझे दुविधा में डाल दिया परन्तु इससे अच्छी बातचीत की शुरुआत हुई।

मेरे कुछ कहने से पहले ही इन्दिरा जी ने मुझसे पूछा, 'आपकी भावी योजना क्या है?'

'मैं जो कुछ अभी कर रहा हूँ, उसे जारी रखूँगा।' मैंने उत्तर दिया।

उन्होंने थोड़ा तल्ख आवाज में कहा, 'तुम्हारे साथ एक समस्या है कि तुम अपने वरिष्ठ लोगों से अलग नहीं होना चाहते हो।'

स्पष्ट रूप से यह टिप्पणी यशवन्तराव चव्हाण को केन्द्र में रखकर की गई थी।

मैं शान्त बैठा रहा।

इन्दिरा गांधी और आक्रामक होती गईं—'अब युवा पीढ़ी को एक साथ काम करना चाहिए।'

मैंने पूछा, 'क्या आप संजय गांधी के सन्दर्भ में कह रही हैं?'

'हाँ, मैं उन्हीं के बारे में कह रही हूँ,' और इसके बाद वह सीधे मूल प्रश्न पर आ गईं और कहा, 'यह समय तुम्हारे ऐसे युवाओं के लिए है। युवाओं को एक साथ हाथ मिलाकर राष्ट्र निर्माण के काम में लग जाना चाहिए। हम लोग यह जिम्मेदारी कब तक उठा सकते हैं?'

मैंने कहा, 'जैसा आपका सुझाव है, हम वैसी जिम्मेदारी किस प्रकार ले सकते हैं? कांग्रेस (आई) ने लोक सभा में स्पष्ट बहुमत प्राप्त किया है और हमारी पार्टी मात्र यशवन्तराव चव्हाण की एक सीट पर विजय हासिल कर सकी है और वह विजय भी हमारी पार्टी से अधिक उनके व्यक्तित्व के प्रभाव से सम्भव हो सकी है।' इस प्रकार मैंने उनके सुझाव को नकार दिया।

'चुनाव परिणामों पर मत जाओ। पिछली बार मैं और संजय गांधी, दोनों चुनाव में पराजित हुए थे परन्तु हमने स्थिति पलट दी है। अब यह तुम पर है कि देश को चलाने के लिए युवा पीढ़ी का साथ दो।'

मैंने कहा, 'आपने मुझ पर इतना विश्वास किया, मैं आपका आभारी हूँ।'

उन्होंने पलटवार किया, 'मुझे तुम्हारी योग्यता पर पूरा विश्वास है।'

मैंने कहा, 'यदि ऐसा ही है तो फिर आप मेरा समर्थन क्यों नहीं करतीं?'

प्रत्युत्तर में वह हँसीं और इसके बाद मीटिंग समाप्त हो गई।

मैं मुम्बई वापस चला आया। 17 फरवरी, 1980; शनिवार के दिन, गोरेगाँव के आरे कॉलोनी गेस्ट हाउस में अपने मित्रों—नुसली वाडिया, अजीत गुलाबचन्द, अरुण धानुकर और माधव आप्टे आदि के साथ कुछ समय बिताने

के बाद मैं दक्षिण मुम्बई स्थित अपने मुख्यमंत्री निवास पर आ गया। करीब रात के 12 बजे राज्य के मुख्य सचिव एल.एस. लूला मेरे निवास पर आए। उन्होंने मुझे केन्द्र सरकार की एक संसूचना (नोटीफिकेशन) पढ़कर सुनाई कि मेरे नेतृत्व में संचालित पी.डी.एफ. सरकार को बर्खास्त कर दिया गया। इन्दिरा गांधी से मेरी भेंट होने के 48 घंटों के अन्दर ही यह सब परिवर्तन हो गया।

मेरी पार्टी के कुछ साथियों और पदाधिकारियों ने कहा कि हमारी सरकार को बर्खास्त करने का केन्द्र सरकार का निर्णय अमावस्या की अँधेरी रात में आया है अत: यह काफी अशुभ है। इस सब विषय का केन्द्रबिन्दु यह है कि यदि मैं उनके सुझाव को मान लेता और उनके पक्ष में शामिल हो जाता तो वह मेरी सरकार को चलाने में इच्छुक थीं। मैं उनके प्रस्ताव से सहमत नहीं था इसलिए मुझे उसे स्वीकारने में कोई रुचि भी नहीं थी।

उसी रात मैंने सरकारी बँगला खाली कर दिया और महेश्वरी मेंशन अपार्टमेंट, दक्षिण मुम्बई के अपने निजी आवास पर चला गया। एक दिन पूर्व मेरे मित्र जो आरे गेस्ट हाउस में हमारे साथ थे, मेरा सामान बँधवाने में मेरी सहायता की। दूसरे दिन अखबारों की मुख्य खबर पी.डी.एफ. सरकार की बर्खास्तगी थी। वानखेड़े स्टेडियम में एक टेस्ट मैच हो रहा था। मैं अपनी पुरानी फिएट कार में प्रतिभा के साथ मैच देखने चला गया। एक कमेंटेटर, जिसे खेल की कमेंट्री करनी थी, ने मेरे आने की सूचना भी प्रसारित कर दी। परिणामस्वरूप असंख्य दर्शकों ने मुझे और प्रतिभा का सम्मान करते हुए अभिवादन किया। दीर्घायु होने के नारों के साथ देर तक तालियों की गड़गड़ाहट सुनाई देती रही।

अतीत पर नजर डालते हुए जब मैं सोचता हूँ तो चार बार मुख्यमंत्री बनने में यह सबसे पहली बार मुख्यमंत्री होने का समय मुझे सबसे सुखद और सन्तोषजनक लगता है। 38 वर्ष की उम्र में महाराष्ट्र जैसे महत्त्वपूर्ण राज्य को चलाना अतिमहत्त्वपूर्ण जिम्मेदारी थी। हालाँकि 11 वर्ष तक विधायक रहना और इसमें 6 वर्ष मंत्री रहने के हमारे अनुभव ने हमें यह बड़ी जिम्मेदारी उठाने में सहायता की।

मेरे नेतृत्व में गठित पी.डी.एफ. सरकार वास्तव में एक इन्द्रधनुषी संयुक्त सरकार थी। इस सरकार में वामपंथी, दक्षिणपंथी और मध्यमार्गी—सभी प्रकार के विधायक थे परन्तु उनमें से किसी के भी पास सरकार चलाने का कोई पूर्व

अनुभव नहीं था। इस परिस्थिति का अपना लाभ था कि सबसे अधिक अनुभवी होने के नाते मैं बगैर किसी बाहरी हस्तक्षेप के नीतियाँ बना सकता था और उनको लागू भी करवा सकता था। हमारे बीच में वयोवृद्ध सोशलिस्ट नेता एस.एम. जोशी सर्वोच्च कमांडर थे। एक निष्कलंक चरित्र वाला व्यक्ति, सरकार की गतिविधियों पर निगाह रखता था। मैं स्वतंत्रता से कार्य कर सका, इसके लिए मैं उनके संरक्षण का आभारी हूँ। यहाँ तक कि जब कभी सोसलिस्ट धारा के कुछ नेता सरकार के खिलाफ कुछ शिकायतें लेकर गए और सरकार के खिलाफ आवाज उठाने को कहा तो वे उनको शान्त कर देते और यह सुनिश्चित कर देते कि सरकार को किसी प्रकार हानि न हो। मैं अपने को धन्य समझता हूँ कि उस दौर में एस.एम. जोशी का आशीष मुझे प्राप्त था।

मराठवाडा विश्वविद्यालय का नाम परिवर्तन

महाराष्ट्र की पी.डी.एफ. सरकार द्वारा लिए गए उल्लेखनीय निर्णयों में एक निर्णय था औरंगाबाद के मराठवाडा विश्वविद्यालय का नाम परिवर्तित कर डॉ. बाबा साहेब अम्बेडकर विश्वविद्यालय करना। इस ऐतिहासिक निर्णय में सरकार का साहस और उसकी प्रतिबद्धता अभिव्यक्त हुई। जैसा कि कुछ लोगों ने टिप्पणी की, इस फैसले में तुलनात्मक रूप से अनुभवहीनता भी स्पष्ट नजर आई।

विश्वविद्यालय के नाम परिवर्तन के निर्णय से महाराष्ट्र में हिंसा की ज्वाला भड़क उठी और इसने मुझे अत्यधिक पीड़ा पहुँचाई। जब मैं इस निर्णय के बारे में सोचता हूँ तो मुझे यह निर्णय बिलकुल उचित और सामाजिक रूप से पूर्णत: न्यायसंगत लगता है परन्तु इसकी घोषणा से पूर्व आवश्यक तैयारी में काफी कमी थी।

दलित संगठनों द्वारा 1970 के दशक से ही मराठवाडा विश्वविद्यालय का नाम परिवर्तित करने की माँग उठाने के पीछे कुछ कारण थे। मराठवाडा महाराष्ट्र का सर्वाधिक पिछड़ा क्षेत्र है। कई मोर्चों पर पिछड़ा होने के साथ-साथ यह शिक्षा के क्षेत्र में भी काफी पिछड़ा क्षेत्र है। राज्य के अन्य क्षेत्रों की तुलना में इस क्षेत्र में अच्छे कॉलेजों और स्कूलों की संख्या बहुत कम है और प्रसिद्ध कॉलेज तो गिनती के ही हैं।

इस भारी अन्तराल को भरने के लिए डॉ. बाबासाहेब अम्बेडकर ने 1950 में औरंगाबाद में मिलिन्द कॉलेज की स्थापना की थी। उन्होंने इस क्षेत्र में उच्च शिक्षा को बढ़ावा देने के लिए एक विश्वविद्यालय भी स्थापित करने का आह्वान किया था। जब वाई.बी. चव्हाण महाराष्ट्र के मुख्यमंत्री हुए तो उन्होंने 1957 में औरंगाबाद में मराठवाडा विश्वविद्यालय स्थापित करने का निर्णय लिया। उस समय अनेक दलित और प्रगतिशील संगठनों ने इस विश्वविद्यालय का नाम डॉ. अम्बेडकर विश्वविद्यालय रखने की माँग उठाई थी।

जुलाई, 1977 में मुख्यमंत्री वसन्तदादा पाटिल ने एक प्रतिनिधि मंडल को आश्वासन दिया, यदि विश्वविद्यालय की कमेटी नाम परिवर्तन का प्रस्ताव पारित करेगी तो हमारी सरकार इस पर विचार करेगी। विश्वविद्यालय की सीनेट ने अल्पावधि में ही यह प्रस्ताव पारित कर दिया और सरकार के मंत्रिमंडल में भी लगभग इस विषय पर आम सहमति थी। परन्तु सरकार की कमजोर राजनीतिक इच्छाशक्ति के कारण इस विषय में एक वर्ष तक कोई निर्णय नहीं लिया गया। उस क्षेत्र में उपस्थित नाम परिवर्तन विरोधी शक्तियों द्वारा हिंसक विरोध की सम्भावना से सरकार भयभीत थी। यह विषय अभी गर्मा रहा था कि वसन्तदादा पाटिल की सरकार गिर गई। मेरे नेतृत्व में प्रोग्रेसिव डेमोक्रेटिक फ्रंट (पी.डी.एफ.) की सरकार का गठन 18 जुलाई, 1978 को हुआ।

विश्वविद्यालय के नाम परिवर्तन का एजेंडा नई सरकार के सामने था। संयुक्त मोर्चा सरकार के सभी भागीदार दलों की उपस्थिति में यह एजेंडा लिखित रूप में पारित हुआ। मुख्यमंत्री का पद सँभालने के बाद मैंने सभी राजनीतिक दलों से सहयोग प्राप्त करने के उद्देश्य से, सभी राजनीतिक पार्टियों के नेताओं की बैठक आहूत की। विश्वविद्यालय के नाम परिवर्तन का एजेंडा मीटिंग में सर्वसम्मति से पारित हो गया। मीटिंग समाप्त हो जाने के बाद सुन्दरराव सोलंकी ने मुझे एक तरफ किनारे ले जाकर कहा, 'इस निर्णय के खिलाफ तीव्र प्रतिक्रिया होगी,' और सजग किया कि 'निर्णय लागू करने में जल्दबाजी न करो।' मुझे प्राप्त होनेवाली यह केवल सोलंकी के ही पूर्वानुमान की सूचना थी।

चूँकि सभी राजनीतिक पार्टियों ने बगैर किसी विरोध के सर्वसम्मति से पहले ही फैसले का समर्थन किया था, इसलिए मैंने इस निर्णय को लागू करने के लिए कदम बढ़ा दिया। मेरी व्यक्तिगत संकल्पशक्ति ने भी निर्णय लागू

करने के लिए मुझे प्रेरित किया। मैंने सोचा, राज्य में अन्य स्थानों पर छत्रपति शिवाजी और महात्मा फुले के नाम पर विश्वविद्यालय पहले से ही हैं, यदि लम्बे अरसे से लम्बित डॉ. भीमराव अम्बेडकर के नाम पर विश्वविद्यालय के नाम परिवर्तित की माँग को पूरा नहीं किया गया तो यह महाराष्ट्र के माथे पर अमिट कलंक होगा।

27 जुलाई, 1978 को मैंने उक्त प्रस्ताव राज्य विधान सभा के समक्ष रखा। विधान सभा और विधान परिषद, दोनों सदनों में सौहार्द वातावरण में बहस हुई और सभी पार्टियों के विधायकों ने प्रस्ताव का समर्थन किया। प्रस्ताव सर्वसम्मति से पारित हो गया और फिर शुरू हो गई परेशानी।

मुझे उसी रात समाचार मिला कि नाम परिवर्तन का विरोध कर रही शक्तियों द्वारा मराठवाडा क्षेत्र में दलित बस्तियों पर हमला किया गया और इसके बाद ही 'मराठवाडा बन्द' का आह्वान किया गया। इस प्रकार इस क्षेत्र में सिलसिलेवार कई हिंसक घटनाएँ हुईं। सार्वजनिक सम्पत्ति को नुकसान पहुँचाया गया। शहरों और ग्रामीण इलाकों में दलितों की बस्तियों को निशाना बनाया गया। दलित समुदाय के लोगों व बस्तियों पर अनेक जगह हमला किया गया और कई लोगों की हत्या भी की गई।

मतंग समुदाय के एक युवक पोचीराम कांबले की हत्या नांदेड़ के समीप हुई। दंगाइयों द्वारा पुलिस के एक दारोगा गोविन्द राव भूरेवार को जिन्दा जला दिया गया। नांदेड़ जिले में बहुत बीभत्स और बर्बर किस्म की हत्याएँ हुईं और हिंसा की इस आग का प्रभाव समीपवर्ती विदर्भ के क्षेत्र पर भी पड़ने लगा। बाद में इस घटना के सम्बन्ध में रामधन के नेतृत्व में बनी जाँच समिति ने बताया कि 13 दलितों तथा सात पुलिसकर्मियों ने जान गँवाई और विभिन्न घटनाओं में 137 लोग घायल हुए थे। प्रशासन आगजनी की घटनाओं को रोकने में पूर्णतः असफल रहा। मैं हिंसा की प्रवृत्ति और घटनाक्रम के फैलाव को देखकर स्तब्ध था और मुझे महसूस हुआ कि परिस्थिति को नियंत्रण में लाने और शक्ति बहाल करने के लिए विश्वविद्यालय के नाम परिवर्तन के फैसले को स्थगित कर देना चाहिए। मैंने घोषणा कर दी—'जब तक सम्बन्धित तबकों, लोगों का विश्वास हासिल नहीं होता, तब तक नाम परिवर्तन का निर्णय लागू नहीं होगा।' इस घोषणा के बाद हिंसा और आगजनी का तूफान शान्त हुआ।

घटना के पाँचवें दिन मैं और एस.एम. जोशी दंगा प्रभावित इलाकों का दौरा करने निकले। अनेक स्थानों पर हम लोगों का विरोधी नारों से स्वागत हुआ। एक जगह पर नाम परिवर्तन विरोधी कार्यकर्ताओं ने वरिष्ठ सोशलिस्ट नेता जोशी जी को चप्पलों की माला भी पहना दी। परन्तु जोशी जी को जरा-सा भी गुस्सा नहीं आया और शान्त भाव से प्रशंसनीय सहनशीलता के साथ जोशी जी ने उन लोगों से बातचीत की। हमारा समर्थन और सहयोग करनेवाले कुछ अन्य लोगों में बापू कालदाते, एफ.एम. (फामू) शिन्दे और बापूराव जगताप थे। हमारे मंत्रिमंडल में, कैबिनेट स्तर के सहयोगी शंकरराव चव्हाण, सुन्दरराव सोलंकी और सखाराम नखाते थे। एस.एम. जोशी का चव्हाण साहेब से घनिष्ठ सम्बन्ध था। उन्होंने चव्हाण साहेब से हम लोगों के साथ चलने को कहा। चव्हाण साहब ने सहमति भी व्यक्त की परन्तु कुछ न कुछ कारण या बहाना बनाकर वह कभी भी हम लोगों के साथ नहीं आए। उनको विश्वविद्यालय के नाम परिवर्तन के पक्ष में कभी भी सार्वजनिक रूप से नहीं देखा गया। नाम परिवर्तन विरोधी तत्त्वों की कार्यवाही का असर हम लोगों को सर्वाधिक समय तक सहना पड़ा। हम लोग उनके क्रोध का सर्वाधिक शिकार रहे।

इस सबके बीच कुछ भविष्यवाणी करनेवाले भी थे। नाम परिवर्तन विरोधी कुछ आन्दोलनकारी, हमारे द्वारा मराठवाडा में सभी प्रकार के 'सार्वजनिक प्रयोगों' की छूट दिए जाने से काफी क्रोधित थे। उदाहरणस्वरूप मराठवाडा विश्वविद्यालय के नाम परिवर्तन की घोषणा के बाद डॉ. शंकरराव खरात (प्रसिद्ध दलित विद्वान) को उस विश्वविद्यालय का उपकुलपति नियुक्त किया गया। विरोधी आन्दोलनकारियों ने पूछा, 'क्या आप डॉ. शंकरराव को पुणे विश्वविद्यालय का कुलपति नहीं नियुक्त कर सकते थे ?' वे निश्चित रूप से डॉ. शंकरराव के बौद्धिक और साहित्यिक योगदान को स्वीकारने को तैयार नहीं थे। एक तबका ऐसा था जिसे नाम परिवर्तन से विरोध नहीं था, परन्तु वह आन्दोलनकारी युवाओं से भयभीत था। उन्होंने तहसील और जिला स्तर पर नेताओं के पास छपे हुए पत्रों की प्रतियाँ हस्ताक्षर अभियान के लिए भेजीं परन्तु इस प्रकार के दबाव बनानेवाले लोगों को कुछ ही लोगों का समर्थन मिल सका।

मराठवाडा क्षेत्र में उच्च जाति के मराठों और दलितों के बीच शत्रुता का लम्बा इतिहास है। यहाँ तक कि प्रशासन भी इस रोग से अछूता नहीं था।

यह शत्रुता स्वतंत्रता पूर्व के समय से ही चली आ रही है जब मराठवाडा निजाम की रियासत का हिस्सा था। उस समय निजाम के रजाकार स्थानीय लोगों के साथ टमटम में बैठकर आते और 'निम्न जाति' के लोगों पर अत्याचार करते। विश्वविद्यालय नाम परिवर्तन की घोषणा इस प्रकार की शत्रुता पर मिट्टी डालने का प्रयास भी था परन्तु इसका विरोध जंगल की आग की तरह पूरे आवेग से फैलने लगा।

मराठवाडा क्षेत्र की प्रगतिशील शक्तियाँ इस विषय पर विभाजित थीं। गोविन्दभाई शराफ और अनन्तराव भालेराव जैसे लोग इस विचार पर दृढ़ थे कि विश्वविद्यालय का नाम परिवर्तन मराठवाडा की पहचान पर आघात है। मैंने जब मराठवाडा विश्वविद्यालय का नाम परिवर्तित करने का निर्णय लिया था, उस समय मुझे मराठवाडा के साथ स्थानीय लोगों के इतने गहरे संवेदनात्मक जुड़ाव का अनुमान नहीं था। यहाँ पर यह भी जानना उचित होगा कि जब बाकी भारत 1947 में स्वतंत्र हो गया था तब मराठवाडा पर निजाम का शासन था और 17 सितम्बर, 1948 को निजाम हैदराबाद की सत्ता समाप्त कर उसकी रियासत को भारत में मिला लिया गया, तभी मराठवाडा स्वतंत्र भारत का हिस्सा बना। निजाम के राज में अधीन तीन भाषा-भाषी क्षेत्र थे—कन्नड़, तेलगू और मराठी बोलनेवाले लोग निजाम की सत्ता के अधीन थे। दक्कन स्टाइल में कुछ लोगों का उर्दू बोलना वास्तव में मार्ग भ्रमित करनेवाला तथ्य है। मराठी बोलनेवालों के क्षेत्र का नाम मराठवाडा रखा गया जो एक मजबूत क्षेत्रीय पहचान बन गया।

शराफ और भालेराव, दोनों का इस क्षेत्र में बड़ा सम्मान था और उनके पक्ष से नाम परिवर्तन विरोधी कैम्प के लोगों का मनोबल काफी बढ़ गया। भालेराव का अखबार *मराठवाडा* हमेशा दलित मुद्दों का समर्थन करता था परन्तु विश्वविद्यालय के नाम परिवर्तन के विषय में उसका प्रतिकूल रुख था। गोविन्दभाई शराफ के नेतृत्व में मराठवाडा विकास परिषद के सक्रिय सदस्य भालेराव भी थे। यह परिषद परिश्रमपूर्वक मराठवाडा के लिए विकास के एजेंडे को उठा रही थी, इस कारण भालेराव का कार्य काफी कठिन हो गया और इसलिए वह अपने को सराफ से अलग तो नहीं कर सके फिर भी उन्होंने अपने अखबार में नाम परिवर्तन विषय के प्रति नरम रुख लिया।

चूँकि मैं एक कांग्रेसी सरकार को हटाकर प्रदेश में गैर–कांग्रेसी सरकार का नेतृत्व कर रहा था, इसलिए अनेक कांग्रेसी नेता मुझसे नाराज थे। जैसे ही नाम परिवर्तन मुद्दे ने तूल पकड़ा, उन्होंने इस अवसर का इस्तेमाल मुझे अपमानित करने के लिए किया। वास्तव में उनमें से कुछ तो नाम परिवर्तन विरोधी नेतृत्व के साथ साँठ–गाँठ भी किए थे। उदाहरणस्वरूप मेरी सरकार को यह मालूम था कि मराठवाडा के एक प्रभावशाली नेता बाल साहेब पवार सक्रियतापूर्वक नाम परिवर्तन विरोधी आन्दोलन का समर्थन कर रहे थे। परन्तु उनको उस समय ऐसा करने से हम नहीं रोक सकते थे।

इस सम्पूर्ण घटनाक्रम से मुझे यह अनुभूति हुई कि राजनीतिक पार्टियों के नेताओं पर पूर्णतः भरोसा करना हमारी भारी भूल थी। नाम परिवर्तन का निर्णय लेने से पूर्व हमें आम जनता को, विशेष रूप से युवा पीढ़ी को, अपने विश्वास में लेना चाहिए था। हालाँकि उनका गुस्सा न्यायसंगत नहीं था फिर भी हम उनके गुस्से का सही आकलन नहीं कर सके। जब दंगा शुरू हो गया तो नाम परिवर्तन निर्णय का समर्थन करनेवाले नेता आतंकित हो गए और इस विद्रोह के सामने वे अपने विचार तक नहीं रख पाए। वे इस विषय पर अपना विचार उद्घाटित नहीं करना चाहते थे। प्रदर्शनकारियों और दंगाइयों का गुस्सा झेलने के लिए केवल प्रशासन था।

सम्पूर्ण घटनाक्रम से प्राप्त अनुभवों ने गतिरोध तोड़ने के लिए हमें नई रणनीति निर्मित करने के योग्य बना दिया। मेरे द्वारा निकट भविष्य में कोई नई पहल के लिए राजनीतिक–सामाजिक वातावरण अनुकूल नहीं था। परन्तु सम्भावित समाधान के लिए हमारे दिमाग में एक नक्शा बनने लगा। दुबारा अवसर मिलते ही मैं अपने इस निर्णय को व्यवहार में लागू करने के लिए कटिबद्ध था। मुझे इस अधूरे मिशन को अवश्य ही पूरा करना था।

1980 से 1988 तक मैं सत्ता से बाहर था। इन आठ वर्षों में मैंने लगभग पूरे मराठवाडा का दौरा किया, समाज के सभी तबके व वर्गों के लोगों से पुनः सम्बन्ध स्थापित किए। मैंने युवाओं से दो प्रश्न पूछे, पहला कि विश्वविद्यालय का नाम परिवर्तन करने की तार्किकता क्या है? मराठवाडा के विकास के लिए इतनी सामाजिक एकता और सर्वसम्मति क्यों है? महाराष्ट्र का मुख्यमंत्री रहते हुए भी मैं इस विषय पर सोचता और काम करता रहता था।

इस बीच में अन्य चार मुख्यमंत्री भी हुए परन्तु स्पष्ट कारणों से उन्होंने इस समस्या से दूर ही रहना उचित समझा। इन चारों मुख्यमंत्रियों के समय में यह समस्या हल नहीं हो सकी।

1983 में मैं पुन: महाराष्ट्र का मुख्यमंत्री बना और यह मेरा आखिरी बार मुख्यमंत्री बनने का अवसर था। विश्वविद्यालय का नाम परिवर्तित करने से सम्बन्धित तमाम विरोधी विचारों को समायोजित करने व उनकी भावनाओं को ध्यान में रखते हुए योजना बनाई गई। 1978 के अनुभव से शिक्षा ग्रहण कर मैंने मराठवाडा क्षेत्र के सरपंचों (गाँव के प्रधानों) को सीधे सम्पर्क करने के लिए सभी को व्यक्तिगत पत्र भेजा। मैंने क्षेत्र के सभी कॉलेजों के प्रधानाचार्यों और छात्र यूनियनों से भी सम्पर्क किया और उनसे बातचीत की। अन्त में हम लोग जिस निर्णय पर पहुँचे, उससे सभी सहमत थे। अब विश्वविद्यालय का नाम बाबा साहेब अम्बेडकर मराठवाडा विश्वविद्यालय निर्धारित हुआ। पूरी सावधानी के साथ किए गए जमीनी काम के बाद, हम लोग विश्वविद्यालय के नाम परिवर्तन को लागू करने को तैयार थे। 14 जनवरी, 1994 को इसे नाम परिवर्तन के रूप में नहीं बल्कि नाम विस्तार के रूप में घोषणा की गई।

दलित समुदाय के लोग, अपने आदर्श व्यक्ति डॉ. बाबा साहेब का नाम जुड़ जाने से प्रसन्न थे और जो लोग नाम परिवर्तन के निर्णय के खिलाफ मराठवाडा की पहचान के लिए लड़े थे, उनको भी कोई आपत्ति नहीं थी, क्योंकि विश्वविद्यालय के नए नाम के साथ मराठवाडा जुड़ा हुआ था।

इस बार कुल मिलाकर स्थिति शान्तिपूर्ण थी। 1978 में देखी गई नौकरशाही की निष्क्रियता और मिलीभगत की तुलना में इस बार सरकारी मशीनरी किसी भी प्रकार की अनदेखी से निबटने के लिए तैयार थी। मीरा बोरवानकर को औरंगाबाद का पुलिस अधीक्षक नियुक्त किया गया था। मुझे सूचित किया गया था कि कानून-व्यवस्था को अव्यवस्थित करनेवाली किसी भी कार्यवाही को वह बरदाश्त नहीं करतीं। वह एक कर्मठ और कुशल प्रशासक थीं। यदि किसी भी दंगाई को वह हिंसा में लिप्त पातीं तो उसे सार्वजनिक रूप से दंडित करतीं। पुरुषों के लिए महिला अधिकारी के हाथों पिटना बहुत शर्मनाक था। इससे अधिक शर्म की बात और कोई नहीं थी। इससे शान्ति व्यवस्था कायम करने में सहायता मिलती।

इसके अतिरिक्त हमारी सरकार ने महाराष्ट्र में चार अन्य विश्वविद्यालयों की स्थापना की घोषणा की। इस घोषणा ने भी किसी प्रकार के विरोध को शान्त करने में अपनी अहम भूमिका निभाई। एक विश्वविद्यालय का नामकरण मराठवाडा क्षेत्र के एक प्रतीक (आइकन) स्वामी रामानन्द तीर्थ के नाम पर हुआ। इसकी स्थापना नान्देड क्षेत्र में हुई। अमरावती में स्थापित किए गए विश्वविद्यालय का नाम 'सन्त गाडगे महाराज विश्वविद्यालय' रखा गया। यशवन्तराव चव्हाण के नाम पर एक ओपेन यूनिवर्सिटी स्थापित की गई। नासिक और जलगाँव, उत्तर महाराष्ट्र यूनिवर्सिटी के मुख्यालय के रूप में स्थापित हुए। इन सब घोषणाओं से महाराष्ट्र के लोगों ने प्रसन्नता का अनुभव किया।

आत्मविश्लेषण करते हुए हमें बड़ी प्रसन्नता होती है। यदि हम लोग विश्वविद्यालय के नामकरण का मुद्दा हल नहीं कर पाते तो महाराष्ट्र में सामाजिक संवेदनाएँ हमेशा उबाल मारती रहतीं और यह क्रोध हमेशा बना रहता। हम लोगों ने विश्वविद्यालय के नाम में 'मराठवाडा' शब्द जोड़कर इसका शाब्दिक हल प्रस्तुत किया और इससे महाराष्ट्र राज्य की पहचान और सुदृढ़ हुई।

यह सम्पूर्ण घटनाक्रम और इस जटिलता को हल करने का तरीका लोकतांत्रिक तरीके से काम करने का उदाहरण है। लोगों के साथ विचार-विमर्श में समय लग सकता है परन्तु विमर्श से ही समस्या का समाधान होगा। यही एक रास्ता है। आप लोगों से जितना अधिक बात करेंगे, जनता को जितना अधिक समझा सकेंगे, आप जितना अधिक उनको विश्वास में ले सकेंगे, उनसे जितनी अधिक पारिवारिक एकता और आत्मीयता स्थापित कर सकेंगे, आपका नेतृत्व उतना ही अच्छा होगा। जो कोई ध्यान से सुनने में भरोसा रखता है, मैं उन सबको यह सलाह देता हूँ और मैं अपने अनुभव को समृद्ध करने के लिए भी यह सलाह देता हूँ।

महाराष्ट्र में सामाजिक सामंजस्य और मेल-मिलाप पर विचार करते हुए मैं आज भी महसूस करता हूँ कि राज्य के अन्य भागों की तुलना में विदर्भ क्षेत्र में आज भी सामाजिक मेल-मिलाप काफी कम है। यह हम सब लोगों की असफलता है कि हर समय विदर्भ को अलग राज्य बनाने की माँग उठती रहती है। यह अति पीड़ादायी है। वर्षों तक विदर्भ से उच्च जातियों के लोग

ही नेतृत्वकारी रहे हैं। बृजलाल बीयानी (अकोला), गोविन्द भाटिया (बुलधना), जवाहरलाल दरडा (यवतमाल), कमल नयन बजाज (वर्धा), रिकाबचंद शर्मा (नागपुर) और मनोहर भाई पटेल (भंडारा)—ये सम्पन्न वर्ग के लोग हैं। ये लोग व्यापारिक क्षेत्र में प्रभुत्वशाली हैं और पार्टी ढाँचे तथा सरकार प्रशासन पर अत्यधिक दबाव बनाए रहते हैं। केवल यही लोग विदर्भ के प्रवक्ता बने हुए थे।

आज ये सब नेता नहीं हैं परन्तु उनकी पैतृकता कायम है। यह केवल इधर कुछ वर्षों से ही सम्भव हुआ है कि समाज के अन्य तबकों से भी लोग स्वतंत्र रूप से अपनी आवाज उठाने लगे हैं। हम लोगों को इस क्षेत्र में वास्तविक समस्याओं को समझने के लिए इन तबकों की बातों और माँगों को अधिकाधिक सुनना-समझना चाहिए।

अध्याय : पाँच

विधान सभा में विपक्षी नेता की भूमिका

कांग्रेस (आई) ने महाराष्ट्र में 186 सीटें जीतकर जून 1980 में विधान सभा में धमाकेदार उपस्थिति दर्ज कराई। कुल 288 विधान सभा सीटों में हमारी पार्टी कांग्रेस (यू) मात्र 47 सीटों तक सिमट गई। ज्ञात हो कि इस समय तक समानांतर कांग्रेस का विलय कांग्रेस (यू) में हो चुका था। राज्य में हमारी मुख्य सहयोगी जनता पार्टी राष्ट्रीय स्तर पर विखंडन का शिकार थी और उसमें चारों तरफ भ्रम व्याप्त था।

पराजय का सामना करते ही जनता (यू) की कतारों में व्यग्रता और व्याकुलता छा गई। चव्हाण साहेब पुनः कांग्रेस (आई) के साथ विलय के इच्छुक थे परन्तु इस विषय पर मैंने असहमति व्यक्त की। जब मैं लन्दन में था तो मेरी पार्टी को भारी धक्के का सामना करना पड़ा। हमारी पार्टी के बयालीस विधायक कांग्रेस (आई) में शामिल हो गए। बचे हुए विधायकों में कमल किशोर कदम, पदम सिंह पाटिल, मालोजीराव मोगल और दत्ता मेघे प्रमुख थे।

चुनावी मोर्चे पर धक्का खाने के बावजूद, जब मैं लन्दन से वापस आया तो हमें हवाई अड्डे पर बिलकुल भिन्न दृश्य देखने को मिला। हवाई अड्डे पर मेरा स्वागत करने के लिए बड़ी संख्या में नौजवान एकत्रित थे। मेरा दिमाग झन्ना गया। नौजवानों की इतनी बड़ी संख्या देखकर, पार्टी को सुदृढ़ करने का मेरा आत्मविश्वास और बढ़ गया। कुछ विधायकों के पार्टी से निकल जाने से उत्पन्न विघटन की स्थिति के बावजूद मैंने पार्टी को जमीनी स्तर पर मजबूत करने और जनाधार विकसित करने पर जोर दिया। मैंने बगैर किसी विलम्ब के यह कार्य प्रारम्भ कर दिया।

सत्ता की अपनी कमियाँ-कमजोरियाँ होती हैं। उदाहरणस्वरूप, किसी भी मंत्री के लिए जनता की सीधी प्रतिक्रिया प्राप्त करना काफी कठिन होता है और मुख्यमंत्री के लिए यह और भी कठिन होता है। इसलिए कई बार मंत्रिगण, जनता का बगैर मूड जाने ही निर्णय ले लेते हैं। इसलिए सन् 1980 से 1985 के बीच, मैं सप्ताह में पाँच दिन विभिन्न क्षेत्रों में घूमता—गाँव-गाँव और राज्य की हर तहसील में घूमकर जनता से सघन सम्पर्क स्थापित करता रहा। इन टूरों (यात्राओं) को सुनियोजित ढंग से समाज के भिन्न तबकों से सम्पर्क स्थापित करने, सार्थक विमर्श करने और 'व्यवस्था' के कार्यों को कार्यस्थल पर समझने के उद्देश्य से प्लान किया गया। मैंने इन यात्राओं के द्वारा पार्टी के राजनीतिक क्षेत्र का विस्तार किया और संगठन को भी सुदृढ़ किया।

दिन में जिस क्षेत्र में जाता, वहाँ के अपनी पार्टी के स्थानीय विधायक के साथ या गाँव के कार्यकर्ताओं के साथ मैं स्कूल, कॉलेजों और सरकारी कार्यालयों और सरकारी प्रोजेक्टों की साइट पर जाता, शाम को स्थानीय बुद्धिजीवियों से भेंट करता और फिर स्थानीय युवकों के साथ देर रात तक बाचतीत करता। यह समय बिलकुल अद्‌भुत और आनन्ददायी था।

मराठवाडा क्षेत्र का दौरा करते हुए मैंने कुछ शिक्षाप्रद बातें नोट कीं। मेरी सरकार द्वारा डॉ. बाबा साहेब अम्बेडकर के नाम पर विश्वविद्यालय के नाम परिवर्तन का सर्वाधिक नुकसान यहाँ के सर्वाधिक दलित, उत्पीड़ित और दरिद्र समुदाय को उठाना पड़ा था। उनके खिलाफ की गई बर्बर कार्यवाहियों का असर आज भी स्पष्ट दिख रहा था। प्रभावित स्थानों का दौरा करने के बाद मैंने अनुभव किया कि सरकारी मशीनरी ने हिंसा को रोकने के गम्भीर और कारगर प्रयास नहीं किए थे। कुछ मामलों में तो सरकारी मशीनरी और दंगाइयों के बीच मिलीभगत भी स्पष्ट रूप से समझी जा सकती थी। मैंने महसूस किया कि गृह मंत्रालय का कार्यभार मेरे पास होने के कारण यह व्यक्तिगत रूप से मेरी असफलता भी थी।

सरकार द्वारा रोजगार गारंटी स्कीम को स्वीकृति प्रदान कर दी गई थी। मैंने महसूस किया कि यह योजना ग्रामीण क्षेत्र के अति दरिद्र लोगों की बड़ी संख्या को राहत देनेवाली योजना थी। मुझको ऐसे भी अनेक केस देखने को मिले जहाँ अनेक सरकारी योजनाओं के सुपरवाइजर फर्जी रजिस्टर बनाते,

कार्यस्थल पर कार्यरत लोगों की झूठी संख्या और फर्जी नाम भरते और इस प्रकार योजना की बड़ी राशि उनकी जेबों में चली जाती। कुछ लोगों द्वारा अपनी हाजिरी लगाकर भाग जाने की प्रवृत्ति भी देखने को मिली। इन सब मामलों में अवैधानिक तरीके से काम करनेवालों और सरकारी कर्मचारियों के बीच साँठ-गाँठ नजर आई। इस प्रकार की निर्दयता वास्तव में राष्ट्र के लिए अभिशाप है।

सुदूर ग्रामीण क्षेत्र का दौरा करते हुए हमने अनुभव किया कि प्राइमरी स्कूलों की शिक्षा का स्तर बहुत ही चिन्ताजनक है और यह व्यवस्था की ही कमी थी। अपने औचक निरीक्षण में मैंने देखा कि छात्रों की कॉपियों में व्याकरण की अनेक गलतियाँ थीं। मैंने जब अध्यापकों से शिक्षा के इतने खराब स्तर के बारे में पूछा तो उन्होंने समस्या की जिम्मेदारी अभिभावकों पर डाल दी। अनेक छात्र ऐसे थे जिनके घर में कोई भी शिक्षित नहीं था और वह परिवार में स्कूल आनेवाली पहली पीढ़ी थी अत: उनके माता-पिता को यह जानकारी नहीं थी कि घर पर पढ़ाई-लिखाई का वातावरण किस प्रकार बनाया ज़ाए। मेरे लिए यह अति पीड़ादायी स्थिति थी। बाद में मैंने प्रसिद्ध शिक्षाविद् डॉ. चित्रा नाइक से इस विषय पर चर्चा की। सबको शिक्षा प्रदान करने के साथ-साथ उसकी गुणवत्ता बनाए रखना ही मूल समस्या थी।

इन पाँच वर्षों की यात्राओं के दौरान मेरी मुलाकात ऐसी विभूतियों से हुई जो शहर की चकाचौंध से दूर अपने चुने हुए क्षेत्र में पूरे समर्पण और उत्साह से कार्य करते हैं। उनके द्वारा किए गए महत्त्वपूर्ण सामाजिक योगदान के बावजूद शायद ही कभी किसी ने उनकी प्रशंसा की हो। वे कभी भी मान्यता प्राप्त करने की लालसा नहीं रखते हैं।

मराठवाडा क्षेत्र के जालना जिले में कुछ ऐसे उद्यमी किसानों से मेरी मुलाकात हुई जो बड़े पैमाने पर सिंचाई और मिट्टी के संरक्षण के लिए स्थानीय संसाधनों व स्रोतों का इस्तेमाल करते हैं। उत्तरी महाराष्ट्र के नासिक जिले में भी मुझे ऐसा ही अनुभव प्राप्त हुआ। जब मैंने सरकार के लिए राज्य और केन्द्र स्तर पर कार्य किया तब ये सभी अनुभव हमारे लिए सहायक सिद्ध हुए। उस समय प्रगतिशील किसानों के साथ स्थापित हुए सम्बन्ध आज भी मजबूत हैं। ग्रामीण क्षेत्र में वास्तव में क्या घटित हो रहा है, इसकी ताजा जानकारी मुझे इन्हीं स्रोतों से मिलती है। सम्भवत: यही कारण है कि

कृषि से सम्बन्धित हमारे विचारों को राज्य और केन्द्र स्तर पर गम्भीरता से लिया जाता है।

साहित्य-संस्कृति के क्षेत्र में रुचि रखनेवाले योग्य और गुणी युवाओं के साथ देर रात तक हमारी बैठकी भी समान रूप से ज्ञानवर्द्धक और ऊर्जादायी होती थी। मैं कहना चाहूँगा कि बड़े शहरों की तुलना में इन छोटे और अचर्चित स्थानों पर निरन्तर साहित्यिक रुचि के शानदार लोग उभरकर सामने आते हैं क्योंकि उनके उद्‌गार जीवन की कठोर सच्चाई से निकलते हैं। उनकी जड़ें इस कठोर जीवन में गहराई तक होती हैं।

इसी प्रकार की पृष्ठभूमि से पनपे एक कवि जवाहर राठौड से मेरी भेंट हुई। उसकी कविता ने हमारे दिल-दिमाग पर अमिट छाप छोड़ी। जवाहर आज हमारे बीच नहीं है। उसका निधन हो गया। उसकी एक कविता का शीर्षक 'पाथर वाट' (शिल्पकार) है। इस कविता में वह एक ऐसे शिल्पकार के मनस्ताप का वर्णन करता है जिसने एक स्थानीय मन्दिर के लिए एक आदर्श (देवता) की मूर्ति गढ़ी है। विडम्बना यह है कि उच्च जाति के ग्रामीण जब उस सुन्दर मूर्ति की स्थापना मन्दिर में करते हैं, भव्य समारोह होता है परन्तु निम्न जाति का होने के कारण उस शिल्पकार को मन्दिर में प्रवेश से रोक दिया जाता है। जवाहर अपनी कविता में कहता है कि 'तुम दावा करते हो कि भगवान तुम्हारा है। क्या मैंने अपने हाथों से यह भगवान तुम्हारे लिए नहीं बनाया? और फिर तुम मुझे मन्दिर में प्रवेश से प्रतिबन्धित करते हो?' मराठवाडा विश्वविद्यालय के नाम परिवर्तन के समय दलितों के खिलाफ हुए भीषण अत्याचार के बाद यह कविता सुनकर मैं बेहद संवेदित हो उठा था। इस कविता ने हमारे दिल-दिमाग को बहुत गहराई तक प्रभावित किया।

इसी प्रकार एक और युवा कवि बापूराव जगताप थे। हालाँकि वह मराठा समुदाय के उच्च जाति में जन्मे थे। उनके समुदाय के लोगों ने मराठवाडा विश्वविद्यालय के नाम परिवर्तन का विरोध किया था परन्तु बापूराव ने व्यक्तिगत रूप से विश्वविद्यालय के नाम परिवर्तन का समर्थन किया था। इसकी चर्चा हम पहले कर चुके हैं। इस कवि के हृदय में जैसे आग धधक रही हो, उसने अपनी कविता में आश्चर्यजनक तरीके से नाम परिवर्तन का समर्थन किया था।

राठौड और जगताप जैसे लोग सीधे राजनीतिक कार्यवाहियों से नहीं जुड़े थे परन्तु जनता उनको बेहद पसन्द करती थी और दिल से चाहती थी। समय-समय पर मेरी उनसे मुलाकात होती। सौभाग्य से मुझे आज भी उनके नाम और विवरण याद हैं। कई वर्ष बाद भी जब मैं उन दोनों को नाम लेकर पुकारता तो वे आश्चर्यचकित होते और प्रसन्न भी। इससे मुझे भी सम्मान मिलता और मेरी शाख मजबूत होती जिसके बल पर मैं अपने जीवन के राजनीतिक उथल-पुथल के दिनों को सफलतापूर्वक पार कर सका।

दत्ता सामंत के साथ भिड़ंत

कांग्रेस (आई) के नेता अब्दुल रहमान अन्तुले ने 9 जून, 1980 को महाराष्ट्र के मुख्यमंत्री पद की जिम्मेदारी सँभाली। हालाँकि वह कठोर निर्णय लेनेवाले गतिशील नेता थे परन्तु उनमें लोगों को साथ लेकर चलने की योग्यता का अभाव था। प्रधानमंत्री इन्दिरा गांधी का वरदहस्त उनके सिर पर था। वसन्तदादा पाटिल उनके विरोधी थे। अन्तुले ने वसन्तदादा की पत्नी शालिनीताई पाटिल को मंत्री नियुक्त कर वसन्तदादा को मनाने का प्रयास किया। शालिनीताई अन्तुले के मंत्रिमंडल में राजस्व मंत्री नियुक्त हुई थीं परन्तु इससे वसन्तदादा पर कोई प्रभाव नहीं पड़ा। अन्तुले द्वारा उनको मनाने का यह प्रयास व्यर्थ साबित हुआ।

पार्टी के अन्दर विद्रोह बढ़ने लगा। इन्दिरा गांधी प्रतिभा प्रतिष्ठान (आई.जी.पी.पी.) विवाद, जिसे सीमेंट घोटाला के नाम से भी जाना जाता है, खुलकर सामने आ गया। अन्तुले द्वारा आई.जी.पी.पी. ट्रस्ट की स्थापना प्रतिभा और कला को प्रोत्साहित करने के उद्देश्य से की गई थी। इस ट्रस्ट में 5.2 करोड़ रुपए की संग्रह निधि थी। इसमें से दो करोड़ रुपए सरकारी अनुदान का जबकि बाकी राशि सहयोग के रूप में चीनी मिल की सहकारी समितियों और बिल्डर्स से एकत्र की गई थी। चीनी मिलों को पेरे गए प्रतिटन गन्ने पर 2.5 रुपए देना था जबकि बिल्डर्स को निर्माण में प्रयुक्त सीमेंट की बोरी के हिसाब से कुछ राशि देना निर्धारित हुआ था। चूँकि सीमेंट का संकट था इसलिए सीमेंट सरकार द्वारा आवंटित किया जाता था।

बाम्बे (मुम्बई) हाईकोर्ट के न्यायाधीश बी. लेंटिन ने अन्तुले को आई.जी.पी.पी. के लिए चन्दा संग्रह में सीमेंट आवंटन में वस्तु विनिमय का दोषी करार दिया। विपक्ष के नेता की हैसियत से मैंने अन्तुले पर आरोप लगाते हुए राज्य विधान सभा में गरमा-गरम भाषण दिया। इस अभियान के बाद 12 जनवरी, 1982 को ए.आर. अन्तुले को मुख्यमंत्री का पद त्यागना पड़ा।

इसी समय मुम्बई के 2.5 लाख सूती मिल मजदूरों का गुस्सा फूट पड़ा और उन्होंने मोर्चा सँभाल लिया। कांग्रेस, कम्युनिस्ट, सोशलिस्ट और शिवसेना के नेतृत्ववाली यूनियनों में बँटे होने के कारण मुम्बई टेक्स्टाइल मिलों के मजदूर बहुत परेशान थे। उनकी बोनस और वेतनवृद्धि की माँगें लम्बे समय से विलम्बित थीं और इसका कोई हल नहीं निकल रहा था।

1947 का बाम्बे इंडस्ट्रियल रिलेशन (बी.आई.आर.) ऐक्ट, जो केवल राष्ट्रीय मिल मजदूर संघ को मिल मजदूरों का एकमात्र प्रतिनिधि मानता था, यह विवाद का एक और मुद्दा था। इस प्रकार जुझारू नेता दत्ता सामंत के लिए आन्दोलन का मंच तैयार था। जैसे ही मिल मजदूरों की हड़ताल शुरू हुई। मध्य मुम्बई में स्थित सूती कपड़ा मिलों के धुएँ से भरा हुआ चालों (मजदूरों के रहनेवाली इमारतें) का इलाका, मजदूरों के गुस्से से थरथरा रहा था। सामंत अपने आक्रमण तेवर के लिए प्रसिद्ध थे। वह किस प्रकार मिलों के मालिकों को झुकाकर वेतन वृद्धि के समझौते पर हस्ताक्षर करवाते हैं, इसकी कहानियाँ राजनीतिक सर्किल तक चर्चित थीं। अपने गुणों के मुताबिक ही सामन्त ने हड़ताल के पहले दिन से ही कड़ा रुख अख्तियार किया।

अन्तुले ने विभिन्न विषयों के हल के लिए तीन सदस्यीय कमेटी नियुक्त की। यह कमेटी अपना काम पूरा कर सके, इससे पूर्व ही अन्तुले को मुख्यमंत्री-पद छोड़ना पड़ा। ऐसी राजनीतिक अस्थिरता की हालत में टेक्सटाइल मजदूरों ने 18 जनवरी, 1982 को अनिश्चितकालीन हड़ताल प्रारम्भ कर दी। तीन दिन बाद बाबा साहेब भोसले ने मुख्यमंत्री पद की शपथ ग्रहण की।

भोसले को महाराष्ट्र के मुख्यमंत्री-पद की शपथ दिलाना वास्तव में एक क्रूर मजाक साबित हुआ। भोसले को अन्तुले का उत्तराधिकारी स्थापित करना वास्तव में इन्दिरा गांधी द्वारा पार्टी में अपना सर्वोच्च प्रभुत्व प्रदर्शित करने का

ही तरीका था। भोसले वास्तव में अनुभवहीन मुख्यमंत्री थे। उनको कुछ समय तक विश्वास ही नहीं हुआ कि वह एक राज्य के प्रमुख जिम्मेदार (मुख्यमंत्री) हैं। भोसले को क्यों चुनकर महाराष्ट्र का मुख्यमंत्री नियुक्त किया गया, इस बारे में अनेक कहानियाँ चर्चा में थीं। एक कहानी यह भी प्रचलित थी कि इन्दिरा गांधी ने भोसले को इसलिए महाराष्ट्र का मुख्यमंत्री बनाया कि उनका दूसरा नाम छत्रपति शिवाजी से जुड़ता था। छत्रपति शिवाजी, महान मराठा योद्धा थे इसलिए इन्दिरा गांधी ने भोसले को विद्रोहियों से लड़नेवाले राजा के रूप में मुख्यमंत्री नियुक्त किया।

एक यह भी कहानी प्रचलित थी कि जब कांग्रेस हाईकमान के सलाहकार महाराष्ट्र में विधायकों की लिस्ट लेकर विचारार्थ बैठे तो उन्होंने मुम्बई की नेहरू नगर विधान सभा सीट पर ध्यान दिया। इस प्रकार हाईकमान ने सोचा कि भोसले के पास दो अद्वितीय विशेषताएँ हैं। एक तो वह 'भोसले' हैं और दूसरी यह कि उनकी विधान सभा सीट का नाम 'नेहरू नगर' है। इन दो विशेषताओं के कारण उनको मुख्यमंत्री बनाया गया।

मेरा व्यक्तिगत विचार है कि भोसले को मुख्यमंत्री इसलिए बनाया गया क्योंकि वह वरिष्ठ कांग्रेसी नेता और स्वतंत्रता सेनानी तुलसीदास जादव के दामाद थे और कहा जाता था कि तुलसीदास, गांधी परिवार के बहुत घनिष्ठ थे। 1969 में इन्दिरा गांधी के द्वारा घोषित राष्ट्रपति पद के उम्मीदवार डॉ. वी.वी. गिरि को महाराष्ट्र से बहुत कम वोट मिले थे। वी.वी. गिरि को इस राज्य से मिलनेवाले मात्र पाँच या छह वोटों में एक वोट तुलसीदास जादव का भी था। शायद इसी कारण भोसले का पल्ला भारी हो गया था।

भोसले एक भले और सीधे व्यक्ति थे जो सर्वोच्च पद की जिम्मेदारियों का बोझ उठाने योग्य नहीं थे। उनको महाराष्ट्र राज्य के बारे में बहुत कम जानकारी थी और सबसे महत्त्वपूर्ण बात यह कि प्रशासन और राजनीति में उनको कोई खास रुचि नहीं थी। किसी कठिन समय या विपरीत परिस्थिति में जब गम्भीरता की आवश्यकता होती, ऐसे समय उनकी टिप्पणियों में यह कमी अभिव्यक्त होती।

भोसले के नेतृत्ववाली कांग्रेस सरकार ने वही किया जो कुछ हाई कमान से निर्देशित हुआ और इसलिए उन्होंने मिल मजदूरों के खिलाफ कठोर प्रशासनिक कदम उठाए। देश की विपक्षी पार्टियाँ 1980 के चुनावी धक्के से

अभी उबर नहीं पाई थीं और शायद इसीलिए किसी पार्टी ने मजदूरों की दुर्दशा पर ध्यान नहीं दिया।

इसी पृष्ठभूमि में अदम्य साहसी और उच्चकोटि के सोशलिस्ट ट्रेड यूनियन नेता जॉर्ज फर्नांडीज, जिन्होंने मुम्बई के मजदूरों के बीच काफी समय बिताया था, उन्होंने इस आन्दोलन में हस्तक्षेप किया। जॉर्ज के साथ मेरे बहुत अच्छे सम्बन्ध थे। परन्तु उनको शिवसेना प्रमुख बालासाहेब ठाकरे से पहले विमर्श करना था क्योंकि उनका नाम पहले था।

लम्बी अवधि की हड़ताल के कारण, हमेशा चहल-पहल वाला शहर मुम्बई बहुत भयानक लग रहा था। परिस्थिति दिन पर दिन खराब हो रही थी। हम लोगों को मालूम था कि दत्ता सामन्त कानून-व्यवस्था का उल्लंघन करने में भी कोई परहेज नहीं करेंगे और ऐसा होने से भयंकर तबाही की स्थिति उत्पन्न हो जाएगी। इसलिए सामन्त को रोकना और उनके विघटनकारी नेतृत्व का विकल्प प्रस्तुत करना अनिवार्य था। सूती कपड़ा मिलें मुम्बई की अर्थव्यवस्था की रीढ़ की हड्डी थीं। उसने मुम्बई में एक लोकप्रिय संस्कृति, थियेटर, साहित्य और सामाजिक आन्दोलन को विकसित किया था। यहाँ के तमाम मिथक कथाओं और उपाख्यानों में वर्णित थे। हम सब भिन्न-भिन्न तरह से मुम्बई को प्यार करते थे।

यदि मिलें हमेशा के लिए बन्द हो गईं तो सबसे पहले लाखों मराठी भाषा-भाषी मजदूर और मिल मजदूर बेरोजगार हो जाएँगे और उनके परिवार भूखों मरने लगेंगे। यह स्पष्ट था कि मुम्बई और महाराष्ट्र पर इस हड़ताल का दीर्घकालीन बुरा प्रभाव पड़ेगा।

जॉर्ज ने इस विषय पर ठाकरे से बात की और उनको हमारे साथ मिलकर समस्या का हल निकालने के लिए तैयार किया। तब तक ठाकरे ने हिन्दुत्व की लाइन पर व्यवहार करना नहीं शुरू किया था। वह अपने 'धरती पुत्र' के सिद्धान्त पर अमल कर रहे थे। हम लोगों ने उनको मजदूरों के हित में मराठी-मानुस की लाइन छोड़ने को कहा।

जॉर्ज, ठाकरे और हमने संयुक्त रूप से दादर, शिवाजी पार्क (मुम्बई) में एक विशाल जनसभा को नवम्बर, 1982 में सम्बोधित किया। हम लोगों ने मिल मजदूरों की हड़ताल में हस्तक्षेप करने की योजना की घोषणा की। परन्तु इस कार्य में पहले ही बहुत देर हो चुकी थी। हड़ताल ने मिलों को मौत

के कगार पर पहुँचा दिया था और इसलिए हम लोगों के अनुयायी नौजवान राजनीतिक नेताओं के एक साथ आने से काफी उत्तेजित थे। इसका मतलब यह नहीं था कि सब कुछ समाप्त हो गया था। अनेक मराठी मुम्बईवासी आज भी कहते हैं कि यदि हम तीनों (मैं, जॉर्ज और ठाकरे) एक साथ खड़े हो जाते तो राजनीति ने एक नया मोड़ ले लिया होता। इसके बारे में कौन जानता है ? समय निकल जाने के बाद बुद्धिमत्ता का राजनीति में कोई स्थान नहीं है।

शिवसेना ने हिन्दुत्व की दिशा में कदम बढ़ाया और भारतीय जनता पार्टी की टीम में शामिल हो गई। इसके साथ ही शिवसेना के साथ हमारी राजनीतिक भागीदारी समाप्त हो गई। हालाँकि शिवसेना प्रमुख बाल ठाकरे के जीवन तक (नवम्बर, 2012) उनसे मेरी मित्रता बनी रही।

अध्याय : छह

किसानों का लम्बा अभियान

1980 के दशक के आरम्भ में भी देश खाद्यान्न के मामले में आत्मनिर्भर नहीं हुआ था। अभी भी देश में अनाज आयात किया जा रहा था। भारत में किसानों को फसलों का लाभकारी मूल्य नहीं दिया जा रहा था। इसी समय कृषि उत्पाद के लाभकारी मूल्य की माँग देश में केन्द्रीय मुद्दा बन गई। हम लोगों की सीधी और साधारण माँग थी कि हम लोगों को किसानों के उत्पाद का इतना मूल्य देना चाहिए कि वे कृषि कर सकें और एक उचित मुनाफा भी प्राप्त कर सकें। उस समय 250/ रुपए से 300 रुपए प्रति क्विंटल का मूल्य किसानों को दिया जा रहा था। हमारी माँग थी कि यह दर 700 रुपए प्रति क्विंटल होना चाहिए। यह राशि किसानों को दी जा रही राशि से लगभग दो गुना थी परन्तु हम लोगों ने इसे सरकार के विचारार्थ राशि के रूप में उठाया था। अन्त में हम लोग 600 रुपए क्विंटल की माँग पर डटे रहे और हमारा मानना था कि यह राशि किसानों के जीवन में एक उल्लेखनीय परिवर्तन कर देगी।

हमने और हमारे साथियों ने इस विषय को आगे बढ़ाने के लिए एक लम्बा अभियान संगठित करने का निर्णय लिया। इस मार्च में जलगाँव से नागपुर तक 440 किलोमीटर की किसानों की पैदल यात्रा की योजना बनाई। हम लोगों ने इसे 'शेतकारी दिंदी' मार्च, किसानों का लम्बा अभियान, नाम दिया। उस समय तक धरना, मोर्चा और बन्द ही आन्दोलन के प्रमुख रूप थे।

जो लोग महाराष्ट्र की लोक-संस्कृति से परिचित हैं वे जानते हैं कि 'वारी' नाम से प्रसिद्ध पंढरपूर की वार्षिक तीर्थयात्रा का किसानों के

जीवन में बड़ा महत्त्व है। वर्षा ऋतु के प्रारम्भ होते ही पुणे के समीप धार्मिक स्थल आलंदी और देहू पर किसान एकत्र होते हैं और हजारों की संख्या में यह किसान पंढरपूर (जिला शोलापुर) के लिए पैदल मार्च करते हैं। वहाँ पर पहुँचकर वे भगवान 'विट्ठल' के मन्दिर में दर्शन करते हैं। इस यात्रा को 'दिंडी' कहते हैं और पूरे मार्ग में स्त्री-पुरुष तीर्थयात्री धार्मिक गीतों को गाते हुए जाते हैं। इसी प्रकार अन्य स्थानों से आनेवाली 'दिंडी' मार्ग को शामिल होती रहती हैं। हम लोगों ने भी इसी प्रकार का 'शेतकारी दिंडी' मार्च आयोजित किया। इस मार्च ने किसानों का अत्यधिक उत्साहवर्धन किया।

इस लम्बे अभियान के दौरान दिन में केवल प्रार्थनाएँ और भक्तिगीत गाए जाते, एवं सायंकाल को जब लोग उस दिन के अन्तिम पड़ाव पर पहुँचते तब किसानों के मुद्दे पर लोगों के भाषण होते। इस लम्बे अभियान को 'दिंडी' तीर्थयात्रा का स्वरूप प्रदान करने के बावजूद किसानों को इसका उद्देश्य था और उन्हें यह भी मालूम था कि यह हजारों किसानों का लम्बा काफिला नागपुर ही क्यों जा रहा है, जहाँ पर विधान सभा का शीतकालीन सत्र चल रहा है।

इस मार्च के दौरान जब किसानों का काफिला गाँवों से निकलता तो उस गाँव के किसान झाड़ू लगाकर मार्ग साफ कर देते, रास्ते में पानी छिड़क देते। वे जगह-जगह हम लोगों के स्वागतार्थ सड़कों पर मंडप व द्वार बनाते, हम लोगों के साथ सभी किसानों को ताजा भोजन और पीने का पानी पिलाते। इस प्रकार जब हम एक गाँव से आगे बढ़ते तो काफी लोग गाँव से बाहर दूर तक विदा करने आते और देर तक खड़े होकर इस लम्बे काफिले को देखते रहते। हमारा यह मार्च आगे बढ़ता रहता और लोगों के गीतों और प्रार्थनाओं की ध्वनि दूर तक सुनाई देती। महिलाओं ने इस लम्बे अभियान में हम लोगों के लिए 35,000 रोटियाँ तक बनाईं। उन सब ग्रामवासियों का केवल एक ही प्रिय निवेदन था, 'साहेब, मेरी रोटी खा लीजिए।' मैं कभी भी उनको मना नहीं कर पाता और रोटी और बैंगन का चोखा हमें पूरे रास्ते खाने को मिला।

इस पूरे लम्बे अभियान के दौरान मैंने केवल दो बार विधान सभा के सत्र में भागीदारी की और फिर लौटकर इस मार्च में शामिल हो गया। किसानों का

यह शक्ति-प्रदर्शन पूर्णतः शान्तिपूर्ण परन्तु अभूतपूर्व था। देश-भर के अखबारों में यह समाचार सुर्खियों में रहा। किसानों की इस लम्बी यात्रा और लाखों की संख्या ने अन्तुले सरकार को किंकर्तव्यविमूढ़ कर दिया।

अमरावती में हमारे इस 'दिंडी' में यशवन्तराव चव्हाण जी भी शामिल हुए। अब अमरावती से नागपुर की 165 किलोमीटर की यात्रा बाकी थी। हम लोग जैसे ही अमरावती के जंगल में स्थित पोहरागाँव पहुँचे कि पुलिस हम लोगों पर टूट पड़ी। हम लोगों को गिरफ्तार कर भंडारा जिले के मुख्यालय ले जाया गया। हमारे साथ यशवन्तराव चव्हाण, देवीलाल, कर्पूरी ठाकुर, चन्द्रजीत यादव, सुरजीत सिंह बरनाला, हरकिसन सिंह सुरजीत, ए.बी. वर्द्धन और कई अन्य नेताओं को गिरफ्तार किया गया। पुलिस ने डाक बँगले को ही जेल बना दिया। हमें और यशवन्तराव चव्हाण को एक साथ बन्द किया जबकि अन्य लोगों को अमरावती, वर्धा, पुलगाँव और कुछ अन्य स्थानों पर कैद किया गया। हम लोगों की गिरफ्तारी के बावजूद 'दिंडी' मार्च जारी रहा। हम लोगों को वहाँ से उसी रात नागपुर ले जाया गया। दूसरे दिन रिहा होने पर हम लोगों ने विधान सभा के समक्ष प्रदर्शन किया। विपक्ष के अनेक विधायकों ने भी नागपुर से ही 'दिंडी' में भागीदारी की। इनमें राजाराम बापू पाटिल और कवि एन.डी. महानोर ने भी भागीदारी की थी।

इस 'शेतकारी दिंडी' (किसानों के मार्च) के परिणामस्वरूप किसानों के लाभकारी मूल्य का मुद्दा, राष्ट्रीय विषय बन गया। वे इस लम्बे अभियान से बहुत प्रभावित हुए। चौधरी देवीलाल और प्रकाश सिंह बादल ने इसके बाद दिल्ली में किसानों की रैली आयोजित कर इस विषय को अखिल भारतीय स्वरूप प्रदान करने की योजना बनाई। उन्होंने मुझे हरियाणा और पंजाब बुलाया।

व्यापक किसानों की गोलबन्दी के उद्देश्य से मैंने इन दोनों नेताओं के साथ पूरे पंजाब और हरियाणा का टूर किया। हम लोगों ने पश्चिमी उत्तर प्रदेश और राजस्थान के भी कुछ गाँवों का दौरा किया। वहाँ पर कोई रैली या आमसभा आयोजित नहीं हुई। वहाँ गाँवों में जब हम लोग जाते तो एक चारपाई पर बैठकर हुक्का गुड़गुड़ाते हुए चौधरी देवीलाल किसानों से पूछते, 'इस वर्ष तुमको गेहूँ का क्या मूल्य मिला?' जब किसान कुछ धनराशि बता देते तो देवीलाल जी दूसरा प्रश्न करते, 'क्या गेहूँ के इस मूल्य से तुम खुश

हो ?' इस प्रश्न के साथ ही किसान अपना गुस्सा व्यक्त करते। किसानों के उत्तर से उत्साहित होकर देवीलाल जी अपनी आदेशात्मक भाषा में अपने ट्रैक्टरों की लाइन लगाकर दिल्ली मार्च करने को कहते। एक बड़ा गिलास दूध गटकने के बाद वह दूसरे गाँव की ओर चल पड़ते।

गुरुद्वारा प्रबन्धक कमेटियों ने पंजाब में उल्लेखनीय कार्य किया। प्रकाश सिंह बादल के साथ मेरा पूरा पंजाब का टूर गुरुद्वारा प्रबन्धक कमेटियों द्वारा ही प्रायोजित था। चूँकि यह पूरा कार्यक्रम किसानों के उत्पादन के मूल्य से सम्बन्धित था इसलिए चारों तरफ से अभूतपूर्व समर्थन प्राप्त हो रहा था। इसी प्रकार पश्चिमी उत्तर प्रदेश और राजस्थान में भी किसानों का भरपूर समर्थन प्राप्त हुआ।

दिल्ली के इतिहास में किसानों की अभूतपूर्व रैली वोट क्लब, दिल्ली में आयोजित हुई। संसद के सामने वोट क्लब का पूरा मैदान संसद तक किसानों की भारी संख्या से पटा पड़ा था। यह किसानों का जन सैलाब था। इसका सर्वाधिक श्रेय देवीलाल और प्रकाश सिंह बादल को ही दिया जाना चाहिए। मैं उनका आभारी हूँ कि उन्होंने मुझे ससम्मान अध्यक्षता का अवसर प्रदान किया। मैं उनसे कई वर्ष छोटा था फिर भी उन्होंने मुझे इतने विशाल समूह के समक्ष मंच पर अध्यक्षता का अवसर दिया। यह हमारे लिए अविस्मरणीय अवसर था। मैं उस रैली और आयोजकों को कभी नहीं भूल सकता। वास्तव में इस रैली को सम्बोधित करने के बाद ही मेरे मन में राष्ट्रीय राजनीति में पहलकदमी लेने का विचार आया।

यह सम्पूर्ण कार्यक्रम उसी समय चल रहा था जब शरद जोशी का शेतकारी संगठन किसानों की माँगों के सवाल पर पूरे महाराष्ट्र में आन्दोलन संचालित कर रहा था। शेतकारी संगठन लगभग 10 वर्षों से किसानों को फसल के लाभकारी मूल्य के मुद्दे पर संघर्ष कर रहा था। नासिक, मराठवाडा और विदर्भ क्षेत्रों में इस संगठन का मजबूत आधार था। संघर्षों के दौरान इस संगठन ने माधवराव खण्डेराव मोरे, प्रह्लाद पाटिल कराड और सरोज कशीकर जैसे कई प्रभावशाली और ओजस्वी वक्ताओं को विकसित किया। यदि शरद जोशी के योगदान की चर्चा की जाए तो उनका सबसे बड़ा योगदान कृषि के अर्थशास्त्र को वैज्ञानिक और सरल ढंग से प्रस्तुत करना था। उन्होंने इतने सरल और तार्किक तरीके से अपनी बात को प्रस्तुत किया कि किसान उसे

सरलता से समझ सकते थे। उनका दूसरा बड़ा योगदान किसान परिवारों की महिलाओं को आन्दोलन में शामिल करना था। इस आन्दोलन में हजारों की संख्या में किसान परिवार की महिलाओं की भागीदारी का सम्पूर्ण श्रेय शरद जोशी को ही है। इस आन्दोलन को महाराष्ट्र में इतने बड़े स्तर पर समर्थन प्राप्त हुआ कि भारत के अन्य क्षेत्रों में भी इसका प्रभाव पड़ने लगा था।

लोग सोचेंगे कि हम और शरद जोशी, दोनों एक ही मुद्दे पर आन्दोलन संचालित कर रहे थे तो हमारे बीच एकता क्यों नहीं हो सकी? शरद जोशी के साथ मेरी अच्छी मित्रता थी और हम दोनों ही किसानों के हित के प्रति पूर्णतः समर्पित थे परन्तु शरद जोशी की निरंकुश कार्यशैली के कारण हम लोगों की एकता नहीं हो सकी। अपने तर्कों और मुद्दों पर पूर्णतः सहमत होते हुए, वह दूसरे के तर्कों व बातों पर कतई ध्यान नहीं देते और इस प्रकार देखा जाए तो उनकी कार्यपद्धति तानाशाहीपूर्ण थी। किसानों के सवालों पर, उनके समर्पण व प्रतिबद्धता के बारे में कोई भी प्रश्न नहीं उठाया जा सकता, परन्तु राजनीति से अलग रहने का उनका निर्णय निश्चय ही सही नहीं था और बाद के समय में यह प्रमाणित हुआ कि गैर-राजनीतिक आन्दोलनों का जो हश्र होता है, वही उस किसान आन्दोलन का भी हुआ।

किसी भी तबके की समस्या को लेकर केवल सड़कों पर उतरना ही काफी नहीं है। हमें ऐसा करना चाहिए कि हमारे आन्दोलन से राज्य का प्रशासन हिल उठे। हमें इस मदहोश प्रशासन को अपनी पहलकदमी से जगाना होगा ताकि वह हमारी माँगों पर विचार करने को मजबूत हो और उनका हल निकाले, सरकार के स्तर पर उसे लागू करे।

चूँकि सक्रिय राजनीति का मतलब ही सरकार में भागीदारी के मार्ग पर आगे बढ़ना है, इसलिए इससे शर्मिन्दा होकर दूर खड़े रहने का कोई अर्थ नहीं है। इसलिए संसदीय राजनीति से कतराने का कोई मतलब नहीं।

स्वयंसेवी क्षेत्र में काम करनेवाले अनेक लोगों के साथ यह विशेष प्रकार की समस्या है। उनमें से कुछ बहुत वर्षों से शानदार कार्य कर रहे हैं परन्तु राजनीति उनके लिए अभिशाप है। उनके कथनानुसार, सभी राजनीतिक भ्रष्ट हैं और सभी जनता को लूटते हैं। बड़े घमंड से वे राजनीतिकों पर ऐसे प्रहार करते हैं। इसलिए मैं उनके कार्य का सम्मान करता हूँ परन्तु उनका, अपने को धर्मात्मा बतानेवाला व्यवहार स्वीकार करने योग्य नहीं है। एक और समस्या

है, वे अपने कार्य के आधार क्षेत्र का विस्तार करने में रुचि नहीं रखते। इस कारण वे किसी भी मुद्दे को उसकी तार्किक परिणति तक नहीं ले जा पाते। इतने विशाल विविधता वाले देश में किसी भी विषय को कितनी ऊँचाई तक आप ले जा सकते हैं इसकी कोई सीमा निर्धारित नहीं है।

आइए, इस सम्बन्ध में बिलकुल ताजा उदाहरण पर नजर डालें। 'आम आदमी पार्टी' ने अपने 'गुरु' द्वारा थोपे गए मानसिक बन्धनों को तोड़ दिया और पूरी शक्ति से राजनीति में प्रवेश किया। इस पार्टी का भविष्य जो भी हो, परन्तु इस बात को स्वीकार करना पड़ेगा कि 'आम आदमी पार्टी' ने भारतीय राजनीति में एक प्रभावशाली असर डाला है। शरद जोशी ने भी राजनीति से घृणा करने का विचार त्याग कर 1994 में अपनी नई स्वतंत्र भारत पार्टी का गठन किया।

अरविंद केजरीवाल ने सही समय पर अपनी पार्टी के गठन की घोषणा की और उनकी 'आम आदमी पार्टी' चमक गई। परन्तु शरद जोशी का समय सही नहीं था। 'आम आदमी पार्टी' का दिल्ली आधारित होना भी बहुत महत्त्वपूर्ण फैक्टर है जबकि शरद जोशी की 'स्वतंत्र भारत पार्टी' दिल्ली से बहुत दूर, महाराष्ट्र में गठित हुई थी। यह उसकी अन्तर्निहित कमजोरी थी। शरद जोशी से भिन्न 'आम आदमी पार्टी' ने अपनी गतिविधियों का केन्द्र दिल्ली को बनाया। दिल्ली में घटित कुछ भी बहुत शीघ्र विस्तारित होता है। कुल मिलाकर यह देश की राजधानी है। लगभग सभी मीडिया घरानों के मुख्य कार्यालय दिल्ली में हैं। इसलिए देश के दूसरे भागों में प्याज और दूध के मूल्य में वृद्धि इतना बहुत मुद्दा नहीं बनता जितनी तेजी से यह विषय दिल्ली के मीडिया में छा जाता है। मीडिया इसे 24 घंटे और सातों दिन प्रचारित करता है इसलिए संसद को भी इस पर ध्यान देना पड़ता है।

इसलिए सभी सरकारें अपनी पार्टी की प्रतिबद्धता के बावजूद दिल्ली का उपभोग करती है। इससे यह स्पष्ट होता है कि अनेक दैनिक उपभोग की वस्तुएँ दिल्ली में भारी छूट के साथ क्यों उपलब्ध होती हैं। इसमें कोई आश्चर्य की बात नहीं है कि कई लोग दिल्ली को एक 'दुलरुआ बच्चा' कहते हैं।

दसियों वर्ष से 'जय जवान, जय किसान' का नारा देने के बाद भी हम किसानों के साथ शर्मनाक व्यवहार करते हैं। जो हम अपने लिए चाहते हैं, हम उनके लिए वही चीज और व्यवहार कभी नहीं सोचते। हम सस्ता खाद्यान्न चाहते हैं और इस प्रकार हम उनको अपना उत्पाद सस्ता बेचने को बाध्य करते हैं। हम चाहते हैं कि वह अपने अनाज का कम मूल्य लें। सरकार की अर्थव्यवस्था सम्बन्धी अधिकांश नीतियाँ कमरों में बैठकर वे लोग बनाते हैं जिन्होंने न कभी कोई फसल बोई है, जिन्होंने बीजों का अंकुरण देखा है और न ही कभी वर्षा या सूखे से बर्बाद होती फसल देखी है और इस बर्बादी से जिनकी आँखों से कभी एक बूँद पानी भी नहीं गिरा है। जब तक किसान हाइवे पर अपना प्याज बिखेर नहीं देते या आत्महत्या नहीं कर लेते या जब तक वे हमारी कल्पनाओं की दुनिया में बलात् प्रवेश नहीं करते तब तक हम उनके बारे में सोचते भी नहीं हैं। हमें किसानों को देश के अन्नदाता, खाद्यान्न आपूर्तिकर्ता के रूप में देखना होगा, उनका सम्मान करना होगा अन्यथा हम कृषि आधारित उद्योगों से हाथ धो बैठेंगे।

अध्याय : सात

पंजाब का संकट

अमृतसर के स्वर्ण मन्दिर (गुरुद्वारा) में कब्जा जमाए खालिस्तान उग्रवादियों से गुरुद्वारा खाली करवाने के लिए 5 जून, 1984 को भारतीय सेना ने धावा बोला। इस 'ब्लू स्टार ऑपरेशन' का निर्णय प्रधानमंत्री इन्दिरा गांधी ने लिया था। इस आक्रमण में मारे गए 492 उग्रवादियों में उनका नेता जरनैल सिंह भिंडरावाला भी था। इस घटना के बाद में सिक्ख उग्रवादियों ने अनेक बदले की कार्यवाहियाँ कीं और 31 अक्टूबर, 1984 को इन्दिरा गांधी की हत्या भी कर दी गई।

इन्दिरा जी की हत्या से पूरा देश स्तब्ध था। मैं दिवंगत नेता को श्रद्धासुमन अर्पित करने के लिए शीघ्र ही दिल्ली को रवाना हो गया। दूसरे दिन राजीव गांधी को संसदीय समिति का नेता चुना गया और उन्होंने प्रधानमंत्री पद की शपथ ग्रहण की। जैसे ही मैं इन्दिरा गांधी को श्रद्धा सुमन अर्पित कर अलग हुआ, राजीव गांधी ने मुझे एक तरफ ले जाकर कांग्रेस पार्टी में पुनः वापस आने का सुझाव दिया और उन्होंने मुझसे कहा, 'देखो शरद, मैं इतने वर्षों तक राजनीति से दूर रहा परन्तु परिस्थिति ने हमें राजनीति में आने को बाध्य कर दिया। हम दोनों एक ही पीढ़ी के हैं। तुम विपक्ष में कब तक बैठोगे? यह हम लोगों के साथ-साथ काम करने का समय है।' मैंने उत्तर दिया कि 'मैं अकेले यह निर्णय नहीं कर सकता। मुझे इस विषय में अपनी पार्टी से सलाह लेनी होगी।'

दिसम्बर, 1984 में लोक सभा का आम चुनाव सम्पन्न हुआ। इस चुनाव में कांग्रेस और राजीव गांधी के प्रति ऐसी सहानुभूति लहर चली कि

राजीव गांधी के नेतृत्ववाली कांग्रेस को 404 सीटों की अभूतपूर्व सफलता मिली। इस चुनाव में भारतीय जनता पार्टी को मात्र दो सीटें मिलीं और 28 सीटें प्राप्त कर तेलगूदेशम पार्टी विपक्ष की सबसे बड़ी पार्टी के रूप में उभरी। हमारी पार्टी कांग्रेस (एस) या औपचारिक रूप से कांग्रेस (यू) मात्र 9 सीटों पर विजयी हुई जिसमें दो सीटें महाराष्ट्र से थीं। महाराष्ट्र वाली दोनों सीटों में से एक सीट पर (बारामती से) मैं विजयी हुआ था। देश भर में कांग्रेस पार्टी के प्रति सहानुभूति लहर चलने के बावजूद राजीव गांधी को अमेठी में प्राप्त वोटों (3,65,041) के बाद दूसरे नम्बर पर मुझे ही सर्वाधिक (3,61,618) वोट प्राप्त हुए थे।

जब महाराष्ट्र के विधान सभा चुनाव होनेवाले थे, उस समय मैं दिल्ली में था और मेरी अनुपस्थिति से कांग्रेस (एस) के हमारे सहयोगी साथी काफी चिन्तित थे। कांग्रेस (आई) का राज्य में वर्चस्व था और मेरे साथी सोच रहे थे। यदि मैं पार्टी के चुनाव अभियान को गति दूँगा तभी हमारी पार्टी को जनाधार मिलेगा। मुझे लोक सभा में शपथ ग्रहण किए केवत तीन माह बीते थे और मैं राज्य की राजनीति में हस्तक्षेप करने के उद्देश्य से बारामती की अपनी परम्परागत सीट से चुनाव लड़ने के लिए वापस आ गया। यह मार्च, 1985 का समय था। जैसी आशा थी, कांग्रेस (आई) ने 161 सीटों पर विजय हासिल कर सरकार का गठन किया। हमारी पार्टी ने 54 सीटों पर विजय हासिल की और अपना जनाधार बनाए रखने में सफल रहे।

इस तीन माह के छोटे से समय में राजीव गांधी के साथ औपचारिक और अनौपचारिक रूप से अनेक अवसरों पर भेंट हुई। महाराष्ट्र वापस आने के बाद भी हम लोगों के बीच सम्पर्क बना रहा और अनेक विषयों पर विचारों का आदान-प्रदान भी होता रहा। हम लोगों के सम्बन्धों में काफी अनौपचारिकता थी। मैं महसूस करता कि युवा राजीव गांधी में देश को विकसित करने और आधुनिकता की ओर ले जाने की प्रबल इच्छा है। दो वर्षों तक घनिष्ठ मित्रता के समय हमने महसूस किया कि 'अपने साथ काम करने' के उन निरन्तर दबाव ने मुझे उनके प्रति काफी सौम्य बना दिया।

इसके बाद एक अवसर आया जिसने हम दोनों को और समीप कर दिया। ऑपरेशन ब्लू स्टार और इन्दिरा गांधी की हत्या के बाद कांग्रेस (आई) और अकाली दल के बीच उत्पन्न हुई कटुता बनी हुई थी और केन्द्र

सरकार तथा अकाली दल के नेताओं के बीच कोई संवाद नहीं था। पंजाब में सामान्य स्थिति बहाल करने के लिए यह अच्छे आसार नहीं थे। एक बार जब मैं थोड़े समय के लिए दिल्ली गया और महाराष्ट्र सदन में ठहरा हुआ था, केन्द्र सरकार के गृह सचिव राम प्रधान मुझसे मिलने आए।

बातचीत प्रारम्भ करते ही उन्होंने सीधे मुझसे कहा, 'मुझे मालूम है कि (हरचरन सिंह) लोंगोवाल और (प्रकाश सिंह) बादल के साथ आपके अच्छे सम्बन्ध हैं। तो क्या आप अकाली दल के नेताओं के साथ अनौपचारिक बातचीत प्रारम्भ करेंगे?' मुझे ज्ञात था कि पंजाब में सामान्य स्थिति बहाल करना प्रधानमंत्री और केन्द्र सरकार के गृह सचिव, दोनों की प्राथमिकता है। दिल्ली में किसानों की रैली की तैयारी के समय मैंने पंजाब में सघन दौरा किया था तथा लोंगोवाल और बादल दोनों के साथ मेरे सम्बन्ध बहुत गहरे और मजबूत थे। इसलिए राम प्रधान ने जब मुझसे उक्त निवेदन किया, तो मुझे कोई आश्चर्य नहीं हुआ। परन्तु इस कार्य के लिए सहमति व्यक्त करने से पूर्व मैं कुछ स्पष्टीकरण चाहता था। मैंने राम प्रधान से पूछा, 'क्या प्रधानमंत्री चाहते हैं कि मैं अकाली नेताओं से बात करूँ?' प्रधान ने सावधानी से उत्तर देते हुए कहा, 'मैं प्रधानमंत्री से बात कर शीघ्र ही आपको सूचित करता हूँ।'

कुछ दिनों के बाद राजीव गांधी के साथ बातचीत के लिए दिल्ली से फोन आया। स्पष्ट रूप से वह काफी परेशान थे। इन्दिरा गांधी की हत्या के बाद दिल्ली में घटित सिख विरोधी दंगों के प्रभाव से पंजाब अभी भी उबल रहा था। उन्होंने मुझे बुलाया और 'राष्ट्रहित में' अकाली नेताओं के साथ बातचीत आरम्भ करने में भूमिका निभाने को कहा।

'यह काम किस प्रकार किया जाएगा, इसके बारे में अभी भी मेरा बिलकुल ठीक विचार नहीं बना है। मैं सोचता हूँ और राम प्रधान भी ऐसा ही सोचते हैं कि आप इसकी शुरुआत कर सकते हैं,' उन्होंने कहा।

मैंने अपना विचार व्यक्त करते हुए कहा, 'चूँकि पंजाब एक महत्त्वपूर्ण सीमावर्ती प्रदेश है, इसलिए हरचरन सिंह लोंगोवाल, प्रकाश सिंह बादल और सुरजीत सिंह बरनाला जैसे जननेताओं को अधिक समय तक जेल में रखना उचित नहीं है। उनकी अनुपस्थिति से उत्पन्न शून्य, सामान्य स्थिति बहाल करने में अहितकर साबित हो सकता है।'

अकाली नेताओं को मध्य प्रदेश के पंचमढ़ी जेल में बन्द किया गया था। मैं वहाँ उनसे मिलने के लिए गया। उन लोगों ने सुझाव दिया कि मुझे लोंगोवाल से बातचीत करते समय अपनी समझ और पहल से ही बात करनी चाहिए। लोंगोवाल ने अपनी बातों में आक्रोश को कतई छिपाया नहीं। उन्होंने एक राजनीतिक की तरह नहीं बल्कि सिख समुदाय के सदस्य के रूप में बातचीत की। दिल्ली के सिख विरोधी दंगों पर, खासकर महिलाओं और बच्चों पर हुए अत्याचार से वह बेहद क्रोधित थे।

मैं दो-तीन दिन तक उनसे बात करता रहा तब मैंने महाराष्ट्र और पंजाब के बीच सदियों पुराने धार्मिक और सांस्कृतिक सम्बन्धों के तार जोड़ने शुरू किए। गुरु नानक ने महाराष्ट्र की सघन रूप से यात्राएँ कीं और गुरुगोविन्द सिंह ने नांदेड (महाराष्ट्र) में अपनी अन्तिम साँस ली। महाराष्ट्र के कवि-सन्त और किंवदन्ती पुरुष नामदेव ने अपना कुछ समय पंजाब में बिताया और सिखों के बीच आज भी वह सम्मानित हैं। पंजाब और महाराष्ट्र के बीच नामदेव जी की यह डोर तेरहवीं सदी से जुड़ी हुई है। महाराष्ट्र की ही तरह पूरा देश सिखों का सम्मान करता है क्योंकि स्वतंत्रता आन्दोलन की अगली कतार में हमेशा पंजाब खड़ा रहा। आज देश फिर उनकी ओर देख रहा है। मैंने ऐसे ही विचार लोंगोवाल के समझ रखे।

तनाव धीरे-धीरे शिथिल होने लगा। लोंगोवाल ने केन्द्र सरकार के साथ बात करने के संकेत दिए परन्तु इस शर्त के साथ कि यदि सरकार सौहार्दपूर्ण ढंग से समस्या हल करना चाहती हो। उनसे विदा लेने से पूर्व मैंने अकाली नेताओं से कहा, 'मैं उनको दिल्ली स्थानान्तरित करने की बात करूँगा ताकि संवाद आसानी से हो सके।'

प्रधानमंत्री से और गृह सचिव से वार्ता हुई।...और सारी बात का सार-संक्षेप यह कि प्रस्तुत अकाली दल नेताओं को दिल्ली की तिहाड़ जेल में स्थानान्तरित कर दिया गया। यहाँ पर पार्टी कार्यकर्ताओं और परिवार के सदस्यों से उनकी मुलाकात जल्दी-जल्दी होने लगी। इस परिवर्तन से अकाली नेताओं और सरकार के बीच अधिकृत बात का स्वस्थ वातावरण निर्मित होने लगा। मैं लोंगोवाल के पास यह सन्देश लेकर गया कि राजीव गांधी आपसे बिलकुल अकेले में बात करना चाहते हैं। इस वार्ता में न कोई अधिकारी होगा, न कोई दूसरा राजनीतिक। मुझे बाद में पता चला कि यह बैठक सम्पन्न हुई।

गृहसचिव राम प्रधान और अकाली दल के नेताओं के साथ अनेक वार्ताओं के बाद एक 11 बिन्दु का पैक्ट (समझौता) तैयार हुआ। राजीव गांधी और एच.एस. लोंगोवाल के बीच इस समझौते पर 24.7.1985 को हस्ताक्षर हुए। इस समझौते को 'पंजाब समझौता' के नाम से जाना गया।

हालाँकि यह 'पंजाब समझौता' भी विवादहीन नहीं रहा, और पंजाब के सभी नागरिकों ने इसका स्वागत नहीं किया। लोंगोवाल गुट के साथ जुड़े हुए लोग इस समझौते से प्रसन्न थे तो सिख समाज का अन्य हिस्सा विशेष रूप से युवा पीढ़ी इसे गलत समझती थी। इस समझौते पर हस्ताक्षर करने के करीब एक माह बाद 20 अगस्त, 1985 को लोंगोवाल की गोली मारकर हत्या कर दी गई। यह हत्या पंजाब में उनके अपने कस्बे के समीप शेरपुर गाँव में की गई थी। इसके एक वर्ष बाद, ब्लू स्टार ऑपरेशन के समय के नेता प्रमुख रहे जनरल अरुण कुमार वैद्य की हत्या कर दी गई।

पाकिस्तान पंजाब में उथल-पुथल की स्थिति से खुश था। इसलिए वह विभिन्न प्रकार से उग्रवादियों को सहायता पहुँचाने और उत्तेजित करने में सहयोग करता रहता था। जब 1991 में नरसिम्हा राव सरकार में, मैं रक्षामंत्री हुआ, उस समय मुझे महसूस हुआ कि 1984 के दंगे के घाव अभी भी हरे हैं और इन घावों को भरने की अति आवश्यकता है। पंजाब में शान्ति व्यवस्था कायम करना नरसिम्हा राव सरकार की प्राथमिकता थी। इस विषय में सरकार ने पूरी कोशिश की।

रक्षामंत्री की जिम्मेदारी सँभालते हुए जब मैंने पंजाब और पाकिस्तान के सीमावर्ती क्षेत्र का दौरा किया तो मुझे जानकारी प्राप्त हुई कि पाकिस्तान से आनेवाले उग्रवादी रात के अँधेरे में सीमा पार कर पंजाब में प्रवेश करते और पंजाब में बम आदि लगाने की विघटनकारी कार्यवाही कर फिर पाकिस्तान में वापस चले जाते। वे सीमावर्ती गाँवों में आकर अचानक लोगों के घरों में घुस जाते, उनसे मेहमानों की तरह सुविधाएँ लेते और बन्दूक के बल पर डराते-धमकाते। इधर पंजाब की पुलिस उन लोगों पर उग्रवादियों को शरण व सहयोग देने के शक करती और निरन्तर उनके घरों पर छापामारी करती। पुलिस उग्रवादियों का पीछा करने का कर्तव्य-पालन करती परन्तु ग्रामवासी दोनों तरफ से प्रताड़ित होते। इस सम्पूर्ण प्रक्रिया से पंजाबी समाज में काफी असन्तोष व्याप्त था।

पंजाब के विशाल क्षेत्र में कृषि के आधुनिक उपकरणों के प्रयोग से कृषि होती है और बड़ी मात्रा में अन्न उत्पादित करने से इसे भारत का अन्न भंडर कहा जाता है। सभी प्रमुख शहरों और सीमावर्ती गाँवों तक में ट्रैक्टर मरम्मत करने के छोटे-छोटे कारखाने व वर्कशॉप मौजूद थे और कृषि सम्बन्धी अनेक यंत्रों व उपकरणों की दुकानें भी थीं। इस पूरे सीमावर्ती क्षेत्र में अनिश्चितता के बादल मँडराते रहते इसलिए यह कारखानेदार और कारीगर आम तौर पर बड़े शहरों में पलायन कर गए थे। प्राइमरी स्कूलों के अध्यापक, प्राथमिक स्वास्थ्य केन्द्र के डॉक्टर और नर्सों ने भी अपने क्षेत्र में कार्य करना बन्द कर दिया था। इस प्रकार की अनेक समस्याओं के कारण इस क्षेत्र की शिक्षा, स्वास्थ्य और कृषि से सम्बन्धी कार्य लगभग ठप्प हो गए थे। परिस्थिति खतरनाक स्थिति तक नेतृत्वविहीन हो गई थी।

नई दिल्ली वापस आने के बाद प्रधानमंत्री नरसिम्हाराव के साथ मेरी बातचीत हुई। सरकार ने एक सविस्तार विवरणात्मक योजना तैयार की जिसे शीघ्रता से लागू किया गया। आर्म्ड फोर्सेज मेडिकल कॉलेज (एएफएमसी) के डॉक्टरों और नर्सों को यहाँ के प्राथमिक स्वास्थ्य केन्द्रों का इंचार्ज नियुक्त किया गया। इसी प्रकार गाँवों में कृषि यंत्रों की मरम्मत आदि के लिए मिलिटरी इंजीनियरिंग सर्विसेज (एम.ई.एस.) को इन गाँवों में तकनीकी सेवाओं की जिम्मेदारी दी गई। पूरे देश में कैंटूनमेंट एरिया में सरकार द्वारा संचालित सेंट्रल स्कूल या केन्द्रीय विद्यालय हैं। इन स्कूलों से अध्यापकों को सीमावर्ती क्षेत्र में स्कूल संचालित करने की जिम्मेदारी दी गई। इस सबको सुरक्षा कवच प्रदान करने की दृष्टि से स्पष्ट निर्देशों के साथ साधारण कपड़ों में सैनिकों को तैनात किया गया। यह सैनिक स्थानीय आम ग्रामीणों के साथ घुल-मिल जाते और समाज के अनेक कार्यों में भागीदारी करते और इस प्रकार जनता का विश्वास जीतते। इन सैनिकों को सीमा पार से आनेवाले उग्रवादियों को रोकने के साथ ही साथ स्थानीय पुलिस की भी दमनकारी गतिविधियों को रोकने की जिम्मेदारी दी गई।

थोड़ा समय व्यतीत होने के साथ ही इन प्रयासों का असर दिखने लगा। एक बार दैनिक जीवन में सामान्य स्थिति स्थापित हो गई तो फिर लोगों के बीच सरकार पर विश्वास स्थापित होने लगा। इसके साथ ही पंजाब ने भारत की मुख्यधारा में विकास की अपनी भूमिका निभाना प्रारम्भ किया।

इस सम्पूर्ण योजना को तैयार करने और इसे लागू करने में तत्कालीन सेना प्रमुख जनरल सुनीथ फ्रैंसिस रोड्रिग्यूज की महत्त्वपूर्ण भूमिका रही और उनको इसका श्रेय जाता है। इस पूरी प्रक्रिया में, दीर्घकालीन रणनीति का खाका खींचना, सरकार से इसकी स्वीकृति प्राप्त करना और इसे लागू करने के लिए राजनीतिक और अन्य साधन–सुविधा उपलब्ध कराने की हमारी सीमित भूमिका थी।

एक नियम के अनुसार भारतीय सेना को आम तौर पर सामान्य नागरिक सेवाओं से अलग रखा जाता है, और यह उचित भी है। यह नीति पूर्णतः सही है। परन्तु 1991–92 के दौरान जब पंजाब में भारतीय सेना की सामान्य नागरिक सेवाओं में सहायता ली गई तो परिस्थिति अति असामान्य थी और उस समय परम्परागत विचारों से अलग सोचने–विचारने की आवश्यकता थी। चूँकि यह पहल गैर–परम्परावादी नहीं थी इसलिए सेना के किसी दस्तावेज में इसका उल्लेख नहीं है।

अध्याय : आठ

कांग्रेस के साथ विलय

दिसम्बर, 1986 में मेरी पार्टी कांग्रेस (एस) का कांग्रेस (आई) के साथ विलय हो गया। यह कोई आनन-फानन लिया गया निर्णय नहीं था। इस विषय पर हमारी पार्टी में विगत दो वर्षों से चर्चा हो रही थी। इस विषय में पहले 'पंजाब का संकट' अध्याय में चर्चा हो चुकी है। अक्टूबर, 1984 में इन्दिरा गांधी की हत्या के तुरन्त बाद ही राजीव गांधी ने यह प्रस्ताव पेश किया था। इसके बाद हम लोगों ने निर्णय लेने में दो वर्ष का समय लिया। इस विषय पर हमारी पार्टी में कुछ मतभिन्नता थी परन्तु मुझे विश्वास था कि मैं अपने पार्टी सहकर्मियों को समझा लूँगा और समस्या हल हो जाएगी।

राजीव गांधी के साथ मेरी अच्छी मित्रता के अतिरिक्त एक और महत्त्वपूर्ण बिन्दु था जो मुझे कांग्रेस से जोड़ता है। मैंने पहले कहा है कि मैं दिल से कांग्रेसी था। हालाँकि मेरे परिवार के लोग वामपंथी विचारधारा की पार्टी 'पीजेंट्स वर्कर्स पार्टी' के साथ थे, मैं महात्मा गांधी और जवाहरलाल नेहरू की विचारधारा का था। वर्षों के कार्य और अनुभव के बाद मैं इस बात से पूर्णत: सहमत था कि कांग्रेस पार्टी ही देश की एकता और अखंडता को बनाए रखने योग्य है और इस पार्टी में ही वह इच्छाशक्ति है। कांग्रेस परिणामवादी राजनीति में विश्वास करती है और मैं भी उसके इस विश्वास से सहमत हूँ।

यहाँ तक कि जब मैं 1978 से 1980 तक महाराष्ट्र में गैर-कांग्रेसी, प्रोग्रेसिव डेमोक्रेटिक फ्रंट का नेतृत्व कर रहा था, तब भी हम लोगों ने अपने सोशलिस्ट सहयोगियों को कभी भी कांग्रेस विरोधी-दुराग्रही प्रचार करने की अनुमति नहीं दी।

जब मुझे महसूस हुआ कि कांग्रेस पार्टी अपनी बुनियादी दिशा से अलग जा रही है तब कांग्रेस से हमने सम्बन्ध विच्छेद कर लिया। यह घटना 1978 में और फिर 1999 में घटित हुई। नेशनलिस्ट कांग्रेस पार्टी के लोगों ने मूल 'कांग्रेस संस्कृति' की रक्षा करने और मजबूती के साथ उसे आगे ले जाने का प्रयास किया। मैं आज भी दृढ़तापूर्वक कांग्रेस के साथ भावनात्मक लगाव रखता हूँ। इसलिए वर्तमान समय में कांग्रेस पार्टी की निरन्तर अवनति से मैं चिन्तित हूँ। राहुल गांधी पार्टी को पुनर्जीवित करने में प्रयत्नशील हैं परन्तु भविष्य अन्धकारमय है।

मैं दिल से हमेशा कांग्रेसी रहूँगा। परन्तु मैं व्यक्तिगत जीवन में गैर-कांग्रेसी लोगों के साथ राजनीतिक रूप से 'अस्पृश्यता' के व्यवहार का विरोध करता हूँ जैसा कि अनेक कांग्रेसी करते हैं। मैं व्यक्तिगत रूप से अति वामपंथी या अति दक्षिणपंथी, दोनों विचारधाराओं को नापसन्द करता हूँ। मैं किसी व्यक्ति का मूल्यांकन उसकी राजनीतिक प्रतिबद्धता के बजाय उसके व्यक्तिगत गुणों के आधार पर करता हूँ। यदि उसका झुकाव सकारात्मक विचार और व्यवहार की ओर होता है तो मैं उस व्यक्ति से मित्रता रखता हूँ।

प्रधानमंत्री पद की जिम्मेदारी सँभालने के बाद राजीव गांधी ने अनेक बार मुझे कांग्रेस में शामिल होने का निमंत्रण दिया और अनेक बार मुझे याद दिलाया परन्तु पंजाब की समस्या को हल करने में मेरी सकारात्मक प्रतिक्रिया से हम लोगों की घनिष्ठता और बढ़ गई। उन्होंने विलय की प्रक्रिया में, तत्कालीन गृहमंत्री अरुण नेहरू को शामिल किया। अरुण नेहरू हर राजनीतिक मामलों में राजीव गांधी के संचेतक थे। अरुण नेहरू ने विलय की प्रक्रिया पर विस्तार से बात करने के लिए प्रधानमंत्री कार्यालय में कार्यरत हमारे ही मित्र विजय धर को जिम्मेदारी सौंप दी। विजय धर के पिता पी.एन. धर इन्दिरा गांधी के राजनीतिक सचिव थे। विजय धर ने विलय की प्रक्रिया को गति प्रदान की।

नेशनल कांग्रेस में शामिल होने और इस प्रकार राष्ट्र की 'मुख्य' राजनीतिक धारा में शामिल होने की बात कही जा रही थी। हालाँकि अरुण नेहरू ने इस मामले का बिलकुल अलग तरीके से ही हल किया। नई दिल्ली में हम दोनों के बीच हुई पहली मीटिंग में उन्होंने स्पष्ट किया कि व्यक्तिगत रूप से उनको मुझसे कोई नाराजगी नहीं है; परन्तु 'यदि आप आज की

परिस्थिति में कांग्रेस में शामिल होते हैं तो यह कांग्रेस पार्टी और महाराष्ट्र राज्य, दोनों के लिए हानिकर होगा। आपके साथ महाराष्ट्र में विशेष रूप से मराठवाडा क्षेत्र में काफी युवक हैं। आपके युवा अनुयायी राज्य के विभिन्न भागों में गहरी जड़ जमाए कांग्रेसी नेताओं के खिलाफ खड़े हैं। यदि आप कांग्रेस में वापस आते हैं तो एक मजबूत विकल्प के अभाव में ये युवक शिवसेना की ओर चले जाएँगे। वर्तमान में सेना का प्रभाव मुम्बई और थाणे क्षेत्र तक सीमित है। आपके कांग्रेस में शामिल होते ही स्थान रिक्त होगा और शिवसेना मध्य महाराष्ट्र में अपना स्थान बनाने का प्रयास करेगी।'

अरुण नेहरू से यह संकेत मिलने के बाद विलयपूर्व अपने साथियों को आत्मविश्वास में लेने के उद्‌देश्य से मैंने मराठवाडा का एक दौरा किया। लगभग सभी जिलों में अपने साथियों से बातचीत करने के बाद मैंने मराठवाडा के नर्व सेंटर (प्रमुख केन्द्र), औरंगाबाद में एक विशाल रैली आयोजित करने का निर्णय किया।

मैं यह निश्चयात्मक रूप से स्वीकार करता हूँ कि मराठवाडा के बारे में अरुण नेहरू का मूल्यांकन बहुत सटीक था। विलय के ठीक बाद मैंने मराठवाडा के एक प्रमुख टाउन परभाणी का दौरा किया। अपनी पार्टी के जिला अध्यक्ष जयप्रकाश मुन्दादा को कार्यकर्ताओं के बीच नहीं देखा। पूछने पर पता चला कि उन्होंने शिवसेना की सदस्यता ले ली है।

बाद में एक बार मेरी मुलाकात मुन्दादा से हुई तो उन्होंने मुझे स्पष्ट किया, 'इसके अतिरिक्त कोई रास्ता नहीं था। जिन्दगी भर अपने राजनीतिक जीवन में मैंने कांग्रेस की खिलाफत की, तो जिस दिन मैं उन कांग्रेसियों की टीम में शामिल होता, मेरा राजनीतिक जीवन उसी दिन समाप्त हो जाता।' बाद में शिवसेना के टिकट से वह महाराष्ट्र विधान सभा में विधायक चुने गए और मंत्री भी बने।

इस प्रकार की अनेक घटनाओं ने मराठवाडा के विषय में अरुण नेहरू की समझ को एकदम सदी प्रमाणित किया। हालाँकि मेरे कांग्रेस में पुन: शामिल होने के तर्क बिलकुल भिन्न थे, जिनकी चर्चा पहले हो चुकी है।

कांग्रेस के अधिकांश नेता और कार्यकर्ता विलय के पक्ष में थे। फिर भी कांग्रेस का एक छोटा गुट जो अपनी ही तरह के 'इन्दिरा भक्त' थे, उनको यह नापसन्द था। मेरा कांग्रेस (एस) और कांग्रेस (आई) के संयुक्त मोर्चे से बाहर

निकलना और 1978 में पी.डी.एफ. सरकार का नेतृत्व करना और कुछ अन्य बातों के द्वारा उन्होंने राजीव गांधी के कान भरने की कोशिश की परन्तु राजीव गांधी ने उनकी बातों पर ध्यान नहीं दिया। महाराष्ट्र के तत्कालीन मंत्री शंकरराव चव्हाण भी मेरे कांग्रेस में शामिल होने के विरोध में थे। वरिष्ठ कांग्रेस (आई) के नेता वी.एन. गाडगिल भी मेरी पार्टी के कांग्रेस (आई) में विलय के खिलाफ थे। परन्तु यह सब विरोध, विलय को प्रभावित नहीं कर सका।

6 दिसम्बर, 1986 को औरंगाबाद में आयोजित विशाल रैली में राजीव गांधी और फारुक अब्दुल्ला की उपस्थिति में कांग्रेस (एस) का कांग्रेस (आई) में विलय हो गया। कांग्रेस (एस) और कांग्रेस (आई) के कार्यकर्ताओं की उपस्थिति वास्तव में देखने योग्य थी। इस कार्यक्रम में राजीव गांधी की उपस्थिति दोनों पार्टियों के विरोध व्यक्त करनेवालों के लिए संकेत था कि यह विलय राजीव गांधी के निर्देशन व उनकी छत्रच्छाया में ही हो रहा है।

राजीव गांधी ने अपने स्वागत भाषण में मेरे नाम का उल्लेख नहीं किया था। इस तथ्य को लेकर काफी चर्चा हुई। मीडिया के लोग भी कई दिनों तक इस विषय में अटकलें लगाते रहे। मैं इसे राजीव गांधी के परिवार के माइंडसेट के रूप में देखता हूँ। चाहे इन्दिरा गांधी हों, चाहे राजीव गांधी या सोनिया गांधी हों, यह समस्त गांधी परिवार कांग्रेस को अपने परिवार की जागीर समझते हैं, ठीक इसके विपरीत यशवन्तराव चव्हाण की विशाल हृदयता इसमें थी कि वह भाषण देते समय प्रत्येक स्थानीय नेता का नाम लेकर सम्बोधित करते थे। चव्हाण साहेब भली प्रकार जानते थे कि इस तरह का सम्बोधन नेताओं का कद ऊँचा करता है और स्थानीय कार्यकर्ताओं को उत्साहित करता है। चव्हाण साहेब वास्तव में विशाल हृदय वाले व्यक्ति थे।

इन्दिरा गांधी और राजीव गांधी, दोनों ही बिलकुल भिन्न प्रवृत्ति वाले थे। तथ्यों की जानकारी किए बगैर ही वे उन्हीं बातों पर भरोसा करते जो उनको बता दी जाती और थोड़े ही समय में निष्कर्ष पर पहुँच जाते। परन्तु इससे अधिक जानकारी उनको बाद में प्राप्त होती।

आज भी कुछ लोग ऐसे हैं जिनके मुताबिक 1986 में हमको अपनी पार्टी का कांग्रेस (आई) के साथ विलय नहीं करना चाहिए था। जो भी हो, मैं आज भी सोचता हूँ कि मेरा विलय का निर्णय सही था। विलय का निर्णय काफी विचार-विमर्श और बहस के बाद, राष्ट्रहित को ध्यान में रखते हुए हुआ था।

कांग्रेस (आई) में उपस्थित तथा तथाकथित वफादार लोग हमें (मुझे) कभी भी परेशान नहीं कर सके। कांग्रेस के प्रथम परिवार के प्रति वफादारी केवल कुछ ही भद्रजनों की प्रसन्नता का विषय था। इसलिए उन्होंने कभी भी स्वयं अपनी मेहनत से खड़े होनेवाले जननेताओं को पसन्द नहीं किया।

प्रधानमंत्री नरसिम्हा राव को इस 'वफादारी' का दर्द झेलना पड़ा। ठीक इसी प्रकार मनमोहन सिंह ने दो बार प्रधानमंत्री रहकर इसे महसूस किया। इन दोनों प्रधानमंत्रियों के दिल में मेरे लिए कुछ सहानुभूति थी, इसका एकमात्र कारण यह था कि जब भी वह कोई सही बात कहते, मैं हमेशा उनके साथ खड़ा होता था। यहाँ तक कि यदि कुछ नीतिगत विषयों पर 10 जनपथ (प्रधानमंत्री निवास) का मत भिन्न हो तो भी मैं मनमोहन सिंह के ही पक्ष में रहता था। अन्य कायर लोग कहते कि प्रथम परिवार का राजतंत्र यदि यह जानेगा कि मैं मनमोहन सिंह (प्रधानमंत्री) का समर्थन कर रहा हूँ, तो क्या होगा? परन्तु मैंने कभी भी ऐसा भय महसूस नहीं किया।

दूसरी बार मुख्यमंत्री

कांग्रेस में पुनः शामिल होने के बाद मैं मन्दगति से ही पार्टी कार्य करता रहा; परन्तु एस.बी. चव्हाण के खिलाफ लम्बी अवधि से चल रही सनसनाहट ने शीघ्र ही उबल खाया और क्रुद्ध तथा असन्तुष्ट लोगों ने मुझसे सम्पर्क करना प्रारम्भ कर दिया। वसन्तदादा पाटिल उस समय राजस्थान के राज्यपाल थे परन्तु वह महाराष्ट्र की राजनीति में पूरी रुचि लेते थे। एस.बी. चव्हाण और वसन्तदादा पाटिल के बीच अब कोई लगाव नहीं बचा था। वसन्तदादा पाटिल जब भी महाराष्ट्र आते, वे हम लोगों के साथ राज्य के राजनीतिक विकास-परिवर्तन पर चर्चा करते।

जब वसन्तदादा ने महसूस किया कि एस.बी. चव्हाण को दरकिनार करने का उपयुक्त समय है तो उन्होंने हम लोगों को जयपुर आमंत्रित किया। जयपुर के राजभवन में उस समय शिवाजी राव देशमुख, शिवाजी गिरिधर पाटिल, रामराव अधिक शिवाजीराव नीलंगेकर, विजय सिंह, मोहित पाटिल और शंकरराव कोल्हे तथा हम उपस्थित थे। रामराव अधिक और नीलंगेकर मुख्यमंत्री पद के महत्त्वाकांक्षी थे और यह बात उन्होंने खुलकर मीटिंग में

कही, परन्तु इस मीटिंग में सर्वसम्मति से तय हुआ कि वसन्तदादा पाटिल का निर्णय ही उस विषय में अन्तिम निर्णय होगा।

वसन्तदादा ने अपने छोटे-से वक्तव्य में कहा, 'मैंने इस विषय पर काफी विस्तार से सोचा है। यह सच है कि शरद और हमारे बीच मतभेद हैं जिसके कारण अतीत में हम लोगों के बीच काफी मनमुटाव भी रहा है। वह हमारी सरकार से मुख्यमंत्री बनने के लिए 1978 में अलग हो गए थे। जो भी हो, समय बदल गया है। आज महाराष्ट्र की राजनीतिक परिस्थिति काफी ढीली-ढाली है। राज्य प्रशासन में भी नवीनीकरण की आवश्यकता है। ऐसी परिस्थिति में केवल शरद में ही राज्य को नेतृत्व देने की क्षमता है।'

शिवाजी गिरधर पाटिल ने तुरन्त उनकी इस बात का समर्थन कर दिया। हालाँकि इस निर्णय से और अधिक नीलंगेकर को निराशा हुई परन्तु उन्होंने सर्वसम्मति का सम्मान किया।

जयपुर की मीटिंग समाप्त होने के बाद वसन्तदादा ने शंकरराव चव्हाण के खिलाफ अपना आक्रमण शुरू कर दिया। महाराष्ट्र के पदासीन नेतृत्व (मुख्यमंत्री) के खिलाफ उनकी नाराजगी उनके बयानों में स्पष्ट होने लगी और उन्होंने यहाँ तक कह दिया कि जब तक उनका 'लक्ष्य' प्राप्त नहीं होता, वह अपना आक्रोश व असन्तोष व्यक्त करते रहेंगे। अन्त में 15 अक्टूबर, 1987 को वसन्तदादा ने राजस्थान के राज्यपाल के पद से इस्तीफा दे दिया। 13 नवम्बर, 1987 को हम और दक्षिण महाराष्ट्र से गडरिया समुदाय के एक ख्यातिप्राप्त नेता शिवाजीराव शेंडगे वसन्तदादा की 70वीं वर्षगाँठ के अवसर पर उनके गृह जनपद सांगली पहुँचे। राज्य के विभिन्न हिस्सों से कांग्रेस कार्यकर्ता बड़ी संख्या में वसन्तदादा को शुभकामनाएँ देने पहुँचे थे। जन्मदिन समारोह के दौरान ही वसन्तदादा ने राज्य नेतृत्व में आसन्न परिवर्तन की बात कही। दक्षिण मुम्बई में राज्य सचिवालय के निकट वसन्तदादा का निवास स्थान बी-4, कॉटेज, हम लोगों का मीटिंग-स्थल बन गया।

राष्ट्रीय स्तर पर भी राजनीतिक उथल-पुथल की स्थिति थी। वी.पी. सिंह ने राजीव गांधी से अपनी दूरी बनाना शुरू कर दिया था। उनसे वित्त मंत्रालय का कार्यभार ले लिया गया था और उनको रक्षा मंत्रालय की जिम्मेदारी दे दी गई थी। जब बोफोर्स तोप घोटाला उजागर हुआ तो वी.पी. सिंह ने सरकार से नाता तोड़ लिया और सरकारी सौदे में भ्रष्टाचार के विषय को केन्द्र कर पूरे

देश का दौरा किया और सरकारी भ्रष्टाचार के खिलाफ जन-गोलबन्दी की।

इसी बीच इलाहाबाद की एक सीट पर सम्पन्न हुए लोक सभा चुनाव में कांग्रेस के सुनील शास्त्री के खिलाफ वी.पी. सिंह विजयी हुए। इस चुनावी हार से कांग्रेस का नेतृत्व स्तब्ध रह गया और उसने तत्परता के साथ पार्टी और विभिन्न राज्य सरकारों में परिवर्तन प्रारम्भ कर दिया। मैं गोवा में छुट्टियाँ मना रहा था। एक दिन प्रात: चार बजे प्रधानमंत्री का फोन आया। राजीव गांधी ने पूछा, 'तुम क्या कर रहे हो?'

'अरे भाई, चार बजे सबेरे कोई क्या करेगा, सोएगा?' मैंने मजाक करते हुए कहा।

'ठीक है, मैं अपने कार्यालय में काम कर रहा हूँ।'

'आप प्रधानमंत्री हैं, आपके पास चुनाव करने का अवसर नहीं है। मैं एक स्वतंत्र पक्षी।' मैंने कहा।

ऐसी ही कुछ ऊल-जलूल बातों के बाद वह सीधे मूल प्रश्न पर आए और शाम तक मुझे दिल्ली पहुँचने को कहा। चूँकि गोवा से दिल्ली की उस समय कोई फ्लाइट नहीं थी इसलिए मुझे मुम्बई होकर दिल्ली जाना पड़ा। जैसे ही मैं मुम्बई हवाई अड्डे पर उतरा, मैंने ध्यान दिया कि दो-तीन उच्च्च पुलिस अधिकारी मेरे पीछे-पीछे चल रहे हैं। वे हमारे साथ उस टर्मिनल तक गए जहाँ से मुझे दिल्ली की फ्लाइट पकड़नी थी। मैं मुम्बई से नई दिल्ली के लिए जहाज से रवाना हो गया। चूँकि मैं गृहमंत्री रह चुका था इसलिए मैं प्रोटोकॉल आदि की औपचारिकताओं से भली प्रकार परिचित था। मुझे कुछ-कुछ अनुमान हो रहा था कि मुझसे महाराष्ट्र राज्य का नेतृत्व सँभालने को कहा जा सकता है।

आधी रात से कुछ पूर्व ही मैं राजीव गांधी से मिल सका। उन्होंने दूसरे दिन सायं 4 बजे तक पद और गोपनीयता की शपथ ग्रहण करने को कहा।

मुझे वापस बुलाया गया और सचेत किया गया कि नकेल कसने के लिए बहुत कम समय है और मेरे शपथ लेने से पूर्व ही औपचारिकताएँ पूरी करनी हैं।

राजीव गांधी ने उत्तर दिया, 'इस सबके लिए परेशान मत हो। आप वापस मुम्बई जाओ। आपके शपथ ग्रहण करने के बाद हम लोग मंत्रिमंडल गठन के बारे में विचार करेंगे।'

मुम्बई पहुँचने के बाद मुझे ज्ञात हुआ कि चव्हाण ने पहले ही इस्तीफा

दे दिया है और मुझे शपथ दिलाने की तैयारी चल रही है। इस प्रकार 24 जून, 1988 को मुझे दूसरी बार मुख्यमंत्री पद की शपथ दिलवाई गई।

अपने पूरे कार्यकाल के दौरान राजीव गांधी से मेरे बहुत ही मधुर सम्बन्ध रहे। हम लोग निर्णायक विषयों पर एक-दूसरे से विमर्श करते, अपनी चिन्ताएँ भी साझा करते और कभी-कभी हलकी हँसी-ठिठोली भी होती।

मुझे एक बड़ी रुचिकर घटना याद आती है। राजीव गांधी 1989 में महाराष्ट्र में चुनाव अभियान पर निकले थे। मैं उनके साथ इस अभियान में साथ-साथ था। शोलापुर में अन्तिम चुनावी सभा सम्बोधित करने के बाद राजीव गांधी ने हमसे एक छोटे हवाई जहाज में बैठने को कहा। वह हवाई जहाज मध्य प्रदेश में महोवा जा रहा था। मैंने यह कहकर कि अगले दिन महाराष्ट्र में हमारे कुछ महत्त्वपूर्ण कार्यक्रम हैं, बात टालने की कोशिश की, लेकिन उन्होंने मेरी बात को किनारे करते हुए कहा कि वह कुछ खास बातें करना चाहते हैं और आश्वासन दिया कि वह समय से हमें वापस हवाई जहाज से भेज देंगे। वह पाइलट सीट पर बैठ गए और मुझे अपने बगल में बिठा लिया। हम लोग बात करते जाते और राजीव हमें फ्लाइट का रास्ता भी बताते जाते। थोड़ी देर बाद मैंने महसूस किया कि उन्होंने मार्ग बदल दिया है।

'हम लोग एक छोटे मार्ग से चल रहे हैं ताकि शीघ्र पहुँच सकें।' राजीव ने कहा।

मैंने पूछा, 'हम लोगों को पूर्व निर्धारित मार्ग से अलग मार्ग पर नहीं जाना चाहिए। क्या हम गलत नहीं कर रहे हैं?'

'मैं जानता हूँ। हम लोग थोड़ा खतरा मोल ले लेते हैं।'

'यदि कुछ अनपेक्षित घट जाए तो?'

'हम इसका मुकाबला करेंगे।'

मैंने चुटकी लेते हुए कहा, 'यह तुम्हारे लिए तो ठीक हो सकता है, परन्तु मेरे ऊपर घरेलू जिम्मेदारियाँ भी हैं।'

इस बात पर हम दोनों ठहाका मार कर हँसे। इसके बाद महोवा में हवाई जहाज अच्छे ढंग से जमीन पर उतरा। कुल मिलाकर राजीव गांधी वर्षों तक एक सफल पाइलट रहे थे। लौटते समय मैं अपने परम्परागत साधनों से लौटा और अपने घरेलू व सरकारी कार्यक्रमों में भूमिका निभाने लगा।

मेरे पिता गोविन्द राव और मेरी माँ शारदा बाई

नव विवाहित—मैं और प्रतिभा (1967-68)

1960 में बारामती में सूखाग्रस्त क्षेत्र में राहत कार्य पर विचार करते हुए;
(बाएँ से दाएँ) आस्ट्रेलियन मिशनरी हेसेल स्कुसेस और इडना वजार, अनन्त राव पाटिल और वाई.बी. चव्हाण

बिरहन महाराष्ट्र कॉलेज ऑफ कामर्स (बीएमसीसी) के मेरे मित्र, 1958; प्रथम पंक्ति—(बाएँ से दाएँ)
अभय कुलकर्णी, मैं और आनन्द दलवी; दूसरी पंक्ति—(बाएँ से दाएँ) शरद जोगलेकर और बी.एस. वानी

महाराष्ट्र प्रदेश युवा कांग्रेस अध्यक्ष के रूप में इन्दिरा गांधी से भेंट के दौरान (1963-64)

बारामती 1967; प्रथम विधानसभा चुनाव में मतपत्रों की गिनती के समय, मेरे प्रतिनिधि मुरलीधर तवारे और शिवाजीराव भोसले। इस चुनाव में मैं विजयी हुआ।

1972 में महाराष्ट्र के मुख्यमंत्री वसन्तराव नाइक के मंत्रिमंडल में राज्य मंत्री पद की शपथ लेते हुए। राज्यपाल नवाब अली यावर जंग शपथ ग्रहण कराते हुए।

1970 के दशक में, महाराष्ट्र के मुख्यमंत्री, वसन्त दादा पाटिल के साथ गम्भीर विचार-विमर्श करते हुए

(बाएँ से दाएँ) भाई वैद्य, प्रोफेसर एन.डी. पाटिल और जगन्नाथ जादव के साथ पीडीएफ सरकार के कार्यकाल में अनौपचारिक विचार-विमर्श करते हुए

केपी उन्नीकृष्णन् और चन्द्रशेखर के साथ

1981 में मथाड़ी कामगार मजदूरों की माँगों के लिए आन्दोलन करते हुए

1980 में मेरे प्रथम मुख्यमंत्रित्व के दौरान मेरे निवास, रामटेक में, (बाएँ से दाएँ) जगन्नाथ जादव, ज्योति बसु और एस.एम. जोशी

1980 में पुणे में गीत रामायन की 25वीं वर्षगाँठ मनाते हुए; (बाएँ से दाएँ) सुधीर फडके, पंडित भीमसेन जोशी, मैं और अटल बिहारी वाजपेयी

1970 के दशक में जम्मू एंड कश्मीर के तत्कालीन मुख्यमंत्री शेख अब्दुल्ला के साथ,
मैं तब महाराष्ट्र का मुख्यमंत्री था।

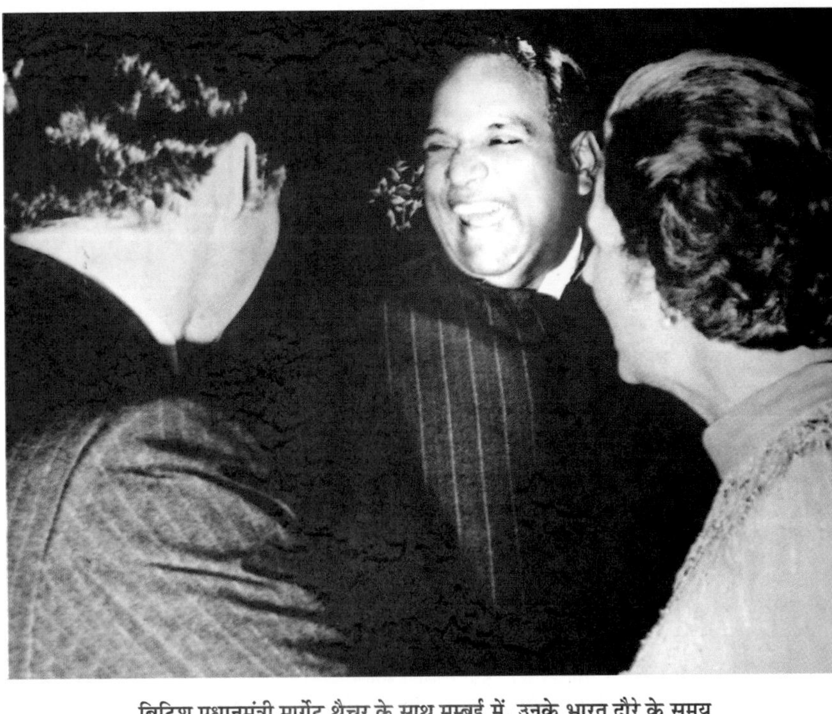

ब्रिटिश प्रधानमंत्री मार्गेट थैचर के साथ मुम्बई में, उनके भारत दौरे के समय

यासर अराफात (चेयरमैन, फिलीस्तीन लिबरेशन ऑर्गेनाइजेशन) से भेंट करते हुए मुम्बई में, मेरे साथ शंकर राव जगताप (स्पीकर, महाराष्ट्र विधानसभा)

1978 में, मुम्बई में विश्व बैंक के अध्यक्ष राबर्ट मैकनमारा के साथ। विश्व बैंक के साथ मेरा लम्बा सम्बन्ध रहा।

शेतकारी दिंडी—किसानों के अधिकार के लिए जलगाँव से नागपुर तक विराट मार्च, 1980

मुम्बई टेक्सटाइल मजदूरों की रैली के समय, शिवाजी पार्क में (1982)
(बाएँ से दाएँ) छगन भुजबल, बाल ठाकरे, मैं और जार्ज फर्नांडीज

राजीव गांधी के साथ

'गलित हंगम' के दौरान, मालेगाँव सहकारी चीनी मिल में, गन्ना पेराई के समय, अक्टूबर 1988

मुम्बई में 1989 में आयोजित ज्ञानपीठ सम्मान समारोह के अवसर पर प्रसिद्ध मराठी लेखक, कुसुमाग्रज (वी.वी. शिरवाडकर) और बलराम जाखड़ (स्पीकर लोकसभा)

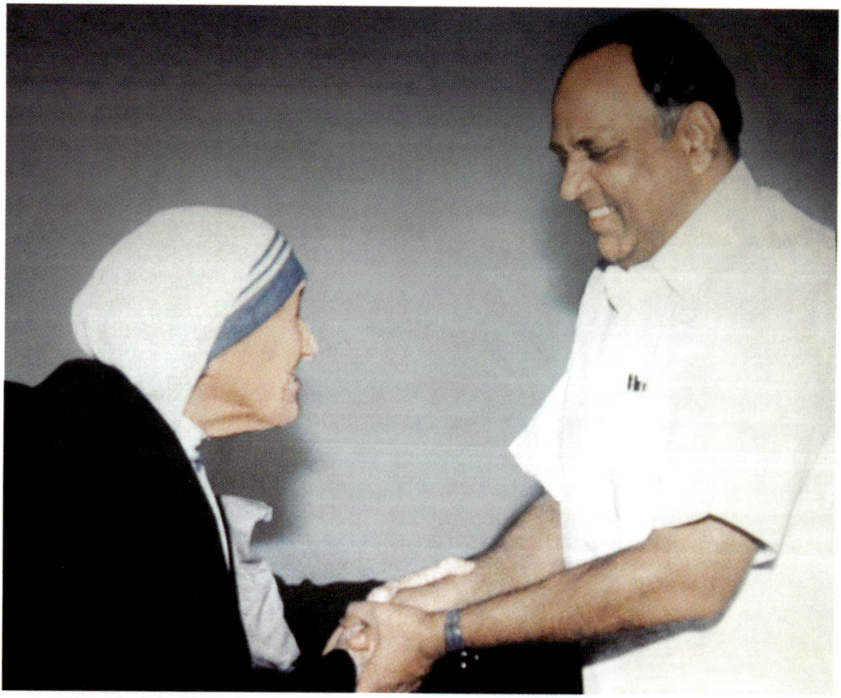

1990-91 में मदर टेरेसा के साथ, मैं तब महाराष्ट्र का मुख्यमंत्री था।

दिलीप कुमार के साथ

लता मंगेशकर के साथ बातचीत करते हुए

कोंकण रेलवे परियोजना के लिए 1989-90 में रायगढ़ जिले में,
(बाएँ से दाएँ) मधु दंडवते (केन्द्रीय वित्तमंत्री) और जार्ज फर्नांडीज (केन्द्रीय रेलमंत्री)

वरिष्ठ समाजवादी नेता नाना साहेब गोरे और तत्कालीन प्रधानमंत्री वीपी सिंह के साथ नई दिल्ली में महाराष्ट्र और कर्नाटक के सीमा विवाद पर चर्चा करते हुए। (वर्ष 1989-90)

जुलाई 1989 में भारी वर्षा और बाढ़ के बाद, रागगढ़ जिले के नागोथेन क्षेत्र में

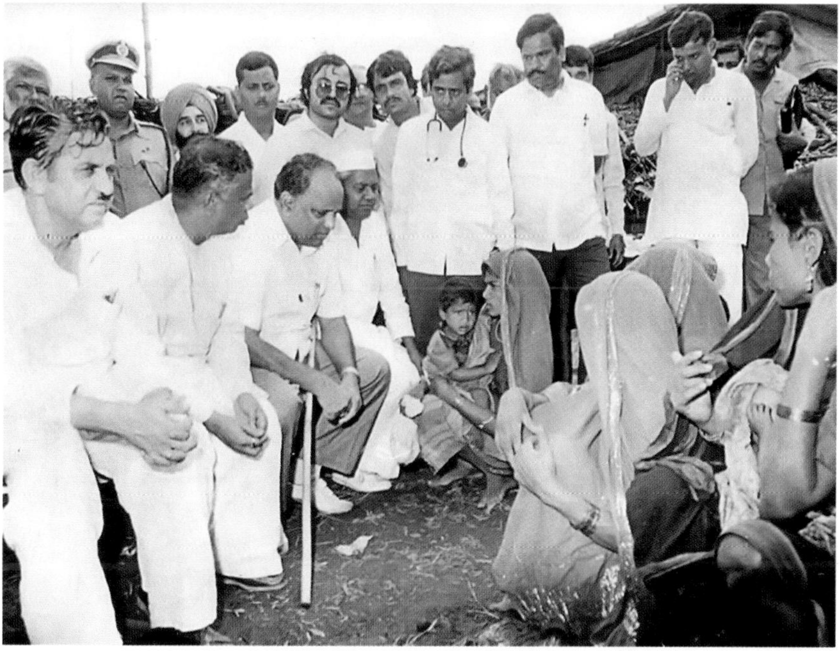

(बाएँ से दाएँ) मधुकर राव पिचाड़, स्वरूप सिंह नायक और के. गेविट; अक्काल कुवा-नंदूरबार आदिवासी क्षेत्र में कुपोषण से हुई मौतों के बाद 1990 में। इस दौरे के बाद ट्राएबल अफेयर्स डिपार्टमेंट को विशेष बजट आवंटित किया गया। इस दिशा में पहल करनेवाला महाराष्ट्र पहला प्रदेश था।

मुम्बई में इफ्तार पार्टी में

पीवी नरसिम्हाराव के साथ 1991 में कांग्रेस पार्लियामेंटरी पार्टी (सीपीपी) की मीटिंग में। इस मीटिंग में वह सीपीपी के नेता चुने गए।

उद्योग को प्रोत्साहन, बी.के.सी. का निर्माण

दूसरी बार मुख्यमंत्री पद की शपथ लेने के बाद महाराष्ट्र का औद्योगिक विकास मेरी कार्यसूची में प्रथम स्थान पर था। मौसम के सामान्य चक्र में परिवर्तन से राज्य की कृषि बुरी तरह से प्रभावित हुई थी और कृषि की दुर्दशा से जनता प्रभावित थी। उद्योगपति महाराष्ट्र में आना चाहते थे, महाराष्ट्र उनकी प्राथमिकता में था, परन्तु उनको योजना आधारित उपायों और राज्य द्वारा उनको प्राथमिकता के आधार पर नीतियों के सूचीकरण की आवश्यकता थी।

औद्योगिक क्षेत्र से जुड़े विषयों और व्यक्तियों के लिए प्रतिदिन अपराह्न 2 से 4 बजे तक का समय निर्धारित किया। इस समय पहले समय लिए बगैर भी कोई उद्योगपति मुझसे मिल सकता था। यदि कोई उद्योगपति पहले से समय निर्धारित कर औपचारिक प्रस्तावों के साथ मिलने आता तो मैं सचिवों और उद्योग विभाग के अधिकारियों को उस समय उपस्थित रहने को कहता ताकि प्रस्तावों पर विचार-विमर्श किया जा सके और यदि सम्भव हो तो आमने-सामने बैठकर निर्णय भी हो सके। इससे उद्योगपतियों के बीच एक सम्प्रेषणशील वातावरण निर्मित हुआ।

गुजरात के मुख्यमंत्री चिमनभाई पटेल भी अपने राज्य में उद्योगपतियों को आकर्षित करने में रुचि ले रहे थे। क्योंकि हम दोनों के बीच अच्छा समीकरण था, हम लोग परस्पर सहयोग और प्रतियोगिता पर अमल करते। चूँकि महाराष्ट्र बुनियादी संरचना वाले बड़े उद्योगों से प्रारम्भ कर रहा था, इसलिए गुजरात के मुख्यमंत्री अधिकतर ऐसे उद्योगपतियों को महाराष्ट्र भेज देते, और इसके बदले मैं छोटे और मध्यम दर्जे के औद्योगिक प्रस्तावों को गुजरात भेज देता। इस रणनीति से दोनों प्रदेशों को लाभ हुआ।

मेरा संवाद नामी-गिरामी उद्योगपतियों तक ही सीमित नहीं था, विदेशी पूँजीपतियों के साथ भी मैं सम्बन्ध बनाए रखा था। मैं जब कभी महाराष्ट्र के विभिन्न क्षेत्रों का टूर करता था तो मैंने उदीयमान उद्यमियों से भेंट करना जारी रखा। इस प्रकार की मुलाकातों से मुझे उनकी समस्याओं और योजनाओं को समझने का अवसर और मदद मिलती थी।

इस समय तक महाराष्ट्र की राजधानी मुम्बई शहर दूसरों पर निर्भर हो परिस्थिति से सन्तुलन बनाए था। सूती उद्योग की स्थिति डाँवाँडोल थी और दत्ता सामन्त के नेतृत्ववाली हड़ताल ने अनेक सूती मिलों को बन्द होने के

कगार पर पहुँचा दिया था। फार्माक्यूटिकल कम्पनियों की बुरी हालत थी, जबकि पेट्रोकेमिकल उद्योग की इकाइयाँ मुम्बई से बाहर जाने की योजना बना रही थीं। इस ह्रासमान स्थिति के अनेक कारण थे परन्तु इसका मूल कारण मुम्बई में, व्यापार में उच्च लागत थी।

भूमि की कीमतें, मजदूरी और ढुलाई की कीमतें आसमान छूने लगीं। परिणामस्वरूप औद्योगिक उत्पाद के दामों में तेजी से वृद्धि हुई। इस स्थिति में स्थानीय उद्योगपतियों के लिए राष्ट्रीय और अन्तर्राष्ट्रीय बाजार में प्रतियोगिता करना कठिन हो गया। मैं इस निष्कर्ष पर पहुँचा कि मुम्बई को व्यापार जगत् में अपनी अग्रणी स्थिति बनाए रखने के लिए कुछ अनुकरणीय परिवर्तन करने की आवश्यकता है। हमने कार्यों का केन्द्रीकरण उत्पादन क्षेत्र से हटकर फाइनेंस और सर्विस सेक्टर पर करने का निर्णय लिया।

हांगकांग और सिंगापुर ने फाइनेंशियल (वित्तीय) हब के रूप में अपनी पहचान स्थापित की थी। मुम्बई में भी इस क्षेत्र में विकास की क्षमता और परिस्थिति है। हमने सेंट्रल मुम्बई में बान्द्रा-कुर्ला बेल्ट को प्रमुख व्यापारिक हब के रूप में विकसित करने की पहल की। जैसे ही बुनियादी संरचना पूरी हो गई, मैंने देश और विदेश के बड़े बैंकों और वित्तीय संस्थानों को उत्साह के साथ आमंत्रित किया और उनको बान्द्रा-कुर्ला कम्प्लेक्स (बी.के.सी.) में अपनी इकाइयाँ स्थापित करने का अवसर दिया।

आरम्भ में अनेक परेशानियाँ थीं। कम्पनियों और बैंकों ने कहा कि यहाँ की स्थिति असुविधाजनक है। हमने उनको कम दामों पर (छूट की दर पर) स्थान देने का प्रस्ताव किया। इसके बाद धीरे-धीरे सभी चीजों ने गति पकड़ ली। अग्रणी वित्तीय संस्थाएँ, बैंक और कम्पनियों ने बी.के.सी. में अपने कार्यालय स्थापित करने शुरू कर दिए।

आज बी.के.सी. विश्व के प्रमुख फाइनेंस सेक्टरों में से एक है। उसने मुम्बई के सर्विस सेक्टर के लिए भी रास्ता बनाया और गति प्रदान की। वहाँ पर अनेक आई.टी. इकाइयों की भी स्थापना हुई तथा बैंकिंग और बीमा सेक्टर भी फलने-फूलने लगा। हजारों उदीयमान युवा प्रोफेशनलों को बी.के.सी. में घूमते हुए देखना हृदय को पुलकित करता है। वे मुम्बई की कभी न मरनेवाली भावना और उच्चकोटि की कार्य-संस्कृति (वर्क कल्चर) को स्थापित करते और उसका आनन्द लेते हैं।

बी.के.सी. के निर्माण से पूर्व दक्षिण मुम्बई की सँकरी और छोटी-छोटी गलियों में हीरा काटने का काम होता था परन्तु अब वह सारा-का-सारा छोटे स्तर का परन्तु अति मूल्यवान हीरा काटने का उद्योग बी.के.सी. में केन्द्रित हो गया है। पहले इस उद्योग का विकास एक सीमित स्तर तक ही था। हम लोगों ने महसूस किया कि इस उद्योग के लिए उत्तम स्तर की सुनियोजित सुरक्षा पहली शर्त है। हमने हीरा व्यापारियों से इस विषय में विचार-विमर्श किया। तदनुसार यहाँ पर सुरक्षा व्यवस्था की गई। आज बी.के.सी. में हीरा कटाई उद्योग में 60,000 लोग कार्य कर रहे हैं और हर वर्ष निर्यात के द्वारा 11,000 करोड़ रुपए का राजस्व एकत्र होता है।

प्रत्येक शहर का अपना चरित्र और ईमान होता है। इतिहास दर्शाता है कि बड़े शहरों का उद्‍भव और विकास उनके द्वारा बदलते समय के साथ अपने पंख फैलाने से हुआ है। यदि मुम्बई को एक वित्तीय (फाइनेंशियल) हब के रूप में विकसित किया जा सका, तो पुणे ने अंकुरित हो रहे ऑटो मोबाइल उद्योग के केन्द्र के रूप में अपना स्थान बनाया। टाटा मोटर्स और बजाज ऑटो जैसे दो बड़े उद्योगों की उत्पादक इकाइयाँ पुणे के बाहरी क्षेत्र में लगी हैं और इनकी अनेक छोटी सहयोगी यूनिटें पुणे शहर के इर्द-गिर्द स्थापित हैं। मेरे नेतृत्व वाली सरकार ने बड़े विश्वस्तरीय उत्पादकों को भी आकर्षित करने के उपाय किए। इस प्रकार फिएट, मर्सिडीज, बॉक्स बैगन, जनरल मोटर्स आदि कम्पनियों ने अपनी इकाइयाँ पुणे में स्थापित कीं और उनकी सहायक फैक्टरियाँ पास-पड़ोस के जिले—नासिक, कोल्हापुर, सांगली और औरंगाबाद में स्थापित हुईं। इन औद्योगिक इकाइयों की स्थापना से महाराष्ट्र के युवाओं को रोजगार के अनेक अवसर मिले हैं।

हमारी सरकार ने केवल मुम्बई-पुणे पट्टी पर ही ध्यान केन्द्रित नहीं किया, इसके अतिरिक्त उत्तर महाराष्ट्र में नासिक और सिन्नार, मराठवाडा क्षेत्र में न औरंगाबाद और चिकलथना तथा विदर्भ क्षेत्र में चन्द्रापुर और नागपुर को भी औद्योगिक क्षेत्र के रूप में विकसित करने के लिए कार्य भी प्रारम्भ किया था।

हमारी सरकार की यह नीति सरकार को काफी लाभ दे रही है। आप इस पूरे क्षेत्र को उद्योगों से भरा पाएँगे और इस प्रकार बड़ी संख्या में रोजगार और धनसम्पदा निर्मित हो रही है।

1983 में महाराष्ट्र के तत्कालीन मुख्यमंत्री वसन्तदादा पाटिल ने बगैर किसी अनुदान के निजी इंजीनियरिंग कॉलेज खोलने की स्वीकृति प्रदान की थी। उनका यह फैसला एक युगान्तकारी निर्णय था। इस निर्णय के प्रभावस्वरूप क्षेत्र में विभिन्न सेक्टर में कार्य के लिए इंजीनियर मौजूद थे। इन इंजीनियरिंग कॉलेजों के कारण राज्य के ग्रामीण या अर्द्ध ग्रामीण क्षेत्र में काफी टेक्निशियन और इंजीनियर थे। जब वसन्तदादा ने इन निजी इंजीनियरिंग कॉलेजों को खोलने की स्वीकृति प्रदान की तो शुरू में कुछ कठिनाई आई परन्तु बाद में ये कॉलेज महत्त्वाकांक्षी युवाओं के लिए वरदान साबित हुए। इन कॉलेजों में महाराष्ट्र के सुदूर क्षेत्रों से और देश के विभिन्न भागों से भी आकर छात्र शिक्षा ग्रहण करते हैं।

महाराष्ट्र के मुख्यमंत्री पद से हट जाने के बाद भी भारत और विदेश में उद्योगों के महारथियों के साथ हमारे सम्बन्ध बने रहे। दक्षिण कोरिया ऑटो मोबाइल क्षेत्र के महारथी सुप्रसिद्ध कम्पनी हुंडई के चेयरमैन चुंग से युंग मेरे अच्छे दोस्त थे। मैं काफी लम्बी अवधि से महाराष्ट्र में एक यूनिट स्थापित करने के लिए उनको तैयार कर रहा था। जब उन्होंने प्रारम्भिक मूल्यांकन के लिए महाराष्ट्र आने की योजना बनाई, उस समय तक शिवसेना-भाजपा गठजोड़ के निर्णय से मैं सत्ता से हट चुका था। मैंने शिवसेना के मुख्यमंत्री मनोहर जोशी से उनका परिचय करवाया। जोशी ने उनकी भेंट शिवसेना प्रमुख बाल ठाकरे से करवाई। मैं इस मीटिंग के परिणामों के बारे में आशान्वित था। हालाँकि बाद में मुझे पता लगा कि बाल ठाकरे के साथ उनकी सन्तोषजनक बातचीत नहीं हुई।

हुंडई के चेयरमैन ने बाद में मुझे बताया कि वह महाराष्ट्र में व्यापार करने योग्य निश्चिन्तता नहीं महसूस कर रहे हैं। मैंने उनको तमिलनाडु की मख्यमंत्री जयललिता के पास भेज दिया। आज तमिलनाडु में हुंडई कम्पनी प्रसन्नता से अपना उद्योग संचालित कर रही है।

अध्याय : नौ

चन्द्रशेखर जल्दी-जल्दी अपना विचार नहीं बदलते

यह आवश्यक नहीं है कि मित्रता और राजनीति दोनों साथ-साथ चलती रहें। जब तक आपसी हितों का टकराव न हो और मित्रता तथा राजनीति को साथ-साथ चलाया जा सके तभी तक ठीक है। एक व्यावहारिक राजनीतिक को जीवन में किसी भी संभाव्य घटना के लिए तैयार रहना चाहिए।

अपने जीवन की लम्बी राजनीतिक पारी में मुझे कई बार इसका कटु अनुभव हुआ है और कई बार मुझे ऐसी कठिन परिस्थितियों से गुजरना पड़ा है। इसी पुस्तक में मैंने अन्यत्र इसका वर्णन किया है जब 1990 में पार्टी हाईकमान के निर्देशन में मेरे नेतृत्ववाली महाराष्ट्र सरकार को गिराने का विश्वासघात किया गया तो उस समय हम दोनों का परस्पर क्या व्यवहार था। हम लोगों के बीच समीकरण टूटने की कगार पर पहुँचने का भी एक अन्य उदाहरण यहाँ मौजूद है।

कांग्रेस से निष्कासित हो जाने के बाद वी.पी. सिंह ने भ्रष्टाचार के मुद्दे पर राजीव गांधी सरकार के खिलाफ पूरी शक्ति से प्रहार करना शुरू किया। अक्टूबर, 1988 में वी.पी. सिंह ने अपनी पार्टी जनमोर्चा का जनता दल में विलय कर दिया, कुछ अन्य गैर-कांग्रेसी पार्टियों और आंचलिक पार्टियों के साथ मिलकर 'नेशनल फ्रंट' के नाम से एक सर्वग्राही संगठन निर्मित किया।

1989 में नवीं लोक सभा के चुनाव में, राजीव गांधी के नेतृत्व में, कांग्रेस पार्टी 197 सीटें हासिल कर अकेली सबसे बड़ी राजनीतिक पार्टी के रूप में उभरी। वी.पी. सिंह के नेतृत्व में जनता दल ने 140 सीटें प्राप्त कीं, भाजपा समर्थित नेशनल फ्रंट को 85 सीटें, सीपीआई को 12 सीटें, सीपीआई(एम)

को 33 सीटें मिलीं। बाहर से समर्थन प्राप्त कर वी.पी. सिंह के नेतृत्व में नेशनल फ्रंट की सरकार का गठन हुआ।

नेशनल फ्रंट की सरकार एक वर्ष का भी अपना कार्यकाल पूरा नहीं कर सकी। वी.पी. सिंह चन्द्रशेखर और देवीलाल जैसे कद्दावर लोगों को भी अपने साथ नहीं रख सके। इस प्रश्न ने शुरू से ही सरकार के दीर्घजीवी होने पर प्रश्नचिह्न लगा दिया। इस सरकार के गठन के कुछ समय बाद ही गृहमंत्री मुफ्ती मोहम्मद सईद की लड़की रूबिया का अपहरण कश्मीरी उग्रवादियों ने कर लिया। उन उग्रवादियों ने रूबिया को तब ही रिहा किया जब जेल में बन्द पाँच उग्रवादियों को केन्द्र सरकार ने रिहा किया।

इसके बाद 13 अगस्त, 1990 को वी.पी. सिंह ने पिछड़ी जातियों को आरक्षण के लिए मंडल कमीशन की शिफारिशें लागू करने की घोषणा कर दी। इसको लागू करते ही सरकार को बड़ी चुनौती का सामना करना पड़ा। दो माह बाद ही भाजपा के वरिष्ठ नेता लालकृष्ण आडवानी ने अयोध्या में बाबरी मस्जिद के स्थान पर मन्दिर निर्माण की माँग करते हुए सोमनाथ से अयोध्या तक की 'रथयात्रा' प्रारम्भ कर दी।

वी.पी. सिंह सरकार के सामने आनेवाले यह सब विषय अति जटिल और गम्भीर थे। हर विषय सरकार को हिला देनेवाला था।

कांग्रेस ने वी.पी. सिंह को सत्ता से हटाने का अवसर देखा। वी.पी. सिंह और चन्द्रशेखर दोनों राजपूत जाति से थे इसलिए उनके बीच एक-दूसरे से श्रेष्ठ होने की तकरार भी थी। राजपूत समुदाय में वी.पी. सिंह मांडा रियासत के राजा थे इसलिए उनको धनाढ्य व जमींदार राजपूतों का प्रतिनिधि समझा जाता था और चन्द्रशेखर को आम राजपूत जनता का प्रतिनिधि समझा जाता था। मंडल कमीशन की सिफारिशों को लागू करने से वी.पी. सिंह को पिछड़ी जातियों के चैम्पियन समझे जाने के बावजूद, चन्द्रशेखर के प्रति उनका रुख सहानुभूतिपूर्ण था।

गांधी परिवार के साथ चन्द्रशेखर के सम्बन्धों में कुछ खटास आ गई थी परन्तु कांग्रेस ने अनुभव किया कि चन्द्रशेखर ने वी.पी. सिंह से अलग होने का मन बना लिया है। हमारे और गुजरात के मुख्यमंत्री चिमनभाई पटेल के चन्द्रशेखर के साथ काफी अच्छे सम्बन्ध थे, इसलिए राजीव गांधी ने मुझसे चन्द्रशेखर के साथ बातचीत करने और एक रणनीति बनाने को कहा।

चन्द्रशेखर और देवीलाल ने 52 सांसदों के साथ जनता दल छोड़ दिया और अपने साथ मुलायम सिंह यादव, एच.डी. देवेगौड़ा, मेनका गांधी, यशवन्त सिन्हा और ओमप्रकाश चौटाला को भी ले आए। इस प्रकार वी.पी. सिंह के सामने सदन में विश्वास मत प्राप्त करने के अतिरिक्त कोई मार्ग नहीं बचा। वी.पी. सिंह सदन का विश्वास नहीं प्राप्त कर सके और 7 नवम्बर, 1990 को उन्होंने राष्ट्रपति के समक्ष अपना त्यागपत्र पेश कर दिया।

जनता दल से अलग हुए चन्द्रशेखर के इस गुट में केवल 64 सांसद थे परन्तु कांग्रेस ने सरकार गठित करने के लिए इस गुट का समर्थन किया। इस प्रकार 10 नवम्बर, 1990 को चन्द्रशेखर ने प्रधानमंत्री पद की शपथ ग्रहण की। यह राजनीतिक परिदृश्य था जब मेरे और राजीव गांधी के बीच मतभिन्नता शुरू हो गई।

मैं, मेरी पत्नी प्रतिभा, बेटी सुप्रिया और हमारे होनेवाले दामाद सदानन्द सूले 9 नवम्बर को शपथ ग्रहण समारोह की पूर्व वेला पर दिल्ली में चन्द्रशेखर को शुभकामना देने गए। वह वर्षों से हमारे पूरे परिवार के मित्र थे और सुप्रिया को बचपन से ही बहुत प्यार करते थे।

'अंकल, क्या आप शपथग्रहण समारोह के बाद हम लोगों के साथ लंच (दोपहर का भोजन) करेंगे?' सुप्रिया ने सीधा और भोला-सा प्रश्न किया।

पीठ थपथपाकर उत्तर मिला, 'हाँ, क्यों नहीं? मैं कल आऊँगा।' उत्तर भी उतना ही सरल और सीधा था जैसा सुप्रिया का प्रश्न। परन्तु अनजाने में ही इस घटना से मेरे और राजीव गांधी के बीच एक गलतफहमी की चिनगारी जल उठी। हमारी इस मुलाकात के पीछे लोगों ने राजनीतिक उद्देश्य का कयास लगाना शुरू कर दिया और इसके बाद के घटनाक्रम को इसी रूप में देखा गया।

चन्द्रशेखर अपनी मर्जी के मालिक थे और वह कूटनीतिक औपचारिकताओं की चिन्ता नहीं करते थे। प्रधानमंत्री पद की शपथ ग्रहण करने के बाद वह तुरन्त कार से महाराष्ट्र सदन हम लोगों के साथ लंच करने आ गए। इस तरह की घटना राजनीतिक सर्किल में सुनी नहीं गई थी कि एक प्रधानमंत्री महाराष्ट्र सदन में निजी भोजन पर गया हो। इस घटना से राजनीतिक पंडितों और मीडिया के बीच खलबली मच गई।

चन्द्रशेखर व्यक्तिगत मित्रता के बीच राजनीतिक मामलों या सोच-विचार को कभी भी नहीं आने देते थे। इसी सन्दर्भ में एक और घटना याद

आती है। यह घटना उस समय की है जब वह प्रधानमंत्री पद का कार्यभार सँभालने के बाद पहली बार महाराष्ट्र गए। मेरा एक निजी ड्राइवर था जो मेरे साथ 1967 से काम कर रहा था। वह गामा नाम का ड्राइवर मेरे लिए एक ड्राइवर से कहीं ज्यादा था। उसने कभी भी अपने पेशे से सम्बन्धित सीमाओं को नहीं लाँघा। चूँकि लम्बे वर्षों से वह मेरे ड्राइवर के रूप में कार्य कर रहा था इसलिए मेरे अधिकांश मित्र व साथी उससे भली प्रकार परिचित थे।

चन्द्रशेखर मुम्बई हवाई अड्डे से बाहर आए और कार के पास पहुँचते ही उन्होंने आदेश किया, 'गामा कहाँ है, उसे यहाँ बुलाओ।' स्वागत पार्टी के सभी सदस्य भ्रमित हो गए क्योंकि उन्होंने कभी गामा का नाम ही नहीं सुना था। गामा की बिरादरी यानी कि ड्राइवरों के बीच बहुत खलबली मच गई। तमाम राजनीतिकों के अनेक ड्राइवर हवाई अड्डे पर मौजूद थे। अनेक वीआईपी के भी ड्राइवर थे। उनमें से एक ने गामा को पहचाना और प्रधानमंत्री की ओर धकिया दिया।

अपनी गर्मजोशी भरे मिलनसार स्वभाव के साथ चन्द्रशेखर ने कहा, 'कैसे हो गामा? काफी दिनों के बाद देखा, अच्छा लगा। आओ, यहाँ आओ।'

अति प्रसन्न गामा के पास कहने के लिए शब्द नहीं थे। प्रधानमंत्री ने उसके कन्धे पर हाथ रखा और फोटोग्राफर से फोटो खींचने को कहा। चन्दशेखर को प्रोटोकॉल की कोई परवाह नहीं थी। यह चन्द्रशेखर का अपना तरीका था।

जब भी भारत का कोई प्रधानमंत्री (स्त्री/पुरुष) मुम्बई आता तो वह मालावार हिल्स स्थित गवर्नर के निवासस्थान राजभवन में रुकता परन्तु मैं जब भी महाराष्ट्र का मुख्यमंत्री रहा तो, चन्द्रशेखर हमेशा हमारे सरकारी आवासीय बंगले 'वर्षा' में ही रुकते थे।

हमारे दिल्ली के मित्रों के द्वारा कई बार चन्द्रशेखर के साथ मेरी मित्रता को 'सार्वजनिक' न करने की सलाह के बावजूद हम दोनों ने अपनी मित्रता को छिपाने का कभी भी प्रयास नहीं किया। इस बात से कांग्रेस के हाईकमांड को असुविधा होने लगी। जो भी हो, चन्द्रशेखर की सरकार मात्र पतली डोरी से बँधी थी और उसका अस्तित्व पूर्णत: कांग्रेस के 167 सांसदों की दया पर निर्भर था। इसका यह स्पष्ट संकेत था कि वह गठबन्धन अधिक समय तक नहीं चलेगा।

4 मार्च, 1991 को मेरे अपने निवास के शहर बारामती में मेरी बेटी सुप्रिया का सदानन्द सूले के साथ विवाह का आयोजन था। मैंने अपने धार्मिक विश्वास के अनुसार चमक-दमक और दिखावे से दूर विवाह का आयोजन किया था। शादी में वर-वधू को शुभाशीष देने राज्य के विभिन्न क्षेत्रों से और बाहर से पार्टी नेताओं, कार्यकर्ताओं, मित्रों आदि के आने से बारामती लगभग भीड़ से भर गया था।

प्रधानमंत्री चन्द्रशेखर, कांग्रेस अध्यक्ष राजीव गांधी, भैरों सिंह शेखावत, फारुक अब्दुल्ला, जनार्दन रेड्डी, एस. बंगरप्पा, बी. शंकरानन्द, चिमनभाई पटेल, एन.डी. तिवारी तथा कुछ उद्योगपति और दोस्त भी इस समारोह में उपस्थित थे।

विवाह समारोह में व्यस्त होने के कारण मुझे दिल्ली के ताजा राजनीतिक घटनाक्रम की कोई पूर्व जानकारी नहीं थी। मुझे इतनी ही जानकारी थी कि कांग्रेस चन्द्रशेखर पर अपना दबाव बना रही है और सत्ता में वापसी के लिए प्रयत्नशील है।

बारामती के स्वागत कक्ष में राजीव गांधी और चन्द्रशेखर पास-पास ही बैठे थे। मैं जब उनके पास पहुँचा तो चन्द्रशेखर ने राजीव से पूछा कि 'दिल्ली लौटने की क्या योजना है?' राजीव ने कहा, 'मेरी कोई विशेष योजना नहीं है।' तब प्रधानमंत्री ने राजीव गांधी से अपने सरकारी विमान में साथ-साथ चलने का प्रस्ताव रखा। बारामती पुणे से लगभग 100 किलोमीटर है, इसलिए दिल्ली जानेवालों को कार से पुणे जाकर ही विमान की सुविधा मिल सकती थी। कुछ गप-शप के बाद चन्द्रशेखर जाने को तैयार हुए। राजीव गांधी ने कहा कि वह मेरे परिवार के साथ कुछ और समय रहना चाहते हैं और वे पुणे में उनसे मिलेंगे।

इसके बाद दो घंटे तक प्रधानमंत्री का फोन आता रहा और वह बार-बार पूछते रहे कि राजीव गांधी पुणे के लिए रवाना हुए या नहीं। मैं देख रहा था कि राजीव गांधी इसे सामान्य बात ही समझ रहे थे। मेजबान होने के नाते मैं राजीव गांधी को पुणे जाने की याद दिलाना उचित नहीं समझता था। हालाँकि जब फोन जल्दी-जल्दी आने लगा तो मैंने राजीव से पूछा, आप क्या सोच रहे हैं?' जब राजीव गांधी ने कहा, 'तुम देखते हो कि मैं उनके साथ दिल्ली नहीं जाना चाहता। आप उनसे प्रस्थान करने को कह दें।' इस बात से मुझे झटका-सा लगा।

मैं बहुत उलझन में पड़ गया और मैंने पुणे के कलक्टर श्रीनिवास पाटिल को यह सूचना दी। इसके बाद प्रधानमंत्री के विमान ने दिल्ली के लिए उड़ान भरी और राजीव गांधी भी बारामती से पुणे के लिए चल दिए। यह परिघटना इस बात का स्पष्ट संकेत थी कि दोनों नेताओं के बीच कुछ गम्भीर मतभेद है।

दूसरे दिन कांग्रेस के सदस्यों ने सदन में शोरगुल मचाया कि राजीव गांधी के घर के बाहर हरियाणा के दो सिपाहियों को तैनात कर जासूसी हो रही है। यह आरोप अविश्वसनीय और मूर्खतापूर्ण था परन्तु इसने राजनीतिक परिस्थिति को संकटपूर्ण बना दिया।

6 मार्च, 1991 को जीवन्त चन्द्रशेखर ने राष्ट्रपति को अपना इस्तीफा भेज दिया। राजीव गांधी ने शायद इसका पूर्वानुमान भी नहीं किया था कि परिस्थिति इतना गम्भीर मोड़ ले लेगी। राजीव गांधी ने मुझे दिल्ली बुलाया और कहा कि यदि मैं चन्द्रशेखर को इस्तीफा वापस लेने के लिए सहमत कर सकूँ तो प्रयास करूँ।

मैं जितना चन्द्रशेखर को जानता था, मुझे शंका थी कि मैं इस अग्निशमन में सफल हो सकूँगा। इसके बावजूद मैं उनसे मिलने गया। चन्द्रशेखर अपने पुराने घर में थे, प्रधानमंत्री निवास पर नहीं। कुछ हाँफते हुए उन्होंने पूछा, 'इधर कैसे आना हुआ?'

मैंने कहा, 'आप से कुछ बात करनी है।'

कटाक्ष करते हुए उन्होंने कहा, 'क्या उस आदमी ने आपको मुझे बुलाने के लिए भेजा?'

उन्होंने मेरी उलझन की स्थिति का अनुमान लगाया और शान्त हो गए। मैंने बात आगे बढ़ाई, 'कुछ गलतफहमी हो गई है, कांग्रेस आपकी सरकार गिराना नहीं चाहती। कृपया आप प्रधानमंत्री पद से दिया गया इस्तीफा वापस ले लें। हम लोग आपको इस पद पर देखना चाहते हैं।'

वह अभी भी गुस्से से भरे थे। 'एक प्रधानमंत्री के साथ आप ऐसा व्यवहार कैसे कर सकते हैं? यह मेरे व्यक्तिगत घमंड की बात नहीं है। यह प्रधानमंत्री पद के सम्मान और गरिमा का प्रश्न है। आपके पार्टी प्रेसीडेंट ने भी अतीत में प्रधानमंत्री पद ग्रहण किया था। क्या कांग्रेस वास्तव में विश्वास करती है कि मैंने राजीव गांधी के खिलाफ जासूसी के लिए पुलिस सिपाहियों को नियुक्त करवाया?'

इसके बाद उन्होंने एकदम विभाजनकारी वक्तव्य दिया। 'वापस जाओ और उनसे कह दो कि चन्द्रशेखर बार-बार अपना निर्णय नहीं बदलता। मैं किसी भी कीमत पर सत्ता से चिपकना नहीं चाहता। एक बार मैंने निर्णय कर लिया तो उसे लागू करता हूँ। मैं इस पर पुन: विचार नहीं करूँगा। हो सकता है, राष्ट्रपति ने अभी तक मेरा इस्तीफा मंजूर न किया हो परन्तु उनको शीघ्र ही मेरा इस्तीफा स्वीकार करना होगा।'

दो दिन पूर्व बारामती में घटित घटना स्पष्ट रूप से राजधानी में घटे इस बड़े ड्रामा की पूर्व सूचना थी। राजीव गांधी और चन्द्रशेखर के बीच कटुता आ गई थी और देश एक बार फिर चौराहे पर खड़ा था। छह माह के अन्दर चुनाव की घोषणा हो गई। अबकी बार दसवीं लोक सभा का चुनाव था।

यह स्पष्ट हो गया था कि राजीव गांधी ने चन्द्रशेखर के नेतृत्व वाली सरकार को एक कामचलाऊ सरकार के रूप में समर्थन दिया था और वह उस उचित समय का इन्तजार कर रहे थे जब वह भावी आम चुनाव में अपनी स्थिति मजबूत कर सकें। इस प्रकार कांग्रेस जब यह आकलन कर लेती कि परिस्थिति तैयार है तब वह सरकार से समर्थन वापस ले लेती। इससे पूर्व इन्दिरा गांधी ने भी चौधरी चरण सिंह को प्रधानमंत्री बनाकर ऐसी ही चाल चली थी और उनको इस चाल में सफलता भी प्राप्त हुई थी।

हालाँकि इस बार चन्द्रशेखर के विषय में राजीव गांधी का अनुमान गलत साबित हुआ। कांग्रेस का उद्देश्य चन्द्रशेखर को केवल नीचा दिखाना था, उनको प्रधानमंत्री पद से हटाना नहीं। परन्तु चन्द्रशेखर तो दूसरी ही मिट्टी के बने थे। वह स्पष्ट बात करना पसन्द करते थे। उन्होंने बड़ी तत्परता के साथ प्रधानमंत्री पद से त्यागपत्र दे दिया और इस तरह कांग्रेस पार्टी का राजनीतिक मूल्यांकन गलत साबित हुआ। कांग्रेस पार्टी की उक्त गतिविधि एक पागलपन ही साबित हुई।

अध्याय : दस

रामजन्मभूमि-बाबरी मस्जिद विवाद : समाधान का एक प्रयास

चन्द्रशेखर के नेतृत्व में भारत की केन्द्र सरकार सात माह से अधिक कार्य नहीं कर सकी परन्तु इसी अवधि में इस सरकार ने रामजन्म भूमि-बाबरी मस्जिद विवाद को हल करने के गम्भीर प्रयास किए। राजस्थान के वरिष्ठ भाजपा नेता भैरोंसिंह शेखावत और मैंने भी इस समस्या के समाधान में प्रयास किया। हालाँकि बहुत से लोगों को इस प्रयास की जानकारी नहीं है क्योंकि एक तो यह प्रयास पूर्णतः गैर-सरकारी था; दूसरे, अन्तिम रूप में यह प्रयास व्यर्थ हो गया।

रामजन्मभूमि-बाबरी मस्जिद विवाद ब्रिटिश काल से चला आ रहा है। अयोध्या की बाबरी मस्जिद 1850 के दशक से एक विवादित इमारत है। कुछ हिन्दू संगठनों का दावा है कि मस्जिद का निर्माण भगवान राम के जन्म-स्थल (जन्मभूमि) पर हुआ है और मुगलों द्वारा जन्मभूमि को ध्वस्त किया गया था। भारत की स्वतंत्रता के बाद भी समय-समय पर यह विषय उठता रहा। 1950 के दशक के प्रारम्भ में इस ढाँचे (इमारत) को न्यायालय द्वारा विवादित घोषित किया गया और इसके दरवाजे पर ताला लगा दिया गया। 1980 के दशक में इस विवाद ने एक राष्ट्रीय विवाद का रूप ले लिया।

एक मुसलमान तलाकशुदा महिला शाहबानो द्वारा गुजारे की राशि पाने के लिए सर्वोच्च न्यायालय में मुकदमा दायर किया गया, न्यायालय ने उसके पक्ष में फैसला दिया। अनेक मुसलमान संगठनों द्वारा इसे 'मुस्लिम पर्सनल लॉ' में न्यायालय की दखलन्दाजी कहा। इस विषय में राजीव गांधी सरकार ने मुस्लिम महिला (तलाकशुदा महिला के अधिकारों की रक्षा) बिल लोक सभा में प्रस्तुत किया। चूँकि सरकार का (कांग्रेस) लोक सभा में पूर्ण बहुमत था इसलिए बिल सरलता से पारित हो गया।

चूँकि यह बिल सर्वोच्च न्यायालय के निर्णय को प्रभावित करता था और मुसलमानों के एक हिस्से की भावनाओं को सन्तुष्ट करता था इसलिए हिन्दू संगठनों ने इसे 'अल्पसंख्यकों का तुष्टीकरण' कहा। इसके साथ ही एक नया मोड़ आया कि 1 फरवरी, 1986 को फैजाबाद जिला न्यायालय ने अयोध्या के विवादित ढाँचे के गेट का ताला खोलने का आदेश पारित कर दिया और कुछ घंटों के अन्दर ही राजीव सरकार ने गेट खोलकर वहाँ पर राम मन्दिर के 'शिलान्यास' कार्यक्रम सम्पन्न करने की आज्ञा दे दी। इस परिघटना को 'हिन्दुओं का तुष्टीकरण' कहा गया।

इन सब घटनाओं ने देश में धार्मिक ध्रुवीकरण को तेज किया। कुछ मुसलमानों ने मिलकर 'बाबरी मस्जिद एक्शन कमेटी' (बी.एम.ए.सी.) का गठन मस्जिद को बचाने के लिए किया। दूसरी तरफ कुछ हिन्दुओं ने राममन्दिर निर्माण के लिए 'राम जन्मभूमि न्यास' का गठन किया। इसके बाद वी.पी. सिंह के नेतृत्ववाली सरकार के समय भाजपा के नेता लालकृष्ण आडवाणी ने अयोध्या में राम मन्दिर निर्माण के पक्ष में जन गोलबन्दी के लिए सोमनाथ से अयोध्या तक रथयात्रा निकाली। इस यात्रा को व्यापक समर्थन मिला। यह यात्रा अयोध्या तक जाने के उद्‌देश्य से निकाली गई थी परन्तु लालू प्रसाद यादव की सरकार ने उसे बिहार में ही रोक दिया। अडवाणी को गिरफ्तार कर लिया गया परन्तु यह मुद्‌दा वी.पी. सिंह की सरकार का पतन होने के बाद भी गरमाया रहा।

प्रधानमंत्री चन्द्रशेखर ने पदभार सँभालते ही, इस मसले पर जारी गतिरोध को तोड़ने की पहल की। भैरोंसिंह शेखावत को भाजपा में 'उदार' हिन्दू नेता के रूप में देखा जाता था। चन्द्रशेखर और भैरोंसिंह शेखावत के बीच अच्छी मित्रता थी। प्रधानमंत्री ने इस मुद्‌दे के हल के लिए सम्भावित पहलकदमी की दृष्टि से मुझे और भैरोंसिंह शेखावत को दिल्ली बुलाया। उन्होंने शेखावत से बी.एम.ए.सी. के नेताओं के साथ एकान्त में बात करने को कहा। मुझे भी 'राम जन्मभूमि न्यास' के नेताओं से एकान्त में बात करने को कहा गया। ऐसी योजना इसलिए बनाई गई, क्योंकि मुसलमान समुदाय के साथ शेखावत की कुछ एकता थी और राम जन्मभूमि न्यास का नेतृत्व आर.एस.एस. के मराठी मोरोपन्त पिंगले कर रहे थे और मैं भी मराठी था।

हम लोगों ने तत्काल ही यह कार्य प्रारम्भ कर दिया। शेखावत ने बी.एम.ए.सी. के नेताओं के साथ एक पर एक अनेक बार वार्ता की और मैंने पिंगले और उनके

साथियों के साथ एकान्त में कई मीटिंगें कीं। हम लोग एक साझा बिन्दु (कॉमन प्वाइंट) पर पहुँच गए थे। इसके बाद दोनों तरफ के पदाधिकारियों के साथ कुछ संयुक्त मीटिंगें आयोजित हुईं। दोनों तरफ के लोगों को एक साथ बैठकर वार्ता के लिए तैयार करने में शेखावत ने महती भूमिका निभाई। मुझे ज्ञात हुआ कि इस प्रक्रिया में उन्होंने आर.एस.एस. वालों को कुछ कठोर शब्द भी कहे।

इस विवादित ढाँचे के एक तरफ भगवान राम की मूर्ति रखकर हिन्दू प्रार्थना और कीर्तन आदि करते हैं तथा दूसरी तरफ मुसलमान नमाज अता करते हैं। इस बात को ध्यान में रखते हुए इस सुझाव पर जोर दिया गया कि इस विवादित ढाँचे को स्मारक के रूप में रखा जाए और हिन्दुओं तथा मुसलमानों, दोनों को अलग-अलग मन्दिर और मस्जिद निर्माण करने और अपने-अपने धार्मिक कार्यों के लिए भूमि आवंटन कर दी जाए।

बी.एम.ए.सी. और राम जन्मभूमि न्यास, दोनों पक्षों के नेता इस सुझाव पर सहमत हो गए थे। अब इस बात को आगे बढ़ाना था ताकि लम्बी अवधि से उलझा यह मुद्दा हल हो सके। अफसोस, ऐसा नहीं हो सका। उस समय के राजनीतिक परिवर्तन ने वार्तालाप की इस प्रक्रिया को रोक दिया। मार्च, 1999 में कांग्रेस ने अपना समर्थन वापस ले लिया और चन्द्रशेखर के नेतृत्ववाली सरकार का पतन हो गया। यदि चन्द्रशेखर की सरकार छह माह या इससे कुछ अधिक दिनों तक बनी रहती तो यह विवादित मुद्दा निश्चय ही सुलझा लिया जाता। इस सरकार के गिर जाने के बाद अवरुद्ध हुई प्रक्रिया को दुबारा प्रारम्भ नहीं किया जा सका।

चन्द्रशेखर के नेतृत्व वाली सरकार के गिर जाने के बाद 6 दिसम्बर, 1992 को पी.वी. नरसिम्हाराव प्रधानमंत्री थे। सत्ता में हिन्दू अन्धभक्तों ने बाबरी मस्जिद का विवादित ढाँचा ढहा दिया। मैं उस समय रक्षामंत्री था, एस.बी. चव्हाण गृहमंत्री थे और माधव गोडबोले गृहसचिव थे। भाजपा और आर.एस.एस. तथा इनके अनुषंगी संगठनों ने अयोध्या मुद्दे पर पूरे देश में हिन्दू उन्माद फैलाना शुरू किया। उस समय उत्तर प्रदेश में कल्याण सिंह मुख्यमंत्री थे और प्रदेश में भाजपा की सरकार थी इसलिए उनके लिए उन्मादी गतिविधियाँ फैलाना और आसान हो गया।

विश्व हिन्दू परिषद (वी.एच.पी.) और इसके सहयोगी संगठन 6 दिसम्बर की परिघटना की तैयारी में लगे थे तब केन्द्र सरकार अनेक चर्चाओं

में व्यस्त थी। मैंने इस विषय पर कठोर कदम उठाने का सुझाव दिया। गोडबोले का भी यही मत था परन्तु प्रधानमंत्री नरसिम्हाराव शक्ति प्रयोग के पक्ष में नहीं थे। मैंने सावधानी की दृष्टि से विवादित ढाँचे पर सेना की टुकड़ियाँ तैनान करने का सुझाव रखा परन्तु इसे अस्वीकार कर दिया गया।

मेरा सुझाव अस्वीकार हो जाने के बाद मैंने सेना के गुप्तचर विभाग के अधिकारियों को 6 दिसम्बर की सारी गतिविधियों की वीडियोग्राफी करने का आदेश दिया। इन अधिकारियों ने बाबरी मस्जिद को ध्वस्त करने में उनके नेताओं के साथ कारसेवकों की गतिविधियों की फोटोग्राफी की।

बाबरी मस्जिद विवादित ढाँचे के ध्वंस से एक नेता के रूप में नरसिम्हाराव की कमजोरियाँ सामने आ गईं। वह निश्चय ही इस तरह का विध्वंस नहीं चाहते थे परन्तु इस विध्वंस को रोकने के आवश्यक उपाय भी उन्होंने नहीं किए। मैंने भरसक उन्हें यह समझाने की कोशश की कि विवादित ढाँचे को गिराने के लिए कारसेवक किसी भी सीमा तक जा सकते हैं; परन्तु वह इस बात से भयभीत थे कि यदि सेना ने गोली चलाई और कुछ लोग मर गए तो यह हिंसा की आग पूरे देश में फैल जाएगी। उन्होंने दो और बातों का उल्लेख किया कि नेशनल इंट्रीजेशन काउंसिल की बैठक में राजमाता विजयराजे सिंधिया सहित भाजपा के वरिष्ठ नेताओं ने अभियान के दौरान कानून का उल्लंघन न करने का स्पष्ट आश्वासन दिया था और उत्तर प्रदेश के मुख्यमंत्री कल्याण सिंह ने लिखित रूप से आश्वासन दिया था कि विवादित स्थल पर किसी भी अवांछनीय घटना को सरकार रोकेगी।

जब मैंने जोर देकर कहा कि इन नेताओं पर विश्वास करना खतरनाक है तो नरसिम्हाराव ने कहा, 'मैं राजमाता के शब्दों पर पूर्ण विश्वास करता हूँ। मैं जानता हूँ, वह मुझे नीचा नहीं दिखाएँगी।'

प्रधानमंत्री नरसिम्हाराव, एस.बी. चव्हाण और मैं 6 दिसम्बर की शाम एक आपातकालीन बैठक में शामिल हुए। इस बैठक में गृहसचिव माधव गोडबोले ने विस्तार से बाबरी मस्जिद विवादित ढाँचे को ध्वंस करने की घटना का विवरण पेश किया। गृह सचिव ने यह भी स्पष्ट किया कि भाजपा और अन्य हिन्दूवादी संगठनों के नेताओं ने किस प्रकार इस घटना में भूमिका निभाई जिन पर प्रधानमंत्री ने पूरा विश्वास किया था। पूरी मीटिंग में प्रधानमंत्री केवल अचम्भे में ही रहे।

अध्याय : ग्यारह

चाय के प्यालों में विद्रोह

महाराष्ट्र कांग्रेस के कुछ नामी नेताओं ने हमारे खिलाफ 1990 में विद्रोह का झंडा उठाया। विलासराव देशमुख, रामराव आदिक, सरूपसिंह नाइक, शिवाजी राव देशमुख, जवाहरलाल दरदा और जावेद खान जैसे हमारे मंत्रिमंडल के सहयोगियों सहित महाराष्ट्र कांग्रेस के प्रदेश अध्यक्ष सुशील कुमार शिंदे, शंकरराव (एस.बी.) चव्हाण, विट्ठल राव गाडगिल और ए.आर. अन्तुले भी इन विद्रोहियों की पंक्ति में खड़े हो गए। कुछ दिन पूर्व ही शिंदे ने हमेशा मेरे साथ रहने की सार्वजनिक घोषणा की थी और कहा था कि कितना भी विरोध हो परन्तु वह हमारे पक्ष में ही खड़े रहेंगे।

विरोधियों ने एक प्रेस कॉन्फ्रेंस कर कहा कि मेरे मुख्यमंत्री बने रहने से राज्य में कांग्रेस को हानि होगी। इसलिए वह मेरे साथ काम नहीं कर सकते, और उन्होंने तत्काल मेरे इस्तीफे की माँग की। इन विद्रोहियों से मुझे थोड़ी-सी भी परेशानी नहीं थी, यह सब कार्यवाही दिल्ली के 'सर्वोच्च नेतृत्व' के निर्देशन पर हो रही थी और इन विरोधियों को राज्य की कांग्रेस इकाई का न्यूनतम समर्थन भी हासिल नहीं था।

अन्त में यह निर्णय हुआ कि इस विवाद का हल राज्य विधान सभा कांग्रेस कमेटी की मीटिंग में निकाला जाए। जी.के. मूपनार और गुलाम नबी आजाद इस मीटिंग में केन्द्रीय पर्यवेक्षक के रूप में भागीदारी करने दिल्ली से आए। कांग्रेस विधायकों को पहले ही सूचित कर दिया गया था कि 'पार्टी हाई कमान' नेतृत्व में परिवर्तन चाहता है। पर्यवेक्षकों ने नेतृत्व परिवर्तन के मुद्दे पर मत विभाजन कराने के बजाय 'विधायकों का आम विचार' समझने के लिए एक-एक से अलग-अलग बात करने का निर्णय लिया।

पार्टी हाई कमांड द्वारा असुविधाजनक स्थिति पैदा करनेवाले बहुमत का मुँह बन्द करने और अपनी बात स्थापित करने के लिए यही तरीका इस्तेमाल किया जाता था। अधिकांश विधायकों ने यह स्पष्ट कर दिया कि बगैर समुचित वोटिंग के वह किसी भी थोपे गए फैसले को नहीं मानेंगे। जब शाम को इस विषय पर वोटिंग द्वारा मत विभाजन हुआ तो करीब 190 विधायक/एम.एल.सी. हमारे पक्ष में थे जबकि करीब 20 विधायक नेतृत्व परिवर्तन के पक्ष में थे। 1991 में मेरे बाद मुख्यमंत्री चुने गए सुधाकर राव नाइक ने मेरे पक्ष में विधायकों की गोलबन्दी में महत्त्वपूर्ण भूमिका निभाई। पार्टी के विधायकों के अतिरिक्त मुझे व्यापक जनता से जमीनी समर्थन भी प्राप्त था। विधायकों की उक्त बैठक का परिणाम जानने के लिए, मीटिंग-स्थल पर भारी संख्या में पार्टी कार्यकर्ता भी उपस्थित थे। जैसे ही निर्णय की घोषणा हुई, वैसे ही कार्यकर्ताओं में खुशी की लहर दौड़ गई और पूरा वातावरण नारों से गूँज उठा, परन्तु विद्रोही गुट के खिलाफ लोगों में गुस्सा भी स्पष्ट रूप से देखा जा सकता था।

कोई अप्रिय घटना न हो, इसलिए विरोधी नेताओं को पुलिस सुरक्षा में उनकी कारों तक पहुँचाया गया। मूपनार और आजाद ने दिल्ली जाकर हाई कमांड को मुझे प्राप्त विधायकों और कार्यकर्ताओं के व्यापक समर्थन की सूचना दी। इसके बाद दिल्ली से एम.एल. फोतेदार का फोन आया कि राजीव गांधी मुझसे मिलना चाहते हैं। यह वास्तव में एक रुचिकर वाद-विवाद था।

मैंने जैसे ही राजीव गांधी के कमरे में प्रवेश किया, राजीव ने व्यंग्यात्मक भाव से पूछा, 'तो क्या हो रहा है ?'

'आप हमसे अच्छा जानते हैं,' मैंने उत्तर दिया। 'आपके निर्देशानुसार मुम्बई में सभी ने पूरी कुशलता से काम किया, परन्तु दुर्भाग्यवश वह समुचित समर्थन नहीं जुटा सके।'

राजीव के पास इस परिघटना में अपने शामिल होने को स्वीकारने के अतिरिक्त कोई रास्ता नहीं था। हालाँकि बड़े कुटिल तरीके से स्वीकारते हुए उन्होंने कहा, 'नहीं, नहीं, वहाँ कुछ गलत हुआ है। मैंने उनसे वृक्ष को मात्र हिलाने को कहा था, उसे जड़ से उखाड़ने को नहीं कहा था।'

इस विषय पर अधिक चर्चा किए बगैर हम लोग अगले विषय पर चर्चा करने लगे।

एक निर्णय मैंने कर लिया था कि सुशील कुमार शिंदे को प्रदेश कांग्रेस के अध्यक्ष पद पर नहीं रहने दूँगा। राजीव इस बात पर सहमत नहीं हुए क्योंकि शिंदे को पद से हटाने का अर्थ हाई कमांड की कमजोरी प्रमाणित होना था। मैं भी इस विषय को छोड़नेवाला नहीं था; मैंने प्रश्न किया, 'जब पार्टी की राज्य कमेटी का प्रेसीडेंट ही प्रेस कांफ्रेंस कर मुख्यमंत्री को इस्तीफा देने और हटाने की माँग करे तो इसे कैसे बर्दाश्त कर सकता हूँ?'

गरमा-गरम बहस के बाद तय हुआ कि शिंदे को हमारे मंत्रिमंडल में स्थान दिया जाएगा और शिवाजीराव नीलांगेकर को महाराष्ट्र कांग्रेस कमेटी का प्रेसीडेंट नियुक्त किया जाएगा।

महाराष्ट्र सरकार के मंत्रिमंडल के पुनर्गठन के समय मैंने राजीव गांधी से कहा, 'मैं विद्रोही मंत्रियों को मंत्रिमंडल में नहीं रखूँगा। इनको दंडित न करने से राज्य में एक गलत सन्देश जाएगा और यह राज्य के पार्टी संगठन के हित में न होगा।'

राजीव हमारे इस विचार से असहमत थे और परेशानी महसूस कर रहे थे तथा उन विद्रोही मंत्रियों को मंत्रिमंडल में शामिल करवाना चाहते थे।

कुछ समय तक हम लोगों के बीच बहस हुई और अन्त में मैंने कहा, 'मैं आपकी परेशानी समझता हूँ।'

उन्होंने पूछा, 'मेरी परेशानी क्या है?'

मैंने उत्तर दिया, 'आपके कहने पर उन्होंने विद्रोह किया, आप उनको कैसे छोड़ सकते हैं?'

कुछ समय तक कटुतापूर्ण शान्ति रही फिर राजीव गांधी ने कहा, 'ठीक है, जो बीत गया, वह बीत गया। आओ, अब आगे बढ़ें।'

मैंने इसे प्रतिष्ठा का विषय नहीं बनाया क्योंकि मुझे मालूम था कि इन विद्रोही मंत्रियों पर आरोप लगाने का कोई अर्थ नहीं है। उन्होंने केवल आज्ञा का पालन किया है। उनसे जो करने को कहा गया, उन्होंने वही किया। उनको पुन: मंत्रिमंडल में लेने के विषय में मैंने कहा कि मैं अपनी इच्छानुसार उनके विभाग परिवर्तित करूँगा। राजीव गांधी ने इसे स्वीकार किया और हम लोगों की मीटिंग समाप्त हुई।

कुछ दिनों के बाद सुशील कुमार शिंदे और विलासराव देशमुख मुझसे मिलने आए। वे एक प्रायश्चित्तपूर्ण मुद्रा में थे और उन्होंने बड़े ही विनम्र भाव

से, एक दब्बू व्यक्ति की तरह, स्वीकार किया, 'हम कभी ऐसी घटना नहीं दोहराएँगे।'

मैंने तुरन्त ही सम्पूर्ण घटनाक्रम पर परदा डाल दिया। व्यक्तिगत रूप से विलासराव और मेरे बहुत मधुर सम्बन्ध थे। हम लोगों ने एक साथ राजनीति और क्रिकेट में काफी समय साथ-साथ काम किया था और हम लोगों के घनिष्ठ पारिवारिक सम्बन्ध भी थे। मैंने राजनीतिक जीवन में किसी से कभी व्यक्तिगत शत्रुता नहीं मानी और तमाम मतभिन्नता रखनेवालों के साथ भी हमारे अच्छे सम्बन्ध रहे।

अध्याय : बारह

रक्षा मंत्रालय में

1989 के आम चुनाव के 15 माह बाद ही नवीं लोक सभा भंग हो गई। दसवीं लोक सभा का चुनाव भाजपा नेशनल फ्रंट ने 'मंडल-कमंडल' के मुद्दे पर लड़ा। इस चुनाव का यही मुख्य मुद्दा था। दसवीं लोक सभा का चुनाव मई, 1991 में सम्पन्न हो रहा था तभी चुनाव प्रचार अभियान के दौरान तमिलनाडु में राजीव गांधी की हत्या कर दी गई। यह एक हृदयविदारक घटना थी।

राजीव गांधी की हत्या के कारण चुनाव का दूसरा चरण जून, 1991 में सम्पन्न हुआ। सहानुभूति की लहर के कारण कांग्रेस को अधिक सीटों पर सफलता मिली परन्तु वह लोक सभा में बहुमत नहीं हासिल कर सकी। कांग्रेस को कुल 244 सीटों पर विजय मिली। इस चुनाव में कांग्रेस को सबसे अच्छे परिणाम महाराष्ट्र से प्राप्त हुए। यहाँ कुल 48 संसदीय सीटों में से 39 सीटें कांग्रेस की झोली में आईं। किसी भी राज्य की तुलना में कांग्रेस को यहाँ सबसे अच्छी विजय मिली थी।

इस चुनाव के बाद राजीव गांधी के उत्तराधिकारी का प्रश्न उठना अपरिहार्य था। प्रधानमंत्री पद के लिए मेरे नाम की चर्चा सिर्फ महाराष्ट्र में ही नहीं बल्कि कुछ अन्य राज्यों में भी हो रही थी। हालाँकि अपने स्वास्थ्य की समस्या के कारण एक वरिष्ठ कांग्रेसी नेता नरसिम्हाराव ने राजनीति की मुख्यधारा से किनारा कर लिया था। फिर भी राजीव गांधी की हत्या की आकस्मिक घटना के बाद, वरिष्ठ और अनुभवी नेता नरसिम्हाराव को वापस बुलाने का सुझाव भी आ रहा था। हालाँकि इस विषय पर काफी अनिश्चय की हालत बनी हुई थी। दिल्ली के होटल अशोक में सम्पन्न एक मीटिंग में कांग्रेस के वरिष्ठ नेता वी. शंकरानन्द और एन.के.पी. साल्वे ने मुझसे जोर

देकर कहा कि मुझे प्रधानमंत्री पद की दावेदारी पेश करनी चाहिए। अन्य राज्यों के पार्टी नेताओं ने भी मुझे समर्थन देने का विश्वास दिलाया। मुझे पता था कि कांग्रेस में यह सब निर्णय किस प्रकार होते हैं इसलिए मैं सजग था और मैंने अपनी जबान पर संयम बनाए रखा। एक बड़ी संख्या '10 जनपथ' की ओर देख रही थी। उसने अभी तक अपना विचार नहीं प्रस्तुत किया था, परन्तु उसने शीघ्र ही अपना निर्णय सुना दिया।

10 जनपथ (कांग्रेस अध्यक्ष का निवास) के तथाकथित वफादारों ने व्यक्तिगत बातचीत में यह कहना प्रारम्भ कर दिया कि शरद पवार का प्रधानमंत्री होना प्रथम परिवार के हित में नहीं होगा। वह युवा है और वह 'लम्बी रेस का घोड़ा होगा' अर्थात् लम्बे समय तक सत्ता में बना रहेगा। इसी प्रकार उनके तर्क चलते रहे। इस चालाकी भरी चाल में अर्जुन सिंह, एम.एल. फोतेदार, आर.के. धवन और वी. जॉर्ज ने प्रमुख भूमिका निभाई। इन लोगों ने सोनिया गांधी को यह समझाया कि बुजुर्ग और अस्वस्थ नरसिम्हाराव को ही वापस बुलाना ठीक रहेगा। अर्जुन सिंह भी नरसिम्हाराव के बाद प्रधानमंत्री पद की आशा लगाए थे।

नरसिम्हाराव के मंत्रिमंडल में अर्जुन सिंह को मानव संसाधन मंत्रालय (एच.आर.डी.) की जिम्मेदारी दी गई परन्तु अर्जुन सिंह ने प्रधानमंत्री से अपनी दूरी बनाए रखी और जब देखा, चीजें उनके मन के अनुसार नहीं हो रही हैं तो वह धीरे से अलग भी हो गए। जो भी हो, सोनिया गांधी के 'दरबारियों' ने एक बार 1999 में 'राव को वापस बुलाने' का तर्क प्रचारित कर दिया फिर मेरे खिलाफ विचार तैयार होने लगा। कांग्रेस के वे सांसद जिनकी गांधी परिवार से आस्था जुड़ी थे, वे सब नरसिम्हाराव के पक्ष में कदमताल करने लगे।

पुणे निर्वाचन क्षेत्र से चुने गए पार्टी के सांसद सुरेश कलमांडी ने खुलकर मेरा समर्थन किया और अन्य राज्यों के युवा सांसदों को मेरे पक्ष में खड़ा करने और मीडिया के बीच मेरे पक्ष में स्थिति बनाने का बड़ा सुन्दर प्रयास किया। मुझे यह स्वीकारते हुए कोई अफसोस नहीं है कि सुरेश कलमांडी का यह सम्पूर्ण प्रयास सफल नहीं हो सका।

संसदीय समिति का नया नेता चुनने के लिए मीटिंग आयोजित हुई; सिद्धार्थ शंकर रे पर्यवेक्षक निर्वाचित हुए। सिद्धार्थ शंकर रे ने पर्यवेक्षक की हैसियत से गुप्त मतदान का प्रावधान निश्चित किया। अर्जुन सिंह और

फोतेदार ने समिति के सदस्यों के बीच पुनः प्रचार किया कि 10 जनपथ (कांग्रेस अध्यक्ष), नरसिम्हाराव के पक्ष में हैं। कांग्रेस संसदीय समिति के सभी सदस्यों के 'मूड का अनुमान लगाकर' और मतदान के बाद घोषित किया गया कि नरसिम्हाराव को मुझसे 35 मत अधिक प्राप्त हुए। मुझे पूरा विश्वास है कि 10 जनपथ (कांग्रेस अध्यक्ष) ने यदि इस प्रकार हस्तक्षेप न किया होता तो परिणाम कुछ और ही होता।

पी.सी. अलेक्जेंडर जिस प्रकार गांधी परिवार और नरसिम्हाराव से घनिष्ठता रखते थे, उसी प्रकार मेरे भी घनिष्ठ मित्र थे। उन्होंने मध्यस्थता की भूमिका निभाते हुए नरसिम्हाराव के साथ मेरी एक मीटिंग की व्यवस्था की और कहा, 'जो बीत गया, उसे छोड़कर नई पहल करो।' उनको मालूम था कि मैं प्रधानमंत्री पद का सशक्त दावेदार था परन्तु गांधी परिवार किसी भी स्वतंत्र दिमाग वाले व्यक्ति को नहीं पसन्द करता, इसलिए वह मेरे प्रधानमंत्री निर्वाचित होने के पक्ष में नहीं था। अजेक्जेंडर ने मुझसे कहा कि 'प्रधानमंत्री की इच्छा है कि आप उनके मंत्रिमंडल में रहें।' उन्होंने नरसिम्हाराव के साथ एकान्त में बातचीत करने को कहा। केवल मेरे और प्रधानमंत्री नरसिम्हाराव के बीच बातचीत में प्रधानमंत्री ने मुझसे तीन सर्वाधिक महत्त्वपूर्ण विभाग गृह, वित्त और रक्षा में से एक चुनने का प्रस्ताव दिया। मैंने कुछ समय सोचने के बाद रक्षा मंत्रालय चुना। मेरे पथ प्रदर्शक वाई.बी. चव्हाण ने भी लगभग 30 वर्ष पूर्व रक्षा मंत्रालय के पद से अपनी यात्रा प्रारम्भ की थी। इसी से प्रेरित होकर मैंने रक्षा मंत्रालय की जिम्मेदारी लेना उचित समझा।

नरसिम्हाराव ने मुझसे मंत्रिमंडल में शामिल करने के लिए कुछ नामों का सुझाव माँगा। मैंने जिन छह लोगों के नाम प्रस्तावित किए, उन सबको मंत्रिमंडल में शामिल किया गया।

रक्षा मंत्रालय के विषय में मेरी जानकारी सीमित थी, इसलिए मुझे अधिक जानने की इच्छा और आवश्यकता भी थी। मंत्रालय के विषय में आधुनिकतम ज्ञान के लिए मैंने कई विशेषज्ञों और अनुभवी लोगों से सम्पर्क किया। नौसेना के आधार क्षेत्र और सीमावर्ती क्षेत्रों में जहाँ हिमालय की चोटियों पर भारत और पाकिस्तान की सेनाएँ एक दूसरे के मारक क्षेत्र में वर्षों से डटी हुई हैं, मैं उस सियाचीन के क्षेत्र में भी गया। मैं सम्भवतः प्रथम रक्षामंत्री था जिसने

विश्व की सबसे ऊँचे सैन्य क्षेत्र वाले पहाड़ों का दौरा किया। मेरे इस दौरे का उद्देश्य उन सैनिकों के नैतिक बल को और मजबूत करना था जो बर्फीली हवाओं और बर्फ से ढँकी पहाड़ियों में दिन–रात सीमा की रक्षा पर तैनात हैं। पाकिस्तान की सेना के कैम्प मारक दूरी के अन्दर ही लगे हैं और आए दिन दोनों तरफ से गोलियाँ चलती रहती हैं। जैसे ही मेरा हेलीकॉप्टर वापस आने के लिए उड़ान भर रहा था, उसी समय पाकिस्तानी सेना की ओर से गोलीबारी हुई। कोई अप्रिय घटना नहीं घटित हुई परन्तु इस घटना ने मुझे बर्फीले पहाड़ों की भयावह स्थिति का अहसास कराया।

भारत–चीन सीमा से लगे इलाकों का दौरा करने के बाद मैंने सैनिक अधिकारियों के साथ गम्भीर विचार–विमर्श किया और मुझे महसूस हुआ कि दोनों देशों की फौजों को सीमा से पीछे हटाने की सम्भावनाएँ हैं। चीन की सेनाएँ ऊँचे पर और हमारी सेनाएँ नीचे क्षेत्र में तैनात थीं और उनको अन्तर्राष्ट्रीय सीमा तक पहुँचाने के लिए ऊपर चढ़ना था। इस सीमा तक राशन भी पहुँचाना काफी खर्चीला था। प्रधानमंत्री नरसिम्हाराव को इस विषय में काफी जानकारी थी। उन्होंने यह विषय सामने आते ही द्विपक्षीय बातचीत के पक्ष में अपना विचार रखा।

कुछ दिन बाद चीन की सरकार ने मुझे आमंत्रित किया। यद्यपि विदेशी विषयों का मंत्रालय और गृह मंत्रालय के लोग भी निमंत्रण स्वीकार करने के पक्ष में नहीं थे। प्रधानमंत्री ने मुझसे चीन जाने और सीमा से सेनाओं को पीछे हटाने के विषय पर वार्ता करने को कहा। सीमा की परिस्थिति सम्बन्धी विषय पर विस्तार से तैयारी करने के बाद मैं एक प्रतिनिधि मंडल के साथ जुलाई, 1992 में चीन गया। इस प्रतिनिधि मंडल में मेरे साथ रक्षा सचिव एन.एन. वोहरा और कुछ वरिष्ठ सैनिक अधिकारी थे। चीन के रक्षामंत्री जनरल चे होतेन के नेतृत्ववाले प्रतिनिधि मंडल के साथ हम लोगों ने पाँच दिन तक कई बार वार्ता की। सेनाओं को सीमा से पीछे हटाने पर वार्ता करने के पीछे हमारा उद्देश्य इस खर्च को कम कर, बची राशि का प्रयोग देश की गरीबी व बेरोजगारी की समस्या हल करने में प्रयोग करना था। यह समस्या दोनों देशों के लिए समान चुनौती थी। चीन ने इस विषय पर सकारात्मक रुख प्रदर्शित किया।

पहले दिन की वार्ता के बाद जब मैंने प्रधानमंत्री को सूचित किया तो प्रसन्नता जाहिर करते हुए उन्होंने इस धारा में वार्ता आगे बढ़ाने को कहा।

इसके बाद की वार्ता में दोनों पक्षों के प्रतिनिधि मंडल सेनाओं को पीछे हटाने को तैयार हुए। अब मेरा काम समाप्त हो गया था और दोनों देशों के प्रमुखों को इस बारे में आगे वार्ता करनी थी और अन्तिम निर्णय लेना था।

दूसरे दिन चीन के प्रधानमंत्री ली पेंग से मुझे और क्विन जेबी का मिलना निर्धरित हुआ। मुझे चीन के प्रधानमंत्री को वार्ता के सार संक्षेप की जानकारी देनी थी। उसके लिए स्थान की जानकारी गुप्त रखी गई थी। हम लोग प्रातः 7 बजे हवाई जहाज में बैठे और चार घंटे बाद समुद्र के किनारे एक रहस्यमयी स्थान पर उतरे। वहाँ पर दूर-दूर तक कोई व्यक्ति नहीं था परन्तु वह स्थान शानदार तरीके से तैयार किया गया था। मुझे बताया गया कि यह स्थान प्रमुख चीनी नेताओं के लिए छुट्टी के दिन बिताने के लिए है।

एक स्थान पर हम लोगों ने चीन के प्रधानमंत्री को संक्षेप में पाँच दिनों की वार्ता की जानकारी दी। चीन के प्रधानमंत्री ने शीघ्र ही इस विषय को हल करने के लिए भारत के प्रधानमंत्री को सरकारी निमंत्रण देने का निर्णय लिया।

परस्पर विश्वास को और मजबूत करने के उपायों के बाद चीन ने सितम्बर, 1993 में भारत के प्रधानमंत्री को निमंत्रित किया। प्रधानमंत्री नरसिम्हाराव और चीन के प्रधानमंत्री ली पेंग के बीच इस विषय के अतिरिक्त तीन अन्य समझौतों पर भी वार्ता हुई और दोनों देशों के प्रधानमंत्रियों ने समझौतों पर हस्ताक्षर किए।

पाँच दिनों की वार्ता का सार संक्षेप सुनने के बाद चीन के प्रधानमंत्री ने मुझे साथ-साथ टहलने के लिए आमंत्रित किया। चीनी प्रधानमंत्री के साथ अनौपचारिक बातचीत का यह अच्छा अवसर था। मेरी रुचि विशेष रूप से रूस के उथल-पुथल में थी। मैंने पूछा—रूस के राष्ट्रपति मिखाइल गोर्वाचोव द्वारा ग्लास्नोस्ट और पेरिस्ट्रोइका को लागू करने से रूस में उथल-पुथल मच गई है और इसके प्रभाव से यू.एस.एस.आर. में विखंडन हो रहा है। अपने व्यक्तिगत विचार के रूप में ली पेंग ने तुरन्त उत्तर दिया—रूस पहले से ही ह्रासमान स्थिति में है और इस खराब हालत के लिए चारों तरफ से गोर्वाचोव की आलोचना हो रही है। उनके अनुसार गोर्वाचोव की सबसे बड़ी गलती आर्थिक सुधार और राजनीतिक खुलापन को साथ-साथ लागू करना था। यदि गोर्वाचोव आर्थिक सुधारों को लागू करते हुए कठोर राजनीतिक नियंत्रण कायम रखते, तो परिस्थिति उनके नियंत्रण से बाहर नहीं जाती।

इसके बाद हम लोगों ने अन्तर्राष्ट्रीय क्षेत्र के अनेक सम्बन्धों पर बात की। मेरे लिए यह विचार-विमर्श चीनी नेतृत्व द्वारा वैश्विक मामलों पर पैनी और केन्द्रीय निगाह रखने के बारे में बड़ा ज्ञानवर्द्धक साबित हुआ। पश्चिमी देशों द्वारा विकास सम्बन्धी विषयों पर दोहरा मानदंड अपनाने के विषय में ली पेंग ने कटु आलोचना की और अपनी समस्याओं के हल और हितपूर्ति के लिए वह भारत-चीन के सम्बन्धों में घनिष्ठता के पक्षधर थे। उन्होंने कहा, 'हम चीन को एक आर्थिक सुपर पावर बनाने के लिए कटिबद्ध हैं और इसलिए हम अपने पड़ोसियों से मधुर सम्बन्ध स्थापित करना चाहते हैं।'

रक्षामंत्री की जिम्मेदारी पूरी करते समय मैं सप्ताह में एक दिन तीनों सेना प्रमुखों के साथ एक बार भोजन करता था। इस भोजन के समय की मीटिंग (डिनर मीटिंग) में अनौपचारिक बातचीत के दौरान मुझे अनेक ताजा जानकारियाँ मिलीं और तीनों सेना प्रमुखों के बीच भी अनौपचारिक एकता तथा अच्छे सम्बन्धों को विकसित करने में सहायता मिली। जब कभी अति संकट का समय आता है तब इस प्रकार की एकता, तत्परता से आपसी सामंजस्य और द्रुत कार्यवाही में मददगार साबित होते हैं।

सैनिक साज-समाज का उत्पादन और इसकी खरीद या बिक्री विश्व-भर में संवेदनशील विषय है। इस क्षेत्र में हथियारों के व्यापारी और उनके एजेंट अति सक्रिय हैं। अनेक मंत्रियों पर इस क्रय-विक्रय में भ्रष्टाचार के आरोप लगे हैं और इसलिए लोग निर्णय लेने से कतराते हैं। नौकरशाही भी सामान्य रूप से नौकरी समाप्त होने के बाद भी होनेवाली जाँच से घबराती है और इसलिए निर्णय लेने से घबराती है। बोफोर्स तोप की खरीदारी के समय भ्रष्टाचार का विवाद काफी तूल पकड़ा था और इसके लिए राजीव गांधी को भारी राजनीतिक कीमत चुकानी पड़ी थी परन्तु जाँच के बाद वह तोपें पूरी तरह से सही पाई गई थीं।

एक समय बोफोर्स विवाद ने देश में तूफान खड़ा कर दिया और लम्बी अवधि तक किसी भी रक्षा सम्बन्धी सामान की खरीद पर इसका नकारात्मक प्रभाव पड़ा। यह एक बहुत ही दुखद स्थिति थी। यू.एस.एस.आर. में ग्लास्नोस्ट और पेरिस्ट्रोइका के बाद, विखंडन की स्थिति ने एक खास चुनौती पेश की। भारत वर्षों तक सोवियत यूनियन से रक्षा उपकरणों की आपूर्ति पर निर्भर रहा। रक्षा उपकरणों और हथियारों के अनेक छोटे-छोटे सहायक कारखाने

यू.एस.एस.आर. के विभिन्न भागों में लगे थे। सोवियत यूनियन के विखंडन के बाद यह कारखाने अलग-अलग स्वतंत्र राष्ट्रों के अधीन हो गए। इस स्थिति में रक्षा सामग्री की पूर्णतः आपूर्ति एक जटिल समस्या बन गई। इसलिए भारत की रक्षा सामग्री सम्बन्धी आपूर्ति के लिए मैंने रूस से अतिरिक्त स्रोतों की खोज शुरू की। नरसिम्हाराव ने कहा, भारत को सैन्य सामग्री के लिए अमेरिका से सहयोग लेना चाहिए। भारतीय उपमहाद्वीपों में सामरिक भौगोलिक स्थिति को लाभप्रद देखते हुए अमेरिका के रक्षा सचिव डिक चैनी ने मेरी पहल का स्वागत किया और उन्होंने देखा, दोनों देशों के बहुत से हित कई बिन्दुओं पर मेल खाते हैं। इसके बाद कई वर्षों में अमेरिका और भारत समीप आते गए और दोनों देशों के बीच कई सैन्य सहयोग के समझौतों पर हस्ताक्षर भी हुए।

मेरे द्वारा रक्षा मंत्रालय का चार्ज लेने से काफी पहले ही भारत द्वारा अपनी पहल से अर्जुन टैंक निर्माण का कार्य जारी था, परन्तु अन्तिम रूप में मेरे ही कार्यकाल में इसका निर्माण पूरा हो सका। राजस्थान के लोंगोवाल क्षेत्र में इस टैंक की मारक क्षमता का परीक्षण हुआ। भारत द्वारा उत्पादित सैनिक उपकरणों की अधिक कीमत एक बड़ी समस्या थी। मैंने अध्ययन किया कि इन फैक्टरियों द्वारा निर्मित माल केवल भारत में ही प्रयुक्त होने से उत्पादन की कीमत अधिक है। उदाहरणस्वरूप पाँच लाख राइफलों को निर्मित करने की क्षमता वाली फैक्टरी से मात्र 10,000 राइफलों के निर्माण से स्वाभाविक रूप से एक राइफल की कीमत अधिक होगी। हिन्दुस्तान एरोनाइटिक्स लिमिटेड का उदाहरण लें। इसकी उत्पादन इकाइयाँ नासिक, बेंगलूर और कानपुर में स्थापित हैं। विशाल संरचना और उच्च उत्पादन क्षमता के बावजूद यह कम्पनी वित्तीय संकट में रहती है। जब कभी केन्द्र सरकार पर वित्तीय संकट आता तो वित्तमंत्रालय एच.ए.एल. से अपना उत्पादन घटाने को कहता। ऐसा भी समय आया जब एच.ए.एल. के पास एक या दो वर्ष तक एक भी जहाज बनाने का ऑर्डर नहीं रहा।

विदेश से ऑर्डर प्राप्त करना और देश से बाहर बाजार में पैठ बनाना ही इस समस्या का हल था। इसलिए मैंने रक्षा सामग्री उत्पादन विभाग के अन्तर्गत पूरा एक मार्केटिंग डिवीजन स्थापित किया जो एशिया और अफ्रीका में खरीदारों से सम्पर्क कर ऑर्डर प्राप्त कर सका। इस प्रकार हमारे रक्षा सामग्री निर्माण करनेवाले उद्योग पूरी क्षमता से काम करने लगे। मेरा विचार

था कि अनुमति देनी चाहिए। परन्तु मैं अपने रक्षामंत्री के पद पर रहते सरकार को तैयार नहीं कर सका।

1992 के प्रारम्भ में मैं एक ऑर्डर सुनिश्चित करने के उद्‌देश्य से सिंगापुर गया। प्रधानमंत्री गो चो तांग के साथ बातचीत के बाद उन्होंने रक्षामंत्री से बातचीत करने को कहा। वहाँ के रक्षमंत्री ने दूसरे दिन गोल्फ कोर्स में मिलने का समय दिया। मैं कठिनाई में पड़ गया क्योंकि मुझे गोल्फ खेलना नहीं आता है परन्तु मैं सीखने का प्रयास करूँगा। 'एक बार आप खेलना शुरू करें फिर हम बातचीत शुरू कर सकते हैं।' मैं होटल वापस आ गया। वहाँ पर मेरे लिए एक बड़ा सा गोल्फ किट बैग रखा था। इसके साथ ही प्रधानमंत्री का एक नोट भी मिला। दिल्ली वापस आने के बाद मैंने गोल्फ खेलना सीखा। चूँकि मेरे दामाद सदानंद और बेटी सुप्रिया इंडोनेशिया और सिंगापुर में ही कुछ वर्षों तक रहे। इसलिए इस बीच मैं कई बार सिंगापुर गया और वहाँ के रक्षामंत्री के साथ मैंने कई बार गोल्फ भी खेला। इस गोल्फ के खेल को खेलते हुए मुझे यह समझ में आया कि गोल्फ खेलते समय आपको काफी समय मिलता है और आप अन्य खिलाड़ियों से अलग एकान्त में बात कर सकते हैं। विश्व के तमाम बड़े पदों पर आसीन लोग इस खेल को पसन्द करते हैं, इसमें कोई आश्चर्य की बात नहीं है।

नई दिल्ली में गोल्फ खेलते समय अधिकतर सेना के बड़े अधिकारी या अन्य सरकारी उच्च अधिकारी मेरे पार्टनर होते थे। वे कभी भी हमारी शॉट पर ताली बजाना नहीं भूलते थे। यहाँ तक कि गोल्फ क्लब में एक मेरी बहुत खराब शॉट पर भी लोग तारीफ करते और इस प्रकार वे हमारा खेल बिगाड़ देते थे। इस खेल में मुझे दूसरी शिक्षा यह मिली कि यदि आप अच्छा खेलना चाहते हैं तो कभी भी अपने अधीनस्थ या कनिष्ठ अधिकारियों के साथ न खेलें।

एक और यादगार अंडमान निकोबार की है। मैं वहाँ पर भारतीय नौ सेना के अड्‌डे का निरीक्षण करने गया था। जैसे ही मेरा हेलीकॉप्टर जमीन पर उतरा, 'हर-हर महादेव और क्षत्रपति शिवाजी महाराज की जय' के नारों से मेरा स्वागत हुआ। सोलहवीं सदी के योद्धा का यह नारा सुनकर कुछ आश्चर्यजनक प्रसन्नता हो रही थी। महाराष्ट्र से इतनी दूर इलाके में मैंने ऐसे नारे नहीं सुने थे। इस विषय में जानकारी प्राप्त करने से पता चला कि ब्रिटिश शासकों द्वारा इस जलडमरूमध्य पर मराठा और महार रजीमेंट के कुछ

सैनिकों को भूमि आवंटित की गई थी। सेना से रिटायर होने के बाद वर्षों पूर्व वे सैनिक अपने परिवार सहित यहाँ बस गए और मेरे आगमन की खबर सुनकर उनमें से कुछ लोग पारम्परिक रूप से मेरा स्वागत करने वहाँ आए।

1998 में अटल बिहारी वाजपेयी के नेतृत्व में केन्द्र सरकार का गठन हुआ। इस सरकार ने राजस्थान के पोखरन स्थान पर पाँच भूमिगत न्यूक्लियर टेस्ट किए। परिणामस्वरूप यू.एस.ए., यू.के., कनाडा और कुछ अन्य देशों ने भारत पर सीमित अनुमति (लिमिटेड सेक्शन) का नियम थोप दिया।

इससे मुझे अपने रक्षामंत्री काल की एक घटना याद आई। मंत्रालय के सलाहकारों ने मुझे बताया कि हम अपने को विश्व में एक एटामिक पॉवर के रूप में स्थापित करने के लिए 1992-93 से ही एटामिक टेस्ट करने को तैयार हैं। वास्तव में वे एटामिक टेस्ट करने के पूर्णत: पक्ष में थे। मैं फाइल लेकर प्रधानमंत्री नरसिम्हाराव के पास पहुँचा और सलाहकारों का विचार भी उनके समक्ष रखा।

पूरी फाइल को ध्यान से देखने के बाद उन्होंने एटामिक टेस्ट की सलाह को खारिज कर दिया। मेरी समझ से तत्कालीन परिस्थिति में उनके द्वारा लिया गया यह निर्णय बिलकुल सही था। 1991 में जब कांग्रेस सरकार सत्ता में आई थी, उस समय भारत की आर्थिक स्थिति डाँवाँडोल थी। नरसिम्हाराव ने कठोर कदम उठाना शुरू किया था परन्तु देश की आर्थिक स्थिति अभी भी नाजुक थी। अपने शानदार अन्तर्राष्ट्रीय अनुभव के आधार पर उन्होंने कहा, 'दुनिया को बस यह सन्देश देना काफी है कि भारत में भी न्यूक्लियर टेस्ट करने की क्षमता है। मैं वास्तव में इस टेस्ट को कार्यान्वित करना कतई समझदारी का काम नहीं समझता। अगर हम ऐसा करेंगे तो दुनिया-भर के देशों के क्रोध और विरोध को हम निमंत्रण देंगे।'

इस विषय को और अधिक स्पष्ट करने लिए उन्होंने अपने ही प्रदेश (आन्ध्र प्रदेश) का एक उदाहरण दिया, 'मेरे प्रान्त में अनेक किसान गाँवों से दूर अपने खेतों पर रहते हैं। आप उनके कमरे में एक अच्छी साफ की हुई राइफल दीवार पर अनिवार्य रूप से टँगी देखेंगे। कभी-कभार ही इसका प्रयोग होता है परन्तु यह राइफल संकेत करती है कि इस घर का मालिक किसी भी आक्रामक या डकैत का मुकाबला करने के लिए तैयार है। एक राष्ट्र के रूप में हमें भी यही नीति अपनानी चाहिए।'

अध्याय : तेरह

बम धमाकों से दहला मुम्बई

6 दिसम्बर, 1992 को अयोध्या में बाबरी मस्जिद ध्वंस के बाद, मुम्बई में हुए हिन्दू-मुस्लिम दंगे ने सारे सामाजिक ताने-बाने को तार-तार कर दिया। महाराष्ट्र विधान सभा का शीतकालीन सत्र नागपुर में चल रहा था। मुख्यमंत्री सुधाकर नाइक वहाँ थे। उनको इन घटनाओं की सम्भावना का अनुमान लगाकर पहले ही मुम्बई आ जाना चाहिए था या कम से कम घटना की सूचना मिलने पर तत्काल मुम्बई जाना चाहिए थे। परन्तु उन्होंने अपने पैर घसीट लिये और जब मैंने उनको धिक्कारा तब घटनाओं के दो दिन बाद वह मुम्बई गए। उनके पहुँचने से पहले ही मुम्बई धधकने लगा था। मंडी बाजार, डोंगरी, नागपाड़ा और मुम्बई शहर के उत्तरी भाग में दंगे की आग फैल चुकी थी। गोवांडी, कुर्ला, कैलिना, शिवाजी नगर, बांद्रा, खेरवाड़ी, बेहरम पाड़ा, पैधुनी, धारावी, महीम जोगेश्वरी और मालवाणी—सभी इलाकों में दंगा, आगजनी आदि की अनेक घटनाएँ हो रही थीं।

पहले तीन दिनों में दंगाइयों ने करीब 100 लोगों को मौत के घाट उतार दिया था। माफिया और स्थानीय गुंडा गिरोहों ने सड़कों और गलियों में अपना पूरा असर जमा लिया था। नासिक की सत्ता थर्रा रही थी और परिस्थिति पर नियंत्रण करने में असमर्थ थी। राज्य सरकार की कानून व्यवस्था का कोई नामो-निशान नहीं बचा था और वह हँसी का पात्र बन गई थी। प्रधानमंत्री नरसिम्हाराव ने मुझे सीधे मुम्बई जाने और कानून व्यवस्था को सँभालने का आदेश दिया।

परिस्थिति निश्चित रूप से बहुत भयावह थी और मैं भी मुम्बई जाने

की असमंजस में था। मैं सोच रहा था कि नाइक वहाँ पर मुख्यमंत्री हैं, उनको परिस्थिति सँभालने की पहल करना चाहिए। मेरे मुम्बई जाने से अनावश्यक भ्रम और गलतफहमी उत्पन्न होगी। परन्तु तेजी से बिगड़ती हालत ने मुझे जाने को बाध्य कर दिया। मैं मुम्बई के सामाजिक ताने-बाने और वहाँ की भौगोलिक परिस्थिति से भली प्रकार परिचित था। पहुँचते ही कुछ दिनों तक दिन-रात कार्य करते हुए मैंने पुलिस पर कड़ी निगाह रखी। उसकी गतिविधियों पर हर समय मेरी निगाह रहती थी। पुलिस ने सान्ताक्रूज, नागपाड़ा, देवनार, ओशीवारा और वेकोला आदि इलाकों में सघन छापेमारी की और धारदार हथियार, विस्फोटक आदि बड़ी मात्रा में बरामद किए। उन हथियारों में पिस्टल, बन्दूकें, चोपर, पेट्रोल बम, एसिड बम आदि बड़ी मात्रा में थे। यह सब इस बात का संकेत थे कि यदि सरकार ने तेजी से परिस्थिति पर नियंत्रण करने के उपाय न किए होते तो हालत कितनी बुरी हो सकती थी! जैसे ही परिस्थिति नियंत्रण में आ गई, मैं तुरन्त दिल्ली वापस हो गया।

एक बार कानून-व्यवस्था नियंत्रण में हो जाने के बाद पुनः हिंसा भड़कने की सम्भावनाओं का आकलन कर जो कार्यवाही करनी चाहिए थी, राज्य सरकार उसे पूरा नहीं कर सकी। परिणामस्वरूप अधिक समय तक शान्ति व्यवस्था नहीं रह सकी। 7 जनवरी, 1993 को जोगेश्वरी की राधाबाई चाल में बदमाशों ने आग लगा दी। इस कांड में 5 व्यक्ति जीवित जल गए। इस घटना के बाद हत्या और आगजनी की घटनाओं की एक शृंखला ही बन गई। इस बार की हिंसक वारदातों में दादर, परेल, कालाचौकी, वारसी, प्रभादेवी और बाइकुला सर्वाधिक प्रभावित क्षेत्र थे। पुलिस को स्थिति पर नियंत्रण बनाए रखने के लिए गोलियाँ चलानी पड़ीं। दो बार भड़की हिंसा में करीब 2000 लोगों की मृत्यु हुई। हालाँकि जनवरी की इन दो घटनाओं के बाद कोई नई घटना नहीं घटित हुई और न ही जंगल की आग की तरह हिंसा फैली। दंगों ने मुम्बई की रीढ़ की हड्डी अर्थात् आर्थिक व्यवस्था को भी क्षतिग्रस्त कर दिया था। अनेक छोटे उद्योगों के मालिकों ने बाहर भागना शुरू कर दिया और कुटीर उद्योग बन्द हो गए। परिणामस्वरूप हजारों लोग बेरोजगार होने लगे।

मुम्बई की स्थिति में कोई विशेष सुधार न होने से प्रधानमंत्री अति

चिन्तित और परेशान थे और समय-समय पर मेरे साथ मीटिंग करते थे। एन.के.पी. साल्वे के सम्बन्ध मुझसे भी उतने ही अच्छे थे जितने प्रधानमंत्री राव से। एक दिन साल्वे ने मेरे साथ काफी समय तक बैठकर मुम्बई की स्थिति पर गम्भीर विमर्श किया। मुम्बई की स्थिति को पटरी पर लाने के लिए नरसिम्हाराव ने मुझे अपने निवास पर बुलाकर विस्तार से बात की। उनकी बातों का पूरा जोर मेरे मुम्बई वापस जाने और महाराष्ट्र के मुख्यमंत्री पद की जिम्मेदारी सँभालने पर था। उनका विश्वास था कि जब तक मैं इस जिम्मेदारी को नहीं लूँगा, तब तक मुम्बई की स्थिति नहीं सुधर सकती। महाराष्ट्र की जिम्मेदारी लेने की मेरी इच्छा नहीं थी, परन्तु प्रधानमंत्री ने उस दिन के सारे पूर्वनिर्धारित कार्यक्रम रद्द कर दिए और लगभग आठ घंटे तक मेरे साथ बात करते रहे। मैं तीन बार महाराष्ट्र का मुख्यमंत्री रह चुका था और अब मेरी रुचि राष्ट्रीय स्तर पर कार्य करने की थी। मैंने परिस्थिति से लगभग छटपटाते हुए निकलने का रास्ता बनाया और कहा, 'यदि आप वर्तमान मुख्यमंत्री को बदलना ही चाहते हैं, तो उनके पद पर किसी नए व्यक्ति को जिम्मेदारी दे दीजिए, मैं उसको पूरा सहयोग करूँगा।' प्रधानमंत्री राव ने पहले ही दृढ़ निश्चय कर लिया था और मानसिक रूप से वह तैयार थे, इसलिए उनकी बात से सहमत होने के अतिरिक्त मेरे पास कोई उपाय नहीं था।

6 मार्च, 1993 को चौथी बार मैंने महाराष्ट्र के मुख्यमंत्री पद की जिम्मेदारी सँभाली तो मुझे यह स्पष्ट था कि लम्बे अरसे से फैली अशान्ति की स्थिति को सामान्य करने में समय लगेगा। काम शुरू करने से पूर्व मैंने राज्य मशीनरी को चुस्त-दुरुस्त करने और आवश्यकतानुसार परिवर्तन की नीति अपनाई। यह सब करने में मुझे कुछ समय लगा, परन्तु एक सप्ताह के अन्दर ही 12 मार्च, 1993 को एक बार फिर मुम्बई बम के धमाकों से दहल उठी। एक घटना का मैं चश्मदीद गवाह था। मैं अपने मंत्रालय की छठी मंजिल पर बैठा था कि नजदीक के इलाके से ही भारी विस्फोट की आवाज सुनाई दी। मैं दौड़कर खिड़की के पास गया तो देखा, एक किलोमीटर से भी कम दूरी पर, नरीमन प्वाइंट पर एयर इंडिया बिल्डिंग के पास कोलाहलपूर्ण स्थिति थी। उस इमारत से आग और धुआँ निकल रहा था। चूँकि मुझे बाम्बे स्टॉक एक्सचेंज पर केवल पचास मिनट पूर्व बम विस्फोट का समाचार मिला था,

इसलिए मैंने तुरन्त अन्दाज लगा लिया कि यह भी बम विस्फोट की घटना है। मैं तुरन्त ही मौके पर पहुँचना चाहता था परन्तु मुम्बई के पुलिस कमिश्नर ने मुझे रोक दिया। इसके बाद एक घंटे के अन्दर ही शहर के विभिन्न इलाकों से बम विस्फोट की सूचनाएँ आने लगीं।

मुम्बई पर आतंकवादियों का आक्रमण हो गया था। सावधानी से काम करते हुए मैंने बम विस्फोटों की विस्तृत जानकारी प्राप्त की। जाँच से पता चला कि विस्फोटों में आर.डी.एक्स. का प्रयोग हुआ है। इस तथ्य से यह स्पष्ट हो गया कि यह विस्फोट उच्च स्तरीय साजिश का हिस्सा है क्योंकि आर.डी.एक्स. न तो मुम्बई में निर्मित होता है और न किसी के पास इसका लाइसेंस है। मैंने हथियार निर्माता फैक्टरियों से सम्पर्क कर उनके आर.डी.एक्स. स्टॉक की जानकारी ली। उन्होंने अपने फैक्टरी परिसर से किसी प्रकार की स्मगलिंग या अन्य तरीके से आर.डी.एक्स. गायब होने से इनकार किया और इसे सुनिश्चित किया। इसका मतलब था कि आतंकवादियों ने विस्फोटक पदार्थ (आर.डी.एक्स.) सीमा पार से प्राप्त किया था। उन्होंने विस्फोट करने के बारह स्थान सावधानी से चुने थे। सभी स्थान या तो व्यावसायिक केन्द्र थे या हिन्दू बाहुल्य इलाके थे। इससे स्पष्ट हो गया कि एक बार फिर हिन्दू-मुसलमानों के बीच दंगा फैलाने का प्रयास था।

परिस्थिति और खराब होने से पूर्व ही मैं सीधे दूरदर्शन के कार्यालय वरली पहुँचा और महाराष्ट्र की जनता को सम्बोधित करते हुए मैंने अफवाहों का विरोध करने, अफवाह फैलाने वालों को हतोत्साहित करने तथा शान्ति व्यवस्था बनाए रखने की अपील थी। दिन की घटनाओं का जिक्र करते हुए मैंने 13 स्थानों पर विस्फोट की बात कही जबकि वास्तव में 12 स्थानों पर विस्फोट हुए थे। इसके बाद मैं सीधे एक मुसलमान बाहुल्य क्षेत्र में चला गया। हालाँकि वहाँ पर कुछ भी अप्रिय घटित नहीं हुआ था। यह ट्रिक केवल यह दिखाने के लिए थी कि विस्फोटों के पीछे कोई 'धार्मिक छाया' नहीं है। हमारी यह ट्रिक सफल हुई और आतंकवादी हिन्दू-मुस्लिम दंगा करवाने में असफल रहे।

मुम्बई दंगों के बारे में बाद में वी.एन. श्रीकृष्ण (जस्टिस) के नेतृत्व में एक जाँच आयोग का गठन हुआ। आयोग ने मुझसे विस्फोटों की संख्या के बारे में गलत बयान देने के बारे में पूछा। मैंने कहा, यह मेरा सचेतन निर्णय

था और आयोग के समक्ष परिस्थिति का वर्णन किया। जस्टिस श्रीकृष्ण ने मेरे प्रयास को 'राज्य के जिम्मेदार व्यक्ति की सूझ-बूझ का शानदार उदाहरण' बताते हुए तारीफ की।

आतंकवादियों का दूसरा निशाना मुम्बई के जीवन को लम्बे समय के लिए अस्त-व्यस्त करना और इस प्रकार मुम्बई की वैश्विक छवि को नुकसान पहुँचाना था। मुझे तत्काल इस चुनौती का सामना करना था। दो मसलों को तत्काल हल करना था—एक, बाम्बे स्टॉक इक्सचेंज को पुनः चालू करना और खोलना और दूसरा, मुम्बई के जनजीवन को सामान्य करने के लिए स्थानीय ट्रेनों का तत्काल परिचालन, बाम्बे इलेक्ट्रिक सप्लाई और बाम्बे के यातायात बी.ई.एस.टी. की बसों की आवाजाही तथा पूरे शहर में प्रातः दूध की आपूर्ति को पटरी पर लाना अतिआवश्यक था। प्रधानमंत्री ने मुझे दिल्ली से फोन पर कहा कि वह हवाई जहाज से आकर स्थिति का जायजा लेना चाहते हैं। मैंने उन्हें बताया कि इस समय आपके आने से हमारे कार्य में बाधा पड़ेगी और राहत तथा अन्य कार्य प्रभावित होंगे। बड़ी ही विनम्रतापूर्वक किए गए मेरे निवेदन को उन्होंने स्वीकार किया। मैंने तमाम उपयुक्त एजेंसियों की अनेक मीटिंगें बुलाईं और उनको समय निर्धारित कार्य सौंपे। राज्य सरकार के सभी विभाग, पुलिस, मुम्बई म्यूनिसिपल कारपोरेशन स्टाफ, रेलवे स्टाफ, टेलीफोन विभाग आदि के साथ मैंने बैठकें कीं और वे सब अधिकारी और कर्मचारी दृढ़ता से कार्य में जुट गए। उन सबने 48 घंटे में मुम्बई को पटरी पर लाने के लिए दिन-रात कठोर कार्य किया।

15 मई, 1993, सोमवार के दिन प्रातः दूध की गाड़ियाँ चलने लगीं। लोकल ट्रेनें, बी.ई.एस.टी. की बसें सड़क पर दौड़ने लगीं। बाम्बे स्टॉक इक्सचेंज ने भी प्रातः दस बजे अपना कार्य पुनः प्रारम्भ कर दिया। अनेक वरिष्ठ लोगों ने स्वीकार किया कि मुम्बई शहर के सरकारी काम-काज में यह एक ऐतिहासिक उपलब्धि थी।

शुक्रवार को मुम्बई में बमों के धमाकों के बाद अखबार और टेलीविजन के देशी व विदेशी पत्रकार मुम्बई में आ गए। दो दिनों तक उन्होंने विस्फोटों के बारे में बड़े-बड़े समाचार अपने अखबारों को भेजे। इन समाचारों में मुम्बई की तबाही की ही चर्चा थी। किसी को भी तीन-चार दिन से पहले सामान्य स्थिति की आशा नहीं थी। परन्तु सोमवार की सुबह को सामान्य स्थिति

देखकर वे आश्चर्यचकित थे। इसके बाद तो कई सप्ताह तक मुम्बई के पुनः शान्त और सामान्य होने की चर्चा मीडिया में होती रही।

एक तरफ मुम्बई को पटरी पर लाने के कठोर प्रयास हो रहे थे तो दूसरी तरफ निपुणता के साथ पुलिस तेजी से दोषियों की तलाश कर रही थी। अनेक स्थानों पर छापे मारे गए और सैकड़ों सन्दिग्ध व्यक्तियों को गिरफ्तार किया गया। सघन अभियान और जाँच के बाद टाइगर मेनन, याकूब मेनन और जावेद चिकना के साथ कुछ अन्य लोगों का बम विस्फोट में शामिल होने का रहस्य उद्‌घाटित हुआ। उन्होंने दाउद इब्राहीम के साथ मिलकर इस साजिश को अंजाम दिया था और इनको पाकिस्तानी शक्तियों का समर्थन प्राप्त था।

बड़ी मात्रा में आर.डी.एक्स. और गोला–बारूद समुद्री मार्ग से, रायगढ़ जिले के समुद्री किनारे पर भेजा गया था और वहीं पर इसका भंडारण भी हुआ था। इन भंडारण के स्थानों में से एक स्थान हिन्दी फिल्म स्टार संजय दत्त का गैराज भी था। पुलिस की जाँच के दौरान ज्ञात हुआ कि उनके घर में एक बन्दूक को गलाने का भी प्रयास हुआ था।

इस अंडर वर्ल्ड के साथ संजय दत्त के सम्बन्ध और उनके परिसर से हथियारों की बरामदी के समाचार ने लोगों को अचम्भित कर दिया। संजय दत्त के पिता सुनील दत्त और नर्गिस केवल लोकप्रिय फिल्मी हस्तियाँ ही नहीं थे बल्कि वे प्रसिद्ध सामाजिक व्यक्ति और साम्प्रदायिक सद्‌भाव कायम करनेवाले प्रमुख व्यक्ति थे। सुनील दत्त मुम्बई से कांग्रेस पार्टी के सांसद भी थे। दूसरी तरफ यह अपराध बहुत ही संगीन अपराध था। इन बम विस्फोटों में 257 बेगुनाह लोगों की जानें गई थीं, सैकड़ों लोग घायल हुए थे और करोड़ों रुपए की सार्वजनिक सम्पत्ति का नुकसान हुआ था। सुनील दत्त की प्रतिष्ठा और उनकी सामाजिक स्थिति को देखते हुए मैंने उनको अपने कार्यालय में बुलाया और उनको पुलिस की जाँच–पड़ताल और तथ्यों से अवगत कराया। वह बुरी तरह से सदमे में आ गए और किंकर्तव्यविमूढ़ स्थिति में थे। उन्होंने स्पष्ट शब्दों में कहा, 'यदि मेरा पुत्र राष्ट्र–विरोधी गतिविधियों में लिप्त पाया गया है, तो मैं कानून की प्रक्रिया में बाधा नहीं डालूँगा। आप अपनी कार्यवाही कीजिए और उसे दंडित करिए।' एक पिता के रूप में मैं सुनील दत्त के दर्द को भली प्रकार समझ सकता था परन्तु मेरे

पास जाँच को आगे बढ़ाने और कार्यवाही करने के अतिरिक्त कोई रास्ता नहीं था।

उस समय संजय दत्त देश से बाहर थे। उनके पिता ने उनको तुरन्त वापस बुलाया। अप्रैल 1993 में मुम्बई पुलिस ने संजय दत्त को टेररिस्ट एंड डिस्प्यूटेड एक्टिविटीज (प्रिवेंशन) ऐक्ट (टी.ए.डी.ए.) के तहत हवाई अड्डे से ही गिरफ्तार कर लिया। कुछ समय बाद सुनील दत्त ने मुझसे सम्पर्क कर कहा—उनके पुत्र के प्रति यदि केस में कोई उदारता सम्भव हो तो उस पर ध्यान दिया जाए। मैंने केस के सम्बन्ध में उनको विस्तार से बताया कि काफी मजबूत साक्ष्य मौजूद हैं। बड़े दुखी मन से वे हमारे कार्यालय से चले गए। मुझे भी काफी अफसोस हुआ परन्तु मेरे पास कोई विकल्प नहीं था।

संजय दत्त के खिलाफ लम्बे समय तक अदालतों में मुकदमा चला। अन्त में सर्वोच्च न्यायालय के निर्णय के अनुसार उनको पाँच वर्ष की कठोर कारावास की सजा सुनाई गई।

अध्याय : चौदह

लातूर में भूकम्प

चौथी बार मुख्यमंत्री का कार्यभार सँभालने के बाद सितम्बर, 1993 में लातूर में आया भूकम्प मेरे सामने दूसरी बड़ी चुनौती था। इस भूकम्प ने महाराष्ट्र के मराठवाडा अंचल को हिला दिया। मार्च माह में मुम्बई में हुए बम विस्फोटों के बाद वहाँ 48 घंटों में सामान्य स्थिति बहाल करने के बाद इतने कम समय में ही घटित लातूर भूकम्प की घटना भी अति चुनौतीपूर्ण थी। मराठवाडा में भूकम्प प्रभावित लोगों को सहायता और राहत पहुँचाने तथा अस्थायी रूप से उनके रहने आदि की व्यवस्था का काम भी पहाड़ तोड़ने से कम नहीं था। इन दोनों परिघटनाओं में प्रशासनिक मशीनरी के कामकाज और मेरी प्रशासनिक क्षमता की प्रशंसा चारों ओर हुई।

महाराष्ट्र के धार्मिक और सांस्कृतिक अवसरों में गणेश पूजा का पर्व सर्वाधिक लोकप्रिय है। इस दस दिन के पर्व में समाज के विभिन्न तबकों के लोग काफी उत्साह से भागीदारी करते हैं। गणेश उत्सव के समापन के दिन, मूर्तियों के विसर्जन के समय, विसर्जन यात्राएँ निकलती हैं और मूर्ति को प्रवाहित किया जाता है। इस समय कानून और व्यवस्था की स्थिति काफी तनावपूर्ण होती है। 1993 में यह पवित्र दिन 30 सितम्बर था। मेरे पास ही राज्य के गृह विभाग की भी जिम्मेदारी थी इसलिए मैं राज्य की स्थिति के बारे में पल-पल की सूचना ले रहा था। शाम के समय मराठवाडा के परभनी कस्बे में कुछ तनाव की सूचना मिली। समुचित निर्देश देने के बाद पता लगा कि परिस्थिति नियंत्रण में है।

अभी मैं कुछ समय ही सो पाया था कि करीब 3:45 पर मुख्यमंत्री बंगले

के दरवाजे और खिड़कियाँ तेजी से भड़भड़ाने लगे। मेरा बेड भी हिलने लगा। मैंने भूकम्प के झटकों को महसूस कर सम्बन्धित केन्द्र को फोन किया। दक्षिण महाराष्ट्र में स्थित कोयानगर में 11 दिसम्बर 1967 को 6.5 मैगनीच्यूड का भूकम्प आया था। उसने इलाके को दहला दिया था। उस समय 180 लोगों की मौत हुई थी और 1500 लोग घायल हुए थे। कोयानगर में एक विशाल बाँध है और यह क्षेत्र भूकम्प प्रभावित क्षेत्र है। मेरे दिमाग में यह इतिहास दर्ज था इसलिए मैंने तुरन्त कोयानगर ही फोन किया। कार्यालय से उत्तर मिला— इस बार भूकम्प का केन्द्र कोयानगर नहीं है बल्कि मराठवाडा का लातूर क्षेत्र है। यह अप्रत्याशित था इसलिए मैंने शीघ्र ही लातूर के सरकारी कार्यालय को फोन किया। मैंने अनेक नम्बरों पर फोन किया परन्तु किसी भी नम्बर पर फोन नहीं मिल सका। सभी टेलीफोन लाइनें काम नहीं कर रही थीं। मैं समझ गया, इसका मतलब बड़ा भयंकर संकटपूर्ण स्थिति है।

मैंने अपने सचिव को जगाया और कहा कि सवेरे सात बजे लातूर जाने के लिए हेलीकॉप्टर तैयार कराओ। भूकम्प प्रभावित इलाके में एक वायरलेस से खबर दी गई कि मुख्यमंत्री शीघ्र ही पहुँच रहे हैं। इसी दौरान मुझे सूचित किया गया कि भूकम्प का केन्द्र किल्लारी है जो लातूर से 43 किलोमीटर दूर है। मैं चूँकि इस इलाके में पहले भी सघन रूप से टूर कर चुका था इसलिए मैं इलाके से भली प्रकार परिचित था। मेरा हेलीकॉप्टर 7:40 पर लातूर में उतरा और मैं सीधे कार से किल्लारी के लिए चल पड़ा। यह बेहद विनाशकारी दृश्य था। गाँव के तमाम घर पूर्णतः ध्वस्त हो गए थे। रात को सोए अधिकांश लोग सदा-सदा के लिए सो गए थे। मलबे के नीचे दबे लोग सहायता की माँग कर रहे थे। राहतकर्मियों ने कुछ लोगों को बाहर निकाला और हमें सूचित किया गया कि यहाँ से लगभग 89 किलोमीटर दूर ओसमानाबाद तक एक के बाद एक गाँव में भयावह स्थिति है। यह सूचना इस त्रासदी की भयावह स्थिति का अनुमान लगाने के लिए काफी थी

मैंने बगैर समय बर्बाद किए, युद्ध स्तर पर राहत कार्य प्रारम्भ करने का निर्णय लिया। पास-पड़ोस के सभी जिलों के कलेक्टरों और डिप्टी कलेक्टरों को तुरन्त बुलाया। इसमें शोलापुर, परभनी, जालना, बीड, औरंगाबाद और नांदेड के जिले शामिल थे। सभी को खास-खास गाँवों की राहत और सहायता की जिम्मेदारी दी गई। इस भूकम्प के बाद मूसलाधार वर्षा ने और

भी विकट स्थिति उत्पन्न कर दी। जीवित लोगों को वर्षा से बचाव के लिए शेड की आवश्यकता थी। समीप और दूर के सभी व्यापारियों से टिन की चादरें तथा आवश्यक सामग्री मँगवाई गई। राज्य के विभिन्न भागों से बहुत से स्वयंसेवी संगठन अपने कार्यकर्ताओं और राहत सामग्री के साथ आ गए। राज्य के बाहर से भी कई स्वयंसेवी संस्थाएँ सहायतार्थ पहुँची थीं। मैंने उन संस्थाओं से भूकम्प पीड़ितों के लिए भोजन आदि की व्यवस्था करने को कहा। सरकारी बसों आदि को अन्य संसाधन जुटाने में लगाया गया। प्रभावित क्षेत्र में 1,000 डॉक्टरों को स्टाफ के साथ दवा व मेडिकल सहायता के लिए भेजा गया। भूकम्प के बाद 48 घंटों के अन्दर यह सब कार्य पूरा किया गया।

भूकम्प से उत्पन्न तबाही और भयावह स्थिति की गम्भीरता को ध्यान में रखते हुए मैंने भूकम्प पीड़ित इलाके में ही ठहरकर दिशा-निर्देश देने का निर्णय किया। किसी राज्य के मुख्यमंत्री के लिए राजधानी से बाहर किसी क्षेत्र में रहने का यह असाधारण कदम था परन्तु विशेष परिस्थिति आपसे विशेष पहलकदमी की माँग करती है। मेरा यह निर्णय काफी फलदायी साबित हुआ। हमने राज्य सचिवालय में एक कंट्रोल रूम स्थापित किया और मुख्य सचिव को इसका प्रभारी नियुक्त किया। भूकम्प प्रभावित इलाके में स्थित हमारा शिविर कार्यालय और राज्य सचिवालय के कंट्रोल के बीच हॉट लाइन से सम्पर्क स्थापित था। परिणामस्वरूप समस्त राज्य मशीनरी पूर्णतः समर्पण से सक्रिय रही। सारी की सारी प्रशासनिक प्रणाली पूर्णतः सक्रिय रही। जिस कार्यकुशलता और गति से राज्य मशीनरी ने इस विशाल कार्य को सम्पन्न किया, वे सब सम्मान के पात्र हैं। इस सफलता का श्रेय उन सबको ही दिया जाना चाहिए।

मैं अक्सर राहत और सहायता अभियान की प्रगति देखने के लिए विभिन्न गाँवों में जाता था। राज्य पुलिस तथा सेना के जवानों को बड़ी संख्या में इस राहत कार्य में लगाया गया था। एक दिन प्रातःकाल मैंने देखा कि एक व्यक्ति पाजामा और कमीज पहने एक बैलगाड़ी पर सो रहा है। स्पष्ट था कि वह स्थानीय व्यक्ति नहीं था। जब मैंने लोगों से पूछा तो ज्ञात हुआ कि वह व्यक्ति लातूर का जिला अधिकारी प्रवीण परदेशी था। वह व्यक्तिगत रूप से राहत और पुनर्स्थापन कार्य में कई दिनों तक दिन-रात लगे रहे और पूर्णतः थककर चूर हो जाने के कारण वह बैलगाड़ी पर ही सो गए। उस्मानाबाद के तत्कालीन

सी.ई.ओ. भाई नागराले और परदेसी ने संकटकालीन स्थिति के दौरान राज्य मशीनरी को कैसे अधिक गतिशील बनाया जाए, इसकी मिसाल पेश की। उन्होंने सरकारी कर्मचारियों और अधिकारियों के संकट काल में काम करने का उदाहरण पेश किया। इस अभियान में अनेक ऐसे अधिकारी और कर्मचारी थे जिन्होंने अनुकरणीय उदाहरण पेश किए परन्तु वे गुमनाम ही बने रहे।

भूकम्प ने वास्तव में उस क्षेत्र के लगभग सभी घरों को नष्ट कर दिया था। इन पीड़ितों के लिए स्थायी शेल्टर बनाना एक बहुत बड़ा काम था। भूकम्प पीड़ित लोगों के लिए स्थायी भवनों का निर्माण बुनियादी जरूरत थी परन्तु इसके लिए भारी फंड की आवश्यकता थी। डॉ. मनमोहन सिंह उस समय वित्तमंत्री थे परन्तु इससे पहले वे विश्व बैंक में काम कर चुके थे। डॉ. मनमोहन सिंह ने इस कठिन समय में पहलकदमी लेकर विश्व बैंक से आपदा राहत के लिए कर्ज स्वीकार करवाया और भवन-निर्माण का राहत कार्य तेजी से आगे बढ़ा।

महाराष्ट्र और पूरे देश से अनेक संगठनों और व्यक्तियों ने राहत कोष जुटाने और महाराष्ट्र सरकार को प्रदान करने में पहल की। यह सहायता राशि प्रचुर मात्रा में थी। विश्व बैंक का कर्ज एक निश्चित अवधि में वापस करना था इसलिए हम लोगों ने जनता से प्राप्त इस राशि को बैंक में सावधि जमा रखने की नीति निर्धारित की। ताकि जमाराशि के ब्याज से विश्व बैंक का कर्ज अदा किया जा सके। इस प्रकार भविष्य में सरकार एक भारी वित्तीय बोझ से बची रही।

गाँवों में पुनः घरों के निर्माण के लिए आई.आई.टी. रुड़की से विशेषज्ञों को बुलाया गया। आई.आई.टी. रुड़की के विशेषज्ञ इंजीनियरों ने भूकम्परोधक भवनों के कई डिजाइन तैयार किए थे। यह सब डिजाइन भूकम्प तरंगों के क्षेत्र के लिए विशेष रूप से तैयार किए गए थे। ग्रामवासियों से अपने गाँव के लिए डिजाइन चुनने को कहा गया। सरकार ने गाँववालों के सामने बस केवल एक ही शर्त रखी कि जाति आधारित विभाजन के आधार पर भवन निर्माण नहीं होगा। देश के विभिन्न राज्य की सरकारों, व्यक्तियों, स्वयंसेवी संगठनों और कारपोरेट घरानों ने अलग-अलग गाँवों में भवनों के निर्माण की जिम्मेदारी ली। हम लोगों ने एक वर्ष के अन्दर करीब एक लाख मकानों का निर्माण पूरा किया।

अमेरिका के राष्ट्रपति बिल क्लिंटन ने टेंट, वाटर केन, दवाओं और मेडिकल उपकरणों से भरे दो हवाई जहाज तुरन्त महाराष्ट्र भेजे। विश्व के अन्य देशों तथा कई अन्तर्राष्ट्रीय एजेंसियों ने भी राहत सामग्री भेजी। उस कठिन घड़ी में जिस किसी ने भी महाराष्ट्र के भूकम्प पीड़ितों को जो भी सहायता और राहत प्रदान की, हमने उन सबके प्रति आभार प्रकट किए हैं।

इस भयानक भूकम्प त्रासदी से क्षेत्र के अनेक लोग सदमे में थे और भारी आघात का शिकार हुए थे। ऐसे मरीजों की चिकित्सा के लिए सिने कलाकार और स्टेज के प्रख्यात कलाकार डॉ. मोहन अगासे के नेतृत्व में बी.जे. मेडिकल कॉलेज--हॉस्पिटल की मनोचिकित्सकों की एक टीम उन गाँवों में कैम्प लगाकर काफी दिनों तक रही और रोगियों का उपचार किया। हमने डॉ. अगासे, मेडिकल कॉलेज के मनोरोग विभाग और उन तमाम डॉक्टरों व उनके सहयोगियों के प्रति विशेष आभार व्यक्त किए।

अध्याय : पन्द्रह

महिला बिल

चौथी बार महाराष्ट्र के मुख्यमंत्री पद के लिए निर्वाचित होने के बाद दो सामाजिक विषय मेरे दिमाग में गूँजते रहते थे। पहला मराठवाडा विश्वविद्यालय का नाम परिवर्तित कर डॉ. भीमराव अम्बेडकर विश्वविद्यालय करना और दूसरा महिला सशक्तीकरण के लिए कानून बनाने का रास्ता निकालना। मराठवाडा विश्वविद्यालय के नाम परिवर्तन के बारे में मैं इससे पूर्व चर्चा कर चुका हूँ।

महिला बिल के सम्बन्ध में चर्चा करने से पूर्व मैं आपको बताना चाहता हूँ कि मैं इस विषय में इतना दृढ़ता से क्यों सोचता हूँ। मैं पहले ही चर्चा कर चुका हूँ कि मैं अपनी माता शारदाबाई से बहुत प्रभावित था। उनके जीवन ने मुझे कई प्रकार से प्रभावित किया। वह एक असाधारण प्रतिभाशाली और दृढ़ संकल्प वाली महिला थीं। वह घर और सार्वजनिक जीवन—दोनों जगहों में बहुत सहज व्यवहार करती थीं।

उन्होंने अपने ग्यारह बच्चों को अपनी पूरी क्षमता से एक 'अच्छा नागरिक' बनाया और साथ ही साथ उन्होंने राजनीति भी की। वह 14 वर्षों तक पूर्ण जिला बोर्ड की निर्वाचित सदस्य की तरह कुशलतापूर्ण कार्य करती रहीं। वह अपने सहकर्मियों की ही तरह अच्छा काम करतीं और कई पुरुष सहकर्मियों से अच्छा काम भी करती थीं। यह सन् 1930 और 1940 का दशक था जब विश्व-भर में महिलाओं को दूसरे दर्जे का नागरिक समझा जाता था और वह राजनीतिक अधिकारों से वंचित थीं। अपने पालन-पोषण के दौरान हमने यह समझ लिया कि मानव गुणों का लिंग-भेद से कोई सम्बन्ध नहीं है। यहाँ तक कि जब मैंने सार्वजनिक जीवन में प्रवेश किया तो

हमारे लम्बे जीवन में हमको एक भी उदाहरण नहीं मिला जहाँ महिला पुरुष से कमतर साबित हुई हो।

ब्रिटिश प्रधानमंत्री मारग्रेट थैचर एक ऐसी महिला हैं जिन्होंने मेरी इस अवधारणा को और मजबूत कर दिया कि यदि महिलाओं को अवसर मिले तो वे राजनीति सहित जीवन के हर क्षेत्र में पुरुषों की ही तरह शानदार भूमिका निभा सकती हैं। मैडम थ्रैचर ने 1981 में भारत का दौरा किया और उस वर्ष अप्रैल में जब मैं उनसे मुम्बई में मिला तो मैं उनकी शारीरिक मुद्रा और आत्मविश्वास से बहुत प्रभावित हुआ।

कामन वेल्थ देशों के सांसद, कामन वेल्थ पार्लियामेंट एसोसिएशन के पदेन सदस्य होते हैं। ब्रिटिश पार्लियामेंट के अधिवेशनों में पर्यवेक्षक के रूप में शामिल होने के अतिरिक्त उनको लन्दन के पार्लियामेंट पुस्तकालय के अतिरिक्त अन्य सुविधाएँ भी प्राप्त होती हैं। इस पुस्तकालय में विश्व के तमाम देशों को लोकतांत्रिक व्यवस्था के दस्तावेज और साहित्य उपलब्ध हैं। दुर्भाग्य से भारत के बहुत कम सांसदों को इन सुविधाओं के बारे में पता है और जो जानते हैं, उनमें से गिने-चुने लोग ही हैं जो लोकतांत्रिक परम्परा के बारे में अपना ज्ञान विकसित करने के लिए इसका प्रयोग करते हों। मैं जब भी लन्दन गया, मैंने इस पुस्तकालय में काफी समय व्यतीत किया और ब्रिटिश पार्लियामेंट (संसद) की दर्शक दीर्घा से वहाँ की संसदीय कार्यवाही अवश्य देखी। ब्रिटिश सदन में प्रधानमंत्री थैचर का व्यवहार और जटिल परिस्थिति का हल निकालने का उनका सरल और सतर्कता पूर्ण तरीका समझने योग्य था।

एक बार जब मैं इंग्लैंड गया तो मुझे ब्रिटिश संसद में मारग्रेट थैचर को सुनने का अवसर मिला। प्रधानमंत्री थैचर की ओमान यात्रा विवादास्पद हो गई थी। उन्होंने अपने इस टूर में कुछ सरकारी व्यापार सम्बन्धी निर्णय लिया था। चूँकि उनका पुत्र भी उस सरकारी प्रतिनिधि मंडल का सदस्य था इसलिए विपक्ष ने इस मुद्दे को उछाला था। उनका पुत्र एक स्टील निर्माता कम्पनी में मार्केटिंग इक्जीक्यूटिव था। जब प्रधानमंत्री थैचर और विपक्ष के लेबरपार्टी के नेता माइकेल फूट के बीच मौखिक वार्ता हो रही थी, उस बहस को मैं बड़े ध्यान से देख व सुन रहा था। यह बहस लगभग थैचर की कानूनी जाँच-पड़ताल की तरह थी।

माइकेल फूट ने आक्रामक तरीके से पूछा, 'मैडम, प्रधानमंत्री, क्या यह सही है कि आपके ओमान के टूर में सरकारी प्रतिनिधि मंडल में आपका पुत्र आपके साथ गया था?'

प्रधानमंत्री ने शान्तिपूर्वक उत्तर दिया, 'हाँ, यह बिलकुल सही है।'

'क्या यह सही है कि वह हमारे देश की एक बड़ी स्टील निर्माता कम्पनी में कार्यरत है?'

'हाँ, यह भी सही है।'

'क्या यह भी सही है कि आपके ओमान जाने से पूर्व आपका पुत्र दो बार कुछ आर्डर लेने के लिए ओमान गया था?'

'हाँ, यह भी सही है।'

'तब, मैडम प्रधानमंत्री, यह भी सही है कि आपने अपने पुत्र की कम्पनी के लिए ऑर्डर प्राप्त करने में अपने पद के प्रभाव का इस्तेमाल किया?'

'हाँ, यह भी सही है।'

वे सदस्य, जो ध्यानपूर्वक इस 'जाँच-पड़ताल' को सुन रहे थे, वे सब प्रधानमंत्री का उत्तर सुनकर स्तब्ध रह गए। प्रधानमंत्री की आत्मस्वीकृति जैसे ही समाप्त हुई, सदन में कोलाहल मचने लगा। कुछ समय बाद जब सदन का हो-हल्ला रुक गया तो मैडम थैचर पुनः इसकी व्याख्या करने के लिए खड़ी हुईं।

'वास्तव में यह बात ध्यान देने योग्य है कि मेरे ओमान टूर के दौरान हमारे देश को स्टील आपूर्ति करने का ऑर्डर प्राप्त हुआ है। यह व्यापारिक समझौता हमारे ओमान टूर के साथ ही सम्पन्न हुआ। इस व्यापारिक ऑर्डर के लिए मैंने अपने पद और कार्यालय का प्रभाव इस्तेमाल कर मैंने कोई गलती नहीं की है। इस विषय का एक दूसरा पहलू भी है। वर्तमान समय में इंग्लैंड आर्थिक ह्रास की स्थिति से गुजर रहा है, परिणामस्वरूप बड़ी संख्या में औद्योगिक मजदूर बेरोजगार हो सकते हैं। मेरे टूर के दौरान प्राप्त स्टील की आपूर्ति का ऑर्डर एक उपलब्धि है जिससे अनेक मजदूर नौकरी से बाहर होने से बच जाएँगे। क्या यह ऑर्डर प्राप्त कर मैंने कोई अपराध किया है? क्या इस व्यापारिक ऑर्डर से मुझे कोई निजी लाभ होगा? क्या मेरी पार्टी को इससे कोई लाभ होगा?...यदि मेरी कार्यवाही से देश की बीमार अर्थव्यवस्था को सुधारने में कोई सहायता मिलेगी तो मैं बार-बार इसे दोहराना उचित समझती हूँ।'

सदन का कोलाहल पूर्णतः शान्त था।

प्रधानमंत्री द्वारा अपनी कार्यवाही के पक्ष में दृढ़तापूर्वक तर्क प्रस्तुत करने से उनके विरोधी और निन्दक पूर्णतः शान्त हो गए। मेरे लिए आइरन लेडी का आचरण एक बड़ी शिक्षा थी। प्रधानमंत्री थैचर ने बगैर उत्तेजित हुए दृढ़तापूर्वक यह स्थापित किया कि उनकी कार्यवाही जनहित में थी। इस अनुभव ने मुझे महिलाओं को उचित स्थान देने के लिए उत्साहित किया और मेरे विचार को दृढ़ता प्रदान की। वास्तव में जब मैंने पहली बार रक्षामंत्री का पद-भार सँभाला तो मुझे महिलाओं को आगे बढ़ाने के लिए एक अवसर मिला।

1991 में जब मैंने रक्षा मंत्रालय की जिम्मेदारी सँभाली, उस समय तक डॉक्टर के पद के अतिरिक्त अन्य किसी भी पद पर महिलाओं की नियुक्ति के द्वार बन्द थे। भारतीय सेना में महिलाओं के लिए कोई स्थान नहीं था। मैं इस बात से भली प्रकार अवगत था कि सेना में महिलाओं की नियुक्ति की अपनी सीमाएँ हैं। हालाँकि मुझे यह विश्वास था कि इस स्थिति में परिवर्तन और सुधार सम्भव है। साउथ ब्लॉक स्थित रक्षा मंत्रालय के कार्यालय का चार्ज लेने के बाद ही मैंने मंत्रालय के वरिष्ठ अधिकारियों और तीनों सेनाओं के प्रमुखों के साथ इस विषय पर चर्चा प्रारम्भ कर दी। सभी तरफ से बड़ी ठंडी प्रतिक्रिया मिली। नौकरशाही के पास मंत्रियों के परीक्षण लेने और व्यवहार करने का लम्बा अनुभव होता है। अधिकांश मंत्री अपने मंत्रालय के सम्बन्ध में कुछ विचार लेकर आते हैं और कुछ भली प्रकार प्रतिष्ठापित होते हैं और कुछ कल्पनाशील होते हैं। इसलिए वरिष्ठ अधिकारी किसी नए मंत्री के आने पर शुरुआत में उसकी बात सिर्फ सुनते हैं और उसके विचारों की दृढ़ता का अनुमान लगाते हैं। मुझे अधिकारियों के इस व्यवहार का अनुभव था इसलिए उनसे कोई प्रतिक्रिया न मिलने पर मुझे आश्चर्य नहीं हुआ।

अपने कार्यकाल के प्रारम्भिक समय में ही मुझे अमेरिका के रक्षामंत्री डिक चैनी से मिलने के लिए अमेरिका जाने का अवसर मिला। बाद में वह अमेरिका के उपराष्ट्रपति हुए। मैंने अपने अमेरिका दौरे के दौरान रक्षामंत्री से भेंट करने के बाद वायुयान से थल सेना के अड्डे (बेस) का दौरा किया। मैंने देखा कि वहाँ सेना में महिलाएँ विभिन्न जिम्मेदारियों का कार्य कर रही हैं। वायुसेना के पूरे हवाई जहाज का स्टाफ महिलाओं से भरा था। थल सेना के मुख्यालय (बेस) में भी महिलाओं और पुरुषों की संख्या लगभग बराबर

थी। यू.के. और जर्मनी की सरकारें भी थल सेना, वायु सेना और नौ सेना—तीनों ही भागों में महिलाओं की भर्ती कर रही थीं। मलेशिया, जो कि पश्चिमी 'विकसित' देशों का भाग नहीं है, वहाँ भी महिलाओं को सैन्य सेवाओं से बाहर नहीं रखा गया था।

विश्व स्तर के अध्ययन से पता चला कि पुरुष पाइलटों की तुलना में महिला पाइलटों से कम दुर्घटनाएँ होती हैं। यह देखा गया है कि महिलाएँ पुरुषों की तुलना में विवरणों के बारे में अधिक सजग होती हैं और अधिक ध्यान देती हैं। इस प्रकार के अधिक विवरणों पर मैं कोई टिप्पणी नहीं कर सकता क्योंकि मैं कोई समाज विज्ञानी नहीं हूँ; परन्तु इस विषय में प्राप्त तथ्य विवादरहित हैं और आँखें खोलने वाले हैं।

रक्षा मंत्रालय में हर सोमवार को प्रातः 9 बजे साप्ताहिक मीटिंग होती थी। इस मीटिंग में रक्षा सचिव, रक्षा उत्पादन सचिव (डिफेंस प्रोडक्शन सेक्रेटरी), विदेश मंत्रालय के सचिव और तीनों सेनाओं के प्रमुख मौजूद होते। इस मीटिंग में रक्षा मंत्रालय से सम्बन्धित विभिन्न विभागों के मुख्य बिन्दुओं पर बातचीत होती थी। एन.एन. वोरा रक्षा सचिव थे। उनकी पत्नी ऊषा वोरा भी एक आई.ए.एस. अधिकारी थीं। रक्षा मंत्रालय के कार्यकाल के दौरान मैं जिन अधिकारियों से मिला, उन वर्षों में वह सबसे अच्छे अधिकारी थे। उस समय जनरल सुनीथ, फ्रेंसिस रॉड्रीग्ज थलसेना प्रमुख थे। निर्मलचन्द्र सूरी एयर चीफ मार्शल थे और एडमिरल लक्ष्मीनारायण रामदास नौसेना प्रमुख थे। एक साप्ताहिक मीटिंग में मैंने तीनों सैन्य विभागों में महिलाओं की भर्ती का प्रस्ताव प्रस्तुत किया। वोरा ने प्रस्ताव का समर्थन किया। इस विषय पर कई बार बातचीत हुई थी परन्तु हम लोग किसी परिणाम तक नहीं पहुँचे थे। अप्रसन्न होकर मैंने अन्तिम निष्कर्ष पर पहुँचने के लिए तीन माह का समय निर्धारित किया। इसी बीच में मैंने प्रधानमंत्री नरसिम्हाराव की अनौपचारिक सहमति प्राप्त कर ली। तीन माह का समय समाप्त होने पर मैंने सोमवार की साप्ताहिक मीटिंग में अपना निर्णय सुनाया। इसके साथ ही मंत्रिमंडल द्वारा स्वीकृत नीति सम्बन्धी एक विस्तृत नोट भी पेश किया गया। इस प्रकार सेना के तीनों विंग में 11 प्रतिशत पदों पर महिलाओं का आरक्षण सुनिश्चित हो गया।

चार वर्ष बाद जब मैं रक्षामंत्री का पद त्याग कर रहा था तब मैं एयर चीफ मार्शल (सेवा निवृत्त) निर्मल चन्द्र सूरी के पास गया। मैंने उनसे वायुसेना में

महिला पायलटों की कार्यकुशलता के बारे में जानकारी चाही। वह काफी प्रसन्न हुए और उन्होंने शीघ्र ही मुझे एक नोट के द्वारा जानकारी देने को कहा। उनके द्वारा भेजे गए नोट में पायलटों के बारे में वैश्विक जानकारी भी दी गई थी। यह अति प्रसन्नता और उत्साह की बात है कि आज सेना के तीनों विंग में महिलाएँ पुरुषों से प्रतियोगिता कर रही हैं और कन्धे से कन्धा मिलाकर साथ भी दे रही हैं।

आजादी के बाद सन् 2015 में यह प्रथम अवसर था जब गणतंत्र दिवस के अवसर पर आयोजित परेड में तीनों विंग की महिला सैनिक अधिकारियों ने परेड में हिस्सा लिया। मैं परेड के मुख्य अतिथि अमेरिका के राष्ट्रपति बराक ओबामा को विंग कमांडर पूजा ठाकुर द्वारा गार्ड ऑफ ऑनर देते हुए देखकर आह्लादित था। पूजा ठाकुर ने शानदार प्रदर्शन किया। मुझे आशा है कि अब यह एक आम रिवायत बन जाएगी। आयोजन के बाद पूजा ठाकुर ने यह वक्तव्य देकर कि 'मैं पहले अधिकारी हूँ और बाद में महिला हूँ', अपनी भावना को भली प्रकार अभिव्यक्त किया।

जनवरी, 1994 में मैंने महाराष्ट्र में महिला बिल पारित कराने का प्रारम्भिक कार्य शुरू किया। मेरे दिमाग में इस बिल को तैयार करने के विषय में एक विस्तृत विचार था। इसके लिए लगभग दो माह तक हम लोगों ने गरदन-तोड़ परिश्रम किया।

यह विषय गति से आगे बढ़े, इसके लिए मैंने गृह मंत्रालय त्याग कर समाज कल्याण मंत्रालय की जिम्मेदारी अपने हाथ में ले ली। इस विभाग की जानकारी लेने से नौकरशाही के बीच यह सन्देश चला गया कि मुख्यमंत्री इस विषय पर काफी गम्भीर हैं। मैंने समाज कल्याण मंत्रालय में महिला एवं बाल कल्याण विभाग अलग से गठित किया। इस प्रकार इस विषय पर और केन्द्रीकरण हो गया। इस विभाग के सचिव चन्द्रा अयनगर को एक समग्र नीति का प्रस्ताव तैयार करने का आदेश दिया गया। उन्होंने पूरे तन-मन और संवेदनाओं के सुनियोजित तरीके से इस दस्तावेज को तैयार किया। हम लोगों ने बिल को तैयार करते समय यथासंभव अधिक से अधिक लोगों और निचले स्तर तक के लोगों को इससे जोड़ने का प्रयास किया ताकि सबकी गहरी भागीदारी के साथ बिल तैयार हो सके। नेशनल क्राइम रिपोर्ट के आँकड़े सभी को दिखाए गए। महिलाओं पर होनेवाले अत्याचार सम्बन्धी तथ्य आँख खोलनेवाले थे। यदि देश की 50 प्रतिशत आबादी को मुख्यधारा से बाहर रखा

जाए, उसका उत्पीड़न किया जाए तो हम उन विकसित देशों का मुकाबला किस प्रकार कर सकते हैं जहाँ महिलाएँ, पुरुषों के साथ कन्धे से कन्धा मिलाकर जीवन के हर क्षेत्र में कार्य करती हैं ?

हर चरण के बारे में सावधानी से योजना बनाई गई थी। कार्य को शुरू से ही गति प्रदान करने के लिए सक्रिय कार्यकर्ताओं और विद्वानों की सूची तैयार की गई। इसे विभिन्न श्रेणियों में—जैसे शिक्षा, स्वास्थ्य, कानून-व्यवस्था आदि-आदि—में बाँटा गया था ताकि जिसको जो विषय आवंटित हो, उस विषय पर विस्तार से चर्चा हो सके। इस प्रकार कुल 21 मीटिंगें सम्पन्न हुईं और मैं हर मीटिंग में उपस्थित रहा। इन ग्रुपों द्वारा तैयार किए गए पेपर्स पर सम्बन्धित विभाग के लोगों से चर्चा हुई ताकि बिल का प्रथम मसविदा तैयार हो सके। इसके बाद इस मसविदा को समस्त निर्वाचित विधायकों/एम.एल.सी. के बीच उनका विचार, सुझाव आदि जानने के उद्देश्य से वितरित किया गया। इस सम्पूर्ण प्रक्रिया को बहुत ही धैर्य, संयम से चलाने और हर चरण के बाद फिर कठोर कार्य करने की आवश्यकता को हमने पूरा किया। हमारे पास प्रचुर प्रतिरोध शक्ति और दृढ़ संकल्प, दोनों थे।

अभी मंत्रिमंडल के समक्ष मसविदा बिल पेश करने के बाद लम्बी लड़ाई बाकी थी। मंत्रिमंडल के पास मसविदा बिल पास होते ही हमें प्रत्यक्ष और परोक्ष प्रतिरोध का सामना करना पड़ा। बिल में प्रस्तुत प्रावधानों के बारे में अनेक विधायकों ने सुझाव और प्रतिवाद प्रस्तुत किए। परिणामस्वरूप यह मसविदा बिल बार-बार आगे-पीछे होता रहा। यह बिल मंत्रिमंडल और नौकरशाही के बीच झूलता रहा। यह एक बहुत ही नाजुक चरण था। यदि राजनीतिक नेतृत्व किसी विषय पर अपनी राजनीतिक इच्छाशक्ति और रुचि का प्रदर्शन नहीं करता तो नौकरशाही का क्रोधित व भ्रमित होना स्वाभाविक है। इसी परिस्थिति के कारण सरकार के कई अच्छे प्रस्ताव पारित नहीं होते और कार्यवाहियों का अच्छा प्रतिफल नहीं मिलता।

हमको इस खास बदलती परिस्थिति में इस विषय विशेष के सम्बन्ध में दृढ़ता, पहलकदमी तथा मजबूत इच्छाशक्ति का परिचय देना था। मैंने इस ड्राफ्ट को अन्तिम रूप देने और मंत्रिमंडल से स्वीकृति प्राप्त करने के लिए मंत्रिमंडल की आठ मीटिंगें कीं। मैंने देखा कि अनेक मंत्री इस विषय को सुनते-सुनते थक गए और इसे किसी भी प्रकार पारित करना चाहते थे।

इस बिल के द्वारा सभी स्थानीय निकायों—जैसे ग्राम पंचायत, पंचायत समिति, जिला परिषद, म्यूनिसिपैल्टी और म्यूनिसिपल कारपोरेशन आदि—में निर्वाचित प्रतिनिधियों में महिलाओं के लिए 33 प्रतिशत सीटें आरक्षित करने का प्रावधान था। चूँकि जाति आधारित आरक्षण पहले से ही था इसलिए विभिन्न जातियों के कोटे के अन्तर्गत ही महिला आरक्षण को शामिल कर लिया गया। सरकार द्वारा आवंटित आवासों में महिलाओं और पुरुष को संयुक्त मालिकाना हक को अनिवार्य किया गया। इस बिल के द्वारा जमीन सहित पुश्तैनी सम्पत्ति में पुत्र और पुत्री को समान अधिकार का प्रावधान एक ऐतिहासिक और पथ-प्रदर्शक निर्णय था। सामान्य रूप से यह देखा गया कि पारिवारिक सम्पत्ति में महिलाओं को अधिकार न देने से उनके सिर पर असुरक्षा की तलवार लटकती रहती थी। विधान सभा के सत्र में इस बिल को पारित करवाना इस प्रक्रिया का अन्तिम चरण था। चूँकि हम लोगों ने बिल का मसविदा तैयार करते समय सभी राजनीतिक पार्टियों, समाज के विभिन्न तबकों और उनके प्रतिनिधियों को शामिल किया था इसलिए सदन में इसकी कार्यवाही भली प्रकार सम्पन्न हुई। करीब दस बजे रात्रि में उस दिन मैंने स्पीकर से अपनी पार्टी में व्हिप जारी करने की अनुमति ली और घर चला गया। करीब मध्यरात्रि में सदन में पार्टी के अधिकृत व्हिप ने फोन से मुझे सूचित किया कि इस बिल पर अचानक जटिल स्थिति पैदा हो गई है। मेरी ही पार्टी के कुछ विधायकों ने पुत्री/महिला को सम्पत्ति में समान अधिकार पर विरोध किया है। मैंने उस ग्रुप के एक विधायक और वरिष्ठ नेता से फोन पर बात की। उसने कहा कि अनेक विधायकों का मत है कि सम्पत्ति में समान अधिकार परिवारों में विभाजन पैदा करेगा।

'क्यों?' मैंने पूछा।

उन्होंने उत्तर दिया, 'शादी होने के बाद आम तौर पर लड़की दूसरे गाँव (ससुराल) में जाकर बस जाती है। यदि परिवार की जमीन पुत्र और पुत्रियों के बीच बँट जाएगी तो दामाद भी जमीन में भागीदार होगा और इस प्रकार परिवार में विवाद पैदा होगा।'

यह वास्तव में विशेष पुरुष सत्तात्मक सोच थी। इस विषय को दूसरे पहलू से भी सोचने की आवश्यकता थी।

मैंने पूछा, 'आपके कितने बच्चे हैं?'

उत्तर प्राप्त हुआ, 'तीन पुत्र और एक बेटी है।'

इस उत्तर से मुझे उनको समझाने का रास्ता मिल गया।

'ठीक है, तब थोड़ा इस प्रकार सोचें। यदि आप अपने तीनों पुत्रों की शादी करेंगे तो आपकी तीन बहुएँ आपके घर आएँगी और वे तीनों अपने परिवार की पैतृक सम्पत्ति में भागीदार होंगी। क्या यह सम्पत्ति आपके परिवार को नहीं मिलेगी? इससे आपके परिवार की सम्पत्ति में क्या वृद्धि नहीं होगी?'

'अरे हाँ!' आश्चर्य व्यक्त करते हुए उन्होंने कहा, 'यह बात तो कभी हमारे दिमाग में आई ही नहीं। अब मुझे आपकी बात समझ में आ गई...'

इस प्रकार देर रात विधान सभा ने यह बिल पारित कर दिया। इसके बाद उप-राष्ट्रपति के.आर. नारायणन द्वारा 22 जून, 1994 को नेहरू सेंटर, मुम्बई में एक समारोह के दौरान इस नीति दस्तावेज (पॉलिसी डाकूमेंट) को जारी किया गया।

इस नीति के पारित हो जाने के बाद शुरू में हमारी पार्टी को कुछ राजनीतिक नुकसान उठाना पड़ा। उदाहरणस्वरूप, पुणे के समीप भोर विधान सभा सीट पर हम लोगों का परम्परागत आधार था। उस विधान सभा सीट पर हमारी पार्टी हार गई। इस विषय में गहन छानबीन के बाद ज्ञात हुआ कि स्थानीय निकायों में महिलाओं को आरक्षण की घोषणा से कुछ स्थानीय प्रभावशाली परिवार हमारी पार्टी के विरोध में थे। मैंने जब पितृसत्तात्मक स्थानीय उच्च जातियों के बीच इस विषय पर गहराई से चर्चा की तो उन्होंने जवाब दिया, 'हम इस निर्णय को कैसे स्वीकार कर सकते हैं? पिछले 40 वर्षों से सरपंच का पद हमारे परिवार वालों के बीच ही रहा है। परन्तु आप द्वारा महिलाओं को स्थानीय विकाय में 33 प्रतिशत आरक्षण से एक निम्न जाति की महिला हमारे गाँव की सरपंच बन सकती है। क्या आप हमसे आशा करते हैं कि हम उस महिला के सामने हाथ जोड़कर अपने काम के लिए जाएँगे?'

मैंने अनुभव किया कि सार्वजनिक जीवन में महिलाओं के सशक्तीकरण के लिए उनमें प्रशासनिक कौशल से उनको लैश करना अति आवश्यक है। हम लोगों ने उनको प्रशिक्षित करने के लिए अनेक वर्कशॉप और ट्रेनिंग शिविर आयोजित किए। सभी पार्टियों से चुनी गई महिला प्रतिनिधियों ने पुणे में यशदा, मुम्बई में यशवन्तराव चव्हाण सेंटर, दि एडमिनिस्ट्रेटिव स्टाफ कॉलेज

और दि ऑफिस ऑफ लोकल सेल्फ गर्वनमेंट आर्गेनाइजेशन में भारी संख्या में भागीदारी की।

भारतीय संसद ने महिला आरक्षण बिल को मार्च, 2010 में पारित किया। इसके अनुसार महिलाओं के लिए 1/3 सीटें आरक्षित हो गईं। यह बिल 14 वर्षों से विलम्बित था और हम लोग जानते हैं कि इस बिल को पारित होना सरल नहीं था। महाराष्ट्र के लिए यह गर्व की बात है कि इससे काफी पहले, 1994 में ही महाराष्ट्र विधान सभा ने महिला आरक्षण सम्बन्धी एक समग्र नीति की घोषणा कर उसे लागू कर दिया था और इस प्रकार इस विषय को अग्रगति प्रदान की थी।

महाराष्ट्र में वर्ष 2014 में कांग्रेस–एनसीपी की संयुक्त सरकार का शासन था। इस सरकार द्वारा पुणे विश्वविद्यालय का नाम परिवर्तित कर सावित्रीबाई फुले विश्वविद्यालय करने के निर्णय से मुझे अपार सन्तोष हुआ। यह नाम परिवर्तन वास्तव में एक महत्त्वपूर्ण संकेत देता है क्योंकि उन्नीसवीं सदी में सावित्रीबाई फुले द्वारा महिलाओं की स्थिति में सुधार और उनकी उन्नति के लिए किए गए प्रयास आज भी समाज के लिए प्रेरणा का स्रोत हैं।

1994 में पारित महिला बिल का दीर्घकालीन प्रभाव आज स्पष्ट नजर आता है। आज महाराष्ट्र में महिलाएँ स्थानीय निकायों में राजनीतिक निर्णय लेने की प्रक्रिया का अभिन्न अंग बन गई हैं। इस स्थिति ने जीवन के अन्य क्षेत्रों में—जैसे डेरी, फार्मिंग, सहकारिता और यहाँ तक कि सर्विस सेक्टर में भी गाँवों और शहरों में महिलाओं के लिए अनुकूल परिस्थिति निर्मित हुई है और उनकी भागीदारी स्पष्ट नजर आती है।

जब मैं निचली संस्थाओं से लेकर सरकार के उच्च पदों तक महिलाओं को निर्णय लेने की प्रक्रिया में भागीदारी करते देखता हूँ तो मेरा दिल प्रसन्नता और गर्व से भर जाता है। मुझे अक्सर सुनने को मिलता था कि जिला परिषद, काउंसिल, ताल्लुक और पंचायत सदस्य के रूप में कार्यरत महिलाएँ अपने पति, पिता या भाई के हाथों की कठपुतली बनी हुई हैं। अब यह बात अपवादस्वरूप ही कुछ स्थानों पर देखने को मिलती है। आज महिलाएँ अपने पैरों पर खड़ी हैं और पुरुषों के प्रभाव से बाहर निकलकर वे अपने स्वतंत्र अस्तित्व का दावा पेश कर रही हैं। यह हमारे लोकतंत्र के लिए शुभ संकेत है।

अध्याय : सोलह

असभ्य और असंस्कृत आरोप

महाराष्ट्र में वर्षों तक जिन नेताओं ने मेरा राजनीतिक विरोध किया, मेरे साथ कार्य करते हुए उनको दृढ़ विश्वास हो गया कि मैं अत्यधिक प्रभावशाली व्यक्ति हूँ। उनमें से कई राजनीतिज्ञों ने मेरे साथ संसदीय तरीकों से और संसदीय क्षेत्र में आमने-सामने संघर्ष किया, परन्तु कुछ ने दूसरी कार्यनीति भी अपनाई। मैं जब राष्ट्रीय राजनीति में, राजनीतिक शक्ति के केन्द्र के रूप में स्थापित हो रहा था, उस समय हमारे विरोधियों को दिल्ली से भी समर्थन प्राप्त हुआ। मैं चाहे सरकार में सत्तासीन रहा, चाहे विपक्ष में रहा, मैंने सदा अपना सक्रियतापूर्ण और निर्णयात्मक रुख कायम रखा। परिणामस्वरूप मुझे पार्टी और जनता के बीच अपना आधार सुदृढ़ करने में सहायता मिली। हमारी कुछ कार्यवाहियों से कुछ लोगों के हितों को हानि भी हुई। मेरे बढ़ते जनाधार से उनको असुरक्षा महसूस होने लगी और इसलिए वे मेरे खिलाफ व्यंग्यवाण चलाने और दुराग्रहपूर्ण आरोप लगाने का एक अवसर भी हाथ से नहीं जाने देते। मेरे खिलाफ वे जितने ही गम्भीर और ऊटपटाँग आरोप लगाते उतना ही वह लोगों का ध्यान आकर्षित करते। विरोधी पार्टियों के भी कुछ लोग इस खेल में संलग्न थे। मेरी अपनी कांग्रेस पार्टी के बहुत कम ही लोग इस प्रकार के निन्दा-कार्य में शामिल थे।

मैं जो कुछ कर रहा हूँ, उसे समझने के लिए किसी को भी 1978 से 1996 के दौरान महाराष्ट्र की राजनीति में उतार-चढ़ाव और तीव्र मोड़ों को समझना आवश्यक है। इस अवधि में मेरे सामने चुनौतियों की लम्बी फेहरिस्त थी जिनका सामना करते हुए मैं हर बार ही दृढ़ता से उभरता रहा और हर बार हमारे विरोधियों का क्रोध और बौखलाहट भी बढ़ती रही। मेरी छवि धूमिल करने का अभियान संचालित करने के पीछे यही पृष्ठभूमि है।

आइए, अतीत में किए गए कार्यों और जटिलताओं पर एक नजर डालें। 1978 में महाराष्ट्र के सबसे युवा मुख्यमंत्री के रूप में मैंने कार्य शुरू किया। मेरे नेतृत्व में महाराष्ट्र सरकार ने सामाजिक–राजनीतिक परिवर्तनों को गति प्रदान करने के लिए अनेक निर्णायक कदम उठाए। यहाँ तक कि जब प्रधानमंत्री इन्दिरा गांधी ने 1980 में हमारी सरकार को भंग कर दिया, इसके बावजूद विधान सभा चुनाव में हमारी पार्टी ने 54 सीटों पर विजय पाई। इसके बाद लोक सभा चुनाव में इन्दिरा गांधी की पार्टी को पूर्ण बहुमत से भी अधिक सीटों पर विजय मिलने से मेरी पार्टी के पाँच–छह विधायकों के अतिरिक्त सबने मेरा साथ छोड़ दिया। मेरे पथ–प्रदर्शक यशवन्तराव चव्हाण द्वारा कांग्रेस में पुनः शामिल होने से लोगों ने सोचा कि मैं भी कांग्रेस में शामिल हो जाऊँगा, और मेरा राजनीतिक भविष्य अन्धकारमय समझा जाने लगा। परन्तु मैंने पलटवार किया और महाराष्ट्र के विभिन्न सामाजिक तबकों के बीच मैंने पुनः अपना आधार मजबूत किया और जुलाई, 1980 में सम्पन्न विधान सभा चुनावों में अपनी पार्टी के 52 विधायकों सहित विजय हासिल थी।

कांग्रेस (आई) के कुछ वफादार लोगों की इच्छा के विरुद्ध 1986 में राजीव गांधी की अपील पर मैं कांग्रेस (आई) में पुनः शामिल हो गया। 1988 में जब मैंने एस.बी. चव्हाण के स्थान पर महाराष्ट्र के मुख्यमंत्री पद की जिम्मेदारी सँभाली तो एक बार फिर असन्तोष बढ़ने लगा।

1990 में मुझे मुख्यमंत्री पद से हटाने का प्रयास पार्टी के हाईकमांड द्वारा किया गया परन्तु विधायकों का समर्थन न मिलने से केन्द्र सरकार का यह प्रयास असफल हो गया। राजीव गांधी की हत्या के बाद 1991 में मेरा राष्ट्रीय राजनीति में प्रवेश हुआ। मैं रक्षामंत्री नियुक्त हुआ परन्तु 1993 में मुझे पुनः कांग्रेस हाईकमान द्वारा महाराष्ट्र के मुख्यमंत्री पद की जिम्मेदारी उठाने का आदेश मिला। उस वर्ष मुम्बई बम धमाकों और लातूर के भूकम्प से उत्पन्न हुई तबाही की समस्या को हल करने से मेरी प्रतिष्ठा में वृद्धि हुई।

इस प्रकार मेरी विश्वसनीयता और सम्मान को क्षति पहुँचाने के लिए संचालित अभियान के विषय में कोई आश्चर्य नहीं है। इस निन्दा अभियान के संचालक और अग्रदूत गोपीनाथ मुंडे थे जो बाद में भारतीय जनता पार्टी में शामिल हो गए। वह महाराष्ट्र के मुख्यमंत्री बनने के बड़े इच्छुक थे।

जनता दल की नेता मृणाल गोरे ने भी अपने दल-बल के साथ मेरे ऊपर जमीन अधिग्रहण का आरोप लगाया। मीडिया में उनकी अच्छी प्रतिष्ठा थी और इसलिए उन्होंने बगैर जाँच-पड़ताल किए जो भी आरोप लगाए, मीडिया द्वारा उसकी सत्यता जाने बगैर ही उन आरोपियों को छापा गया। अप्रत्यक्ष रूप से अखबार वालों की यह समझ थी कि मेरे खिलाफ लिखे गए समाचार का काफी 'अखबारी महत्त्व' था, इसलिए सनसनीखेज आरोपों को छापने से उनके अखबार को अधिक पाठक पढ़ेंगे, इसलिए वे ऐसे समाचारों को काफी प्रमुखता से छापते थे। वास्तव में मुम्बई से प्रकाशित अखबार *नवकाल* के सम्पादक नीलूभाउ खादिलकर ने मुझसे यह स्वीकारते हुए कहा कि किसी ने भी आरोपों की अन्तर्वस्तु को जानने का प्रयास नहीं किया और साक्ष्यों की भी जरूरत नहीं समझ गई, इसलिए यह खेल चलता रहा, क्योंकि यह सभी के लिए रुचिकर था।

सार्वजनिक जीवन में एक और जोखिम का सामना आपको हर समय करना पड़ता है। आपके विरोधी आपके खिलाफ हमेशा अपनी तलवार पर सान रखते रहते हैं और थोड़ा सा भी अवसर पाते ही आपके खिलाफ झूठ, अर्धसत्य या कभी-कभी बिलकुल आधारहीन और असभ्य बयानों की झड़ी लगा दी जाती है और जनता कभी-कभी ऐसी ही अवधारणाओं के साथ बह जाती है। इसके साथ ही जब मीडिया के लोग बगैर किसी जाँच-पड़ताल के ऐसे वक्तव्यों को प्रचारित करने में परहेज नहीं करते तो भ्रम अधिक मजबूत हो जाते हैं।

महाराष्ट्र का मुख्यमंत्री रहते हुए मेरे खिलाफ दो सबसे अधिक आधारहीन और अभद्र आरोप लगाए गए। पहला आरोप, हितेन्द्र ठाकुर और पप्पू कलानी को संरक्षण प्रदान करना था जिनके खिलाफ अनेक आपराधिक मुकदमे कोर्ट में लम्बित थे। दूसरा आरोप, दाउद इब्राहीम के साथ मेरे सम्बन्धों का था। आइए, इन दोनों आरोपों के बारे में मेरी सफाई पर ध्यान दें।

हितेन्द्र ठाकुर और पप्पू कलानी 1990 में क्रमशः वसाई-विरार और उल्हास नगर विधान सभाओं से कांग्रेस के उम्मीदवार थे। दोनों का इतिहास बेहद विवादपूर्ण था इसलिए चुनाव के दौरान और चुनाव के बाद भी उनको टिकट दिए गए। इस विषय में काफी कहानी गढ़ी गई और मेरे द्वारा उनके चुनाव में प्रचार करने को 'प्रमाण स्वरूप' प्रस्तुत किया गया।

जो लोग कांग्रेस की कार्यशैली से परिचित हैं, वे जानते हैं कि पार्टी की संसदीय समिति द्वारा अधिकृत रूप से उम्मीदवारों का चुनाव होता है, परन्तु अक्सर ही प्रभावशाली स्थानीय नेताओं द्वारा निर्णय प्रभावित होता है या अन्तिम निर्णय उन पर छोड़ दिया जाता है। उदाहरण के लिए जलगाँव जिले में मधुकर राव चौधरी का राज्यादेश चलता है। इसलिए यदि जलगाँव जिले की कांग्रेस इकाई उनके नेतृत्व में स्थानीय उम्मीदवारों की एक सूची भेजेगी तो संसदीय समिति उस पर बगैर विचार किए ही अपनी स्वीकृति प्रदान कर देगी। वसाई-विरार और उल्हास नगर के विधान सभा क्षेत्र थाने जिला के अन्तर्गत हैं जहाँ पर भाउ साहेब वर्तक और तारामनी वर्तक कांग्रेस के स्थापित संरक्षक हैं। हितेन्द्र ठाकुर और पप्पू कलानी के नामों की सिफारिश तारामाई वर्तक ने की थी और पार्टी की कार्यशैली के मुताबिक उनके नामों को तुरन्त स्वीकृति प्रदान कर दी गई। मैं इस मामले में कुछ भी नहीं कर सकता था।

इन दोनों व्यक्तियों को टिकट किस प्रकार मिला, इसका विवरण मैंने आपके सामने प्रस्तुत कर दिया। अब प्रश्न है कि मैंने उनके पक्ष में प्रचार क्यों किया? 1990 के विधान सभा चुनाव में शिवसेना-भाजपा ने हमारे (कांग्रेस के) समक्ष कड़ी चुनौती पेश की थी। महाराष्ट्र का मुख्यमंत्री होने के कारण मैं राज्य में चुनाव अभियान का प्रभारी भी था। मैंने पूरे महाराष्ट्र में चुनाव अभियान संचालित किया और चारों तरफ चुनाव सभाओं को सम्बोधित किया। इसी क्रम में मैंने वासी-विरार और उल्हास नगर की सभाओं को भी सम्बोधित किया। चुनाव अभियान का प्रभारी होने के कारण यह सभाएँ सम्बोधित करना मेरी जिम्मेदारी और कर्तव्य था। इस प्रकार मैंने उनके पक्ष में कोई विशेष कार्य नहीं किया।

इसके अतिरिक्त उसी दशक में मेरे खिलाफ एक बिलकुल निराधार आरोप अंडर वर्ल्ड डान दाउद इब्राहिम के साथ 'सम्बन्धों' का था। दाउद इब्राहिम का सम्बन्ध 1993 के बम धमाकों से था जिसमें 257 लोगों को जान गँवाना पड़ी थी। दाउद उस केस में अभियुक्त था। वह लगभग 20 वर्षों से फरार था और समय-समय पर असामाजिक और राष्ट्रविरोधी गतिविधियों में उसके संलिप्त होने की बात भारत में उठती रहती थी। यह विषय जुलाई, 2015 में तब तेजी से सामने आया जब वरिष्ठ अधिवक्ता राम जेठमलानी ने मीडिया के समक्ष कहा कि दाउद इब्राहिम कुछ शर्तों पर आत्मसमर्पण करने

को तैयार था परन्तु मैंने (शरद पवार) उसके प्रस्ताव को ठुकरा दिया। यह बहुत संवेदनशील विषय था इसलिए मीडिया तुरन्त मेरी प्रतिक्रिया जानने को उत्सुक था जबकि मेरे राजनीतिक विरोधियों ने तुरन्त इस विषय को झपट लिया और दावा करने लगे कि दाउद को भारत लाने का 'सुनहरा अवसर' हाथ से निकल गया। मैं यहाँ पर सम्पूर्ण स्थिति स्पष्ट करना चाहता हूँ।

यह सही है कि मैं जब महाराष्ट्र का मुख्यमंत्री था, उस समय जेठमलानी, दाउद इब्राहिम का प्रस्ताव लेकर मुझसे मिले। उन्होंने कहा कि दाउद ने अपना 'प्रस्ताव' रखते हुए मुझे लन्दन से फोन किया। उनके अनुसार दाउद इब्राहिम भारत में आत्मसमर्पण करने और मुकदमे की कार्यवाही में उपस्थित होने के लिए तैयार था। दाउद ने दावा किया कि मुम्बई बम विस्फोट में उसका कोई सम्बन्ध नहीं है। उसके द्वारा आत्मसमर्पण के लिए पेश की गई शर्तें ही उसके समर्पण में बाधा थीं। वह जेल में बन्दी की तरह न रहकर घर में नजरबन्द रहना चाहता था। उसे आशंका थी कि पुलिस हिरासत में उसको कठोर यातनाएँ दी जाएँगी और इसीलिए वह घर में नजरबन्द रखने की शर्त पेश कर रहा था।

मैंने जेठमलानी जी से पूछा कि आपने यह कैसे निश्चित किया कि फोन पर बात करनेवाला व्यक्ति दाउद इब्राहिम ही था? इस बात में शंका की पूरी गुंजाइश थी। एक अपराधी द्वारा समर्पण की शर्तें पेश करना और सरकार द्वारा उसे दब्बूपन से स्वीकारना वास्तव में बिलकुल मूर्खतापूर्ण बात है। मुम्बई बम विस्फोट की साजिश में तथा इस दानवीय परिघटना को अंजाम देने में वह अपराधी शामिल था। इस कांड में 257 निर्दोष नागरिकों की हत्या का आरोप उसके सिर पर था। ऐसी स्थिति में मेरे समक्ष यह प्रस्ताव आया था। मैंने जेठमलानी से कहा, मैं पुलिस अधिकारियों और सरकार के अन्य सम्बन्धित व्यक्तियों से परामर्श करूँगा और इसके बाद ही मैं किसी निर्णय पर पहुँच सकता हूँ।

मुम्बई के वरिष्ठ पुलिस अधिकारियों ने बताया कि दाउद बम विस्फोट कांड का प्रमुख आरोपी है और उसके खिलाफ वारंट जारी किया जा चुका है। इंटरपोल ने भी एक रेड कॉर्नर नोटिस जारी किया है। यदि वह भारत में आता है तो कानून के अनुसार उसे गिरफ्तार करना ही होगा। उन्होंने आश्चर्य व्यक्त करते हुए कहा, 'ऐसी परिस्थिति में हम अपने अधिकारियों

से उसे गिरफ्तार न करने की बात कैसे कर सकते हैं?' इसके बाद मैंने प्रधानमंत्री नरसिम्हा राव से इस विषय में बात की। वह भी मेरे विचार से पूर्णत: सहमत थे।

दाउद द्वारा प्रस्तुत की गई शर्तों के विरुद्ध ऊपर से नीचे तक सभी पदाधिकारी सहमत थे। इसलिए इस विषय में आगे कोई बातचीत नहीं की गई। इतने वर्षों बाद जेठमलानी द्वारा इस विषय को उद्घाटित करना मुझे एक सार्वजनिक कलाबाजी से अधिक कुछ नहीं लगता।

यह सर्वविदित है कि मुम्बई में एक के बाद एक बम धमाकों का उद्देश्य साम्प्रदायिक दंगा फैलाना था। परन्तु मैंने तेजी से पहल की और परिस्थिति पर कठोर नियंत्रण कायम किया। मुम्बई में कोई साम्प्रदायिक दंगा नहीं हुआ और विस्फोटों के 48 घंटे बाद ही मुम्बई में सामान्य स्थिति बहाल हो गई।

मुम्बई बम धमाकों के कुछ दिन पश्चात् मेरे पास प्रधानमंत्री राव का फोन आया। उन्होंने सुझाव दिया कि 'आप शीघ्र ही अपनी सुरक्षा कड़ी कर दें और गुप्तचर विभाग का एक वरिष्ठ अधिकारी आपसे शीघ्र सम्पर्क करेगा और कुछ महत्त्वपूर्ण सूचनाओं की जानकारी देगा।' जब हमारी भेंट उस अधिकारी से हुई तो उसने मुझे एक टेप सुनाया जिसमें पाकिस्तानी सेना के एक वरिष्ठ अधिकारी और मुम्बई के एक व्यक्ति के बीच बम विस्फोटों के बाद की बातचीत रिकॉर्ड की गई थी।

मुम्बई में अपने आदमी से बात करते हुए पाकिस्तानी सेना के अधिकारी ने कहा, 'हमने तुमको बड़ी राशि (फंड) दिया। मैंने तुम्हारे लड़कों को प्रशिक्षण दिया। योजना के अनुसार बम विस्फोट भी हुए परन्तु मुझे खबर मिल रही है कि मुम्बई पूर्णत: शान्त और सामान्य है। वहाँ का जनजीवन सामान्य रूप से चल रहा है। हम जो चाहते थे, वैसा कुछ भी नहीं हुआ।'

मुम्बई वाले व्यक्ति ने उत्तर दिया, 'जब योजना बनाई गई थी तब वह ब...डी शरद पवार मुख्यमंत्री नहीं था। यह पिछले सप्ताह ही मुख्यमंत्री बना है। उसकी प्रशासनिक क्षमता बहुत शानदार है। यदि यह व्यक्ति इस पद पर न होता तो वैसा ही होता, जैसी योजना थी।'

पाकिस्तानी अधिकारी ने आदेश दिया, 'तब उसका सफाया करो।'

इस रिकॉर्डिंग को सुनकर मुझे ज्ञात हुआ कि मैं पाकिस्तानी षड्यंत्रकारियों के निशाने पर हूँ।

एक बम विस्फोट वर्ली में पासपोर्ट कार्यालय के पास हुआ था। विस्फोट के तुरन्त बाद पुलिस ने पास में खड़ी एक मारुति वैन पर सन्देह किया। मारुति वैन में प्राप्त डायरी से याकूब मेनन के इस साजिश में शामिल होने की कोई खास जानकारी नहीं मिली। पुलिस ने उसके घर पर छापा मारा और वहाँ से आर.डी.एक्स. का स्टॉक बरामद किया। इस मारुति वैन से प्राप्त अन्य दस्तावेजों के आधार पर पुलिस ने कई स्थानों पर छापा मारा। इस छापेमारी में सात पासपोर्ट बरामद हुए। पुलिस ने इन पासपोर्ट वाले व्यक्तियों का पीछा किया और उनको गिरफ्तार कर लिया। पासपोर्ट में काफी चौंकानेवाली सूचनाएँ दर्ज थीं। इनमें निम्न प्रकार की मुहरें लगी थीं—मुम्बई से रवानगी, दुबई से आगमन (पाँच सप्ताह बाद)। इन पाँच हफ्तों तक ये लोग कहाँ थे? वह कौन देश था जिसने उनको इस बीच आने और जाने का अवसर दिया और मुहरें नहीं लगाईं? मुझे थोड़ा शक था कि वह देश पाकिस्तान हो सकता है। परन्तु स्पष्ट रूप से इसे चिह्नित करने के लिए मुझे और साक्ष्यों की आवश्यकता थी। इसलिए हम लोगों ने इन तारीखों के सत्यापन के लिए एक टीम दुबई भेजी। इस टीम ने उन दिनों के बीच फ्लाइट नम्बर, तारीखें और दुबई तथा पाकिस्तान के बीच यात्रा करनेवाले यात्रियों का विवरण एकत्र किया। इस लिस्ट में 19 लोगों के नाम मिले जिसमें से 17 लोग सरकारी हिरासत में थे जिन्होंने पासपोर्ट पर उचित मुहर और निशान के बगैर पाकिस्तान और दुबई के बीच यात्रा की थी।

इस सब घटना के बाद कांग्रेस पार्टी के सूरजकुंड अधिवेशन में मैंने यह सारे तथ्य व सूचनाएँ सबके समक्ष प्रस्तुत कर दीं। दूसरे ही दिन पाकिस्तानी हाई कमीशन ने एक प्रेसवार्ता बुलाई और मेरे द्वारा उद्घाटित तथ्यों को अस्वीकार करते हुए और निराधार, असभ्यतापूर्ण आरोप गढ़ते हुए कहा, 'महाराष्ट्र के मुख्यमंत्री के अंडरवर्ल्ड से सम्बन्ध हैं और उन्होंने (पवार ने) स्वयं ही यह सब योजना बनाई है!' यह स्पष्ट था कि पाकिस्तानी हाई कमीशन से ऐसा ही उत्तर प्राप्ता होगा क्योंकि मैंने प्रमाणित साक्ष्यों के साथ उनके देश को इस घटना के लिए कठघरे में खड़ा किया था। दुर्भाग्य से मेरे स्थानीय राजनीतिक विरोधियों ने पाकिस्तानी हाई कमीशन के इस बयान का सहारा लेकर जोरदार ढंग से मेरे खिलाफ अन्धाधुन्ध बयानबाजी शुरू कर दी।

हिन्दी के अखबार 'नवभारत टाइम्स' का एक संवाददाता लगभग उसी समय दाउद इब्राहिम के भाई इब्राहिम कसकर से साक्षात्कार लेने दुबई गया। पाकिस्तानी हाई कमीशन द्वारा मेरे अंडर वर्ल्ड से सम्बन्धों के बारे में कसकर से पूछा, 'क्या आप शरद पवार को जानते हैं?' उसने उत्तर दिया, 'हम मुम्बई में पैदा हुए हैं। शरद पवार महाराष्ट्र के मुख्यमंत्री हैं। उनको कौन नहीं जानता?' (जो नहीं जानते हैं, उनकी जानकारी के लिए बताता हूँ कि दाउद इब्राहिम के पिता महाराष्ट्र पुलिस में एक सिपाही थे) फिर कसकर ने दोहराते हुए कहा, 'उनको (शरद पवार को) कौन नहीं जानता?' बस इतनी-सी बात मेरे निन्दकों के लिए तूफान खड़ा करने को काफी थी। मुम्बई से भाजपा के सांसद राम नाइक ने एक कदम और आगे बढ़कर संसद में यह प्रश्न उठाया। उनकी इस गतिविधि ने आग में घी का काम किया।

इसके बाद महाराष्ट्र में कांग्रेसियों का एक गुट मेरे खिलाफ खुले रूप से विरोध करने लगा और इस प्रकार मेरे खिलाफ रची गई शाजिश के बादल घने होने लगे। इस सम्पूर्ण शाजिशाना कार्यवाही में सुधाकर राव नाइक भी थे जो हमारे महाराष्ट्र के मुख्यमंत्री बने। बाद में फिर एक समय सुधाकर राव ने मुझसे स्पष्ट रूप से यह स्वीकार किया कि मेरे खिलाफ हो रही कार्यवाहियों को दिल्ली के उच्च नेतृत्व से शह मिल रही थी। मुझे यह सब भली प्रकार मालूम था। परन्तु मैं समझता था कि कांग्रेस का परम्परागत केन्द्र 'प्रथम परिवार' ही है और सारी शक्ति इसी के आसपास सिमटी रहती है। इसलिए पार्टी अध्यक्ष और प्रधानमंत्री सब इस परिवार के इर्द-गिर्द ही होते हैं। जब वहीं से मेरे खिलाफ अनेक बातें चलाई जा रही थीं तो फिर पार्टी हाईकमान से हम किस प्रकार के 'न्याय' की आशा कर सकते हैं?

दूसरी बात यह थी कि मैं बहुत ही धैर्य के साथ अपने खिलाफ संचालित आरोपों पर प्रतिक्रिया देना या विरोध करना अपने सम्मान के खिलाफ समझता था। मैं स्वयं को अपने विरोधियों के स्तर तक गिराना नहीं चाहता था इसलिए मैं गम्भीरता से इसे देखता-समझता और अपना कार्य आगे बढ़ाता रहता।

अध्याय : सत्रह

लवासा और पवन मिलें

मेरे मित्र कहते हैं कि मैं बहुत धैर्यवान श्रोता हूँ और दिल खोलकर प्रशंसा करता हूँ। मुझे लोगों की बातें सुनने में बड़ा आनन्द आता है। मैं उनके द्वारा अपने पेशे के बारे में सोचने, उनके रहने के बारे में और जिन्दगी में नए-नए प्रयोग करने से बहुत प्रसन्न होता हूँ। मैंने वर्षों पूर्व जिस आदत को विकसित किया है, वह मुझे हमेशा दिमागी रूप से सचेत और तरोताजा रखती है।

इसी प्रकार देश के अन्दर या विदेश के टूर पर जाने से भी मुझे बहुत से अनुभव और शिक्षा मिलती है। ब्राजील की अपनी यात्रा के दौरान मुझे चीनी के क्षेत्र में आधुनिक शोधों की जानकारी मिली। जब मैं विश्व बैंक के लोगों से मिलता हूँ तो मुझे विश्व-भर के आर्थिक अध्ययनों के विषय में जानकारी मिलती है। ब्रिटेन में जाकर मैं हाउस ऑफ कामन्स की बहसों को सुनने का आनन्द लेता हूँ और बाकी समय मैं वहाँ के पुस्तकालय में बिताता हूँ।

1980 के दशक में जब मैंने ब्रिटेन का दौरा किया तो मेरे एक मित्र ने झील के शहर (लेक डिस्ट्रिक्ट) के बारे में बताया। उत्तर-पश्चिम इंग्लैंड में यह 2000 वर्ग किलोमीटर का इलाका झील, पहाड़ और जंगलों से आच्छादित है। यह इलाका विश्व-भर में छुट्टियों के दिन बिताने के लिए प्रसिद्ध है। इस क्षेत्र की सम्बद्धता 19वीं सदी के प्रसिद्ध इंग्लिश लेखकों जैसे विलियम वर्ड्स वर्थ, थॉमस अरनाल्ड और जान रस्किन से है तो यह बेहद सुरम्य दर्शनीय स्थल भी है। यह स्थान मनुष्यों की बस्तियों, जंगली जानवरों, फार्मिंग और वन्य उपज—सब एक साथ एक-दूसरे के हितों के लिए कैसे स्थापित है, इसका जीता-जागता उदाहरण है।

पर्यटन यहाँ की अर्थव्यवस्था का मुख्य सम्बल है। यहाँ पर प्रतिवर्ष दुनिया–भर से लगभग 16 मिलियन लोग आते हैं। अपनी यात्रा के दौरान मुझे यहाँ पर सम्पूर्ण भूभाग को बहुत ही सन्तुलित तरह से प्रयोग करने के तरीके ने सर्वाधिक प्रभावित किया। यहाँ पर विशाल वनों के नीचे कृषि भूमि है, डेरी फार्मिंग और भेड़ पालन की भी सुविधा है। रेल और सड़क से यह क्षेत्र सीधा जुड़ा हुआ है; यहाँ पर शानदार होटल और रेस्टोरेंट हैं। इन होटलों में आपको भोजन के लिए अनेक प्रकार के व्यंजन उपलब्ध हैं।

इसके साथ ही साथ 'बिस्तर और नाश्ता', दोनों प्राप्त होनेवाले घर भी मौजूद हैं। इन मकानों पर 'बेड एंड ब्रेकफास्ट' का बोर्ड लगा मिलेगा। यहाँ पर विभिन्न प्रकार के पर्यटकों को आकर्षित करनेवाले मनोरंजन पार्क और प्रभावशाली एजूकेशन कॉम्प्लेक्स भी हैं।

मैं जब इस झील वाले शहर (लेक डिस्ट्रिक्ट) के वैभव को निहार रहा था, उस समय महाराष्ट्र के सहयाद्री रेंज का दृश्य हमारे दिमाग में कौंध रहा था। भारत के लगभग सभी पर्यटन स्थल दशकों पूर्व ब्रिटिशों द्वारा विकसित किए गए थे। भारत की स्वतंत्रता के बाद हम लोगों ने शायद ही इस दिशा में कोई नया काम किया है। महाराष्ट्र के उत्तरी छोर नासिक से लेकर दक्षिणी छोर, कोल्हापुर तक बाँधों की एक लम्बी शृंखला है। इसमें कुकाड़ी, चासकमन, मुलशी, बारसगाँव, पनशेत, भाटघर, नीरा–देवधर, धूम, कोयना, नीलवांडे, वारणा और राधानगरी जैसी कुछ जगहों के नाम उल्लेखनीय हैं। इसके अतिरिक्त इस पूरी शृंखला में बड़ी संख्या में झीलें और तालाब भी हैं। मैंने अनुभव किया कि यदि कल्पनाशीलता के साथ इस पूरे क्षेत्र को विकसित किया जाए तो इस सम्पूर्ण क्षेत्र में पर्यटन के द्वारा बड़ी मात्रा में राजस्व एकत्र किया जा सकता है। इस सम्पूर्ण योजना के लिए पुणे जिला पर एक निगाह डाली जा सकती है और यहाँ से कार्य प्रारम्भ किया जा सकता है।

पुणे से 40 किलोमीटर पश्चिम में बारसगाँव बाँध है। 1970 के दशक में जब इस बाँध का निर्माण प्रारम्भ हुआ तो यहाँ के निवासियों को व प्रभावित गाँव के लोगों को बारामती और पुणे जिले की दौंड तहसील के विभिन्न इलाकों में स्थानान्तरित कर दिया गया। कुछ लोगों ने पहाड़ी में ऊपर की ओर जाना और वहाँ की ढलुआ जमीन पर खेती करना तथा घर बनाकर रहना स्वीकार किया। परन्तु सरकार द्वारा इन लोगों की जमीन अधिगृहीत करना

और उनको मुआवजा दे देना एक अव्यावहारिक प्रस्ताव था। यहाँ पर एक नया हिल स्टेशन विकसित करने का विचार उत्तम विचार था। सर्वप्रथम यहाँ पर प्रचुर मात्रा में पानी उपलब्ध था और दूसरा यह कि भूमि अधिग्रहण में कोई समस्या नहीं थी। मुख्यमंत्री के रूप में मैंने प्रशासन से बरसगाँव और समीप के जिले सतारा में महाबलेश्वर को हिल स्टेशन के रूप में विकसित करने की संभावनाओं को तलाशने को कहा।

इस क्षेत्र में चार विधायकों और दो सरकारी सचिवों की एक कमेटी को लेक डिस्ट्रिक्ट का दौरा करने और रिपोर्ट प्रस्तुत करने को कहा गया। राज्य के मंत्रिमंडल ने रिपोर्ट को स्वीकृति प्रदान की परन्तु यहाँ हिल स्टेशन विकसित करना सरकार की क्षमता से बाहर होता जा रहा था। अध्ययन करने से पता चला कि 'यशोमाला डेवलपर्स' नाम की एक कम्पनी ने बरसगाँव के समीप करीब 5000–6000 एकड़ भूमि खरीदी थी। मैंने उस डेवलेपर कम्पनी को बातचीत के लिए बुलावा भेजा और उनसे इस जिले में एक समग्र 'लेक डिस्ट्रिक्ट' विकसित करने का सुझाव पेश किया।

इस विशाल योजना को कार्यान्वित कर पाने में उन्होंने असमर्थता व्यक्त की। इसी समय मुझे अपने मित्र अजीत गुलाबचन्द का नाम याद आया। अजीत के पास ऐसे प्रोजेक्ट के बारे में दृष्टि भी थी और संचालित करने की क्षमता भी। वह सम्पन्न और जागरूक परिवार से था और वालचन्द इंडस्ट्रीज का मालिक भी था। उसके बाबा वालचन्द हीराचन्द ने शोलापुर में एक छोटे कपड़ा व्यापारी के रूप में काम प्रारम्भ किया था परन्तु कठिन परिश्रम और कार्यकुशलता के द्वारा वह आज भारत के अग्रणी उद्योगपतियों में से एक थे। अजीत की अपनी 'हिन्दुस्तान कंस्ट्रक्शंस' कम्पनी भारत में निर्माण क्षेत्र की दूसरे नम्बर की कम्पनी थी।

हमने अजीत से इस विषय में बात की और हम दोनों इस क्षेत्र को समझने की दृष्टि से बरसगाँव और इसके आसपास के इलाके में मोटरगाड़ी से घूमे। मैंने उसे सुझाव दिया कि वह 6000 एकड़ भूमि 'यशोमाला डेवलपर्स' से खरीद ले और आगे बढ़े। इस क्षेत्र का गहन अध्ययन करने के बाद उसने कहा कि वह हिल स्टेशन विकसित करने के विचार से उत्साहित है। उसने 'यशोमाला डेवलपर्स' की 6000 भूमि के अतिरिक्त उसी के आसपास 4000 एकड़ और भूमि खरीद ली।

वास्तव में इस क्षेत्र के बहुत-से लोगों ने स्वयं ही अजीत से सम्पर्क कर अपनी भूमि बेचने की इच्छा जाहिर की थी। अजीत ने विश्व के तमाम देशों से प्रसिद्ध वास्तुकारों और योजनाकारों को ऐसा हिल स्टेशन डिजाइन करने को कहा जो तीन लाख लोगों को काम में लगा सके और कम से कम 20-25 लाख पर्यटकों को पर्यजन का अवसर भी प्रदान कर सके। इस क्षेत्र में करीब 25,000 लोगों के लिए निर्माण-कार्य पूरा हो चुका है। इसके अतिरिक्त अल्प आय ग्रुप, मध्यम आय ग्रुप और उच्च आय ग्रुप के मकान, अनेक विश्व प्रसिद्ध शिक्षा संस्थाएँ, जैसे इकोले हॉटलीयर, लउसाने क्रिस्ट यूनिवर्सिटी और इडूकॉम एंड क्रिस्टल हाउस स्कूल फॉर इकॉनोमिकली डिसएडवांटेज पीपुल ने कॉम्प्लेक्स में अपने केन्द्र स्थापित कर दिये हैं। सप्ताहान्त और छुट्टियों के दिनों में लगभग 15,000 से 30,000 टूरिस्ट लवासा आते हैं। इस क्षेत्र में आर्थिक गतिविधियाँ तथा लेन-देन की प्रक्रिया पहले से ही है। आज जब देश में 'स्मार्ट सिटी' विकसित करने की अवधारणा को मान्यता मिल गई है तब यह जानना बहुत रुचिकर है कि वर्षों पूर्व लवासा प्रोजेक्ट के आरम्भिक काल में ही यह विचार तेजी से हम लोगों के सामने आया था।

देश में प्रारम्भ की जानेवाली अन्य विकास की योजनाओं की ही तरह इस योजना की भी चारों तरफ से आलोचना हुई। योजना के आलोचकों में अन्ना हजारे और मेधा पाटकर भी थे। उन्होंने आरोप लगाया कि आदिवासियों को धोखा देकर बड़े स्तर पर भूमि अधिग्रहण किया गया है। इसके विपरीत सच्चाई यह है कि खरीदी गई अधिकांश भूमि किसान समुदाय की है। इन किसानों में से अधिकांश विस्थापित हो गए थे और अन्य जगहों में जाकर बस गए थे। अजीत गुलाबचन्द मेरा पुराना मित्र था इसलिए मेरे द्वारा उसे वित्तीय सहायता प्रदान करने का आरोप भी लगाया गया। मेरे पास लवासा की एक इंच भूमि भी नहीं है। लवासा के विकास में प्रयुक्त समस्त भूमि का 3 प्रतिशत महाराष्ट्र सरकार से लिया गया है। इस भूमि को पानी एकत्र करने के लिए प्रयोग किया जाता है। इस पानी का प्रयोग यहाँ के विभिन्न स्थलों के लिए होता है।

इस प्रोजेक्ट के प्रमोटरों ने सार्वजनिक रूप से यह आश्वासन दिया है कि यदि कभी पुणे शहर को आपात स्थिति में पानी की आवश्यकता पड़े तो वे इस परिसर से पानी लेने में कोई बाधा नहीं उत्पन्न करेंगे। यहाँ पर

पर्यावरण की रक्षा के लिए पौधों और वृक्षारोपण का जो कार्य हुआ है, उसे कोई भी आसानी से देख–समझ सकता है। यहाँ की हरियाली की सैटेलाइट से खींची गई फोटो जब न्यायालय के समक्ष प्रस्तुत की गई तो न्यायालय ने भी समुचित दिशा–निर्देश प्रदान किए। यह आश्चर्यजनक नहीं है कि जब लोगों ने स्वयं लवासा आना–जाना प्रारम्भ किया और बड़ी संख्या में लोगों ने लवासा के विकास को स्वयं देखा तब धीरे–धीरे इसका विरोध शान्त होने लगा। इसके बावजूद चुनाव के दौरान हमारे विरोधियों द्वारा मेरी छवि धूमिल करने के प्रयासों में इस प्रोजेक्ट को एक औजार के रूप में प्रयोग किया गया।

यू.पी.ए.–1 और यू.पी.ए.–2, दोनों समय की केन्द्र सरकार ने और तत्कालीन पर्यावरण मंत्री जयन्ती नटराजन और जयराम रमेश ने भी इस प्रोजेक्ट में बाधाएँ उत्पन्न कीं परन्तु जब अजीत गुलाबचन्द ने प्रधानमंत्री मनमोहन सिंह के समक्ष सम्पूर्ण प्रोजेक्ट का प्रेजेंटेशन किया तो वे पूर्णतः सन्तुष्ट थे। उन्होंने देश में इस प्रकार के और प्रोजेक्टों को विकसित करने की आवश्यकता पर बल दिया। गुजरात के मुख्यमंत्री पद की जिम्मेदारी सँभालते हुए जब नरेन्द्र मोदी ने लवासा का दौरा किया तब उन्होंने अजीत गुलाबचन्द को गुजरात में डोलेरा स्थान पर ऐसा ही हिल स्टेशन विकसित करने का निमंत्रण दिया।

हमें यह समझने की आवश्यकता है कि पर्यटन आज विश्व–भर में राजस्व का एक बड़ा स्रोत हो गया है। दूसरे देशों की तुलना में भारत इस क्षेत्र में काफी पीछे है। भारत की जीडीपी में पर्यटन से प्राप्त राजस्व का मात्र 6.6 प्रतिशत है और देश के कुल रोजगार का 7.7 प्रतिशत रोजगार इस सेक्टर में है। भारत में पर्यटन को विकसित करने की अपार सम्भावनाएँ हैं और यदि प्रयास हो तो 2025 तक यह विश्व के तेजी से विकसित हो रहे पाँच पर्यटन केन्द्र वाले देशों में अपना स्थान बना सकता है। वर्तमान में विश्व पर्यटन वाले देशों की सूची में भारत 65वें स्थान पर है।

यदि हम इस भारी अन्तराल को भरना चाहते हैं तो हम लोगों को अपनी परम्परागत सोच को बदलना होगा और हर एक नई और दृढ़ सोच का विरोध करना छोड़ना होगा। मैं नए सुनियोजित शहरों को स्थापित करने में दृढ़ विश्वास रखता हूँ। मेरा विश्वास है कि केवल महाराष्ट्र में ही लवासा जैसे कम से कम बीस शहरों को विकसित किया जा सकता है। मेरे इस वक्तव्य

ने चुनाव के दौरान तीखी राजनीतिक बहस को जन्म दिया। हालाँकि यह मेरा खूब अच्छी तरह सोचा हुआ दृढ़ विचार है और मैं इसे बार-बार विभिन्न फोरमों में दोहराना उचित नहीं समझता हूँ। जो नेता विकास की राजनीति में विश्वास रखते हैं, उनको समय-समय पर अपने विचारों को अभिव्यक्त करने की आदत बना लेनी चाहिए। लोक-लुभावन नारों को ही दुलराना और उनको ही गले से लगाना हमें कहीं का नहीं छोड़ेगा।

जब तक आप खुला दिमाग नहीं रखते और अच्छे उपायों को लागू करने के लिए पुराने चिन्तन की सीमा से बाहर नहीं निकलते तब तक विभिन्न मुद्दों पर छलाँग लगाना काफी कठिन हो जाता है। आइए, हम एक और घटना को याद करते हैं!

अपने मुख्यमंत्रित्व काल में मैंने दक्षिण महाराष्ट्र में सतारा जिले का भ्रमण किया। मेरे दोस्त विक्रम सिंह पाटनकर का एक बहुत सुन्दर मकान पाटन गाँव में है। वह स्थान कोयना बाँध से घिरी पहाड़ियों में एक सुरम्य स्थान है। विक्रम सिंह के चाचा ने करीब 2000 प्रकार की विभिन्न प्रजातियों की चिड़ियों को वहाँ पाल रखा था। वह उनकी पक्षीशाला थी जिसकी देख-भाल वह स्वयं करते थे। वे उन पक्षियों को बेहद प्यार करते। उनके साथ गपशप करना वास्तव में बड़ा आनन्ददायक होता था।

इस बार जब मैं वहाँ रुका तो मैं आँगन में खड़ा था, तभी घर के सामनेवाली पहाड़ी की ओर मेरा ध्यान गया। वह दृश्य अति सम्मोहक था। मैंने विक्रम सिंह से पूछा कि पहाड़ी की चोटी पर क्या है जो इतना आकर्षक है? उसने कहा, 'वहाँ पर कुछ जंगली झाड़ियों और फलदार वृक्षों के अतिरिक्त कुछ नहीं है। पास-पड़ोस के गाँवों के लोग वहाँ जलावन लकड़ी और फल एकत्र करने जाते हैं। हम लोग उनको रोकते नहीं हैं।' मैंने कहा, 'कल हम लोग उधर चलेंगे।' मैंने अपने पायलट से कहा कि वह वहाँ जाए और हेलीकॉप्टर उतारने की जगह देखकर आए।

दूसरे दिन प्रात: हम लोग हेलीकॉप्टर में सवार हो वहाँ गए। वहाँ उतनी ऊँचाई पर हवा बहुत तेज गति से प्रवाहित हो रही थी। अत: पाइलट बड़ी

कठिनाई से हेलीकॉप्टर को रोक पा रहा था। हम दोनों को भी उस पहाड़ी पर खड़े रहने या चलने में अति कठिनाई हो रही थी।

'हम लोगों को वैज्ञानिक तरीके से इस पहाड़ी पर हवा की गति मापनी चाहिए। यह स्थान पवन मिल लगाने के लिए आदर्श स्थान है। तुम इस बारे में क्यों नहीं सोचते हो?' मैंने विक्रम सिंह को सुझाव देते हुए कहा।

उसने जर्मनी की एक प्रतिष्ठित संस्थान से इस स्थान का अध्ययन करवाया। जब उस संस्थान ने पवन मिल (विंड मिल) लगाने की दिशा में हरी झंडी दे दी तो विक्रम ने उस पहाड़ी की चोटी पर दो करोड़ की लागत से चार पवन मिलों की स्थापना की और इससे एक मेगावाट बिजली का उत्पादन किया। परम्परागत तरीके से उत्पादित बिजली की कीमत से इस प्रकार उत्पादित बिजली की कीमत आधी थी। इससे भी अधिक महत्त्वपूर्ण यह है कि वह प्रदूषणरहित 'ग्रीन इनर्जी' थी।

कुछ दिनों बाद मुझे गुजरात जाने का अवसर मिला। वहाँ मेरी भेंट तुलसी ताँती से हुई जो किसी व्यापार या उद्योग में अपना धन निवेश करना चाहते थे। पाटन में पवन मिल की सफलता से उत्साहित मैंने उन्हें पवन मिल के द्वारा बिजली निर्मित करने के व्यापार में निवेश करने की सलाह दी। मैंने पुणे में समुचित स्थान पर उनको कार्यालय स्थापित करने में सहायता की। बाद के वर्षों में इस परिवार ने पाटन-पचग्नि बेल्ट में करीब 200 पवन मिलों की स्थापना की और फिर वह महाराष्ट्र तथा अन्य प्रदेशों में अपना व्यापार बढ़ाते ही रहे।

ताँती परिवार के नेतृत्व में स्थापित सुजलोन कार्पोरेशन आज भारत में एक नम्बर की पवन मिल (विंड मिल) कम्पनी है और इस क्षेत्र में बिजली उत्पादन करनेवाली विश्व में दूसरे नम्बर की कम्पनी है। वर्तमान में आप सांगली, सतारा, कोल्हापुर और अहमद नगर जिलों में तथा पश्चिमी महाराष्ट्र तथा विदर्भ के अनेक पहाड़ी इलाकों में पहाड़ियों की चोटी पर पवन मिल (विंड मिल) लगे देख सकते हैं।

मैंने अपने मित्र राहुल बजाज को विंड मिल प्रोजेक्ट के बारे में बताया और उन्हें दिखाया भी। उन्होंने अपने उद्योगों की बिजली के लिए करीब 50 पवन मिलों की स्थापना की। इस प्रकार उनको राज्य बिजली बोर्ड की तुलना में बहुत सस्ती बिजली प्राप्त हुई। उनके अनुभव से प्रेरणा लेकर अनेक उद्योगपतियों ने भी पवन मिलों की स्थापना की।

प्रौद्योगिकी की प्रगति के साथ-साथ आज चार पवन मिलों से एक मेगावाट बिजली के स्थान पर 2.5 से 3.0 मेगावाट बिजली तक उत्पादित की जा सकती है। बिजली की इस उपलब्धता के कारण आज किसान 500 रु. प्रति एकड़ के स्थान पर 100,000 रु. प्रति एकड़ की उपज उत्पादित कर रहे हैं।

इसमें कोई आश्चर्य की बात नहीं है कि आज पारनेर, पथार्डी, शेगाँव और कवथेमहानकल जैसे सूखाग्रस्त इलाकों के किसान पवन मिल लगाने के लिए अपनी जमीनें देने का प्रस्ताव कर रहे हैं। जब अन्ना हजारे ने अपने गाँव पार्नर में विरोध प्रकट करते हुए कहा कि पहले उनको पवन मिल से किसी भी नकारात्मक प्रभाव न होने के लिए सन्तुष्ट करना होगा तो स्थानीय किसानों ने उनकी आपत्तियों को खारिज कर दिया। उस गाँव में पर्यावरण प्रभावित नहीं हुआ और आज वह गाँव विंड एनर्जी का एक बड़ा केन्द्र बन गया है।

आज पवन मिलों के माध्यम से महाराष्ट्र 300 मेगावाट विंड एनर्जी उत्पादित करता है और यह एशिया में इस क्षेत्र का अग्रणी प्रदेश है। यह इस बात का एक अच्छा उदाहरण है कि जब किसी अच्छे विचार या अवधारणा को सरकार और जनता की इच्छा का सहयोग और समर्थन प्राप्त हो और उसे भली प्रकार कार्यान्वित किया जाए तो उसके परिणाम बहुत अच्छे होते हैं।

अध्याय : अठारह

एनरॉन परिघटना

मुझे अपने लम्बे राजनीतिक जीवन में कई बड़ी-बड़ी बाधाओं का सामना करना पड़ा, एनरॉन पॉवर प्रोजेक्ट उनमें से एक था। महाराष्ट्र के मुख्यमंत्री पद पर अपने दूसरे कार्यकाल में मैंने राज्य के औद्योगिक विकास पर अपनी प्राथमिकता निर्धारित की। इसी दिशा में मैंने अपने कार्यों को केन्द्रित किया। औद्योगिक विकास में बड़ी बाधा बिजली का अभाव था। औद्योगिक इकाइयों को अबाधित बिजली की आपूर्ति किसी भी दृष्टि से एक चुनौतीपूर्ण कार्य था। शहरों के नागरिकों और घरेलू कार्यों के लिए भी बिजली नाकाफी थी। यह एक बड़ी परेशान करनेवाली समस्या थी। एक आम अवधारणा थी कि महाराष्ट्र के पास अतिरिक्त बिजली उपलब्ध है, जोकि गलत थी बिजली के वितरण नेट वर्क में भी पूर्णत: परिवर्तन और सुधार की आवश्यकता थी।

मैं डॉ. अम्बेडकर के विचारों से प्रभावित हूँ। हम सभी डॉ. अम्बेडकर को एक कानूनविद और दलितों के उत्थान के लिए उनकी अग्रदूत की भूमिका के लिए जानते हैं। वह एक उच्चस्तरीय अर्थशास्त्री भी थे। उन्होंने आधारभूत संरचना को विकसित करने पर दृढ़ विचार रखा। उनका विचार था कि देश की आर्थिक प्रगति के लिए पानी, बिजली और सड़क पूर्व शर्त हैं। उन्होंने सेंट्रल इलेक्ट्रीसिटी ऑथोरिटी जैसे मूल आवश्यक संस्थानों को स्थापित करने की पहल की और जोर देकर कहा कि बिजली उत्पादन के लिए विभिन्न स्रोतों का प्रयोग करना सरकार की प्राथमिक जिम्मेदारी है। मैंने संसद के पुस्तकालय से डॉ. अम्बेडकर की जो पुस्तकें प्राप्त की थीं, वे पुस्तकें मेरे लिए इस दिशा में पथ-प्रदर्शक हैं।

इसमें कोई शंका नहीं है कि बिजली उत्पादन के लिए बड़ी पूँजी निवेश करना पूर्व शर्त है। 1990 के दशक में प्रति मेगावाट बिजली उत्पादन की कीमत 4 करोड़ रु. थी। इस प्रकार राज्य द्वारा 500 मेगावाट बिजली उत्पादन के लिए सरकार को 2,000 करोड़ रु. निवेश करना था। महाराष्ट्र सरकार इतनी बड़ी राशि निवेश करने में अक्षम थी।

एक तरफ बिजली का अभाव, दूसरी तरफ निवेश के लिए धनराशि की कमी और फिर प्रदूषणयुक्त (क्लीन एनर्जी) की चुनौती हमारे सामने थी। विश्व-भर में प्रदूषणयुक्त बिजली उत्पादन का शोर मचा था। यह विषय पहले से ही मौजूद अत्यधिक प्रदूषण का ध्यान रखते हुए उठाया जा रहा था। ताप बिजलीघरों की तुलना में हाइड्रो इलेक्ट्रीसिटी का विकल्प अच्छा था। यह तुलनात्मक रूप से प्रदूषणयुक्त और सस्ती बिजली उत्पादन का विकल्प था परन्तु इसमें भी भारी पूँजी निवेश की आवश्यकता थी। इसके साथ ही साथ सीमित पानी को एकत्र करना भी एक बड़ी बाधा थी।

इसके अतिरिक्त प्राकृतिक गैस के प्रयोग वाला पॉवर प्लांट एक और विकल्प था। हमारे देश में प्राकृतिक गैस पूर्णत: केन्द्र सरकार के नियंत्रण में है जो योजना आयोग के साथ विमर्श कर व्यावहारिकता को ध्यान में रखते हुए निर्णय लेती है। प्राकृतिक गैस के स्रोत से लेकर पॉवर प्लांट तक पाइप लाइन को डालना भी एक खर्चीला काम था। इसलिए यह एक सुविचारित नीति है कि जिन प्रान्तों में प्राकृतिक गैस उपलब्ध है, वहीं गैस पॉवर प्लांट स्थापित हो।

भारत में सर्वाधिक प्राकृतिक गैस की उपलब्धता असम और उसके पड़ोसी उत्तर-पूर्व के राज्यों में है। वर्तमान में आन्ध्र प्रदेश में भी प्राकृतिक गैस के भंडारों की जानकारी प्राप्त हुई है। जहाँ तक महाराष्ट्र की बात है, यहाँ बाम्बे हाई में प्राकृतिक गैस का स्रोत है परन्तु वह राज्य की आवश्यकता भी पूरी नहीं कर सकता।

इन सारे पहलुओं पर विचार करने के उपरान्त मैंने विद्युत उत्पादन के लिए राज्य में प्राकृतिक गैस के आयात पर विचार किया। यह सौभाग्य का विषय है कि महाराष्ट्र में 720 किलोमीटर समुद्री किनारा है जो मुम्बई से सिन्धु दुर्ग तक अरब सागर के साथ-साथ फैला हुआ है। इस पूरे लम्बे क्षेत्र में एक उचित स्थान पर गैस आधारित पॉवर प्लांट लगाने की सम्भावना तलाशी जा सकती थी।

दूसरा विचारणीय बिन्दु था कि यदि सरकार द्वारा उत्पादित बिजली की कीमत और निजी कम्पनी द्वारा उत्पादित बिजली की कीमत समान हो तो इस पॉवर सेक्टर में निजी कम्पनी को लगाना ही विवेकपूर्ण था। इस प्रकार सरकार अपने सीमित स्त्रोतों को दूसरे सेक्टर के लिए प्रयोग कर सकती थी। सरकार इन स्त्रोतों को कृषि, शिक्षा, नागरिक सुविधाओं की संरचना और स्वास्थ्य आदि के लिए प्रयोग कर सकती थी। 1990 के दशक में महाराष्ट्र चैम्बर्स ऑफ कॉमर्स को सम्बोधित करते हुए मैंने दृढ़ता से इस बात को कहा था कि सरकार को हर क्षेत्र में अपने संस्थानों को चलाने पर जोर देना चाहिए। यदि निजी संस्थाएँ किसी क्षेत्र में निवेश करने को तैयार हों तो सरकार को उसे छोड़ देना चाहिए।

उससे पूर्व मैंने बाम्बे सब अर्बन इलेक्ट्रिक सप्लाई (अब इसका स्वामित्व एडीए ग्रुप के पास है) को बिजली उत्पादन में निवेश करने की अनुमति दी थी। बहुत पहले ब्रिटिश सरकार ने भी टाटा को पॉवर प्लांट (बिजली उत्पादन) लगाने का निमंत्रण दिया था। ये दोनों प्रयोग सफल रहे। इसलिए मैंने निजी कम्पनी को निवेश का निमंत्रण देने का मार्ग अपनाया।

इस क्षेत्र में विभिन्न निजी निवेशकों से सम्पर्क और अध्ययन करने के लिए एक सरकारी प्रतिनिधि मंडल विदेश भेजा गया। प्रारम्भिक लिस्ट में से चुनी गई कुछ कम्पनियों को महाराष्ट्र में अपना प्रदर्शन (प्रजेंटेशन) देने को कहा गया। अमेरिका की जिन कम्पनियों ने इस क्षेत्र में प्रदर्शन (प्रजेंटेशन) दिया, उनमें एनरॉन कार्पोरेशन भी थी।

इसी बीच मुझे केन्द्र सरकार में रक्षामंत्री का पदभार सँभालना पड़ा और मेरे बाद सुधारक राव नाइक ने महाराष्ट्र के मुख्यमंत्री की जिम्मेदारी सँभाली। मैंने सुधाकर राव से कहा—मैं इस प्रोजेक्ट की आवश्यकता के बारे में पूर्णतः सहमत हूँ परन्तु इस प्रोजेक्ट की जिम्मेदारी देने का निर्णय उनकी सरकार को करना है। दाभोल में एनरॉन प्रोजेक्ट के सम्बन्ध में चार बातें ध्यान देने योग्य हैं। एक यह कि—सरकार को कोई धनराशि निवेश नहीं करनी थी। दूसरा—

पॉवर प्लांट के लिए गैस आयात करना आसान था क्योंकि गैस भंडार को समुद्री किनारे पर ही खोजना था। दाभोल रत्नागिरि जिले में स्थित एक बन्दरगाह टाउन है। तीसरा यह कि—ओमान और कुछ अन्य देश सस्ते दर पर (एक रु. प्रति यूनिट) प्राकृतिक गैस देने को सहमत थे। चौथा यह कि—यह प्रोजेक्ट प्रदूषणमुक्त 'ग्रीन एजर्नी' वाला प्रोजेक्ट था।

एनरॉन के निदेशक रिबेका मार्क और सुखदेव नाइक की सरकार के बीच अनुबन्ध के अनुसार प्रोजेक्ट में काम शुरू हुआ। अनुबन्ध के अनुसार दाभोल पॉवर प्लांट का निर्माण एनरान, जीई एंड बेकटेल के संयुक्त प्रयासों से सम्पन्न होना था। प्रोजेक्ट का प्रबन्धन एनरॉन इंटरनेशनल को करना था।

अभी जब एनरॉन के साथ वार्ता जारी थी, तभी विपक्षी पार्टियों ने महाराष्ट्र में इस मुद्दे का राजनीतीकरण प्रारम्भ कर दिया। विपक्षी पार्टियों ने भारत में विदेशी कम्पनियों के प्रवेश पर आपत्ति प्रकट की और ऐसे तर्कहीन दावे पेश किए कि एनरॉन प्रोजेक्ट ने भारत की राष्ट्रीय सुरक्षा को खतरा उत्पन्न किया है। भ्रष्टाचार के भी आरोप लगे और भाजपा-शिवसेना के संयुक्त मोर्चे ने घोषित कर दिया कि यदि वे सत्ता में आते हैं तो यह अनुबन्ध तोड़ दिया जाएगा। 'हम एनरॉन को अरब सागर में डुबो देंगे,'—ऐसी घोषणाएँ कीं। महाराष्ट्र में 1995 के विधान सभा चुनाव में एनरॉन का मुद्दा एक प्रमुख विषय बन गया।

भगवा ध्वज वालों का मोर्चा विजयी हो गया और मनोहर श्याम जोशी महाराष्ट्र के मुख्यमंत्री पद पर आसीन हुए। इस सरकार ने एनरॉन प्रोजेक्ट को समाप्त किया। यह एक दुखद कदम था क्योंकि अब तक इस प्रोजेक्ट में भारी धनराशि खर्च हो चुकी थी। उस समय महाराष्ट्र को भी बिजली की अति आवश्यकता थी।

मैंने नई सरकार को बार-बार आगाह किया कि केवल राजनीतिक कारणों से इस प्रोजेक्ट को समाप्त नहीं करना चाहिए परन्तु नई सरकार ने मेरी बात पर कोई ध्यान नहीं दिया। आशा के अनुसार एनरॉन कार्पोरेशन ने सरकार के निर्णय के खिलाफ न्यायालय का दरवाजा खटखटाया। कुछ समय तक यह मुद्दा घिसटता रहा। राज्य के कानून विभाग ने एनरॉन को अन्तर्राष्ट्रीय कोर्ट में जाने की अनुमति दे दी। यदि एनरॉन अन्तर्राष्ट्रीय कोर्ट

में अपील करता और महाराष्ट्र सरकार को क्षतिपूर्ति के रूप में भारी राशि देनी पड़ती तो राज्य सरकार भारी वित्तीय संकट में फँस जाती।

मुख्यमंत्री जोशी के नेतृत्व में शिवसेना–भाजपा गठबन्धन सरकार ने अन्त में अपनी तर्कशक्ति का प्रयोग कर उक्त अनुबन्ध के कारणों को खोजा और जोशी ने सार्वजनिक रूप से स्वीकार किया कि चुनाव–पूर्व एनरॉन अनुबन्ध के बारे में लगाए गए भ्रष्टाचार के आरोप गलत तथा राजनीति से प्रेरित थे। उनकी सरकार ने एनरॉन को पुनः प्रोजेक्ट प्रारम्भ करने के लिए निमंत्रण दिया। इस बीच 18 माह का समय व्यतीत हो गया था, परिणामस्वरूप गैस आपूर्तिकर्ताओं ने गैस के मूल्य में वृद्धि कर दी। वे पुराने अनुबन्ध एक रुपए प्रति यूनिट के बजाय पाँच रुपए प्रति यूनिट पर गैस का अनुबन्ध करना चाहते थे। इस बढ़ी हुई दर पर गैस खरीदने का मतलब उपभोक्ता को काफी महँगी बिजली की आपूर्ति करना था। यह एक अव्यावहारिक कदम था। इस प्रकार एनरॉन प्रोजेक्ट ठप्प हो गया।

महाराष्ट्र को एक स्वर्णिम अवसर से हाथ धोना पड़ा और वह कम दर पर प्रदूषणमुक्त 'ग्रीन एनर्जी' प्राप्त करने से वंचित रह गया। ध्यान रहे कि इस प्रोजेक्ट में सरकार को कुछ भी राशि निवेश नहीं करनी थी। इस परिघटना ने राज्य के विकास को काफी प्रभावित किया।

औद्योगिक विकास की दृष्टि से महाराष्ट्र दूसरे राज्यों से आगे था। एनरॉन परिघटना के बाद महाराष्ट्र अपनी यह स्थिति कायम नहीं रख सका। यद्यपि 1990 के दशक में ही भारत उदारीकरण की नीति पर अमल करने लगा था परन्तु एनरॉन अनुबन्ध की असफलता के बाद विश्व में यह सन्देश चला गया कि भारत निवेश के लिए एक अच्छा और सुरक्षित देश नहीं है। सम्पूर्ण रूप से भारत और विशेषकर महाराष्ट्र को व्यक्ति–केन्द्रित, विध्वंसक और मूर्खों की राजनीति के कारण भारी धक्का खाना पड़ा और उनकी छवि धूमिल हुई।

कई वर्ष बाद प्रधानमंत्री मनमोहन सिंह ने मेरे नेतृत्व में इस उलझन से रास्ता निकालने के उद्देश्य से एक कमेटी गठित की। महाराष्ट्र के मुख्यमंत्री भी उस कमेटी के सदस्य थे। एनरॉन कार्पोरेशन से बात करने पर उन्होंने स्पष्ट रूप से कहा कि वह सरकार की ऊल–जलूल कार्यशैली के कारण भारत में कार्य करने में बिलकुल सहमत नहीं है।

इसलिए मेरा सुझाव था कि हम एनरॉन के शेयर खरीद लें। वर्ष 2005 में केन्द्र सरकार ने 70 प्रतिशत और महाराष्ट्र सरकार ने 30 प्रति शेयर खरीदे और इस प्रकार रत्नागिरि गैस एंड पॉवर लि. संस्थान की स्थापना हुई। महाराष्ट्र को द्रुत गति से विकास के लिए जिस प्रोजेक्ट की अति आवश्यकता थी, उसे 1990 के दशक में क्षुद्र और संकीर्ण दृष्टि की राजनीति के कारण त्याग दिया गया। मुझे प्रसन्नता है कि हम लोगों ने इसे पूरा किया और कम से कम कुछ बड़े स्तर पर फिर इसकी व्यवस्था कर सके।

इस दिशा में एक और महत्त्वपूर्ण विकास का उल्लेख अवश्य होना चाहिए। 1993 में जब मैंने महाराष्ट्र के मुख्यमंत्री पद की शपथ ग्रहण की, उसके बाद ही देश की एनर्जी पॉलिसी बनाने के लिए केन्द्र सरकार ने मेरी अध्यक्षता में एक कमेटी का गठन किया। केन्द्रीय वित्तमंत्री मनमोहन सिंह, केन्द्रीय ऊर्जा मंत्री एन.के.पी. साल्वे, पश्चिम बंगाल के मुख्यमंत्री तथा पंजाब, कर्नाटक और असम के मुख्यमंत्री इसके सदस्य थे। गहन अध्ययन के बाद इस कमेटी ने योजना आयोग के समक्ष एक पॉलिसी दस्तावेज प्रस्तुत किया। मुख्यमंत्रियों की कॉन्फ्रेंस में इसकी समीक्षा की गई। इस दस्तावेज की एक प्रमुख सिफारिश एनर्जी सेक्टर में निजी कम्पनियों के प्रवेश को स्वीकृति प्रदान की गई। एनरॉन विवाद के बावजूद इस कमेटी द्वारा तैयार किए गए दस्तावेज को पूरे देश में व्यापक रूप से मान्यता प्राप्त हुई।

अध्याय : उन्नीस

एन.सी.पी. का आविर्भाव

1982 में जब देवीलाल और प्रकाश सिंह बादल ने किसानों की रैली के लिए किसानों को गोलबन्द करने और राष्ट्रीय राजधानी दिल्ली में विशाल रैली आयोजित करने के लिए मुझे निमंत्रित किया, उसी समय पहली बार मेरे दिमाग में राष्ट्रीय राजनीति में हस्तक्षेप करने और दिल्ली की तरफ स्थानान्तरित होने का विचार आया। इसके बाद 1984 में मैं कुछ समय के लिए लोक सभा का सदस्य रहा और फिर कुछ लम्बे समय तक पी.वी. नरसिम्हाराव की सरकार में केन्द्रीय रक्षामंत्री के पद पर कार्यरत रहा। इस पूरे काल में महाराष्ट्र की परिश्रमपूर्ण राजनीति ने मुझे फिर वापस खींच लिया।

1996 में ग्यारहवीं लोक सभा के चुनाव ने मुझे अन्तिम रूप से आगे बढ़ने का अवसर प्रदान किया। जब मैं बारामती से लोक सभा सदस्य के रूप में निर्वाचित हुआ और केन्द्र में त्रिशंकु सरकार की स्थिति बनी, लगभग उसी समय मेरी कार्यवाही प्रारम्भ हो गई। उस समय 161 सीटें प्राप्त कर भाजपा सबसे बड़ी पार्टी के रूप में उभरी। कांग्रेस पार्टी को 140 सीटें मिलीं और मैं उस समय कांग्रेस में ही था। जनता दल को 45 और सीपीआई (एम) को 32 सीटें मिलीं। टीडीपी, एसपी, डीएमके और अन्य पार्टियों को 20 से लेकर एक सीट तक प्राप्त हुई थी। इन सभी पार्टियों ने जनता दल के साथ मिलकर चुनाव के बाद संयुक्त मोर्चा (यूनाइटेड फ्रंट) गठित किया। दो वर्ष तक भारत में पूर्ण अस्थिर राजनीतिक वातावरण बना रहा। अटल बिहारी वाजपेयी, एच.डी. देवेगौड़ा और इन्द्रकुमार गुजराल के नेतृत्व में गठित सरकारों का अल्पावधि में ही अवसान हो गया।

कांग्रेस के 1996 में लोक सभा चुनाव में पराजित होने के बाद नरसिम्हाराव को कांग्रेस के अध्यक्षीय पद से हटना पड़ा। उनके स्थान पर सीताराम केसरी कांग्रेस के अध्यक्ष निर्वाचित हुए। जब 13 दिन तक सरकार में रहकर अटल बिहारी वाजपेयी ने प्रधानमंत्री पद से त्यागपत्र दिया, तो कांग्रेस और वामपंथी पार्टियों ने यूनाइटेड फ्रंट को बाहर से समर्थन दिया और देवेगौड़ा प्रधानमंत्री निर्वाचित हुए। 7 जून, 1996 को देवेगौड़ा ने प्रधानमंत्री पद की शपथ ग्रहण की। इस सरकार की अल्पायु के बारे में लगभग सभी को अनुमान था।

उस समय देवेगौड़ा कर्नाटक में जनता दल के मुख्यमंत्री थे और राष्ट्रीय राजनीति में उनका कोई खास स्थान नहीं था। हालाँकि सीताराम केसरी ने देवेगौड़ा के सत्ताभिषेक में महत्त्वपूर्ण भूमिका निभाई थी परन्तु वह स्वयं भी प्रधानमंत्री पद के महत्त्वाकांक्षी थे इसलिए वे देवेगौड़ा की सरकार के दीर्घजीवी होने के इच्छुक नहीं थे। देवगौड़ा की सरकार गिराने को लेकर केसरी के रुख से कांग्रेस में काफी प्रतिरोध था। कांग्रेस को मालूम था कि देवेगौड़ा की सरकार गिरते ही पार्टी को एक बार फिर शक्ति-परीक्षण से गुजरना होगा और देश में राजनीतिक अस्थिरता की स्थिति बन जाएगी। जो भी हो केसरी अपनी कोशिश में लगे रहे और उनको अपनी योग्यता पर कुछ अधिक ही विश्वास था। कांग्रेस के अन्दर बनी आम सहमति का उल्लंघन करते हुए उन्होंने 11 अप्रैल, 1997 को देवेगौड़ा की सरकार को भंग करवा दिया। उन्होंने पार्टी अध्यक्ष पद का दुरुपयोग करते हुए अकेले ही यह कार्य किया।

कांग्रेस अध्यक्ष केसरी की इस कार्यवाही से पार्टी में तीव्र प्रतिक्रिया उत्पन्न हुई। कांग्रेस के कई सांसद और पार्टी नेता मेरे पास आए और कहा कि जितनी जल्दी सम्भव हो, केसरी को अध्यक्ष पद से हटाकर मैं प्रधानमंत्री पद की दावेदारी पेश करूँ। कांग्रेस सांसद मार्गेट अल्वा और जाफर शरीफ ने भी इस बारे में मुझसे भेंट की। यह पार्टी पदाधिकारी मेरे घनिष्ठ नहीं थे फिर भी उन्होंने मुझे विश्वास दिलाया कि यदि मैं पहल करूँ तो पार्टी का पूरा समर्थन मुझे मिलेगा। उनको पूरा विश्वास था कि राष्ट्रपति के.आर. नारायणन भी ऐसी पहल पर सकारात्मक प्रतिक्रया देंगे। पार्टी के सांसद सदस्यों द्वारा दबाव पैदा करने के बावजूद मैंने मौन रहना ही उचित समझा। पार्टी अध्यक्ष के खिलाफ मेरी दावेदारी पार्टी में विभाजन ही पैदा करती। मेरे ऊपर महाराष्ट्र

के मुख्यमंत्री वसन्तदादा पाटिल के साथ 1978 में 'विश्वासघात' करने का कलंक पहले से ही लगा था इसलिए मैं इस प्रकार का 'कलंक' दुबारा नहीं लगवाना चाहता था। मैंने कोई पहल नहीं की और इन्द्रकुमार गुजराल के पक्ष में दृढ़ता से प्रस्ताव किया। देवेगौड़ा के स्थान पर इन्द्रकुमार गुजराल से संयुक्त मोर्चा सरकार का नेतृत्व करने के लिए कहा गया और कांग्रेस ने फिर संयुक्त मोर्चा सरकार को समर्थन दिया। 21 अप्रैल, 1997 को इंद्रकुमार गुजराल ने प्रधानमंत्री पद की शपथ ग्रहण की।

कांग्रेस अध्यक्ष केसरी की विध्वंसक कार्यशैली के खिलाफ पार्टी में असन्तोष उबल रहा था। जब उन्होंने दोबारा अध्यक्ष पद के लिए चुनाव लड़ना चाहा तो अनेक नेताओं ने उनका विरोध करने की ठान ली। उनके विरोध करनेवालों में मैं भी था। राजेश पायलट और ए.आर. अन्तुले ने भी समर्थन किया परन्तु बाद में अन्तुले ने हमारे पक्ष में अपना वोट दिया। केसरी गुट यह प्रदर्शन कर रहा था कि केसरी को सोनिया गांधी का आशीर्वाद प्राप्त है। चुनाव में तमाम तरह के छल-कपट के बाद केसरी ने अध्यक्ष पद पर विजय हासिल कर ली। हालाँकि मेरा उद्‍देश्य केसरी की कार्यशैली का विरोध करना था, जिसमें मुझे सफलता मिली।

देवेगौड़ा के नेतृत्व में सरकार 10 माह तक चली थी तो गुजराल के नेतृत्व में सरकार अपना एक माह का ही समय पूरा कर सकी! राजीव गांधी की हत्या को उद्‍घाटित करने के लिए जैन कमीशन नियुक्त किया गया था। जैन कमीशन की रिपोर्ट में स्पष्ट किया गया कि छह वर्ष पूर्व राजीव गांधी की हत्या एल.टी.टी.ई. के सदस्यों ने की थी और डी.एम.के. पार्टी श्रीलंका के तमिल लड़ाकों के ग्रुप एल.टी.टी.ई. (लिट्टे) का समर्थन करती थी। डी.एम.के. केन्द्र की संयुक्त मोर्चा सरकार में शामिल थी अत: कांग्रेस ने उसको सरकार से बाहर निकालने की माँग की। जब गुजराल ने डी.एम.के. को सरकार से बाहर करने से इनकार किया तो कांग्रेस ने समर्थन वापस ले लिया और अल्पमत में आई सरकार से गुजराल को त्यागपत्र देना पड़ा। 28 नवम्बर, 1997 को गुजराल ने इस्तीफा दे दिया। इसके बाद सम्पन्न हुए चुनावों में भी किसी पार्टी को बहुमत नहीं प्राप्त हो सका। कांग्रेस ने 141 सीटें प्राप्त कीं, जबकि भजपा ने 169 के स्थान पर 182 सीटों पर विजय हासिल की।

14 मार्च, 1998 को कांग्रेस अध्यक्ष केसरी का स्थान सोनिया गांधी ने ले लिया और बगैर किसी समारोह के केसरी को विदा कर दिया गया। इससे कुछ दिन पूर्व ही ए.के. एंटनी, गुलामनबी आजाद और मैं पार्टी ऑफिस 24 अकबर रोड से 10 जनपथ गए थे और सोनिया गांधी से पार्टी की सत्ता सँभालने की प्रार्थना की थी। पी.सी. अलेक्जेंडर (पूर्व नौकरशाह) ने उस समय एक भूमिका निभाई। उन्होंने मुझसे कहा, 'मैं जानता हूँ कि आप चाहते हैं कि कांग्रेस को वर्तमान संकट से उबारा जाए। परन्तु यह भी स्पष्ट है कि गांधी परिवार के प्रति आपके कुछ प्रश्न भी हैं। ऐसी स्थिति में आपको अपने व्यक्तिगत हितों को छोड़कर सोनिया गांधी के साथ बातचीत करनी चाहिए। 1978 में जब कांग्रेस में विभाजन हुआ, उस समय कांग्रेस के पास इन्दिरा गांधी एक कद्दावर नेता थीं और उन्होंने पार्टी को पुनर्जीवित किया। यह स्पष्ट है कि वर्तमान परिस्थिति में केसरी पार्टी को भली प्रकार संगठित नहीं कर सकते। आपको हिन्दी भाषा-भाषी क्षेत्र उत्तर भारत में समुचित समर्थन प्राप्त करने के लिए कुछ और समय की आवश्यकता है। इस मोड़ पर आपको सोनिया गांधी को अवश्य ही लाना होगा तभी कांग्रेस को बचाया जा सकता है।'

मैं भी तब तक इस निष्कर्ष पर पहुँच चुका था कि अध्यक्ष पद पर केसरी के बने रहने से पार्टी को नुकसान ही होगा। कांग्रेस के अनेक वरिष्ठ नेता भी 10 जनपथ (सोनिया गांधी का निवास) की छत्रच्छाया में अपने को सुरक्षित महसूस करते थे। वास्तव में उनकी निगाह में केवल गांधी परिवार ही कांग्रेस को एकजुट रख सकता था। किसी भी विषय में वे जब गांधी परिवार से संकेत पाते तभी अनिवार्य रूप से तदनुसार कार्य करते थे। इसलिए मैंने यह उचित समझा कि खुले तौर पर केसरी के स्थान पर सोनिया गांधी को ही इस मंच पर स्थापित किया जाए।

हालाँकि मैं उन कुछ लोगों में था जिन्होंने सोनिया गांधी को कांग्रेस अध्यक्ष पद के लिए आमंत्रित किया था परन्तु मेरे और सोनिया गांधी के बीच कोई घनिष्ठता नहीं थी। यही अच्छा था कि हम लोगों के सम्बन्धों में सामंजस्य और सामान्य मित्रता थी। वह पार्टी कार्यों को संचालित करने में दो-तीन लोगों पर पूरा भरोसा करती थीं। 1996 में कांग्रेस ने लोक सभा चुनाव में मेरे प्रान्त महाराष्ट्र की सर्वाधिक सीटों पर विजय हासिल की थी।

इस बात को लेकर पार्टी में कुछ असहज स्थिति थी। इस स्थिति के पीछे यह पृष्ठभूमि भी काम कर रही थी कि 1978 में मैंने इंदिरा गांधी से प्रतिवाद कर महाराष्ट्र में पी.डी.एफ. सरकार का गठन किया था। कुछ लोग इस पृष्ठभूमि को बताकर मेरे और सोनिया गांधी के बीच मतभेद पैदा करने का भी प्रयास कर रहे थे। गांधी परिवार के प्रति कुछ तथाकथित वफादार लोगों ने 1990 में मेरे मंत्रिमंडल से कुछ कांग्रेसियों के विद्रोह करने की घटना का भी जिक्र किया। उस समय मैं ही महाराष्ट्र का मुख्यमंत्री था। यह तथ्यगत है कि अशक्त विद्रोहियों का विरोध राजीव गांधी द्वारा प्रायोजित था, अर्थात् राजीव गांधी भी मुझसे अप्रसन्न थे। इसी प्रकार के तर्क सोनिया गांधी के समक्ष पेश किए जा रहे थे। इन सब बातों का एक वांछित प्रभाव सोनिया गांधी पर पड़ा। सोनिया गांधी ने कुछ कहा नहीं, परन्तु उनके चेहरे पर अविश्वास की झलक साफ दिख रही थी। इसका प्रतिबिम्बन उनकी कार्यवाही और व्यवहार में भी स्पष्ट दिखाई देता। जब कभी सोनिया गांधी और मैंने मिलकर कुछ निर्णय लिया, तो वह ठीक उसके विपरीत व्यवहार करती थीं। यदि मैंने संसद के सदन में पार्टी की ओर से बहस शुरू करने के लिए पी.सी. चाको को चुना तो वह उनके स्थान पर किसी दूसरे को नियुक्त कर देतीं क्योंकि पी.सी. चाको मेरे घनिष्ठ थे। यह दूसरा विषय है कि उन्हीं पी.सी. चाको को दिल्ली में कांग्रेस पार्टी को मजबूत करने की जिम्मेदारी सौंपी गई है। यह स्पष्ट है कि लोगों को उनकी उदीयमान शक्ति और क्षमता की अनुभूति काफी देर से हुई।

सोनिया गांधी कांग्रेस की अध्यक्षा थीं परन्तु वह लोक सभा और राज्य सभा से भी निर्वाचित सांसद नहीं थीं। इसलिए उनके अनुकूल कांग्रेस संसदीय पार्टी (सी.पी.पी.) के संविधान में एक झकझोर देनेवाला संशोधन किया गया। यह संशोधन ही एक गाँठ बन गया। जब मैं मुम्बई में था, उसी समय कांग्रेस संसदीय पार्टी की एक मीटिंग आहूत की गई। उस मीटिंग में ही संविधान में संशोधन किया गया। इससे पूर्व सी.पी.पी. का नेता लोक सभा या राज्य सभा का सदस्य होता था और वह दूसरे सदन के लिए नेता की नियुक्ति करता था/थी। इस संशोधन के द्वारा सी.पी.पी. के नेता को राज्य सभा या लोक सभा का सदस्य होने की शर्त को समाप्त कर दिया गया। यह संशोधन स्पष्ट रूप से सोनिया गांधी का रास्ता साफ करने के लिए था। यदि

इस उद्देश्य में कोई शक था तो वह शीघ्र ही दूर हो गया जब प्रणव मुखर्जी ने सोनिया गांधी का नाम प्रस्तावित किया और शीघ्र ही सभी ने समर्थन कर दिया। इसके बाद सोनिया गांधी ने मुझे लोक सभा का नेता और मनमोहन सिंह को राज्य सभा का नेता नियुक्त कर दिया।

इस निर्णय से मुझे गहरा धक्का लगा था। इससे पूर्व कांग्रेस पार्टी के इतिहास में सी.पी.पी. का प्रमुख हमेशा एक निर्वाचित सांसद ही होता था। मैं लोक सभा का निर्वाचित सदस्य था और इसलिए सी.पी.पी. का प्रमुख होने का स्वाभाविक अधिकार मेरा ही था। मुझे सदन के अन्दर अन्य सांसदों का भी समर्थन प्राप्त था; उसके बावजूद मुझे एक ऐसा व्यक्ति 'नियुक्त' कर रहा था जो खुद सांसद भी नहीं था। यह बेहद दुर्भाग्यपूर्ण परिघटना थी और इससे मेरे और सोनिया गांधी के बीच दूरी बढ़ गई। जब लोक सभा में मेरे द्वारा लिए गए अनेक निर्णयों को नकार दिया गया तब स्थिति और जटिल हो गई। उदाहरणस्वरूप पी.सी. चाको का मामला, जिसका उल्लेख पहले किया जा चुका है। हमारे और सोनिया गांधी के बीच लगभग एक वर्ष से अधिक समय तक तनावपूर्ण स्थिति बनी रही।

इस बीच में भाजपा ने शिवसेना, अकाली दल, समता पार्टी, ए.आई.ए.डी.एम.के. और तृणमूल कांग्रेस को मिलाकर एन.डी.ए. का गठन कर लिया। इसके अतिरिक्त कुछ और पार्टियाँ असम गण परिषद, लोकतांत्रिक जनता दल, हरियाणा लोकदल और नेशनल कॉन्फ्रेंस भी बाद में एन.डी.ए. में शामिल हो गईं। इन सबके सांसदों की संख्या मिलाकर 254 हुईं परन्तु यह संख्या अभी भी लोक सभा में बहुमत नहीं बना सकी। परन्तु तेलगू देशम और कुछ अन्य छोटे दलों द्वारा बाहर से समर्थन प्राप्त होने से अटल बिहारी वाजपेयी के नेतृत्व वाली सरकार ने अपने जीने का सहारा पा लिया।

यह सरकार पूर्णत: अपनी सहयोगी पार्टियों की दया पर जी रही थी इसलिए मुझे इस सरकार के जीवनकाल और इसके बिखराव का पूरा अनुमान था। अप्रैल, 1998 में जब ए.आई.ए.डी.एम.के. पार्टी की सुप्रीमो जयललिता ने प्रधानमंत्री अटल बिहारी वाजपेयी से कुछ माँगें पूरी करने को कहा परन्तु प्रधानमंत्री वाजपेयी ने इनकार कर दिया। फलस्वरूप ए.आई.ए.डी.एम.के. ने सरकार से अपना समर्थन वापस ले लिया। ए.आई.ए.डी.एम.के. के 18 सांसदों द्वारा समर्थन वापस लेने से राष्ट्रपति ने प्रधानमंत्री से लोक सभा में

विश्वास मत हासिल करने को कहा। विश्वास मत को मात्र ध्वनिमत के आधार पर पारित होने का निर्णय स्पीकर ने दिया परन्तु हम लोगों ने मत विभाजन की माँग उठाई। जब स्पीकर ने मत विभाजन होने की बात कही तो संसद के स्टाफ को दरवाजे बन्द करने में कुछ समय लगा। इसी बीच मैंने अवसर पाकर बहुजन समाज पार्टी की सुप्रीमो मायावती से कुछ शब्द कहे। बी.एस.पी. के पाँच लोक सभा सदस्य थे और उनके बारे में सदन में काफी अटकलें लगाई जा रही थीं। जब मतदान समाप्त हुआ तो सबके दिलों में घबराहट थी।

जब इलेक्ट्रॉनिक वोटिंग मशीन ने वोटों की गिनती का प्रदर्शन किया और दिखाया कि अटल बिहारी की सरकार एक वोट से हार गई तो सभी लोग अनुमान लगाने लगे कि किसने पक्ष में और किस–किस ने विपक्ष में वोट दिया होगा। जिन लोगों ने मुझे मायावती से बात करते देखा था, उन्होंने मुझसे स्पष्टता की माँग की। मैंने मौन रहना ही लाभकर समझा। इतने वर्षों बाद भी लोग मुझसे पूछते हैं कि मायावती और मेरे बीच उस समय क्या बात हुई थी। मैंने जो कहा, उसे इस रूप में पेश करता हूँ : 'मैंने उनके ऊपर यह प्रभाव डाला कि यदि वह वाजपेयी सरकार के खिलाफ मतदान करेंगी, तो उनको इसका पूरा लाभ उत्तर प्रदेश में मिलेगा। तथास्तु।'

कांग्रेस संसदीय पार्टी के संविधान में किए गए संशोधनों का पूर्ण मकसद इस मोड़ पर स्पष्ट रूप से नजर आया। चूँकि सोनिया गांधी अब सी.पी.पी. की नेता थीं इसलिए उनको नई सरकार के गठन का अधिकार था। यही वह बिन्दु था जिसके लिए उन्होंने कोशिश की थी।

वाजपेयी सरकार का पतन 17 अप्रैल को हुआ और 21 अप्रैल को सोनिया गांधी ने राष्ट्रपति के.आर. नारायणन से भेंट कर कहा, 'हमारे साथ 272 सांसद हैं और अन्य आ भी रहे हैं।'

हालाँकि मैं लोक सभा में पार्टी का नेता था परन्तु राष्ट्रपति के पास जाने से पूर्व उन्होंने मुझसे सलाह लेना भी उचित नहीं समझा। बाद में स्पष्ट हो गया कि उनका 272 सांसदों का साथ और 'अन्य' के आने की उम्मीद हवा में उड़ गई क्योंकि 22 अप्रैल को मुलायम सिंह यादव ने घोषित कर दिया कि उनकी पार्टी कांग्रेस सरकार का समर्थन नहीं करेगी। यह सम्पूर्ण परिघटना कांग्रेस के लिए बेहद निराशाजनक और लज्जित करनेवाली थी।

अन्तिम विभाजन

बारहवीं लोक सभा के चुनाव सम्पन्न होने के बाद ही पार्टी मोर्चे पर काफी गलत चीजें घटित होने लगीं। मेरे और सोनिया गांधी के बीच पहले से ही काफी खटास थी। इस सम्बन्ध में कारणों की चर्चा मैं पहले भी कर चुका हूँ परन्तु मैंने जिम्मेदारियों पर केन्द्रित कर कार्यकारी सम्बन्ध बनाए रखे। वह कांग्रेस अध्यक्ष थीं और मैं लोक सभा में पार्टी का नेता था। इससे पूर्व कि यह व्यवस्था भली प्रकार स्थापित हो, एक घटना ने इस कार्यकारी एकता के बारे में भी मेरा विश्वास तोड़ दिया।

विभिन्न राजनीतिक पार्टियों के संसद सदस्यों को लेकर गठित कमेटियाँ संसदीय कार्यवाही का एक महत्त्वपूर्ण तत्त्व हैं। सदन में पार्टी के संसदों की संख्या के अनुसार वह पार्टी विभिन्न संसदीय कमेटियों के सदस्यों को नामित करती है। स्पीकर की स्वीकृत के बाद वह कमेटी गठित मानी जाती है। जैसी परम्परा थी और जैसा व्यावहारिक रूप पहले से चला आ रहा था, मैंने संसदीय कमेटी के गठन के लिए सोनिया गांधी के साथ विस्तार से चर्चा की। भली प्रकार कमेटी के सदस्यों को अन्तिम रूप देने के बाद मैंने लिस्ट टाइप करवाई, सोनिया गांधी की स्वीकृति ली और लिस्ट लोक सभा के स्पीकर के पास भेज दी। दूसरे दिन स्पीकर जी.एम.सी. बालयोगी ने मुझे अपने कार्यालय में बुलाया। उन्होंने कहा, 'मेरे सामने एक समस्या है। आपकी पार्टी की ओर से मेरे सामने दो लिस्टें हैं।' मैं एकदम अचम्भित और भ्रमित हो गया। उन्होंने हमें स्पष्ट किया, 'आपसे कमेटी सदस्यों की एक सूची प्राप्त करने के बाद कांग्रेस के मुख्य निर्देशक पी.जे. कूरियन ने मुझे एक और लिस्ट भेजी। इन दोनों लिस्टों के नामों में भिन्नता है।'

लोक सभा में कांग्रेस पार्टी का संसदीय नेता होने के नाते कमेटी के सदस्यों की लिस्ट स्पीकर को प्रस्तुत करना मेरा सर्वाधिकार था। चूँकि यह पार्टी का भीतरी मामला था इसलिए मैंने स्पीकर से इस विषय पर बातचीत नहीं की। मैंने स्पीकार से कहा, 'मुझे इसमें कुछ संवाद का गैप (अन्तर) लगता है। मैं इसमें सुधार के बाद आपको दे दूँगा।' दूसरी लिस्ट की फोटोकॉपी प्राप्त करने के बाद, मैं वहाँ से चला आया। मैंने मिस्टर कूरियन से दूसरी लिस्ट के विषय में जानना चाहा। उन्होंने स्पष्ट रूप से कहा कि

कांग्रेस अध्यक्ष के निर्देशानुसार दूसरी लिस्ट तैयार की गई थी। 'आप जो कुछ कह रहे हैं, मुझे इस पर विश्वास नहीं हो रहा है,' मैंने कहा।

'मैं आपसे बहुत जूनियर हूँ इसलिए मैं इस पर कोई टिप्पणी नहीं कर सकता। आप कृपया मैडम से स्वयं ही बात कर लें,' कूरियन ने मुझसे कहा।

मैंने सोनिया गांधी के साथ मिलना निर्धारित किया।

मैंने सोनिया गांधी से कहा, 'विभिन्न संसदीय समितियों के लिए लिस्ट को अन्तिम रूप देने से पूर्व मेरे और आपके बीच विस्तार से चर्चा हुई थी। मैंने आपकी स्वीकृति के बाद ही यह लिस्ट स्पीकर के समक्ष प्रस्तुत की थी; परन्तु स्पीकर को हमारी पार्टी की ओर से एक अन्य लिस्ट भी भेजी गई है। हम लोगों को दोनों लिस्टों में से एक वापस लेनी होगी। कृपया आप कूरियन से कहें, उन्होंने जो लिस्ट स्पीकर को भेजी है, उसे वापस ले लें।'

कांग्रेस अध्यक्ष ने शान्त भाव से उत्तर दिया, 'तुम ही अपनी लिस्ट वापस ले लो।'

यह मुझे स्वीकार्य नहीं था। मैं लोक सभा में पार्टी का नेता था और मैंने तमाम औपचारिकताओं के बाद वह लिस्ट स्पीकर के सामने पेश की थी। मुझसे लिस्ट वापस लेने की बात करना वास्तव में मेरी पदावनति करना था। मैंने दृढ़ता से कहा, 'यह उचित नहीं है।' इस घटना ने मुझे यह सोचने पर मजबूर कर दिया कि इस प्रकार की पार्टी में मैं कितने समय तक कार्य कर सकूँगा? इसके बावजूद मुझे जो भी जिम्मेदारियाँ दी गईं, मैं उनको निभाता रहा और पार्टी में बना रहा।

अटल बिहारी वाजपेयी के नेतृत्व वाली सरकार के गिरने के बाद 13वीं लोक सभा के चुनाव की घोषणा हो गई। कांग्रेस वर्किंग कमेटी की एक बैठक में अन्य पार्टियों के साथ समझौते का विषय एक मीटिंग में विचारार्थ था। ए.आई.ए.डी.एम.के. कांग्रेस के लिए 6 सीट से अधिक छोड़ने को तैयार नहीं थी। मैंने महसूस किया कि यह कांग्रेस जैसी राष्ट्रीय पार्टी को नीचा दिखानेवाला प्रस्ताव है। मैंने जब अपना विचार प्रस्तुत किया तो यह तय हुआ कि गुलामनबी आजाद स्वयं जाकर जयललिता से बात करें। यह माना जाता था कि इन दोनों के बीच अच्छे सम्बन्ध हैं। जयललिता के साथ आजाद की मीटिंग व्यर्थ साबित हुई। तब सी.डब्ल्यू.सी. ने मुझसे चेन्नई जाने को कहा। हम दोनों की बातचीत के बाद जयललिता 15 सीटें कांग्रेस के लिए छोड़ने

को तैयार हो गईं। जब मैंने कांग्रेस की अध्यक्ष से इस फैसले के विषय में बताया तो उन्होंने कहा, 'यह पार्टी के लिए एक सम्मानजनक समझौता है,' और सन्तोष व्यक्त किया।

कांग्रेस अध्यक्ष सोनिया गांधी ने 15 मई, 1999 को कांग्रेस वर्किंग कमेटी (सी.डब्ल्यू.सी.) की मीटिंग बुलाई। मीटिंग का कोई एजेंडा नहीं बताया गया। मीटिंग में अचानक उन्होंने एक पेपर निकाला और जोर-जोर से पढ़ना शुरू किया : 'मेरा जन्म भारत से बाहर हुआ है। यदि यह विषय चुनाव अभियान में मुद्दे के रूप में उठाया गया तो चुनाव में हमारी पार्टी के प्रदर्शन पर इसका क्या प्रभाव पड़ेगा?' उन्होंने सी.डब्ल्यू.सी. के सदस्यों से स्पष्ट रूप से अपने विचार रखने को कहा। कांग्रेस अध्यक्ष की बात समाप्त होते ही, सबसे पहले अर्जुन सिंह ने कहा, 'आपका जन्म विदेश में हुआ परन्तु आपकी शादी होने के बाद आप इस देश की नागरिक हो गईं। आपकी सास और आपके पति की हत्या कर दिये जाने के बाद भी आपने यह देश नहीं छोड़ा। आपने इस देश को ही अपना समझा, इस देश की माटी में ही अपने पैर जमाए रखे, भारत की जनता ने भी आपको इसी रूप में स्वीकार किया है और अपने ही बीच का एक व्यक्ति माना है। उनके लिए आप 'राष्ट्र माता' हैं। केवल आप ही देश और पार्टी को नेतृत्व प्रदान कर सकती हैं।' अर्जुन सिंह ने लोगों के वक्तव्यों का मार्ग प्रशस्त कर दिया और इसके बाद ए.के. एंटनी, गुलामनबी आजाद और अम्बिका सोनी ने वफादारी से भरे अपने वक्तव्य दिये।

इसके बाद पी.ए. संगमा की बोलने की बारी आई। संगमा को सोनिया गांधी का बहुत करीबी समझा जाता था। संगमा ने कहा, 'इसमें कोई शक नहीं है कि सोनिया गांधी के विदेशी मूल का विषय चुनाव में एक बड़ा मुद्दा होगा। जब पार्टी में इतने योग्य व्यक्ति मौजूद हैं तो एक विदेशी मूल के व्यक्ति द्वारा पार्टी नेतृत्व प्रदान करने की आलोचना अवश्य ही होगी और इसका पार्टी के प्रदर्शन पर कोई असर नहीं होगा, यह कहना केवल मूर्खता है। हमें उनकी आलोचना का जवाब देने के तरीकों और उपायों को सोचना होगा।' संगमा से ऐसे वक्तव्य की किसी को भी आशा नहीं थी।

सी.डब्ल्यू.सी. के सभी सदस्य तन्मयता और ध्यान से संगमा का वक्तव्य सुन रहे थे। एक वरिष्ठ सदस्य ने बीच में हस्तक्षेप करने का प्रयास किया

किन्तु संगमा ने उनको यह कहकर शान्त करा दिया कि यह प्रत्येक के हित में होगा कि उनके बोलने के दौरान कोई हस्तक्षेप न करे। तारिक अनवर ने अपने वक्तव्य में संगमा से सहमति व्यक्त की। कुछ अन्य लोगों के बोलने के बाद मेरा नम्बर आया। मैंने कहा, 'इस देश के लिए गांधी परिवार के भारी योगदान को भारतीय जनता नहीं भूल सकती। देश की जनता कांग्रेस का समर्थन करती है क्योंकि वह इन्दिरा गांधी और राजीव गांधी के देशहित में बलिदान को भली प्रकार याद करती है। इसलिए सोनिया गांधी के विदेशी मूल के प्रश्न का हम भली प्रकार उत्तर दे सकते हैं। मैं संगमा से एक बात पर सहमत हूँ कि हमें सोनिया गांधी के विदेशी मूल के मुद्दे पर विपक्ष से आमने-सामने टकराना होगा। विपक्षी 'विदेशी मूल' के प्रश्न को चुनावी मुद्दा नहीं बनाएँगे, यह सोचना हमारी भारी भूल होगी।'

तदोपरान्त मैंने अपने विचार के पक्ष में एक घटना का वर्णन किया। कुछ दिन पूर्व मैंने मुम्बई विश्वविद्यालय में एक समारोह में भागीदारी की जहाँ एक छात्रा ने मुझसे पूछा, 'इस एक बिलियन जनसंख्या वाले देश में क्या कांग्रेस को भारतीय मूल का एक भी नेता नहीं मिला?' युवा पीढ़ी के एक सदस्य द्वारा इस प्रश्न को उठाना, इस तथ्य की ओर इशारा करता है कि यह प्रश्न जनता में गहराई तक पहले ही पहुँच चुका है। इसका अर्थ है कि 'विदेशी मूल' का विषय चुनाव में केन्द्रीय मुद्दा होगा। इस घटना का उल्लेख करने के पीछे मेरा उद्देश्य यह था कि पार्टी इस चुनौती का जवाब देने को तैयार रहे। इसके बाद कोई बहस नहीं हुई।

चूँकि सोनिया गांधी ने ही इस विषय पर बहस शुरू की थी इसलिए हम सब उनके आखिरी वक्तव्य की प्रतीक्षा कर रहे थे। परन्तु वह शान्त रहीं और उन्होंने कोई विचार व्यक्त नहीं किया। इस चुप्पी का कारण वही जानती होंगी। इस प्रकार एक असामान्य स्थिति में ही सी.डब्ल्यू.सी. की मीटिंग समाप्त हो गई।

मैंने चार बजे अपराह्न को हवाई जहाज से पुना के लिए प्रस्थान किया। पत्रकार हवाई अड्डे पर ही मेरी प्रतीक्षा कर रहे थे। उन्होंने मुझसे पूछा कि कांग्रेस अध्यक्ष सोनिया गांधी ने अपने पद से त्यागपत्र दे दिया है! नई दिल्ली में पार्टी मुख्यालय के बाहर प्रदर्शन हो रहे हैं। वहाँ पर उपस्थित अनेक महिलाएँ विलाप कर रही हैं। भीड़ में उपस्थित कुछ लोग संगमा को भला-

बुरा कह रहे थे और इस बारे में मेरा और तारिक अनवर का भी नाम लिया जा रहा था। पत्रकारों ने इस विषय पर मेरी प्रतिक्रिया जानना चाही। मैंने कहा, 'यह एक अति संवेदनशील विषय है इसलिए सम्पूर्ण जानकारी के बगैर कुछ भी कहना उचित नहीं है।'

इस घटना के दूसरे दिन और अधिक प्रदर्शन होने से परिस्थिति तनावपूर्ण हो गई। पुलिस ने हम लोगों को पार्टी ऑफिस के समीप जाने से रोका और बताया कि आप पर लोग हमला भी कर सकते हैं।

तारिक अनवर, मैं और संगमा ने दिल्ली में भेंट कर सोनिया गांधी के नाम एक पत्र लिखा। इस पत्र में अति संयमपूर्वक हम लोगों ने स्पष्ट किया कि 'विदेशी मूल' का मुद्दा निश्चित रूप से चुनाव के समय केन्द्रीय मुद्दा बनेगा और पार्टी को इसकी भारी राजनीतिक कीमत चुकानी होगी। इस विषय और परिस्थिति को ध्यान में रखते हुए हम लोगों ने सोनिया गांधी से भारतीय संविधान में संशोधन पेश करने का निवेदन किया कि भारत का राष्ट्रपति, उपराष्ट्रपति और प्रधानमंत्री भारत में जन्मा स्वाभाविक भारतीय नागरिक होना चाहिए।

हम लोगों का प्रस्ताव पार्टी कार्यालय के बाहर 'वफादारी' के प्रदर्शन के ठीक विरोध में था। जैसे ही हम लोगों का पत्र पहुँचा, तुरन्त उसके बाद सी.डब्ल्यू.डी. की मीटिंग आहूत हुई और हम लोगों को पार्टी से 6-6 वर्ष के लिए निलंबित कर दिया गया। 10 जनपथ पर एक सप्ताह तक वफादारों का उन्मादी प्रदर्शन होता रहा। 25 मई को ऑल इंडिया कांग्रेस कमेटी (ए.आई.सी.सी.) की एक मीटिंग तालकटोरा स्टेडियम, नई दिल्ली में बुलाई गई। ए.आई.सी.सी. ने कर्तव्य पालन करते हुए हम लोगों के निलंबन पर मुहर लगा दी।

कुछ समय बाद हम लोगों को ज्ञात हुआ कि यह सब प्रदर्शन आदि सब पूर्व नियोजित था और अर्जुन सिंह ने ही यह सारा खेल रचाया था।

हम लोगों को निलंबित करने से पूरे देश की पार्टी कतारों में विक्षोभ व्याप्त हो गया। पार्टी कतारों में उत्पन्न अशान्ति सर्वाधिक महाराष्ट्र में देखी गई। पी.ए. संगमा और तारिक अनवर के अतिरिक्त शरतचन्द्र सिन्हा (असम से) मुम्बई पहुँचे।

उत्तर प्रदेश, बिहार, उत्तरपूर्व, पंजाब, हरियाणा, गुजरात, गोवा, कर्नाटक, तमिलनाडु और केरल से भी दूसरी कतार के कांग्रेसी नेता मुम्बई आए।

महाराष्ट्र से शामिल होनेवाले नेताओं में छगन भुजबल और आर.आर. पाटिल शामिल हुए।

इन सबके बीच यह तय किया गया कि कांग्रेस की मूल विचाराधारा और संस्कृति को आगे बढ़ाने के लिए एक नई पार्टी का गठन किया जाए। इस नई पार्टी का नाम नेशनलिस्ट कांग्रेस पार्टी (एन.सी.पी.) होगा और यह भी निर्णय लिया गया कि चुनाव आयोग से चरखेवाला चुनाव चिह्न आवंटित करने का निवेदन किया जाए। इस प्रकार 10 जून, 1999 को मुम्बई के खचाखच भरे सम्मुखखंड हॉल में आहूत मीटिंग में औपचारिक रूप से एन.सी.पी. का आविर्भाव हुआ। इस नई पार्टी की स्थापना के समय लोगों का उत्साह देखने योग्य था। इस मीटिंग में पार्टी का संविधान पारित किया गया और पदाधिकारियों तथा राष्ट्रीय कार्यकारिणी का चुनाव भी सम्पन्न हुआ। मुझे पार्टी का अध्यक्ष और पी.ए. संगमा व तारिक अनवर को राष्ट्रीय महासचिव चुना गया। छगन भुजबल पार्टी की महाराष्ट्र इकाई के अध्यक्ष निर्वाचित हुए।

सायंकाल 3 बजे ऐतिहासिक शिवाजी पार्क में जनसभा का आयोजन हुआ। इस जनसभा में दूर-दूर गाँव से आए हुए हजारों नौजवान कांग्रेसी कार्यकर्ताओं ने नई पार्टी के साथ एकता प्रदर्शित की। इसके बाद आनेवाले समय में एन.सी.पी. ने अपनी राज्य इकाइयों का गठन किया। नई पार्टी का विधिवत् चुनाव आयोग में रजिस्ट्रेशन हुआ; परन्तु पार्टी को चरखेवाला चुनाव चिह्न आवंटित नहीं हुआ क्योंकि यह कांग्रेस (संगठन) पार्टी के नाम पर पहले से ही आवंटित था। इसके बजाय हमारा दूसरा विकल्प 10 बजकर 10 मिनट प्रदर्शित करती हुई एक घड़ी था। एन.सी.पी. को यही चुनाव चिह्न रजिस्टर्ड हुआ। यह चिह्न भी बिलकुल समायोजित था क्योंकि सम्मुखखंड एडीटोरियम में हम लोगों की 10 जून की मीटिंग 10 बजकर 10 मिनट पर ही आरम्भ हुई थी।

इस सम्पूर्ण कार्यवाही के मात्र 15 दिन बाद तेरहवीं लोक सभा के चुनाव की घोषणा हो गई। हालाँकि हम लोगों को चुनाव सम्बन्धी मूल कार्य पूरा करने के लिए बहुत कम समय था, फिर भी एन.सी.पी. ने आठ लोक सभा सीटों पर विजय हासिल कर अच्छा प्रदर्शन किया।

अध्याय : बीस

कांग्रेस के साथ गठबन्धन

अटल बिहारी वाजपेयी के नेतृत्व में नेशनल डेमोक्रेटिक एलायंस (एन.डी.ए.) ने 1999 में लोक सभा की 303 सीटों पर विजय हासिल की। इससे उत्साहित होकर महाराष्ट्र में भाजपा-शिवसेना गठबन्धन ने विधान सभा चुनावों को 6 माह आगे बढ़ा दिया। परिणामस्वरूप महाराष्ट्र में त्रिशंकु विधान सभा अस्तित्व में आई। इस चुनाव में कांग्रेस और एन.सी.पी. ने क्रमशः 75 और 58 सीटों पर विजय प्राप्त की जबकि शिवसेना को 69 और भाजपा को 56 सीटों पर सफलता मिली।

प्रत्येक पार्टी विभिन्न विकल्पों की तलाश में प्रयत्नशील थी इसलिए लगभग दो सप्ताह तक सरकार गठन के प्रयास प्रत्यक्ष रूप से सामने नहीं आए। शिवसेना और भाजपा दोनों ने एन.सी.पी. को विनम्र संकेत दिए, परन्तु मैं इस विषय में बिलकुल स्पष्ट था कि महाराष्ट्र में इन दोनों के साथ मैं कभी भी सरकार में शामिल नहीं हूँगा। दूसरी तरफ कांग्रेस के साथ गठबन्धन का विकल्प व्यावहारिक और विवेकपूर्ण था। हम लोग पार्टी से तब अलग हुए जब हमें निलम्बित किया गया। हालाँकि मेरा विचार था कि हमारा पार्टी से अलग होना भी कांग्रेस के साथ गठबन्धन में बाधा नहीं था और बाद में अनेक मीटिंगों के बाद भी हम उसी निष्कर्ष पर पहुँचे।

विलासराव देवमुख ने मुझे फोन किया और कहा, 'यदि एनसीपी कांग्रेस के साथ हाथ मिलाने को तैयार है तो हम भी उसी तरह सोचते हैं।' मैंने अपनी पार्टी के अन्दर आम सहमति का विचार उनके समक्ष रखा। परन्तु मुझे मालूम था कि इस प्रकार के निर्णय कांग्रेस में राज्य स्तर पर नहीं लिए जाते हैं, इसलिए मैंने सलाह दी कि वह कांग्रेस के केन्द्रीय कार्यालय, नई दिल्ली से

अवश्य ही सलाह-मशविरा कर लें और फिर हम लोग सरकार गठन का कदम उठाएँ। विलासराव ने तुरन्त ही कांग्रेस हाई कमान से सम्पर्क किया और उसी दिन शाम को फोन करके मुझे बताया कि मैंने हाई कमान से बात की है और वहाँ से गठबन्धन के लिए सहमति प्राप्त हो गई है।

दूसरे दिन प्रफुल्ल पटेल और मैंने नई दिल्ली में महाराष्ट्र के कांग्रेस पार्टी के अध्यक्ष प्रतापराव भोसले, विलासराव देशमुख और महाराष्ट्र की तत्कालीन पार्टी के इंचार्ज मारग्रेट अल्वा के साथ बातचीत की। कांग्रेस ने सरकार में भागीदारी के लिए कुछ परिसीमन (पैरामीटर्स) निर्धारित करने पर जानना चाहा। मैंने कहा, पहले ही काफी समय बर्बाद हो चुका है। यदि हम दोनों पार्टियों के लोग इस स्तर पर पैरामीटर्स निर्धारित करने में समय बिताएँ तो नई-नई समस्याएँ उत्पन्न होंगी। मैंने सुझाव दिया कि हमें 'सत्ता में भागीदारी के शिवसेना-भाजपा के फार्मूले पर ही आगे बढ़ना चाहिए। कांग्रेस के विधायक अधिक हैं इसलिए आप मुख्यमंत्री का पद ले लीजिए।' इस बात से आगे की बातचीत की सकारात्मक पहल हो गई और थोड़ी ही देर में पदों के बँटवारे का विषय समाप्त हो गया।

इस प्रकार महाराष्ट्र में कांग्रेस-एनसीपी की सरकार का गठन हुआ और विलासराव देशमुख इस सरकार के मुख्यमंत्री निर्वाचित हुए जबकि एनसीपी के छगन भुजबल ने उप-मुख्यमंत्री पद की जिम्मेदारी सँभाली। विधान सभा के स्पीकर का पद एनसीपी के विधायक को दिया गया जबकि कांग्रेस ने विधान परिषद के अध्यक्ष पद की जिम्मेदारी सँभाली।

मैं लोक सभा में विपक्ष की भूमिका निभाता रहा और एनसीपी का आधार मजबूत करने के लिए पूरे देश में दौरा करता रहा। 26 जनवरी, 2001 को गुजरात के कच्छ अंचल में एक बड़ा भूचाल का झटका आया। इस भूकम्प में कम से कम 15,000 लोग मारे गए। भुज, अंजर और बेच्छव तहसीलों में बहुत बड़े पैमाने पर जान-माल का नुकसान हुआ था। 3 फरवरी, 2001 को प्रधानमंत्री अटल बिहारी वाजपेयी ने गुजरात में राहत और बचाव कार्य के उपायों पर चर्चा के लिए एक सर्वदलीय बैठक बुलाई। मीटिंग में आपदा प्रबन्धन के लिए एक दीर्घकालीन नीति निर्धारित करने का निर्णय हुआ। वर्ष 1993 में मेरे नेतृत्व में महाराष्ट्र सरकार द्वारा भूकम्प प्रभावित इलाकों में किए गए बचाव-राहत और पुनर्वास के कार्यों तथा आतंकियों द्वारा बम विस्फोट

की घटनाओं में किए गए हमारे कार्यों की सोनिया गांधी ने प्रशंसा की। इस मीटिंग के बाद केन्द्र सरकार ने 'नेशनल कमेटी फॉर डिसास्टर मैनेजमेंट' (एनसीडीएम) का गठन किया। प्रधानमंत्री इस कमेटी के चेयरमैन और मैं वाइस चेयरमैन नियुक्त हुआ।

कुछ केन्द्रीय मंत्री और विभिन्न राजनीतिक पार्टियों के प्रतिनिधि इस कमेटी के सदस्य थे। इन सदस्यों में जॉर्ज फर्नांडीज, नीतीश कुमार, हरकिसन सिंह सुरजीत, ए.बी. बर्धन, सोनिया गांधी, ममता बनर्जी, प्रकाश सिंह बादल और मुलायम सिंह यादव प्रमुख थे। तत्कालीन प्रधानमंत्री के वैज्ञानिक सलाहकार डॉ. एपीजे अब्दुल कलाम भी इस पैनल के सदस्य थे। मीटिंग में हुए तमाम विमर्श का एक स्वर था कि वास्तविक जिम्मेदारी मेरे कन्धों पर है।

इस कमेटी को तीन कार्यों को पूरा करना था :

1. गुजरात के भूकम्प प्रभावित क्षेत्र के लिए राहत, पुनर्वास और पुनर्निर्माण के लिए अल्प अवधि, मध्य अवधि और दीर्घकाल के उपायों का सुझाव देना।
2. भविष्य में प्राकृतिक आपदाओं से निपटने के लिए एक दीर्घकालिक रणनीति के तौर पर संस्थागत और वैधानिक उपायों का सुझाव देना।
3. 'राष्ट्रीय आपदा' को परिभाषित करने के बिन्दुओं (पैरामीटर्स) का सुझाव देना।

मैंने बड़ी गम्भीरता से इस जिम्मेदारी को लिया, क्योंकि यह विषय बहुत लम्बी अवधि से अविचारित था। भारत एक विशाल और विविधतापूर्ण देश है जहाँ विभिन्न प्रकार की आपदाएँ अक्सर आती रहती हैं। सुविचारित और सुव्यवस्थित नीति के अभाव में राज्य सरकारें और उनके अधिकारी कामचलाऊ उपाय अपनाने को उन्मुख होते थे। घटना के बाद किए गए उपायों से अक्सर उनका प्रभाव अविश्वसनीय प्रमाणित होता है। वाजपेयी जी को मुझ पर पूरा भरोसा था। यद्यपि वह कमेटी के चेयरमैन थे परन्तु उन्होंने निर्णय लेने की पूरी स्वतंत्रता मुझे प्रदान की। मुझे कैबिनेट मंत्री का दर्जा प्रदान किया गया। इस अधिकार से मुझे विभिन्न इलाकों की यात्राओं की योजना बनाने, वहाँ की यात्राएँ करने और जब भी आवश्यक हो, आवश्यक एजेंसियों की मीटिंग बुलाने में सहायता मिली।

अपनी रिपोर्ट को बेहतर ढंग से तैयार करने के लिए मैंने जापान का दौरा किया। जापान में काफी भूकम्प आते हैं और इसलिए उन लोगों ने इस समस्या से निपटने के शानदार उपाय किए हैं। जापान द्वारा विकसित उपकरणों और तरीकों के विस्तृत अध्ययन से कमेटी को अपनी रिपोर्ट तैयार करने में काफी सहायता मिली। मैंने अमेरिका की भी यात्रा की क्योंकि एक समय अमेरिका का एक हिस्सा समुद्री तूफान से तबाह हो गया था। अपनी इस यात्रा में मुझे उस समय किए गए रक्षा और राहत के उपायों, योजनाओं और उनके कार्यान्वयन को समझने का अवसर मिला।

कमेटी ने लगभग एक वर्ष के अन्दर ही अपनी रिपोर्ट प्रस्तुत कर दी। इस बात पर बहस हुई कि 'आपदा प्रबन्धन' विभाग को गृह मंत्रालय के अधीन रखा जाए या रक्षा मंत्रालय के अधीन। जो भी हो, सरकार ने इस विभाग को गृह मंत्रालय से जोड़ने की कमेटी की सिफारिश को मंजूर कर लिया। राष्ट्रीय आपदा प्रबन्धन विभाग (नेशनल डिसास्टर मैनेजमेंट अथॉरिटी) अब स्थापित हो गया है और मैंने देखा है कि कमेटी द्वारा प्रस्तुत रिपोर्ट के कई बिन्दु, विगत एक दशक में एनडीएमए द्वारा उठाए गए कदमों में मानक के रूप में हैं।

परिणामस्वरूप, एनसीडीएम को आपदा प्रभावित लोगों और अधिकारियों, दोनों से ही सम्मान और विश्वास प्राप्त हुआ है। हिमाचल प्रदेश की 2013 की बाढ़ हो, जम्मू-कश्मीर की 2014 की बाढ़ या 2015 में नेपाल के भूकम्प हों—सभी जगह एनसीडीएम को विश्वास और सम्मान मिला है।

आज हर राज्य को आपदा प्रबन्धन विभाग का गठन करना अनिवार्य हो गया है। इस विषय को स्कूलों के पाठ्यक्रम में शामिल कर छात्रों के बीच प्राकृतिक आपदा के प्रति जागरूकता और उसमें सहयोग प्रदान करने की जागरूकता पैदा करने का भी प्रयास हुआ है।

अध्याय : इक्कीस

कैंसर से संघर्ष

जब डॉक्टरी जाँच के बाद कैंसर की बीमारी का पता लगा तो मैंने सर्वप्रथम इस 'समस्या' से संघर्ष करने और इस पर विजय प्राप्त करने की रणनीति बनाना अनिवार्य समझा। किसी के भी जीवन में कुछ चीजें अचानक और अप्रत्याशित होती हैं जिन पर उसका नियंत्रण नहीं होता। इसलिए मेरा कहना है कि उनको अंडों की तरह सेना नहीं चाहिए। ऐसी परिस्थिति में अधिकतर लोग निराश हो जाते हैं और कुछ लोग जीने की इच्छा ही छोड़ देते हैं। जहाँ तक मेरा सम्बन्ध है, चीजों को अपने कमांड में लेना मेरा दूसरा स्वभाव है, शायद यह गुण मुझे मेरी माँ से मिला है।

मेरी माँ (बाई) में असहनीय दर्द या शारीरिक कष्ट को सहने की असाधारण क्षमता थी। इस विषय में मेरे बचपन की अनेक यादें हैं परन्तु उनमें से एक दुर्घटना की याद, जिसका मैं पहले वर्णन कर चुका हूँ, वह अति असाधारण घटना है। मेरे अपने गाँव काटेवाड़ी में एक विशेष प्रकार का प्रचलन था। वहाँ स्थानीय लोगों द्वारा एक साँड़ को भगवान के नाम पर छोड़ दिया जाता था। स्वाभाविक है कि उस पशु को चारा खिलाना गाँववालों की जिम्मेदारी थी। यह अच्छी बात थी परन्तु चूँकि उस साँड़ को 'भगवान से जुड़ा हुआ' माना जाता था इसलिए कोई उसे न तो बाँधता था या अन्य किसी प्रकार का अवरोध उत्पन्न करता था। परिणामस्वरूप वह साँड़ स्वतंत्र रूप से विचरण करता, फसलों तथा अन्य चीजों को बर्बाद करता और सामान्य रूप से वह घृणा का पात्र होता। उसकी अराजकता से परेशान होकर किसी ने एक रात उसे गोली मार दी और साँड़ बुरी तरह घायल हो गया। बाई जब सुबह बाहर खेतों की ओर गई तो साँड़ को एक खेत में पड़ा देख उसके उपचार के

लिए पास गई। क्रोधित साँड़ उठ खड़ा हुआ और बाई को पटककर बुरी तरह घायल कर दिया। साँड़ का हमला लगभग 15 मिनट तक चला। तभी कुछ देखनेवाले लोग बाई की सहायतार्थ दौड़े। बाई बुरी तरह से घायल हो गई थीं। उनकी दाहिनी जाँघ वास्तव में चूर-चूर हो गई थी। जिस टाँग को हम केवल टूटी टाँग कह रहे थे, वह वास्तव में इससे अधिक क्षतिग्रस्त थी। उसकी टाँग की हड्डी लगभग चूर-चूर हो गई थी। उनको पुणे के एक अस्पताल में उपचार के लिए ले जाया गया जहाँ उनकी सारी टूटी हड्डियाँ निकाल दी गईं। इस ऑपरेशन के बाद उनकी टाँग छह इंच छोटी हो गई। उसके बाद वह कभी भी बैसाखी के बगैर नहीं चल सकीं।

इतनी गम्भीर चोट के बावजूद, जीवन के प्रति बाई का उत्साह कतई कम नहीं हुआ। उन्होंने न तो कभी सहानुभूति अर्जित की और न कभी इस दुर्भाग्यपूर्ण घटना पर अफसोस किया। उनका आचरण पहले की ही तरह व्यावहारिक और वात्सल्यपूर्ण बना रहा। नई बातों को सीखना और उनको अपनाने की प्रवृत्ति समाप्त नहीं हुई। इस दुर्घटना के कई वर्ष बाद मेरे भाई सूर्यकान्त ने एक ब्रिटिश लड़की से शादी कर ली। बाई ने अपनी बहू से बातचीत करने के लिए अंग्रेजी पढ़ना शुरू किया। मेरे परिवार में जब एक भाई ने कार खरीदी तो यह परिवार में पहली चौपहिया गाड़ी थी। बाई ने तुरन्त कार चलाना सीखा।

मैंने अनुभव किया कि यह दुर्घटना माँ के जीवन में मात्र एक अल्प विराम थी या अधिक से अधिक थोड़ा-सा ठहराव थी, बाकी उनकी जिन्दगी का अभियान निरन्तर चलता रहा। उसमें कभी पूर्णविराम की स्थिति नहीं आई। शारीरिक विकलांगता का उनके जीवन पर कोई खास असर नहीं था। बाई की अजेय भावना कभी भी धूमिल नहीं हुई। ऐसी परिश्रमी माँ का मेरे ऊपर भी पूरा प्रभाव पड़ा।

जब मेरे एक गाल की सर्जरी हुई और मेरी जाँघ से मांस निकालकर वहाँ पर लगाया गया। मेरे दाँत निकाल दिए गए। जबड़े को हिलने-डुलने से रोकने के लिए बड़ा सा कपास का गोला मेरे मुँह के अन्दर लगा दिया गया तो इस ऑपरेशन के करीब एक सप्ताह बाद मैंने स्वयं से कहा, 'मुझे कैंसर से छुटकारा पाना है इसलिए मैं इससे संघर्ष करूँगा।' मेरे परिवार के लोग और जाननेवाले काफी चिन्तित थे। वे सोचते थे कि मैं इस बीमारी के बारे में काफी सहज हूँ। उनको बताया गया कि मैं बस अब कुछ दिन का मेहमान हूँ। डॉक्टर

उत्तर देने में बहुत सजग रहते और सन्तुलित जवाब देते। परन्तु मुझे पूरा विश्वास था कि कैंसर के खिलाफ इस युद्ध में विजय मेरी ही होगी। एक युवा डॉक्टर भी मेरा इलाज कर रहा था। मेरी डॉक्टरी रिपोर्ट चेक करते हुए उसने कहा कि अब मेरा जीवन केवल छह माह का है।

मैंने भी उसे उत्तर दिया, 'ठीक है, अब मेरी बात सुनो। मैं तुमसे भी अधिक समय तक जीवित रहूँगा।'

यह वास्तव में एक हल्की टिप्पणी थी। उस युवा डॉक्टर ने मेरी बात का बुरा नहीं माना। अपनी मेडिकल जानकारी के अनुसार वह सही कह रहा था। परन्तु मैं भी लम्बी अवधि तक जीने के लिए गम्भीर था। उसने अपने हिसाब से सही कहा और मैंने अपना सत्य कहा।

इस कैंसर के रोग की बात उसी समय की है जब 2004 का लोक सभा चुनाव घोषित हो चुका था। मैंने अपना प्रचार अभियान शुरू कर दिया था। चुनावी टूर के दौरान मुझे मुँह के अन्दर कुछ दर्द अनुभव हुआ। जब कभी मैं चुनाव के टूर पर जाता, डॉक्टर रवी बापट हमारे साथ होते थे, उस दिन भी वह हमारे साथ ही थे। उन्होंने मेरे गाल का निरीक्षण किया और कहा कि 'हमें मुम्बई वापस जाना होगा।' डॉक्टर बापट हमारे घनिष्ठ मित्र हैं और मुझे उन पर पूरा भरोसा है।

डॉक्टरी जाँच और डाइग्नोसिस तब आई जब चुनाव अभियान प्रारम्भ हो चुका था। अचानक अभियान से गायब हो जाने से एन.सी.पी. की कतारों में आतंक और अनावश्यक अटकलें शुरू हो सकती थीं। मैंने पार्टी के वरिष्ठ लोगों को विश्वास में लिया ताकि वह चुनाव अभियान को भली प्रकार संचालित कर सकें और मैं इलाज के लिए जा सकूँ। पूरे महाराष्ट्र और देश के अन्य राज्यों से भी वरिष्ठ पार्टी नेताओं की एक बैठक पुणे में बुलाई गई। मीटिंग में आनेवालों में मात्र कुछ ही लोग मेरी बीमारी के बारे में जानते थे। सभी लोग मेरी बात सुनने को व्याकुल थे। मैंने लोगों की भावनाओं को ध्यान में रखते हुए सीधे और साफ शब्दों में सभी को डॉक्टरी जाँच और फिर निकट भविष्य में होनेवाली सर्जरी के बारे में बताया। कैंसर के ऑपरेशन के बाद की सावधानियों के बारे में भी स्पष्ट किया। सभी अचम्भित थे परन्तु कोई भी आतंकित नहीं हुआ। चूँकि मुझे कुछ दिनों के लिए अस्पताल में भर्ती होना था, इसलिए सभी वरिष्ठ नेताओं को खास-खास जिम्मेदारी सौंप दी गई

ताकि चुनाव अभियान प्रभावित न हो। चुनाव अभियान को दृढ़तापूर्वक संचालित करने के दृढ़ निश्चय के साथ पार्टी मीटिंग समाप्त हुई।

मुम्बई के ब्रीच कैंडी हॉस्पिटल के डॉक्टरों ने जैसे ही मुझे अनुमति दी, मैंने अस्पताल के बिस्तर से ही चुनाव अभियान में दिशा-निर्देश देना शुरू कर दिया। कुछ दिनों बाद मुझे घर जाने की अनुमति मिल गई और मैंने तुरन्त हवाई जहाज से जाकर कोल्हापुर, औरंगाबाद और नागपुर में चुनाव सभाएँ सम्बोधित कीं। चुनाव अभियान के दौरान डॉ. बापट मेरी दवाओं और भोजन का पूरा ध्यान रखते और डॉ. सुल्तान प्रधान द्वारा बताई गई हिदायतों पर भी ध्यान देते।

योजनानुसार ही काम आगे बढ़ता रहा।

सर्जरी के दौरान मेरा गाल काट दिया गया और फिर वहाँ जाँघ का मांस लगाकर मरम्मत कर दी गई। दाँत निकाल लिये गए। इस सर्जरी के बाद मुझे कई बार किमोथैरेपी के लिए दिल्ली के अपोलो अस्पताल जाना पड़ा। मेरे होंठों और जबान की ऊपरी परत छील दी गई और इससे यंत्रणादायी पीड़ा होती थी यहाँ तक कि बगैर मुँह को सुन्न किए मैं पानी तक नहीं पी सकता था।

सर्वप्रथम जब हमने स्लोन केटरिंग हॉस्पिटल, न्यूयॉर्क में सम्पर्क किया तो उन्होंने यह कहते हुए कि डॉ. सुल्तान ओरल कैंसर के सबसे अच्छे डॉक्टर हैं, डॉ. सुल्तान से ही इलाज करवाने की सलाह दी। इस प्रकार मैं एक सही डॉक्टर के पास ही पहुँचा। मैं इस इलाज के लिए डॉ. सुल्तान, डॉ. रवि बापट और डॉ. शारदिनी दहनुकर का आभारी हूँ।

चुनाव सम्पन्न होने के बाद केन्द्र में डॉ. मनमोहन सिंह के नेतृत्व में यूपीए की सरकार का गठन हुआ। मैंने उनके मंत्रिमंडल में कृषि मंत्रालय चुना और कृषि मंत्री की जिम्मेदारी सँभाली। मैं कृषि भवन स्थित अपने कार्यालय में प्रतिदिन प्रातः से लेकर तीन बजे तक काम करता और फिर अपोलो हॉस्पिटल में किमोथैरेपी के लिए जाता था।

मेरा अनुभव है कि जब आपकी शारीरिक स्थिति ठीक न हो तब दृढ़ इच्छाशक्ति ही साथ देती है। यदि आप शारीरिक कष्ट के बारे में ही हर समय सोचते रहेंगे तो कष्ट और बढ़ता जाएगा। इसके बजाय आपके सामने जो काम है, उस पर केन्द्रित करने से आप अपना दर्द भूल जाते हैं। इस विषय में अति सरल रणनीति निर्धारित की। परेशान मत हो और आँसू मत पोंछो, दृढ़

निश्चयी रहो, दवाओं को समय से ग्रहण करो और धीरे-धीरे अपना काम करो—मैंने इसी रणनीति को व्यवहार में लागू किया।

किमोथेरैपी कराना काफी कष्टदायी था परन्तु मैं कभी अपने कार्यालय में अनुपस्थित नहीं हुआ। फाइलों को निपटाना और मीटिंगों में शामिल होना, रुटीन से काम करना अबाधित रहा। जैसे ही डॉक्टरों के अनुसार मेरी स्थिति लोगों से मिलने योग्य हो गई, मैंने एक-एक आगंतुक से या प्रतिनिधिमंडलों से मुलाकात करना प्रारम्भ कर दिया। कोई भी राजनीतिक जनता से मिलना नहीं छोड़ सकता। मुझे जनता से मिलने में बहुत आनन्द आता था। अक्सर कहा जाता है कि मैं एक अच्छा श्रोता हूँ। यह कौशल मेरे अन्दर स्वयं ही वर्षों के कार्य के दौरान विकसित हुआ है। प्रत्येक आगंतुक एक अनोखे विषय पर बात करने या उसे हल करने के लिए आता। और इसके बाद अनेक लोग मिलने का इन्तजार करते रहते। इसलिए गम्भीरता से प्रत्येक की बात को सुनना और सीधे समस्या के हल वाले बिन्दु पर पहुँचना और उसका समाधान निकालना एक अति महत्त्वपूर्ण कार्य था।

मैं आगंतुकों को अपने पास आने की प्रतीक्षा नहीं करता था। यात्रा के दौरान या जब भी हमारे पास खाली समय होता, मैं भिन्न-भिन्न पृष्ठभूमि के लोगों के साथ मिलता और बातें करता। मेरे इस व्यवहार ने मेरे अन्दर कई प्रकार के लोगों और अलग-अलग परिस्थितियों को समझने की क्षमता का विकास किया। इस प्रकार, किसी भी बात का पूर्वानुमान लगाने और उसका सही हल पेश करने तथा आगंतुकों को सन्तुष्ट कर शीघ्रता से काम निपटाने और समय बचाने का कौशल विकसित किया।

मैं कैंसर के सर्जिकल इलाज के बाद फॉलोअप इलाज के लिए अमेरिका के सलोन कैटरिंग कैंसर सेंटर में डॉ. मेहता के पास जाता था। डॉ. मेहता ने पहले मुझे हर तीसरे माह बुलाया, मेरे स्वास्थ्य में सुधार को देखकर फिर छह माह में और फिर वर्ष में एक बार आने को कहा। इसके बाद उन्होंने मेडिकल रिपोर्ट से सन्तुष्ट होकर मुझे दोबारा न आने की सलाह दी।

शीघ्रता से मेडिकल जाँच और इलाज तथा मजबूत इच्छाशक्ति का यह एक उदाहरण है। कैंसर के उपचार के दो वर्ष बाद कृषि भवन में एक मीटिंग के दौरान मुझे परेशानी महसूस हुई। कृषि सचिव राधा सिंह ने पूछा, 'सर, क्या कोई परेशानी है?' वह मुझे तुरन्त राममनोहर लोहिया हॉस्पिटल ले गई जहाँ मेरी आर्टिलरी

में ब्लाकेट पता लगा। मैंने डॉक्टर से कहा कि बगैर समय जाया किए आप सर्जरी की व्यवस्था करें। ऑपरेशन थिएटर में ले जाने से पूर्व ही दवाओं से ब्लाकेज दूर हो गया परन्तु छह माह बाद जब पुनः ब्लाकेज हुआ तो उसका समुचित इलाज हुआ।

वर्ष 2004 में जब मेरे घर के शौचालय में मेरा पैर फिसल गया तो मेरे कूल्हे की हड्डी टूट गई। आर्थोपेटिक सर्जरी के बाद डॉक्टरों ने कहा कि मुझे चलने में कुछ महीनों का समय लगेगा और वाकिंग स्टिक के साथ चलना होगा। डॉक्टरों के सारे अनुभवों को झुठलाते हुए ऑपरेशन के 15 दिन बाद ही मैंने चलना शुरू कर दिया और शीघ्र ही मैंने वाकिंग स्टिक को भी छोड़ दिया।

आदमी के जीवन में एक महत्त्वपूर्ण पहलू उसकी जीवन-पद्धति है। राजनीतिक लोग आम तौर पर इस पर ध्यान नहीं देते। जब मेरे मुँह का कैंसर डाइग्नोस हो गया तो मैंने तम्बाकूयुक्त माउथ फ्रेशर चबाना बन्द किया। मुझे प्रसन्नता है कि महाराष्ट्र की कांग्रेस-एनसीपी सरकार ने महाराष्ट्र में तम्बाकू उत्पादों पर प्रतिबंध की घोषणा की।

राजनीतिक जीवन आप से पूरे समय उसमें लगे रहने की माँग करता है। आपको एक ही समय पर टूर करने, जनसम्पर्क करने, प्रशासनिक कार्य देखने और अनेक अन्य प्रकार की गतिविधियों में भागीदारी करनी होती है। इस प्रकार के बहुआयामी कार्यों के लिए आपको तनाव से बचना होता है जो केवल एक अनुशासित जीवन से ही सम्भव है। इस बारे में मैं कठोरता से व्यवहार करनेवाला व्यक्ति हूँ। मैं प्रातः उठकर बगैर नागा घूमने जाता। अपने नियमित भोजन के अतिरिक्त मैं कुछ भी अतिरिक्त नहीं खाता। भोजन में मिर्च, मसाला और अचार बिलकुल कम प्रयोग करता परन्तु दिन में काफी पानी पीता। आराम करना भी जीवन में बहुत आवश्यक है परन्तु अनुशासित जीवन बिताने के कारण मैं कम समय सोकर ही काम चला लेता हूँ। यहाँ तक कि मैं आधे घंटे की हेलीकॉप्टर की यात्रा में भी सो लेता और फिर जहाज से उतरते समय बिलकुल चौकन्ना हो जाता।

कैंसर की बीमारी का जिक्र करते हुए मुझे दो राजनीतिज्ञों की याद आती है जो राजनीतिक जीवन में मेरे साथी रहे और इस भयावह बीमारी ने उनका जीवन ले लिया। महाराष्ट्र के पूर्व मुख्यमंत्री विलासराव देशमुख गम्भीर रूप से बीमार पड़ने से पूर्व उनका पीला चेहरा देखकर साफ पता चलता था कि कुछ गड़बड़ी जरूर है। मुझे याद है कि कई बार विभिन्न अवसरों पर मैंने

उनसे कहा, परन्तु वह यह कहकर टाल देते कि मैंने अपना वजन घटाया है इसलिए चेहरे पर कमजोरी नजर आती है। वर्ष 1912 को फरवरी में मैं उनके बेटे की शादी में गया। उन्होंने अपनी कुर्सी से उठकर मेरा स्वागत करना चाहा परन्तु वह उठ नहीं सके। मैंने जब तकलीफ के बारे में पूछा, तो उनका वही पुराना उत्तर मिला। अगस्त, 2012 में लिवर कैंसर के कारण उनका निधन हो गया। मैं आज भी महसूस करता हूँ कि यदि उन्होंने अपनी बीमारी को निरन्तर टाला न होता और जब लक्षण दिख रहे थे तभी इलाज कराया होता तो वह इतनी जल्दी हमारे बीच से सदा के लिए न जाते।

महाराष्ट्र के पूर्व उप-मुख्यमंत्री और एनसीपी के नेता आर.आर. पाटिल का 57 वर्ष की आयु में 16 फरवरी, 2015 को निधन हो गया। वह मुँह के कैंसर से पीड़ित थे परन्तु उन्होंने इसे ला-इलाज होने की स्टेज तक छिपाए रखा। उन्होंने इस मामले में इतनी गोपनीयता रखी कि हम लोगों को काफी प्रयास के बाद पता लगा कि उनका इलाज किस अस्पताल में हो रहा है। जब हम लोग उनका पता लगा पाए तब तक कैंसर की बीमारी अन्तिम चरण में पहुँच चुकी थी और पाटिल ने अब और बीमारी से न लड़ने का निर्णय कर लिया था।

मैंने आर.आर. पाटिल को एक कार्यकर्ता के रूप में बढ़ते और लीडर के रूप में उभरते देखा। उन्होंने कांग्रेस-एनसीपी सरकार के समय ग्रामीण विकास मंत्री के रूप में उल्लेखनीय भूमिका निभाई। वह ईमानदार और बुनियादी समझदारी वाले व्यक्ति थे।

मुम्बई में 26/11 के बम धमाकों के समय उसके विवादास्पद बयान के कारण मुझे उनसे इस्तीफा लेना पड़ा था। मैं उस समय महाराष्ट्र का गृहमंत्री था। उनके बयान से इतना अधिक कोलाहल मचा कि मेरे पास उनसे इस्तीफा लेने के अलावा कोई रास्ता ही नहीं था। हालाँकि उन्हें फिर गृह मंत्रालय में ले लिया गया और 2014 तक उन्होंने अच्छा काम किया। 2014 के चुनाव में कांग्रेस-एनसीपी सरकार सत्ता में नहीं रह सकी।

आर.आर. पाटिल की असामयिक मृत्यु से मुझे गहरा धक्का लगा। जब मैं यह सोचता हूँ कि उन्होंने अपनी बीमारी हम सबसे छुपा ली अन्यथा एनसीपी को चुनाव में धक्का नहीं खाना पड़ता। वह एनसीपी के लिए दिलो-जान से समर्पित थे। वह एनसीपी के साथ उसके जन्मकाल 1999 से जुड़े थे। उनके निधन पर मुझे बहुत तकलीफ हुई।

अध्याय : बाईस

भारत सरकार में कृषि मंत्री

वर्ष 2003 में सत्ताधारी एनडीए सरकार ने दोबारा सत्ता में आने के विश्वास के साथ 14वें लोक सभा चुनाव की तैयारी प्रारम्भ की। 'इंडिया शाइनिंग' के नारे के साथ चुनाव का समय 6 माह बढ़ा दिया गया और अतिरिक्त आत्मविश्वास के साथ पूरी ताकत से चुनाव की तैयारी की। इसके मुकाबले कांग्रेस ने सतर्कतापूर्ण आशावाद के साथ व्यापक शक्तियों को शामिल कर एनडीए का मुकाबला करने की राजनीति अपनाई।

एक दिन शाम को कांग्रेस पार्टी की अध्यक्षा सोनिया गांधी अपने निवास-स्थान 10 जनपथ से निकलकर सीधे मेरे निवास स्थान 6 गुरुद्वारा रकाबगंज आ गईं। एनसीपी के गठन के बाद से हम लोग दो पदाधिकारियों के रूप में पहली बार मिल रहे थे। निश्चय ही यह एक गर्मजोशीपूर्ण मुलाकात थी। मेरे लिए सोनिया गांधी के आने का कारण समझना कठिन नहीं था। एनडीए की लोकप्रियता में कमी को देखते हुए उन्हें कांग्रेस के नेतृत्व में केन्द्र में संयुक्त मोर्चा सरकार की सम्भावनाएँ साफ नजर आ रही थीं। इसलिए चुनाव बाद की सम्भावनाओं को देखते हुए उन्होंने पहल करने में तनिक भी संकोच नहीं किया। उनके द्वारा एनडीए के मुकाबले संयुक्त मोर्चे में शामिल होने के प्रस्ताव का मैंने स्वागत करते हुए सकारात्मक उत्तर दिया। दोनों पार्टियों ने सहयोगी के रूप में चुनाव लड़ा।

14वीं लोक सभा के चुनावी परिणाम आने पर भाजपा को 138 सीट सहित एनडीए को कुल 181 लोक सभा सीटें मिलीं और एनडीए चुनाव में पराजित हुआ। कांग्रेस ने कुछ उन्नति की और 145 सीटें प्राप्त कीं, परन्तु

यूपीए की कुल सीटें 218 तक ही थीं। इस प्रकार यूपीए भी कुल मिलाकर लोक सभा की आधी सीटों तक नहीं पहुँच सका। कांग्रेस के रणनीतिकारों ने और अधिक सहयोगियों को जोड़ने के हर सम्भव प्रयास किए। प्रणव मुखर्जी और मनमोहन सिंह मेरे निवास पर आए और कांग्रेस के नेतृत्व में सरकार गठन के लिए समर्थन की माँग पेश की।

सीपीआई (एम) के नेतृत्व वाले वाममोर्चा ने यूपीए सरकार को बाहर से समर्थन देने की घोषणा की। प्रणव मुखर्जी ने कहा कि कांग्रेस चाहती है कि एनसीपी, डीएमके और नेशनल कॉन्फ्रेंस सरकार में भागीदारी करे। चुनाव बाद की रणनीति को ध्यान में रखते हुए हमारी पार्टी ने पहले से ही सरकार में शामिल होने की नीति बना ली थी। इसलिए हम लोग मंत्रालयों के विभाजन पर चर्चा करने लगे।

प्रणव मुखर्जी ने पूछा, 'आपकी क्या मंशा है ? कौन-सा विभाग आपकी प्राथमिकता में है ?' मैंने नि:संकोच भाव से कहा, 'कृषि मंत्रालय।' प्रणव मुखर्जी ने आश्चर्य के साथ मेरी तरफ देखा और राहत की साँस ली। उन्होंने शीघ्र ही इसे स्वीकार लिया। मुझे इसका कारण स्पष्ट था। किसी भी सरकार में गृह, वित्त और विदेश मंत्रालय सर्वाधिक महत्त्वपूर्ण होते हैं। इसलिए प्रणव चिन्तित हो रहे थे कि मैं इनमें से किसी मंत्रालय की माँग न करूँ। परन्तु मेरा विचार था कि यदि सबसे बड़ी पार्टी प्रमुख मंत्रालयों को अपने पास रखना चाहती है तो यह सर्वथा उचित है। और मैं अपने आगन्तुकों को निराश नहीं करना चाहता था।

मेरे द्वारा कृषि मंत्रालय की माँग करने से मनमोहन सिंह इसलिए प्रसन्न थे कि वह कृषि क्षेत्र में मेरी रुचि के बारे में जानते थे और उन्हें मालूम था कि मैं अपने मंत्रालय का काम पूरी शक्ति और लगन से करूँगा।

मैंने कहा, 'मेरी एक शर्त है।' प्रणव थोड़ा सुनने के इच्छुक दिखे, 'मैं चाहता हूँ कि खाद्य, पशुपालन और जल संसाधन मंत्रालयों को भी कृषि मंत्रालय के साथ जोड़ दिया जाए।' अब तक ये सारे विभाग अलग-अलग मंत्रियों को आवंटित होते थे। हर मंत्रालय की अपनी प्राथमिकताएँ होती थीं जो अक्सर दूसरे विभाग की प्राथमिकताओं से टकराती थीं। इन सभी मंत्रालयों का कृषि मंत्रालय के साथ जुड़े होने से सरकारी योजनाओं को सामंजस्यपूर्ण तरीके से लागू करने पर अच्छी पहल-कदमी ली जा सकेगी।

मनमोहन सिंह ने मेरे बिन्दु को समझा और शीघ्र ही सहमत हो गए। इसी समय प्रणव मुखर्जी का विवेक सामने आया—खाद्य और पशुपालन को कृषि मंत्रालय से जोड़ने में परन्तु जल संसाधन मंत्रालय को कृषि मंत्रालय से जोड़ने पर प्रणव ने आपत्ति प्रकट की। प्रणव ने कहा, 'तुम्हारे महाराष्ट्र प्रान्त का कर्नाटक, आन्ध्र प्रदेश और गुजरात के साथ लम्बे अरसे से पानी के बँटवारे का प्रश्न उलझा है। यदि इस विभाग को आपके मंत्रालय से जोड़ा जाएगा तो इस विषय में आपका कोई भी वक्तव्य या कार्य हमेशा ही आलोचना के घेरे में रहेगा।' मैंने सोचा, प्रणव ने अच्छा प्रश्न उठाया है। मैं जो चाहता था, वही बिन्दु उन्होंने उठा दिया। सारगर्भित बात करनेवाले प्रणव मेरी बात पर बड़ी शालीनता से 'नहीं' कह सकते थे। इसमें कोई आश्चर्य नहीं कि वह यूपीए सरकार के समय में संकटमोचन थे जिनका कार्य पार्टी या सरकार को संकट से उबारना था। प्रणव मुखर्जी ने सुझाव दिया कि जल संसाधन विभाग के बजाय फूड प्रोसेसिंग विभाग को कृषि मंत्रालय से सम्बद्ध कर दिया जाए। इस प्रस्ताव से असहमत होने का मेरे पास कोई आधार नहीं था, अत: मैंने इसे स्वीकार किया।

संसदीय नेता का चुनाव करना कांग्रेस के लिए थोड़ा कठिन विषय था। सोनिया गांधी पार्टी की नम्बर एक नेता थीं। 1999 के दुखद अनुभव से सबक लेकर कांग्रेस इस बार सावधान थी। हम लोगों ने देखा था कि वाजपेयी के नेतृत्व वाली सरकार एक वोट से गिर गई थी। इसके बाद सोनिया गांधी ने अकेले ही 272 सांसदों का समर्थन की घोषणा करते हुए, राष्ट्रपति के पास सरकार बनाने का दावा पेश करने पहुँच गईं। इसके बाद मुलायम सिंह ने कांग्रेस को समर्थन देने से इनकार कर दिया और सोनिया गांधी को शर्मशार होना पड़ा। कांग्रेस की छवि को बहुत हानि उठानी पड़ी।

इस बार कांग्रेस सावधान थी और 1999 की परिघटना किसी भी प्रकार न दोहराई जाए, इसके लिए तैयार थी। एनसीपी के नेता की हैसियत से मैंने स्पष्ट कर दिया कि संसदीय दल का नेता चुनना और कौन प्रधानमंत्री होगा, यह कांग्रेस पार्टी का अपना सर्वाधिकार है। मुझे इस विषय पर कुछ नहीं कहना है। इसके बाद कांग्रेस के निवेदन के उत्तर में हमारी पार्टी ने समर्थन का पत्र दे दिया।

सारे कार्य सामान्य गति से भली प्रकार चल रहे थे तभी दिल्ली में एक नाटकीय परिघटना घटित हुई। सोनिया गांधी कांग्रेस संसदीय पार्टी की नेता

सर्वसम्मति से चुनी गईं। यह 16 मई, 2004 की तारीख थी। कुछ ही दिनों बाद उन्होंने संसदीय नेता के पद से त्याग-पत्र देकर सबको अचम्भित कर दिया और उन्होंने यह इस्तीफा अपनी 'अन्तरात्मा की आवाज' पर दिया था। इस घटना ने कांग्रेस में भूकम्प ला दिया और इसके सहयोगियों में भी अस्थिरता उत्पन्न कर दी। सीपीआई-सीपीआई (एम) इस बदली हुई स्थिति में सरकार की ढाँचागत स्थिति और उसके चरित्र को जानना चाहते थे। इन दोनों पार्टियों के महासचिव—ए.बी. वर्धन और प्रकाश करात—ने मेरे साथ बात करते हुए यह सुझाव दिया कि मुझको सभी विषयों पर सोनिया गांधी से बात करनी चाहिए। मीडिया और राजनीतिक जगत में उनके इस्तीफे की घोषणा को लेकर अटकलें लगाई जा रही थीं। मैंने जब सोनिया गांधी से बात की तो मुझे अनुमान हुआ कि 'विदेशी मूल' का विषय उनके इस्तीफा का कारण हो सकता है। उन्होंने सोचा होगा यह विषय कभी भी पुनः उठ सकता है और इससे उनके समक्ष एक कठिन स्थिति खड़ी हो सकती है।

यह भी विषय चर्चा में था कि गांधी परिवार के भीतर से भी दबाव था, क्योंकि इस परिवार ने पहले ही अपने दो सदस्यों को (इन्दिरा गांधी और राजीव गांधी को) खो दिया था। दोनों की हत्या प्रधानमंत्री के पद पर रहते ही हुई थी।

संसदीय नेता के पद का मसला तय हो जाने के बाद सोनिया गांधी ने कहा कि यूपीए के घटक संगठनों के बीच अच्छे सामंजस्य और गठबन्धन सरकार के सुचारु संचालन के लिए एक मिकैनिज्म तैयार करना चाहिए। इस प्रस्ताव के अन्दर यूपीए सरकार को संचालित करने के लिए सोनिया गांधी की अध्यक्षता में 4 जून, 2004 को गठित नेशनल एडवाजरी काउंसिल का विचार अन्तर्निहित था।

बहुत-से लोग मेरे द्वारा कृषि मंत्रालय की जिम्मेदारी लेने और दस वर्षों तक (2004-2014) यूपीए-I और यूपीए-II के कार्यकाल में कृषि मंत्री बने रहने पर आश्चर्यचकित हैं। इसकी व्याख्या करना आवश्यक है। कृषि के क्षेत्र में जो कुछ भी घटित होता है, उससे कम से कम देश की 60 प्रतिशत जनता सीधे

प्रभावित होती है। इसके अतिरिक्त इसका सीधा प्रभाव अन्य क्षेत्रों पर भी पड़ता है। मैं एक किसान परिवार में पैदा हुआ और कृषि सम्बन्धी सभी विषयों में वर्षों से मेरी गहरी रुचि थी और मैंने अध्ययन किया था इसलिए मुझे पूर्ण विश्वास था कि मैं इस महत्त्वपूर्ण क्षेत्र में निश्चय ही अच्छा योगदान कर सकूँगा।

वर्ष 2004 में कृषि क्षेत्र की स्थिति बहुत अच्छी नहीं थी। मैंने सोचा, मुझे अपनी विशेषज्ञता और अनुभव का सही तरीके से प्रयोग करने का यह अच्छा अवसर है। मैं लगभग चार दशक पूर्व जब भारत में 'हरित क्रान्ति' की बहार आई थी और इससे अन्न के मामले में भारत आत्मनिर्भर हो गया था, मैं उस समय से ही इस क्षेत्र में अनुभव प्राप्त कर रहा था। उस समय इन्दिरा गांधी के मंत्रिमंडल में सी. सुब्रमण्यम कृषि मंत्री थे। अन्ना साहेब शिन्दे राज्य कृषि मंत्री थे और शिवरमन कृषि सचिव थे। इंडियन काउंसिल फॉर एग्रीकल्चर रिसर्च (आईसीएआर) के प्रमुख डॉ. एम.एस. स्वामीनाथन थे। सरकार की सुनियोजित नीति, मंत्रालय में योग्य नेतृत्व, योग्य प्रशासन और शोध संस्थानों की भागीदारी से आश्चर्यजनक परिणाम प्राप्त होते हैं।

इसके बाद बाबू जगजीवन राम ने भी कृषि मंत्रालय को अच्छा और दृढ़ दिशा-निर्देशन किया। दुर्भाग्य से इसके बाद बदलती परिस्थिति के साथ मंत्रालय कदम नहीं मिला सका।

1984-89 तक बलराम जाखड़ कृषि मंत्री रहे। इसके बाद 2004 तक जब तक मैंने कृषि मंत्रालय का कार्यभार नहीं सँभाला तब तक कोई भी कृषि मंत्री अपना पाँच वर्ष का कार्यकाल पूरा नहीं कर सका था। वर्ष 1990 के बाद से जो कृषि सेक्टर राष्ट्रीय अर्थव्यवस्था में 17.5 प्रतिशत का योगदान करता था और 54.6 प्रतिशत रोजगार के अवसर प्रदान करता था, उस सेक्टर को सर्वाधिक हानि उठानी पड़ी थी। वर्ष 1996-97 में कृषि की विकास-दर घटकर 1.92 प्रतिशत तक पहुँच गई थी। यूपीए-I की पूर्ववर्ती अटल बिहारी वापजेयी के नेतृत्व वाली एनडीए सरकार ने भी इस सेक्टर की स्थिति सुधारने का कोई गम्भीर प्रयास नहीं किया।

सम्पूर्ण कृषि क्षेत्र का परिदृश्य बड़ा निराशाजनक था परन्तु मुझे आशा थी कि यदि अपनी पसन्द का प्रशासन मिल जाए तो मैं कृषि क्षेत्र में अच्छा परिवर्तन कर सकूँगा। सरकारी नीतियों को लागू करने में नौकरशाही एक महत्त्वपूर्ण भूमिका निभाती है। मुझे एक अच्छी टीम की आवश्यकता थी।

प्रधानमंत्री मनमोहन सिंह ने मुझे अपनी इच्छानुसार अधिकारियों का चुनाव करने में पूरी छूट प्रदान की। मेरी तकनीक बहुत साधारण थी। पहला बिन्दु यह कि सही व्यक्ति को सही स्थान पर होना चाहिए। दूसरा यह कि नीतियों को लागू करते समय सरकार की अपेक्षाओं के विषय में उनसे कुछ भी छिपाए बगैर सार संक्षेप बताया जाए। तीसरा, उनको काम करने की पूरी छूट प्रदान करना। मैंने उनके कार्यों में कभी भी हस्तक्षेप नहीं किया।

वर्षों तक मेरा प्रयास रहा कि मैं कृषि क्षेत्र के बारे में, उसके विभिन्न पहलुओं के बारे में भी नई से नई जानकारी से अपने को लैश करूँ। मैं निरन्तर भारत में विभिन्न ग्रामीण क्षेत्रों का भ्रमण करता, भारत में और विदेश में स्थित कृषि शोध संस्थानों में जाता। वहाँ के वैज्ञानिकों से प्रमुख विषयों पर रुचिकर जानकारियाँ मिलतीं। मैं आज भी यह सब करता हूँ।

नवनियुक्त मंत्रियों का, विशेषकर कम परिपक्व मंत्रियों का, मूल्यांकन करने का नौकरशाही का अपना तरीका होता है। नए मंत्री की जानकारी और रुचि की गहराई जानने की उनकी अपनी प्रक्रिया और मानदंड हैं। मुझे पूरा विश्वास है कि मेरे बारे में भी उन्होंने अध्ययन की यह प्रक्रिया अवश्य अपनाई होगी। मेरे पास विश्वसनीयता और प्रशंसा प्राप्त करने के आधार हैं। इसलिए मेरे 'व्यवहार' को लेकर नौकरशाही के साथ कोई मतभेद नहीं पैदा हुआ। एक बार मंत्रिमंडल का एजेंडा पारित हो गया तो फिर पूरी टीम दिलो-जान से उसे व्यवहार में उतारने पर लग जाती।

यदि नीति निर्माताओं और उसे व्यवहार में लागू करनेवालों के बीच का अन्तराल (गैप) भरा जा सके तो अनुकरणीय परिणाम प्राप्त होते हैं। इसीलिए मैं कृषि सम्बन्धी अपने ज्ञान को निरन्तर अपडेट करता था। मैंने देश और विदेश में विभिन्न संस्थाओं के विशेषज्ञों से अनौपचारिक मुलाकातें कीं और शोधपत्रों को पढ़ा तथा उन स्थानों पर भी गया जहाँ पर अन्वेषक अपना कार्य करते थे। इस प्रकार कृषि सम्बन्धी प्रमुख मुद्दों पर हमारे विचार दृढ़ होते जिनके विषय में मैं कृषि मंत्रालय के विभिन्न स्तर के लोगों से विचार करता।

इंडियन काउंसिल फॉर एग्रीकल्चर रिसर्च को पुन: सक्रिय करना मेरी प्राथमिकता थी। शोध संगठनों की कम परफार्मेंस से दीर्घकालीन धक्का लगा था। चूँकि आईसीएआर भारतीय कृषि के लिए मेरुदंड संस्थान था इसलिए हमने उसकी समस्याओं के अध्ययन पर ध्यान केन्द्रित किया। आईसीएआर

एक छात्र संगठन है जिसके नीचे देश की कई महत्त्वपूर्ण शोध संस्थाएँ हैं। इसी के आधीन केरल और महाराष्ट्र की इकाइयाँ हैं जो मछली पालन पर विशेषज्ञताप्राप्त हैं। राजस्थान में ऊँटों पर शोधकार्य का एक संस्थान है। एक संस्थान अंगूर, प्याज और अदरक पर शोध करता है। इसी प्रकार विशेष फसलों, फलों, मिट्टी और पानी पर शोध करनेवाली संस्थाओं की शृंखला है।

आईसीएआर में कृषि वैज्ञानिकों के कुल 5,000 पद हैं। इस संस्थान में 500 पद रिक्त थे, जब मैंने कृषि मंत्रालय का पद भार सँभाला। इस कारण आईसीएआर का कार्य बुरी तरह प्रभावित हो रहा था। देश-भर में सेवानिवृत्त प्रमुख वैज्ञानिकों में से चुनिन्दा वैज्ञानिकों को लेकर 'ए साइंटिफिक एंड एग्रीकल्चरल साइंटिस्ट रिक्रूटमेंट बोर्ड' का गठन किया गया। इस बोर्ड को स्वतंत्र रूप से प्रतिभावान और योग्य, सर्वोत्तम वैज्ञानिकों को भर्ती करने का अधिकार प्रदान किया गया। इस नियुक्ति की आयु सीमा 35-40 वर्ष निर्धारित की गई। इस प्रकार यह सुनिश्चित करने का प्रयास हुआ कि इस आयु ग्रुप के वैज्ञानिकों के पास कार्य का अनुभव भी होगा और वह कम से कम दो दशक तक कार्य करने योग्य भी होंगे। इसके साथ ही साथ मैंने अपने वैज्ञानिकों का अन्तर्राष्ट्रीय अनुभव उन्नत करने का प्रयास किया। वैश्विक प्रतियोगिता के युग में इस प्रकार का अनुभव और प्रदर्शन अति आवश्यक है। फूड एंड एग्रीकल्चर ऑर्गेनाइजेशन संयुक्त राष्ट्र संगठन (यूएनओ) के अधीन एक संगठन है और यूएनओ के सभी सदस्य देशों में इसकी इकाइयाँ हैं। इसकी एक इकाई हैदराबाद में है जो दालों पर शोध-कार्य करती है। इन इकाइयों के स्थान को ध्यान में रखे बगैर, इन केन्द्रों पर विश्व के करीब 10 से 20 देशों के वैज्ञानिक आते और कार्य करते हैं। इनकी नियुक्ति सदस्य देशों को आवंटित कोटा के आधार पर होती है। विज्ञान के अन्तर्राष्ट्रीय स्तर के अपने-अपने क्षेत्र के विशेषज्ञ इस संगठन में साथ बैठते और विश्व-भर के शोध कार्यों व विकास से वैज्ञानिकों को परिचित कराते हैं। इस प्रकार वह वैज्ञानिक अपने देश के केन्द्रों पर वैज्ञानिक शोध और कार्य में परिवर्तन और उन्नत करने की योग्यता प्राप्त करते हैं। इस स्थिति को ध्यान में रखते हुए मैंने देश के वैज्ञानिकों को वर्ष में तीन माह तक एफएओ केन्द्रों पर कार्य करने और अनुभव प्राप्त करने का अवसर प्रदान किया।

आईसीएआर के अधीन कार्यरत 80 से अधिक संस्थानों को स्वतंत्र ढंग

से कार्य करने का अवसर प्रदान किया गया। उनके कार्यों में कृषि मंत्रालय द्वारा निरन्तर हस्तक्षेप को रोका गया और उनको कार्य की पूरी पहल लेने का अवसर प्रदान किया गया। प्रत्येक संस्थान से अपनी वार्षिक कार्य योजना और वित्तीय आवश्यकताओं को प्रस्तुत करने को कहा गया। एक बार उन संस्थानों की योजना और वित्तीय सहायता को मंत्रालय द्वारा स्वीकृति दे दी गई फिर कृषि मंत्रालय उनके कार्यों में हस्तक्षेप नहीं करता था। इस व्यवस्था ने वैज्ञानिकों में जबर्दस्त उत्साह पैदा किया और उन्होंने अतीत की तुलना में अच्छा कार्य-प्रदर्शन किया।

जब भारत और अमेरिका ने परमाणु ऊर्जा सम्बन्धी समझौते पर हस्ताक्षर किए, उस समय कुछ अन्य द्विपक्षीय वार्ता के विषय लम्बित पड़े थे। उनमें से एक विषय अमेरिका द्वारा कृषि, खाद्य पदार्थ और अन्य क्षेत्रों में भारत के साथ शोध से प्राप्त खोजों को साझा करने का था। इसी समझौते का एक भाग अमेरिका द्वारा भारत को दूध और दूध सम्बन्धी उत्पादों को प्रदान करना था। हम लोगों को ज्ञात हुआ कि जिन गायों का दूध, दुग्ध उत्पाद निर्मित करने में प्रयोग होता है, उन गायों को खिलाए जानेवाले पशु-आहार में मांस मिलाया जाता है। हमारे अपने देश के लिए यह काफी विस्फोटक विषय था।

मैंने भारत में इस विषय की संवेदनात्मक स्थिति की चर्चा करते हुए अमेरिका के सम्बन्धित अधिकारी को पत्र लिखा और कहा कि हम इस प्रकार के उत्पाद खरीदने में असमर्थ हैं। अमेरिका सरकार के कृषि सचिव ने हमें एक निन्दात्मक पत्र लिखकर बताया कि ऐसी स्थिति में वह इस विषय में ताजा शोध की जानकारी नहीं दे सकते। अमेरिका ने शायद सोचा होगा कि उनके अस्वीकार्यतापूर्ण उत्तर के बाद हम घुटने टेक देंगे। परन्तु मैंने उनको उत्तर दे दिया कि वर्तमान स्वरूप में हम यह समझौता नहीं कर सकते। इस उत्तर से भारत में कुछ हलचल हुई। इसी बीच मैंने प्रधानमंत्री और मंत्रिमंडल के सदस्यों को यह सूचित कर दिया कि भारत के लोग गाय के दूध से निर्मित मांसाहारी खाद्य पदार्थ को अस्वीकार कर देंगे। मंत्रिमंडल ने इस समझौते को छोड़ देने का निर्णय लिया।

इस परिघटना के अतिरिक्त हमने कई देशों और संस्थाओं के साथ शोध सम्बन्धी द्विपक्षीय समझौते किए। इसके बाद डॉ. मंगला राय और डॉ. एस. अय्यपन के नेतृत्व में आईसीएआर ने लम्बे डग भरते हुए अपने कार्यों का

प्रदर्शन किया। वैज्ञानिकों में अपनी लगन से कार्य करने की इच्छा पुनः स्थापित हुई, व्यक्तिगत रीति–नीति और कार्य की स्वतंत्रता ने शोध कार्य को और गम्भीरता प्रदान की और भारतीय कृषि क्षेत्र की उच्च संस्थाओं में एक नए जीवन का संचार हुआ।

इन प्रयासों का एक तात्कालिक लाभ भारतीय किसानों को अच्छी गुणवत्ता वाले बीजों का मिलना था। इस प्रकार किसानों को धोखेबाजों द्वारा बेचे जा रहे घटिया और महँगे बीजों से कुछ छुटकारा मिला।

हमारे शोध कार्य का अन्तिम लक्ष्य आम जनता को उसका लाभ देना है। यदि शोध निष्कर्षों के बारे में आपसी चर्चा न हो तो उक्त उद्देश्य की पूर्ति नहीं हो सकती। हमने ध्यान दिया कि हमारे वैज्ञानिकों के बीच शोध कार्यों को आपस में चर्चा करने पर काफी अरुचि है। मैंने उनसे कहा, 'जब आप दुनिया के तमाम लोगों से उनके शोधों के बारे में जानना चाहते हैं तो आपको भी अपने शोधों की जानकारी देनी होगी। यह एक दोतरफा प्रक्रिया है।' आईसीएआर संस्थान द्वारा किए गए शोध एक चरण के बाद निजी लोगों या संस्थानों को भी कुछ मूल्य पर उपलब्ध कराए जाते थे। इससे फार्मरों सहित तमाम निवेशकों को भी लाभ होता था।

2005–2014 के दौरान कृषि उत्पादों में आशातीत वृद्धि के लिए एक महत्त्वपूर्ण बिन्दु इस क्षेत्र में दिया गया संस्थागत सहारा और मजबूत नीति थी। कृषि उत्पादों का न्यूनतम समर्थन मूल्य (एमएसपी) एक काफी पेचीदा विषय है। अनाज, दूध, मांस, मछली आदि के न्यूनतम समर्थन मूल्य (एमएसपी) में कोई भी वृद्धि सीधे उपभोक्ता मूल्य सूचकांक में वृद्धि करती है, परिणामस्वरूप मुद्रास्फीति में वृद्धि होती है। कोई भी सरकार राजनीतिक हानि के डर से आवश्यक उपभोक्ता वस्तुओं के मूल्यों में वृद्धि नहीं करती। इसलिए अतीत में वित्त मंत्रालय के दबाव में किसी भी सरकार ने कभी भी न्यूनतम समर्थन मूल्य में पाँच या दस रुपए से अधिक बढ़ोतरी नहीं की। मैंने सीधे इस विषय को सम्बोधित किया और दृढ़ता के साथ तार्किक तरीके से उसे सरकार में प्रस्तुत किया। मैंने तर्क प्रस्तुत किया कि कृषि में किसानों की रुचि और उनके मनोबल को तभी कायम रखा जा सकता है जब कृषि में उनके निवेश और मेहनत की उचित धनराशि उनको प्राप्त हो। यदि कृषि में लागत मूल्य में वृद्धि हुई है तो उचित अनुपात में एमएसपी में भी वृद्धि की

जानी चाहिए। जब हम लोगों ने (सरकार ने) गेहूँ के समर्थन मूल्य में रुपए 60 प्रति क्विंटल की वृद्धि की घोषणा की तो पंजाब में गेहूँ के उत्पादन में उल्लेखनीय वृद्धि हुई। इसके साथ ही साथ हरियाणा, मध्य प्रदेश और पश्चिम उत्तर प्रदेश में भी गेहूँ के उत्पादन में अच्छी वृद्धि हुई। दूसरी फसलों के बारे में भी ऐसा ही हुआ।

हम लोगों ने कृषि उत्पादों में बोनस देने की अवधारणा को भी लागू किया। फूड कार्पोरेशन ऑफ इंडिया (एफसीआई) किसानों से विभिन्न बाजारों से अनाज खरीद कर भंडारण करता है। निजी व्यापारी भी यही कार्य करते हैं। मंत्रालय ने एफसीआई द्वारा बनियों की तुलना में किसानों को अधिक मूल्य देने को कहा गया। इस 'बोनस' के लाभ से प्रभावित हो बड़ी संख्या में किसानों ने निजी व्यापारियों की तुलना में एफसीआई को अधिक अनाज दिया। इसके परिणामस्वरूप तीन-चार वर्ष में एफसीआई के सभी भंडार पूर्णतः भर गए।

इसी प्रकार तिलहन और दलहन के उत्पादन में भी उल्लेखनीय वृद्धि हुई परन्तु अभी भी आवश्यकता से बहुत कम थी। दालें प्रोटीनयुक्त खाद्यान्न हैं इसलिए भारतीयों के भोजन का एक प्रमुख भाग हैं। भारत में दलहन की फसलें आठ से नौ माह में तैयार होती हैं और इनका उत्पादन भी कम होता है इसलिए दलहन के उत्पादन में किसान अधिक रुचि नहीं लेते हैं। अन्य देशों की तुलना में हमारे देश में प्रति व्यक्ति खाद्य तेल की खपत अधिक है इसलिए इसकी घरेलू माँग भी अधिक है। अपने देश के तिलहन उत्पादन से हम अपनी घरेलू आवश्यकता की पूर्ति नहीं कर पाते, इसलिए हमें दलहन और तिलहन दोनों आयात करना पड़ता था।

मेरे कृषि मंत्री होने से पूर्व देश को हर वर्ष एक लाख करोड़ रुपए का दलहल (40,000 रु.) और तिलहन (60,000 रु.) आयात करना होता था। भारत में तिलहन और दलहन फसलों के उत्पादन में वृद्धि होने से यह आयात घटकर मात्र 45,000 करोड़ रु. पर आ गया था। इस प्रकार यह भारतीय अर्थव्यवस्था में भारी योगदान था। परन्तु हमें अभी भी इस क्षेत्र में बहुत कुछ करना था।

हमारे देश में विविध किस्म की जलवायु और अनेक प्रकार की भूमि की आश्चर्यजनक रूप से प्रकृतिप्रदत्त होने के बावजूद यहाँ बागबानी का क्षेत्र

बहुत ही पिछड़ा हुआ था। फलों का कम उत्पादन होने से इसका उपयोग भी कम होता है। यह बागबानी का क्षेत्र हमारा दूसरा लक्ष्य था।

मैं जब 1988 में महाराष्ट्र का मुख्यमंत्री था तो मैंने फल उत्पादन को रोजगार गारंटी स्कीम (ईजीएस) के अन्तर्गत लागू किया था। इस योजना में सुधार कर महाराष्ट्र सरकार ने किसानों को निर्धारित मजदूरी देने का निर्णय किया बशर्ते कि वह अपने खेतों में फलदार वृक्षों की खेती करें।

इस प्रकार रोजगार गारंटी स्कीम सरकार के लिए अधिक लाभकारी साबित हुई। चूँकि इस प्रकार फलों वाली फसलों के उत्पादन से किसानों के परिवार की आय में काफी वृद्धि हुई और सरकार की इस योजना के प्रति किसानों में भारी उत्साह देखा गया। महाराष्ट्र के (कोंकण) समुद्रतटीय क्षेत्र में अल्फानसो आम का उत्पादन कई गुना बढ़ गया जबकि राज्य के मराठवाडा और विदर्भ क्षेत्र में मीठे नीबू और सन्तरे के उत्पादन में उल्लेखनीय वृद्धि हुई। यहाँ तक कि सूखा प्रभावित क्षेत्र के किसानों ने भी अनार उत्पादन के प्रयास शुरू किए। इस प्रकार भारत में महाराष्ट्र बागबानी उत्पादन में नम्बर एक पर पहुँच गया।

मैंने 2005-2006 में नेशनल हार्टीकल्चर मिशन (एनएचएम) प्रारम्भ किया। इस मिशन का उद्देश्य पूरे देश में हर राज्य को अपने यहाँ सम्भावनाओं के आधार पर बागबानी का विकास करना था। इस मिशन के साथ यह विचार था कि राज्य अपने यहाँ के विशेष उत्पादों की स्थिति के अनुसार फल, फूल, सब्जी, वन उपज, अखरोट, मसाले, औषधि में प्रयोग होनेवाले पौधे या खुशबूदार वस्तुओं के निर्माण में प्रयोग होनेवाले पौधे आदि उत्पादित करें।

जिस प्रकार महाराष्ट्र में अंगूर उत्पादक संघ का गठन हुआ था, उसी प्रकार हमारे मंत्रालय ने सन्तरा, अनार, सेब आदि के भी उत्पादक संघों का गठन किया। उनकी स्थापना के तीन वर्षों तक कृषि मंत्रालय द्वारा उनको कार्यालय आदि की सुविधाएँ प्रदान की गईं। इन सारे संगठनों के प्रतिनिधियों का राष्ट्रीय स्तर का एक सम्मेलन और दो-तीन दिन की वर्कशाप की व्यवस्था भी प्रतिवर्ष की गई। इस सम्मेलन में देश-भर से आए प्रतिनिधि अपनी सफलता और उपलब्धियों की कहानी सुनाते। सम्मेलन के प्रतिनिधियों तथा विभिन्न मंत्रालयों के अधिकारियों तथा वैज्ञानिकों के बीच प्रश्न-उत्तर का भी

एक सत्र होता था। उसमें उत्पादन से लेकर बाजार तक के अनेक विषय उठते। इस सम्पूर्ण प्रक्रिया ने नई पीढ़ी को बागबानी और फल उत्पादन की ओर आकर्षित किया। देश-भर में युवा किसानों में नई तकनीक सीखने की प्रबल इच्छा जागी और उन्होंने खुले दिमाग से नए-नए प्रयोग और खोजें करना प्रारम्भ किया।

एनएचएम ने भारत में फल उत्पादन (हार्टी कल्चर) के क्षेत्र में उल्लेखनीय प्रगति की और भारतीयों में जीवन स्तर उन्नत होने के साथ-साथ फलों का उपयोग भी बढ़ा है। इन दोनों पहलुओं ने फल उत्पादकों की तिजोरी भर दी है। इसका स्पष्ट प्रभाव तथाकथित 'बीमारू' राज्यों में तथा उत्तरी राज्यों में देखा जा सकता है। यह राज्य आर्थिक रूप से अपनी क्षमता से कम प्रदर्शित करनेवाले राज्य हैं। बिहार में लीची उत्पादन में वृद्धि हुई, उत्तर प्रदेश में आम के उत्पादन में उल्लेखनीय वृद्धि हुई। अब अन्तर्राष्ट्रीय बाजार में भी इनकी माँग में गुणात्मक वृद्धि हुई है।

हमारे मंत्रालय द्वारा 'पूर्वी भारत में दूसरी हरित क्रान्ति' के अभियान ने भारत की खाद्य सुरक्षा में महत्त्वपूर्ण योगदान किया। पंजाब और हरियाणा परम्परागत रूप से भारत के अन्न भंडार के रूप में जाने जाते थे। वहाँ गेहूँ और धान की खेती होती और बड़ी मात्रा में यह अनाज उत्पादित होता। इन दोनों फसलों के उत्पादन में पानी की बड़ी आवश्यकता थी। पानी के स्रोतों का प्रयोग होते-होते पंजाब का जल स्तर खतरे के निशान तक नीचे चला गया। दूसरी तरफ असम, बंगाल, उड़ीसा, झारखंड और छत्तीसगढ़ में जल काफी मात्रा में उपलब्ध था। हमने इन राज्यों के किसानों को अधिक पैदावार देनेवाले उन्नत बीज और खाद उपलब्ध कराई और इस प्रकार उनका उत्साहवर्द्धन होने से इन राज्यों में धान का अच्छा उत्पादन हुआ। हम लोगों ने किसानों को कर्ज की सुविधाएँ भी उपलब्ध कराईं। इन प्रयासों से किसान भी लाभान्वित हुए और यह राज्य धान के बड़े आपूर्तिकर्ता राज्य बन गए। आज भारत भी विश्व में सर्वाधिक चावल निर्यातक देश की श्रेणी में पहुँच गया है।

मध्य प्रदेश ने गेहूँ उत्पादन में वृद्धि दर्ज कराई। मुख्यमंत्री शिवराज सिंह चौहान ने अपने राज्य में केन्द्र सरकार द्वारा निर्धारित गहूँ के न्यूनतम समर्थन मूल्य में भी अधिक मूल्य किसानों को दिया। इस प्रकार मध्य प्रदेश के

किसान गेहूँ के परम्परागत क्षेत्र पंजाब और हरियाणा से प्रतियोगिता की स्थिति तक पहुँच गए। मध्य प्रदेश का गेहूँ पंजाब की तुलना में अधिक गुणवत्ता वाला है और इसकी विदेशों में अधिक माँग है। आज भारत विश्व में दूसरे नम्बर का गेहूँ निर्यातक देश है।

जब इन राज्यों ने गेहूँ और धान के उत्पादन में वृद्धि की तो पंजाब के किसानों ने तिलहन के उत्पादन पर ध्यान केन्द्रित किया। पंजाब के साथ-साथ हरियाणा और पश्चिमी उत्तर प्रदेश के किसानों ने भी तिलहन के उत्पादन में वृद्धि की। यहाँ के किसानों ने दलहन फसलों के उत्पादन में भी पहल की।

मेरे कृषि मंत्री पद पर रहते हुए महाराष्ट्र, तमिलनाडु, कर्नाटक और आन्ध्र प्रदेश में कपास और गन्ने के नए बीजों के प्रयोग को प्रोत्साहित किया गया। इस प्रकार इन प्रदेशों में कपास का अत्यधिक उत्पादन हुआ और भारत विश्व में दूसरे नम्बर का कपास निर्यातक देश हो गया। चीनी उत्पादन में भी वृद्धि हुई और विश्व में ब्राजील के बाद भारत दूसरे नम्बर का चीनी निर्यातक देश हो गया है।

फूड एग्रीकल्चर आर्गेनाइजेशन (एफएओ) के प्रतिनिधियों की विश्व स्तरीय बैठकों में विभिन्न देशों के प्रतिनिधियों के साथ अनौपचारिक बातचीत में वे कहते, 'आपका देश बहुत खतरनाक है। जब आपके देश में खाद्यान्नों का उत्पादन घटता है तो आपके देश द्वारा किया गया भारी आयात अन्तर्राष्ट्रीय बाजार में अनाज की कीमतों को एकदम से बढ़ा देता है; और जब आपके देश में अतिरिक्त उत्पादन होता है तो बड़ी मात्रा में भारत द्वारा किया गया निर्यात विश्व के बाजार में कीमतों को एकदम घटा देता है।' वे वास्तव में भारत में उच्चस्तरीय खाद्यान्न के उत्पादन से भयभीत थे। एक खास वर्ष में भारत के अन्तर्राष्ट्रीय व्यापार घाटे को हमारे कृषि उत्पाद के निर्यात से पूरा किया गया था। ऐसा पहले कभी भी नहीं हुआ था।

भारत द्वारा कृषि उत्पादन में छलाँग लगाने से भारत के अन्तर्राष्ट्रीय सम्मान में भी वृद्धि हुई। विश्व के देशों ने हमें एक माफी या छूट माँगनेवाले देश के रूप में देखना बन्द किया। इस विषय में उनका दृष्टिकोण बदल गया। अब हमारा देश दूसरे देशों की सहायता देने की स्थिति में हो गया है। अनेक अफ्रीकी देशों में खाद्यान्न का विकट संकट है। चूँकि अमेरिका उनका मुख्य आपूर्तिकर्ता देश था इसलिए वह अक्सर अपना राजनीतिक एजेंडा उन पर

लागू करता था। प्रधानमंत्री मनमोहन सिंह ने अफ्रीकी देशों के प्रतिनिधियों की एक मीटिंग विज्ञान भवन, नई दिल्ली में आहूत की। इस मीटिंग में अफ्रीकी देशों में भूख की समस्या पर चर्चा हुई। मीटिंग के अन्त में कई द्विपक्षीय समझौतों पर हस्ताक्षर हुए। भारत द्वारा इन देशों में खाद्यान्न निर्यात से इन देशों को खाद्यान्न संकट से कुछ राहत मिली। इस प्रकार के निर्यात ने विश्व में भारत की छवि स्थापित करने में सहायता की।

भारत के राष्ट्रपति प्रणव मुखर्जी ने अपनी बांग्लादेश यात्रा के दौरान भारत से चावल निर्यात का आश्वासन दे दिया। उस वर्ष भारत में फसल अच्छी न होने से चावल का बहुत अधिक उत्पादन नहीं हुआ था इसलिए अतिरिक्त निर्यात करना कठिन था। परन्तु राष्ट्रपति ने वचन दे दिया था तो उसकी गरिमा बनाए रखना हमारा कर्तव्य था अत: उस निर्यात ऑर्डर की व्यवस्था की गई। यह स्पष्ट है कि अन्तर्राष्ट्रीय सम्बन्धों में कूटनीति और वित्तीय सहयोग स्पष्ट रूप से मुख्य स्तम्भ हैं। उन दस वर्षों (2004-2015) के दौरान यह भी स्थापित हुआ कि कृषि भी अन्तर्राष्ट्रीय कूटनीति में एक महत्त्वपूर्ण भूमिका निभा सकती है।

किसानों के कर्ज माफी का विषय निरन्तर कृषि का एक मुद्दा बना रहता है। सैद्धान्तिक रूप से मैं कर्ज माफी को अच्छा नहीं समझता। परन्तु जब हम 2007-2008 की स्थिति पर निगाह डालते हैं तो कर्ज माफी के विषय पर अनेक बिन्दु सामने आते हैं। इन तमाम बिन्दुओं ने मुझे यह सोचने को बाध्य कर दिया कि इस विषय पर कुछ अलग से सोचना अनिवार्य है। भारत के करीब 64% किसान कर्ज में डूबे थे और वे वस्तुत: दिवालिया हो गए थे। कई वर्षों से चल रहे सूखा, अतिवृष्टि, घटिया किस्म के बीज, खाद की आपूर्ति में विलम्ब ने किसानों को बुरी तरह प्रभावित किया था। बैंकों और निजी सूदखोरों से लिए गए धन पर ब्याज बढ़ता ही जा रहा था। कर्ज का बोझ उनको नए कर्ज लेने की अनुमति नहीं दे रहा था। किसानों की सम्पूर्ण रूप से कर्ज लेने की हिम्मत खत्म हो रही थी। कर्ज की सम्पूर्ण धनराशि करीब 67,000 करोड़ रुपए हो चुकी थी।

विभिन्न कोणों से समस्या का अध्ययन करने के बाद मैं इस निर्णय पर पहुँचा कि किसानों के कर्ज माफी के अतिरिक्त और कोई विकल्प नहीं है। पूरे देश में कृषि कार्य लगभग ठप्प होने की हालत में आ गया था और नए

निवेश के द्वारा ही उसे पुनः प्रारम्भ किया जा सकता था। किसानों का पुराना कर्ज समाप्त न होने से उनको नया कर्ज मिलना सम्भव नहीं था। मेरे द्वारा किसानों के कर्ज माफ करने का प्रस्ताव मंत्रिमंडल के समक्ष प्रस्तुत करते ही गम्भीर बहस शुरू हो गई। पी. चिदम्बरम इसके खिलाफ थे और वित्तमंत्री होने के नाते उनका विरोध करना स्वाभाविक भी था। मैंने विस्तार से चर्चा करते हुए यह समझाने का प्रयास किया कि इस समय किसानों की कर्ज माफी सम्पूर्ण रूप से किस प्रकार राष्ट्रीय अर्थ व्यवस्था के हित में है। मंत्रिमंडल के अधिकांश सदस्यों ने मेरे तर्कों को समझा और इस प्रकार मेरे विचार से सहमत हुए। हालाँकि किसी भी वित्तमंत्री की तरह पी. चिदम्बरम भी चिन्तित थे और विस्तृत विवरण तथा बहस के बाद वह मेरे विचार से सहमत हुए।

किसानों की कर्जमाफी सम्बन्धी प्रस्ताव पारित हो गया। वित्तमंत्री पी. चिदम्बरम ने 29 फरवरी, 2008 को इसकी घोषणा की। इस घोषणा के दो घटक थे : कर्ज माफी और छोटे तथा मध्यम किसानों का एकमुश्त समाधान। सभी सार्वजनिक बैंकों, ग्रामीण बैंकों, व्यावसायिक बैंकों, और अधिकृत संस्थाओं को 30 जून, 2008 तक इस योजना को लागू करने के आदेश के साथ वर्गीकृत निर्देश भेज दिये गए।

किसानों की कर्जमाफी घोषणा पर पूरे देश के किसानों ने प्रसन्नता व्यक्त की। ग्रामीण इलाकों में कुछ-कुछ असन्तोष के विचार भी उठे परन्तु उसको भली प्रकार समझा जा सकता था। देश के किसानों को मिलनेवाले कर्ज पर ब्याज की दर घटाने का विषय भी एक गम्भीर विचारणीय प्रश्न हमारे सामने खड़ा था। मैं कई वर्षों से किसानों के कर्ज पर ब्याज दर घटाने की माँग कर रहा था और मेरी निरन्तर कोशिश का परिणाम था कि यह ब्याज दर क्रमशः कई बार घटते-घटते 12% से 4% तक लाई जा सकी। कर्जमाफी की घोषणा के बाद मैंने विभिन्न राज्यों के मुख्यमंत्रियों से ब्याज दर में कटौती का आग्रह किया। कर्नाटक राज्य ने पहलकदमी ली और फिर केरल, तमिलनाडु, महाराष्ट्र, पंजाब, हरियाणा और कई अन्य राज्यों ने किसानों द्वारा तीन लाख रुपए तक के कर्ज को समय सीमा में भुगतान करने पर शून्य ब्याज दर की घोषणा की। इस प्रकार केन्द्र सरकार से लेकर राज्य सरकारों तक किसानों की इस सहायता से कृषि क्षेत्र में तेजी से उत्पादन में वृद्धि हुई।

देश के विभिन्न प्रान्तों में प्रति हेक्टेयर उत्पादन में वृद्धि के उद्देश्य से केन्द्रीय कृषि मंत्रालय ने एक प्रतियोगिता स्कीम की घोषणा की। इस प्रतियोगिता के लिए गेहूँ उत्पादन के क्षेत्र पंजाब, हरियाणा, मध्य प्रदेश को एक टीम में रखा गया। कम उत्पादन वाले अन्य राज्यों को दूसरी टीम में रखा गया। इसी प्रकार अन्य फसलों के लिए अलग-अलग राज्यों के ग्रुप विभाजित किए गए। इनाम की दर पाँच करोड़ से दस करोड़ रुपए निर्धारित की गई।

इस प्रतियोगिता ने सभी राज्यों का ध्यान आकर्षित किया। जब छत्तीसगढ़ राज्य ने प्रति हेक्टेयर सर्वाधिक धान उत्पादन कर प्रथम पुरस्कार प्राप्त किया, तो तमाम अखबारों ने इस उपलब्धि के लिए विशेष परिशिष्ट प्रकाशित किए। छत्तीसगढ़ के मुख्यमंत्री रमन सिंह के अतिरिक्त ओड़ीसा के मुख्यमंत्री नवीन पटनायक और बिहार के मुख्यमंत्री नीतीश कुमार ने अपने-अपने राज्य में कृषि उत्पादन बढ़ाने में व्यक्तिगत रूप से रुचि ली। गुजरात के मुख्यमंत्री नरेन्द्र मोदी ने तिलहन के उत्पादन पर ध्यान केन्द्रित किया। इन सभी राज्यों ने उल्लेखनीय परिणाम प्राप्त किए। कृषि उत्पादन की यह वृद्धि एक परिघटना के रूप में सामने आई और इसे अन्तर्राष्ट्रीय क्षेत्र में मान्यता मिली। मनीला स्थित इंटरनेशनल राइस रिसर्च इंस्टीट्यूट (आईआरआरआई) की ओर से भारत को सर्वाधिक चावल उत्पादन के लिए गोल्ड मेडल देकर सम्मानित किया गया।

भारत का कृषि मंत्री रहते हुए मैंने अपने कार्यकाल में जेनेटिकली मोडीफाइड क्रॉप (जीएम फसल) के उत्पादन पर भी पहल शुरू की। मैंने इस विषय को सम्बोधित किया। भारत में ही नहीं, विश्व के तमाम देशों में जीएम फसलों पर हो रही बहस अभी अपने अन्तिम निष्कर्ष पर नहीं पहुँची है। इस विषय पर ध्यान देने की आवश्यकता है कि विकसित देश स्वयं जीएम बीजों का अन्धाधुंध प्रयोग करते हैं परन्तु भारत में इन बीजों के प्रयोग और फसलों के उत्पादन पर विरोधी रुख रखते हैं। वे भारत में जीएम बीज/फसल विरोधी अभियानों को आर्थिक सहायता प्रदान करते हैं और विभिन्न तरीकों से सरकार पर दबाव डालने का प्रयास करते हैं। भारत में भी कुछ लोग जीएम फसलों के विरोध में हैं। इस विषय में मैंने सबसे कम विरोध वाली फसल पर यह प्रयोग करने का रास्ता चुना। मैंने इसका प्रयोग गैर-खाद्य फसल कपास पर किया। एक विशेष प्रकार का लार्वा (कीड़ा) कपास की कली को

फूलने से ही पूर्व नष्ट कर देता है और अक्सर कपास उत्पादकों को इस खतरे का सामना करना पड़ता है। परन्तु कपास के जीएम बीजों से उत्पादित फसल में एक अन्तर्क्रिया के द्वारा यह लार्वा मर जाता है। मैंने अन्तर्राष्ट्रीय ख्याति प्राप्त मोनसंटो से कपास का जीएम बीज मँगाकर यह प्रयोग प्रारम्भ किया और शीघ्र ही कॉटन रिसर्च इंस्टीट्यूट नागपुर में इस जीएम बीज को विकसित किया गया। मायको नाम की एक भारतीय कम्पनी ने भी शीघ्र ही कपास का जीएम बीज को विकसित करने में सफलता प्राप्त की। परिणामस्वरूप भारत में कपास का उत्पादन बढ़ा और कपास के आयात में कमी आई।

मेरे नेतृत्व में भारत के कृषि मंत्रालय द्वारा ली गई इस पहलकदमी की मीडिया ने कड़ी आलोचना की। भारत के कुछ स्वघोषित पर्यावरणविदों ने काफी विरोध किया परन्तु भारतीय किसानों का पूरा ध्यान अपना उत्पादन बढ़ाने पर केन्द्रित था इसलिए उन्होंने जीएम बीजों का प्रयोग कर 4000 रुपए प्रति एकड़ की बचत की। भारत में जीएम कपास का उत्पादन 94% तक बढ़ गया और इस प्रकार विश्व में भारत दूसरे नम्बर का कपास निर्यातक देश हो गया। इस विषय पर मैंने दृढ़ता से अपना पक्ष प्रस्तुत करते हुए जीएम कपास के पक्ष में स्पष्ट वक्तव्य प्रस्तुत किया। मेरे इस वक्तव्य से जीएम बीजों के विरोध में थोड़ी कमी आई।

आज भी हमारे देश में जीएम बीजों के प्रति विशेषकर खाद्यान्न बीजों में इसके प्रयोग का विरोध जारी है। यह प्रक्रिया चावल के क्षेत्र में इन बीजों के प्रयोग संचालित करने में भी बाधा उत्पन्न करती है। जीएम तकनीक के विरोधी सीधे उच्चतम न्यायालय पहुँच गए और उच्चतम न्यायालय ने कपास के अतिरिक्त सभी फसलों में जीएम बीज के प्रयोग पर प्रतिबन्ध लगा दिया। सर्वोच्च न्यायालय ने इन बीजों के लिए शोध करने और प्रयोग संचालित करने पर भी प्रतिबन्ध लगा दिया। उच्चतम न्यायालय ने इस सम्बन्ध में एक कठोर चेतावनी जारी करने के लिए कृषि विभाग के अधिकारियों को तलब कर निर्देश दिया। परीक्षण के लिए जीएम बीजों से उगाए गए पौधों को उखाड़ दिया गया; हम लोग उच्चतम न्यायालय के आदेश को लागू करने को बाध्य थे। कई अन्य फसलों के लिए शोध और विकास कार्य निर्णायक स्तर तक पहुँच चुका था इसलिए हमारे इस प्रयास को बड़ा धक्का लगा। तिलहन में जीएम बीजों के विकास का कार्य लगभग अन्तिम चरण में था तभी न्यायालय

का निर्देश प्राप्त होने से हमारी आँखों के सामने यह परीक्षण ध्वस्त हो गया। मुझे पूर्ण विश्वास है कि इस दुर्भाग्यपूर्ण परिघटना से भारत को विश्व में एक प्रमुख कृषि उत्पादक शक्ति के रूप में विकसित होने का अवसर हाथ से निकल गया।

इस सम्पूर्ण परिघटना के बाद भी हम लोगों ने अविवादित क्षेत्र में शोध कार्य जारी रखा। देश में 84 कृषि विश्वविद्यालय हैं। इन विश्वविद्यालयों में बड़ी संख्या में स्टाफ है, कृषि वैज्ञानिक हैं और इनके पास परीक्षण के लिए विशाल भूमि भी है। आईसीएआर के 80 शोध संस्थानों के अतिरिक्त, इन विश्वविद्यालयों में भी विशाल स्तर पर शोध और आधुनिकीकरण की शक्ति और साधन हैं। इनके पास केवल फंड की कमी थी। मैंने इनको और अधिक फंड देने के लिए आईसीएआर को कहा। इन विश्वविद्यालयों में पैदा होनेवाली फसल से भी उनको अच्छा फंड मिलने लगा। आईसीएआर सेंटर की तरह विश्वविद्यालयों से भी वैज्ञानिकों को शोध संस्थानों में कार्य करने के लिए भेजा गया। इस प्रक्रिया से वैज्ञानिकों का मनोबल उन्नत हुआ।

अनेक कृषि विश्वविद्यालयों के पास 1000 से 4000 एकड़ तक भूमि है। हमने उन विश्वविद्यालयों से उस भूमि पर फसल उत्पादित कर किसानों के समक्ष प्रदर्शन आयोजित करने को कहा। इस प्रकार किसानों को नई-नई तकनीक तथा नई फसलों व उनसे सम्बन्धित वैज्ञानिक जानकारी प्राप्त हुई। स्थानीय भाषाओं में कृषि सम्बन्धी साहित्य का प्रकाशन हुआ। इन प्रदर्शनों को देखने के बाद किसानों को नए बीज उपलब्ध कराए गए और उनके प्रयोग के लिए वे उत्साहित हुए। इस प्रकार विश्वविद्यालयों और किसानों के बीच सम्बन्ध प्रगाढ़ हुए और विश्वविद्यालय केवल प्रशिक्षण केन्द्र न रहकर वे किसानों के लिए आजीवन सम्बन्धी केन्द्र भी हो गए।

कृषि व्यापार के उदारीकरण के लिए हम लोगों ने एग्रीकल्चर प्रोड्यूस मार्केटिंग कमेटी (एपीएमसी) के पुराने एकाधिकार को भी तोड़ा। हमारा तात्कालिक उद्देश्य एग्रो-प्रोसेसिंग सेक्टर में नई जान फूँकना और मार्केटिंग में एजेंटों की भूमिका को समाप्त करना था। एग्रो-प्रोसेसिंग संस्थानों को सीधे किसानों से कच्चा माल खरीदने की अनुमति प्रदान की गई। इस प्रकार यह कार्य एपीएमसी और एग्रो-प्रोसेसिंग यूनिटों, दोनों के लिए फलदायी रहा। किसानों को भी एग्रो-प्रोसेसिंग यूनिटों से कृषि सम्बन्धी नई-नई जानकारियाँ

मिलने के अतिरिक्त इन इकाइयों से अपने उत्पादन की अच्छी कीमत भी प्राप्त होती। इस प्रक्रिया ने ठेके पर खेती की प्रक्रिया को बढ़ावा दिया और प्रोसेसिंग इकाइयों को आवश्यकतानुसार कृषि उत्पादन मिलना सुनिश्चित होने लगा। इस उदारीकरण की प्रक्रिया को किसानों से भरपूर समर्थन व प्रशंसा मिली।

नेशनल एडवाइजरी काउंसिल (एनएसी) का गठन विशेष रूप से यूपीए सरकार के नीति सम्बन्धी विषयों में दिशा-निर्देश करने के उद्देश्य से हुआ था और राज्य शासन के कई विषयों पर एनएसी का अपना विचार भी था। कई बार इस प्रकार की आलोचनाएँ सामने आती थीं कि एनसीए एक अतिरिक्त संसदीय प्राधिकार की तरह केन्द्रीय मंत्रिमंडल को नकारते हुए कार्य करती थी। हालाँकि यह 'पवित्र संगठन' मेरे विभाग से दूरी ही बनाए रखता था। यदि अपने विभाग सम्बन्धी किसी निर्णय पर मुझमें और एनएसी में मत-भिन्नता होती तो हमारा विचार ही निर्णायक समझा जाता। दुर्भाग्य से कांग्रेस पार्टी के मंत्रियों के साथ ऐसा नहीं था। ऐसे भी अवसर आए जब मनमोहन सिंह और पी. चिदम्बरम के भी विचारों से एनएसी की मत-भिन्नता सामने आई और उन्होंने महसूस किया कि एनएसी के विचारों में आर्थिक विषय पर गम्भीरता नहीं है। परन्तु यदि कांग्रेस के मंत्रियों को कभी भी यह समाचार मिले कि अमुक निर्णय पर एनएसी की प्रमुख सोनिया गांधी का समर्थन है तो ये बस एक सीधी कतार में खड़े होकर बगैर बहस के उसका समर्थन करते थे।

वर्ष 2013 में मेरी एनएसी के साथ कड़ी बहस फूड सिक्योरिटी बिल के प्रावधानों पर हुई थी। यूपीए-II के उत्तरार्द्ध काल में हुई इस कड़ी बहस ने मीडिया का भी ध्यान आकर्षित किया और मीडिया ने इसको काफी प्राथमिकता भी दी। यद्यपि मैं सैद्धान्तिक रूप से जरूतरमन्द लोगों की सहायता करने के एनएसी के विचार से सहमत था परन्तु मैं कम्बल बाँटने और बहुत कम मूल्य पर गरीबों को अनाज देने के पक्ष में नहीं था। मैंने तर्क दिया कि अत्यधिक कम मूल्य पर गरीबों को अनाज देना उनके सामाजिक मूल्य को प्रभावित करेगा। मेरा यह भी तर्क था कि अति कम मूल्य पर अनाज देने से भ्रष्टाचार की भी वृद्धि होगी। अनेक अपात्र लोग एक से तीन रुपए किलो अनाज खरीद लेंगे और उसको अधिक मूल्य पर बेच लेंगे। इससे कालाबाजारी बढ़ेगी। इसी प्रकार की बहस कई बार बाद के समय में भी हुई।

इससे पूर्व पूरे भारत में कुछ सरकारी सस्ते गले की दुकानें ऐसी थीं जिनके कोटेदार अपना पूरा मासिक कोटा सुरक्षित रखते थे क्योंकि उनके अधिकांश उपभोक्ता खाते-पीते घरों से थे जो इन दुकानों से अनाज नहीं खरीदते थे। खाद्य सुरक्षा योजना लागू होने के उपरान्त इन कोटेदारों ने अपने कोटे का पूरा अनाज खरीदना शुरू कर दिया। इसका साफ मतलब था कि इस अनाज का अधिकांश भाग कालाबाजारी में बेचा जाता था। मनमोहन सिंह और चिदम्बरम भी हमारे विचार से सहमत थे परन्तु अन्त में एनएसी का ही पलड़ा भारी रहा। अधिकांश लोगों ने एनएसी का ही समर्थन किया। इसके कारण की चर्चा हम पहले ही कर चुके हैं। मैंने एनएसी के सदस्यों का वर्णन करते हुए 'झोलावाले' शब्द का प्रयोग किया था। हमारे इस व्यंग्य पर तीखी प्रतिक्रिया आई परन्तु मैंने जान-बूझकर इस शब्द का प्रयोग किया था ताकि सोनिया गांधी को अनुभव हो सके कि उन्होंने एनएसी के लिए कैसे लोगों को चुना है।

सम्पूर्ण भारत देश में हम पानी के उचित प्रयोग और सिंचाई में इसके सही प्रयोग को लेकर चुनौती का सामना कर रहे हैं। करीब-करीब पूरे देश के ही किसान खेतों को लबालब पानी से भरा देखकर प्रसन्न होते हैं। हमें अपनी इस सोच को बदलना होगा। इस व्यवहार को समाप्त कर इजराइल ने पूरे खेत को पानी से तर करने के बजाय पौधों की जड़ों पर बूँद-बूँद पानी से सींचने की तकनीक का उदाहरण प्रस्तुत किया है। इससे एक तो पानी की बर्बादी नहीं होती। हम लोगों को भी इस तरह के व्यवहार से सीखना चाहिए, ऐसा न करने पर भविष्य में भारत के कई क्षेत्रों में पानी के प्रश्न पर मुठभेड़ की सम्भावनाएँ बढ़ जाएँगी।

अपने कृषि मंत्री काल में हमने रेन फेड मिशन को लागू किया। मंत्रालय की इस पहल से सर्वप्रथम कर्नाटक और आन्ध्र प्रदेश को लाभ हुआ।

हमारे देश में किसानों से लेकर उपभोक्ता तक खाद्यान्न पहुँचाने की पूरी शृंखला पर सरकार को ध्यान देने और इसमें सुधार करने की आवश्यकता है। अनाजों को लाने-ले जाने में सम्पूर्ण भारत में लगभग 30% यानी कि करीब एक-तिहाई अनाज की हानि होती है। इस प्रकार प्रतिवर्ष लगभग रुपए 40,000 करोड़ का अनाज बर्बाद होता है। विकसित देशों में यह प्रतिशत मात्र 3 से 5 है। इसका हल मार्गों के किनारे भंडारण के लिए कोल्ड स्टोरेज का

निर्माण है। मुझे अपने कृषि मंत्री काल के अन्तिम समय में प्रोसेसिंग इंडस्ट्री का चार्ज मिला। मैंने कर्ज देने में कोल्ड स्टोरेज को सर्वोच्च प्राथमिकता में रखा और बैंकों के प्रमुखों को कोल्ड स्टोरेज के लिए 3% ब्याज की दर से कर्ज देने को कहा। यदि मेरे पास पहले से ही एग्रो प्रोसेसिंग विभाग का प्रभार रहा होता तो मैंने इस क्षेत्र में भी काफी कार्य पूरा कर दिया होता।

यूपीए–II की अन्तिम मीटिंग में सरकार की उपलब्धियों की चर्चा करते हुए प्रस्ताव पारित किया गया। इस मीटिंग में कृषि मंत्रालय की विशेष उपलब्धियों का उल्लेख किया गया। मेरे कांग्रेस पार्टी के मित्र भी जब यूपीए की उपलब्धियों की चर्चा करते हैं तो वे कृषि मंत्रालय के अच्छे कामों की तथा उपलब्धियों की चर्चा करते हैं हालाँकि वे कुटिलतावश मेरा नाम नहीं लेते। मुझे इस बात की प्रसन्नता है कि राष्ट्रपति प्रणव मुखर्जी और पूर्व प्रधानमंत्री (डॉ.) मनमोहन सिंह जहाँ भी उचित और सम्भव समझते हैं, उदारतापूर्वक मेरी तारीफ करते हैं।

अध्याय : तेईस

मंत्रियों के ग्रुप में

देश में दीर्घकालीन प्रभाव डालने वाले सम्भाव्य अनेक महत्त्वपूर्ण विषयों का हल निकालने के लिए प्रधानमंत्री मनमोहन सिंह ने ग्रुप ऑफ मिनिस्टर्स और इम्पॉवर्ड ग्रुप ऑफ मिनिस्टर्स की व्यवस्था की। इस प्रकार यूपीए-I और यूपीए-II के कार्यकाल में ऐसे 50 से अधिक ग्रुप ऑफ मिनिस्टर्स ने विभिन्न विषयों पर कार्य किया। जब किसी विषय पर मंत्रिमंडल में तीखे मतभेद होते, उस समय यह ग्रुपों की व्यवस्था सबसे कारगर होती थी। जब कभी किसी विषय पर गहन और ममत्वहीन विचारों की आवश्यकता होती तभी यह ग्रुप महत्त्वपूर्ण भूमिका निभाते।

ब्रिटिश व्यवस्था से लिये गए सरकार के इस मंत्रिमंडलीय ढाँचे में समय-समय पर नीतिगत विषयों पर मतभेद उत्पन्न होते रहते हैं। सम्बन्धित विभाग के मंत्री से सदस्यों के प्रश्नों के उत्तर की आशा की जाती है। वह अपने साथ अतिरिक्त और आवश्यक जानकारी प्राप्त करने के लिए अपने विभाग के सचिव को साथ में बुला सकता/सकती है। इस प्रक्रिया के बावजूद गम्भीर मतभेद मौजूद रहते हैं। ऐसी परिस्थितियों में मनमोहन सिंह उस विषय को ग्रुप ऑफ मिनिस्टर्स (मंत्रियों के ग्रुप) को सौंपने का सुझाव देते। इसके बाद राजाज्ञा से ग्रुप ऑफ मिनिस्टर्स के सदस्य और चेयरमैन की नियुक्ति की जाती। मंत्रियों का यह ग्रुप सम्बन्धित विषय पर सुविचारित और तर्कसंगत नीति बनाने के लिए जितनी बार आवश्यकता समझे, मीटिंग कर सकता था। यह ग्रुप आवश्यकता होने पर मीटिंग में नौकरशाहों को भी शामिल कर सकता था जो मंत्रिमंडल की बैठक में सम्भव नहीं था। तदुपरान्त इस ग्रुप के सुझाव

मंत्रिमंडल के समक्ष सुधार और संशोधन के लिए प्रस्तुत किए जाते। चूँकि पहले ही नीति निर्माण के लिए काफी तैयारी हो चुकी होती थी और सम्पूर्ण कार्यवाही एक प्रक्रिया से पूरी होती थी इसलिए सामान्य रूप से मंत्रिमंडल बगैर कुछ खास बहस किए ही ग्रुप ऑफ मिनिस्टर्स के प्रस्तावित ड्राफ्ट को पारित कर देता।

कुछ अति महत्त्वपूर्ण विषयों पर नौकरशाहों के अतिरिक्त सरकार से बाहर के विशेषज्ञों और मध्यस्थ व्यक्तियों की सलाह भी आवश्यक होती। ऐसे विषयों को इम्पॉवर्ड ग्रुप ऑफ मिनिस्टर्स को सौंपा जाता। चूँकि यह विषय सीधे उत्तरित न होकर एक गम्भीर प्रक्रिया से गुजरने के बाद निर्णय की प्रक्रिया में जाते थे इसलिए इनमें बहुत गहराई होती थी। यह प्रक्रिया अधिक परिपक्व, व्यापक आधार वाली, तथ्यगत और पारदर्शी थी। इस प्रक्रिया ने निश्चय ही प्रशासनिक गुणवत्ता को उन्नत किया। यूपीए–I और यूपीए–II के शासन के समय हमने और प्रणव मुखर्जी ने अनेक ग्रुप ऑफ मिनिस्टर्स और इम्पॉवर्ड ग्रुप ऑफ मिनिस्टर्स का नेतृत्व किया। पी. चिदम्बरम ने भी इस प्रकार के अनेक ग्रुप ऑफ मिनिस्टर्स की अध्यक्षता की।

मेरी अध्यक्षता वाले एक महत्त्वपूर्ण ग्रुप ऑफ मिनिस्टर्स को भारत की फार्मस्यूटिकल (औषधीय) नीति सूत्रीकृत करने की जिम्मेदारी सौंपी गई। बहुत से लोगों को यह जानकारी नहीं है कि भारतीय औषधि कम्पनियों की अन्तर्राष्ट्रीय बाजार में महत्त्वपूर्ण उपस्थिति है। भारत की औषधिकीय कम्पनियाँ अमेरिका, रूस, दक्षिण अफ्रीका, ब्राजील और अफ्रीका में सामान्य दवाओं की प्रमुख आपूर्ति करनेवाली कम्पनियाँ हैं। मेरी अध्यक्षता में गठित ग्रुप ऑफ मिनिस्टर्स ने इस सेक्टर में उदारीकरण को बढ़ावा देने, निवेश को आकर्षित व शोध कार्यों को प्रोत्साहित करने के द्वारा गति प्रदान करने का निर्णय लिया।

खुलकर विरोध करनेवाले गैर–सरकारी संगठन (एजीओ) प्रमुख रूप से सस्ती दवाओं की माँग उठा रहे थे। इन एनजीओ ने अखबारों और टेलीविजन मीडिया में काफी समय और स्थान घेर रखा था। इनकी खबरों को काफी स्थान मिलता था। इससे मध्यस्थ औषधिक उत्पादकों के हितों की रक्षा करते थे। तीसरा सबसे कम दिखनेवाला ग्रुप शोधकर्ताओं का था। इन तीनों की समस्याओं का समाधान करना था।

दवाओं की उचित दर पर उपलब्धता की माँग को किसी भी प्रकार नकारा

नहीं जा सकता था। परन्तु इससे सम्बन्धित अन्य विषय भी थे। इस क्षेत्र में शोध की गतिविधियों को समर्थन देना एक निर्णायक विषय था। शोधकार्य पूरा होने और औषधि को बाजार तक पहुँचने का औसत समय सात-आठ वर्ष था। औषधि मनुष्य के प्रयोग के लिए सुरक्षित और सही है। इस स्थिति तक पहुँचने में अनेक टेस्ट करने होते हैं और इस प्रकार शोधकार्य एक बहुत ही श्रमसाध्य कार्य था।

स्पष्ट रूप से इस शोधकार्य में काफी धनराशि भी व्यय होती और अन्त में यह सारी कीमत दवा के बाजार मूल्य में शामिल हो जाती। इस सेक्टर के दीर्घकालीन हित को देखते हुए यह एक सही रुख था परन्तु कुछ एनजीओ इस सच्चाई को स्वीकार करने को तैयार नहीं थे। चूँकि एनजीओ संगठनों का स्टैंड लोकप्रिय स्टैंड था इसलिए सरकार द्वारा दृढ़ निर्णय लेना काफी कठिन कार्य था।

प्रधानमंत्री मनमोहन सिंह को शुक्रिया कि वह अलोकप्रिय और बुद्धिमत्तापूर्ण निर्णय लेने की मेरी योग्यता पर विश्वास करते थे और वह ऐसे जटिल मसलों को हमारे ग्रुप के पास ही भेज देते। यह बात एक दूसरे कारण से हमारे कांग्रेसी मित्रों को भी अच्छी लगती थी। यदि मेरे निर्णय से लोग आन्दोलित हो उठें और मीडिया भी आलोचना करने लगे तो वे आसानी से इस निर्णय से अपने को अलग घोषित कर देंगे। वे बड़े संयम के साथ कहेंगे, 'हम भी इस निर्णय के पक्ष में नहीं हैं, परन्तु हम असहाय हैं क्योंकि यह निर्णय हमारी सरकार के सहयोगी द्वारा लिया गया है।' इन विरोधों और आलोचनाओं को नकारते हुए मेरे ग्रुप ऑफ मिनिस्टर्स ने भारतीय औषधीय सेक्टर के दीर्घकालीन हित को ध्यान में रखते हुए दृढ़ निर्णय लिया।

हमारे ग्रुप द्वारा लिए गए निर्णय के परिणामों को भारत की कुछ औषधीय कम्पनियों के विकास में स्पष्ट देखा जा सकता है। जवाहरलाल नेहरू ने वर्षों पूर्व इस सेक्टर को स्थापित करने की आवश्यकता को महसूस किया था। यह अवसर कस्तूरबा गांधी के निधन का था जब नेहरू पुणे के आगाखान पैलेस में कस्तूरबा गांधी को श्रद्धांजलि देने पहुँचे तो उनको बताया गया कि कस्तूरबा गांधी को आवश्यक दवा समय से न मिल पाने से उनका निधन हो गया। तब नेहरू ने अनेक औषधीय कम्पनियों को स्थापित करवाया। पुणे के पास पिम्परी में हिन्दुस्तान एंटी बायोटिक लि. उन कम्पनियों में से एक है। जब

भारत सरकार ने विदेशी उत्पादकों को भारत में दवा कम्पनियाँ लगाने की अनुमति प्रदान की तो उक्त सार्वजनिक संस्थानों को धक्का लगा। लम्बी अवधि तक भारत के बाजार में विदेशी कम्पनियाँ अपना प्रभुत्व जमाए रहीं। स्विट्जरलैंड की दवा कम्पनियों का भारत में सर्वाधिक हिस्सा था। हमारे ग्रुप ऑफ मिनिस्टर्स ने भारत की नीति में इस प्रकार सुधार करने का निर्णय लिया कि भारतीय दवा निर्माता कम्पनियाँ स्वस्थ तरीके से विदेशी कम्पनियों से प्रतियोगिता कर सकें। हमने किसी भी प्रकार की वित्तीय छूट नहीं दी परन्तु यह सुनिश्चित किया कि भारत में उनको अपनी कम्पनी के विस्तार में कोई बाधा नहीं होगी। इस भरोसे से कई सफलता की कहानियाँ सामने आईं।

आज से 25 वर्ष पूर्व सन फार्मा एक छोटी दवा निर्माता कम्पनी थी। आज इसने 16 देशों में दवा उत्पादक इकाइयाँ स्थापित की हैं। सन फार्मा ने अमेरिका, रूस, पाकिस्तान, बांग्लादेश, ब्राजील, आस्ट्रेलिया और चीन में भी अपनी उत्पादन इकाइयाँ स्थापित की हैं। दिलीप सांघवी सन फार्मा के संस्थापक हैं और वह आज भारत में सबसे धनाढ्य लोगों में से एक हैं। एमक्योर फार्मास्यूटिकल एक दूसरी कम्पनी है जो अन्तर्राष्ट्रीय स्तर पर दवाओं को विकसित, उत्पादित और मार्केटिंग करती है।

वर्तमान में भारत विश्व में सर्वाधिक दवा बनानेवाला दूसरे नम्बर का देश है। भारत के अन्दर गुजरात प्रान्त दवा उत्पादकों का सबसे बड़ा केन्द्र है। गुजरात के बाद महाराष्ट्र का नम्बर है।

अध्याय : चौबीस

हमारा भविष्य क्या है ?

राजनीति और अभिशासन भारत की विविधतापूर्ण संस्कृति और यहाँ का लोकतंत्र ऐसे दो गुण हैं जो मुझे मंत्रमुग्ध कर देते हैं। भारत महादेश अद्वितीय विविधताओं वाला देश है। विगत 65 वर्षों में भारत की जनता ने अनेक सामाजिक, राजनीतिक उथल-पुथल को देखा है और उल्लेखनीय सहनशीलता और नम्यता प्रदर्शित की है। यह प्रत्येक भारतीय के लिए गर्व का विषय होना चाहिए और मैं सोचता हूँ कि यह भारत के भविष्य के शुभ संकेत है।

आज भारतीय जनता पार्टी को लोक सभा में पूर्ण बहुमत प्राप्त हुआ है। देश में लम्बी अवधि तक संयुक्त मोर्चा सरकारों का शासन रहने के बाद एक स्थिर सरकार केन्द्र में सत्तासीन हुई है। इसने एक तरफ स्थिर सरकार की आशा जगाई है तो दूसरी तरफ निरंकुश शासन का भय भी उत्पन्न करती है। इसे समझने के लिए हमें अतीत पर एक नजर डालनी होगी।

यह 1947 की विरासत का ही परिणाम था कि कांग्रेस पार्टी 1967 तक देश की विभिन्न विचारधारा के लोगों को अपने अन्दर समेटे रही, उनको पोषित किया और इसलिए कोई बड़ी राजनीतिक बाधा का उसे सामना नहीं करना पड़ा। 1967 में जब डॉ. राममनोहर लोहिया और चौधरी चरण सिंह ने संयुक्त विधायक दल की गोलबन्दी की तो यह बैनर मुख्य रूप से हिन्दी पट्टी (उ.प्र., म.प्र. और बिहार) में कांग्रेस के विकल्प के रूप में सामने आया।

हिन्दी पट्टी में प्रारम्भ किया गया यह संयुक्त विधायक दल (एसवीडी) का प्रयोग अल्प आयु में ही समाप्त हो गया। 1971 में बांग्लादेश के युद्ध में विजय प्राप्त होने से कांग्रेस का साहस एक बार फिर उभार के रूप में

देखने को मिला। कांग्रेस ने पुनः अपनी श्रेष्ठता स्थापित की। इसके बाद ही कांग्रेस ने लोकतंत्र की धारा से विमुख हो आपातकाल की घोषणा की और इस प्रकार 1977 में भारतीय जनता ने उसको बुरी तरह से सत्ता से बाहर ढकेल दिया। इसके बाद जनता पार्टी सत्ता में आई परन्तु वह भी संयुक्त विधायक दल (एसवीडी) की तरह शीघ्र ही सत्ता से बाहर हो गई और इस प्रक्रिया ने कांग्रेस की वापसी का रास्ता साफ कर दिया। कांग्रेस पुनः सत्ता में वापस आ गई।

इस समय के बाद बीस वर्षों तक देश में जल्दी-जल्दी सत्ता-परिवर्तन होता रहा। कभी कांग्रेस तो कभी अन्य पार्टियों ने शासन किया। अन्य संयुक्त मोर्चा सरकारों से भिन्न अटल बिहारी वाजपेयी के प्रधानमंत्री रहते हुए एनडीए ने 1999 से 2004 का अपना कार्यकाल पूरा किया। यह सब अटल बिहारी के अपने ऊँचे राजनीतिक कद और समायोजन की कार्यशैली के कारण ही सम्भव हो सका। लोग जो कुछ भी कहें, वह वास्तव में भाजपा में 'कांग्रेस के व्यक्ति' थे। इसके बाद यूपीए के दस वर्षों के शासनकाल का वर्णन मैं पहले ही कर चुका हूँ और वर्तमान में नरेन्द्र मोदी के नेतृत्व में भाजपा व उसके सहयोगी दलों की सरकार सत्ता में है। नरेन्द्र मोदी के नेतृत्व में गठित इस सरकार का सर्वाधिक खतरनाक पहलू आरएसएस के सीधे निर्देश में सम्पूर्ण संसदीय पार्टी को एक व्यक्ति के पीछे कतारबद्ध करना है। जिस प्रकार इन्दिरा गांधी के समय में कांग्रेसी कहते थे, उसी प्रकार आज भाजपा के सांसद खुले रूप में स्वीकार करते हैं कि 'हमारा यहाँ पर होना सिर्फ नरेन्द्र मोदी के कारण ही सम्भव है।' जब अटल बिहारी वाजपेयी प्रधानमंत्री थे तब भी ऐसी स्थिति नहीं थी।

मोदी की कार्यशैली ने लोगों को काफी चिन्तित कर दिया है। गुजरात जैसे राज्य में एक व्यक्ति का शासन चलाना और निरंकुश व्यवहार एक बात है परन्तु वही कार्यशैली भारत जैसे विशाल देश पर शासन के लिए लम्बी अवधि तक नहीं चल सकती। राजनीतिक सत्ता की कुछ हाथों में केन्द्रित होने की एक प्रवृत्ति है और जब यह सत्ता एक ही हाथ में आ जाती है तो इसे भ्रष्ट होने में समय नहीं लगता और फिर इसके नष्ट होने में भी अधिक समय नहीं लगता। इतिहास ने समय-समय पर इस प्रक्रिया को प्रमाणित किया है।

आज भारत में कांग्रेस और भाजपा दो ही अखिल भारतीय स्वरूप वाली पार्टियाँ हैं। विश्लेषकों के कथनानुसार ये दोनों ही पार्टियाँ 'पर्सनाल्टी कल्ट पॉलिटिक्स' से ग्रसित हैं। ये अच्छे संकेत नहीं हैं कि भाजपा वाले मोदी डिजाइन कुर्ता पहने जबकि कांग्रेस की राजनीति राहुल गांधी के इर्द-गिर्द घूमती है।

वर्तमान राजनीतिक परिस्थिति को देखते हुए कांग्रेस को भाजपा के मुकाबले राष्ट्रीय विकल्प के स्तर पर संगठित करना एक कठिन और चुनौतीपूर्ण कार्य प्रतीत होता है। भाजपा के इस उभार की स्थिति को पलट देने के लिए कांग्रेस के पास छोटी और आंचलिक पार्टियों को जोड़ने के अतिरिक्त कोई रास्ता नहीं है। परन्तु इसे सम्भव करने के लिए कांग्रेस को सम्भावित क्षेत्रीय सहयोगी दलों में वही विश्वास पैदा करना होगा कि वह गठबन्धन सरकार को उसी भावना से संचालित करेंगे जो भावना अटल बिहारी वाजपेयी ने प्रदर्शित की थी। मनमोहन सिंह ने यूपीए के दस वर्ष के शासनकाल में इस योग्यता का भली प्रकार प्रदर्शन किया। हालाँकि हमें यह भी नहीं भूलना चाहिए कि आज कांग्रेस यूपीए दौर की कांग्रेस से भी अधिक कमजोर है।

वर्ष 2014 में भाजपा अपनी सर्वोच्च लोकप्रियता की स्थिति में थी। आज उसकी लोकप्रियता कम हो रही है। यदि भाजपा अपनी स्थिति में सुधार के उचित उपाय नहीं कर पाती तो लम्बे समय तक सत्ता में टिके रहना कठिन हो जाएगा। नवम्बर, 2015 में सम्पन्न हुए बिहार विधान सभा के चुनाव में भाजपा को मिली हार ने इस तथ्य को प्रमाणित कर दिया है कि उसकी लोकप्रियता में कमी आई है। यह बात बिलकुल स्पष्ट है और इससे कोई भी इनकार नहीं कर सकता कि आरएसएस-भाजपा परिवार में कठिन, कठोर कार्य करनेवाले समर्पित कार्यकर्ताओं की बड़ी संख्या ही उसका मुख्य आधार है। परन्तु यह भी ध्यान देने योग्य है कि भाजपा का तभी विस्तार हो सकता है जब वह अपनी मूल हिन्दूवादी विचारधारा में लचीलापन लाएगी।

विगत दस वर्षों में भारत के मध्यवर्ग की संख्या में हुई वृद्धि भी भाजपा के विकास का एक कारक है। इन बीस वर्षों में निम्न आर्थिक आय वर्ग वाले लोगों के एक भाग का मध्यवर्ग में विकास हुआ। उसकी आर्थिक स्थिति बदलने के साथ-साथ भाजपा की विचारधारा के साथ उसका प्रतिरोध कमजोर हुआ है। चूँकि भाजपा ने अभी तक कोई उदारवादी रुख, अनेकवादी

दृष्टिकोण और समावेशी एजेंडा प्रस्तुत नहीं किया है और भारतीय मध्यवर्ग अपने को कुछ स्वतंत्र मानता है, इसलिए यह वर्ग भी इसके हाथ से निकल सकता है।

इस पूरे फलक के दूसरे छोर पर कम्यूनिस्ट खड़े हैं जो इस परिवर्तित विश्व के बावजूद अपनी वैचारिक रूढ़ि पर पुनर्विचार करना ही नहीं चाहते हैं। परिणामस्वरूप वे तेजी से अपना जनाधार खोते जा रहे हैं और दिन पर दिन संकीर्ण क्षेत्र में सिमटते जा रहे हैं। पश्चिम बंगाल और केरल में सत्ता गँवा देने के बाद अब वे मात्र त्रिपुरा में अपनी सरकार बचा पाए हैं।

रूस की समाजवादी व्यवस्था का आज से 20 वर्ष पूर्व पतन हो गया था। चीन कम्यूनिस्टों ने अपनी नीतियों में सुधार किया। वहाँ के समाजवाद को उदारीकरण और बाजार की अर्थव्यवस्था से जोड़ा। हालाँकि वहाँ आज भी कम्यूनिस्ट पार्टी तमाम विषयों पर मजबूत पकड़ बनाए हुए है, परन्तु यह निश्चित है कि अपनी परम्परागत आर्थिक नीतियों में उन्होंने परिवर्तन किया है। भारत के कम्यूनिस्ट चीन मॉडल को अस्वीकार करते हैं और इसे न टिकनेवाला मॉडल कहते हैं। इसके विपरीत इस मॉडल की सफलता दर्शाते हैं कि तमाम उतार-चढ़ाव के बावजूद यह मॉडल कायम है। मैं जब किशोरावस्था में था तो भारत में कम्यूनिज्म के प्रति काफी आकर्षण था। वह आकर्षण धीरे-धीरे घटता जा रहा है। नई पीढ़ी के युवा लोकतांत्रिक मूल्यों के प्रति अधिक आकर्षित हैं। वे अर्थव्यवस्था से प्रभावित हैं और वे सोचते हैं कि कम्यूनिज्म उनको बेहतर जीवन नहीं प्रदान कर सकता।

चूँकि भारतीय कम्यूनिस्ट इस तथ्य को अस्वीकार कर रहे हैं इसलिए मुझे कतई उम्मीद नहीं है कि आनेवाले समय में वे विधान सभा या लोक सभा में एक दबाव ग्रुप की भी भूमिका निभा पाएँगे। सामाजिक परिवर्तन के मोर्चे पर अपने प्रगतिशील दृष्टिकोण और रुख के कारण कम्यूनिस्टों को काफी सम्मान प्राप्त है। यह अति दु:खद है कि आर्थिक मामलों में उनका पक्ष समकालीन न होने के कारण सामाजिक क्षेत्र में भी उनकी स्थिति कमजोर हुई है।

भारत में अनेक आंचलिक राजनीतिक पार्टियों ने अपने जीवनकाल से अब तक यात्रा का एक चरण पूरा कर लिया है। हालाँकि वह आज भी आंचलिक पहचान की बात करती हैं परन्तु वास्तव में वे किसी सैद्धान्तिक केन्द्र के बजाय व्यक्ति केन्द्रित संगठन हैं। तमिलनाडु में एआईएडीएमके की

जयललिता और आन्ध्र प्रदेश में तेलगूदेशम पार्टी के नेता चन्द्रबाबू नायडू कुछ ऐसे उदाहरण हैं कि जो जनता की अपील और एक सक्षम प्रशासनिक कौशल के साथ चुनाव में सफलता प्राप्त करते हैं। चूँकि आज जनता किसी भी शासक से अन्य किसी चीज की तुलना में भौतिक परिणामों की अधिक आशा करती है इसलिए आज सैद्धान्तिक और वैचारिक विषय पीछे पड़ गए हैं, उन पर जनता कम ध्यान देती है।

यहाँ तक कि एक भिन्न किस्म की धार्मिक पहचान वाली पंजाब की अकाली दल भी केवल दीवारों पर ही लिखी देखी जा सकती है। बिहार में जनता दल (यू) के नीतीश कुमार ने पहचान की राजनीति से कुछ हटकर विकास की राजनीति पर ध्यान केन्द्रित किया है। हालाँकि बिहार और उत्तर प्रदेश में सामाजिक परिवर्तन से सम्बन्धित विषयों की अभी भी लोकप्रिय अपील है। हम देखते हैं कि देश के विभिन्न भागों में क्षेत्रीय पार्टियाँ अपना आधार बनाए हुए हैं और दूसरी तरफ मुख्यधारा की राष्ट्रीय पार्टियों के साथ भी अपना गठबन्धन बनाए हुए हैं। बिहार के 2015 के चुनाव में जनता दल (यू) के नीतीश कुमार और आरजेडी के लालू प्रसाद यादव ने एक साथ भाजपा के खिलाफ मोर्चा बनाकर एक अच्छा उदाहरण पेश किया है। अटल बिहारी वाजपेयी ने अपने शासनकाल में प्रमाणित किया कि राष्ट्रीय आवश्यकताओं और क्षेत्रीय आकांक्षाओं के बीच सन्तुलन बनाया जा सकता है। भविष्य में इस मॉडल का अनुकरण करना चाहिए।

आज मतदाता 'परिणामोन्मुख' राजनीति की आशा करता है। अब सभी राजनीतिक पार्टियों में 'राजनीतिक वंशवादी राजतंत्र' भी थोड़े ही समय की वस्तु रह गई है। इस बात से इनकार नहीं किया जा सकता कि 'राजनीतिक परिवारों' से आनेवाले नेताओं को उनकी पार्टियों में तुलनात्मक रूप से अधिक लाभ मिलता है परन्तु उनके अपने वायदे पूरे करने पड़ते हैं। यदि वह अपने वायदे पूरे नहीं कर पाते तो मतदाता उनको भी वोट देने में कई बार विचार करता है। उदाहरण के लिए चन्द्रबाबू नायडू (आन्ध्र प्रदेश) ने जब राजनीति में प्रवेश किया तो उनको एन.टी. रामाराव के दामाद के रूप में जाना जाता था। परन्तु उन्होंने अपने राजनीतिक और आर्थिक कार्यों के आधार पर अपने को स्थापित किया और आगे बढ़े। आज राज्य में या राष्ट्रीय स्तर पर जो भी उनका राजनीतिक कद है, वह उनके अपने प्रयासों और कार्यों का परिणाम है।

हालाँकि राजनीतिक पार्टियाँ चाहें राष्ट्रीय पार्टियाँ हों या क्षेत्रीय, सभी ने मतदाताओं का 'भौतिक परिणामवादी' रुख के दबाव को महसूस करना शुरू कर दिया है। बहुत से लोग आज भी अपनी व्यक्तिगत समस्याओं के हल के लिए नेताओं के पास जाते हैं परन्तु आम नागरिक सामान्य रूप से राजनीतिक विचारधारा की चिन्ता किए बगैर पार्टियों से सम्पूर्ण आर्थिक विकास की आशा करता है। इस बात से हमारे देश में क्षमतावान राजनीतिक वर्ग को विकसित करने की आवश्यकता सामने आती है। आज उदारीकरण, भूमंडलीकरण और सामाजिक-आर्थिक असमानताओं के बीच विकास का विषय भी काफी जटिल हो गया है। समाज के विभिन्न तबकों के बीच विकास सम्बन्धी अवधारणाओं में काफी विभिन्नता है। हालाँकि तकनीकी विकास के कारण काफी कुछ विकसित हुआ है परन्तु राजनीतिज्ञों के लिए पहले की तुलना में विभिन्न विषयों पर अपनी समझदारी विकसित करना अनिवार्य है।

अनेक राजनीतिक पार्टियों ने अपने कार्यकर्ताओं को विकसित करना और उनका शिक्षण-प्रशिक्षण बन्द ही कर दिया है। एक तरफ कम्यूनिस्ट पार्टियाँ हैं जो अपनी तरीके से कार्यकर्ताओं को तैयार करती हैं और दूसरी तरफ आरएसएस, भाजपा है जिसने मुम्बई के पास रामभाऊ म्हालगी प्रबोधिनी (आरएमपी) संस्थान को विकसित किया है। इस संस्थान में अनेक कार्यकर्ताओं का शिक्षण-प्रशिक्षण होता है और शोधकार्य भी किया जाता है। इस संस्थान में भाजपा के सांसद और मोदी सरकार के अनेक लोग महत्त्वपूर्ण श्रोतों की जानकारी के लिए जाते हैं। यह संस्थान उनके लिए विचारधारा का आधार है। देश-भर में इस तरह के राजनीतिक कार्यकर्ता विकसित करनेवाले गिने-चुने संस्थान हैं।

दक्षिण कोरिया में मैं ऐसे ही संस्थान को जानता हूँ जहाँ कोरिया के राजनीतिज्ञों और नौकरशाहों की वर्षों से प्रशिक्षण होता है। दक्षिण कोरिया के इस संस्थान में काफी बड़े फलक पर जैसे दक्षिण कोरिया का संविधान, इसकी राजनीतिक व्यवस्था, विश्व-भर में गरीबी और बेरोजगारी को हल करने के प्रयास, कोरिया की आवश्यकतानुसार इन मॉडलों को ढालने का प्रयास आदि विषयों पर शिक्षण एवं प्रशिक्षण होता है।

चूँकि कोरिया के नौकरशाह और राजनीतिक वर्ग के लोग इसी संस्थान से एक साथ प्रशिक्षित होते हैं इसलिए विभिन्न विषयों पर उनकी एक-सी ही

समझदारी होती है। इस प्रकार निर्णयों को लेना और उनको तेजी से लागू करना सरल हो जाता है। यह स्पष्ट है कि वहाँ निजी क्षेत्र में भी उच्च स्तर की कार्य संस्कृति है। यह शिक्षण संस्थान सरकार का है परन्तु इसे स्वायत्त संस्थान के रूप में चलाया जाता है और इस संस्थान के प्रमुख को प्रधानमंत्री के स्तर का ही दर्जा प्राप्त है।

अगर हम भारत में भी इस तरह का कोई प्रयास करना चाहते हैं तो हमें यहाँ की लोकतांत्रिक व्यवस्था के अनुकूल संस्थान निर्मित करना होगा। प्रशासनिक शिक्षण आसान है परन्तु विभिन्न विचारधाराओं के लोगों को एक सामान्य कार्यक्रम (कॉमन प्रोग्राम) पर सहमत करना आसान नहीं है। इसलिए हम लोगों को अपने राजनीतिज्ञों और नौकरशाहों को विकसित करते समय विभिन्न विचारधाराओं को समन्वित करने के पहलू पर गम्भीरता से ध्यान देना होगा। कुछ लोग भारत में विकास की प्रक्रिया को तेजी से गति देने के लिए 'गाइडेड डेमोक्रेसी' की बात करते हैं। मेरे विचार से न तो भारत में इसकी आवश्यकता है और न ही यह व्यावहारिक है। गाइडेड डेमोक्रेसी जनता के मौलिक अधिकारों पर नियंत्रण करती है। परिणामस्वरूप इसके विपरीत प्रभाव भी होंगे। यह बात आपातकाल के व्यवहार से प्रमाणित होती है। इस सबके लिए अच्छा तरीका पूरे देश की जनता के बीच एक उच्चस्तरीय जिम्मेदारी की चेतना विकसित करना है। भारत में अनेक निजी कम्पनियाँ मल्टीलिटरल लीडरशिप प्रोग्राम को सफलतापूर्वक लागू कर रहे हैं। हमको इन कम्पनियों से सीखना चाहिए और सार्वजनिक संस्थानों में उत्साहवर्धन के लिए लागू करना चाहिए। मुझे आशा है कि इन प्रयासों से एक निश्चित अवधि में अच्छे परिणाम हासिल होंगे।

कुछ ऐसी आवश्यक चीजें हैं जिन पर हमें तत्काल ध्यान देना चाहिए। भारत में सरकार अनेक आर्थिक गतिविधियों से पीछे हट रही है और इन क्षेत्रों में निजी संस्थानों में बड़ी भूमिका निभाना शुरू कर दिया है। इस परिवर्तन ने राजनीतिक नेतृत्व और नौकरशाही पर जिम्मेदारी के नए आयाम प्रस्तुत किए हैं। जहाँ एक तरफ पब्लिक प्राइवेट पार्टनरशिप (P.P.P.) में सामान्य समझदारी के आधार पर योजनाएँ शुरू हुई हैं, वहाँ क्षमता और पारदर्शिता की प्रक्रिया में कई गुना वृद्धि की आवश्यकता है। इस प्रकार के कार्यों में गलतियों की भारी सम्भावनाएँ रहती हैं जैसा कि गोवा के लुईस-वर्गर प्रोजेक्ट में स्पष्ट

राष्ट्रपति आर. वेंकटरमण द्वारा केन्द्र सरकार में रक्षामंत्री पद की शपथ ग्रहण करते हुए; 1991

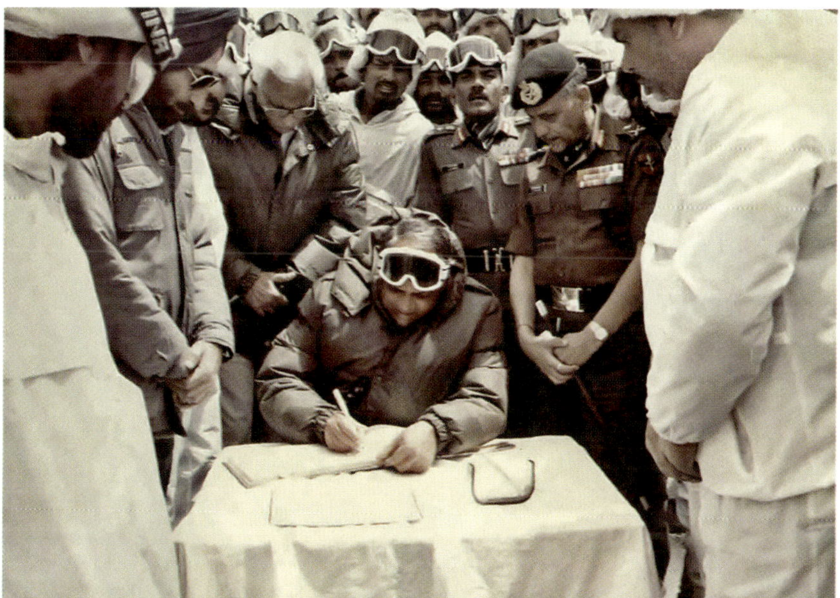

रक्षामंत्री के रूप में (1992-93) सियाचीन ग्लेसियर के दौरे पर, रक्षा सचिव एन. एन. वोरा के साथ मैं सियाचीन जानेवाला पहला रक्षामंत्री था। साथ में वहाँ नियुक्त भारतीय सेना के जवान।

रक्षामंत्री के रूप में देश के धुर दक्षिणी भाग, अंडमान निकोबार में इंदिरा प्वाइंट के दौरे (1992–93) के समय। मेरे साथ में तत्कालीन नौसेना चीफ एडमिरल रामदास (दाहिने से दूसरे)

अजित पवार के साथ

रक्षामंत्री रहते हुए, बाम्बे हाई में नौसैनिक अभ्यास में भाग लेते हुए

पत्नी श्रीमती प्रतिभा, राष्ट्र को एक जलपोत समर्पित करते हुए

वाशिंगटन डीसी में, अमेरिकी रक्षा सचिव डिकचिने के साथ; 1992

डॉ. एपीजे अब्दुल कलाम के साथ। हमारा साथ 1991 में शुरू हुआ जब मैंने केन्द्रीय रक्षामंत्री का पदभार सँभाला और डॉ. कलाम भारत सरकार के रक्षा सलाहकार थे।

चीन के रक्षामंत्री कुइन जेवई के साथ बीजिंग में; 1992–93

विनाशकारी लातूर भूकम्प के बाद 1993 में किल्लारी में 10 दिन के प्रवास के दौरान

सोनिया गांधी के साथ

नेशनल कांग्रेस पार्टी (एनसीपी) की स्थापना के समय षड्मुखानंद हॉल, मुम्बई, 1999 में मीटिंग का एक दृश्य; फोटो में मेरे साथ छगन भुजबल, तारिक अनवर और कई अन्य साथी

मुम्बई में अपने निवास पर नाश्ते के लिए बिल क्लिंटन का स्वागत करते हुए; 2000

प्रसिद्ध मराठी लेखक पी.एल. देशपांडे के साथ कुछ आराम के क्षणों में

जगत्प्रसिद्ध सितारवादक पंडित रविशंकर के साथ, नई दिल्ली; 1992

विद्या प्रतिष्ठान कॉलेज और इनटेल के संयुक्त प्रयास से संचालित शिक्षा अभियान के सर्वेक्षण के दौरान
2006 में इनटेल के सीईओ क्रेग बरेट और उनकी पत्नी, बारबरा, के साथ

लारेंस टेक्नोलॉजी यूनिवर्सिटी मिशिगन में डॉक्टरेट की उपाधि लेते हुए; 18 मई, 2008

22 मई, 2009 को यूपीए-2 के शपथ ग्रहण समारोह के दौरान। मैं, प्रणब मुखर्जी, मनमोहन सिंह, सुशील कुमार शिन्दे, गुलाम नबी आजाद, कपिल सिब्बल और मुरली देवड़ा

पी. चिदम्बरम और फारुक अब्दुल्ला के साथ

राष्ट्रपति प्रतिभा पाटिल से 2007 में संसद के सेंट्रल हॉल में सर्वोत्तम सांसद का एवार्ड लेते हुए।
(बाएँ से दाएँ) प्रधानमंत्री मनमोहन सिंह, उपराष्ट्रपति एम. हामिद अंसारी और लोकसभा स्पीकर सोमनाथ चटर्जी

इंडियन काउंसिल ऑफ एग्रीकल्चर रिसर्च, पूसा में हिलेरी क्लिंटन के साथ जुलाई, 2009

अमेरिकी राष्ट्रपति बराक ओबामा के साथ उनकी प्रथम भारत यात्रा (2010) के समय नई दिल्ली में

राष्ट्रपति प्रतिभा पाटिल द्वारा, कृषि मंत्री के पद की शपथ ग्रहण करते हुए, 22 मई, 2009

प्रधानमंत्री मनमोहन सिंह के नेतृत्व वाली सरकार में कृषि मंत्री के रूप में, मिजोरम के दौरे पर, साथ में मिजोरम के मुख्यमंत्री लाल थान्हवला

भारत के कृषि मंत्री के रूप में बंग्लादेश की यात्रा पर, ढाका में प्रधानमंत्री शेख हसीना के साथ; 2009

2014 के लोकसभा चुनाव के दौरान, भंडारा जिले की एक रैली में;
मेरे साथ प्रफुल्ल पटेल और सोनिया गांधी

एनसीपी की सामाजिक न्याय रैली—समता मेलावा में; मुम्बई, 10 जून, 2011

विद्या प्रतिष्ठान के एक नए कॉलेज भवन के उद्घाटन के समय राष्ट्रपति प्रणब मुखर्जी के साथ बारामती में; 19 जनवरी, 2014

मेरे नाती विजय की 13वीं सालगिरह (जनवरी 2015) के अवसर पर मेरी नातिन रेवती, पत्नी प्रतिभा, पुत्री सुप्रिया, पौत्र विजय और दामाद सदानंद

दीपावली के अवसर पर परिवार के सारे सदस्य बारामती में एकत्र होते हैं। इस परम्परा को हम आज भी जारी रखे हुए हैं।

देखा गया है। इस प्रकार की गड़बड़ियों से जनता में सभी पीपीपी प्रोजेक्टों के प्रति अविश्वास उत्पन्न होता है जो दीर्घकालीन कार्यों के लिए दुर्भाग्यपूर्ण है। जब बगैर जानकारी के या राजनीतिक कारणों से निराधार भ्रष्टाचार के आरोप लगते हैं तो सरकार में या निजी कम्पनियों में काम करनेवाले बुरी तरह से हतोत्साहित होते हैं।

सन् 1993 में जब महाराष्ट्र में एनरान कारपोरेशन पर बहुत ही असम्मानजनक भ्रष्टाचार के आरोप लगाए गए तो एनरान पावर जनरेशन कारपोरेशन ने महाराष्ट्र सरकार के साथ अपना अनुबन्ध तोड़ दिया। परिणामस्वरूप महाराष्ट्र सरकार को कई वर्षों तक बिजली उत्पादन के मूल्यवान अवसर से वंचित रहना पड़ा और एनरान की तुलना में काफी अधिक धनराशि खर्च कर विद्युत निर्माण करना पड़ा। इस प्रकार की घटनाओं को टालने के प्रयास होने चाहिए।

एक दूसरा महत्त्वपूर्ण विषय सार्वजनिक योजनाओं में सलाहकारों की नियुक्ति का है। कई योजनाओं में अनेक प्रकार की आर्थिक और तकनीकी जटिलताएँ होती हैं। इस प्रकार की योजनाओं का निर्णय नौकरशाहों, राजनीतिक नेताओं या फिर उस योजना के बारे में समुचित जानकारी न रखनेवाली जनता पर भी नहीं छोड़ा जा सकता है। कई बार घरेलू विशेषज्ञ भी बिलकुल सही-सही निर्णय लेने की स्थिति में नहीं होते। ऐसी स्थिति में बिलकुल अनीतिगत तरीके से 'जनता का दबाव' पैदा करने की प्रवृत्ति को छोड़ना होगा। यह भी कहा जाता है कि जब कोई विशेषज्ञ सलाहकार प्रस्ताव रखता है तो उसके पीछे उसका कोई-न-कोई एजेंडा छिपा होता है। इसलिए केवल अच्छी जानकारी रखनेवाले सावधान प्रशासक और प्रशासनिक राजनीतिकों के द्वारा भी ऐसे छुपे हुए एजेंडे को स्पष्ट किया जा सकता है।

हम अपने देश में क्षुद्र राजनीतिक स्वार्थों से ऊपर उठकर देशहित में महत्त्वपूर्ण आर्थिक विषयों पर निर्णय लेनेवाली राजनीतिक संस्कृति का विकास नहीं कर सके हैं। चूँकि सभी राजनीतिक पार्टियाँ बारी-बारी से सत्ता में आती हैं और विपक्ष में रहती हैं इसलिए हमें गम्भीरता से ऐसी संस्कृति विकसित करनी चाहिए। भाजपा और कांग्रेस के बीच जनरल सेल्स टैक्स बिल (G.S.T.) और इंश्योरेंस बिल के प्रश्न पर छिड़ा विवाद इसका एक

अच्छा उदाहरण है। इस प्रश्न पर राजनीतिक अस्तित्व के लिए आर्थिक विषय को बलि चढ़ा दिया गया। जब यूपीए सत्ता में थी तो उक्त बिलों के सम्बन्ध में भाजपा ने बड़ा विरोध किया। सन् 2014 के चुनाव के बाद जब भाजपा सत्ता में आ गई तो कांग्रेस ने उक्त सुधारों का विरोध किया। ये दोनों कार्यवाहियाँ बेहद गैर-जिम्मेदाराना थीं और हम दोनों पार्टियों से भविष्य में ऐसी उम्मीद नहीं करते।

जब राजनीतिक पार्टियों की निर्णय लेने की प्रक्रिया बाधित होती है और सरकार की प्रशासनिक शक्ति कमजोर, तो ऐसी परिस्थिति में न्यायपालिका निश्चय ही महत्त्वपूर्ण भूमिका निभाती है। जब जनता प्रशासन और सरकार से निराश होती है तो वह न्यायालय की शरण में जाती है। आप देखेंगे कि श्री पीवी नरसिम्हाराव के प्रधानमंत्री काल में और यूपीए के शासनकाल में जब श्री मनमोहन सिंह प्रधानमंत्री थे तो न्यायपालिका अधिक सक्रिय और निर्णायक भूमिका में थी, परन्तु जब कभी श्रीमती इन्दिरा गांधी जैसा कठोर नेतृत्व सरकार में होता तो ऐसी स्थिति नहीं बनती है। यूपीए प्रथम की एक घटना याद आती है जब कथित तौर पर न्यायपालिका ने सीमा अतिक्रमण किया तो लोक सभा के स्पीकर श्री सोमनाथ चटर्जी काफी क्रोधित हुए थे। परन्तु जैसा कि मैंने कहा है, इन सब मामलों में केवल न्यायपालिका को दोषी ठहराना अनुचित है।

लोकतंत्र का चौथा स्तम्भ मीडिया भी बदनामी बटोरता रहा है। हमेशा मीडिया द्वारा सनसनीखेज या तोड़-मरोड़कर खबरें पेश करने का आरोप लगता रहा है और ऐसा टेलीविजन चैनलों और अखबारों दोनों के साथ है। कुछ लोग मीडिया पर प्रतिबन्ध लगाने की बात करते हैं। मैं इस विचार से असहमति व्यक्त करते हुए कहता हूँ कि यह न तो व्यावहारिक है, न ही आवश्यक। कोई भी मीडिया हाउस अपनी विश्वसनीयता के साथ समझौता नहीं कर सकता। आधुनिक तकनीक और बड़ी मात्रा में निजी निवेश तथा ढेर सारी बकवासी सामग्री की उपलब्धता के कारण ही मीडिया ने आम जनता के जीवन में गड़बड़ियाँ पैदा की हैं। यह भी सही है कि कुछ अवसरों पर अपने निवेशकों और बाजार की प्रतियोगिता के कारण कुछ मीडिया वाले सन्तुलन खो देते हैं। परन्तु मुझे पूरा विश्वास है कि समय बीतने के साथ-साथ मीडिया में व्याप्त असामान्य स्थिति धीरे-धीरे कम होगी और मीडिया जनता

की आँखों में अपना नाम, छवि और विश्वसनीयता बनाए रखने के लिए सन्तुलित समाचार देंगे।

कृषि

मुझे पूरा विश्वास है कि भारत में विश्व का सबसे बड़ा फल उत्पादक बनने की पूर्ण सम्भावनाएँ मौजूद हैं। एक समग्र नीति के अभाव के कारण इस सम्भावना का इस्तेमाल नहीं हो रहा है। मैंने फल उत्पादन की एक विशाल तस्वीर दिमाग में बनाते हुए अपने कृषि मंत्रित्व काल में अनेक उपाय किए और कुछ उपलब्धियाँ भी हासिल कीं परन्तु दृढ़ निश्चय के साथ अभी भी बहुत कुछ करना बाकी है।

हमारे देश में कृषि भूमि और सिंचाई के साधन, कृषि टेक्नोलॉजी, कृषि उत्पादों की प्रोसेसिंग और तैयार माल के बाजार में बेचने आदि को मिलाकर 'एक समग्र नीति' निर्मित करने की आवश्यकता है। यह सारे तथ्य सीधे तौर पर राष्ट्रीय अर्थव्यवस्था को प्रभावित करते हैं और किसानों का जीवन-स्तर उन्नत करने तथा कृषि को लाभकारी बनाने में भूमिका अदा करते हैं।

हमें राष्ट्रीय स्तर पर कृषि भूमि पर आबादी के बोझ को कम करना होगा। ऐसा कहने पर पहले भी मेरी आलोचना हो चुकी है। 'एक कृषि मंत्री भारत की किसान जनता से अपना पेशा छोड़ने की बात कैसे कर सकता है?' हमारे आलोचकों ने कभी भी यह सोचने का कष्ट नहीं किया कि मैंने ऐसा क्यों कहा। मैं आज भी अपने वक्तव्य पर कायम हूँ और उसकी व्याख्या पेश करता हूँ। भारत की स्वतंत्रता के समय 80% जनसख्ंया कृषि पर निर्भर थी। अब यह संख्या घटकर 60% हो गई है। आजादी के बाद जनसंख्या में पाँच गुना वृद्धि हुई है परन्तु भूमि का क्षेत्रफल उतना ही है। इस प्रकार कृषि पर निर्भर लोगों की संख्या बहुत है। अब इसे सूक्ष्म स्तर पर देखें। भारत में प्रति परिवार भूमि का क्षेत्रफल विकसित देशों के मुकाबले हमेशा ही कम रहा है। एक विशेष परिवार में बच्चों की संख्या बढ़ने के साथ-साथ पारिवारिक भूमि की बँटवारे से उत्पन्न हुए छोटे-छोटे टुकड़ों पर एक समय खेती करना असम्भव हो गया और यह जीविकोपार्जन लायक भी नहीं रहा।

देश के अन्दर बढ़ते शहरीकरण ने भी भूमि की समस्या को बढ़ाया है। शहरों के इंडस्ट्रियल एस्टेट, सड़क, बाँध, बन्दरगाह, हवाई अड्डे, पुल और बड़े-बड़े हाउसिंग कॉम्प्लेक्स आदि के लिए बड़ी मात्रा में भूमि का प्रयोग हुआ है। पालम हवाई अड्डे को ही देखें। कुछ वर्ष पूर्व वहाँ चारों तरफ विशाल हरे-हरे खेत थे और आज वह दिल्ली का शहरी इलाका बन गया है। नवी मुम्बई जो आज व्यस्त महानगर बन गया है, वहाँ पहले विशाल धान के खेत फैले थे। जवाहरलाल नेहरू पोर्ट ट्रस्ट, राष्ट्रीय कैमिकल फर्टीलाइजर फैक्टरी आदि ने महाराष्ट्र के रायगढ़ जिले की पूरी सूरत ही बदल दी है।

कोई भी पूरे देश में इस परिघटना को फैलते हुए देख सकता है। इस बात से यह संकेत मिलता है कि कृषि योग्य भूमि निरन्तर कम हो रही है और बढ़ती हुई जनसंख्या का बोझ यह नहीं उठा सकती। हमारी बात एक दूर की कौड़ी लग सकती है परन्तु समस्या का वास्तविक हल यही है कि किसान अपने बच्चों को उच्च शिक्षा के लिए आगे भेजे। उदाहरण के लिए यदि एक किसान परिवार के चार बच्चों में से तीन उच्च शिक्षा में जाकर और दूसरे व्यवसायों में लग जाएँ तो सम्पूर्ण परिवार का जीवन स्तर उन्नत होगा और खेती भी जीवनयापन लायक हो सकेगी। इस प्रक्रिया से निरन्तर आगे बढ़ना चाहिए। बांग्लादेश या श्रीलंका जैसे देशों में 75% से 80% आबादी कृषि पर निर्भर है जबकि जापान, कनाडा और अमेरिका तथा अन्य समृद्ध देशों में 4% से 12% आबादी कृषि पर निर्भर है।

असम, बंगाल, बिहार और उड़ीसा जैसे राज्यों में कर्नाटक, महाराष्ट्र, गुजरात, तेलंगाना और आन्ध्र प्रदेश की तुलना में अधिक मात्रा में पानी उपलब्ध है। योजनाकारों के सामने आंचलिक फसलों के विस्तार की योजना बनाने की चुनौती और सम्भावनाएँ दोनों मौजूद हैं। यदि व्यक्तिगत स्तर पर किसानों से अपनी कृषि को उन्नति करने के बारे में शिक्षित-प्रशिक्षित किया जा सके तो आशातीत परिणाम हासिल हो सकते हैं। भारत जैसे लोकतांत्रिक देश में किसानों को किसी खास किस्म की फसल उगाने के लिए बाध्य नहीं किया जा सकता। किसान बाजार की आवश्यकताओं के प्रति जागरूक हैं इसलिए बाजार की शक्तियों को किसानों को उनकी पसन्द की फसलें उगाने के लिए तैयार करना अधिक लाभप्रद होगा। किसानों को भी अपने क्षेत्र की जलवायु तथा फसलों की गहरी जानकारी होती है। अत: वे इस बारे में स्वत:

निर्णय लेने में सक्षम हैं। अधिक वर्षा वाले क्षेत्रों में वे धान की खेती कर लेते हैं और पंजाब के किसान गेहूँ उगाना ज्यादा पसन्द करते हैं। जहाँ पर पानी की कमी या अच्छी भूमि न होने से परम्परागत फसलें नहीं होतीं, वहाँ किसान नई फसलें उगाने का प्रयास करते हैं।

हमारे देश में 80% से अधिक कृषि विश्वविद्यालय और शोध संस्थान हैं जहाँ पर किसानों के लिए नई प्रजाति के बीज निर्मित करने का कार्य होता रहता है। इन संस्थानों में काम करनेवाले वैज्ञानिकों की औसत आयु 30 और 45 वर्ष है। आनेवाले समय में ये वैज्ञानिक कृषि क्षेत्र के लिए एक मूल्यवान सम्पदा होंगे।

एक उदाहरण पर ध्यान दें। मैं वसन्त दादा सुगर इंस्टीट्यूट (वीएसआई) का चेयरमैन हूँ। पुणे के समीप स्थित यह संस्थान गन्ने के क्षेत्र में कई वर्षों से शानदार शोधकार्य कर रहा है। यहाँ के वैज्ञानिक आजकल गन्ने की एक नई प्रजाति तैयार करने में लगे हैं। ये गन्ने के छोटे-छोटे टुकड़े तीन महीने तक पौधाघर में विकसित किए जाते हैं। इसके बाद मानसून आने के समय इनको खेतों में लगाया जाता है। यह प्रजाति शीघ्र ही किसानों के लिए तैयार होने की सम्भावना है। यदि यह प्रयोग सफल होता है तो इससे गन्ने की फसल को 30% कम पानी देना होगा। चूँकि गन्ने का क्षेत्र भारत की कृषि व्यवस्था का एक बड़ा आर्थिक आधार है। इसलिए इस प्रयोग की सफलता हमारी राष्ट्रीय अर्थव्यवस्था को भी फायदा पहुँचाएगी।

कृषि क्षेत्र में प्रति एकड़ उत्पादन को बढ़ाना भी महत्त्वपूर्ण स्थान ले रहा है। इसलिए नई प्रजाति के बीजों और फसलों के प्रयोग का अन्ध-विरोध हमें कहीं का भी नहीं छोड़ेगा। वर्तमान कृषि मंत्री ने दृढ़ता के साथ परम्परागत फसलों के संरक्षण की बात कही है। परम्परागत बीजों और फसलों के संरक्षण के विषय पर कोई विवाद नहीं है परन्तु इसका अर्थ नई जेनेटिक फसलों के उत्पादन का स्वत: विरोध नहीं होना चाहिए। हमने पहले जीएम फसलों के बारे में काफी विस्तार से कहा है और अब मैं इस बारे में कुछ रुचिकर बिन्दु आपके सामने रखता हूँ। भारत के जीएम फसलों के विरोध को आम तौर पर प्रत्यक्ष या अप्रत्यक्ष रूप से उन देशों से समर्थन एवं सहायता मिलती है जहाँ वर्षों से जीएम फसलों का प्रयोग हो रहा है। हम लोग प्रतिवर्ष 62 हजार करोड़ रुपए का खाद्य तेल आयात करते हैं। यह खाद्य तेल अमेरिका, अर्जेंटीना और ब्राजील में जीएम फसलों से तैयार किया जाता है। हमारे देश

में प्रयोग किया जानेवाला आयातित अनेक अन्न भी जीएम आधारित फसलों का होता है। आपको भली प्रकार मालूम होना चाहिए कि हमारे देश में किसी भी जीएम फसल को सात वर्ष के कठोर ट्रायल से गुजरना होता है। इसके बाद ही उसको 'सुरक्षित' फसल का प्रमाण-पत्र दिया जाता है। यदि हर सम्भव सावधानी बरती जाए और कठोर जाँच के बाद जीएम प्रजाति की फसलों को उत्पादित करने की अनुमति दी जाए तो मेरी समझ से विरोध का कोई कारण नहीं है। हमारा पड़ोसी देश चीन भी जनसंख्या का दबाव झेलता है परन्तु उसने न तो जीएम फसलों पर प्रतिबन्ध लगाया है, न विरोध किया है, इस विषय पर पुनर्विचार करने के लिए यह सर्वथा उचित समय है।

पारम्परिक प्रजाति की फसलों तथा आर्गेनिक फसलों को उगाना ठीक ही है। उनका अपना महत्त्व है और बाजार में स्थान भी, परन्तु उन फसलों के द्वारा भारत के करोड़ों देशवासियों का पेट नहीं भरा जा सकता। इन फसलों की प्रति एकड़ उत्पादकता बहुत कम है और अधिक मूल्य होने के नाते इन्हें सामान्य नागरिक खरीद नहीं सकता। इसलिए हमें पारम्परिक/आर्गेनिक फसलें और उनके शंकर फसलें तथा जीएम प्रजाति की फसलों को उपभोग करने की और उत्पादन करने की आदर्श नीति का पालन करना चाहिए। हमारे देश में खाने की बदलती आदत को भी ध्यान में रखने की जरूरत है। दालों, मोटे अनाजों, सब्जियों और फलों का उपभोग कई गुना बढ़ा और इसलिए अधिक उत्पादन का दबाव भी है।

भारत को प्रकृति के आशीर्वाद से जितना विशाल और लम्बा समुद्री किनारा उपलब्ध है, उसके अनुरूप हमारा मछली उत्पादन नहीं है। हम जो कुछ मछली उत्पादित करते हैं, उसका अधिकांश हिस्सा देश में ही खप जाता है। हमारे कुल मछली उत्पादन का 55% देश के अन्दर के अन्य जलस्रोतों से होता है और 45% समुद्र से। यह क्षेत्र महिलाओं की अति भागीदारी के कारण भी महत्त्वपूर्ण है। पुरुष मछलियों का शिकार करने जाते हैं परन्तु बाकी सारा काम, उनकी पूरी प्रोसिसिंग और बिक्री में अधिकाधिक महिलाएँ ही शामिल होती हैं। इस पुरुषप्रधान समाज में महिलाओं की यह भागीदारी एक प्रकार का स्वागत योग्य महिला सशक्तीकरण है।

एक वर्ष पूर्व भारत विश्व का सबसे बड़ा चावल उत्पादक और दूसरे नम्बर का गेहूँ उत्पादक देश था। यदि हम इस तथ्य पर एक निगाह डालें कि

दुनिया के तमाम देशों में लोग कृषि कार्य छोड़ रहे हैं तो हम लोग इस क्षेत्र में एक महत्त्वपूर्ण खिलाड़ी साबित हो सकते हैं। इस कार्य के लिए हमें अपने कृषि फसलों की गणवत्ता बढ़ानी होगी और कृषि को लाभकारी बनाना होगा। इसे पूरा करने के लिए किसानों को कर्ज की सुविधा आवश्यक है। मैं जब कृषि मंत्री था तो मेरे कार्यकाल के अन्तिम वर्ष में किसानों के कर्ज की राशि 80 हजार करोड़ थी। इसमें और बहुत कुछ करने की आवश्यकता है।

कृषि बीमा के क्षेत्र में भी सुधारों की बड़ी आवश्यकता है। वर्तमान स्थिति में फसल बीमा की सुविधा केवल कुछ फसलों, गाँवों या समूहों को उपलब्ध है। यदि व्यक्तियों को उनकी फसल के आधार पर फसल बीमा की सुविधा प्रदान की जाए तो इस क्षेत्र में छलाँग लग सकती है। कृषि उत्पादों के मूल्य का प्रश्न काफी विवादपूर्ण है। आमतौर पर इस मामले में किसानों को शहरी उपभोक्ताओं के खिलाफ खड़ा किया जाता है। इसके लिए एक समुचित सन्तुलन बनाने की आवश्यकता है। शहरी उपभोक्ता सस्ते दर पर माल चाहता है और यदि किसान को समुचित मूल्य न मिले तो उसे अपना खेती का पेशा ही छोड़ना होगा। इस सम्बन्ध में शहरी और ग्रामीण जनता के तुलनात्मक जीवन स्तर को भी समझना होगा। सरकार को भी उद्योग और कृषि की प्राथमिकता के बारे में तय करना होगा। देश की 60% आबादी कृषि क्षेत्र पर निर्भर है। यह जनसंख्या गैर–कृषि उत्पादों के लिए उपभोक्ता भी है। कृषि को महत्त्व न देने से इस 60% आबादी की उपभोक्ता शक्ति कमजोर होगी और इसकी क्रय शक्ति कमजोर होने पर देश की अर्थव्यवस्था भी प्रभावित होगी।

मुझे अभी भारत में कारपोरेट फार्मिंग का कोई भविष्य नहीं दिखाई देता। इस देश में कॉन्टेक्ट फार्मिंग या ठेका पर कृषि भूमि देने की प्रथा तो प्रचलन में आ गई है। पंजाब में बड़े–बड़े कॉपरपोरेट घराने किसानों के साथ अनुबन्ध करते हैं और निश्चित मूल्य पर उनका उत्पाद खरीदते हैं। यह कॉरपोरेट घराने किसानों के बीच खाद और कर्ज की सुविधा उपलब्ध कराते हैं और इसके बदले फसलों का मूल्य पहले तय कर लेते हैं। इस प्रकार दोनों पक्षों को फायदा होता है। महाराष्ट्र में दशकों से स्थापित गन्ने की सहकारी खेती ठेका फार्मिंग का एक और उदाहरण है। चीनी मिलें किसानों से अनुबन्ध कर लेती हैं और मिलों को गन्ना सप्लाई करती हैं। हमारे देश में कॉरपोरेट फार्मिंग के लिए कई कठिनाइयाँ हैं। किसान मानसिक तौर पर जमीन से इतना गहरा

मानसिक जुड़ाव रखता है कि वह इसे छोड़ना नहीं चाहता। वह इसे परिवार के अन्दर ही रखना चाहता है। जब किसानों को कृषि क्षेत्र से बाहर बड़े पैमाने पर लाभकारी व्यवसाय उपलब्ध होंगे, तभी वह जमीन को बेचने और कॉरपोरेट घरानों को देने के इच्छुक होंगे।

सामाजिक ताना-बाना

भारत की 50% से अधिक आबादी 25 वर्ष की उम्र से कम है। इस जनसंख्या के साथ हम 'युवा राष्ट्र' होने का गर्व कर सकते हैं और साथ ही साथ हम विश्व के विकसित देशों के साथ प्रतिस्पर्धा करने की शक्ति भी रखते हैं। सन् 2020 तक एशिया के दो बड़े राष्ट्रों—चीन और जापान—में औसत जीवन क्रमश: 37 एवं 48 साल होगा जबकि भारत की औसत आयु करीब 29 वर्ष होगी। यह हम लोगों के लिए 'जनसंख्या लाभांश' होगा बशर्ते कि हम इसे चुनौतीपूर्ण एवं बुद्धिमत्तापूर्ण तरीके से काम में लगा सकें।

यह तथ्य मुझे फिर एक बार युवाओं को शिक्षित एवं प्रशिक्षित करने की आवश्यकता की ओर ले जाता है। भारत के योजनाकारों के ऊपर इस विशाल युवा जनसंख्या के ज्ञान और कौशल के साथ-साथ कैरियर के अवसर भी प्रदान करने की बड़ी जिम्मेदारी है। अनेक देशों में सभी लोग उच्च शिक्षा प्राप्त करने का प्रयास नहीं करते। एक स्तर तक ही शिक्षा प्राप्त करने के बाद युवक और युवतियाँ कोई न कोई हुनर सीखते हैं और किसी न किसी व्यवसाय में लगने को प्रयत्नशील होते हैं। हम लोगों को भी इस दिशा में प्रयास करना चाहिए। जब युवाओं के कौशल और व्यावसायिकता में सामाजिक सम्मान और समुचित धन मिलेगा तो भी निश्चय ही इस दिशा में आगे बढ़ेंगे। वर्तमान समय में मार्केटिंग कुछ ऐसे क्षेत्र हैं जहाँ पर कर्मचारी को आर्थिक सुरक्षा और सामाजिक स्तर भी प्राप्त होता है। परन्तु जिन्होंने परास्नातक या अन्य कोई शिक्षा नहीं प्राप्त की है, उनका क्या भविष्य?

सूचना प्रौद्योगिकी (I.T. Sector) भी तमाम युवा लड़के और लड़कियों के लिए आकर्षण का केन्द्र है। परन्तु मेरे विचार से अगले दस या बीस वर्षों में इस सेक्टर का उभार समाप्त होने लगेगा। क्योंकि यह क्षेत्र किसी प्रकार के भौतिक माल उत्पादन पर आधारित नहीं है। चीन भी सूचना प्रौद्योगिकी को

बढ़ावा दे रहा है लेकिन उसने उत्पादन के क्षेत्र में भी पूरा जोर लगाया है। लम्बे दौर में हमें भी इस पर ध्यान देना होगा। हालाँकि चीनी मॉडल में लोगों को किसी न किसी क्षेत्र में काम करना निर्देशित होता है जो कि हमारे ऐसे लोकतांत्रिक देश में सम्भव नहीं है। इसलिए हम लोगों को रोजगार के बाजार में प्रोत्साहन राशि और दंड राशि की नीति अपनानी होगी।

25 वर्ष पूर्व भारत में लागू की गई उदारीकरण की नीति से तमाम लोगों का एक से दूसरे राज्य में जाना काफी बढ़ा है। पहले दस-पन्द्रह वर्षों में इस आवाजाही ने कुछ सामाजिक अशान्ति को जन्म दिया, कुछ क्षेत्रों की स्थानीय जनता ने सोचा कि ये बाहरी लोग आकर हमारी सीमा का अतिक्रमण कर रहे हैं। वहाँ के स्थानीय निवासियों और 'बाहर से आए हुए' लोगों के बीच विभिन्न क्षेत्रों में मतभेद उत्पन्न हुए और इस प्रकार पहचान की राजनीति का जन्म हुआ। मुझे आशा है, यह दौर जल्दी ही समाप्त होगा क्योंकि अब प्रवासियों के आने-जाने की प्रक्रिया बहुत-सी जगहों पर मेल खाने लगी है। दूसरी तरफ 'धरती के पुत्र' की पहचान वाली राजनीति हानिकर साबित होने लगी है क्योंकि प्रवासियों के जाने से मतदाताओं की बड़ी संख्या प्रभावित होती है।

इस समय देश के सामने सबसे तात्कालिक विषय समानता और सद्भाव का है। देश की एकता बनाए रखने के लिए यह सामाजिक विषय लम्बी अवधि तक जीवित रहेगा। इस भूमंडलीकरण के युग में पिछड़े वर्ग के लिए आरक्षण की नीति कितनी और कब तक लाभकारी होगी? विभिन्न मंचों से आरक्षण के बारे में यह तर्क दिया जाता है कि इससे प्रशासनिक क्षमता प्रभावित होती है जबकि भूमंडलीकरण सेवाओं की गुणवत्ता के साथ कोई समझौता नहीं करता। ठीक है, आरक्षण से सेवा कार्य की गुणवत्ता प्रभावित होती है परन्तु यह केवल प्रारम्भिक स्तर में ही सच हो सकता है। समय के साथ-साथ परिस्थिति में विकास हो रहा है। आइए, हम मान लेते हैं कि आरक्षण समाप्त करने से प्रशासनिक गुणवत्ता बढ़ जाएगी, परन्तु इससे क्या भारी सामाजिक तनाव नहीं फैलेगा? और सबसे महत्त्वपूर्ण बात यह है कि भारत के अपने सामाजिक परिवेश में क्या यह एक अनुचित या अन्यायपूर्ण कार्य नहीं होगा?

रोजगार के क्षेत्र में मैं जाति आधारित आरक्षण के पक्ष में हूँ परन्तु मैं दृढ़ता से यह भी कहता हूँ कि यह आरक्षण केवल प्रवेश के स्तर तक ही सीमित होना चाहिए। एक उम्मीदवार को जाति आधारित कोटा से नौकरी में भर्ती होने

तक ठीक है परन्तु पदोन्नति के क्षेत्र में आरक्षण कोटा के लिए कोई स्थान नहीं होना चाहिए। मैं यह बात इसलिए कह रहा हूँ कि युवाओं के बीच में एक भावना काम करती है कि योग्यता आधारित पदोन्नति न होने से (1) प्रशासनिक गुणवत्ता प्रभावित होगी, (2) यह निश्चित तौर पर प्रशासन में असन्तोष को जन्म देगा।

भारतीय समाज में जाति एक अतिसंवेदनशील विषय है इसलिए यह किसी अधिकारी की संवेदनशीलता एवं उसकी परिपक्वता पर निर्भर करता है कि वह पिछड़ी सामाजिक पृष्ठभूमि से आनेवाले सहकर्मी के साथ कैसा व्यवहार करता है। मुझे दोनों तरह के अफसरों से मिलने का अवसर मिला है—एक तो वे, जो मौका पाते ही अपने 'निम्न जाति' से आए सहकर्मी पर छींटाकशी करने से नहीं चूकते और दूसरे वे भी हैं, जो निम्न जाति के सहकर्मी को सहयोग देते और प्रोत्साहित करते हैं। मुझे आशा है, लग्नशील अधिकारियों की संख्या धीरे-धीरे बढ़ेगी।

हिन्दू और मुसलमानों के बीच सम्बन्धों का मसला काफी संवेदनशील और तात्कालिक महत्त्व का है। इनके बीच सम्बन्धों को विकसित करने का रास्ता लम्बा और परिश्रम-साध्य है परन्तु शिक्षा और आर्थिक विकास के लम्बे रास्ते के अलावा कोई दूसरा मार्ग नहीं है। दोनों ही पक्षों के रूढ़िवादी लोग समस्याओं को जटिल बना देते हैं। परन्तु दोनों ही समुदाय के जनसाधारण शान्ति, शिक्षा और आर्थिक प्रगति की सम्भावनाओं को ध्यान से देखते और समझते हैं और यही रास्ता उनको परिपक्वता की ओर ले जाएगा।

किसी भी समाज में सामाजिक एवं धार्मिक सुधार की प्रक्रिया काफी धीमी होती है और कभी-कभी उसे भारी धक्का भी झेलना पड़ता है। यह सस्ता, सीधा और सरल नहीं है। इस दिशा में अच्छी भावना से किए गए सभी प्रयास जारी रखने चाहिए और उनको इन समुदायों की संवेदनशीलता और समस्याओं को ध्यान में रखना चाहिए।

मुस्लिम सत्यशोधक समाज के संस्थापक हामिद दलवाई मेरे घनिष्ठ मित्र थे। युवा अवस्था में ही उनका निधन हो गया। वास्तव में उन्होंने अपना अन्तिम समय मेरे सरकारी घर रामटेक में ही बिताया। मैं उस समय महाराष्ट्र का मुख्यमंत्री था। मैं उनके समर्पण, दृढ़ता और सुधारों के लिए साहसपूर्ण कार्यों का अत्यधिक सम्मान करता हूँ। परन्तु मैं उनसे हमेशा मुस्लिम समुदाय

की रूढ़िवादी परम्पराओं पर सीधे हमला करने के बारे में बहस करता था। मेरी समझ में सामाजिक-धार्मिक सुधार का अच्छा तरीका उनके अन्दर शिक्षा और आर्थिक स्थितियों के सुधार पर केन्द्रित करना है।

सार्वजनिक और निजी क्षेत्र में नौकरी करनेवाले मुसलमानों की संख्या नगण्य है और उनका प्रतिशत तो बहुत ही कम है, ये अच्छे लक्षण नहीं हैं। यदि मुख्य धारा के रोजगार और नौकरियों में हम उनको नहीं ला पाते तो वे दूसरे स्त्रोतों की तलाश करेंगे। हालाँकि मुलायम सिंह यादव द्वारा मुस्लिम समुदाय के लिए नौकरी में जगहों के लिए लोकप्रिय नारे आदि से बचना चाहिए। इस विषय पर हेमवती नन्दन बहुगुणा ने, जब वे उत्तर प्रदेश के मुख्यमंत्री थे, उस समय कुछ सन्तुलित प्रयास किए थे।

आज जब आतंकवादी संगठन हमारे सामाजिक ताने-बाने को ध्वस्त करने पर आमादा है तब सभी समुदायों के नेताओं को आगे आकर समाज को आत्मसंयम एवं प्रगति के लिए नेतृत्व प्रदान करना होगा। यदि ऐसा सम्भव हुआ तो यह आतंकवादियों का उभार निश्चय ही कम होगा। इस सामाजिक ताने-बाने को बनाए रखने और इसकी रक्षा करने की जिम्मेदारी निश्चित रूप से बहुसंख्यक समुदाय के कन्धों पर अधिक है।

हमें एक घटना याद आती है जो हिन्दू और मुसलमानों के बीच व्याप्त सामाजिक संवेदनात्मक एकता का एक प्रतीक है। कुछ वर्ष पहले की बात है, अमन मोमिन नाम का एक व्यक्ति दक्षिण महाराष्ट्र, कोल्हापुर का रहनेवाला था। पढ़ने-लिखने के बाद वह न्यूयॉर्क स्थित यू.एन.ओ. के कार्यालय में कर्मचारी हो गया। अनेक वर्षों तक अमेरिका में रहने के बावजूद वह शानदार कोल्हापुरी टोनवाली मराठी बोलता था। मैं जब कभी यू.एन.ओ. कार्यालय जाता तो वह अनेक कहानी-किस्से सुनाकर मुझे मनोरंजित करता। उसी के शब्दों में मैं एक कहानी सुनाता हूँ :

> कोल्हापुर में स्कूली शिक्षा पूरी करने के बाद मैंने पुणे जाकर बीए की शिक्षा पूरी की। चूँकि मैं अपने कस्बे में मुस्लिम समुदाय का बीए पास करनेवाला पहला व्यक्ति था इसलिए मेरे माता-पिता ने मुझसे मिठाई बाँटने को कहा। मेरे घर के बगल में मुस्लिम समुदाय के लीडर श्री रसूल खान की बड़ी-सी साइकिल की दुकान थी। मैंने जब उनको मिठाई पेश की तो उन्होंने पूछा, ''क्या सीखा है ?''

"चाचा, मैंने बीए पास किया है।"

"बहुत अच्छा। लेकिन मैट्रिक जरूर पास करना, समझे?"

इसके कुछ वर्ष बाद एक और घटना में रसूल खान साहब की सरलता और अनभिज्ञता देखने को मिली। बीए पास करने के बाद मुझे मुम्बई में नौकरी मिल गई और मैं मोहम्मद अली रोड पर एक छोटे से मकान में रहने लगा। उन दिनों मैं मुस्लिम लीग के सम्पर्क में आया और मैंने कोल्हापुर में मुस्लिम लीग की एक शाखा स्थापित करने का प्रयास किया।

मैंने मुस्लिम समुदाय के लोगों की एक मीटिंग बुलाई और मुस्लिम लीग की शाखा गठित करने का प्रस्ताव रखा। किसी ने कोई विरोध नहीं किया। चूँकि मैं उन सबके बीच में सबसे पढ़ा-लिखा था और मुम्बई शहर में भी कुछ समय बिता आया था, अतः लोग मुझे बुद्धिमान समझते और मेरी किसी बात का विरोध नहीं होता। मैं जो कुछ कहता, उसे लोग देव-वाक्य समझते। वास्तव में कोई भी न राजनीति के बारे में जानता था और न मुस्लिम लीग का मतलब जानता था। उन्होंने एक स्वर में कहा, "लीग निकालना है? निकालेंगे। इसमें क्या बड़ी बात है?"

रसूल चाचा ने हस्तक्षेप किया, "कोल्हापुर में कुछ भी नया करने से पहले देवी अम्बाबाई की प्रार्थना करना यहाँ की प्रथा है। इसलिए लीग निकालने से पहले हम लोगों को अम्बाबाई के मन्दिर पर जाना चाहिए।"

हर आदमी इस बात पर सहमत हो गया। सभी लोगों ने जाकर अम्बाबाई के मन्दिर में प्रार्थना की और प्रदर्शन निकालते हुए वापस आ गए।

रसूल चाचा बहुत प्रसन्न थे लेकिन उनके मन में एक शंका थी। वह हमको एक किनारे ले गए और धीरे से पूछा, "बेटा, तू बोला, लीग निकालना है। लेकिन उधर राजाराम पुरी में एक शिवलिंग है न। तो और एक लीग की क्या जरूरत है?"

हमारे प्यारे चाचा यह नहीं जानते थे कि लीग और लिंग दो अलग-अलग शब्द हैं और इनका मतलब भी अलग-अलग है!

हम कैसे आशा कर सकते हैं कि वही सरलता और भोलापन फिर वापस आ जाएगा। आज हम बहुत ही कठिन दौर में जी रहे हैं। हमने अल्पसंख्यकों के खिलाफ एक तरह से युद्ध छेड़ दिया है। जरा गोमांश के प्रतिबन्ध के बारे में सोचिए। 1976 से ही महाराष्ट्र में गाय काटने पर प्रतिबन्ध लगा है। महाराष्ट्र विधान सभा में महाराष्ट्र एनिमल प्रीजर्वेशन एक्ट पास कर दिया परन्तु इस कानून को गाय प्रजाति के सभी जानवरों पर लागू करना वास्तव में दलित और मुस्लिम समुदाय के लिए उनको प्रोटीनयुक्त सस्ते भोजन से वंचित करना है। यदि हम अपने देश के खाद्य पदार्थों के इतिहास पर नजर डालें और उन अनाजों की सूची बनाएँ जो सरकार सस्ते दामों पर देती है तो उसमें एक भी प्रोटीनयुक्त खाद्य पदार्थ नहीं है। सरकार गेहूँ या चावल सस्ते दर पर देती है। कभी-कभी खाद्य तेल, चीनी और मिट्टी का तेल भी देती है परन्तु इसमें कुछ भी प्रोटीनयुक्त नहीं है। सरकारी सस्ते गल्ले की दुकानों पर दालें कभी भी उपलब्ध नहीं कराई गईं। दालों और तिलहन के दामों पर कभी भी सरकार ने ध्यान नहीं दिया। सरकारें केवल गेहूँ, चावल और मक्का आदि के दाम तय करती हैं। इस प्रकार दाल उत्पादक किसानों पर भी ध्यान नहीं दिया जाता जबकि दलहन की फसलें छह माह में होती हैं और धान और गेहूँ की फसलें चार माह में होती हैं। जब एक किसान साल में तीन फसलें पैदा कर सकता है तो वह दलहन की दो फसलें क्यों पैदा करेगा और फिर सरकार द्वारा दलहन का कोई न्यूनतम समर्थन मूल्य भी तय नहीं होता। इस प्रकार दाल का उत्पादन आवश्यकता से बहुत कम होता है और बाजार में इसका दाम 200 रुपए किलो तक हो गया है। आप कैसे उम्मीद कर सकते हैं कि एक गरीब आदमी 200 रुपए किलो की दाल खा सकता है? भैंसे के मांस पर प्रतिबन्ध लग जाने से उन गरीबों को प्रोटीन कैसे प्राप्त होगा?

यह काफी चिन्ता की बात है लेकिन इससे भी चिन्ता की बात यह है कि जिस प्रकार से लोग कानून को हाथ में लेकर गौ-हत्या के नाम पर लोगों का दमन और उत्पीड़न कर रहे हैं, यह बेहद चिन्ता का विषय है। यदि कोई अल्पसंख्यक समुदाय का सदस्य है तो उसे अन्य कई तरीकों से भी सताया और प्रताड़ित किया जाता है। यह हमारे देश के सामाजिक ताने-बाने के लिए बेहद खतरनाक स्थिति है। भारत एक समावेशी राज्यसत्ता हो, यह केवल कांग्रेस का ही विचार नहीं है। भारत के संस्थापक तमाम पितामहों के दिमाग

में इस बात में कोई शंका नहीं थी कि भारत विविध रंगों और विविधताओं से भरा देश है और देश की इस विशेषता को कभी खतरा नहीं होना चाहिए, हमें इसे सुनिश्चित करना होगा।

विश्व में भारत का स्थान

इससे पूर्व हमने 'भारतीय कृषि' शीर्षक अध्याय में अपने देश के कृषि क्षेत्र के बारे में विस्तार से चर्चा की है। इस क्षेत्र के द्वारा हम न सिर्फ अन्तर्राष्ट्रीय बाजार में अपना स्थान बना सकते हैं बल्कि कूटनीतिक हितों को भी पूरा कर सकते हैं। बीआरआईसीएस (ब्रिक्स) एक शानदार प्लेटफार्म है जहाँ पर भारत सफलतापर्वूक हस्तक्षेप कर सकता है। ब्राजील, रूस, चाइना और दक्षिण अफ्रीका के साथ हम प्रौद्योगिकी और वैज्ञानिकों का आदान-प्रदान कर सकते हैं। मेरे कृषि मंत्री काल में भारत ब्रिक्स देशों के साथ द्विपक्षीय और बहुपक्षीय समझौतों में आगे बढ़ा और इस क्षेत्र में काफी आगे बढ़ने की सम्भावनाएँ हैं। चूँकि सभी ब्रिक्स देशों के साथ लम्बी समुद्री सीमाएँ लगी हुई हैं इसलिए हम मछली पालन क्षेत्र में भी समझौते कर सकते हैं।

मुझे प्रसन्नता है कि प्रधानमंत्री नरेन्द्र मोदी विश्व के तमाम देशों के साथ योजनाबद्ध तरीके से सम्बन्ध विकसित करने के प्रत्यनशील हैं। हालाँकि उनकी कुछ घरेलू कार्यवाहियाँ इन प्रयासों के अनुरूप नहीं हैं। सत्ता में आने के बाद से दो वर्ष निरन्तर राष्ट्रपति द्वारा आयोजित इफ्तार पार्टी में न शामिल होना एक गलत सन्देश देता है। उनको अटल बिहारी वाजपेयी की यह बात याद रखनी चाहिए—'कोई अपना दोस्त तो चुन सकता है लेकिन अपना पड़ोसी नहीं।' पाकिस्तान के पूर्व विदेशमंत्री शहरयार खान मेरे अच्छे दोस्त हैं। 'हम लोगों का कोई भी मतभेद वापजेयी या मनमोहन सिंह से नहीं है परन्तु हम मोदी को नहीं समझ सके।' हमें विश्वास है कि अभी विकास की बहुत सम्भावनाएँ हैं। पाकिस्तान और अन्य पड़ोसी देशों के बारे में हमें कभी भी अतिरिक्त बयान नहीं देने चाहिए और उनके साथ सार्थक वार्ता ही करनी चाहिए।

प्रधानमंत्री जब कभी विदेश में हों तो घरेलू विषयों पर वक्तव्य देते समय सावधानी बरतनी चाहिए। अभी-अभी विदेशों में प्रधानमंत्री मोदी द्वारा कुछ विवेकहीन बातें की गईं जिनके सम्बन्ध में भारत में सही आलोचनाएँ हुई हैं।

मोदी को यह बात भली प्रकार समझ लेनी चाहिए कि जब वह विदेश में हैं तो वह भारत का प्रतिनिधित्व कर रहे हैं न कि किसी खास पार्टी का।

अमेरिका और ईरान के बीच परमाणुविक समझौता हो जाने के बाद ईरान पर लगे हुए अन्तर्राष्ट्रीय प्रतिबन्ध हो गए हैं। इस परिस्थिति ने भारत और ईरान के बीच व्यापारिक समझौतों का रास्ता साफ किया है। हम ईरान के साथ गेहूँ और औद्योगिक उत्पादों को नियत करने का समझौता कर सकते हैं। भारत की भवन निर्माण कम्पनियों के लिए भी इस क्षेत्र में बड़ी सम्भावनाएँ हैं। ईरान और सऊदी अरब के साथ भारत की एकता से इजराइल को जरूर असुविधा होगी। यदि यह समझौते हमारे लिए लाभकारी हों तो हमें इजराइल को छोड़ भी देना चाहिए। अफ्रीकी देशों के अन्दर भारत द्वारा बड़े पैमाने पर कृषि भूमि को ठेके पर लेने और वहाँ पर कृषि उत्पाद विकसित करने की बड़ी सम्भावनाएँ हैं। इंग्लिश लोग अनेक अफ्रीकी देशों में दसियों वर्ष से काफी उत्पादन कर रहे हैं और चीनी कम्पनियों ने भी वहाँ की भूमि पर काफी निवेश किया है। परन्तु यूपीए के शासनकाल में भारत सरकार ने विदेशों में भूमि अधिगृहीत न करने का निर्णय लिया। इसकी व्याख्या करते हुए तत्कालीन प्रधानमंत्री मनमोहन सिंह ने कहा, ''वास्तव में किोई भी व्यक्ति अपनी जमीन किसी दूसरे को नहीं देना चाहता। यदि हम अफ्रीकी देशों में जमीन लेते हैं तो इससे उनका आर्थिक लाभ होगा परन्तु उनकी प्रसन्नता अप्रसन्नता में बदल जाएगी। कुछ वर्ष बाद जब अपनी ही भूमि पर हमारे द्वारा अधिक उत्पादन और निरन्तर हमारे लोगों को धनी होते हुए वे देखेंगे तो एक प्रकार की नाराजगी पैदा होगी। ठीक उसी प्रकार जैसे कोई भारतीय अंग्रेजों द्वारा किए गए शोषण को महसूस करता है, वैसे ही अफ्रीकी लोग हमें शासक समझेंगे और इस प्रकार हमारे–उनके सम्बन्धों में कटुता आएगी।''

दक्षिण अमेरिका और अर्जेन्टीना में भी कृषि भूमि उपलब्ध है परन्तु उक्त कारणों से हम इस पर भी ध्यान नहीं देते। हालाँकि कुछ भारतीय सिक्ख समुदाय के लोगों ने निजी तौर पर वहाँ जमीनें खरीदी हैं और कृषि कार्य कर रहे हैं। इस प्रकार व्यक्तिगत रूप से जमीन खरीदने की एक प्रक्रिया जारी है।

अध्याय : पच्चीस

कुछ विशेष व्यक्तित्व

इस पुस्तक में उन अनेक लोगों का जिक्र किया गया है जिनके साथ मैंने वर्षों कार्य किया। इन लोगों में कुछ ऐसे महत्त्वपूर्ण व्यक्ति रहे हैं जिनके विषय में संक्षिप्त चर्चा आवश्यक है।

वाई.बी. चव्हाण

जब कोई मुझे चव्हाण साहेब का 'अनुग्रह पात्र' कहता है तो मुझे यह सुनकर हमेशा गर्व की अनुभूति होती है। मैं हमेशा दिल से कांग्रेसी रहा हूँ और इसका सारा श्रेय यशवन्त राव बलवन्त राव चव्हाण को है। चव्हाण साहेब वास्तव में एक समर्पित कांग्रेसी नेता थे। पार्टी के सिद्धान्तों से विमुख होने पर उनको अपनी निष्ठा की भारी कीमत चुकानी पड़ी।

मैं जब बीएमएम कॉलेज पुणे का छात्र था, उसी समय अलग महाराष्ट्र राज्य की स्थापना हुई और इस नए महाराष्ट्र के प्रथम मुख्यमंत्री के रूप में चव्हाण साहेब ने पदभार सँभाला था। महाराष्ट्र गठन के बाद, आचार्य अत्रे, एसए डांगे और एसएम जोशी जैसे कद्दावर नेताओं के नेतृत्व में संयुक्त महाराष्ट्र समिति ने जुझारू आन्दोलन संचालित किया। एसएम जोशी ने नए मुख्यमंत्री के खिलाफ अनेक चालें चलीं परन्तु चव्हाण साहेब ने बड़ी विनम्रता और आत्मसंयम से विपरीत परिस्थितियों का सामना किया।

यह समय कांग्रेस पार्टी और चव्हाण साहेब दोनों के लिए विकट चुनौतीपूर्ण समय था। एक तरह से कहा जाए तो चव्हाण साहेब तलवार की

धार पर चल रहे थे। एक तरफ वह मराठी–गुजराती विवाद को हल करने का प्रयास कर रहे थे और दूसरी तरफ पार्टी के अन्दर और बाहर के विरोधियों द्वारा संचालित निन्दा अभियान का सामना कर रहे थे।

मुख्यमंत्री शपथ ग्रहण समारोह के बाद चव्हाण साहेब ने छत्रपति शिवाजी के जन्म–स्थल शिवनेरी फोर्ट जाने का निर्णय किया। यह समाचार सुनकर हमारे विद्यालय के कुछ छात्रों ने वहाँ पहुँचकर उनका भाषण सुनने का विचार बनाया। हम लोग बड़े उत्साह के साथ पुणे से 93 किमी. दूर स्थित शिवनेरी फोर्ट तक साइकिल मार्च करते हुए पहुँचे। चूँकि यह सार्वजनिक रूप से महाराष्ट्र के प्रथम मुख्यमंत्री का पहला भाषण था, अतः हम सभी उन्हें सुनने को बड़े उत्साहित थे।

चव्हाण साहेब बहुत ही सभ्य और सुसंस्कृत व्यक्ति थे और वैसी ही उनकी राजनीति भी। शिवनेरी फोर्ट से दिया गया उनका भाषण स्पष्ट रूप से महाराष्ट्र के विभाजन और उसके भविष्य की चिन्ता से परिपूर्ण था। उनके भाषण की गम्भीरता, आकर्षक शैली और आवाज से हम सब इतना प्रभावित थे कि इसके बाद शायद ही हम लोगों ने उनकी कोई सभा या भाषण का अवसर छोड़ा हो। उनके आकर्षक शब्द हमें उनके विचारों के करीब ले गए और उनके विचारों ने हमारे दिलो–दिमाग में जो परिवर्तन किया, उसके परिणामस्वरूप हम कांग्रेस पार्टी और उसकी विचारधारा से जुड़ गए।

चव्हाण साहेब के प्रति मेरा सम्मान और गहरा लगाव, महाराष्ट्र के सुप्रसिद्ध पौराणिक सन्त और कवि के शब्दों में इस प्रकार अभिव्यक्त होता है :

जेथे जातो तेथे तू माजा संगति
चलावीसी हाटी धरुन्या।

मैंने जैसे ही महाराष्ट्र में सार्वजनिक जीवन में अपना पहला कदम रखा, उन्होंने मेरा हाथ पकड़कर मुझे सँभाला और हमेश मेरे साथ चलते रहे।

चव्हाण साहेब नेहरू विचारधारा के साथ दृढ़ता से जुड़े रहे और मैं भी जवाहरलाल नेहरू के विचारों और उनके व्यक्तित्व से प्रभावित रहा। चव्हाण साहेब ने राजनीतिक जीवन में नेहरू के विचारों को कितनी दृढ़ता और सफलता से व्यवहार में लागू किया, हम सब इसके साक्षी हैं। महाराष्ट्र के प्रथम मुख्यमंत्री के रूप में चव्हाण साहेब ने उद्योग, शिक्षा, साहित्य, कला

और संस्कृति के क्षेत्र में अग्रणी कार्य किया। इसी समय मैं कांग्रेस की विचारधारा से भली प्रकार परिचित और प्रभावित हुआ तथा कांग्रेस पार्टी की सदस्यता ग्रहण की।

चव्हाण साहेब नेहरू के बड़े प्रशंसक थे और वह इसे कभी भी छिपाते नहीं थे। वे हमेशा कहते कि 'मैं महाराष्ट्र के कोलाहल से अधिक नेहरू जी को महत्त्व देता हूँ।' वह बड़े शान्त भाव से कहते कि भारत को एकताबद्ध रखने का दृष्टिकोण और साहस नेहरू के अतिरिक्त किसी के पास भी नहीं है। संयुक्त महाराष्ट्र समिति के नेताओं ने उनको गद्दार तक कहा परन्तु वह कभी भी विचलित नहीं हुए। वह बहुत ही कठोर हृदय और दृढ़ विचारवाले व्यक्ति थे। उन्होंने कभी भी किसी विचार के सामने झुकना स्वीकार नहीं किया।

1956 में तेलगू भाषा-भाषी जनता द्वारा भाषा के आधार पर मद्रास प्रेसीडेंसी से अलग आन्ध्र प्रदेश की माँग पर जुझारू संघर्ष चल रहा था। नेहरू जी भाषा के आधार पर अलग राज्य गठन करने के पक्ष में नहीं थे। इस विषय पर नेहरू जी को समझाना काफी कठिन कार्य था। परन्तु तेलगू भाषा-भाषी लोगों का अलग राज्य गठन हो जाने से इस विषय पर केन्द्र की नीति कमजोर हुई। आन्ध्र प्रदेश मद्रास प्रेसीडेंसी से अलग हो गया। 1957 में बाम्बे प्रेसीडेंसी में चुनाव के समय कांग्रेस की कमजोर स्थिति से यह स्पष्ट हो गया था कि द्विभाषी राज्य (बॉम्बे प्रेसीडेंसी) की जनता कांग्रेस से नाराज है। 1959 में इन्दिरा गांधी ने कांग्रेस अध्यक्ष पद की जिम्मेदारी सँभाली। चव्हाण साहेब ने इन्दिरा गांधी के माध्यम से केन्द्र सरकार से बातचीत प्रारम्भ की।

जब मराठी राज्य अलग गठन करने की माँग अपने चरम बिन्दु पर थी तब चव्हाण साहेब ने इन्दिरा गांधी को आगाह किया कि निरन्तर जनता की माँग को ठुकराना हमारी पार्टी को मराठी जनता से अलगाव में डालेगा और यह न तो पार्टी के हित में है, न राष्ट्रहित में। इन्दिरा जी ने यह विषय नेहरू जी के सामने रखा और उनको समझाने में सफल भी हुईं। इस प्रकार 1 मई, 1960 को महाराष्ट्र राज्य का गठन सम्भव हुआ।

कांग्रेस की संस्कृति के अनुसार ही चव्हाण साहेब, पार्टी नेतृत्व के साथ मतभेद रखते हुए भी अपनी विनम्रता बनाए रखते। पार्टी मीटिंगों में वह खुलकर अपने विचार प्रस्तुत करते लेकिन पार्टी तोड़ने का विचार कभी भी

उनके मन में नहीं आया। वह पार्टी नेतृत्व के प्रति समर्पित एक सभ्य और अनुशासित व्यक्ति थे और हमेशा शिष्टाचार बनाए रखते थे। सम्भावनाओं से परिपूर्ण राजनीतिक क्षेत्र में उनके यह सादगी भरे सभी गुण अभिशाप साबित हुए। चव्हाण साहेब ने कभी भी न तो अपने सैद्धान्तिक लगाव के प्रति पछतावा व्यक्त किया और न ही कभी परिणामों की परवाह की। वह दृढ़ता से अपनी राह चलते रहे।

मैं यहाँ उनके चरित्र और व्यवहार के सम्बन्ध में दो घटनाओं का उल्लेख करना चाहूँगा।

1962 में भारत–चीन का युद्ध प्रारम्भ होने पर प्रधानमंत्री जवाहरलाल नेहरू ने उनको महाराष्ट्र का मुख्यमंत्री पद छोड़कर केन्द्र में रक्षामंत्री पद की जिम्मेदारी सँभालने को कहा। उन्होंने पार्टी के एक अनुशासित सैनिक की तरह अविलम्ब इस आदेश को स्वीकार किया और सिर्फ नेहरू जी से इतना कहा कि मैं अपनी पत्नी वेणुताई को विश्वास में लेना चाहता हूँ।

इसके बाद 1965 में भारत–पाकिस्तान युद्ध हुआ और इस युद्ध में प्राप्त भारत की विजय को चव्हाण साहेब की बड़ी सफलता माना जाता है।

तदुपरान्त सोवियत यूनियन में दोनों देशों की युद्ध–विराम सम्बन्धी बैठक हुई। ताशकन्द (रूस) में दोनों देशों के बीच शान्तिपूर्ण समझौता हुआ। भारत की तरफ से प्रधानमंत्री लालबहादुर शास्त्री के नेतृत्ववाले प्रतिनिधिमंडल में चव्हाण साहेब भी शामिल थे। पाकिस्तान की ओर से प्रेसीडेंट याकूब खान के नेतृत्व वाला प्रतिनिधि मंडल वार्ता में शामिल हुआ।

समझौता सम्पन्न हो जाने के बाद रात्रि में ही प्रधानमंत्री लालबहादुर शास्त्री की हृदयगति रुक जाने से वहीं उनका निधन हो गया। दूसरे दिन स्वर्ण सिंह, चव्हाण साहेब और अन्य लोग लालबहादुर शास्त्री का शव लेकर भारत आए।

एक तरफ पूरा राष्ट्र लालबहादुर शास्त्री के असामयिक निधन से शोकाकुल था, दूसरी तरफ गुलजारीलाल नन्दा को प्रधानमंत्री पद का कार्यभार सौंपा गया। कांग्रेस पार्टी में लालबहादुर शास्त्री का उत्तराधिकारी खोजने की हड़बड़ी पड़ी थी। चव्हाण साहेब प्रधानमंत्री पद के लिए सर्वथा उचित और योग्य व्यक्ति थे। पाकिस्तान युद्ध के बाद उनकी लोकप्रियता बहुत बढ़ गई थी और 1962 में चीन के खिलाफ युद्ध के समय उन्होंने पहले ही देश में तथा पार्टी में विश्वसनीयता प्राप्त कर ली थी।

मोरार जी देसाई भी प्रधानमंत्री पद के आकांक्षी थे परन्तु उनकी तुलना में विनम्र चव्हाण साहेब लोगों को अधिक आकर्षित करते थे।

इसी समय एक दिन दिल्ली में चव्हाण साहेब के निवास पर कांग्रेस के वरिष्ठ नेता किसनवीर, आबा साहेब कुलकर्णी और एन.के.पी. साल्वे एकत्र हुए। मैं उन सब लोगों से बहुत जूनियर था परन्तु हमें भी उनके बीच बैठने का सौभाग्य मिला।

देश की राजनीतिक परिस्थिति और कांग्रेस की स्थिति का मूल्यांकन करने के बाद सभी लोग इस निर्णय पर पहुँचे कि चव्हाण साहेब द्वारा प्रधानमंत्री पद की दावेदारी पेश करना सर्वथा उचित है।

चव्हाण साहेब ने इस विषय पर सोचने के लिए थोड़ा समय माँगा और कहा, 'कुछ भी निर्णय लेने से पूर्व मुझे इन्दिरा गांधी से अवश्य ही सलाह लेनी चाहिए।'

यह सुनते ही मैं अपना क्रोध रोक न सका और मैं फूट पड़ा, 'मुझे मालूम है कि क्या होगा।'

मुझे फटकारते हुए चव्हाण साहेब ने इन्दिरा गांधी से बात करने के कारण को स्पष्ट करते हुए कहा, 'यदि 1959-60 में इन्दिरा गांधी ने अपने पद का उपयोग करते हुए प्रधानमंत्री जवाहरलाल नेहरू को न समझाया होता तो महाराष्ट्र राज्य अस्तित्व में न आया होता। दूसरा यह कि इन्दिरा गांधी के पिता जवाहरलाल नेहरू ने ही 1962 में मुझे रक्षामंत्री पद पर नियुक्त कर राष्ट्रीय राजनीति में प्रवेश कराया था। इसलिए इस मोड़ पर मैं इन्दिरा गांधी से बात करना अपना कर्तव्य समझता हूँ।' यह कहने के बाद वह कार से इन्दिरा गांधी से मिलने चले गए।

हम लोग उनके निवास स्थान पर उत्सुकतापूर्वक निर्णय सुनने की प्रतीक्षा कर रहे थे।

कुछ समय बाद वह इन्दिरा जी के निवास से वापस आए परन्तु उनके चेहरे के भाव से कुछ भी समझ पाना कठिन था।

उन्होंने कहा, 'मैंने इन्दिरा जी से कहा कि मेरे ऊपर प्रधानमंत्री पद की दावेदारी पेश करने का दबाव है। लेकिन आपके तथा आपके परिवार के साथ मेरे इतने प्रगाढ़ सम्बन्ध हैं। इसलिए कुछ भी करने से पूर्व मैं आपको सूचित करना अपनी जिम्मेदारी समझता हूँ।'

हम लोगों ने पूछा, 'उनका क्या उत्तर मिला?'

चव्हाण साहेब ने कहा, 'उन्होंने मेरी बात ध्यान से सुनी और कुछ समय बाद सोचकर उत्तर देने को कहा।'

मैं अपना असन्तोष नहीं रोक सका और फिर बोल दिया, 'अब सब हो गया...मुझे इन्दिरा जी का उत्तर मालूम है।'

चव्हाण साहेब ने मुझे खूब कसके फटकारा। वहाँ पर बैठे हुए लोग गपशप करते रहे परन्तु सभी अन्दर से निरुत्साहित थे।

तभी इन्दिरा जी का फोन आया। चव्हाण साहेब ने अन्दर जाकर फोन उठाया और बातचीत कर कुछ निमट बाद ही बाहर आ गए। हमने बड़ी अधीरता के साथ पूछा, 'क्या उत्तर मिला?' उन्होंने उत्तर दिया, 'मेरे द्वारा उनके परिवार के प्रति व्यक्त किए गए सम्मान और हमारे द्वारा दी गई सूचना के प्रति धन्यवाद दिया और कहा, वह स्वयं प्रधानमंत्री पद की दावेदारी पेश करेंगी, इसके लिए उन्हें मेरा समर्थन चाहिए।' मीटिंग में कांग्रेस अध्यक्ष के. कामराज द्वारा इन्दिरा गांधी के नाम का प्रधानमंत्री पद के लिए समर्थन किया गया और 24 जनवरी, 1966 को इन्दिरा गांधी भारत की प्रधानमंत्री हो गईं। चव्हाण साहब को एक और झटका लगा।

1979 में चव्हाण साहेब के प्रधानमंत्री होने का एक और अवसर आया। प्रधानमंत्री मोरारजी देसाई के नेतृत्व वाली जनता पार्टी की सरकार अपने ही कारणों से दबाव में थी और उसके गिरने की पूरी सम्भावना थी। इन्दिरा गांधी संसद सदस्य न होने के बावजूद कतार में थीं। वह कांग्रेस (आई) गुट की नेता थीं और कांग्रेस का दूसरा गुट कांग्रेस (एस) था जिसमें देवराज अर्स, चव्हाण साहेब, एस करुणाकरन, ब्रह्मानन्द रेड्डी, देवकान्त बरुआ और प्रियरंजन दास मुंशी जैसे वरिष्ठ नेता थे। विपक्ष के नेता की हैसियत से चव्हाण साहेब ने जनता सरकार के खिलाफ अविश्वास मत का प्रस्ताव पेश किया।

चरण सिंह अपने 85 सांसदों के साथ जनता पार्टी से अलग हो गए और उन्होंने जनता पार्टी-सेक्यूलर की स्थापना की। जॉर्ज फर्नांडीज और मधुलिमये ने भी इस्तीफा देकर मोरार जी देसाई को इस्तीफा देने के लिए मजबूर किया। परिस्थिति बड़ी डाँवाँडोल थी। कोई भी पार्टी लोक सभा में बहुमत सिद्ध कर पाने की स्थिति में नहीं थी।

सभी पार्टियाँ राष्ट्रपति नीलम संजीव रेड्डी के निर्णय की प्रतीक्षा कर रही थीं। ऐसे ही समय कांग्रेस (एस) के प्रतिनिधि मंडल ने राष्ट्रपति से भेंट की। राष्ट्रपति ने यह संकेत दिया कि चव्हाण साहेब सरकार गठित करने का दावा पेश करने की स्थिति में हैं।

चव्हाण साहेब ने इस मुकाबले में कूदने से मना कर दिया, परिणामस्वरूप कांग्रेस (एस) और कांग्रेस (आई) दोनों ने 64 सदस्यों वाले चरण सिंह का समर्थन किया। चरण सिंह प्रधानमंत्री निर्वाचित हुए और चव्हाण साहेब उप-प्रधानमंत्री निर्वाचित हुए। चरण सिंह के नेतृत्ववाली सरकार मुश्किल से तीन सप्ताह तक सत्ता में रही और अविश्वास प्रस्ताव आने से पूर्व ही कांग्रेस (आई) ने समर्थन वापस ले लिया और सरकार गिर गई।

1980 के आम चुनाव में कांग्रेस (आई) को 353 सीटों का प्रचंड बहुमत मिला और कांग्रेस (एस) को मात्र 13 सीटों पर सफलता मिली। चव्हाण साहेब अति विक्षुब्ध थे। उन्होंने मुझसे कहा, 'देश की जनता ने उसी को जनादेश दिया है जिसे वह वास्तविक कांग्रेस मानती है। इन्दिरा जी को लोकप्रिय बहुमत प्राप्त हुआ है और हम लोगों को जनता ने अस्वीकार किया।' वह पुनः कांग्रेस (आई) में वापस जाने को तैयार थे लेकिन मैंने दृढ़ता से इसका विरोध किया। समय व्यतीत होने के साथ मैं उनकी बढ़ती बेचैनी को महसूस कर रहा था।

हम लोग हर वर्ष सतारा स्थित रैयत शिक्षा संस्थान के कार्यालय में एकत्र होकर प्रख्यात सामाजिक कार्यकर्ता और प्रशिक्षक कर्मवीर भाउराव पाटिल की पुण्यतिथि पर उनको श्रद्धासुमन अर्पित करते और इस अवसर पर सबसे भेंट भी होती।

9 मई, 1981 को यह कार्यक्रम समाप्त हो जाने के बाद चव्हाण साहेब के साथ किसनवीर और मैं लक्ष्मण राव पाटिल के घर भोजन करने गए। चव्हाण साहेब ने वहीं पर कांग्रेस (आई) में वापस जाने का अपना निर्णय हम लोगों को बताया।

मैंने और किसनवीर ने आक्रोशपूर्ण तरीके से इसका विरोध किया। हम लोगों ने उनको चेताया कि इन्दिरा गांधी ने कांग्रेस पार्टी के परम्परागत ढाँचे को ध्वस्त कर दिया है। वह अपने समर्थकों को प्रश्रय देती हैं और जनाधार वाले नेताओं को हिकारत से देखती हैं। हम लोगों ने उनसे काफी समय तक

बहस की परन्तु सब कुछ व्यर्थ साबित हुआ। उनकी संवेदना ही सर्वोपरि रही। महाराष्ट्र की कांग्रेस (आई) कमटी के सदस्य रामराव आदिक और नासिक राव तिरपुडे ऐसे लोग अक्सर चव्हाण साहेब को असम्मानजनक बातें कहते। हम लोग जैसे लोगों के साथ कैसे काम करेंगे? मैंने चव्हाण साहेब से पूछा परन्तु यह सब बातें उन पर कोई असर नहीं डाल सकीं।

उस समय कांग्रेस (आई) की जैसी संस्कृति थी, हमें आशंका थी कि चव्हाण साहेब वहाँ अलगाव में पड़ जाएँगे। दुर्भाग्य से हम लोगों की आशंका सच प्रमाणित हुई। चव्हाण साहेब ने इन्दिरा गांधी को लिखा, देश की जनता ने आपकी कांग्रेस पार्टी को ही असली कांग्रेस पार्टी माना है और इसलिए मैं आपकी पार्टी में शामिल होना चाहता हूँ। इन्दिरा गांधी ने चव्हाण साहेब की वरिष्ठता और उनके राजनीतिक कार्यों को नकारते हुए पत्रोत्तर दिया कि आपका प्रार्थना-पत्र कांग्रेस वर्किंग कमेटी के समक्ष विचारार्थ रखा जाएगा। इस प्रकार तीन माह तक उनको अपमानित करने का कृत्य होता रहा। इसके बाद उन्हें कांग्रेस (आई) की सदस्यता प्रदान की गई।

इतने विशाल कद्दावर नेता का अन्तिम समय काफी कष्टप्रद था। वह नई दिल्ली में बिलकुल एकाकी जीवन बिता रहे थे। कांग्रेस (आई) का कोई भी नेता उनके पास नहीं जाता था। मैंने जल्दी-जल्दी दिल्ली जाने और उनके साथ समय बिताने व बैठने का नियम ही बना लिया था। हम लोग महाराष्ट्र के विभिन्न क्षेत्रों में बकवास सम्बन्धी गपशप घंटों करते रहते। उनकी पत्नी वेणूताई के निधन के बाद उनके स्वास्थ्य में तेजी से गिरावट आने लगी। थोड़ी-सी भी उत्तेजक बात पर उनकी आँखों में आँसू छलक पड़ते। ऐसी स्थिति में उनको देखना बेहद दर्दनाक था। 25 नवम्बर, 1984 को उनके स्वास्थ्य में अचानक तेज गिरावट आई। मैंने डॉक्टरों की एक टीम के साथ दिल्ली जाने का निर्णय किया। हम अभी हवाई अड्डे की तरफ जाने ही वाले थे कि तभी दिल्ली से उनके निधन का समाचार मिला।

चव्हाण साहेब के पास अपनी निजी सम्पत्ति के रूप में कराड़ में एक साधारण घर था और विभिन्न विषयों पर 5,700 पुस्तकें। इन पुस्तकों में सभी के किनारे उन्होंने पढ़ते समय नोट लिखे थे। रुपए 87,000 के आभूषण और पुणे के पास उरुली कंचन में रुपए 1.25 लाख मूल्य की जमीन। उनकी इच्छा थी कि इसका उपयोग सामाजिक कार्य के लिए हो।

चव्हाण साहेब ने अपना सम्पूर्ण जीवन कांग्रेस को समर्पित कर दिया परन्तु पार्टी ने उनके इस योगदान को आज भी समुचित रूप से स्वीकार नहीं किया है। हालाँकि उनकी मृत्यु के बाद उनके अनेक मित्रों, सहयोगियों, समर्थकों और अनुयायियों ने मिलकर उनके नाम पर एक ट्रस्ट की स्थापना की। 17 सितम्बर, 1985 को मुम्बई में स्थापित यह यशवन्त राव चव्हाण प्रतिष्ठान नाम का ट्रस्ट विकास के विषय पर प्रतिष्ठित व्यक्तियों के लेक्चर, महिला सशक्तीकरण विषय पर कार्यशालाएँ, युवाओं, विकलांगों से सम्बन्धित कार्यक्रम और सांस्कृतिक कार्यक्रमों के अतिरिक्त पूरे वर्ष यहाँ पर अनेक कार्यक्रमों का आयोजन करता है।

मोरार जी देसाई

मैं 1972 में वसन्त राव नाइक की सरकार में मंत्री बना तो मैंने सबसे पहला काम अपने पूर्ववर्तियों की कार्यशैली का अध्ययन करना शुरू किया। मेरा प्रयास उनके द्वारा हल किए गए विषयों को समझने का था। मैंने उस समय की तमाम फाइलों का अध्ययन किया, जब मोरार जी देसाई महाराष्ट्र में विभिन्न विभागों के मंत्रिमंडल पद पर थे। उन फाइलों पर मोरारजी देसाई द्वारा की गई वोटिंग, सार्वजनिक मामलों में उनके गहरे अनुभव, प्रशासनिक कुशलता और उनकी बुद्धिमत्ता दर्शाती थी। उनके नोट्स में एकदम स्पष्टता थी—न एक शब्द कम, न एक शब्द ज्यादा। मैंने महाराष्ट्र में मंत्री-पदों पर रहते हुए और केन्द्र सरकार में भी रहते हुए उनका अनुसरण करने का प्रयत्न किया।

मोरार जी भाई मुझसे 45 वर्ष बड़े थे। वे बड़े कठोर और स्पष्ट वक्ता थे। उनसे मेरे मित्रवत् सम्बन्ध होते हुए भी मुझे यह मालूम था कि यदि किसी विषय पर वह असहमत हों तो उनको समझाना कितना कठिन है। जब वह भारत के प्रधानमंत्री थे, उस समय मैं महाराष्ट्र में पीडीएफ सरकार का मुख्यमंत्री था और उनकी जनता पार्टी मेरी सरकार की सहयोगी थी। वे जब कभी मुम्बई आते तो मैं शिष्टाचार की व्यवस्थानुसार हवाई अड्डे पर उनका स्वागत करने और लेने जाता था।

उन दिनों मेरी सरकार ने महाराष्ट्र में शराब के प्रतिबन्ध पर कुछ ढील दी थी। मुझे मालूम था, मोरार जी भाई कट्टर गांधीवादी हैं और वे इस निर्णय

से अप्रसन्न होंगे। जैसे ही हम लोग हवाई अड्डे से कार में बैठे, उन्होंने तुरन्त इस विषय पर अपनी अप्रसन्नता जाहिर की। मैंने सरकार के निर्णय के पक्ष में कुछ तर्क देना चाहा परन्तु वह पूर्णतः दृढ़ थे। हम लोग इस विषय पर कुछ बात कर रहे थे, उसी समय मेरा हाथ बाईं छाती की ओर गया। उन्होंने तुरन्त इस पर ध्यान दिया और तुरन्त पूछा, 'कुछ गड़बड़ है?'

'नहीं-नहीं, कुछ नहीं, ऐसा ही सीने में थोड़ा दर्द हो रहा है।' मैंने कहा।

वह बुजुर्ग नेता काफी चिन्तित हो उठे, 'इसे हल्के में मत लो। मैं तुम्हें एक सरल उपाय बताता हूँ। तुम शिवाम्बू थैरेपी शुरू करो।' शिवाम्बू का मतलब अपना मूत्रपान करनेवाली थैरेपी है। ऐसे अनेक लोग हैं जो विश्वास करते हैं कि मूत्र में बहुत से औषधीय गुण हैं और इसके सेवन से मनुष्य काफी स्वस्थ रहता है। शिबाम्बू थैरेपी के कट्टर समर्थक होते हुए मोरार जी भाई हर किसी को विस्तार से समझाते, जो भी उनकी बात सुनने को तैयार होते!

इसके बाद आधे घंटे तक वह मुझे शिवाम्बू शिक्षा पद्धति के बारे में समझाते रहे और शराब का मुद्दा टल गया। मैंने बड़ी राहत महसूस की।

कुछ दिन बाद वह फिर मुम्बई आए। मुझे मालूम था कि वह मुझसे शराब वाले विषय पर पुनरावलोकन करने की बात अवश्य पूछेंगे। इस बीच मैं थोड़ा होशियार हो गया था और बातचीत की चालबाजी भी सीख ली थी। जैसे ही मैं एयरपोर्ट से कार में बैठा, मैंने शिवाम्बू चिकित्सा पद्धति की बात शुरू कर दी।

मैंने कहा, 'मोरार जी भाई, आप द्वारा बताई गई शिवाम्बू थैरेपी का प्रयोग करना मैंने शुरू कर दिया है और धीरे-धीरे मैं स्वस्थ हो रहा हूँ। इसके लिए आपको बहुत-बहुत धन्यवाद।' वे बहुत प्रसन्न हुए और पूरे मार्ग में वे इस थैरेपी के बारे में बताते रहे।

कुछ समय बाद केन्द्र में उनकी सरकार गिर गई। जब मुझे पता चला कि उन्होंने मुम्बई में रहने का निर्णय किया है तो मैं उनसे मिलने गया। मुझे मालूम था, वह सादा जीवन व्यतीत करते हैं और मुम्बई में उनके पास कोई घर नहीं है। मैंने राज्य सरकार के कोटे से दक्षिण मुम्बई स्थित ओसीना अपार्टमेंट कॉम्प्लेक्स में उनको एक फ्लैट देने का प्रस्ताव रखा। उन्होंने मेरे प्रस्ताव को ठुकरा दिया और कहा, 'मैं इस समय सरकार का कर्मचारी नहीं हूँ और इसलिए मैं इस मकान का हकदार नहीं हूँ।' मैंने बहुत समझाने की कोशिश

की लेकिन सब कुछ व्यर्थ साबित हुआ। मैंने क्रोधित होकर कहा,“क्या आप किराए के मकान में रहेंगे? एक आदमी जो महाराष्ट्र का मुख्यमंत्री और देश का प्रधानमंत्री रहा हो, वह किराए के मकान में रहेगा, कैसा लगेगा?'

'बिलकुल नहीं। मैं अरब सागर में डूब मरूँगा। नहीं, मैं सरकारी मकान में नहीं रहूँगा। यह जनता की सम्पत्ति पर कब्जा करना होगा और मैं यह कभी नहीं करूँगा।'

बड़ी झक-झक के बाद एक अपार्टमेंट के मकान में इस शर्त पर जाने को तैयार हुए कि उनके मरते ही सरकार उस मकान को अपने कब्जे में ले लेगी और उनके किसी उत्तराधिकारी का उस मकान पर अधिकार नहीं होगा। 10 अप्रैल, 1995 को 99 वर्ष की आयु में मोरारजी देसाई का निधन हुआ। उनकी इच्छानुसार उनके मरने के बाद महाराष्ट्र सरकार ने उस मकान को अपने अधिकार में ले लिया।

पीवी नरसिम्हाराव

मेरे विचार से पीवी नरसिम्हाराव ऐसे नेता थे, उनको जितना सम्मान दिया गया, उससे अधिक उनका सम्मान किया जाना चाहिए। कुछ शिकवा-शिकायतों के बाद यह बात लगभग एक बड़े सर्किल के लोगों में मान्य होने लगी है। 1990 के दशक में भारतीय अर्थव्यवस्था में उन्होंने जो परिवर्तन किया, उसका सम्पूर्ण श्रेय उन्हीं को दिया जाना चाहिए।

जब नरसिम्हाराव प्रधानमंत्री हुए तो भारत की अर्थव्यवस्था अति संकटपर्ण स्थिति में थी। हालाँकि निर्णायक विषयों पर उनकी जबर्दस्त पकड़ थी और भारत में उदारीकरण की प्रक्रिया प्रारम्भ करने के लिए आवश्यक साहस भी। उस वर्ष वित्तमंत्री के रूप में मनमोहन सिंह द्वारा एक उल्लेखनीय बजट प्रस्तुत करने के लिए उनकी प्रशंसा अवश्य ही होनी चाहिए। यह प्रधानमंत्री के दृढ़ राजनीतिक निर्णय के आधार से ही सम्भव हो सका।

मुझे भली प्रकार याद है कि आल इंडिया कांग्रेस कमेटी की मीटिंग में प्रस्तुत आर्थिक प्रस्ताव से राव द्वारा 'सोशलिस्ट' शब्द के हटाने पर कितना हो-हल्ला मचा था। राव द्वारा लिया गया यह निर्णय कांग्रेस पार्टी की परम्परागत लाइन के विरुद्ध थी परन्तु तमाम विवाद और बहस के बीच

नरसिम्हाराव अपने फैसले पर दृढ़ बने रहे। राव का यह योगदान इसलिए भी अति महत्त्वपूर्ण है क्योंकि वह एक सामान्य, वैभवहीन पृष्ठभूमि से आए थे। और उनके पास गांधी परिवार जैसी पृष्ठभूमि नहीं थी, शायद इसी कारण उनके इस निर्णय को समुचित प्रशंसा नहीं मिल सकी।

असाधारण प्रतिभा और योग्यता वाले व्यक्ति थे। नरसिम्हाराव एक साथ तेलगू, मराठी, कन्नड़, बांग्ला, गुजराती, हिन्दी और अंग्रेजी भाषा पर समान अधिकार रखनेवाले व्यक्ति थे। उनकी सरकार में जब मैं रक्षामंत्री था तो अक्सर ही हम दोनों के बीच मराठी भाषा में बातचीत होती थी। उस अवधि में मुझे उनके अन्तर्राष्ट्रीय सम्बन्धों की गहरी जानकारी का अनुभव हुआ। समाज के विभिन्न वर्गों से आए हुए लोगों की सरकार चलाते समय अपने साथ जोड़े रखने का उनका कौशल मुझे बहुत प्रभावित करता है। हालाँकि मैंने प्रधानमंत्री पद के लिए उनके मुकाबले दावेदारी पेश की थी लेकिन उन्होंने कभी इस बात का बुरा नहीं माना और हम लोग साथ–साथ काम करते रहे।

नरसिम्हाराव जी के साथ मेरा सम्बन्ध उसी समय से था जब मैं महाराष्ट्र कांग्रेस कमेटी का सचिव था और वह कांग्रेस पार्टी के राष्ट्रीय सचिव थे। वह आन्ध्र प्रदेश के निवासी थे परन्तु उनका इलाका महाराष्ट्र की सीमा से जुड़ता था। वे स्वामी रामानन्द तीर्थ के अनुयायी थे जिन्होंने रजाकारों के खिलाफ आन्दोलन किया था। रजाकार निजाम हैदराबाद की निजी सेना के लोग थे जो जनता का दमन, उत्पीड़न करते थे और इस रियासत को भारत के बजाय पाकिस्तान से मिलाने के पक्ष में थे। रजाकारों ने तेलंगाना और मराठवाडा क्षेत्र की जनता पर हत्या, बलात्कार, उत्पीड़न और दमन की कार्यवाही की थी।

स्वतंत्रता के बाद नरसिम्हाराव आन्ध्र प्रदेश की राजनीति में सक्रिय थे। परन्तु एन.टी. रामाराव के उत्थान के बाद वे दिल्ली चले आए। जब कांग्रेस ने उन्हें विदर्भ के रामटेक क्षेत्र से लोक सभा का उम्मीदवार घोषित किया, तो उस समय मैं कांग्रेस (एस) में था। नरसिम्हाराव के खिलाफ हमारी पार्टी के शंकर राव चुनाव हार गए। चुनाव के बाद राव ने शंकर राव से कहा, 'मैंने शायद इससे पहले चुनाव में इतना कड़ा मुकाबला नहीं देखा।' बाद में मैं कांग्रेस में शामिल हो गया और वह अपने चुनाव प्रचार में हमको हमेशा साथ रखते थे।

काफी गहरा अध्ययन और मनन करने के बाद गम्भीर निर्णय लेनेवाले वह एक बुद्धिमान राजनीतिज्ञ थे और बहुत ही दक्षतापूर्वक अपनी चाल चलते

थे। उनके बारे में एक मजाक प्रचलित था कि नरसिम्हाराव द्वारा निर्णय लेना भी एक निर्णय है। मेरी समझ से उनके बारे में यह सही मूल्यांकन नहीं है। जब वह कुछ जल्दी से करना चाहते तो उतनी ही तेजी से निर्णय लेते और उसका कार्यान्वयन करते।

अटल बिहारी वाजपेयी

अटल बिहारी वाजपेयी अपनी भाव-भंगिमाओं एवं शारीरिक मुद्राओं और राजनीति को बड़े ही सहज तरीके से मिश्रित कर देते थे। हालाँकि हमारे और उनके बीच कोई वैचारिक एकता नहीं थी परन्तु वह हमेशा एक शिष्ट और सुसंस्कृत व्यक्ति की तरह व्यवहार करते थे। वह ईमानदारी के साथ लोकतांत्रिक मूल्यों और संसदीय व्यवस्था में विश्वास रखते थे। उनके साथ बातचीत करने में बहुत आनन्द आता था।

अटल बिहारी वाजपेयी ऐसे पहले प्रधानमंत्री थे जिनका कांग्रेस से कोई सम्बन्ध नहीं रहा। उनके नेतृत्ववाली सरकार में मैं विपक्ष का नेता था। जब देश में एक पार्टी के शासन का समय समाप्त हो गया था तब उन्होंने 6 वर्ष तक सफलतापूर्वक अपनी सरकार चलाई। वह भली प्रकार समझते थे कि अब एक पार्टी शासन का समय समाप्त हुआ और गठबन्धन सरकारों का समय आ गया। राजनीतिक क्षेत्र में हुए बड़े परिवर्तन को ध्यान में रखते हुए उनके शासनकाल में सभी आंचलिक पार्टियों को उचित सम्मान और उचित सहयोग प्रदान किया गया। अपनी अद्वितीय कार्यशैली से वह तमाम कठिनाइयों को पार करते हुए आगे बढ़ जाते थे। वह गलत और सही के बीच विभाजन करने की पैनी दृष्टि और बड़े ही प्रसन्नचित्त होकर हास्य-व्यंग्य करने की क्षमता वाले व्यक्ति थे।

सीबीआई के चीफ विजिलेंस कमिश्नर जैसे कुछ पद प्रधानमंत्री, उनके मंत्रिमंडल के वरिष्ठ मंत्री एवं विपक्ष के नेता की सहमति से भरे जाते थे। इस प्रकार की मीटिंगों में अटल बिहारी वाजपेयी, जसवन्त सिंह और लालकृष्ण आडवाणी के साथ भागीदार होना काफी प्रसन्नता का विषय रहता था। अटलजी इस तरह की मीटिंगों में सीधे-सीधे मेरिट के आधार पर निर्णय लेते थे। इस तरह की विशेष मीटिंगें प्रारम्भ होते समय प्रधानमंत्री कुछ समय के

लिए अपनी आँखें बन्द कर बैठे रहते और हम लोगों में से कोई भी कुछ समय तक कुछ नहीं बोलता। थोड़ी देर बाद अटल जी धीरे-धीरे अपनी आँखें खोलते और फिर एक विचारशील मुद्रा में सब पर नजर डालते हुए पूछते, 'आज की मीटिंग का प्रयोजन क्या है?' जसवन्त सिंह बताना शुरू करते कि अमुक-अमुक पद के लिए उम्मीदवारों का चुनाव आज का एजेंडा है। अटल जी हम सबके ऊपर एक गहरी दृष्टि डालते हुए पूछते, 'आपके मन में कोई है?' यदि सभी लोग सहमत हो जाते तो मीटिंग तुरन्त समाप्त हो जाती। यदि कोई असहमति होती तो प्रधानमंत्री उसके गुण-दोष पर विवेचना के लिए अनुमति देते। इसके बाद चाय पीने के लिए छुट्टी हो जाती। वापस आने के बाद वह कुछ देर हम लोगों की बहस सुनते और फिर अपना निर्णय सुना देते।

मुझे एक मीटिंग की याद है जिसमें एक पद के लिए एक व्यक्ति के नाम को लेकर अडवाणी जी और मेरे बीच असहमति थी। हम दोनों के विचार थोड़े समय सुनने के बाद अटल जी ने अपनी बहुपरिचित स्टाइल में हस्तक्षेप किया। आडवाणी जी की तरफ मुड़ते हुए उन्होंने हमारी तरफ इशारा किया और कहा, 'लालजी, हम लोग सत्ता में अभी आए हैं। इनको सत्ता का हमसे ज्यादा तजुर्बा है, इनकी बात मान लेते हैं।'

आरएसएस परिवार से आए हुए अपने अन्य सहयोगियों की तुलना में अटल जी ज्यादा प्रगतिशील और खुले दिमाग के व्यक्ति थे। वे जब भी घरेलू राजनीति की उठा-पटक से दूर होते तो बहुत सहज रहते थे। मुझे एक बार की याद है कि हम उनके नेतृत्व वाले एक प्रतिनिधिमंडल में यूएनओ गए थे। एक दिन कार्य समाप्त होने के बाद जब हम लोग अनेक विषयों पर गपशप करते थे तो उनके साथ बहुत आनन्द आता था। वह अपने साथियों के साथ अनेक किस्सा-कहानी सुनाते और सभी को मनोरंजित करते। इसीलिए पार्टी लाइन और वैचारिक सीमाओं से बाहर सभी के बीच वह लोकप्रिय थे।

बीजू पटनायक

बीजू पटनायक मुझसे करीब 45 वर्ष बड़े थे और हम उनको सम्मान के साथ बीजूदा कहते। हम लोगों के बीच सम्बन्ध इतने घनिष्ठ थे कि दोनों के बीच उम्र का यह अन्तराल कभी बाधा नहीं बना। उनके सबसे बड़े पुत्र प्रेम

(उड़ीसा के मुख्यमंत्री नवीन पटनायक के बड़े भाई) और हम दोनों का एक मित्र ललित मोहन थापर था। हम दोनों अक्सर ललित थापर के दिल्ली स्थित निवास स्थान पर उनसे मिलने जाते। ललित मोहन 'ललित थापर ग्रुफ ऑफ कम्पनीज' का प्रमुख निदेशक था। इस ग्रुप में कॉम्पटन, ग्रेवीज, बीआईएलटी, जेसीटी मिल्स और बलारपुर पेपर मिल के अतिरिक्त कई कम्पनियाँ शामिल थीं। प्रेम या गुड्डू (पुकारने का नाम) जैसा उनको बीजूदा पुकारते थे। वह मुझे बहुत प्यार करते थे और मेरे साथ अपने पुत्र जैसा ही व्यवहार करते।

वह आश्चर्यजनक व्यक्तित्व वाले व्यक्ति थे। बुद्धिमत्ता और भावनाओं के गुणों से भरपूर वह प्रभावशाली व्यक्ति थे। उन्होंने ब्रिटिश शासनकाल में रायल इंडियन एयर फोर्स से सेवा-निवृत्त होकर भारत के स्वतंत्रता आन्दोलन में भागीदारी की और पंडित नेहरू के आदेशानुसार एक कुशल और दु:साहसी पायलट के रूप में अनेक जोखिम-भरी कार्यवाहियों को अंजाम दिया। उन्होंने कलिंगा स्टील कम्पनी और एक विमान चालन कम्पनी की स्थापना की। दोनों कम्पनियाँ ठीक से चल रही थीं तभी बीजूदा ने उनको बेच दिया और उन पैसों का प्रयोग राष्ट्रीय राजनीति में भागीदारी के लिए किया।

बीजूदा और इन्दिरा गांधी के बड़े घनिष्ठ सम्बन्ध थे और वे इन्दिरा गांधी को प्यार से 'इन्दु' कहकर पुकारते। हालाँकि 1969 में राष्ट्रपति के चुनाव के समय इन्दिरा जी का मत भिन्न होने से उन्होंने अलग रास्ता चुन लिया। 1975 में आपातकाल के दौरान उनको गिरफ्तार कर जेल भेज दिया गया। मैं उस समय महाराष्ट्र में कांग्रेस का मंत्री था और अक्सर इन्दिरा जी से कहा करता था कि यथाशीघ्र बीजूदा को जेल से मुक्त किया जाना चाहिए।

1977 में रिहा होने के बाद वह कुछ समय राजनीतिक कार्यों से अलग रहकर समय बिताना चाहते थे। उन्होंने मुझसे कश्मीर चलने को कहा, जहाँ हम लोगों ने धूप में घूमते-टहलते और दूर-दूर तक चलते हुए अनेक विषयों पर गपशप की। उनके समृद्ध अनुभवों को सुनना बहुत अच्छा लगता था। अपने दस दिन के कश्मीर प्रवास में उन्होंने 1947 के दौरान किए गए दो दु:साहसिक कार्यों का वर्णन किया। भारत और इंडोनेशिया में स्वतंत्रता आन्दोलन चरम पर था। राष्ट्रपति सुकार्णो अपने सहयोगी सुल्तान सझारिर को दिल्ली में आयोजित एक कॉन्फ्रेंस में भेजना चाहते थे। परन्तु यह काफी

कठिन कार्य था क्योंकि इंडोनेशिया के एयर स्पेस पर डचों का अधिकार था। बीजू के साहस और अनुभव को ध्यान में रखते हुए यह जिम्मेदारी उनको सौंपी गई। बीजू पटनायक और उनकी पत्नी एक डकोटा विमान से जावा गए और वहाँ से सझारिर को लेकर सिंगापुर होते हुए भारत वापस आ गए। बाद में इंडोनेशिया की सरकार ने अपने स्वतंत्रता संग्राम में बीजू पटनायक की इस भूमिका की सराहना की। उनको इंडोनेशिया ने अपने देश का सर्वोच्च नागरिक सम्मान, प्रदान किया।

बीजूदा ने दूसरा मिशन अक्टूबर, 1947 में पूरा किया जब नेहरू ने उनको हवाई जहाज से सैनिकों को कश्मीर पहुँचाने की जिम्मेदारी सौंपी जहाँ पाकिस्तानी सैनिक कहर ढा रहे थे। प्रधानमंत्री कार्यालय ने उनको विशेष निर्देश दिया था कि यदि कहीं भी शत्रु दिखाई दे तो वह श्रीनगर में जहाज न उतारें। बीजू ने बहुत नीचे तक जहाज ले जाकर जाँचा कि वहाँ कोई शत्रु नहीं है और तब वहाँ जहाज को उतारा। मैं उनके इस असाधारण साहस की कहानियों को सुनकर चकित था।

बीजूदा के हर व्यवहार में एक स्पष्टतावादी रुख एकदम साफ नजर आता था। जब वह ओडिया सरकार में मुख्यमंत्री थे और मैं महाराष्ट्र का मुख्यमंत्री था तो 1978-80 के दौरान मुख्यमंत्रियों की मीटिंगों में उनके भाषण और हस्तक्षेप मुझे आज भी याद हैं। यहाँ तक कि प्रधानमंत्री पद की कुर्सी पर बैठे कठोर व्यक्ति वाले मोरारजी देसाई भी उन मीटिंगों में बीजूदा के सरल और स्पष्ट भाषण की स्टाइल पर कोई रोक-टोक नहीं करते थे।

जार्ज फर्नांडीज

जब तक जार्ज फर्नांडीज से मेरी मुलाकात नहीं हुई थी तब तक उनके बारे में मेरी अवधारणा एक जबर्दस्त ट्रेड यूनियन नेता की ही थी—एक आग उगलनेवाला ट्रेड यूनियन नेता। एक शानदार वक्ता और आक्रामक कार्यशैली के लिए प्रसिद्ध। उनको 'जाइंट किलर' के रूप में प्रसिद्धि हासिल थी। उन्होंने 1969 में कांग्रेस के महान नेता एस.के. पाटिल को दक्षिण मुम्बई की सीट से पराजित किया था। वह मुम्बई के टैक्सी ड्राइवर यूनियन के अतिप्रिय नेता थे, परिणामस्वरूप मुम्बई में उनको बहुत ख्याति प्राप्त थी।

उनके बारे में लोकप्रिय कहावत प्रचलित थी कि वह दक्षिण मुम्बई के व्यस्त हुतात्मा चौक (फ्लोरा फाउंडेशन स्क्वायर) के बीच खड़े होकर अपने हाथ फैलाकर इशारा कर दें—बस, मुम्बई की टैक्सियाँ और बीईएसटी बसें स्ट्राइक के लिए रुक जाएँगी। जार्ज का ऐसा करिश्माई व्यक्तित्व था।

1974 में जार्ज ने जब अखिल भारतीय रेलवे हड़ताल संगठित की तो उनका स्तर एक सर्वभारतीय ट्रेड यूनियन नेता के रूप में स्थापित हुआ। 1978–80 के दौरान जब वह केन्द्र सरकार में रेलवे मंत्री थे, उस समय उनके साथ हम लोगों के बीच बातचीत और आपसी कार्यों के सम्बन्ध में मिलते हुए उनके बारे में मेरी अवधारणा तेजी से बदलने लगी। वह जनता दल सरकार में केन्द्रीय रेलमंत्री थे और मैं महाराष्ट्र का मुख्यमंत्री था।

मैंने ध्यान दिया कि उनका अध्ययन बहुआयामी था। वह एक ट्रेड यूनियन नेता से अधिक बहुत कुछ थे। बहुत विशद फलक के विषयों पर पुस्तकें उनके घर में भरी पड़ी थीं और वह उन पुस्तकों में से बड़ी आसानी से कोई पैराग्राफ बता सकते या उसका उल्लेख कर सकते थे। वह विगत कुछ वर्षों से काफी बीमार थे। एक ओजस्वी और जीवन्त व्यक्ति को बिस्तर पर पड़ा हुआ देखना वास्तव में बहुत ही कष्टदायी होता है। अपनी युवावस्था में वह युद्ध के घोड़े की तरह कई दिनों तक पैदल चल सकते थे। जब उन्होंने सार्वजनिक जीवन की राजनीतिक जिम्मेदारी उठाने का निश्चय किया तो उनके यह सब गुण स्पष्ट रूप से उजागर होने लगे। वह हमारे देश के एक सर्वोत्तम सांसद थे और दो अलग-अलग सरकारों में उन्होंने केन्द्रीय रेलमंत्री और रक्षामंत्री की शानदार भूमिका निभाई। हम दोनों दो विरोधी पार्टियों के नेता थे जो अक्सर एक-दूसरे के खिलाफ आस्तीनें चढ़ाया करते थे, इसके बावजूद हम दोनों एक-दूसरे के सन्निकट आए।

कोंकण रेलवे की योजना को धरातल पर लागू करने का दावा करनेवाले अनेक लोग हैं, परन्तु मेरे विचार से जार्ज फर्नांडीज का योगदान सर्वाधिक उल्लेखनीय है। उन्होंने कोंकण योजना की वास्तविकता को समझने के लिए महाराष्ट्र सदन में एक बैठक बुलाई। जार्ज इस बात पर सहमत हो गए कि यह योजना महाराष्ट्र, गोवा, कर्नाटक, और केरल के लिए काफी महत्त्वपूर्ण है परन्तु उन्होंने बताया कि केन्द्र सरकार के पास इतना धन नहीं है।

मैंने कहा, 'हम लोग कुछ बन्दरगाहों से राशि एकत्र कर सकते हैं।'

जार्ज ने पूछा, 'कौन करेगा?' उत्तर था 'हम लोग।'

मैंने कहा, 'यह चारों राज्य इसमें सहयोग प्रदान करेंगे।'

उन्होंने कहा, 'फंड एकत्र करने की सम्भावनाओं पर बात करो। और सम्भावनाएँ तलाश कर पुनः हम दोनों बात करते हैं।'

सर्वप्रथम महाराष्ट्र सरकार के मंत्रिमंडल से स्वीकृति प्राप्त करने के बाद मैंने क्रमशः प्रताप सिन्हा राने, वीरेन्द्र पाटिल और ई.के. नायनार, गोवा, कर्नाटक और केरल के मुख्यमंत्रियों से बात की। गोवा और कर्नाटक तो अपना हिस्सा देने को तैयार हो गए परन्तु केरल सरकार ने फंड के अभाव के कारण अपनी असमर्थता प्रकट की। इस समस्या के निदान के लिए महाराष्ट्र सरकार द्वारा आवंटित फंड के अतिरिक्त कोंकण रेलवे कार्पोरेशन ने भी वांड्स जारी कर फंड एकत्र किया। पूरे देश में यही एक ऐसा रेलवे है जिसमें राज्य सरकारों ने सहयोग प्रदान किया है। इस सम्पूर्ण लम्बी प्रक्रिया में जार्ज ने बड़ी ही निर्णायक और महत्त्वपूर्ण भूमिका निभाई।

जब जार्ज के अधिकांश साथियों ने अटल बिहारी वाजपेयी के नेतृत्व वाली एनडीए सरकार में शामिल होना उचित नहीं समझा तो भी उनका अपना मार्ग बहुत स्पष्ट था और इस सरकार में शामिल होने के बारे में भी उनकी पूरी स्पष्टता थी। भारत का आर्थिक विकास उनका सूत्र-वाक्य था और इसलिए भाजपा के नेतृत्ववाली सरकार का हिन्दूवादी एजेंडा होने के बावजूद उन्होंने शामिल होने में कोई हिचकिचाहट नहीं प्रदर्शित की। उनकी राय में उस समय वही पार्टी विकास के एजेंड को आगे बढ़ा रही थी। एक बार मैंने उनसे पूछा, ' 'आरएसएस' के कट्टरपंथियों के बारे में आपका क्या विचार है?'

'अरे, उनके बारे में परेशान मत हो। मुझे मालूम है, वे भौंकेंगे मगर काटेंगे नहीं।' बड़े आत्मविश्वास से उन्होंने उत्तर दिया था।

नेहरू-गांधी राजवंश

नेहरू-गांधी राजवंश का मजबूत आकर्षण ही है जो कई दशकों से कांग्रेस पार्टी को संचालित कर रहा है। इसके कारण बिलकुल स्पष्ट हैं। पाँच पीढ़ियों से यह परिवार राष्ट्रीय राजनीति में अग्रणी भूमिका निभाता आ रहा है और कांग्रेस पार्टी के शीर्ष पर भी है।

1928 में मोतीलाल नेहरू कांग्रेस पार्टी के अध्यक्ष थे, जबकि उनके पुत्र जवाहरलाल नेहरू ने आजादी से पूर्व और आजादी के बाद भी राष्ट्रीय राजनीति में प्रभावशाली भूमिका निभाई। उनकी विद्वत्ता और करिश्माई व्यक्तित्व अनोखा था। अपनी युवावस्था में मैं गांधी के चरखा कातनेवाले दर्शन की तुलना में नेहरू के आधुनिक दृष्टिकोण से अधिक प्रभावित था। परन्तु वह बहुत वरिष्ठ नेता थे इसलिए मुझे कभी उनके साथ बातचीत करने का अवसर नहीं मिला।

मैं नेहरू की सफलता और श्रेष्ठता इस आधार पर आँकता हूँ कि उनकी पुत्री इन्दिरा गांधी दृढ़ राष्ट्रवादी थीं और जब भारत के हित की बात आए तो इसकी रक्षा के लिए वह विश्व को अपने पक्ष में करने में सक्षम थीं। दुर्भाग्य से उसमें उनका स्वभाव बड़ा निरंकुश था। जो उनकी लाइन में न खड़ा हो, उसे शंका की नजर से देखा जाता। चूँकि मैं यशवन्त राव चव्हाण का प्रशंसक था और उनसे नजदीकी रखता था, मुझे हमेशा दूसरे कैम्प का व्यक्ति समझा जाता था। लेकिन मैंने कभी भी इस बात की चिन्ता नहीं की।

इन्दिरा गांधी के पुत्र राजीव गांधी ने चूँकि राष्ट्र को साइंस और प्रौद्योगिकी के क्षेत्र में आगे बढ़ाने का प्रयास किया और मेरी हमउम्र थे इसलिए मेरी उनसे अच्छी संगत रही। वह मुझसे करीब साढ़े तीन वर्ष छोटे थे। उन्होंने एक उन्नतशील नोट 'कम्प्यूटर युग' के प्रयोग के साथ काम प्रारम्भ किया। हालाँकि राजनीतिक विरोधियों और ट्रेड यूनियनों का विरोध सहना पड़ा। तब ऐसा प्रतीत होता था कि राजीव गांधी राजनीति में एक लम्बी पारी खेलने की तैयारी कर रहे हैं। दुर्भाग्य से 1991 के लोक सभा चुनाव प्रचार अभियान के समय श्रीपेरुमबुदूर में घटित हृदय-विदारक घटना ने उनकी जीवन-यात्रा अचानक ठप्प कर दी।

राजीव गांधी ने अपने राजनीतिक अनुभव के गैप को पूरा करने के लिए तेजी के साथ समाज के विभिन्न तबकों व पेशों से जुड़े लोगों के पास पहुँचने का प्रयास किया। राजीव गांधी के साथ मेरे सम्बन्ध उतार-चढ़ाव से गुजरते रहे। यह तथ्य इस बात की पुष्टि करता है कि उनके गांधी परिवार का सदस्य होने के कारण ही ऐसा था।

मेरा सबसे लम्बा उतार-चढ़ाव का समय सोनिया गांधी के साथ व्यतीत हुआ। अपने पति राजीव गांधी से भिन्न वह अभिव्यक्तिपूर्ण नहीं हैं। उनके

राजनीति में प्रवेश करने के प्रारम्भिक वर्षों में हम लोगों के बीच सम्बन्ध बहुत सामान्य नहीं रहे। परन्तु जब मैंने एनसीपी की स्थापना की तो हमारे बीच एक हद तक स्थिति सामान्य हो गई और 2004 में कांग्रेस के नेतृत्व वाली यूपीए सरकार में एनसीपी एक मजबूत घटक भी रही।

दस वर्ष तक सोनिया गांधी और हम लोक सभा में एक साथ रहे। हम लोगों की सीटें पास-पास ही थीं। हम लोग अक्सर अनौपचारिक बातें करते और गम्भीर विषयों पर बात नहीं करते, विशेष रूप से कांग्रेस और एनसीपी से सम्बन्धित विषय पर बात नहीं करते। सरकारी बातें यूपीए से सम्बन्धित होतीं। इसके अतिरिक्त हम दोनों के बीच सामाजिक व्यवहार नहीं था। मैं इस विषय में उनकी प्रशंसा करता हूँ कि वह मेरे मंत्रालय के कार्यों में कोई हस्तक्षेप नहीं करतीं और न ही किसी स्थानान्तरण या नियुक्ति के विषय में कोई आड़ी-तिरछी जाँच करतीं।

राहुल गांधी अभी युवा हैं और उनके बारे में बगैर किसी आश्चर्य के विशाल क्षेत्र में कांग्रेस का अगला अध्यक्ष होने की आशा की जाती है। उनको अपनी विश्वसनीयता स्थापित करने में अभी समय लगेगा। हालाँकि वह 2004 में लोक सभा सदस्य निवार्चित हो गए थे लेकिन उन्होंने 2014 से पार्टी कार्यों में रुचि लेना प्रारम्भ किया। उनको देश के विभिन्न भागों में घूमना और जनता से मिलना और समाज के विभिन्न तबकों व पेशे के लोगों से मिलना अच्छा लगता है। हालाँकि कांग्रेस पार्टी काफी संकट में है और पार्टी को अच्छी स्थिति में लाने के लिए बहुत कुछ करने की आवश्यकता है।

बालासाहेब ठाकरे

बालासाहेब ठाकरे मेरे जितने अच्छे मित्र थे उतने ही अच्छे मेरे विपक्षी भी थे। यद्यपि वह मुझसे 14 वर्ष बड़े थे परन्तु उनका राजनीतिक जीवन 1966 में शिवसेना के उदय के साथ ही शुरू हुआ। शिवसेना के निर्माण के एक वर्ष बाद ही मैं 1967 में महाराष्ट्र विधान सभा में विधायक निर्वाचित हुआ। उस समय से उनके निधन के समय (नवंबर, 2012) तक हम लोग एक-दूसरे के खिलाफ राजनीतिक क्षेत्र में तलवारें खींचते रहे।

वह एक बहुत अच्छे कार्टूनिस्ट और प्रखर वक्ता थे और अपने इस कौशल का प्रयोग उन्होंने अपनी पार्टी निर्माण में भली प्रकार किया। वह

अपने राजनीतिक विरोधियों के लिए मजाकिया मुहावरे गढ़ने और चिढ़ाने वाले नाम रखने में माहिर थे। मैं उनका पसन्दीदा लक्ष्य था। वह अक्सर मेरे मोटे शरीर पर व्यंग्य करते हुए मुझे 'आटे का बोरा' कहते।

व्यक्तिगत मीटिंगों में बालासाहेब बहुत उत्साह और गर्मजोशी से भरे दिखते और अपने मित्रों के हर सुख-दुख में हमेशा उनका साथ देते। वह बहुत उच्चकोटि के कथावाचक थे और उनके पास कहानियों का खजाना था।

बहुत कम ही लोग जानते हैं कि वह जड़ी-बूटियों वाली औषधियों के बहुत अच्छे जानकार थे और बान्द्रा में अपने घर मातोश्री के एक हिस्से में वह इन औषधीय पौधों को उगाते भी थे। मैं अक्सर उनके औषधीय पौधों वाले उद्यान को देखने जाता और उनको हमेशा ही बीमार लोगों के लिए जड़ी-बूटी की दवा बनाते और उन्हें देते देखता। 2004 में जब मैं कैंसर से पीड़ित था और मेरा इलाज हो रहा था, बालासाहेब ने मुझे एक बहुत ही मार्मिक पत्र लिखा। वह मुझे हमेशा व्यक्तिगत मुलाकात में 'शरद बाबू' कहकर पुकारते थे। इसी प्रकार सम्बोधित करते हुए उन्होंने मेरी कार्यशैली और पथ्याहार (भोजन) को लेकर अनेक उपदेशों से भरा पत्र लिखा और पत्र के अन्त में लिखा, 'मैं तुमको अपने स्वास्थ्य के प्रति सावधानी रखने के लिए निर्देशित करता हूँ।'

मैं और मेरी पत्नी प्रतिभा अक्सर ही उनके निवास पर रात्रि के भोजन और गपशप के लिए जाते। बालासाहेब की पत्नी मीनाताई बहुत ही अच्छा भोजन बनाती थीं और साथ-ही-साथ वह अति विनम्र मेहमाननवाज थीं। वह हम लोगों को स्वादिष्ट व्यंजन परोसतीं और बड़े प्रेमभाव से खिलातीं। बालासाहेब कायस्थ समुदाय से थे और कायस्थ समुदाय भोजन बनाने में प्रसिद्ध है। बालासाहेब और मीनाताई भी मेरे निवास 'माहेश्वरी सदन' पर आते। मैं जब महाराष्ट्र का मुख्यमंत्री था तब कुछ अवसरों पर वह हमारे सरकारी निवास 'वर्षा' पर भी हमारे आगंतुक के रूप में पधारे।

ठाकरे की ही तरह मेरे दामाद सदानन्द सूले भी कायस्थ परिवार से हैं। अपनी शादी से कुछ दिन पूर्व सदानन्द सूले और मेरी पुत्री सुप्रिया बालासाहेब का आशीर्वाद लेने उनके निवास मातोश्री गए थे। बालासाहेब ने प्रसन्नतापूर्वक आशीर्वाद देते हुए कहा, 'सदानन्द मेरे पोते की तरह है।'

सदानन्द के पिताजी महेन्द्रा एंड महेन्द्रा कम्पनी में वरिष्ठ अधिकारी थे और वहाँ पर शिवसेना की मजबूत यूनियन थी। इस प्रकार बालासाहेब और

सदानन्द के पिता के बीच काफी अच्छे सम्बन्ध थे। बालासाहेब का नियम था, एक बार की मित्रता हमेशा मित्रता बनी रहे। हालाँकि विरोधी राजनीतिक विचारों के कारण अक्सर हम लोगों के बीच विवाद होता परन्तु इससे हम लोगों के व्यक्तिगत सम्बन्ध प्रभावित नहीं होते।

कार्टून बनाना बालासाहेब को बहुत पसन्द था। उन्होंने अपनी पहली साप्ताहिक पत्रिका *मार्मिक* प्रकाशित की। इस पत्रिका में व्यक्तिगत और सामूहिक सभी प्रकार की व्यंग्य रचनाओं को सर्वाधिक स्थान दिया जाता था। बालासाहेब ठाकरे ने 1960 के दशक में मुम्बई के फ्री प्रेस जनरल से नौकरी छोड़ दी। इसके बाद मैंने, बीके देसाई और बालासाहेब ने मिलकर एक मराठी साप्ताहिक पत्र के प्रकाशन का विचार बनाया। हम लोगों का विचार था कि यह विश्व में सबसे अच्छी मराठी पत्रिका हो। हम लोगों ने पत्रिका की डिजाइन, सामग्री और उसकी बिक्री को लेकर बालासाहेब के निवास पर अनेक मीटिंगें कीं। सभी चीजें ठीक हो जाने के बाद पत्रिका के विमोचन की तारीख निर्धारित करने का समय आया। हम लोगों को यह बताया गया कि बालासाहेब की एक बहिन के पास 'दैवी' शक्ति है अत: वही पत्रिका के भविष्य के विषय में बता सकती हैं। बालासाहेब ने उनको सलाह देने के लिए बुलवाया। हम लोगों ने उनसे पत्रिका के विमोचन का समय पूछा तो बहिन जी थोड़े समय के लिए ध्यानमुद्रा में रहीं और फिर शुभ तिथि के बारे में उन्होंने कहा, 'पत्रिका का भविष्य उज्ज्वल है। इस पत्रिका के प्रवेशांक की पहली प्रति को प्रभा देवी स्थित सिद्धि विनायक मन्दिर के उपासना–गृह में रखें। आपकी सभी प्रतियाँ थोड़े ही समय में बिक जाएँगी। एक भी प्रति बाजार में नहीं बचेगी।' उन्होंने बिलकुल सही कहा था। चूँकि बाजार में उसको लेनेवाला कोई नहीं था इसलिए बाजार में पत्रिका को कोई स्थान नहीं मिला। इस प्रकार हम लोगों ने अपने इस संयुक्त प्रयास को यहीं समाप्त कर दिया।

2006 में जब एनसीपी ने राज्यसभा के उम्मीदवार के रूप में सुप्रिया के नाम की घोषणा की तो बालासाहेब ने मुझे बुलाकर उसे अपनी पार्टी का समर्थन देने के बारे में बताया। उन्होंने कहा, 'शरद बाबू, मैंने उसको बचपन से देखा है। उसके कैरियर में यह एक बड़ा कदम है। मेरी पार्टी सुनिश्चित करती है कि वह राज्यसभा के लिए निर्विरोध निर्वाचित होगी।'

मैं उनके इस व्यवहार से बहुत प्रभावित हुआ। महाराष्ट्र सरकार में शिवसेना और भाजपा का गठबन्धन सत्ता में था, इसलिए मैंने पूछा, 'और भाजपा के बारे में?'

अपने चरित्र के अनुसार ही बालासाहेब ने तुरन्त उत्तर दिया, 'अरे कमला बाई के बारे में मत परेशान हो ('कमल' भाजपा का चुनाव चिह्न था इसलिए वह व्यंग्य में कमला बाई बोले)। वह वही करेंगे, जो मैं कहूँगा।'

और बिलकुल सही, इस चुनाव में सुप्रिया राज्यसभा की सदस्य निर्वाचित हुई।

फारूक अब्दुल्ला

विशाल हृदय और खुले दिमागवाले व्यक्ति फारूक अब्दुल्ला कभी भी 24 घंटे वाले पूर्णकालिक राजनीतिक नहीं रहे। उन्होंने पूरी गम्भीरता से अपनी सरकार चलाई परन्तु अपने जीवन की सुन्दर और अच्छी चीजों को भी समान रूप से प्यार किया और इसके लिए कभी कोई खास छूट भी नहीं ली। यहाँ तक कि व्यक्तिगत बातचीत में भाजपा के लोग भी मुझसे स्वीकार करते हैं कि जम्मू-कश्मीर में अब तक की सबसे अच्छी सरकार फारूक अब्दुल्ला के नेतृत्व वाली सरकार थी। मैं पूर्णत: यह विश्वास करता हूँ कि फारूक अब्दुल्ला और उनके वालिद शेख अब्दुल्ला और उनके बेटे उमर को कश्मीर को दशकों से भारत के साथ एकताबद्ध रखने के लिए पूरा श्रेय दिया जाना चाहिए।

लगभग तीस वर्षों तक फारूक अब्दुल्ला और मेरे बीच घनिष्ठ मित्रता रही। जब कश्मीर में आतंकवाद चरम पर था तो फारूक अपने पुत्र उमर के बारे में बहुत चिन्तित थे। उस समय उमर ने चार वर्ष तक मुम्बई में मेरे घर रहकर अपने कॉलेज की शिक्षा पूरी की। इस प्रकार मेरे और उनके परिवार की दूसरी पीढ़ी के बीच भी पारिवारिक सम्बन्ध बने हुए हैं।

शरतचन्द्र सिन्हा

मैं अपने को बड़ा सौभाग्यशाली समझता हूँ कि मुझे इंडियन नेशनल कांग्रेस, कांग्रेस (एस) और एनसीपी में विभिन्न स्तरों पर कार्य करने के

दौरान शरतचन्द्र जैसे महान व्यक्ति के साथ कार्य करने का अवसर मिला। शरत चन्द्र जी की कथनी और करनी एक समान थी। वह दूसरों को जैसा जीवन आदर्शों का उपदेश देते वैसा वे व्यवहार में स्वयं लागू करते थे। शरतचन्द्र जी वास्तव में राजनीतिज्ञों की एक दुर्लभ प्रजाति के व्यक्ति थे। वह सच्चाई और ईमानदारी के मर्यादा पुरुष थे और सादगी ही उनका जीवन-दर्शन थी। परन्तु वह अपने जीवन में अपने जैसा एक भी व्यक्ति तैयार नहीं कर सके।

मुझे आज भी वह प्रात:कालीन समय याद है जब हम अपने साथियों के साथ मुम्बई के आजाद मैदान में सजावट का कार्य कर रहे थे। वहाँ पर आल इंडिया कांग्रेस कमेटी (एआईसीसी) का अधिवेशन दोपहर बाद प्रारम्भ होना था। मैंने देखा कि विक्टोरिया रेलवे स्टेशन से एक व्यक्ति हम लोगों की ओर आ रहा है। लम्बे-दुबले उस व्यक्ति के हाथ में बिस्तर का बंडल था। जब वह हम लोगों के पास पहुँचा तो हम सब आश्चर्यचकित थे। वह व्यक्ति तत्कालीन असम के मुख्यमंत्री शरतचन्द्र सिन्हा थे। उन्होंने दो से तीन दिन की यात्रा रेलगाड़ी से तीसरे दर्जे में पूरी की थी—गोहाटी से मुम्बई तक की थकान-भरी लम्बी यात्रा। चूँकि वह एआईसीसी के अधिवेशन में आए थे इसलिए उन्होंने मुख्यमंत्री फंड से टिकट के पैसे न देकर अपनी व्यक्तिगत आय से टिकट खरीदा था। उनकी निजी आय उनको तीसरे दर्जे से अधिक का टिकट खरीदने के लिए पर्याप्त नहीं थी।

सिन्हा 1972-1978 तक असम के मुख्यमंत्री रहे और पार्टी में महासचिव, उपाध्यक्ष और अध्यक्ष पद पर कार्य करते रहे। हालाँकि वह शुरू से कांग्रेस पार्टी में ही रहे परन्तु जब 1999 में हम लोगों ने एनसीपी की स्थापना की तब वह एनसीपी में शामिल हो गए। उनके जीवन में आर्थिक अनुशासन आदर्श था और सभी के लिए शिक्षाप्रद। चाहे पार्टी के गुवाहाटी कार्यालय का हिसाब-किताब हो या चुनाव अभियान का, शरतचन्द्र जी एक-एक पाई का हिसाब रखते थे। जनता के बीच व्यापक आधार वाले शरतचन्द्र जी एक अच्छे लेखक भी थे। अपने जीवन के अन्तिम समय तक वह अतिसाधारण जीवन बिताते हुए दो कमरों के एक मकान में आजीवन रहे और एक सिद्धान्तपूर्ण जीवन बिताते हुए दिसम्बर, 2005 में उन्होंने अन्तिम साँस ली।

वसन्तदादा पाटिल

किसानों के कल्याण और उनके अधिकार के लिए पूर्णत: समर्पित वसन्तदादा पाटिल को महाराष्ट्र की जनता के बीच असीम प्यार और सम्मान प्राप्त था। उनके कार्य की जड़ें महाराष्ट्र की धरती में गहराई तक जमी हुई थीं। चाहे सूखे का सवाल हो या सहकारिता आन्दोलन हो या किसानों को उनकी फसल का लाभकारी मूल्य दिलाने का सवाल हो, वह किसानों के सभी मुद्दों पर अतिसंवेदनशील थे।

दादा एक साधारण व्यक्ति थे। उनके बारे में सत्ता की छोटी से छोटी चीजों के इस्तेमाल के अनेक सन्दर्भ उपलब्ध हैं। उनकी सांगठनिक क्षमता और कौशल अनोखा था। यही उनकी सबसे बड़ी योग्यता और शक्ति थी। उनके बारे में यह कहना अतिशयोक्ति नहीं होगा कि वह प्रत्येक कांग्रेसी कार्यकर्ता को व्यक्तिगत नाम से जानते थे। वह सर्वसम्मति और बहुलतावाद की नेहरूवादी राजनीतिक संस्कृति को गहराई से समझते और लागू करते थे। राज्य व्यवस्था को संचालित करने के सूक्ष्म से सूक्ष्म बिन्दुओं को वह भली प्रकार जानते थे और उनकी औपचारिक शिक्षा कभी भी इस कार्य में बाधा नहीं उत्पन्न कर सकी। वास्तव में मंत्रालय के अनेक कुलीन अधिकारी जिन समस्याओं में दुविधाग्रस्त रहते, दादा उन मसलों को बड़ी आसानी से हल कर देते और इस विषय में उनकी अपनी लोक–सांस्कृतिक समझ अद्भुत कार्य करती।

इन महान नेता से सम्बन्धित कुछ किस्से आपके सामने पेश करता हूँ। यह सत्तर के दशक की बात है, दादा महाराष्ट्र के मुख्यमंत्री थे और मैं उनके मंत्रिमंडल में गृहमंत्री था। एक दिन दादा ने प्रमुख आईपीएस अधिकारियों की एक आवश्यक बैठक मुख्यमंत्री निवास पर बुलाई। गृहमंत्री होने के नाते मैंने वहाँ उपस्थित रहना अपना कर्तव्य समझा। मैं 9:45 बजे वहाँ पहुँच गया क्योंकि मीटिंग दस बजे से प्रारम्भ होनी थी।

दस बज गए, दादा मीटिंग में नहीं पहुँचे। समय बीत रहा था। मैं उनके कमरे में उनको मीटिंग के बारे में याद दिलाने पहुँचा। उनके सामने एक साधारण किसान आगंतुक बैठे थे। दादा ने मेरा परिचय कराया, 'यह हमारे मित्र हैं। हम दोनों स्वतंत्रता आन्दोलन के दौरान एक साथ जेल में थे। इनका पुत्र सशस्त्र बल में है। यह उसका तबदला येलोगेट थाने में चाहते हैं।'

आगंतुक की धृष्टता से मैं थोड़ा चिढ़ गया। पहले तो यह कि उसने अपनी निजी समस्या के लिए मुख्यमंत्री को 15 मिनट लेट किया था और उसके पुत्र का स्थानान्तरण कोलाबा के येलोगेट थाने में करना साधारण माँग नहीं थी। सशस्त्र बलों की तैनाती मंत्रियों और वीआईपी व्यक्तियों के साथ होती है। वहाँ पर कमाई का कोई स्रोत नहीं होता। येलोगेट थाना बन्दरगाह के समीप था और वहाँ की तैनाती काफी आकर्षक मानी जाती थी। वहाँ की तैनाती काफी महत्त्वपूर्ण भी थी।

मैंने कहा, 'दादा, जो लोग धन कमाना चाहते हैं, वह येलोगेट थाने के लिए स्थानान्तरण चाहते हैं।'

उन्होंने पूछा, 'क्या ऐसा है?'

'हाँ, ऐसा ही है।' मैंने उत्तर दिया।

'अच्छा, तो इसका स्थानान्तरण दो वर्ष के लिए कर दो। उसको दो बहिनों की शादी करनी है।'

दादा ने बगैर उत्तेजित हुए यह बात कहकर मेरी बोलती बन्द कर दी।

बैरिस्टर शेषराव वानखेडे

जब मैं महाराष्ट्र विधान सभा में विधायक निर्वाचित हुआ, उस समय वानखेडे जी कांग्रेस संगठन और राज्य सरकार में भी काफी वरिष्ठ व्यक्ति थे। परन्तु उनकी वरिष्ठता कभी भी कम उम्र के लोगों के साथ उनकी एकरूपता में बाधा नहीं बनी। उनके साथ हम लोगों के सम्बन्ध एक पारिवारिक सम्बन्धों की तरह मजबूत थे। हालाँकि आज वह हमारे बीच नहीं हैं परन्तु उनके साथ सम्बन्धों की घनिष्ठता आज भी याद आती है।

वानखेडे जी का जन्म महाराष्ट्र के विदर्भ क्षेत्र में एक धनवान, बड़े भूस्वामी परिवार में हुआ था। उन्होंने इंग्लैंड से बैरिस्टर की शिक्षा प्राप्त की और फिर वकालत की शानदार प्रैक्टिस की। अपने राजनीतिक जीवन की शुरुआत में ही वह नागपुर के मेयर निर्वाचित हुए। कुछ वर्ष बाद उनकी पुत्री भी नागपुर की मेयर निर्वाचित हुईं। इस प्रकार उनकी पुत्री कुंडा नागपुर की प्रथम महिला मेयर बनीं।

असाधारण योग्यता और प्रतिभाशाली वाले वानखेडे काफी विनोदप्रिय भी थे। जब कभी विधान सभा में गर्मागर्मी हो जाती तो उस समय वह शान्त

बैठकर अपनी इस क्षमता का प्रभावशाली प्रयोग करते। कुछ समय तक वह उद्योग और वित्तमंत्री रहे परन्तु मेरे विचार से उन्होंने विधान सभा के स्पीकर की भूमिका सर्वाधिक अच्छे ढंग से निभाई। जब वह विपक्ष में थे, उस समय सत्ता पक्ष भी उनकी ईमानदारी और बुद्धिमत्ता की प्रशंसा और सम्मान करता था।

वानखेडे एक बहुत ही उच्चकोटि के मेहमाननवाज थे। नागपुर के समीप केतल में उनका एक बहुत बड़ा फार्म हाउस था। महाराष्ट्र सरकार के नागपुर में होनेवाले शीतकालीन सत्र के दौरान वह अपने फार्म हाउस पर सभी पार्टियों के विधायकों की दावत आयोजित करते। यह हर वर्ष का एक नियमित आयोजन था। इस तरह की दावतों में अनौपचारिक और दोस्ती-मित्रता का वातावरण वास्तव में काफी संक्रामक होता।

वानखेडे बहुत समय तक मुम्बई क्रिकेट एसोसिएशन (एमसीए) के अध्यक्ष रहे परन्तु क्रिकेट क्लब ऑफ इंडिया के प्रमुख विजय मर्चेंट से उनकी मित्रता नहीं हो सकी। वानखेडे ने जब मुम्बई में अलग एक स्टेडियम निर्मित करवाने का विचार बनाया तब मैंने उनका समर्थन और सहयोग किया। मैं उस समय खेलमंत्री था। इस योजना में हम लोग एक-दूसरे के काफी समीप आए। उनके निधन के बाद यह स्टेडियम उनके ही नाम से चल रहा है।

उनके दो स्वप्न उनके पूरे नहीं हो सके। उनका एक सपना एमसीए और गरवारे क्लब के बीच तनाव को कम करना था। उनकी इच्छा थी कि मैं इस विषय में पहल करूँ। उनकी दूसरी इच्छा यह थी कि क्रिकेट का फाइनल वर्ल्ड कप मैच मुम्बई में आयोजित हो। मुझे प्रसन्नता है कि मैं उनकी यह इच्छा पूरी कर सका।

एस.एम. जोशी

ब्रिटिशराज के खिलाफ भारत छोड़ो आन्दोलन ऐतिहासिक आन्दोलन था। 1942 का यह आन्दोलन अपनी ऐतिहासिक शानदार घटना के लिए प्रसिद्ध है। इसी आन्दोलन के दौरान महाराष्ट्र के अपने प्रतिभावान पुत्र का नाम घर-घर तक पहुँचाया। एस.एम. जोशी महाराष्ट्र ने जन-जन और घर-घर के अपने हो गए। उन्होंने बाद में 1950 के दशक में संयुक्त महाराष्ट्र आन्दोलन

में महती भूमिका निभाई और मराठी भाषा-भाषियों का अलग महाराष्ट्र राज्य का गठन करवाया।

सोशलिस्ट सिद्धान्तों और गांधीवादी मूल्यों को गहराई से आत्मसात् करनेवाले जोशी जी विवादरहित बेहद ईमानदार व्यक्ति के रूप में जाने जाते थे। वह सच्चे अर्थों में जनता के नेता थे और आत्मा से मराठी थे। 1978 में मैंने महाराष्ट्र में प्रथम गैर-कांग्रेसी सरकार का नेतृत्व किया। उस संयुक्त सरकार को चलाने और बनाए रखने में जोशी जी की बड़ी भूमिका थी। वह हमारे एक मजबूत अवलम्ब थे। मैं उनको अपना 'हाई कमांड' मानता हूँ। गठबन्धन सरकार में विभिन्न घटकों के बीच जो भी मतभेद होते, वह बड़ी बुद्धिमत्ता और दक्षता से उन्हें हल कर लेते थे।

जोशी जी को क्रिकेट और संगीत बहुत पसन्द था। अति महत्त्वपूर्ण मीटिंगों के बीच में भी वह उस दिन के टेस्ट मैच के स्कोर की जानकारी प्राप्त करते। उम्र और उनकी महानता कभी भी उनके सामान्य जीवन पर भारी नहीं पड़ी। वह सत्ता की तड़क-भड़क से अपने को दूर रखते, परन्तु वह अपने बाद अपनी परम्परा का एक भी उत्तराधिकारी नहीं छोड़ सके।

अबासाहेब कुलकर्णी

अबासाहेब का जन्म दक्षिण महाराष्ट्र के सांगली जिले में हुआ था। यहीं पर कांग्रेस के दूसरे महान नेता वसन्तदादा पाटिल का भी जन्म हुआ था। दोनों लोग काफी घनिष्ठ थे परन्तु अबासाहेब का अपना ही दिमाग था और वह अपने समर्पण और प्रतिबद्धता के अनुसार ही कार्य करते थे। यदि उनको समझ में आ गया कि किसी व्यक्ति का कार्य अनुचित था और व्यापक जनता के हित के विरुद्ध था तो वह अपने सगे-सम्बन्धी को भी माफ नहीं करते थे।

वह विचारधारा के स्तर पर पक्के कांग्रेसी थे। जब इन्दिरा गांधी ने राष्ट्रपति पद के लिए कांग्रेस के अधिकृत उम्मीदवार के खिलाफ वी.वी. गिरि को उम्मीदवार बनाया तो उन्होंने बगैर विचलित हुए कांग्रेस पार्टी के उम्मीदवार को वोट दिया। इस घटना के बाद उनका इन्दिरा गांधी से विरोध बढ़ता ही गया और इसके लिए उन्होंने कभी भी प्रायश्चित्त नहीं किया।

1978 में मैं वसन्तदादा पाटिल के नेतृत्व वाली सरकार से बाहर निकल आया और पीडीएफ सरकार का गठन किया। अबासाहेब ने वसन्तदादा पाटिल के साथ अपने पुराने सम्बन्धों का ध्यान दिये बगैर हमारा साथ दिया। वह चव्हाण साहेब के भी समीप थे। परन्तु जब चव्हाण साहेब ने उनसे वसन्तदादा साहेब पाटिल के खिलाफ विद्रोहियों को रोकने के लिए कहा तो अबासाहेब और किसनवीर ने कहा, 'चव्हाण साहेब, अब काफी विलम्ब हो चुका है और अब सरकार को बचा पाना असम्भव है।'

सहकारिता सोसाइटियों को स्थापित करने के क्षेत्र में अबासाहेब मेरे लिए आदर्श व्यक्ति थे। वह स्वभाव से बहुत अध्ययनशील और फैसलों को ठीक-ठीक लागू करनेवाले थे। परिणामस्वरूप उनकी आँखों के सामने, उनकी कठोर देख-रेख में इछलकरंजी क्षेत्र में बड़ी संख्या में सहकारी समितियों और कताई मिलों की स्थापना हुई।

अबासाहेब राज्यसभा के सदस्य भी रहे। वे संसद के पुस्तकालय में काफी समय व्यतीत करते। अपने विषय से सम्बन्धित नोट्स बनाते और सदन में बहस के दौरान अपने तर्कों को प्रभावशाली ढंग से प्रस्तुत करते। सदन के तमाम सदस्य और मंत्री भी उनके भाषण को ध्यानपूर्वक सुनते।

लता मंगेशकर

लता दीदी के साथ पहली भेंट याद करते हुए मुझे 1962 का समय याद आता है। मैं उस समय कांग्रेस का युवा कार्यकर्ता था और वह भारत-चीन युद्ध का समय था जब राष्ट्रीय नागरिक सभा द्वारा पुणे में जनता में जोश भरने के लिए एक विशाल जलसा आयोजित किया गया था।

उस जलसे में लता जी द्वारा प्रस्तुत आत्मीयता से परिपूर्ण गीत ने लोगों के अन्दर धर्म, जाति और सम्प्रदाय की सभी सीमाओं में राष्ट्रीय भावना प्रवाहित की थी। वह राष्ट्रीय एकता की प्रतीक हैं। मुझे उनके अनेक गाने पसन्द हैं। सी. रामचन्द्रन, मदन मोहन, एस.डी. बर्मन, रोशन और सलिल चौधरी तथा कई अन्य लोगों द्वारा भी कम्पोज किए हुए लता जी के गीत मुझे विशेष रूप से पसन्द हैं।

मैं महाराष्ट्र का मुख्यमंत्री था, उसी समय लता दी ने पुणे में अपने पिताजी मास्टर दीनानाथ मंगेशकर की स्मृति में एक अस्पताल निर्मित करवाने

की योजना पर कार्य प्रारम्भ किया। मैंने पुणे में अस्पताल के लिए भूमि आवंटित करने से सम्बन्धित सभी फाइलों को शीघ्रता से निपटाया और बाद में वहाँ अस्पताल का निर्माण पूरा हुआ।

मैंने दिल्ली में उनके सम्मान में अपने निवास पर एक जलसा आयोजित किया। उस जलसे में उन्हें वर्ष 2002 के सर्वोत्कृष्ट भारतरत्न के नागरिक सम्मान से सम्मानित किया गया। उस अवसर पर जानी-मानी गायिका मालिनीताई राजुरकर ने गीत प्रस्तुत किए और लगभग दो घंटे तक लता जी ने ध्यानमग्न हो उनके गीतों को सुना। मुम्बई में भी वाई.बी. चव्हाण सामाजिक संस्थान द्वारा लता दी को सम्मानित करने के लिए एक जलसा आयोजित हुआ था।

पुणे के एक जलसे में लता दी के साथ मंच पर मैं भी मौजूद था। अध्यक्ष मंडल में उपस्थित लता जी से मैंने अपने गीत की कुछ लाइनें गुनगुनाने का अनुरोध किया तो उन्होंने कहा, मैं गुनगुनाने के बजाय कुछ गीत ही प्रस्तुत करूँगी और उन्होंने वीर विनायक दामोदर सावरकर की कविता 'ज्योस्तुते श्री महामंगले' को सस्वर गाकर प्रस्तुत किया। पूरे जलसे के लोगों ने करतल ध्वनि से उनकी प्रशंसा की।

दिलीप कुमार

यह वास्तविकता है कि हिन्दी फिल्मों के प्रति मेरा कोई लगाव नहीं है और इसलिए सिने जगत में मेरा कोई मित्र भी नहीं है। हालाँकि दिलीप कुमार एक अपवाद हैं। उनके करोड़ों प्रशंसकों की ही तरह मैं भी उनका एक प्रशंसक हूँ और मुझे वास्तव में ठीक से यह याद नहीं कि उनसे मेरी पहली मुलाकात कब और कहाँ हुई। सम्भवत: कई वर्ष पूर्व जब वैरिस्टर रजनी पटेल बाम्बे प्रदेश कांग्रेस कमेटी के अध्यक्ष थे, उसी समय मेरी भेंट दिलीप कुमार से हुई और हम लोगों के परिवार धीरे-धीरे समीप आते गए और तीनों परिवारों के बीच काफी नजदीकियाँ बढ़ती गईं। जब कभी भी अवसर मिलता, हम तीनों के परिवार लम्बी छुट्टियों में विदेश का दौरा करते।

मैंने कई बार देखा, दिलीप कुमार एक आश्चर्यजनक वक्ता हैं, जो घंटों भीड़ को बाँधे रख सकते हैं। मेरे मित्र होते हुए अनेक बार वह बारामती में

मेरी चुनाव-सभाओं को सम्बोधित करने आते। वह पुणे निवासी मेरे बालसखा विट्ठल मेनियर को फोन पर कहते, 'सुना है, इलेक्शन आए हैं। बताइए, कब जाना है?' शूटिंग के अपने व्यस्त समय के बीच कुछ समय निकालकर वह मुम्बई से बारामती पहुँचते और चुनावी सभाओं को सम्बोधित करते। उनकी सभाओं में हमेशा हजारों लोगों की भीड़ एकत्र होती और उनकी हर बात पर तालियों की गड़गड़ाहट सुनने को मिलती।

दिलीप कुमार ने जब अपनी आत्मकथा लिखी तो उसमें मेरे नाम का उल्लेख किया। उन्होंने मेरा उल्लेख अपने व्यक्तिगत जीवन की एक समस्या को हल करने में मेरी और रजनी पटेल की मध्यस्थता की भूमिका का उल्लेख किया। वास्तव में जब उनको आसमा रेहमान से दूसरी शादी करनी थी तब उनकी पत्नी सायरा बानो और दिलीप कुमार दोनों ने मुझसे मध्यस्थता की भूमिका निभाने को कहा और मुझे प्रसन्नता है कि आज भी वह सब खुश हैं।

1993 में जब मैं महाराष्ट्र सरकार में था, उस समय संजय दत्त की गिरफ्तारी के सम्बन्ध में वह मेरे पास आए थे परन्तु यह बहुत ही कठिन परिस्थिति थी। संजय दत्त की गिरफ्तारी मुम्बई बम विस्फोटों के सम्बन्ध में हुई थी अैर संजय दत्त के पिता सुनील दत्त ने उनको मेरे पास भेजकर कुछ उदारता की प्रार्थना की थी। परन्तु मामला इतना संगीन था कि मैं कुछ भी सहायता करवाने में असमर्थ था। युवा अभिनेता के खिलाफ इतने साक्ष्य मौजूद थे कि मुझे उनकी अपील को खारिज ही करना था। हालाँकि इसके बाद हमारे और उनके सम्बन्धों में थोड़ी कड़वाहट जरूर आई परन्तु बाद में सब कुछ धीरे-धीरे सामान्य हो गया। उनकी पत्नी सायरा बानो और मेरे परिवार के रिश्ते आज भी अच्छे हैं।

93 वर्ष की उम्र में जब वह काफी बीमार थे, मैं उनको देखने गया परन्तु वह मुझे पहचान नहीं सके।

पु.ला. देशपांडे

पीएल देशपांडे या अपने मित्रों के बीच प्यार से *पु.ला.* देशपांडे के नाम से पुकारे जानेवाले मेरे मित्र वास्तव में मराठी संस्कृति के अग्रणी व्यक्ति थे। उनके द्वारा लिखे गए व मंचित किए गए मराठी नाटकों व मराठी पुस्तकों के

कारण पूरे देश में उनका नाम हुआ। उनकी प्रसिद्ध पुस्तकों में 'व्यक्ति आनी वल्ली' और 'अप्पोवोई' के नाम उल्लेखनीय हैं।

जब मैं पुणे के बीएमएमएस कॉलेज का छात्र था, उस समय मैंने पु.ला. देशपांडे के नाटक 'तुज अहे तुजपाशी' हास्य नाटिका में अभिनय भी किया था। इस मराठी हास्य नाटिका को जनता के बीच अच्छी लोकप्रियता भी मिली थी। पु.ला. देशपांडे और उच्चकोटि की अभिनेत्री उनकी पत्नी सुनीताबाई ने अपने शानदार अभिनय के बल पर मराठी सांस्कृतिक जगत् में करीब पचास वर्षों तक जनता के दिलों पर अपनी अमिट छाप छोड़ी और वास्तव में जनता के दिलों पर राज किया। मैंने अनेक बार उनकी नाट्य-प्रस्तुतियों को देखा है। मुझे सिनेमा देखना पसन्द नहीं है। मैं सिनेमा का कभी भी प्रशंसक नहीं रहा। मुझे मराठी नाटक पसन्द हैं और मैं अक्सर पु.ला. के नाटक देखने जाता। पु.ला. के नाटक आपको खूब हँसाएँगे और आपको जीवन की चारित्रिक दुर्बलताओं और मूढ़ताओं के बारे में सोचने को प्रेरित करेंगे।

पु.ला. देशपांडे, प्रसिद्ध विद्वान तर्कतीरथ लक्ष्मन शास्त्री जोशी, गोवर्धन पारिख और ए.बी. शाह ने महाराष्ट्र की चार पीढ़ियों पर अपना जादुई प्रभाव डाला है। ये वास्तव में नवजागरण वाली प्रतिभाएँ थीं जिन्होंने महाराष्ट्र की विविध और आपस में गुँथी हुई मराठी संस्कृति का प्रतिनिधित्व किया और उसे स्थापित किया।

रामनाथ गोयनका

रामनाथ गोयनका अपने मित्रों के बीच आरएनजी के नाम से प्रसिद्ध थे। मेरी उनसे पहली मुलाकात 1970 के दशक में हुई थी। आपातकाल के दौरान वह अपनी पूरी शक्ति से इन्दिरा गांधी सरकार के खिलाफ लड़े और पत्रकारिता के उद्देश्य के लिए उन्होंने अपने एक्सप्रेस ग्रुप के भविष्य की परवाह किए बगैर खबरें प्रकाशित कीं। उन्होंने जरा-सी भी हिचक नहीं दिखाई। चूँकि हमारे ऐसे कुछ कांग्रेसी भी आपातकाल से परेशान थे इसलिए हम आरएनजी की ओर आकर्षित हुए। 1977 में आपातकाल समाप्त होने के बाद वह दृढ़ता से जनता पार्टी के पक्ष में खड़े हुए। जनता पार्टी के अध्यक्ष और आरएनजी के बीच घनिष्ठ मित्रता थी। मेरे और चन्द्रशेखर के सम्बन्ध भी बहुत अच्छे

थे। इस प्रकार आरएनजी से भी मेरी निकटता स्थापित हुई और मैं अक्सर ही मुंबई के नरीमन प्वाइंट पर स्थापित पंच फलकी एक्सप्रेस टावर में स्थित उनके कार्यालय में मिलने पहुँच जाता। जब 1978 में मैंने जनता पार्टी के साथ मिलकर संयुक्त मोर्चा सरकार का गठन किया तो हमारे और वरिष्ठ गोयनका के बीच सम्बन्ध और प्रगाढ़ हो गए।

उम्रदराज गोयनका के साथ गपशप करना जीवन्तता का बड़ा अनुभव था। वह वास्तव में एक बेहद जिन्दादिल इंसान थे। कई व्यक्तियों और विषयों पर उनका दृढ़ विचार स्पष्ट रूप से सुनने को मिलता। धीरू भाई अम्बानी के साथ उनकी लम्बी पुश्तैनी दुश्मनी चली आ रही थी। परन्तु नुस्ली वाडिया के साथ उनकी प्रगाढ़ मित्रता थी। आरएनजी और अम्बानी के बीच व्यापारिक संघर्ष और अम्बानी तथा वाडिया के बीच व्यापार के सम्बन्ध में चली लड़ाई दस्तावेजों में मौजूद है और यह भारत के फलक पर एक लोककथा के रूप में प्रचलित हो गई थी। धीरू भाई अम्बानी के साथ मेरी व्यक्तिगत मतभिन्नता अवश्य है परन्तु मैं मानता हूँ कि उस आदमी के पास अपने काम के बारे में दृष्टि है और वह उसे व्यवहार में लागू करने के लिए भी आवश्यक दृष्टि रखता है और उपायों पर जोर देता है।

नुस्ली वाडिया

मेरे और नुस्ली वाडिया के बीच चालीस वर्षों की मजबूत मित्रता है। मैं जब महाराष्ट्र का पहली बार मुख्यमंत्री निर्वाचित हुआ, उसी समय हम लोगों के बीच मित्रता की शुरुआत हुई। मुम्बई में जिला कचहरी के पास एक स्थान तोशाखाना (ख़जाना) है। ब्रिटिश शासन के दौरान सरकारी अधिकारियों को प्राप्त उपहार या कीमती संकेत चिह्न (मेमेंटो) इस तोशाखाना में संगृहीत किए जाते थे। अंग्रेजों के चले जाने के बाद भी यह खजाना वैसा ही बन्द रहा। इस खजाने में चाँदी के सिक्कों से भरा एक बड़ा बैग (झोला) मिला जिस पर लगी पर्ची में स्पष्ट रूप से लिखा था कि यह राशि तत्कालीन बाम्बे प्रॉविन्स में जल संरक्षण के लिए सर दिनेशाव पेटिट द्वारा ब्रिटिश सरकार को प्रदान की गई थी। दिनेशाव नुस्ली वाडिया के बाबा थे। मैंने नुस्ली वाडिया को बुलाकर पूछा कि वह अपने पूर्वज द्वारा वसीयत की गई खजाने से प्राप्त इस राशि का

क्या करना चाहते हैं ? उन्होंने तुरन्त उन चाँदी के सिक्कों की नकद राशि दे दी और उसमें कुछ और धनराशि का सहयोग प्रदान कर अपने बाबा की इच्छा अनुसार जल संरक्षण के लिए एक ट्रस्ट स्थापित कर दिया। यहीं से हम लोगों के बीच मित्रता की शुरुआत हुई।

हालाँकि बहुत कम ही समय मिल पाता, परन्तु जब कभी भी समय मिलता, मैं उनसे मिलने उनके मुम्बई स्थित घर या लोनावाला के समीप बाईस एकड़ में फैले 19वीं सदी के अव्यवस्थित घर पर चला जाता। हम दोनों को आज भी याद है कि हम लोग रामनाथ गोयनका के पंच फलकी मुम्बई वाली इमारत में अक्सर गपशप करने के लिए एकत्र होते जहाँ पर कभी-कभी अटल बिहारी वापजेयी भी आया करते थे। नुस्ली वाडिया और वे अक्सर घनिष्ठ दोस्तों की तरह चिल्लाते और ठहाका मारकर हँसते थे। अटल जी के प्रधानमंत्री हो जाने के बाद भी दोनों के बीच मित्रता में कोई अन्तर नहीं पड़ा। दोनों की मित्रता पहले जैसी ही बनी रही।

राहुल बजाज

बजाज परिवार में मेरा पहला सम्बन्ध राहुल बजाज के चाचा रामकृष्ण जी से हुआ था। हम लोग मुम्बई में वी.के. कृष्ण मेनन के खिलाफ युवा मोर्चे की ओर से चुनाव प्रचार अभियान संचालित कर रहे थे। उस समय रामकृष्ण जी ने हम लोगों का समर्थन किया। चुनाव के बाद भी बजाज परिवार में मैं जाता रहा परन्तु राहुल बजाज के साथ मेरी बातचीत नहीं होती क्योंकि वह उस समय कम ही बोलता था। समय बीतने के साथ-साथ राहुल बजाज ने पुणे में 'बजाज आटो' का अपना साम्राज्य स्थापित किया और धीरे-धीरे हम लोगों के काफी नजदीकी सम्बन्ध विकसित हुए। राहुल बजाज ने हमारे बारामती लोक सभा निर्वाचन क्षेत्र के अकुरदी में एक उद्योग स्थापित किया।

कुछ वर्षों बाद राहुल बजाज भारतीय उद्योगों के प्रतिनिधि और प्रवक्ता के रूप में स्थापित हुए और प्रत्येक व्यक्ति जानता है कि वह हलकी बात नहीं करते। परिवार की स्पष्ट और पारदर्शी साफ-सुथरी छवि और परम्परा को उन्होंने कायम रखते हुए अनेक सामाजिक कार्यों में अच्छी धनराशि का योगदान किया है।

वर्तमान में बजाज परिवार कम से कम 30–35 ट्रस्टों को संचालित करता है। हमारे बालसखा विट्ठल मनियार, राहुल बजाज और मैंने मिलकर एक ग्रुप का गठन किया। यदि हर वर्ष मार्च माह के मध्य तक विट्ठल सहयोग योग्य कुछ स्वयंसेवी संस्थाओं की सूची नहीं भेजते तो राहुल उनको फोन से याद दिलाते। जैसे ही संस्थाओं के स्वीकृत नामों की सूची राहुल के पास पहुँचती, वह बगैर कोई प्रश्नचिह्न लगाए उनको सहयोग राशि के चेक हस्ताक्षर कर भिजवा देते।

साइरस पूनावाला

मेरे कॉलेज के इस मित्र का वर्णन करने के लिए 'घुमक्कड़' शब्द सबसे सटीक है। साइरस का परिवार फर्नीचर का व्यापार करता था परन्तु साइरस कारों का बड़ा शौकीन था। उसे रॉल्स रॉयस कार सबसे अधिक पसन्द थी परन्तु उन कॉलेज के दिनों में उसके परिवार व उसके लिए यह कार खरीदना सम्भव नहीं था। उसके पास एक दूसरी कम्पनी की कार थी। उसने उस कार की बॉडी को रॉल्स रॉयस की तरह तैयार करवाया और एक दिन वह बृहन महाराष्ट्र कामर्स कॉलेज (बीएमसीसी) में बड़े स्टाइल से लेकर आया। प्रत्येक छात्र उसकी कार को आँखें फाड़-फाड़कर आश्चर्य से देख रहा था। वह बहुत मसखरा था और वह अपनी हरकतों से, यहाँ तक कि प्राध्यापकों तक को नहीं छोड़ता था।

एक कॉमर्स का छात्र होते हुए भी साइरस ने वैक्सीन उत्पादन का कार्य शुरू किया। उस समय भारत जैसे कृषिप्रधान देश में बीमारियों की रोकथाम के लिए वैक्सीन की बहुत आवश्यकता थी। उसने इम्यूनो बाइलॉजी विषय में अध्ययन किया और इस विषय में डॉक्टर की उपाधि भी प्राप्त की। धीरे-धीरे उसने पोलियो का वैक्सीन निर्मित किया और फिर अनेक दवाओं का भी उत्पादन शुरू किया। उसकी कम्पनी की दवाएँ विदेशों में बिक रही हैं।

आज वह पूनावाला ग्रुप का चेयरमैन है। सिरम इंस्टीट्यूट ऑफ इंडिया भी इस ग्रुप में शामिल है। मार्च, 2015 में *फोर्वेस* के रैकिंग के अनुसार वह भारत का नवाँ सबसे धनवान व्यक्ति है। दवा के क्षेत्र में अपने योगदान के लिए उसे भारत सरकार ने 2005 में पद्‍मश्री सम्मान से सम्मानित किया परन्तु

अपने स्वभाव के अनुसार साइरस इन सब सम्मानों को बहुत महत्त्व नहीं देता। वह अपनी तमाम उपलब्धियों को बहुत ही सहज ढंग से लेता है।

साइरस अपनी कम्पनियों की वैक्सीन भारत में मात्र लागत मूल्य पर ही बेचते हैं। मैंने एक बार उनसे पूछा, 'तुम ऐसा क्यों करते हो?'

उसने उत्तर दिया, 'हमारे देश की जनता को सस्ती दर पर वैक्सीन उपलब्ध हो, इसलिए हम भारत में मुनाफा नहीं कमाना चाहते। वास्तव में यह सही है कि मुझे देश के बाहर विश्व के अन्य देशों से काफी मुनाफा प्राप्त होता है।'

गामा

एक ऐसा व्यक्ति, जो मेरे सभी सम्बन्धियों, मित्रों, दोस्तों और जाननेवालों के बीच सुपरिचित है और जो कभी भी कहीं भी मेरे सन्निकट होने या लब्धप्रतिष्ठ राष्ट्रीय और अन्तर्राष्ट्रीय शख्सियतों से परिचित होते हुए भी कभी शेखी नहीं बघारता। उस व्यति का नाम गामा है। सीधे-सीधे तो वह हमारा ड्राइवर है परन्तु वह मेरे लिए इससे अधिक बहुत कुछ है।

करीब चालीस वर्ष पूर्व की बात है। डॉ. एम.एस. शाह उस समय बारामती में ही प्रैक्टिस करते थे। डॉ. शाह मेरे पक्के समर्थक थे और पूरे चुनाव में मेरे पक्ष में कन्वेसिंग करते थे। उनके द्वारा मरीजों के बेहतरीन इलाज की अनेक कहानियाँ प्रचलित थीं परन्तु कुछ तो बहुत ही आनन्दपूर्ण कार्य वह करते थे। जब मेरा चुनाव-प्रचार चल रहा होता तो वह अपने मरीजों को सूई लगाते समय पूछते, 'किसको वोट दोगे?' लोग उत्तर देते, 'शरद को।' उसी समय कांग्रेस पार्टी ने मुझे पार्टी-कार्य के लिए एक जीप प्रदान की थी। जीप तो मिल गई परन्तु हमारे पास ड्राइवर नहीं था। मैंने डॉक्टर शाह से एक ड्राइवर की व्यवस्था करने का निवेदन किया और उन्होंने तुरन्त ही अपना ड्राइवर मुझे दे दिया और तभी से गामा मेरा सबसे विश्वसनीय और समर्पित सहयोगी है। सड़क से ही यात्रा करना मुझे पसन्द है। आज तक मैंने न जाने कितनी बार महाराष्ट्र में आड़ी-तिरछी यात्राएँ की होंगी। गामा ने मेरे साथ पूरे समर्पण से काम किया है और कभी उसके चेहरे पर शिकन नहीं आई। विगत चालीस वर्षों में एक भी दुर्घटना नहीं हुई। इससे आप उसकी ड्राइविंग

कुशलता का अनुमान लगा सकते हैं और इससे यह भी पता लगता है कि वह कितनी अच्छी तरह से कार की देखभाल करता है। वह बहुत ही गूढ़ ढंग से संक्षेप में अपनी बात कहता है। वह बस इतना कहेगा, 'अब हमें इस कार का प्रयोग नहीं करना चाहिए।' चूँकि मुझे उसकी योग्यता और कौशल पर पूरा विश्वास है, मैं उसकी बात काटे बगैर उसे सीधे स्वीकार कर लेता हूँ। मैं कभी भी उससे इस विषय में प्रश्न नहीं पूछता।

इस समय तक वह महाराष्ट्र में लगभग सभी व्यक्तियों व गाँवों को भली प्रकार जान गया है और हर शहर या देहात में मैं जिन लोगों से मिलता हूँ, उन सबकी उसे अच्छी जानकारी है। वह भिन्न-भिन्न मार्गों पर बगैर झटका लगे सपाट ढंग से कार चलाता है। मेरी यात्रा लम्बी है या छोटी, मैं रास्ते में विचार-विमर्श के लिए किसी न किसी को अपने साथ ले जाता हूँ। हमारे साथ उच्च स्तर के राजनीतिक, सरकारी अधिकारी-कर्मचारी, ख्यातिप्राप्त उद्योगपति या हमारी पार्टी के कार्यकर्ता—कोई न कोई साथ जरूर होता है। इससे लम्बी-लम्बी मीटिंगों का समय बच जाता है। इस प्रकार की बातचीत हमेशा गोपनीय रखी जाती है और विश्वसनीय लोगों के बीच ही होती है। अधिकांश लोग अपने ड्राइवर की उपस्थिति में संवेदनशील विषयों पर बात नहीं करते। मुझे कभी भी ऐसी कोई समस्या नहीं आई क्योंकि मुझे मालूम है कि गामा जो कुछ भी गाड़ी ड्राइव करते समय सुनता, उसकी चर्चा कभी भी कहीं भी नहीं करता है।

सार्वजनिक कार्य करनेवालों के लिए कार्य करने का समय निर्धारित नहीं होता। ऐसे भाग-दौड़ में समय पर भोजन और दवा लेने का क्रम हमेशा टूटता है। इस प्रकार के कार्यों के लिए गामा हमेशा हमारे गैरसरकारी अभिभावक की भूमिका निभाता है। यात्रा पर निकलने से पूर्व वह सुनिश्चित कर लेता है कि मेरी यात्रा का बैग और कपड़े, कैश, दवाएँ और सभी आवश्यक पेपर्स ठीक से रखे हैं। यदि मीटिंग कई घंटे तक चलनेवाली हो तो वह हमारे स्टाफ को बार-बार प्रश्न करके पूछता है कि मैंने समय से दवा और भोजन ले लिया या नहीं। यदि वह सन्तुष्ट नहीं होता तो वह हस्तक्षेप कर मुझे याद दिलाता है।

कभी-कभी वह सीमाओं का उल्लंघन भी कर देता है। मुझे एक घटना याद है कि जब महाराष्ट्र के आईजी पुलिस को एक निश्चित समय पर मुझसे

मिलना निर्धारित था। मैं समय का बहुत पाबन्द हूँ इसलिए मैंने अन्य कार्यक्रमों से अपने को फ्री कर लिया था। किसी कारण से आईजी विलम्ब से पहुँचे और दरवाजे पर उनकी भेंट गामा से हो गई। जब उन्होंने गामा से पूछा, क्या मैं आ चुका हूँ, तो गामा ने बड़ी विनम्रता से कहा, 'अपनी घड़ी देखिए। साहेब काफी समय से आपका इन्तजार कर रहे हैं।' यह सुनते ही मैंने गामा को जोर से कहा, 'गामा, वह प्रान्त के आईजी पुलिस हैं।'

'यह तो ठीक है सर, परन्तु इनको भी समय से आना चाहिए।'

मेरे सहित सभी ने गामा से सीखा है। सभी ने उसको उसके सरल स्वभाव के साथ स्वीकार किया है। वास्तव में उसके इन सब गुणों ने उसको सबका प्रिय बना दिया है।

अध्याय : छब्बीस

उपसंहार

पचहत्तर वर्ष की उम्र में निर्विकारिता एक आवश्यक नैतिक गुण हो जाता है। संस्मरण आपको विनम्रता, प्रसन्नता, दुख, प्रायश्चित्त, दम्भ, क्रोध, भ्रम, हताशा और अचानक दृढ़ता की ओर ले जाते हैं। यदि आप अतीत की यादों के साथ आनन्दित होते हैं तो भविष्य आपको एक अबूझ परिदृश्य की ओर नियंत्रित करता है और आप पूर्वानुमानों और अनिश्चितताओं से भर जाते हैं।

इसलिए वर्तमान में यह आवश्यक है कि जब आप यह सब सोच रहे हों तो थोड़ा-सा समय निकालकर इसका मूल्यांकन करें कि आपने अपने जीवन में क्या खोया, क्या पाया। इसका भी मूल्यांकन करें कि आपने क्या पाने की आकांक्षा की थी और कौन-सी ऐसी चीज है जिसे आप पूरा न कर पाने के लिए आज तक चिन्तित होते रहे।

इसलिए मैंने निश्चय किया कि कुछ समय रुककर गहराई तक सोचूँगा।

आज तक की यात्रा बड़ी शानदार और चकित करनेवाली रही है। काटेवाडी गाँव के प्राइमरी स्कूल में पढ़ते हुए मैंने तहसील बारामती के कस्बे में हाईस्कूल तक पढ़ने की कल्पना नहीं की थी। परन्तु मैं वहाँ तक पढ़ सका। इसके बाद उस समय शिक्षा के बड़े क्षेत्र पुणे तक पहुँचने का कोई स्वप्न नहीं था परन्तु जब मैं पुणे के कॉलेज में दाखिला ले सका तो मैंने सोचा कि मैं एक दिन मुम्बई अवश्य पहुँचूँगा। मैंने यह विचार उस समय बनाया था और उस बड़े शहर में पहुँच भी गया।

मुम्बई पहुँचने के बाद हम अपने स्वाभाविक तार्किक पड़ाव दिल्ली में 1990 के दशक में पहुँच सके। दिल्ली में 6 जनपथ में रहते हुए मैं जल्दी-

जल्दी मुम्बई, पुणे, बारामती और काटेवाडी बराबर आता–जाता रहता। इसके साथ ही साथ अपनी जिज्ञासा के अनुसार समझने व जो कुछ मैंने सीखा है उसे लोगों के बीच बाँटने के उद्देश्य से विदेशों के दौरे भी करता रहता। इस पूरे जीवन में तमाम उतार–चढ़ावों के बीच मेरी माँ शारदाबाई प्रोत्साहन का सबसे बड़ा स्रोत थीं। यद्यपि मेरी माँ का निधन 1975 में हो गया था परन्तु वह आज भी मुझे प्रेरणा व दिशा–निर्देश देती रहती हैं। माँ ने मुझे पुस्तकों के अद्भुत संसार से परिचय करवाया। पुस्तकें मुझे अपने जीवन और संसार को समझने में सहायता करती हैं। पुस्तकों ने मेरे सामने दुनिया के तमाम आयाम खोल दिए।

मैं बहुत–सी भाषाएँ नहीं जानता इसलिए मैं कभी–कभी अपने को बहुत दरिद्र समझता हूँ। मैं अभी भी बहुत–सी भाषाएँ जानना चाहता हूँ लेकिन विश्वभर में घूमने के कारण जहाँ अनेक भाषाएँ हैं मेरी यह भाषा की दरिद्रता का विचार मेरे अन्दर घर कर गया। मेरे अपने राजनीतिक जीवन की शुरुआत में यशवन्तराव चव्हाण जैसा पथ–प्रदर्शक का मिलना अति सौभाग्य की बात थी। मैंने इसी पुस्तक में एक जगह पर चव्हाण साहेब के सुसंस्कृत और प्रभावशाली व्यक्तित्व की चर्चा की है। वह लोगों को भली प्रकार पढ़ सकते थे और जिनको उदीयमान समझते, उनका पोषण और प्रशिक्षण भी करते थे। मैं केवल राजनीति के क्षेत्र में ही नहीं, बल्कि कई अन्य क्षेत्रों में भी चव्हाण साहेब की परम्परा का अनुकरण करता हूँ।

मुझे वसन्तदादा पाटिल और चव्हाण साहेब के अतिरिक्त कई अन्य मूर्धन्य लोगों का आशीर्वाद, प्यार और सहयोग प्राप्त हुआ। मैं बड़े ही गर्व के साथ कह सकता हूँ कि मुझे एसएम जोशी, चन्द्रशेखर, कर्पूरी ठाकुर, बीजू पटनायक और शरतचन्द्र सिन्हा जैसे अनेक लोगों के साथ राजनीतिक क्षेत्र में कार्य करने व रहने का मौका मिला। इन सबका मेरे जीवन पर असर पड़ा और मैं इन सबको धन्यवाद ज्ञापित करता हूँ।

आज की परिस्थिति में मेरा विश्वास है कि देश की युवा पीढ़ी ही देश के विकास में बड़ा योगदान कर सकती है। देश के नौजवानों ने भारत और विदेश में भी अनेक क्षेत्रों में अपना स्थान बनाया है। अनेक युवाओं ने सामाजिक क्षेत्र में भी उल्लेखनीय कार्य किया है। मेरा उनसे अनुरोध है कि वे राष्ट्र- निर्माण के साधनों के रूप में सक्रिय राजनीति के महत्त्व को भी

समझें। मेरे पथ-प्रदर्शक चव्हाण साहेब ने 1960 के दशक में जो शिक्षा दी थी, वह आज भी प्रासंगिक है। राजनीति वह शक्ति है जो विभिन्न प्रकार के नीतिगत फैसलों में महत्त्वपूर्ण भूमिका निभाती है और इस प्रकार देश के करोड़ों लोगों को प्रभावित करती है।

मैं आजकल लोक व्यवहार में प्रचलित 'पूर्णकालिक राजनीतिक कार्यकर्ता' की तरह कार्य करने की सलाह नहीं देता। पूरे समाज में शिक्षा, अनुसन्धान, उद्योग, व्यापार, साहित्य, संस्कृति, खेलकूद, गरीबों व साधनहीनों का सशक्तीकरण आदि अनेक सामाजिक विषय हैं जिन पर काफी कार्य किया जा सकता है और किसी भी राजनीतिक को इन्हें नकारना नहीं चाहिए। गैर-राजनीतिक क्षेत्र में भागीदारी और सामाजिक संस्थाओं के साथ कार्यक्रमों का आयोजन राजनीतिक कार्यों में मदद करता है। इस प्रकार राजनीतिकों को सामाजिक कार्यों का महत्त्व और जमीनी स्तर के मुद्दों को समझने का मौका मिलता है। यदि आपकी पार्टी सरकार का हिस्सा है तो उक्त कार्यवाहियों के जरिए आपको व्यावहारिक स्तर पर सरकारी फैसलों के कार्यान्वयन की वास्तविक जानकारी मिलती है। यदि आप विपक्ष में हैं तो आप सत्ताधारियों की गलत कार्यवाहियों पर उनका ध्यानाकर्षण कर सकते हैं। राजनीति से रहित चारों तरफ समाज विकास में योगदान करने की बात व्यर्थ है। यदि आप राजनीति के क्षेत्र में सशक्त विकास के दृष्टिकोण से व्यवहार करते हैं, तो आपको हमेशा विकास के कार्य में लगे लोगों के साथ मिलते रहना चाहिए। इस प्रकार के विकास कार्यों में यथासम्भव शामिल होने का क्रमागत लाभ मिलता है। इस क्षेत्र में आपका जितना ही व्यापक दायरा होगा, यह आपकी राजनीति के लिए उतना ही लाभप्रद होगा। मैं अपने व्यक्तिगत अनुभव के आधार पर इसे सत्यापित कर सकता हूँ।

कांग्रेस पार्टी के साथ वैचारिक रूप से सहमत होने के बावजूद मैंने जब कांग्रेस को लोकतांत्रिक मूल्यों को कलंकित करते देखा या अंत:पार्टी वातावरण घुटन भरा लगा तो अपनी मातृ पार्टी से बाहर निकलने में जरा सा भी संकोच नहीं किया। दूसरी पार्टियों के सदस्यों के साथ मैंने हमेशा मित्रवत सम्बन्ध रखे क्योंकि मेरा विचार है कि राजनीतिक मतभेद का मतलब व्यक्तिगत शत्रुता नहीं होती। यह दूसरी बात है कि वे लोग जो विभिन्न पार्टियों के साथ मेरे सम्बन्धों को लेकर त्योरी चढ़ाते हैं, वही लोग संकट के समय

व्यापक राजनीतिक समझ की एकता कायम करने पर जोर देते हैं। मेरा विश्वास है कि इस गठबन्धन की राजनीति के समय में इस तरह के अवसर अक्सर ही आते रहेंगे। यदि कोई कहता है कि मेरा यह व्यवहार मेरी निजी विश्वसनीयता पर प्रश्न खड़े करता है तो मैं इसकी कतई चिन्ता नहीं करता क्योंकि मैं दिल से सच्चाई पर अमल करता हूँ।

क्या तमाम पार्टियों के साथ मेरे सम्बन्धों से मुझे राजनीतिक मूल्य चुकाना पड़ा है ? मेरे विचार से ऐसा कुछ नहीं है। यदि ऐसा हो, तो भी मैं बहिष्कार या निषेध की राजनीति नहीं करूँगा।

मैं व्यापक रूप से चर्चित और लोगों के बीच में प्रचारित तथा कई बार गपशप के बीच चर्चा में आनेवाली एक और विषय पर चर्चा करना चाहूँगा। क्या मैं देश में सबसे धनवान या धनवानों में से एक राजनीतिज्ञ हूँ? अपनी प्रगति की राह में ऐसी हल्की बातें सुनने का मैं आदी हो गया हूँ। मुझे यह आरोप हास्यास्पद लगता है। मैं इस प्रकार की अवधारणा का आधार भी जानता हूँ। मैं सत्ता में रहा या विपक्ष में, मैंने कभी भी किसी उचित और सही मामलों में किसी को सहायता करने से मना नहीं किया। मेरे द्वारा बिना शर्त किए गए सहयोग ने मेरी प्रतिष्ठा में वृद्धि की है। पचास वर्ष की इस अवधि में मैंने कितने लोगों की सहायता की, इसका अनुमान लगाना कठिन है। अनेक लोगों ने इसे परस्पर सहयोग की भावना से मुझे भी सहयोग किया और अनेक लोग ऐसे सहयोग का अवसर भी तलाशते हैं। कुछ लोग मेरे पार्टी-कार्य के लिए प्रस्ताव देते हैं, तो कुछ धनवान लोग तार्किक रूप से वास्तविक आर्थिक सहयोग प्रदान करते हैं। इस प्रकार मेरे बारे में बहुत धनवान होने की अवधारणा जन्म लेती है। मैं स्पष्ट रूप से कहना चाहता हूँ कि वर्तमान समय में धन की कितनी भी विपुल राशि हो, परन्तु इससे किसी भी व्यक्ति या पार्टी को आगे नहीं बढ़ाया जा सकता। पार्टी और व्यक्ति का विकास केवल जनता के समर्थन से होता है और जनता के साथ सहानुभूति रखने से ही जनसमर्थन मिलता है।

'शरद पवार को भूमि से प्यार है'—यह एक और अति आकर्षक विषय है जो नियमित रूप से गपोड़ लोगों के बीच चर्चा का विषय बना रहता है। अतीत में अनेक बार मैंने यह स्पष्ट किया है कि इस प्रकार के भूमि अधिग्रहण के मामले या तो राजनीति से प्रेरित हो हमारे ऊपर थोप दिए जाते हैं या फिर

कुछ खाली दिमाग के लोगों द्वारा यह आरोप मुझ पर लगाए जाते हैं। दूसरे राजनीतिकों से भिन्न मैं सड़क से यात्रा करना अधिक पसन्द करता हूँ और इस प्रकार तमाम प्रकार की जनता और भूभाग के विभिन्न दृश्यों से मेरा परिचय होता है। मैं विगत 60 वर्षों से ऐसी यात्राएँ करता रहा हूँ। जब कहीं भी कोई नाम, प्रोजेक्ट सामने आता है, कुछ खाली दिमाग के लोग आसानी से उसे मेरे सिर मढ़ देते हैं। इस विषय में इतना ही कह सकता हूँ : भगवान उनको सद्बुद्धि दे।

एनसीपी जैसी छोटी राजनीतिक पार्टी को संचालित करने में अनेक बाधाओं का सामना करना पड़ता है। अन्य क्षेत्रीय प्रभाव वाली पार्टियों को भी ऐसी ही परेशानियाँ उठानी पड़ती हैं। हालाँकि इन सब छोटी व क्षेत्रीय पार्टियों का भी अपना जनाधार होता है, फिर भी वे कभी-कभी 'गुरिल्ला राजनीति' का सहारा लेती हैं। जब कभी उनको दो विशाल पार्टियों—कांग्रेस और भाजपा—का सामना करना पड़ता है तब वे इस प्रकार की नीति का सहारा लेती हैं। राजनीतिक पंडित मुझे इस नीति को व्यवहार में लागू करने का प्रवीण मानते हैं। 2014 के विधान सभा चुनाव में भाजपा को महाराष्ट्र में भारी सफलता प्राप्त हुई, फिर भी वह बहुमत से थोड़ा पीछे रह गई। शिवसेना और भाजपा का गठबन्धन आसानी से बन सकता था परन्तु शिव सेना और भाजपा के बीच समझौता नहीं हो पा रहा था। मैंने दोनों के बीच दरार बढ़ाने का उचित अवसर देख एक प्रस्ताव उछाल दिया कि यदि भाजपा सरकार बनाना चाहे तो एनसीपी उसे बाहर से समर्थन प्रदान करेगी। हमारे इस प्रस्ताव से दोनों भगवा दलों के अन्दर हलचल मच गई। इसके बाद भाजपा और सेना के बीच भारी मोलभाव हुआ और अन्त में दोनों की संयुक्त सरकार का गठन हुआ। जो भी हो, हमारे इस प्रयास से दोनों पार्टियों के बीच उत्पन्न हुई मनोवैज्ञानिक दरार आज भी मौजूद है। इस प्रकार मैं अपने उद्देश्य में सफल हुआ। तुलनात्मक रूप से जब कभी कमजोर स्थिति में हो तो एक ऐसी चाल चलो कि विरोधी सोचते रह जाएँ। जब तक वे अपने बुद्धिमानों के साथ विचार कर किसी निर्णय पर पहुँचें तब तक एक और नई चाल चल दो। इसे जो चाहो, समझो, यह शतरंज की तरह दिमागी खेल है।

हमने एनसीपी में युवाओं को विकसित करने का कार्य जारी रखा है। हम विभिन्न स्तर पर युवाओं की कार्यशालाएँ आयोजित करते हैं और उनको

विभिन्न सामाजिक विषयों पर पहल लेने के लिए उत्साहित करते हैं। जब उनको इस दिशा में जिम्मेदारियाँ और सहयोग प्रदान किया जाता है तो वे काफी अच्छा प्रदर्शन करते हैं। 1960 के दशक में 'अपने प्रशिक्षण' काल का उदाहरण देते हुए हम उनको समझाते हैं कि बाढ़ और सूखा जैसी विपदाएँ युवा राजनीतिक कार्यकर्ताओं को जनता से सीधे जुड़ने और अपनी नेतृत्वकारी योग्यता–क्षमता को विकसित करने का अच्छा अवसर प्रदान करती हैं।

एनसीपी ने अपनी स्थापना से अब तक 16 वर्षों की यात्रा पूरी की है। इस बीच हम लोगों ने कई स्तरों पर प्रभावशाली नेतृत्व विकसित किया है। एनसीपी के अधिकांश विधायक और कार्यकारिणी सदस्य युवा हैं और वे नीचे की कतारों से विकसित हुए हैं। दूसरी कतार के नेतृत्व को विकसित करने में मैं स्वयं रुचि लेता हूँ। उनको पढ़ने, भाषण देने, यात्राएँ करने और विभिन्न प्रकार की शक्तियों के साथ अन्त:क्रिया में जाने के लिए उत्साहित करता हूँ। उदाहरण के लिए मैं अपनी पार्टी के पाँच–छह युवा नेताओं को अपने साथ ब्राजील ले गया ताकि वह वहाँ की कृषि उत्पादन प्रक्रिया को भली प्रकार समझ सकें। मैं उनको अमेरिका भी ले गया जहाँ पर उन्हें विश्व बैंक और संयुक्त राष्ट्रसंघ की कार्यपद्धति को समझने का अवसर मिला। मेरे लिए प्रसन्नता का विषय है कि दूसरी कतार के नेतृत्व में सर्वाधिक उदीयमान जयन्त पाटिल आज भी उन संस्थाओं के साथ सम्बन्ध बनाए हैं और वहाँ के ताजा विकास के बारे में पूर्णत: अपने को अपडेट रखते हैं। यदि उनमें यही उत्साह बना रहा तो वह सार्वजनिक जीवन की ओर आगे बढ़ेंगे।

मेरा यह कार्य एनसीपी तक ही सीमित नहीं है। मैं जहाँ भी जाता हूँ, युवाओं के साथ बातचीत करता हूँ और उनको जनता का जीवन स्तर उन्नत करने में लगी संस्थाओं के साथ कार्य करने को उत्साहित करता हूँ। मैं नई दिल्ली, मुम्बई, पुणे, बारामती में मौजूद हूँ या किसी टूर पर हूँ, विभिन्न पार्टियों और विभिन्न क्षेत्र के और संस्थानों के लोग मेरे साथ अपने नोट्स पर बात करने, सलाह लेने या विचार–विमर्श करने के लिए मेरा इन्तजार करते रहते हैं। इस कार्य में मेरी पूरी सक्रियता बनी रहती है। मैं सजग हूँ कि बहुत कुछ करना बाकी है परन्तु अब इस अवस्था में अपनी शक्ति और ऊर्जा का इस्तेमाल सावधानी से करने को बाध्य हूँ।

मैं अपने व्यस्त समय से कुछ समय आराम और विश्राम के लिए

निकालना चाहता हूँ। पूरे दिन कार्य करने के बाद सोने से पूर्व बिस्तर पर जाकर शास्त्रीय संगीत सुनना बहुत अच्छा लगता है। पुस्तकों और पत्र-पत्रिकाओं को पढ़ने की पुरानी आदत अभी कायम है। कभी-कभी बारामती में बिताया बचपन याद कर काफी प्रसन्नता होती है। देर रात कभी-कभी कॉलेज के 'ओल्ड ब्वायज' मीटिंग की यादें दिमाग में टन-टन घंटी बजाती हैं और जब कभी किसी पुराने साथी के निधन का समाचार मिलता है तो मैं दुख में डूब जाता हूँ। मैं महसूस करता हूँ, यह सब बूढ़े होने का अभिशाप है।

वर्षों से मैंने लम्बी छुट्टियों पर जाने का समय निकाला है। कुछ वर्ष पूर्व तक कश्मीर मेरा पसन्दीदा स्थान था। इंग्लैंड मेरी सूची में आज भी है। कर्नाटक में कुर्ग और महाराष्ट्र के समुद्री तट पर बसा अलीबग और इस सूची में अनेक नई जगहें जुड़ती जा रही हैं। अधिकांश छुट्टियाँ मैंने अपने पारिवारिक मित्रों और उनके परिवारों के साथ बिताई हैं और कोई नहीं तो मेरी पत्नी प्रतिभा तो हमेशा मेरे साथ रही हैं। जैसे ही लम्बे समय से आवश्यक मेरी छुट्टी का समय समाप्त होता है, मैं तुरन्त भारत में अपनी जनता के बीच फिर वापस आ जाता हूँ।

सम्पुष्टि

मैं उन सभी व्यक्तियों और संगठनों का बहुत आभारी हूँ और सभी को धन्यवाद प्रेषित करता हूँ जिन लोगों ने हमारे संस्मरणों को लिपिबद्ध कराने में सहायता की। विशेष रूप से आकाश सेखारीअ, अम्बरीश मिश्रा, आनन्द परांजपे, अनंत बागाहतकर, चन्द्रा अयंगर, दत्ता बाल सर्राफ, एफ.एम. शिन्दे, हेमन्त टकले, जब्बार पटेल, जया शेट्टी, नीलेश राउत, प्रताब आसबे, सदा दुम्बरे, सतीश राउत, शरद काले, सिद्धेश्वर सिंपी, सुरेश भटेवार, उदय जादव, उमा शंकर; विद्या प्रतिष्ठान, बारामती, विजय नायक, विट्ठल मनियर और यशवन्त राव चव्हाण प्रतिष्ठान का आभार व्यक्त करता हूँ।

परिशिष्ट-I

[कांग्रेस पार्टी की 1969 की स्थिति के बारे में वाई.बी. चव्हाण को लिखा मेरा पत्र (मराठी में)]

श्री यशवन्तराव चव्हाण
1, रेस कोर्स रोड
नई दिल्ली
31 मार्च, 1969

आदरणीय साहेब,

विगत कुछ दिनों से मैं आपको पत्र लिखने के बारे में सोच रहा था। कुछ समय पूर्व आपसे थोड़े समय की मुलाकात में मैंने अपने विचार व्यक्त किए थे परन्तु मैं कई महत्त्वपूर्ण बिन्दुओं पर समयाभाव के कारण अपने अवलोकनों पर आपसे अपनी चिन्ताएँ साझा नहीं कर सका। यदि आवेश में लिखी मेरी कोई बात आपको परेशान करे तो मुझे क्षमा करिएगा।

मैं राजनीति में नया ही हूँ और मुझे भारत की वर्तमान राजनीतिक परिस्थिति काफी निराशाजनक लगती है। कांग्रेस की स्थिति काफी खराब है और पार्टी का हाईकमान मुझे एकदम चिन्तित नहीं नजर आता। आज पार्टी की जो स्थिति है] ऐसी परिस्थिति में पार्टी शिक्षित और युवा पीढ़ी को शायद ही आकर्षित कर सके। वास्तव में कांग्रेस पार्टी के कार्यकर्ता कई बार युवा पीढ़ी के क्रोध और असन्तोष का शिकार होते हैं। इस दुखद स्थिति के लिए मैं युवा पीढ़ी को दोषी नहीं मानता।

सत्ता के खेल में पूर्णतः फँसे रहकर हम जनता से बहुत दूर होते जा रहे

हैं। जनता की समस्याओं को उठाने की अपनी बुनियादी जिम्मेदारी को हम भूलते जा रहे हैं। हमने अपने घटकों के साथ विभिन्न विषयों पर आपस में चर्चा करना भी बन्द कर दिया है और उनको पार्टी स्टैंड की जानकारी नहीं होती। जनता के साथ हमारे सम्बन्ध निरन्तर कमजोर होते जा रहे हैं। कांग्रेस पार्टी के नेतृत्व की ओर से कोई दिशा-निर्देश न मिलने से पार्टी कार्यकर्ता युवाओं से सम्बन्ध जोड़ने व उनको आकर्षित करने में सफल नहीं हो रहे हैं। हमारी युवा पीढ़ी यह महसूस कर रही है कि हम अपने प्रिय आदर्शों से बहुत दूर होते जा रहे हैं। धर्मनिष्ठ होना अतीत की बात हो गई है। चूँकि कांग्रेस पार्टी का नेतृत्व पार्टी के क्षय को रोकने में असफल है इसलिए आम आदमी इस सम्पूर्ण परिस्थिति से बुरी तरह परेशान है।

मैसूर-महाराष्ट्र सीमा विवाद या आन्ध्र प्रदेश और महाराष्ट्र के बीच नदी के पानी बँटवारे जैसे गम्भीर मुद्दे देश के सामने हैं। देश के सामने अन्य गम्भीर चुनौतियाँ भी हैं। स्व. जवाहरलाल नेहरू में ऐसे विषय हल करने की क्षमता थी और उनका कद इतना ऊँचा था कि उनके निर्णय का विरोध नहीं करता। परन्तु व्यापक लोकप्रियता के बावजूद उन्होंने यह समस्या हल नहीं की और वर्तमान नेतृत्व के लिए यह समस्या और कठिन हो गई है। युवा पीढ़ी और सम्भवतः इतिहासकार भी इसके लिए नेहरू को जिम्मेदार ठहराएँगे।

जहाँ तक महाराष्ट्र की बात है, वहाँ भी पार्टी की स्थिति बहुत अच्छी नहीं है। महाराष्ट्र के लोगों ने आपको यह नैतिक जिम्मेदारी और अधिकार प्रदान किया है कि आप महाराष्ट्र के पार्टी संगठन से पथभ्रष्ट लोगों को बाहर करें। समय के इस मोड़ पर यदि पार्टी को बदनाम और अप्रतिष्ठित करनेवाले तत्त्वों के विरुद्ध यदि आप कार्यवाही करने में ढिलाई रखेंगे तो कांग्रेस पार्टी कमजोर ही होगी। यदि ऐसा हुआ तो महाराष्ट्र की जनता आप पर भी उसी प्रकार आरोप लगाएगी, जैसे नेहरू पर, जिसका उल्लेख मैं पहले कर चुका हूँ। मैं इस विषय पर ईमानदारी से ऐसा ही सोचता हूँ। कृपया मेरे सरल हृदय और स्पष्ट बात के लिए क्षमा करें।

परिस्थिति कितनी भी भयावह हो, दृढ़ संकल्पित हजारों कार्यकर्ता पूर्ण समर्पण से तैयार हैं। हम भली प्रकार समझते हैं कि आप हमें सक्रियतापूर्वक राजनीति करने में सदा सहायक रहे हैं, हम उस अच्छे कार्य को आगे बढ़ाने को प्रयत्नशील हैं।

मैं अति विनम्रता से कहना चाहता हूँ कि आज महाराष्ट्र में कांग्रेस के सामने अनेक राजनीतिक चुनौतियाँ हैं जो शीघ्र समाप्त होनेवाली नहीं हैं। हमारे सामने एक बड़ी चुनौती यह है कि महाराष्ट्र प्रान्त में विदर्भ, मराठवाडा और पश्चिम महाराष्ट्र अंचलों के बीच आपसी संवेदनात्मक अखंडता कमजोर हो रही है। देश में छोटे राज्यों की माँग जोर पकड़ रही है। चूँकि स्थानीय भावनाओं का समर्थन करना मतदाताओं को प्रभावित करता है और इससे चुनावी लाभ लेने के लिए भविष्य में ये माँगें प्रमुखता से उठाई जाएँगी। इसके कुछ संकेत विदर्भ में अभी से देखे जा सकते हैं। वहाँ पर कांग्रेस नेतृत्व युवाओं और जनता से कट चुके हैं। धनी किसान वर्ग और व्यापारी समुदाय से आनेवाला यह नेतृत्व पार्टी के उच्च पदों पर आसीन है और यह नेतृत्व कभी भी पार्टी को जनता से जोड़ने में सफल नहीं हो सकता। चूँकि नेतृत्व को युवा पीढ़ी की आकांक्षाओं के बारे में कोई जानकारी नहीं है इसलिए युवा हतोत्साहित हैं। वैचारिक रूप से हमारी पार्टी के समीप होते हुए भी, युवक दूसरे संगठनों की ओर जाने लगे हैं। इस अंचल में चीजों को भली प्रकार गठित करने के लिए हमें शीघ्रता से प्रयास करने होंगे।

मराठवाडा की सामान्य जनता अनुभव करती है कि हमारे पार्टी नेतृत्व ने उनके साथ अच्छा व्यवहार नहीं किया है। उन्होंने पार्टी के साथ गलत समझौता किया है। अनेक स्थानीय राजनीतिक नेता और अखबार जनता के असन्तोष को सक्रियता से भड़काने में प्रयत्नशील हैं। यह सब बातें राज्य की एकता और हमारी पार्टी के लिए भी निर्णायक हैं।

हालाँकि पश्चिम महाराष्ट्र में स्थिति कुछ भिन्न है। इस इलाके के युवा और जनता, जिला परिषद और सहकारी समितियों के पदों पर बैठे अपार सम्पत्ति एकत्र करनेवाले और राजनीतिक स्थिति के कारण प्रभाव जमानेवाले लोगों के खिलाफ अपना क्रोध प्रदर्शित करने लगे हैं। आम लोगों में यह भावना घर करने लगी है कि इन नेताओं द्वारा अपने पदों का प्रयोग उनको डराने, धमकाने और जो उनके पक्ष में न हों, उनके खिलाफ हो रहा है। यहाँ पर कांग्रेस पार्टी की छवि बुरी तरह से क्षतिग्रस्त हो रही है। यहाँ पर तत्परता से हस्तक्षेप करने की आवश्यकता है।

वैसे तो अनेक विषय हैं परन्तु मैंने आपके सामने कुछ सर्वाधिक महत्त्वपूर्ण विषय पेश किए हैं। मतदाताओं की एक संख्या जो 1972 में पहली

बार मतदान करेंगे, उनका जन्म स्वतंत्र भारत में हुआ है और वे स्वतंत्रता आन्दोलन में कांग्रेस की भूमिका से परिचित नहीं हैं। कांग्रेस को यह समझना चाहिए कि राष्ट्रीय भावना से ओत-प्रोत और निष्कलंक कांग्रेस नेता ही इन युवाओं को आकर्षित कर सकते हैं।

आगामी चुनावों में वामपंथी विचारधारा की राजनीतिक पार्टियाँ कांग्रेस के समक्ष कड़ी चुनौती पेश करेंगी। यदि हमारी पार्टी आर्थिक विकास के सोशलिस्ट मॉडल और मिश्रित अर्थव्यवस्था के मॉडल को चुने तो यह पूरी स्पष्टता के साथ मतदाताओं के बीच अपनी पहचान के साथ बेहतर प्रदर्शन कर सकती है।

मैंने इस पत्र में खुले मन से अपने विचार पेश किए हैं क्योंकि मुझे पूरा भरोसा है कि केवल आप ही में खुलापन और वह परिपक्वता है जो हमारे जैसे पार्टी कार्यकर्ता को पूर्ण अनुभूति के साथ समझ सकते हैं।

मुझे आपकी प्रतिक्रिया का इन्तजार है और यदि सम्भव हो तो विस्तार से चर्चा के लिए मीटिंग के लिए समय देने की कृपा करें।

आपका आज्ञाकारी

—शरद पवार

परिशिष्ट-II

[सीडब्ल्यूडी मीटिंग में 'विदेशी मूल' का प्रश्न उठने के बाद पीए संगमा, तारिक अनवर और मेरे द्वारा सोनिया गांधी को लिखा पत्र]

श्रीमती सोनिया गांधी
अध्यक्ष, अखिल भारतीय कांग्रेस कमेटी
24, अकबर रोड, नई दिल्ली-110 001
15 मई, 1999

आदरणीय कांग्रेस अध्यक्ष,

हम लोग पार्टी के समक्ष खड़ी चुनौतियों के प्रति पूरी चिन्ता और गहरी जिम्मेदारी की भावना से आपको यह पत्र लिख रहे हैं। आपके परिवार की तरह प्रसिद्ध कांग्रेस पार्टी के संस्थापकों और नेताओं ने पार्टी के अन्दर हमेशा निस्संकोच आपसी बहस व विचारों के आदान-प्रदान की परम्परा को बढ़ावा दिया है। उन्होंने विचारों की स्वतंत्रता, अभिव्यक्ति की स्वतंत्रता, कार्यों के उत्तरदायित्व और राष्ट्रहित को अपने हितों से हमेशा ऊपर रखने के चार स्तम्भों पर भारतीय लोकतंत्र की बुनियाद रखी थी। हमें पूरा विश्वास है कि इन चारों बातों का ईमानदारी से पालन करते हुए हम आपके समक्ष अपने विचार प्रस्तुत कर रहे हैं।

महोदया, हम उस पीढ़ी के लोग हैं जिनको महात्मा गांधी, पंडित नेहरू, मौलाना आजाद, सुभाष चन्द्र बोस, सरदार पटेल, लालबहादुर शास्त्री और इन्दिरा गांधी जैसे आदर्श लोगों का साथ मिला। इन महान लोगों के संरक्षण में ही हम लोगों ने बलिदान के मूल्यों और राष्ट्रीय सम्मान के महत्त्व को

समझा और जाना है। उन्होंने हमें पहले भारतीय और बाद में कांग्रेसी होना सिखाया है। आपके परिवार ने एक से अधिक बार सर्वोच्च बलिदान देकर इन आदर्शों की रक्षा की है।

राजीव गांधी की हत्या के बाद पार्टी बिलकुल अनाथों की जैसी स्थिति में हो गई थी। पार्टी की स्थिति ह्रासमान हो गई थी। कांग्रेस पार्टी में धीरे-धीरे ह्रास होने के साथ ही साथ देश में साम्प्रदायिक, हिंसक और रूढ़िवादी तथा देश-तोड़क शक्तियाँ शक्तिशाली होने लगीं, परिणामस्वरूप देश एक के बाद एक संकट में उलझता चला गया। विगत 45 वर्षों की तुलना में यह तीन वर्षों में राजनीतिक, सामाजिक और आर्थिक उथल-पुथल बहुत बढ़ी है। सही दिशा में सोचनेवाले लोग कांग्रेस से अलग हुए हैं। गरीबों, साधनहीनों, अल्पसंख्यकों और युवाओं का कांग्रेस पार्टी से मोह भंग हो रहा है।

ऐसे ही अन्धकारपूर्ण समय में हम लोगों में से कुछ आपके पास आए। हम सब सम्मान और प्रशंसा के साथ आपकी ईमानदारी व स्वाभिमान को देख रहे थे जिसके बल पर आपने और आपके बच्चों ने जीवन में मिले उस भारी आघात को सहा है।

हम सबने आपके दिल में मौजूद कांग्रेस पार्टी के लोगों के प्रति वास्तविक सम्मान और लगाव को महसूस किया। हम लोगों ने आपके परिवार और कांग्रेस पार्टी को वास्तविक सम्मान देने का सर्वोत्तम तरीका पार्टी को नवजीवन प्रदान करने में अपनी सारी शक्ति लगा देना ही सही समझा और हम लोग गलत साबित नहीं हुए। पार्टी में आपकी उपस्थिति ने पार्टी को नवजीवन प्रदान किया। पार्टी से लोगों का जाना रुक गया और कांग्रेसी लोगों ने पार्टी में वापस आना शुरू कर दिया।

विगत माह आपने कांग्रेस अध्यक्ष के रूप में जिस परिपक्वता और स्वाभिमान का परिचय दिया, उसे हम सबने देखा है। आपने सभी को साथ रखा, वरिष्ठ लोगों से सलाह ली और युवा शक्तियों को गोलबन्द किया। इस सबसे एक स्पष्ट सन्देश गया है कि इस तरह से आपके परिवार द्वारा प्यार की जानेवाली पार्टी कभी भी नष्ट नहीं हो सकती। इस प्रकार की स्वार्थहीन भावना भारत में पहली बार नहीं है, और आप द्वारा पार्टी हित को अपने सभी हितों से ऊपर रखना हम सबको आशा और शक्ति प्रदान करता है।

पार्टी उद्देश्यों की स्पष्टता के साथ आपने पार्टी के अन्दर या संसदीय पद के लिए कोई राजनीतिक युद्ध लड़े बगैर ही पार्टी कार्य पर अपना ध्यान केन्द्रित किया। अत्यधिक दबाव दिए जाने पर भी आपने चुनाव लड़ने के प्रलोभन का विरोध किया। दिल्ली और पंचमढ़ी दोनों स्थानों पर आयोजित एआईसीसी के अधिवेशनों में आपने हम लोगों को बिलकुल सही स्मरण दिलाया कि सरकार चलाने की ही तरह पार्टी को और गतिशील और मजबूत बनाना आवश्यक है। जब आम चुनाव में पार्टी को बहुमत नहीं प्राप्त हुआ तो आपने और कांग्रेस पार्टी ने जनता के जनादेश का सम्मान करते हुए स्वीकार किया कि कांग्रेस पार्टी जनता की इच्छा-आकांक्षाओं पर खरी नहीं उतरी। अन्य राजनीतिक पार्टियों को देश की बागडोर सँभालने और इसे प्रगति पथ पर ले जाने का अवसर मिला। आपने हमेशा भारतीय जनता की अव्यक्त इच्छा का अनुभूति के साथ सम्मान किया है।

यद्यपि काफी देर से ही सही, हम लोगों ने यह नोटिस किया कि हम लोग जो आशा करते हैं, वह एक अस्थायी भूल थी। हमें विश्वास है कि यह कुछ स्वार्थी तत्त्वों का काम है। हम आपसे प्रार्थना करते हैं कि आप उन बातों को अपने दिमाग से निकाल दें।

सोनिया जी, आप देश में बहू के रूप में विगत तीस वर्षों से निवास कर रही हैं। आपने अपने तरीके से इस देश की भावनाओं को आत्मसात् किया है। आप उन अनेक गैर-भारतीयों की कतार में ही हैं जिन्होंने इस देश को प्यार किया, स्वीकार किया और इसके हितों के लिए कार्य किया। जिस कांग्रेस पार्टी का आप आज नेतृत्व कर रही हैं, यह पार्टी एक स्काटलैंड के निवासी सर एओ ह्यूम के दिमाग की उपज थी। आज आप जिस पद पर हैं, कभी एनी बेसेंट ने भी इस पद की जिम्मेदारी सँभाली है। यह पार्टी की निःस्वार्थ भावना से काम करने की परम्परा ही है जिसका निर्वाह करते हुए आप पार्टी और देश के लिए कार्य कर रही हैं।

महोदया, भारत की परम्पराओं और संस्कृति का इतिहास हजारों वर्ष पुराना है। हमें अपने देश की संस्कृति और अपने राष्ट्र पर गर्व है। सर्वोपरि यह कि हमारा देश हर प्रकार से आत्मनिर्भर है। भारत सदा ही महात्मा गांधी के इस कथन 'चारों तरफ से हमारे देश में हवाएँ आने दो' के साथ रहा है और गांधी जी ने इसके आगे कहा, 'परन्तु हमारे पैर नहीं उखड़ सकते।' उत्तर,

दक्षिण, पूर्व या पश्चिम जो कुछ भी, अच्छा है। उसे हम पूरी विनम्रता और रुचि के साथ स्वीकार करते हैं, आत्मसात् करते हैं और अपने देश की मिट्टी में उसे स्थान देते हैं।

परन्तु हमारी संवेदनाएँ, हमारा स्वाभिमान, हमारी पहचान की जड़ें हमारी भूमि में हैं। यह हमारी अपनी भूमि की होनी चाहिए।

सोनिया जी, चूँकि आपने इस सबका सम्मान किया है इसलिए आप भारत की ही हो गई हैं। इस निर्णायक मोड़ पर आप यह सब भूल गई हैं, यह देखकर हमें आश्चर्य हो रहा है।

इस 980 मिलियन वाले देश में जहाँ विपुल सम्पदा, शिक्षा, कौशल और योग्यता सब है, यहाँ भारत भूमि पर जन्मे व्यक्ति के अतिरिक्त कोई सरकार का नेतृत्व करे, यह सम्भव नहीं है।

हम लोगों में से कुछ लोगों ने इस विषय पर पार्टी के अन्दर व्यापक बहस संचालित करने का प्रयास किया है। यह एक ऐसा विषय है जो न सिर्फ भारत की सुरक्षा, आर्थिक हित और अन्तर्राष्ट्रीय छवि को प्रभावित करता है बल्कि यह प्रत्येक भारतीय के स्वाभिमान को भी चोट पहुँचाता है। दुर्भाग्य से हमारी इस पहल को सभी जगह, हर स्तर पर निराशा ही मिली है।

एक बार जोर देकर हम पुनः कहना चाहते हैं कि एक कांग्रेसी की तरह हम आपको ऐसे नेता के रूप में मानते हैं जिसने पार्टी को एकताबद्ध रखा है और हम सबको शक्ति प्रदान की है। हमें आशा है कि आप वर्षों तक यह भूमिका निभाती रहेंगी। परन्तु एक जिम्मेदार राजनीतिक पार्टी के रूप में हमें भारत के आम नागरिक की चिन्ता को भी समझना होगा, वह कांग्रेसी हो या न हो। हर भारतीय इस विषय पर चिन्ता व्यक्त करता है कि कम-से-कम पाँच वर्ष तक उसका भाग्यविधाता कौन होगा।

आज भारत के प्रधानमंत्री पद की जिम्मेदारी सँभालना शायद विश्व का सबसे कठिन कार्य है। भारत 980 मिलियन जनसंख्या वाला महादेश है। यहाँ की उदीयमान लोकतांत्रिक व्यवस्था, समस्याओं से जूझती अर्थव्यवस्था, सामाजिक ताने-बाने को नष्ट करने वाली वैमनस्यतापूर्ण शक्तियाँ और राष्ट्रीय एकता को नष्ट करने में प्रयासरत आतंकी शक्तियाँ जैसी अनेक जटिल समस्याएँ शायद ही दुनिया में किसी देश के सामने हों। विश्व के किसी देश की सरकार को शायद ही इतनी बहुआयामी और जटिल

समस्याओं का सामना करना पड़ रहा हो। जो कोई भी भारत के शासन की बागडोर सँभालना चाहता हो, उसे इस देश के सार्वजनिक जीवन की समझ और लम्बा अनुभव होना चाहिए। इसीलिए पार्टी के संस्थापकों ने इस बात पर जोर दिया है कि जो भी उच्च पदों की जिम्मेदारी लेना चाहता है, उसे नीचे से ऊपर तक आने में अपना समय व्यतीत करना चाहिए। इस प्रक्रिया के द्वारा पार्टी कार्यकर्ता देश के अनेक विषयों की जटिलताओं को समझने और उन्हें हल करने का अनुभव प्राप्त करते हैं।

आम भारतीय नागरिक की यह सोच और माँग कि उसके प्रधानमंत्री के पास सार्वजनिक जीवन और अनुभव होना चाहिए, अतार्किक नहीं है। कांग्रेस पार्टी को आम भारतीय नागरिक की इस न्यायोचित आशा का सम्मान करना चाहिए। हमें यह समझना चाहिए कि चुनाव अभियान के दौरान प्रत्येक कांग्रेसी कार्यकता को अपनी पार्टी लाइन के साथ आक्रामक रुख प्रदर्शित करना चाहिए। हमारे पार्टी कार्यकर्ता को रक्षात्मक या माँफी माँगने की स्थिति में नहीं होना चाहिए। इसका पार्टी प्रदर्शन पर नकारात्मक प्रभाव पड़ेगा।

महोदया, हम लोगों को पूरा विश्वास है कि अभी कोई देरी नहीं है। एक बार राजीव गांधी के विकासशील, सशक्त इक्कीसवीं सदी के भारत के सपने को साकार करने के लिए आप आगे बढ़ें, हमारी पार्टी आगे बढ़ जाएगी। हम सब राजीव गांधी के सपने के भागीदार हैं। हम सब इस सपने को साकार करने के लिए आपके पार्टी नेतृत्व के आकांक्षी हैं।

हम लोगों ने आज कांग्रेस वर्किंग कमेटी की मीटिंग में इस विषय पर काफी विस्तार से चर्चा की है। हमने जो विचार यहाँ व्यक्त किए हैं, यही हमारा पक्ष है। इस विषय में दो मत नहीं हो सकते कि भाजपा द्वारा व्यक्तिगत रूप से आपके खिलाफ चलाए जा रहे अभियान का दृढ़तापूर्वक विरोध करना चाहिए। इसके साथ ही साथ हम पुन: कहना चाहेंगे कि आज की मीटिंग में उठाया गया मुद्दा वास्तविक है और इसे इस प्रकार नकारा नहीं जा सकता।

हम कांग्रेस पार्टी के सदस्य की हैसियत से और एक नेता के रूप में औपचारिक रूप से हम अपने विचार और निवेदन सीडब्ल्यूसी और आपके समक्ष प्रस्तुत करना अपना कर्तव्य और जिम्मेदारी समझते हैं। हमें विश्वास है कि यदि हमारे निम्नलिखित सुझावों पर आप और सीडब्ल्यूसी ध्यान देंगे तो देश भर में जिस विवाद पर बहस हो रही है, वह शान्त हो सकता है।

कांग्रेस के घोषणा-पत्र में भारत के संविधान में इस संशोधन का प्रस्ताव पेश किया जाए कि राष्ट्रपति, उप-राष्ट्रपति और प्रधानमंत्री के पदों पर केवल भारत में ही स्वाभाविक रूप से जन्मे व्यक्ति को चुना जाएगा।

हम यह भी सुझाव पेश करते हैं कि आप कांग्रेस अध्यक्ष की हैसियत से यह प्रस्ताव पेश करें। यह प्रस्ताव आपके उस निरन्तर स्टैंड के पक्ष में होगा कि आपका सम्पूर्ण सार्वजनिक जीवन, पंडित जवाहरलाल नेहरू, इन्दिराजी और राजीव गांधी की ही तरह पार्टी को पुनर्जीवन प्रदान करने और उसे आगे बढ़ाने के लिए समर्पित है। आपका यह स्टैंड न सिर्फ आपका राजनीतिक स्तर ऊँचा करेगा बल्कि चुनाव में भागीदारी करने जा रही पार्टी का भी मनोबल भी ऊँचा करेगा और उसे समृद्ध करेगी।

हमारी आपसे अपील है कि हम लोगों ने जिस भावना और गम्भीरता के साथ इस विषय को उठाया है, उसको उसी भावना व गम्भीरता से समझें और विचार करें। हमें पूरा भरोसा है कि पार्टी और देश के विशाल हित में आप हमारे सुझाव को स्वीकार करेंगी।

ससम्मान।

आपके विश्वासी

(पीए संगमा) (तारिक अनवर) (शरद पवार)